W0223275

Kapitel eins

Es dauerte eine Weile, bis Tessa merkte, daß sie wach war. Sie befand sich in einem warmen, gemütlichen, sanft duftenden Kokon. Die Schmerzen waren zwar noch nicht verschwunden, aber in weite Ferne gerückt: immer noch lästig, doch nicht wert, sich um sie zu kümmern. Tatsächlich empfand Tessa den Gedanken wenig verlockend, etwas anderes zu tun, als einfach nur dazuliegen und nachzudenken. Erst als ihr jemand *sagte*, sie sei erwacht, begann sie, ebenfalls daran zu glauben.

»Ruhig, meine Liebe«, erklang eine sanfte Stimme. »Es geht dir schon viel besser. Du brauchst dir keine Sorgen zu machen.« Jemand tätschelte sie. Tessa spürte die Berührung, doch sie konnte die Stelle, an der sie berührt wurde, nicht benennen – jedenfalls noch nicht. »Emith, beeil dich! Sie wacht auf!«

»Sie wacht auf? Allen vier Göttern sei Dank. Ich bin sofort da.«

Tessa konnte nicht anders, als ein wenig verärgert zu sein. Bei all diesem Gerede von »Aufwachen« fühlte sie sich genötigt, irgend etwas zu *tun*. Sie bereitete sich innerlich darauf vor, Körperteile benutzen zu müssen, deren Namen ihr im Augenblick entfallen waren; dann drehte sie langsam den Kopf in die Richtung, aus der die Stimmen gekommen waren, und öffnete die Augen. Sie hatte das Gefühl, als hätte sich in ihrem Gehirn alles irgendwie »verschoben«.

Eine große, fleischige Hand schlug auf eine noch weit

fleischigere Brust. »Emith! Rasch! Lindenblütentee und heiße Brühe!«

Tessas Augen wanderten von der Hand über Brust und Hals bis zum Gesicht der Sprecherin. Es war Mutter Emith. *Sie stand!* Das Entsetzen ob dieses unnatürlichen Phänomens hatte eine tiefgreifende Wirkung auf Tessas Verstand. Plötzlich war alles wieder an Ort und Stelle: die Namen von Gliedmaßen, die Erinnerung daran, wo sie sich befand, wie sie dahin gekommen war, und was sie zuletzt getan hatte und warum. Sie fand sogar ihre Stimme wieder.

»Mutter Emith, setzt Euch.«

Mutter Emith starrte Tessa an, als sei sie ein Kochtopf, der gerade beschlossen hatte, von nun an sprechen zu können. Die Hand der alten Frau rutschte von der Brust herunter und landete auf Tessas Stirn. »Der Tee, Emith. Der Tee!«

»Hier ist er, Mutter.« Emith erschien in Tessas Blickfeld. Er sah älter aus, als sie ihn in Erinnerung hatte – älter und gebrechlicher. »Oh, Fräulein, Fräulein. Geht es Euch gut? Habt Ihr Schmerzen?«

Tessa nickte, obwohl sie sich in Wahrheit schlecht fühlte. Ihr Kopf schien ungewöhnlich schwer zu sein und so voll, daß sie keinen Platz für ihre Gedanken fand. Ihre Nackenmuskeln schmerzten, und in der rechten Hand spürte sie ein quälendes Jucken und Brennen.

»Fräulein, bitte hebt den Kopf ein wenig, damit ich Euch ein Kissen darunterschieben kann.« Bei dem sanften Klang seiner Stimme spürte Tessa einen Kloß im Hals. Irgendwo in ihrem vollgestopften Kopf wußte sie, daß sie und die Familie Emith schon bald voneinander würden Abschied nehmen müssen. Sie sagte nichts, sie tat einfach, was von ihr verlangt wurde, und versuchte, sich die Schmerzen nicht anmerken zu lassen.

»Hier, meine Liebe. Trink das.« Mutter Emith beugte

sich vor und bot ihr einen dampfenden Becher an. Tessa griff sofort danach – allerdings mehr um die Zeit zu verkürzen, die Mutter Emith auf den Beinen stehen mußte, als aus Lust auf die seltsam riechende, kochendheiße Flüssigkeit.

»Das tut gut«, bemerkte Tessa nach dem ersten Schluck. Sie wußte, daß Mutter Emith gespannt darauf wartete, gefragt zu werden, woraus der Tee bestand und weshalb sich ein Mensch nach dessen Genuß besser fühlte; doch ihr war nicht danach, solch belanglose Fragen zu stellen. Sie erhaschte Emiths Blick und wies mit dem Kopf unauffällig auf seine Mutter.

Emith nickte. Dann nahm er sie beim Arm und sagte: »Komm, Mutter. Komm, und setz dich. Ich werde deinen Stuhl drehen, so daß du zu uns schauen kannst.«

Mutter Emith brummelte irgend etwas vor sich hin, legte Tessa die Hand auf die Stirn und ließ sie versprechen, den Becher zu leeren; erst dann gestattete sie ihrem Sohn, sie zum Stuhl zurückzuführen. Sie bewegte sich so langsam, daß Tessa bei dem Anblick die Tränen in die Augen traten. Unwillkürlich streckte sie die Hand nach der alten Frau aus, um die weiche Wolle ihres Kleides zu berühren.

Ein brennender Schmerz durchfuhr die Innenseite ihrer rechten Hand. Sie vermochte sich nicht zu beherrschen und verzog das Gesicht. Die Hand war mit einem dicken Tuch verbunden, nur die Fingerspitzen lugten aus den Leinenstreifen hervor. Tessa erinnerte sich an das Brennen im Handteller, als sie mit dem Pinsel auf das Pergament eingestochen hatte. Sie ließ die Hand wieder auf die Decke fallen und versuchte, nicht daran zu denken, was geschehen war – ohne Erfolg. Durch ihren Kopf huschten Bilder des Musters und der Dinge, die sie darin gesehen hatte.

Tessa rollte sich unter der Bettdecke zusammen. Das

war nicht fair. Sie war gerade erst aufgewacht, und doch nahm die Welt schon eine Gestalt an, die ihr mißfiel. Sie trug nun Verantwortung: So viel war klar, was auch immer sonst geschehen sein mochte, während sie das Muster gemalt hatte.

Sie war hierhergebracht worden, um die Hetzer zu vernichten, um jene aufzuhalten, die die Hetzer zu dem machten, was sie waren. Irgend jemand stand hinter ihnen, verwandelte sie in Monstren, erzeugte ihre Blutlust und schmiedete sie zu einem Rudel zusammen. Tessa hatte das Pigment *gerochen*, das die Hetzer antrieb, und kurz hatte sie sogar den Geruch des Mannes wahrgenommen, der sie führte. Aber auch sie war nicht unentdeckt geblieben: Der Mann hatte sie in dem Augenblick erkannt, als ein Hetzer innegehalten und sich zu ihr umgedreht hatte. Das war auch der Grund, warum sie hier lag, mit schmerzendem Kopf und brennenden Händen. Irgend jemand hatte sie gesehen und ihren Tod gewollt.

Plötzlich hatte sie wieder den Kloß im Hals. Sie schluckte. Diesmal vergebens.

»Habt Ihr schon all Euren Tee getrunken, Fräulein?« fragte Emith. »Er wird den Schmerz vertreiben und Euch einen klaren Kopf verschaffen.«

Obwohl ihr nicht danach zumute war, gelang es ihr zu lächeln. Sie bezweifelte, daß es in Bay'Zell eine Medizin gab, die ihr in diesem Augenblick einen klaren Kopf hätte verschaffen können. »Wie lange habe ich geschlafen, Emith?«

»Einen ganzen Tag, Fräulein.« Nachdem er seine Mutter in den Stuhl gesetzt hatte, kehrte Emith wieder zu Tessa zurück. »Ihr seid gestern morgen zusammengebrochen und habt den Tag und die folgende Nacht durchgeschlafen.«

Tessa nickte. Ihre Hand fühlte sich an, als stünde sie in Flammen. »Du hast mich vom Tisch fortgezogen, stimmt's? Und du warst es auch, der den Pinsel aus meiner Hand gerissen hat.«

Emith beantwortete die Frage nicht. Er schob einen Stuhl neben das Bett, setzte sich und sagte: »Das ist eine schlimme Verbrennung, Fräulein. Sie betrifft mehr Euren Handteller denn Eure Finger. Mutter hat sie ausgewaschen und Ringelblumenpaste auf die schlimmsten Stellen geschmiert, aber ich bezweifle, daß Ihr in den nächsten Wochen werdet schreiben können ... und vielleicht werdet Ihr auch eine Narbe zurückbehalten.«

»Schschsch, Emith«, sagte seine Mutter. »Laß den Verband nur erst einmal drauf, meine Liebe. Ich werde dir heute abend einen frischen machen. Im Augenblick will ich dir keine unnötigen Schmerzen bereiten. Du mußt dich ausruhen. Iß etwas. Emith, hat sie schon ihre Brühe bekommen?«

»Ich gebe sie ihr, sobald sie den Tee getrunken hat, Mutter.«

»Gut. Aber vergiß es nicht.« Mit diesen Worten wandte Mutter Emith ihre Aufmerksamkeit einem Stapel Gemüse zu, das geschält werden mußte. Tessa fragte sich, ob die alte Dame wohl bemerkt hatte, daß sie beide ungestört miteinander reden wollten.

Tessa preßte die verletzte Hand vor die Brust und fragte: »Was ist gestern morgen passiert, Emith? Hast du so etwas schon einmal gesehen?«

Emith schüttelte den Kopf. Er rieb sich die Schläfen und blickte rasch zu seiner Mutter, bevor er antwortete: »Es tut mir ja so leid, Fräulein. Ich hätte Euch schon früher von dem Muster losreißen müssen. Ich habe einfach nicht nachgedacht. Zwar habe ich schon von Schreibern gehört, die bei ihrer Arbeit verbrannt sind, aber ich habe nie gewußt, ob ich diese Geschichten glauben sollte. Als ich gesehen habe, wie Ihr mit dem Gesicht auf den Tisch gefallen seid, habe ich erkannt, daß etwas nicht stimmt.

Also habe ich das erstbeste getan, was mir in den Sinn gekommen ist: Ich habe Euch den Pinsel aus der Hand genommen und Euch vom Tisch weggezogen.« Emith senkte den Blick. »Ich weiß nicht, was Mutter und ich getan hätten, wenn Euch etwas zugestoßen wäre.«

Während Emith erzählte, ließ Tessa den Blick durch die Küche schweifen. Sanftes Licht fiel durch die geölten Tücher vor den Fenstern herein, und im Herd prasselte wie immer ein Feuer und erfüllte den Raum mit einem goldenen Schimmer. Inzwischen liebte sie diesen Ort und die Menschen, die hier lebten. »Es war nicht deine Schuld, Emith«, erklärte sie schließlich. »Du kannst mich nicht vor etwas beschützen, das du nicht kennst.«

Sie schaute ihn an, um zu sehen, wie er auf ihre Worte reagieren werde, doch er hielt den Blick gesenkt, die Hände lagen in seinem Schoß. Als er keinerlei Anstalten machte, etwas zu erwidern, beschloß sie fortzufahren. Sie *mußte* diese Dinge aussprechen – nicht nur für Emith, sondern auch für sich selbst. »Wir wissen beide, daß Deveric mich aus einem bestimmten Grund hierhergeholt hat, und jetzt glaube ich, diesen Grund zu kennen. Allerdings weiß ich nicht genau, was ich tun kann oder wo ich anfangen soll. Du hast mich die wichtigsten Dinge gelehrt, mir das Grundgerüst vermittelt, aber jetzt muß ich gehen und den Rest lernen.

Diese fünf Muster, die Deveric geschaffen hatte, waren eine Beschwörung, und ob es mir nun gefällt oder nicht, er hat mir einen Auftrag gegeben. Dort draußen gibt es schreckliche Dinge, Emith. Wirklich *schreckliche* Dinge. Ich habe sie gesehen. Ich glaube, ich bin dazu ausersehen, sie zu bekämpfen; doch solange ich nicht weiß, was ich tue, fürchte ich, daß ich es sein werde, die am Ende verletzt wird.« Tessa lächelte; beinahe hätte sie gelacht. Sie hatte das Gefühl, wie eine Wahnsinnige zu klingen.

Emith schwieg, ohne aufzuschauen.

Tessa bewegte sich unter den Laken. Ihre Hand brannte. Plötzlich war ihr gar nicht mehr nach Lachen zumute. Sie fühlte sich müde. Ihr Körper schien mit jeder Minute schwerer zu werden. Wenn ihr Kopf doch nur ein wenig klarer wäre …

»Deveric hat einen Teil von mir eingesperrt«, fuhr sie fort. »Jenen Teil, der etwas mit der Schreibkunst zu tun hat, der mir hilft, durch das Pergament hindurchzusehen, als sei es Glas.«

Emith hob den Kopf. Seine Augen waren gerötet. »Wenn mein Meister gewisse Dinge vor Euch verborgen hat, Fräulein, dann sicherlich nur, um Euch vor Schaden zu bewahren.« Tessa nickte. Sie wußte, wie wichtig es für Emith war, nur das Beste von seinem Meister zu denken. »Ja. Angesichts dessen, was gestern geschehen ist, glaube ich, daß du recht haben könntest. Ich bin vollkommen blind in diese Angelegenheit hineingetappt. Ich habe ein Muster gezeichnet, ohne zu wissen, was ich tat, und das ist dabei herausgekommen.« Sie hob die bandagierte Hand. Ein stechender Schmerz durchfuhr ihren Arm, und sie biß sich auf die Unterlippe. Es dauerte einen Augenblick, bis sie weiterreden konnte. »Ich glaube, Deveric wußte, daß es gefährlich werden könnte, und er wollte nicht riskieren, daß ich mich selbst verletze, bevor ich hierherkam – hier an diesen Ort, wo man mir die entsprechenden Dinge beibringen konnte.«

»Ich kann Euch nichts mehr beibringen, Fräulein, stimmt's?« fragte Emith, obwohl er die Antwort bereits kannte.

Tessa dachte zwar über verschiedene Antworten nach, doch schließlich sagte sie einfach nur: »Ja.« Camron von Thorn war mit Sicherheit gestern gestorben, und wenn sie gewußt hätte, was sie tat, dann hätte sie ihn vielleicht retten können. Die Dinge hatten sich verändert: Alles, was Tessa von nun an sagte oder tat, hatte unmittelbare

Folgen für ihre Umgebung und diese Welt. Zum ersten Mal in ihrem Leben trug sie schwere Verantwortung. Menschenleben hingen von ihr ab. Vielleicht gefiel ihr das nicht, und sie war sicherlich nicht darauf vorbereitet, aber so war es nun einmal. Sie würde noch viel mehr über die unterschiedlichsten Dinge lernen müssen, und die Schreibkunst war nur eines davon.

Emith blickte zu seiner Mutter. Als er sah, daß sie mit dem Kinn auf der Brust »ruhte«, sagte er zu Tessa: »Ich will nicht, daß Ihr uns verlaßt. Niemals. Aber Ihr habt recht: Was Ihr tut, ist gefährlich, und ich glaube nicht, daß Mutter es mir jemals verzeihen würde, wenn Euch etwas zustößt.« Emith hatte die Finger verschränkt. Er sprach sanft und leise. Tessa glaubte schon, er hätte seine Erklärung beendet, doch einen Augenblick später fuhr er fort:

»Es gibt jemanden, der Euch Dinge lehren kann, von denen ich nichts verstehe. Er war einst ein Meisterschreiber. Aber heute ...« Emith schüttelte den Kopf. »Ich weiß nicht, was er heute tut. Allerdings hat er sicherlich nichts vergessen. Nichts, was die Heiligen Väter ihm haben antun können, hätte ihn jemals vergessen lassen – dazu war er ein viel zu großer Mann.«

»Bruder Avaccus?«

Emith sah sie erstaunt an. »Ja, Bruder Avaccus.«

»Ich habe deiner Mutter vor ein paar Tagen das ein oder andere entlocken können«, erklärte Tessa rasch, denn sie wollte ihn nicht im ungewissen lassen. »Sie hat mir davon erzählt, was du getan hast, bevor du zu Deveric gegangen bist.«

»Bruder Avaccus hat nichts von alledem getan, dessen ihn die Heiligen Väter beschuldigt haben, Fräulein. Er war ein Gelehrter, ständig auf der Suche nach Wissen. Er hat Muster gezeichnet, um aus ihnen zu lernen, nicht um den Teufel heraufzubeschwören, wie man ihm vorgeworfen hat.«

Tessa nickte. Das Bedürfnis, geliebte Menschen zu verteidigen, lag Emith im Blut. Auch in Bezug auf sie würde er sich nicht anders verhalten, wenn sie fort sein würde. Erneut spürte Tessa einen Kloß im Hals. »Glaubst du, daß Bruder Avaccus mir helfen wird?«

»Ja, Fräulein. Wenn Ihr ihm sagt, daß ich Euch geschickt habe, dann wird er das tun.«

»Falls er noch lebt.«

Emith schüttelte den Kopf. »Oh, er lebt noch. So viel ist sicher. Ich würde es in der Tinte spüren, wenn es anders wäre.«

Tessa blickte Emith in die dunkelblauen Augen und wußte, daß er die Wahrheit sprach. Auch Schreibergehilfen besaßen offenbar ein gewisses Maß an magischen Fähigkeiten. »Wie lange werde ich bis zur Insel der Gesalbten brauchen?«

»Normalerweise dauert es vier bis fünf Tage. Der nächstgelegene Hafen ist Kilgrim. Von dort aus reist man über Land nach Glockenhafen und dann über den Damm zur Insel.«

»Würdest du die Reise für mich arrangieren?« Tessa blickte Emith unverwandt in die Augen. »Ich muß aufbrechen, so schnell ich kann.«

»Ihr müßt Euch erst ein paar Tage ausruhen, Fräulein, um wieder zu Kräften zu kommen. Eure Hand ist nicht das einzige, was verletzt worden ist.« Emith wirkte erregt. Er rang die Hände in seinem Schoß und blickte abwechselnd von Tessa auf den Boden zu seiner Mutter und zum Fenster. »Um diese Jahreszeit ist das Wetter unberechenbar: Stürme, Hagel … Ihr besitzt noch nicht einmal einen Umhang. Außerdem sollte eine junge Frau wie Ihr nirgendwohin reisen ohne Gefähr …«

Tessa fiel ihm ins Wort. »Wirst du alles für mich arrangieren?«

Obwohl Emith nur einen leisen Seufzer ausstieß,

schien sein ganzer Körper in sich zusammenzufallen. Er machte ein langes Gesicht und schaute zu Boden. »Ja, Fräulein.«

Tessa hatte zwar bekommen, was sie wollte, aber sie empfand keine Befriedigung. Sie wollte diesen Ort und diese Menschen nicht verlassen. Sie wollte ihnen keinen Schmerz zufügen. »Danke«, sagte sie leise. »Danke.«

Emith tätschelte ihr die Hand. Er lächelte – allerdings nicht sehr überzeugend. »Direkt morgen früh werde ich runter zum Hafen gehen und Euch eine Passage besorgen.« Mit diesen Worten stand er auf, durchquerte den Raum, richtete den Schal um den Hals seiner Mutter, griff nach dem Schabmesser und ging hinaus in den Hof. Leise schloß er die Tür, doch Tessa kam es so vor, als hätte er sie ins Schloß geworfen.

Sie hätte nicht so hart zu ihm sein sollen, hätte ihm alles anders, *besser* erklären sollen. Sie hätte freundlicher sein sollen, mehr wie ... Wie was? Wie sie es früher getan hätte? Sicherlich hätte die alte Tessa McCamfrey die Angelegenheit noch weitaus ungeschickter angefaßt – oder vielleicht doch nicht? Sie wußte es nicht. Ihr Kopf schmerzte. Sie hob die Hand, um sich die Schläfe zu reiben. Ohne auf das Brennen zu achten, nahm sie die Rechte anstatt der Linken. Ein stechender Schmerz war die Folge, der sich ihren ganzen Arm hinaufzog. Tessa schloß die Augen und hielt den Atem an, bis der Schmerz abgeklungen war.

Äpfel, Haselnüsse und Zwiebeln brieten über dem Feuer. Obwohl jeder Mann Fleisch in seinen Satteltaschen mit sich führte, so mochte doch keiner davon essen.

Es wurde allmählich dunkel. Aus dem Osten wehte eine frische Brise über die Berge heran, die die Grenze zwischen Rhaize und Garizon markierten. Kein Mond erhellte das Firmament; nur unmittelbar über dem Horizont funkelten vereinzelt Sterne, doch ihnen näherte sich eine Wolkenbank, so daß schon bald tiefste Finsternis herrschen würde.

Niemand sagte ein Wort. Die Männer drängten sich um das Feuer, obwohl die Nacht in Wahrheit gar nicht so kalt war, und tranken aus schweren Zinnflaschen, die von Hand zu Hand wanderten. Ohne sich abzusprechen, war man übereingekommen, ein ungewöhnlich großes Lagerfeuer zu entfachen. Alle hatten sie Holz dafür gesammelt – das hieß, alle, die noch gehen konnten.

Ravis blickte von einem Mann zum anderen. Söldner saßen neben Rittern, Bogenschützen neben Adeligen, und ihre Gesichter waren allesamt auf den warmen Schein des Feuers gerichtet. Furcht schimmerte in ihren Augen, und tiefe Falten durchfurchten ihre Wangen. Der Verstand sagte ihnen, daß die Hetzer sie nicht verfolgen würden, aber das hielt sie nicht davon ab, sich zu fürchten. Ravis hatte Dutzende von Feldzügen in Dutzenden verschiedener Länder miterlebt und häufiger einer scheinbar unüberwindlichen Übermacht gegenübergestanden, als er sich erinnern konnte, und doch hatte er noch nie etwas gesehen, was auch nur im entferntesten mit dem zu vergleichen war, was er am gestrigen Morgen erlebt hatte. Die Männer hatten das Recht, sich zu fürchten. Auch er selbst hatte Angst. Die Hetzer waren keine Geschöpfe Gottes.

Durch die flackernden Flammen hindurch machte Ravis auf der anderen Seite des Feuers Camrons dunkle Gestalt aus. Der junge Lord kümmerte sich um Broc von Lomis, der eine Menge Blut verloren hatte, und Ravis war nicht sicher, ob der Ritter eine weitere Nacht überleben würde. Camron schien jedoch entschlossen zu sein, dafür zu sorgen, und falls die Zeit und die Mühe, die er aufgewendet hatte, irgendwelche Bedeutung haben sollten, dann bestand durchaus die Möglichkeit, daß Broc den nächsten Sonnenaufgang erleben würde.

Als hätte er bemerkt, daß er beobachtet wurde, drehte Camron sich um. Eine Weile blickten die beiden einander schweigend an; dann nickte Ravis, reichte seinem Nachbarn die Flasche, stand auf und ging auf die andere Seite des Feuers. Er hatte mit Camron eine Menge zu besprechen, und obwohl er im Augenblick nichts lieber getan hätte, als sich zu betrinken, so wußte er doch, daß er seinen Männern besser diente, wenn er nüchtern und wachsam blieb. Es gab nicht viel, was für ihn von Bedeutung war, doch seine Verantwortung als Kommandeur nahm er niemals auf die leichte Schulter.

»Schläft Broc?« fragte er, als er näherkam.

Camron nickte. »Ich hoffe.«

Ravis sah, daß auch Camron ein wenig Schlaf hätte vertragen können. Seine Haut war grau und fleckig; sein Nacken glänzte vor Schweiß, und die Wunden an Händen und Beinen hatten sich wieder geöffnet, so daß die Verbände blutdurchtränkt waren. Ravis runzelte die Stirn. »Laß uns zu den Bäumen dort drüben gehen. Ich muß meine Beine mal ausstrecken.«

Camron blickte auf Brocs reglose Gestalt. »Ich will nicht so weit weggehen.«

Sie setzten sich auf ein Stück Gras, nicht weit von dem Verwundeten entfernt. Die Soldaten hatten ihr Lager hoch oben am Hang eines grasbewachsenen Hügels aufgeschlagen – seit gestern traute niemand mehr den Tälern –, und obwohl das bedeutete, daß die kleine Streitmacht schon von weitem zu erkennen war, hatte Ravis nichts gegen den Standort einzuwenden gehabt. Beim ersten Anzeichen von Bewegungen im Osten würden sie das Lager jederzeit abschlagen und binnen weniger Minuten im Westen verschwinden können. Auf jeden Fall würden sie sich nicht wieder auf einen Kampf einlassen.

Gestern hatten sie sehr viel Glück gehabt – das dürfte sich wohl kaum wiederholen.

»Glaubst du, es war eine gute Idee, ein Feuer zu entzünden?« fragte Camron. Vorsichtig ließ er sich auf den Boden nieder.

Ravis zuckte mit den Schultern. »Es ist ein schönes Feuer. Die Männer können es gut gebrauchen.«

»Das habe ich nicht gemeint. Glaubst du nicht, daß es die Hetzer anlocken könnte?«

»Falls Izgard nach uns sucht, dann ja, das Feuer würde ihm unsere Position verraten. Aber ich glaube nicht, daß er uns heute nacht verfolgen wird.«

»Warum blickst du dann ständig über die Schulter?« Camron drückte die Faust auf die Wunde an seinem Schenkel. Er schloß die Augen. Ihm zitterte der Arm, und seine Brust bebte, sein Atem ging schnell und rasselnd. Ravis wartete, bis Camron die Faust wieder von der Wunde genommen hatte, bevor er antwortete:

»Weil ich Izgards Handlungen offenbar doch nicht so gut vorhersehen kann, wie ich geglaubt habe. Er hat sich mit Dingen eingelassen, von denen ich nichts verstehe. Ich weiß nicht, welches Spiel hier gespielt wird, und das macht mich nervös.«

»Gestern bei Sonnenaufgang schienst du das Spiel aber noch gekannt zu haben.«

Ravis biß sich auf die Narbe. Während seine Zähne über das rauhe Gewebe schabten, ermahnte er sich, daß Camron von Thorn ein verwundeter Mann war, der gestern durch die Hölle gegangen war, als er im Tal der gebrochenen Steine gegen die Hetzer gekämpft hatte. Von den dreizehn Männern, die in die Felsen geklettert waren, hatten nur zwei überlebt. Die Leichen der anderen hatte man zurücklassen müssen. Ravis wollte erst gar nicht darüber nachdenken, was wohl mit ihnen geschehen war.

Er atmete tief durch. »Ich wußte auch gestern nicht, welches Spiel Izgard spielt. Ich habe nur vermutet, daß es sich um eine Falle handelte. Von dem Augenblick an, da wir zum ersten Mal von Thorns Eroberung erfahren haben, hatte ich diesen Verdacht. Die sinnlose Zerstörung, die unzähligen Toten: Das alles war nur dazu gedacht, uns hierherzulocken. Izgard hätte hundert Dörfer zwischen den Vorce- und den Boralbergen einnehmen können, aber er hat sich für Thorn entschieden. Und er hat es nicht einfach nur *eingenommen*, sondern er hat es auf eine derart grausame Art an sich gerissen, daß sich die Nachrichten darüber wie ein Lauffeuer verbreiteten. Er wollte uns hier haben.« Ravis blickte Camron in die dunkelgrauen Augen. »Dich und mich.«

Camron fuhr sich mit der Hand durchs Haar. Auf seinen Knöcheln schimmerte das Blut aus der Wunde. »Du hast das alles gewußt und hast mich nicht gewarnt?«

»Hättest du mir zugehört?«

Das genügte, um Camron von Thorn für eine Weile zum Schweigen zu bringen. Das Kinn sank ihm auf die Brust; seine Hände fanden einander und verschränkten sich. Die beiden Männer schwiegen. Sie blickten vorbei am Lagerfeuer den Hang hinunter Richtung Osten. Der Wind frischte auf und blies Funken und Rauch in die Luft, und irgendwo im Lager begann ein Mann zu singen. Es war ein sanftes, freundliches Lied, wie Mütter es singen, wenn sie ihre Kinder in den Schlaf wiegen und böse Geister von der Wiege vertreiben wollen.

Nach ein paar Minuten sagte Camron: »Es war falsch, die Männer in das Tal zu führen – das weiß ich jetzt. Ich wollte im Kampf sterben. Ich habe geglaubt, indem ich so hart wie möglich kämpfen und so viele Hetzer wie möglich mit mir in den Tod nehmen würde, könnte ich …« Er seufzte und schloß die Augen. »Ich habe geglaubt, ich könnte dadurch das eine Mal wiedergutmachen, als ich nicht dort gewesen bin, wo ich hätte sein sollen.«

Während Ravis ihm zuhörte, zog er mit dem Daumen eine Furche in die Erde. Der Schnitt in seiner rechten Hand schmerzte ihn, doch er hatte schon schlimmere Verletzungen gehabt, und inzwischen war sein Körper daran gewöhnt, mit Fleischwunden zurechtzukommen. In ein paar Wochen würde die Wunde nur noch eine Narbe unter vielen sein – so wie der Schnitt an seiner Lippe.

»Ich habe dich nicht hängenlassen, um dir eine Lektion zu erteilen. Ich bin nun schon über dreißig Jahre alt, und doch vermag ich niemanden zu belehren. Die Gefahren waren offensichtlich: Man hat dich in einen engen Kessel gelockt, umgeben von Felsen und Bäumen. Irgend jemand mußte zurückbleiben, während du dorthin gegangen bist. Auch ich habe Fehler gemacht. Elf Männer sind gestorben, weil ich nicht rechtzeitig bei euch gewesen bin. Trotz all meiner Schlauheit und der verschiedenen Pläne, die ich mir zurechtgelegt hatte, habe ich nicht damit gerechnet, daß Izgard uns eine solche Streitmacht entgegenschicken würde.«

Während er sprach, bemerkte Ravis, daß Camron ihn aufmerksam musterte. Trotz all der blauen Flecken und Wunden im Gesicht wirkte der Rhaize-Lord ausgesprochen jung, und Ravis mußte sich eingestehen, daß er ihn um seine Jugend beneidete.

Langsam schüttelte Camron den Kopf. »Ich hätte es einfach nicht tun sollen. Ich hätte die Männer nicht zwischen die Felsen führen dürfen. Alles, was ich seit dem Tod meines Vaters getan habe, war ein einziger großer Fehler.«

Ravis tastete seine Tunika nach der Flasche ab, bevor er sich daran erinnerte, daß er sie vorhin dem Mann am Feuer gegeben hatte. Da er Camron nun nichts zu trinken als Trost anbieten konnte, war er gezwungen zu sprechen. »Aus starken Gefühlen entstehen nun einmal Fehler. Nicht ein Mann befindet sich heute nacht auf diesem Hügel, der nicht irgendwann einmal etwas aus Zorn oder Trauer getan hätte, was er später bereut hat.«

Camron legte den Kopf zurück und blickte in den nächtlichen Himmel hinauf. »Und was ist mit dir? Hast du auch Fehler begangen?«

Ravis schluckte. »Mehr als jeder andere.«

»Und wie lebst du damit?«

»Ich gehe immer weiter.«

Camron nickte, während er weiter in den Himmel schaute. Die Wolken hatten sich schon längst vor die Sterne geschoben, doch seltsamerweise schien die Nacht dadurch besser geworden zu sein – kleiner, greifbarer ...

Nach ungefähr einer Minute fragte Camron: »Und was machen wir jetzt?«

»Wir machen Pläne. Wir bewegen uns weiter vorwärts und werden versuchen zu verstehen, was geschehen ist und warum.«

»Nun, falls du recht hast, und die ganze Sache war wirklich von Anfang geplant, um mich hierherzulocken, dann bedeutet das, daß Izgard mich tot sehen will.«

Ravis lächelte. »Dann bist du in guter Gesellschaft.«

Camron brachte ebenfalls ein leichtes Lächeln zustande. »Glaubst du, Izgard weiß, daß wir beide zusammenarbeiten?«

»*Glauben?* Das kann ich dir garantieren. Und nicht nur das: Ich kann auch sagen, wer ihm das verraten hat.«

»Marcel von Vailing?«

Ravis nickte. Camron hatte inzwischen offenbar verstanden, wie in dieser Welt die Dinge liefen. »Marcel würde die Seele seiner Mutter für eine Handvoll Wechsel verkaufen.«

»Wieviel, glaubst du, weiß er?«

»Marcel? Genug, um gefährlich zu sein.« Ravis zuckte mit den Schultern. »Allerdings geht von Marcel keine direkte Gefahr aus, aber von Izgard. Wenn er nicht bald aufgehalten wird, dann wird er es bis Bay'Zell schaffen. Du hast gegen die Hetzer gekämpft; du weißt, wie sie sind. Glaubst du immer noch, daß die Ritter von Rhaize ihnen nennenswerten Widerstand entgegensetzen können?«

»Aber die Langbogen. Du hast die Hetzer niedermähen lassen. Du ...«

Ravis fiel ihm ins Wort. »Zunächst einmal gibt es keine Langbogenschützen in der Armee von Rhaize. Der Langbogen ist nicht mit einem Schwert oder einer Pike zu vergleichen: Man kann ihn nicht einfach nehmen, ein paar Übungsstunden absolvieren und dann erwarten, ihn benutzen zu können. Ein guter Langbogenschütze *wächst* in seine Waffe hinein. In Maribane beginnen sie sehr früh mit der Ausbildung. Schon in einem Alter, in dem sie noch Mädchen hassen, drückt man den Jungen einen Dreißigpfünder in die Hand. Wenn sie dann gelernt haben, damit umzugehen und entsprechende Muskeln entwickelt haben, gibt man ihnen einen Vierzig-Pfund-Bogen, dann einen Fünfzig- und einen Sechzig-Pfund-Bogen. So geht das immer weiter, bis ihre Körper zehn Jahre später – wenn sie erwachsen sind – durch und *für* den Bogen entwickelt sind. Dann sind sie in der Lage, einen Bogen mit hundertfünfzig Pfund Zug zu spannen und faustgroße Geschosse vierhundert Schritt weit zu schießen.«

Camron wollte etwas darauf erwidern, doch Ravis gab ihm keine Gelegenheit dazu.

»Zweitens haben wir im Tal einfach nur Glück gehabt, weiter nichts. Izgard hat es versäumt, seine Hetzer mit Bogenschützen zu decken – warum, weiß ich nicht. Aber weit wichtiger war, daß er nicht damit gerechnet hat, daß wir welche haben. Die Hetzer waren überrascht. Sie haben einen derart heftigen Widerstand nicht erwartet. Als die ersten von ihnen fielen, haben sie es mit der Angst zu tun bekommen. Nächstes Mal wird das anders sein. Nächstes Mal sind sie vorbereitet. Was oder wer auch immer hinter ihnen steckt, wird dafür sorgen.«

Ravis bemerkte, daß Camron mit jedem Wort unruhiger wurde. Er wollte etwas sagen. Pech. Ravis war noch nicht fertig.

»Die Hetzer waren nicht beritten. Sie haben Kampfmesser benutzt. Sie waren nur für den Nahkampf ausgerüstet. Deshalb hat Izgard dich zwischen die Felsen gelockt. Das war es, was er geplant hatte. Aber glaub ja nicht, daß er genauso fahrlässig vorgehen würde, wenn er einer Armee von Berittenen auf dem Schlachtfeld gegenübertritt. Izgard kennt sich in der Kriegführung aus. Er wird sich niemals leichtfertig in eine Schlacht stürzen.«

Seine letzten Worte hallten in der Dunkelheit wider wie Kirchenglocken.

Camron saß schweigend und mit gesenktem Kopf auf dem Boden, er strich über den blutigen Verband an seiner linken Hand. Der Wind wehte ihm ins Gesicht und blies ihm einige verirrte Haarsträhnen aus der Stirn. Ravis wußte, daß er in barschem Tonfall gesprochen hatte, doch er sah keinen Sinn darin, anders zu reden. In den letzten Tagen war viel zu viel geschehen, als daß sanfte, beruhigende Worte angebracht gewesen wären. Dafür hatte Izgard von Garizon gesorgt.

Als jedoch Minuten verstrichen, ohne daß Camron auch nur einen Laut von sich gab, begann Ravis sich zu fragen, ob er nicht vielleicht doch zuviel gesagt hatte. Manchmal bereitete es ihm Freude, die Dinge in einem möglichst schlechten Licht darzustellen – er konnte einfach nicht anders.

»Es gibt allerdings auch einiges, was wir tun können«, erklärte Ravis schließlich, zog ein Tuch aus der Tunika und reichte es Camron. Die Beinwunde hatte den Verband inzwischen durchnäßt. »Wir sind nicht dazu verdammt, tatenlos herumzusitzen.«

Camron blickte zu Ravis auf. Seine grauen Augen, die eben noch ungewöhnlich dunkel gewesen waren, erschienen mit einem Mal deutlich heller; sie glänzten wie Silber. Nach einem Augenblick streckte Camron die Hand aus und griff nach dem Tuch. »Und was können wir tun?«

Aus irgendeinem Grund freute es Ravis, daß Camron das Tuch angenommen hatte, und als er antwortete, schlug sich diese Freude in seiner Stimme nieder. »Morgen früh werden wir als erstes die istanischen Kundschafter wieder nach Hause schicken. Sie reiten die schnellsten Pferde. Auf dem Weg nach Mizerico kommen sie an Bay'Lis vorbei. Sie werden dort ankommen, noch bevor wir Bay'Zell erreichen.«

»Und was sollen sie in Mizerico?«

»In Mizerico gibt es die besten Langbogenschützen außerhalb Maribanes. Vor ein paar Jahren habe ich für den Lektur dort gearbeitet – er wird uns eine Kompanie schicken, wenn man ihn höflich darum bittet und die Bitte mit etwas Gold versüßt. Setz einen Brief auf, der ihm eine angemessene Entschädigung für seine Unannehmlichkeiten verspricht, und leg noch irgendwelche Flitter für die wahre Macht in Mizerico mit drauf – eine Frau –, dann werden wir in einem Monat gut hundert Schützen unter unserem Kommando haben.«

Camron nickte. Ravis hatte eigentlich damit gerechnet, daß die Aussicht auf zusätzliche Schützen dem jungen Adeligen ein Lächeln entlockt hätte, doch nichts dergleichen geschah. Statt dessen schaute Camron eine Zeitlang nachdenklich zu Boden, dann fragte er: »Und was machen wir beide bis dahin?«

Ravis atmete tief durch und blickte nach Norden. Er wurde allmählich müde, und die Messerwunde in seiner Seite begann ihn zu ärgern. Einige der Hetzer hatten unsaubere Klingen geführt – sie vielleicht mit verfaulten Schweinsinnereien und Schlimmerem eingeschmiert –, und er fragte sich mittlerweile, ob die Wunde etwa infiziert war. Doch darum würde er sich später kümmern müssen. Im Augenblick hatte er Wichtigeres zu tun.

Er stemmte die Fäuste auf die Erde, beugte sich vor und erklärte: »Hier werden sich unsere Wege trennen. Du mußt nach Mir'Lor und den Herrn zwingen, dich zu empfangen. Du mußt ihm sagen, was du gesehen hast, ihm erklären, zu was die Hetzer imstande sind. Du mußt ihn warnen und ihn auf den Feind vorbereiten, dem er sich entgegenstellen will. Überzeuge ihn, Fußsoldaten und Schützen anzuheuern – Armbrust-, Lang- und Kurzbogenschützen – jeden, den er in der kurzen Zeit in die Finger bekommen kann. Mach ihm klar, daß er gegen Izgard untergehen wird, wenn er ihm nicht auf gleicher Ebene entgegentritt.«

Camron nickte so langsam, daß man es kaum als Nicken erkennen konnte. »Warum ausgerechnet ich?« fragte er mit leiser, schwer zu deutender Stimme. »Warum nicht du? Ich bin schon seit fünf Jahren nicht mehr am Hof gewesen – seit mein Vater und der Herr wegen Izgard von Alberach in Streit geraten sind. Mein Vater hat dem Herrn geraten, Izgard aufmerksam zu beobachten und Boten mit Freundschaftsangeboten auszusenden, um das Kriegsrisiko zu mindern. Der Herr war nicht daran interessiert. Er sah nicht ein, warum er, der Herr von Rhaize, einen kleinen, bösartigen Garizon-Adeligen als Bedrohung betrachten sollte.«

Ravis hielt Camrons Blick stand. »Du bist der einzige, der dazu in der Lage ist. Der Herr würde einem Drokho-Söldner niemals auch nur eine Audienz gewähren. Dich aber wird er zumindest anhören. Alte Streitigkeiten hin oder her: Du bist der Sohn Bericks von Thorn, der letzte Überlebende einer der ältesten und edelsten Familien des Landes, der überdies noch durch Blutsbande mit dem Thron von Garizon verbunden ist. Er wird dich empfangen *müssen.* Und wenn du offen genug mit ihm sprichst, dann wird er deine Warnung auch beherzigen. Du wirst nach Mir'Lor gehen, die Männer mit dir nehmen und den Herrn Gottesfurcht lehren.«

Camron preßte wieder die Faust auf die Beinwunde. Er wirkte gar nicht mehr jung. Der Schmerz in seinen Augen ließ ihn altern. »Und du? Was wirst du tun?«

»Ich muß herausfinden, wer oder was hinter den Hetzern steckt.« Aus irgendeinem Grund flüsterte Ravis. »Sie verwandeln sich nicht von selbst in Monstren, und solange ich nicht herausfinde, wer dafür verantwortlich ist, wird Rhaize den kommenden Krieg nicht nur verlieren, es wird *untergehen.* Thorn war erst der Anfang. Izgard will Land. *Nur* Land. Menschen, Familien und Bauernhöfe interessieren ihn nicht. Er hat seinen Kriegsherren Land versprochen, und er wird alles tun, um dieses Versprechen einzuhalten. Die Hetzer sind das ideale Mittel dafür: Sie greifen an, töten alles, was sich bewegt und hinterlassen ein leeres Land, bereit zur Eroberung und Besiedlung.

Solange wir nichts gegen sie unternehmen, wird Izgard immer im Vorteil sein, wenn wir auf ihn treffen. Die Hetzer versetzen die Männer in Angst. Sie halten sie davon ab, klar zu denken. Sie zwingen sie zu Fehlern.«

»Und *wie* willst du mehr über sie herausfinden?« fragte Camron mit gedämpfter Stimme.

Ravis fühlte, daß der junge Mann nicht nach Mir'Lor gehen wollte; aber natürlich *würde* er gehen. Vor zwei Tagen hätte er es noch nicht einmal in Erwägung gezogen; doch jetzt war er ein anderer Mensch. Die

Schlacht im Tal der gebrochenen Steine hatte ihn verändert. Zwar wußte Ravis nicht, ob das gut oder schlecht war, er wußte nur, daß er es zu seinem Vorteil nutzen konnte.

»Erinnerst du dich an die Frau, die mich in Marcels Weinkeller begleitet hat?«

»Das Mädchen mit dem rötlichen Haar?«

»Ja, Tessa. Ich glaube, sie hat etwas damit zu tun. Sie zeichnet Muster, und einmal habe ich Izgards Schreiber bei etwas Ähnlichem gesehen. Damals habe ich nicht weiter darüber nachgedacht, doch es ist mir nicht mehr aus dem Kopf gegangen. Ich muß zurück nach Bay'Zell, Tessa suchen und herausfinden, welche Rolle sie bei alledem spielt und wie sie hierhergekommen ist.«

Camron hob eine Augenbraue. »Und sicherstellen, daß sie in Sicherheit ist?«

»Ja.« Ravis sah keinen Sinn darin, es zu leugnen. »Ich will nicht, daß ihr ein Leid geschieht.« Er zuckte mit den Schultern. »Vielleicht bringe ich sie nach Maribane, zur Insel der Gesalbten. Dort sind auch Deveric und Izgards Schreiber ausgebildet worden.«

Camron sog zischend die Luft ein. »Du verlangst also von mir, mit den Männern nach Mir'Lor zu gehen, während du in Maribane nach Antworten suchst?« Er wartete nicht auf die Antwort. »Woher soll ich wissen,daß ich dir vertrauen kann? Woher soll ich wissen,daß du nicht einfach auf Nimmerwiedersehen davonreitest?«

»Weil ich dir mein Wort gebe.«

Camron blinzelte nicht. Scheinbar eine Ewigkeit starrte er Ravis in die Augen. Der Gesang am Lagerfeuer war schon längst verstummt, und der Wind war abgeflaut, so daß es auf dem Hang nun vollkommen still war. Schließlich schluckte er und sagte: »Das genügt mir.«

Bis zu diesem Augenblick hatte Ravis nicht bemerkt, daß er den Atem angehalten hatte. Langsam entließ er die Luft aus seinen Lungen, und mit ihr entwich ein Stück Bitterkeit. Es war schon so lange her, seit ihm zum letzten Mal jemand vertraut hatte, daß er das Gefühl gar nicht mehr kannte. Es war ein gutes Gefühl.

Um sich nicht zu verraten, stand er auf. Er streckte Camron die Hand entgegen und sagte: »Wir treffen uns in drei Wochen auf Burg Bess.«

Selbst mit Ravis' Hilfe dauerte es einen Augenblick, bis Camron sich wieder erhoben hatte. Er war an Rücken, Armen und Beinen übersät mit Messerwunden. »In drei Wochen also«, bestätigte er.

Ravis nickte und machte sich auf den Weg zurück zum Lager. Er wollte sich eine Feder, Tinte und ein Blatt Pergament besorgen. Einer gewissen dunkelhaarigen Schönheit in Mizerico schuldete er eine Entschuldigung, und aus irgendeinem Grund war er im Augenblick in genau der richtigen Stimmung dafür. Die istanischen Kundschafter konnten sie auf ihrem Weg abgeben.

In der Dunkelheit fühlte sich die Haut des Mädchens so dünn an, daß Izgard sich der Illusion hingeben konnte, den blanken Knochen zu berühren. Das war es, was ihn erregte: das Gefühl, ein verborgenes Inneres, etwas *Persönliches* zu berühren – etwas, das noch nie ein Mann zuvor berührt hatte.

Das Mädchen war abgemagert, fast verhungert. Izgard hatte sie am Straßenrand entdeckt, wo sie um Essen bettelte. Sie war nur Haut und Knochen, und ihre Augen lagen so tief in den Höhlen, daß sie kaum noch zu sehen waren. Wie zwei Kohlestücke am Boden einer tiefen Grube. Ein zerrissener roter Umhang hatte ihre Gestalt verhüllt, und ihr Gesicht war so von Schmutz bedeckt gewesen, als sei es voll geronnenem Blut. Izgard hatte seinen Männern befohlen, sie mitzunehmen.

Das Mädchen schlug ihm auf den Rücken, als er in sie eindrang. Auch diese Berührung erregte ihn. Trockene Hände. Gierige, trockene Hände. An den Fingern war so wenig Fleisch, daß ihm die Vorstellung kam, von einer Leiche umarmt zu werden. Sein Atem ging flach und schnell. Das Mädchen schien kaum zu atmen, so als hätte sich ihr dürrer Körper daran gewöhnt, nicht nur ohne Nahrung, sondern auch ohne Luft auszukommen.

Izgard hatte die Augen geöffnet. Die Dunkelheit in seinem Zelt war vollkommen, und er konnte nichts sehen. Alles war so, wie er es wollte. Wenn die Lampe gebrannt hätte, wäre er gezwungen gewesen, in das Gesicht des Mädchens zu blicken, und daran war er nicht im mindesten interessiert.

Der Speichel tropfte ihm aus dem Mund, als er nach der Hand des Mädchens griff. Seine Finger fanden die dünne, pergamentartige Haut ihres Handgelenks, glitten über den Handrücken, streichelten die deutlich vorstehenden Venen, und er spürte das Blut durch die Adern fließen. Mit wachsender Erregung glitten seine Fingerspitzen ihren Daumen herauf. Die Haut über dem Knöchel war dünner als irgendwo sonst; dort verweilte er eine Weile. Als er schließlich genug davon hatte, wanderten seine Finger zum Nagelbett und anschließend zum Nagel selbst.

Irgend etwas Spitzes stach ihn in die Fingerspitze.

Izgard sog zischend die Luft ein.

Obwohl sein Verstand ihm sagte, es sei nur die gesplitterte Kante eines Daumennagels, machte etwas tief in seinem Inneren ihn glauben, es sei ein Dorn seiner Krone. In der Dunkelheit fühlte sich beides gleich an.

Izgard erstarrte. Die Spitze, die sich in seinen Finger bohrte, war das einzige, was er spürte. Die Dunkelheit im Zelt schien dichter zu werden. Vage war er sich bewußt, daß etwas gegen seinen Rücken drückte, in seine Lungen eindrang und seine Gedanken einhüllte wie Sirup.

Die Dornenkrone erstrahlte vor seinem geistigen Auge, während der vermeintliche Dorn in seinen Finger stach. Er sah sein Spiegelbild in den verschlungenen Goldbändern. Weitere Bilder blitzten in dem Metall auf wie Salz, wenn man es ins Feuer wirft. Sie verschwanden so schnell wie sie kamen; keine Einzelheiten waren zu erkennen, und doch verstand Izgard das Gesamtbild.

Er leckte sich über die Lippen. Die Dornenkrone zeigte ihm Bilder des Krieges.

Plötzlich zogen sie nicht mehr vor seinen Augen vorbei. Sie drangen in seinen Kopf, schlugen, hieben und stachen sich einen Weg in sein Innerstes frei: Blut, zerfetztes Fleisch, zum Schreien geöffnete Münder und das makellose Glitzern von Stahl. Izgard sah viele Dinge, die er nicht verstand, und viele, die er kannte. Die Bilder versengten das rauhe Gewebe seines Geistes, brandmarkten ihn mit dem Zeichen der Dornenkrone und zerstörten, was auch immer darunter lag. Als die Visionen schließlich abklangen und sie alle Gedanken in ihrem Weg entweder verwandelt oder vernichtet hatten, blieb ein letztes Bild in den schwelenden Überresten von Izgards Geist zurück. Er sah sich selbst im Westhafen von Bay'Zell, Herr der Handelsrouten in den Westen, Osten und Süden, Herr von Rhaize, der Bucht des Überflusses und des dahinterliegenden Golfes.

Und all das war erst der Anfang!

Izgard riß sich von dem Mädchen los und stand auf. Das Mädchen griff nach ihm, doch er ignorierte sie. Ihr ausgemergelter Körper stieß ihn plötzlich ab. Das Verlangen hatte seinen Leib verlassen und sich statt dessen in seinem Geist eingenistet. Er wollte haben, was die Krone ihm gezeigt hatte. Alles wollte er haben. Er wollte den Ruhm des Siegers; er wollte die Macht und den Beifall der Kriegsherren und Barone. Doch er wollte auch die dunkle Seite von alledem: die verrottenden Kadaver, die eiternden Wunden, den Schmutz und die Fliegen.

Mit klopfendem Herzen und feuchten Händen wanderte Izgard durch das abgedunkelte Zelt, suchte seine Kleider und zog sich an. Er hatte noch nicht genug getan. Er hätte länger arbeiten und härter kämpfen sollen, ohne Atempause oder Schlaf. Wenn er nicht vorsichtig war, konnte er alles verlieren. Alles. Er mußte mit seinem Schreiber reden.

Die kalte Nachtluft strich über seinen Körper hinweg, als er hinaus ins Lager trat. Das Mädchen kannte seinen Platz und rief ihm nicht hinterher. Vielleicht würde er sie allein deswegen verschonen.

Die Wachen nahmen Haltung an, während Izgard zwischen den ordentlichen Reihen der Zelte hindurchging. Einen Tagesritt östlich von Thorn, am Fuße der Hügel, die die Boral-Berge mit den Vorce-Bergen verbanden, stand das Lager im Zentrum des neu eroberten Gebietes. Im Umkreis von vierzig Meilen lebte niemand mehr, der nicht durch Geburt oder Wahl ein Garizon war. Das war das Werk der Hetzer. Sie töteten um des Tötens willen; sie wollten Blut sehen und Furcht riechen, denn jeder Atemzug eines Mannes, der nicht sein letzter war, brannte wie Gift in ihren Lungen.

Mit einigen wenigen Ausnahmen war Izgard ausgesprochen zufrieden mit ihrer Arbeit. Sie reinigten das Land von allem Fremden und bereiteten es darauf vor, von den Söhnen Garizons übernommen zu werden.

Ederius' Zelt lag dunkel da. Izgard hatte keine Fackel mitgebracht und schlüpfte ohne Ankündigung hinein. Der Schreiber schlief. Seine dunkle Gestalt lag zusammengerollt auf dem Boden; die Knie hatte er an die Brust gezogen. Izgard konnte sehen, daß der alte Mann zitterte. Die Decke über seiner Brust hob und senkte sich in raschen, kurzen Stößen. Die gestrige Schlacht hatte Ederius geschwächt. Seitdem befand er sich in der Obhut der Ärzte.

Izgard kniete sich neben den Schlafenden. Er streckte die Hand aus und hielt ihm Mund und Nase zu. Eine Sekunde verstrich, während der der alte Schreiber versuchte, Luft zu holen; dann bäumte sich sein Leib, und er riß die Augen auf. Izgard drückte noch fester zu und hielt den Mann am Boden.

»Du bist also endlich wach, wie ich sehe«, murmelte er.

Der Schreiber blinzelte hektisch. Das Weiße seiner Augen war strahlendhell. Er schlug mit den Händen hilflos um sich, und sein Mund formte einen stummen Schrei.

Noch immer gestattete Izgard ihm nicht zu atmen. »Sieh mich an«, zischte er und beugte sich bis zu einem Fingerbreit über das Gesicht des alten Mannes. »Sieh den Mann an, der die Dornenkrone trägt.«

Von plötzlicher Panik ergriffen, versuchte Ederius, sich zu befreien. Er wand sich von einer Seite zur anderen und hämmerte mit den Füßen auf den Boden, doch er war schwach, und auch der Mangel an Atemluft forderte seinen Tribut. Schließlich ließ er die Hände sinken und legte sich flach auf den Rücken.

Izgard nickte. Er preßte ihm die Hand so hart auf den Mund, daß er durch die Lippen hindurch die Zähne spüren konnte. »Bin ich dein Herr und Meister, Ederius?« flüsterte er. »Bin ich das?«

Ederius' Augen traten aus den Höhlen. Seine Lungen zogen sich immer mehr zusammen, und dennoch brachte er ein Nicken zustande.

»Und hast du mir einen heiligen Eid geschworen?«

Wieder nickte Ederius, allerdings mehr mit den Augen als mit dem Kopf.

»Und falls eine Gefahr für mich bestünde, würdest du – *wirst* du es mir sagen?«

Der Körper des Schreibers verkrampfte sich. Sein

Brustkorb schlug gegen die Decke, und seine Schultern und Arme begannen zu zucken. Die Sehnen in seinem Hals waren dick wie Taue, als er sich ein weiteres Nicken abrang.

Mit leichten Gewissensbissen zog Izgard die Hand zurück.

Ederius klappte nach vorne, hustete, würgte und klopfte sich wiederholt auf die Brust. Die Tränen standen ihm in den Augen.

Während Izgard ihn beobachtete, stieß er langsam die Luft aus. Sein Atem war weiß. »Schon gut, Ederius«, sagte er und wandte sich ab. »Es ist vorbei.«

Ein Pfeifen, das vielleicht Worte waren, entkam Ederius' Lippen.

Izgard ging durchs Zelt auf der Suche nach einem Krug Wasser. Er konnte bei Dunkelheit besser sehen als andere Menschen, und als er eine Flasche auf einer Truhe entdeckte, griff er sofort danach. »Trink das«, befahl er, zog den Korken heraus und reichte die Flasche Ederius. Dem Geruch nach zu urteilen, handelte es sich um Alkohol und nicht um Wasser.

Ederius nahm die Flasche, trank, schnappte nach Luft und trank noch ein wenig mehr. Er zitterte; offenbar hatte er sich noch immer nicht unter Kontrolle.

Während Izgard ihn beim Trinken beobachtete, fühlte er, wie sein Zorn zurückkehrte. Der Mann war ein Schwächling. Ein *Schwächling*. Er beugte sich vor. »Was ist gestern während der Schlacht geschehen? Warum ist es meinen Hetzern nicht gelungen, Camron von Thorn und Ravis von Burano zu töten?«

»Bogenschützen, Euer Majestät.« Ederius rang sich die Worte zwischen zwei Hustenanfällen ab. »Aber das wißt Ihr sicherlich schon. Die Hetzer sind inzwischen bestimmt wieder ins Lager zurückgekehrt.« Der Schreiber hielt inne. Speichel rann ihm aus dem Mund.

Izgard verspürte den Impuls zurückzuweichen – weg von dem alten Mann und dem Bedürfnis, ihn zu schlagen –, doch er blieb stehen. Er war der König. Er wollte Antworten, und er würde sie auch bekommen. »Warum sind die Hetzer geflohen? Warum hast du sie nicht gezwungen, ungeachtet der Bogenschützen weiterzukämpfen?«

Ederius rieb sich mit der Hand übers Gesicht. Er schwieg.

»Du hast mir Antworten versprochen, Schreiber«, mahnte Izgard.

Ederius schlug die Hand aufs Herz und schrie: »Weil ich zu schwach war, irgend etwas zu tun! Jemand – ein Mädchen – hat in meine Illumination eingegriffen. Ich mußte all meine Kraft aufbieten, um sie aufzuhalten. Sie war gefährlich, unausgebildet ...« Er schauderte. »Niemand vermag zu sagen, was geschehen wäre, wenn ich ihr erlaubt hätte weiterzumachen.«

»Ein Mädchen.« Izgard strich sich mit der Hand über den Hals. »Wer ist sie? Warum hat sie versucht, sich in meine Pläne einzumischen?«

»Ich habe ihr Gesicht schon einmal gesehen.« Ederius atmete tief und langsam, um seinen Körper wieder zu beruhigen. »Sie war bei Ravis von Burano in jener Nacht, da die Hetzer ihn auf der Brücke angegriffen haben.«

Izgard schlug sich mit der Faust aufs Bein. »Ravis von Burano! Ravis von Burano! Immer wieder dieser Name. Dieser elende, verdammte Name. Was bedeutet ihm das Mädchen? In was ist er nun wieder verstrickt?«

Ederius schlang die Decke um seinen Körper und wich in die entfernteste Ecke des Zeltes zurück. »Das Mädchen ist ein Schreiber, Euer Majestät. Eine Anfängerin. Aber sie weiß um die Bedeutung von Mustern, und sie hat versucht, die Hetzer aufzuhalten.«

»Hast du sie vernichtet?«

»Ich habe es versucht.«

Izgard sprang vor, packte die Decke und riß sie Ederius herunter. »*Versucht* ist nicht, was ich hören will. Ist sie tot oder nicht?«

Ederius schüttelte den Kopf. Ohne die Decke war er nackt mit Ausnahme eines Leinentuchs, das er um seine Hüfte geschlungen hatte. »Ich glaube nicht. Verbrannt, ja, aber nicht tot.«

»Das reicht aber nicht. Sie muß gefunden und vernichtet werden. Du sagst, das Mädchen sei unausgebildet, und doch hat sie dich lange genug abgelenkt, um dich an der Ausführung deiner Aufgabe zu hindern. Sie stellt eine Bedrohung für die Hetzer dar, für mich und für die Dornenkrone. Wir dürfen auf keinen Fall zulassen, daß sie ihre Arbeit weiterführt.« Während Izgard sprach, begann das Bild der Krone in seinem Geist zu pulsieren. Er fühlte sich erregt, war begierig, etwas zu unternehmen. »Wo ist sie jetzt? Weißt du das?«

Ederius zitterte. Er hatte die Knie wieder an die Brust gezogen. »In Bay'Zell vielleicht. Ich bin nicht sicher. Ich habe eine Küche und ihr Gesicht gesehen, weiter nichts.«

Izgard nickte. »Bay'Zell ist für den Anfang gut genug. Ich werde noch heute nacht ein Rudel Hetzer dorthin schicken.« Er warf Ederius die Decke zu. »Bedecke dich, alter Mann. Ich will nicht, daß du dir den Tod holst.«

»Es gibt vielleicht einige Muster, mit deren Hilfe ich sie suchen könnte, Euer Majestät. Ich werde sofort bei Sonnenaufgang in meinen Büchern nachsehen.«

»Das wirst du jetzt tun, alter Mann«, erwiderte Izgard und verließ das Zelt. »Ich werde dafür sorgen, daß das Lager in wenigen Minuten taghell erleuchtet ist. Ich bin hier, um Krieg zu führen, aus keinem anderen Grund, und ich werde weder ruhen noch schlafen, bis nicht all meine Feinde besiegt sind und ich mich Herr von Baby' Zell nennen kann.«

Kapitel zwei

Angeline saß vorsichtig auf ihrem Pferd und wählte ihren Weg mit beinahe fanatischer Sorgfalt, damit ihre Innereien nicht wie Glas zerbarsten. Von Zeit zu Zeit blickte Gerta vom Rücken ihrer großen, alten Stute zu ihr herüber, und jedesmal kostete es Angeline all ihre Willenskraft, um nicht zu erröten. Manchmal grub sie ihre Fingernägel in die Schenkel, um sich abzulenken, doch das half nicht immer. Im Augenblick ließ sie *alles* erröten.

Sie überquerten die Vorce-Berge in Richtung des Passes, hinter dem die Grenze zu Rhaize verlief. Izgard hatte Angeline ins Lager befohlen. Also hatte man in aller Eile eine kleine Reisegruppe zusammengestellt – Angeline, Gerta, Schneemann, ein Dutzend Bewaffnete und ein Koch –, und einen Tag, nachdem der Bote die Festung Sern erreicht hatte, waren sie aufgebrochen. Angeline war zunächst ein wenig überrascht gewesen, wie schnell alles geschehen war. Erst jetzt begriff sie allmählich die gesamte Tragweite der Ereignisse.

Sie war auf dem Weg in ein Heerlager – in den Krieg.

Angeline runzelte die Stirn. Der Gedanke behagte ihr nicht sonderlich. Sie griff hinunter, um Schneemann zu streicheln.

Schneemann hockte in Angelines rechter Satteltasche und fühlte sich so hundeelend, wie sich ein nichtsnutziger Hund nur fühlen konnte. Mit seinen dunklen Augen blickte er zu Angeline empor, neigte verwirrt den Kopf zur Seite und quiekte wie eine Maus.

Schneemann runter. Schneemann runter.

Angeline vermutete, daß er vielleicht an Reiseübelkeit litt, und sie hätte nichts lieber getan, als anzuhalten und sich ein wenig um ihn zu kümmern; doch obwohl sie wußte, daß sie als Kopf der Reisegesellschaft jederzeit einen Halt befehlen konnte, wagte sie es nicht. Was wäre, wenn sie den Befehl geben würde, und alle würden ihn ignorieren? Was wäre, wenn die zwölf Soldaten beim Klang ihrer Stimme in schallendes Gelächter ausbrechen würden? Wäre ihr Vater noch am Leben gewesen, wäre sie einfach zu ihm gegangen, um ihm zu sagen, was sie wollte, und nur Sekunden später hätte er mit seiner tiefen, respekteinflößenden Stimme Befehle gebrüllt. Ihn hatte niemals jemand ignoriert – noch nicht einmal Izgard.

Von plötzlicher Traurigkeit erfüllt streichelte Angeline über die winzigen, weichen Härchen hinter Schneemanns Ohren. »Schon gut, Schneemann«, sagte sie. »Wir beide werden einfach das Beste daraus machen.«

In Wahrheit fühlte Angeline sich nicht viel besser als ihr Hund. Und selbst die Freude darüber, an einem solch wunderschönen Tag hier draußen in den Bergen zu sein, vermochte sie nicht von ihrer Übelkeit abzulenken. Dabei half ihr auch nicht gerade, daß Gerta ständig über sie wachte wie eine Glucke. Wegen ihrer Lügen hatte Angeline ein ausgesprochen schlechtes Gewissen, und zu allem Überfluß war der Weg, über den sie ritten, auch noch holpriger als die Kruste auf einem von Dham Fitzils Apfel- und Haselnußkuchen.

Äpfel und Haselnüsse. Allein bei dem Gedanken daran drehte sich Angeline der Magen um. Tatsächlich galt das sogar für jede Form von Nahrung, einschließlich ihres Lieblingsessens: Erdbeeren mit Schlagsahne. Doch als wäre das alles noch nicht genug, untermalte ihr Magen seine Rebellion auch noch mit den entsprechenden Geräuschen. Angeline stieß einen verzweifelten Seufzer aus. Jetzt wurde sie doch schon wieder rot!

»Fühlt Ihr Euch nicht wohl, Mylady?« rief ihr Gerta über den Weg hinweg zu. Ohne ihr übliches Arsenal an Nähzeug und ohne die Nadeln im Mund schien sich Gerta außerordentlich unwohl zu fühlen – wie ein Barde ohne Leier, dachte Angeline.

»Es geht mir gut, Gerta. Es ist nur ...« Angeline schaute sich auf der Suche nach einer Inspiration um: Sie sah hohe, graue Felshänge, kleine Wiesen voller Blumen, seltsame kleine Büsche, zwischen denen ebenso seltsame Vögel herumflatterten und die strahlendhelle Sonne an einem wolkenlosen Himmel. »Es ist nur so heiß. Das ist es. Mir ist zu heiß.«

»Dann sollten wir wohl lieber eine kleine Rast einlegen.« Gerta drehte sich in ihrem Sattel von einer Seite zur anderen. »Alles anhalten! Alles anhalten! Zelte aufstellen! Ihre Hoheit muß sich eine Zeitlang im Schatten ausruhen. Du da drüben. Ja, du mit der Stange. Lauf los, und such einen kühlen Bach für Ihre Hoheit. Und du mit den Satteltaschen, breite eine der besten Decken auf den Boden. Sofort! Nicht erst, nachdem du den Dreck unter deinen Fingernägeln inspiziert hast.«

Beim Anblick von Gerta in Aktion empfand Angeline eine Mischung aus Schuld und Erleichterung. Sie bewunderte Gerta für ihre Fähigkeit, Menschen dazu zu bringen zu tun, was sie wollte, und sie war froh darüber, sich eine Weile ausruhen zu können, doch gleichzeitig fühlte sie sich schlecht, körperlich *und* seelisch. Gerta sorgte sich *wirklich* um sie – so wie Schneemann oder Vater –, und dennoch mußte sie diese schreckliche Lüge aufrechterhalten.

Angeline runzelte die Stirn und rutschte vom Pferd. Ihr

war nun richtig übel, und noch nicht einmal die Tatsache, Schneemann endlich wieder im Arm halten zu können, verschaffte ihr Erleichterung. Wären es nur Schuldgefühle gewesen, die diese Übelkeit verursacht hätten, dann wäre sie vermutlich damit fertig geworden, doch tief in ihrem Herzen wußte sie, daß es mehr war als nur das.

Sie war wirklich, *wirklich* schwanger. Sie zeigte alle Symptome: das Erröten ohne Grund, die Übelkeit, die Schmerzen in ihrer Brust und das Ausbleiben ihrer Tage. Sie war schwanger, und sie konnte es niemandem sagen. Gerta wäre wütend, weil sie sie getäuscht hatte, und Izgard wäre wütend, weil sie ihr ungeborenes Kind durch eine sinnlose Reise über die Berge in Gefahr gebracht hatte. Ihre Innereien könnten schon hinter der nächsten Kurve wie Glas zerbrechen! Dann wäre jeder wütend auf sie. Jeder.

Angeline setzte Schneemann auf den Boden, hockte sich auf einen Felsen und beobachtete, wie das Mittagslager aufgeschlagen wurde. Die Wahrheit war, daß sie sich dieses Kind *wünschte* – mehr sogar, als sie es jemals für möglich gehalten hätte –, und der Gedanke, daß sie es durch diese Reise vielleicht gefährden könnte, war so erschütternd, daß er ihr körperliche Schmerzen bereitete. Ihr Vater hatte immer von einem Enkelkind geträumt. »Ein hübsches kleines Baby, so hübsch wie mein braves kleines Mädchen«, hatte er immer gesagt. Nur daß es ihren Vater inzwischen nicht mehr gab – ebensowenig wie sein »braves kleines Mädchen«.

Sie war ein *böses* Mädchen. Sie hatte gelogen, hatte Gerta getäuscht und Izgard betrogen, damit er sie zu sich befahl. Und wofür? Um *draußen* zu sein. Angeline schaute sich um. Die Berge wirkten grau; ihre Gipfel waren in der warmen Luft nur verschwommen zu erkennen, und Pollen und Insekten schwebten an Angelines Gesicht vorbei. Hier war es zwar viel hübscher als in der

Festung Sern, doch sie würde nicht in den Bergen bleiben. Sie würde im Lager einer Armee leben, die sich im Krieg befand, zu jeder Zeit bewacht, schwanger, doch ohne die Möglichkeit, es irgend jemandem zu sagen. Und Izgard würde ständig in ihrer Nähe sein: Izgard, dessen Zorn stets ausbrechen konnte, sollte sie es wagen, auch nur einen einzigen falschen Schritt zu tun.

Trotz der Hitze fröstelte Angeline. Sie hatte einen schrecklichen, schrecklichen Fehler begangen.

Wie immer, wenn sie verängstigt oder betrübt war, klopfte sie sich auf die Schenkel, um Schneemann herbeizurufen. Der kleine Hund kam sofort – im Augenblick war er einfach nicht er selbst. Angeline beugte sich nieder und hob ihn auf. Sie verdrängte eine weitere Welle der Übelkeit, legte die eine Hand auf den Bauch und die andere auf Schneemanns Nacken und flüsterte: »Du und ich, Schneemann, wir sind ganz allein. Es gibt nur dich und mich.«

»Und hier sind noch einmal zehn Silberstücke für ein Pferd, Fräulein.« Emith reichte Tessa eine zweite Börse. »Das sollte auch noch für Notfälle reichen. Oh, und erinnert Euch daran, die hier an einem anderen Ort aufzubewahren als die andere. Und paßt immer auf Euch auf. Immer!«

Obwohl Emith ihr den gleichen Rat seit dem Frühstück schon mindestens zehnmal gegeben hatte, nickte Tessa pflichtbewußt. Sie nahm die Börse – die so schwer war, als enthielte sie das Doppelte von dem, was Emith behauptet hatte – und band sie an ihren Gürtel.

Sie standen auf dem Kai im Schatten eines Dreimasters, der Tessa nach Maribane bringen würde. Schauermänner gingen an ihnen vorüber und schoben und trugen Fässer, Truhen und Kisten die Laufplanke hinauf.

Seeleute riefen einander durch die Takelage Beleidigungen, Warnungen und Anweisungen zu. Seemöwen kreischten; Holz knarrte; Passagiere warteten in kleinen Gruppen darauf, an Bord gehen zu dürfen, und auf dem Achterdeck stand ein Mann mit Turban, der auf einer Lakritzstange kaute und jedermann in Sichtweite Befehle erteilte.

Tessa konnte gar nicht glauben, daß es schon losging. Es war erst fünf Tage her, daß sie mit schmerzendem Kopf und verbrannten Händen aufgewacht war und Emith gebeten hatte, ihr eine Passage nach Maribane zu besorgen. Danach war im Haushalt der Familie Emith alles sehr rasch gegangen. Emith hatte sein Bestes getan, um ihr zu helfen und sie angemessen für die Reise auszustatten, wenn auch zu Anfang ein wenig widerwillig. Sie besaß nun ein Paar neue Stiefel, Handschuhe, einen Umhang und ein neues Kleid, eine Scheide für Ravis' Messer und einen ledernen Rucksack, worin sie den Rest ihrer Habseligkeiten verstauen konnte. Emith hatte ihr sogar einen Kamm und Haarschleifen gekauft – allerdings war letzteres vermutlich die Idee seiner Mutter gewesen. Niemand war so gründlich in seinen Vorbereitungen wie Mutter Emith.

Die alte Dame hatte die gesamte Operation aus der sicheren Zuflucht ihres Stuhls heraus geleitet: Sie hatte angeordnet, welche Vorräte gekauft wurden, was zwecks Bargeldbeschaffung verpfändet wurde, und sie hatte den Lederrucksack genäht. Zu guter Letzt hatte sie sich auch noch eine passende Geschichte ausgedacht, mit der Tessa gegebenenfalls erklären konnte, warum sie als Frau alleine reiste. Dabei hatte Mutter Emith alles Mögliche in Betracht gezogen: Schiffsfahrpläne, Wetterberichte und örtliche Sitten und Bräuche. All das hatte sie zu einem großen Ganzen zusammengefügt, mit dessen Hilfe Tessa jedermann täuschen konnte – theoretisch zumindest.

Tessa selbst war geschrubbt und zurechtgemacht worden, bis sie endlich »respektierlich« aussah, ohne jedoch allzu »ansehnlich« zu wirken. Mutter Emith hatte ihr lang und breit die Gefahren geschildert, die es mit sich brachte, auf See die Blicke eines lüsternen Mannes auf sich zu ziehen.

»Zumindest bist du in einem Alter, wo man davon ausgeht, daß du verheiratet bist«, hatte sie erklärt, während sie ihr das Haar zu einem großmütterlichen Knoten zusammengebunden hatte. »Und besteh darauf, daß dich auf dem Schiff jedermann mit ›Frau‹ und nicht mit ›Fräulein‹ anredet – besonders gegenüber dem Kapitän.«

Tessa strich über den Haarknoten und lächelte. Es war ihr schwergefallen, Lebewohl zu sagen, sehr schwer. Mutter Emith wäre beinahe sogar aus ihrem Stuhl aufgestanden, aber eben nur beinahe. Auf jeden Fall hatte sie sie so fest an ihre Brust gedrückt, daß Tessa geglaubt hatte, sie würde niemals wieder loslassen. Schlußendlich tat sie es aber doch, und als Tessa in der Tür stand, hielt die alte Dame bereits wieder ihr Messer in der Hand und war mit Gemüseschälen beschäftigt. Was auch immer an einem Tag geschehen mochte, die Vorbereitungen für das Abendessen durften nicht vernachlässigt werden.

Bei der Erinnerung an diesen Abschied mußte Tessa vor Rührung schlucken und sie drehte sich zu Emith um. Der hockte auf dem Boden und zog die Schnüre an ihrem Rucksack fest, um sicherzustellen, daß nichts herausfallen konnte.

»Alle Mann an Bord! Der Kapitän sagt: Alle Mann an Bord!« Der Mann mit dem Turban spie seine Lakritzstange aus. »Wir segeln noch in dieser Stunde! Alle Mann an Bord!«

Mit Taschen in der Hand oder Truhen im Schlepptau machten sich die Passagiere auf den Weg die Planke hinauf. Tessa zählte insgesamt über ein Dutzend Männer und Frauen, die das Schiff bestiegen, obwohl Mutter Emith erklärt hatte, die *Terrier* sei vornehmlich ein Handelsschiff, das Waren zwischen Kilgrim und Bay'Zell hin und her transportierte.

»Alle Mann an Bord!« rief der Turbanmann und blickte in Tessas Richtung. »Alle Mann an Bord!«

»Hier, Fräulein. Hier ist Euer Rucksack.« Emith reichte Tessa ihr Gepäck. Außerhalb seiner normalen Umgebung – der Küche seiner Mutter – wirkte er klein und verloren.

Tessa fühlte sich genauso. Als sie Emith in die dunkelblauen Augen blickte, bekam sie einen Kloß im Hals. Ihr ganzes Leben lang hatte sie das Reisen geliebt, das Gefühl auf dem Weg zu einem anderen Ort zu sein, zu neuen Städten und Menschen. Doch hier stand sie nun, endlich befreit von der Enge in Mutter Emiths Küche, am Beginn einer Reise zu einer fernen, unbekannten Insel jenseits der Küste von Maribane, und trotzdem wünschte sie sich nichts sehnlicher, als Emith zurück nach Hause begleiten zu können.

Sie wollte nicht fort von hier. Zum ersten Mal in ihrem Leben wollte sie einen Ort nicht verlassen.

Sie stieß einen leisen Seufzer aus und dachte kurz darüber nach, ob sie Emith die Arme um den Hals werfen sollte, doch sie entschied sich dagegen. Diese Zurschaustellung von Zuneigung würde ihn nur verlegen machen. »Paß gut auf deine Mutter auf, während ich weg bin. Sag ihr Lebewohl von mir.«

Emith entwickelte plötzlich ein intensives Interesse an seinem Ärmel. »Das werde ich. Wenn sie nicht wäre, würde ich ...«

»Ich weiß. Du würdest mich begleiten.« Tessa versuchte zu lächeln, doch ein schiefes, unbeholfenes Grinsen war alles, was sie zustande brachte.

»Alle Mann an Bord! Alle Mann an Bord!«

»Ihr solltet jetzt wirklich gehen, Fräulein. Vergeßt nicht, immer auf Euch aufzupassen. Redet nicht mit Fremden, und sucht immer die Nähe anderer Frauen.«

Tessa starrte gemeinsam mit Emith auf dessen Ärmel. »Ich werde nichts von dem vergessen, was du mir gesagt hast. Nichts.«

Der Ärmel hob sich. Tessa spürte Emiths Hand auf ihrem Arm. »Geht jetzt, Fräulein. Mögen die vier Götter über Euch wachen und Euch sicher und gesund wieder zu uns zurückbringen.«

Tessa legte nun ihrerseits die Hand auf Emiths Arm. Unzählige Gefühle rangen in ihr um die Vorherrschaft – neue Gefühle wie Angst und Sorge und der Wunsch, ihn niemals loslassen zu müssen.

»Letzter Aufruf! Alle Mann an Bord!«

Tessa warf sich den Rucksack über die Schulter und blickte Emith ein letztes Mal in die Augen; dann drehte sie sich um und ging davon. Es war Zeit, die Reise zu beginnen.

Die Sonne erwärmte ihren Rücken, während sie die Laufplanke hinaufstieg. Nach sieben Wochen der Klausur in Mutter Emiths Küche waren die Laute und Gerüche so vieler Menschen geradezu überwältigend. Tessa kam sich vor, als sei sie ein Schmetterling, der soeben zum ersten Mal den Schutz seines Kokons verlassen hatte. Seltsam, aber während der Zeit, die sie mit Emith und seiner Mutter verbracht hatte, hatte sie fast vergessen, wo sie sich befand. Nun jedoch kam es ihr wieder zu Bewußtsein. Sie befand sich in einer fremden Welt mit fremden Menschen; sie war unendlich weit von zu Hause entfernt.

Unbewußt faßte sie an das Band mit dem Ring, den sie in ihrem Mieder verborgen hielt. Dabei hatte sie wieder einmal vergessen, die gesunde linke anstatt der verbrannten rechten Hand zu benutzen, und so schoß ein stechender Schmerz ihren Arm hinauf. Der Schmerz riß sie aus ihren Gedanken.

»Hier, Fräuleinchen«, rief ein junger Mann mit lückenhaftem Gebiß und streckte Tessa die Hand entgegen, als ihr Fuß das Deck berührte. »Laßt mich Euch mit dem Rucksack helfen.«

In Erinnerung an Mutter Emiths Rat schüttelte Tessa den Kopf. »Nein. Er ist nicht schwer. Ich kann ihn selbst tragen. Und außerdem heißt es ›gnädige Frau‹ und nicht ›Fräuleinchen‹.«

Tessa fühlte ihre alte Kraft wieder zurückkehren. In den vergangenen fünf Tagen hatte sie nicht sonderlich gut geschlafen. Blasen hatten sich auf ihrem verbrannten Handteller gebildet, aus denen immer wieder Blut und Eiter hervorgebrochen waren. Vor lauter Schmerz hatte sie sich des Nachts unaufhörlich hin und her gewälzt. Wenn sie dann schließlich doch einmal eingeschlafen war, hatte sie auch keine richtige Ruhe gefunden. Der Hetzer mit den goldenen Augen hatte sie bis in ihre Träume verfolgt.

Der Mann mit dem lückenhaften Gebiß wich zurück, und Tessa betrat das Deck. Die *Terrier* schwankte leicht, was Tessa daran erinnerte, daß sie sich nicht mehr an Land befand. Durch eine Gruppe plappernder Kinder hindurch und an einer Frau mit spitzem Hut vorbei, dessen Schleier kaum die Augenbrauen bedeckte, bahnte sie sich einen Weg zur Reling. Mit der rechten Hand hielt sie den Schulterriemen des Rucksacks umklammert, während die linke unauffällig unter dem Umhang auf dem Knauf von Ravis' Messer ruhte.

Emith war leicht zu finden. Inmitten des geschäftig hin und her eilenden, ungepflegten Pöbels stellte er eine Insel der Ordentlichkeit dar. Heute morgen hatte er seine Garderobe mit besonderer Sorgfalt ausgewählt. Tessa entdeckte seine weinrote Weste, die unter dem Mantel hervorlugte, und wünschte, sie hätte ihm gesagt, wie gut er damit aussah. Sie beugte sich vor und winkte heftig, um seine Aufmerksamkeit zu erregen.

Sie hätte sich die Mühe sparen können. Emith erwiderte das Winken sofort, als hätte er sie nicht eine Sekunde aus den Augen gelassen. Beim Anblick seines sanften, vertrauten Gesichts mußte Tessa nun schon zum wiederholten Male schlucken.

Die *Terrier* begann heftig zu schaukeln, als sie ein Stück vom Kai forttrieb und die Haltetaue sich spannten.

»Klar zum Ablegen!« Der Turbanmann stand breitbeinig auf dem Achterdeck und übernahm das Kommando. »Anker lichten! Luken dicht! Leinen los!«

Seeleute eilten vom Achterdeck mittschiffs und vom Bug zum Heck. Mit Messern zwischen den Zähnen, Tauen um die Schultern und mit Metallbechern voller Wachs und Schmiere an den Gürteln bewegten sie sich zwischen den Passagieren hindurch wie Tänzer. Über ihren Köpfen schwankten die Masten, als die Segel gesetzt wurden und ein plötzlicher Ruck durch die Takelage ging.

Tessa spürte, wie der Wind auch an ihren Haaren riß und sich einzelne Strähnen in Stirn und Schläfen aus dem Knoten lösten. Unter ihren Füßen erbebte das Schiff, während es sich langsam von der Anlegestelle entfernte. Emith blickte zu ihr hinüber. Sein Gesicht war klein und blaß. Tessa hatte aufgehört zu winken; sie beobachtete Emith nur, während ihre Hände die Reling umklammert hielten.

Plötzlich donnerten Pferdehufe über den Kai.

»Platz da!« rief eine Stimme. »Platz da!«

Ein Reiter preschte durch die Menge heran. Er war ganz in Schwarz gekleidet und hielt eine Reitgerte in der Hand. Schreiend sprangen ihm die Menschen aus dem Weg. Frauen flohen, und Kinder kreischten. Unbeirrt hielt der Reiter seine Geschwindigkeit bei. Holzbohlen splitterten unter den Hufen seines Pferdes, als er sich der Anlegestelle näherte. Tessa hielt ihn für verrückt: Der Mann trieb sich und sein Pferd direkt ins Meer hinein!

Dann erhellte das Sonnenlicht sein Gesicht.

Tessa hielt den Atem an. Ihre Finger krallten sich in die Reling. Es war Ravis.

»Die Planke raus!« brüllte er, riß an den Zügeln, und die Menschen in seiner Nähe stoben auseinander. »So wahr Gott mein Zeuge ist, ich werde dieses Schiff nicht versäumen!«

Tessa blickte auf die wachsende Lücke zwischen Schiff und Landungsbrücke. Die See besaß die Farbe von Schlamm. Auf dem Hauptdeck schoben zwei Seeleute eine Planke hinaus, um die Lücke zu überbrücken. Sie war bereits zu groß. Weitere Seeleute eilten herbei. Die Planke wurde zur Hälfte wieder zurückgezogen, und insgesamt fünf Seeleute lehnten sich auf das eine Ende.

»Du wirst schon springen müssen!« rief einer von ihnen und spuckte sich in die Hände. »Wenn du den Mut dazu hast!«

Das Pferd kam zum Stillstand. Ravis warf die Gerte zu Boden, packte die Satteltaschen, sprang aus dem Sattel und rannte die letzten Meter über die Anlegestelle. Die Bohlen bebten unter seinen Stiefeln, und aus seinem Zopf hatten sich Haarsträhnen gelöst. Die Sehnen in seinem Hals waren so weiß wie die Möwen, die über seinem Kopf kreisten. Tessa sah, daß er die Hände zu Fäusten geballt hatte, und seine Zähne bearbeiteten die Narbe auf seiner Lippe. Tessa umklammerte die Reling, daß die Fingerknöchel weiß hervortraten, während sie gebannt zusah, wie Ravis die letzte Bohle erreichte und sprang.

Den Bruchteil einer Sekunde lang war Ravis nur noch ein verschwommener Fleck. Wie ein Armbrustbolzen schoß er durch die Lücke zwischen Kai und Schiff. Ein leises Zischen entfuhr Tessas Lippen. Die Seeleute an der Planke drängten sich aneinander. Ravis' Körper schien einen Augenblick lang in der Luft zu hängen ... dann schlug er auf die Planke.

Das rechte Bein vorgestreckt, traf sein Fuß mit voller Wucht auf das Holz.

Krach!

Das Holz splitterte. Der Teil der Planke, der übers Wasser ragte, gab gefährlich nach, doch Ravis' Schwung reichte aus, um ihn weiter Richtung Schiff zu tragen. Er ruderte mit den Armen und streckte schließlich eine Hand aus in dem Bemühen, das Deck zu erreichen. Ravis schien so geschmeidig zu sein wie eine Schlange. Seine Finger berührten die Reling. Der Seemann, der in die Hände gespuckt hatte, packte Ravis' Hand. Ein zweiter Mann griff nach dem Handgelenk, und ein dritter versuchte, den Arm zu erwischen. Gemeinsam holten sie Ravis ein, als sei er ein Fischernetz: erst den Arm, dann die Schultern, den Kopf, den zweiten Arm, Brust, Hüfte und schließlich die Beine.

Tessa seufzte erleichtert.

Schwer atmend und zitternd richtete sich Ravis wieder auf. Er erholte sich rasch. Sehr rasch sogar. Gelassen strich er sich mit der Hand übers Haar und drehte sich zu den Passagieren und dem Rest der Mannschaft um, die wie Tessa das Geschehen vom Achterdeck aus beobachtet hatten. Nachdem er ein paarmal tief durchgeatmet hatte, verbeugte er sich und sagte:

»Verzeiht mir, ehrenwerte Damen und Herren. Ich hatte gehofft, zehn Minuten früher einzutreffen, denn dann hätte ich Euch wirklich eine Schau bieten können.«

Lauter Jubel folgte dieser Äußerung.

Die Seeleute schlugen mit ihren Bechern aufs Deck, Kinder drängten herbei, und die Matrosen, die Ravis gerettet hatten, klopften ihm anerkennend auf die Schultern.

Tessa lächelte, und als Ravis sich zu ihr umdrehte, lachte sie lauthals auf. Er sah phantastisch aus.

»Als Mutter Emith mir sagte, du würdest nach Maribane segeln, habe ich mich sofort auf den Weg zum Hafen gemacht.« Ravis zuckte mit den Schultern. »Vielleicht ist dabei die ein oder andere Ratte meiner Eile zum Opfer gefallen.«

Er war gerade vom Kapitän zurückgekehrt, bei dem er für die Passage gezahlt hatte, und nun war er damit beschäftigt, es sich in Tessas Kabine bequem zu machen. Seine Reitstiefel, der Umhang und die Satteltaschen lagen auf einem Haufen neben der Luke.

Die Kabine selbst war klein und seltsam gebaut – wie eine Treppenkammer –, und sie war gerade groß genug, daß ein erwachsener Mann sich darin ausstrecken konnte. Die Decke war so niedrig, daß Tessa sich zwar aufrichten konnte, doch ihre Haare berührten die Deckenbalken. Die Kabine lag in der Nähe der Frachträume, und es roch nach allen möglichen Kräutern und nach Staub, den man in den Ecken vergessen hatte. Eine kastenförmige Koje, die mehr aus Nägeln denn aus Holz zu bestehen schien, nahm den größten Teil des Raumes ein. Die Kajüte wurde von einer Hängelaterne aus Messing erhellt, die mit dem Schiff hin und her schwang und ihr Licht mal hierhin und mal dorthin warf.

Ravis setzte sich auf die Koje und lehnte sich mit dem Rücken gegen die Wand, während Tessa auf dem Boden kniete. Aus der Nähe betrachtet sah er blaß und müde aus, und obwohl er sich bemühte, es zu verbergen, zuckte er bei jeder Bewegung kaum merklich zusammen. Tessa fragte sich, wie er überhaupt den Sprung vom

Kai aufs Schiff hatte schaffen können, denn er fühlte sich offensichtlich alles andere als gut. Zwar waren bereits zwanzig Minuten seit seinem Sprung vergangen, doch seine Brust hob und senkte sich rasch.

»Wie weit bist du heute geritten?« fragte Tessa, die sich nach außen nicht anmerken lassen wollte, wie besorgt sie war.

»Ich bin nicht sicher – sechzig, neunzig Meilen.« Ravis' dunkle Augen trafen ihren Blick. »Du hast nicht zufällig etwas Berriac in deinem Rucksack, oder? Ich habe meine letzte Flasche kurz hinter Runzy aufgebraucht.«

Nervös und unsicher zog Tessa ihren Rucksack zu sich heran, um ihn zu durchsuchen. Ravis kam ihr plötzlich wie ein Fremder vor. Sie kannte ihn eigentlich gar nicht. Sie hatten nur einen einzigen ganzen Tag miteinander verbracht, und das schien schon eine Ewigkeit her zu sein. Und doch saß er hier vor ihr, nahm den größten Teil der Kabine für sich in Anspruch, roch nach Schweiß, Pferden und weit entfernten Orten und war ohne Rücksicht durch die dicht bevölkerten Straßen einer Stadt gehetzt, nur um bei ihr zu sein.

Tessa durchwühlte den Rucksack, bis sie die glatte, kalte Oberfläche einer Zinnflasche ertastete. Sie nahm sie heraus, entkorkte sie und hielt sie sich unter die Nase. Der scharfe Geruch ließ sie blinzeln. »Hier«, sagte sie und reichte Ravis die Flasche. »Das sollte dir helfen.«

Ravis nahm die Flasche und trank, ohne vorher daran zu riechen oder eine Kostprobe zu nehmen. Der Neigung der Flasche nach zu urteilen, trank er ein volles Drittel des Inhalts, bevor er sie wieder absetzte. Schließlich wischte er sich mit dem Handrücken über den Mund und sagte: »Wie ich sehe, trägst du immer noch mein Messer.«

Tessa blickte auf ihre Hüfte. Das Messer war unter dem Umhang nicht zu sehen. Verwirrt verzog sie das Gesicht.

Ravis lächelte. »Ich habe es vorhin kurz gesehen, als du dich vornüber gebeugt hast, um mir die Flasche zu geben.«

»Beobachtest du alle Menschen so genau?«

»Alle.«

Tessa fühlte sich durch seinen selbstsicheren Gesichtsausdruck herausgefordert. »Und was kannst du mir sonst noch über mich sagen?«

Ravis neigte den Kopf zur Seite. »Na gut. Wenn du darauf bestehst. Du hast eine schlimme Wunde unter dem Verband an der rechten Hand. So schlimm sogar, daß du dir die Mühe gemacht hast, die Flasche mit der linken anstatt mit der rechten Hand zu entkorken. Seit ich dich das letzte Mal gesehen habe, hast du zugenommen, und wenn ich das sagen darf: Du siehst besser aus. Obwohl Mutter Emith sich bemüht hat, dich weniger anziehend zu machen, indem sie dir das Haar zurückgebunden hat wie einer Ordensschwester, hat sie dich in Wahrheit sogar noch schöner gemacht. Jeder Mann, der dich nun ansieht, wird gezwungen sein, dir in die Augen anstatt auf die Haare zu schauen.«

Tessa errötete und ärgerte sich über sich selbst. Sie blickte auf ihre Hände, unfähig, Ravis' Blick zu erwidern. Was hatte sie sich nur dabei gedacht, eine derart dumme Frage zu stellen?

Ravis reichte ihr die Flasche. »Anscheinend könntest du jetzt auch einen Schluck vertragen.«

Tessa riß ihm die Flasche aus der Hand. Obwohl sie nicht zu sagen vermochte, ob er lächelte oder nicht, war die Belustigung in seiner Stimme unverkennbar.

»Und du?« fragte er leise. »Was kannst du über mich sagen?«

Tessa antwortete, ohne zu zögern. »Du hast Schmerzen, doch du tust so, als sei alles in Ordnung.« Noch immer nervös, trank sie einen kräftigen Schluck aus der Flasche.

Ravis betrachtete sie einen Augenblick lang, ohne zu blinzeln. Als er schließlich wieder das Wort ergriff, war alle Heiterkeit aus seiner Stimme gewichen. »Ich bin vor einer Woche im Kampf verwundet worden. Die Klinge war unsauber, und deshalb hat sich die Wunde entzündet.« Er legte die Hand auf die Rippen. »Ich glaube nicht, daß fünf Tage ununterbrochenes Reiten den Heilungsprozeß gefördert haben.«

Tessa gab ihm die Flasche zurück. Mit einem Mal verspürte sie weder Zorn noch Verlegenheit. »Kampf? Warst du bei Camron von Thorn zwischen den gebrochenen Steinen?«

Ravis musterte Tessa lange und intensiv. Er nahm die Flasche nicht an. »Was weißt du von dieser Schlacht?«

Die Verbrennung auf Tessas Hand machte sich wieder bemerkbar und sandte einen pochenden Schmerz den Arm hinauf. Das Schiff neigte sich unvermittelt zur Seite. Die Laterne schlug gegen einen Dachbalken, und die Flamme drohte kurzzeitig zu verlöschen. Obwohl ihr nicht kalt war, zog sie den Umhang enger um die Schultern.

»Ich war dort«, antwortete sie betont ernst und langsam, um zu vermeiden, daß Ravis sie mißverstand. »Ich habe gesehen, wie die Hetzer Camron von Thorn umzingelt haben. Ich habe gesehen, wie er versucht hat, das Leben eines anderen Mannes zu retten und sich gleichzeitig diese Monster vom Leib zu halten.«

»Du hast ein Muster gezeichnet.«

Das war keine Frage; dennoch nickte Tessa. »Ja. Ich habe ein Muster gezeichnet. Und irgendwann habe ich die Kontrolle verloren. Ich konnte die Hetzer riechen, sie hören ...« Sie schauderte. »Ich habe immer weitergemacht. Ich hatte das Gefühl, beinahe durch das Pergament *hindurch*sehen zu können. Ich konnte alles klar erkennen: Camron, die Hetzer, ihre Messer, das Blut ...«

Als sie bemerkte, daß ihr die Stimme zu versagen drohte, schrie sie: »Ich habe versucht, ihm zu helfen! Aber ich wußte nicht, was ich tun oder wo ich anfangen sollte. Kurz habe ich geglaubt, Erfolg zu haben – die Hetzer begannen zurückzuweichen –, doch dann ...« Sie schüttelte den Kopf. Mehr konnte sie nicht sagen.

»Was ist geschehen?« Ravis' Stimme klang hart.

»Irgend etwas hat sich auf mich gestürzt. Es hat mich gesehen; es hat gewußt, daß ich dort war, und es ist durch das Pergament gekommen, um mich zu ergreifen.« Der Schmerz in ihrer Hand war mittlerweile fast unerträglich. Unruhig schaukelte sie hin und her. »Ich habe Augen gesehen, die mich beobachteten. In meinem Kopf habe ich einen schrecklichen Druck gespürt, und dann hat meine Hand zu brennen begonnen.« Tessa zuckte hilflos mit den Schultern. »Das nächste, woran ich mich erinnere, ist, daß ich einen vollen Tag später in Mutter Emiths Küche aufgewacht bin.«

Ravis biß sich auf die Narbe. »Wie konntest du nur etwas derart Dummes tun? Hat Emith dich nicht gewarnt? Hast du nicht nachgedacht? Du hättest getötet werden können. *Getötet.* Das hier ist kein Spiel. Die Gefahren sind real. Du hättest im selben Augenblick aufhören müssen, da du die Hetzer gerochen hast. Du hättest den Pinsel hinlegen und einfach weggehen sollen. Du hättest dich niemals einmischen dürfen. *Niemals.*«

Ravis' Zorn verwunderte Tessa. Sie verstand ihn nicht. »Ich bin kein kleines Mädchen. Ich weiß, daß das, was ich getan habe, gefährlich war; aber was hätte ich denn sonst tun sollen? Camron war von den Hetzern umzingelt. Ich konnte ihn doch nicht einfach seinem Schicksal überlassen. Ich mußte etwas tun – *irgend etwas.* Ich mußte es zumindest versuchen.«

»Es war ganz und gar nicht notwendig, daß du dein Leben riskiert hast. Ich hatte alles unter Kontrolle.« In

Ravis' Stimme lag noch etwas anderes als Zorn, doch Tessa konnte es nicht benennen.

Allerdings machte sie sich auch nicht die Mühe, es herauszufinden; statt dessen schrie sie: »Ganz so viel Erfolg scheinst du aber nicht gehabt zu haben, stimmt's?«

»Was meinst du damit?«

»Ich meine damit, daß Camron tot ist! Und wenn ich mehr gewußt oder mich mehr bemüht hätte, wäre er heute vielleicht bei uns auf diesem Schiff.« Während sie sprach, stiegen ihr die Tränen in die Augen. Warum reagierte sie so gefühlsbetont? Sie kannte sich selbst nicht mehr.

»Camron ist nicht tot.« Ravis' Stimme klang nur ein klein wenig sanfter als vorher. »Er lebt und ist auf dem Weg nach Mir'Lor. Ich habe ihn den Klauen der Hetzer entrissen.«

Tessa bemühte sich verzweifelt, seinen Worten einen Sinn zu geben. Der Schmerz in ihrer Hand und das Schaukeln des Schiffes forderten ihren Tribut. Ihr wurde zunehmend übel. »Du hast ihn gerettet?« fragte sie schließlich wie ein kleines Kind, dem man die einfachsten Dinge erklären muß.

»Ja. Ich und ein Dutzend Bogenschützen.« Ravis strich sich mit dem Finger über die Lippe. »Ich habe meine Einheit zurückgehalten. Ich wußte, daß das Ganze eine Falle war, doch ich wußte nicht was für eine. Das letzte, was ich erwartet habe, war eine Begegnung mit der Art Hetzer, die uns auf der Parso-Brücke angegriffen haben.«

»Irgend jemand steht hinter ihnen«, erklärte Tessa. »Ich habe gespürt, wie er mir nachgesetzt hat.«

Ravis nickte. »Ich glaube, das waren Izgard und sein Schreiber.«

»Ja. Ein Schreiber hatte etwas damit zu tun.« Tessas Herz schlug immer schneller. »Kurz bevor ich das Bewußtsein verloren habe, habe ich ein fremdes Pigment gerochen.«

»Kannst du dich noch an irgend etwas anderes erinnern?«

Tessa schüttelte den Kopf. Es fiel ihr noch immer schwer, die Tatsache zu akzeptieren, daß Camron den Kampf überlebt hatte.

»Denk nach. *Denk nach!*«

»Es gibt nichts mehr, woran ich mich noch erinnern könnte. Ich habe ein Muster gezeichnet, habe gesehen, wie die Hetzer Camron angegriffen haben, habe versucht, ihm zu helfen und bin erwischt worden.« Allmählich kehrte ihr Temperament wieder zurück. »Mehr gibt es nicht dazu zu sagen.«

Ravis zuckte noch nicht einmal ob ihres barschen Tonfalls. Statt dessen fragte er: »Also hat, wer auch immer es war – Izgard oder sein Schreiber –, dich erst bemerkt, als du versucht hast, gegen ihn zu arbeiten?«

»Das kann ich nicht mit Sicherheit sagen. Ich weiß es nicht.« Ravis lag offenbar noch eine weitere Frage auf der Zunge, doch Tessa kam ihm zuvor. Es gefiel ihr nicht, derart verhört zu werden. »Du hast mir noch nicht gesagt, warum du hier bist. Oder warst du nur zufällig in Bay' Zell und wolltest mir nebenbei guten Tag sagen?«

Im trüben Licht der Kajüte wirkte Ravis' Lächeln geradezu überwältigend. Die Stimmung veränderte sich schlagartig. »Anscheinend habe ich mein Pensum an Fragen erschöpft.«

Tessa wollte sich nicht von seinem Lächeln betören lassen, doch sie konnte nicht anders. Seine dunklen Augen funkelten fröhlich; er wußte ganz genau, daß er sie durchschaut hatte. »Beantworte einfach meine Frage«, erwiderte Tessa, angenehm überrascht darüber, wie ernst ihre Stimme klang – das zumindest hatte sie noch immer unter Kontrolle.

Ravis beugte sich ein wenig vor. Der einzige Hinweis darauf, daß er Schmerzen ertrug, waren die Ringe unter seinen Augen und seine Zähne, die beinahe ohne Unterbrechung über die Narbe schabten. *Einzelheiten,* dachte Tessa.

»Ich bin nach Bay'Zell gekommen, um dich zu finden. Um mich zu vergewissern, daß du in Sicherheit bist und es auch *bleibst,* und um herauszufinden, warum du hier bist.« Ravis sprach leise, ohne jedoch zu flüstern, und seine Stimme klang hart, aber nicht barsch. »Du bist mit dem allen auf irgendeine Art und Weise verbunden – das habe ich schon vermutet, bevor du mir erzählt hast, du hättest Camron im Tal gesehen. Deine Erzählung war nur der Beweis für meine Vermutung.

Ich weiß nicht, wozu du fähig bist; aber ich habe Izgards Hetzer gesehen, und das macht mir Angst. Ich habe noch nie gegen einen solchen Feind gekämpft. Sie sind nicht wie normale Soldaten; sie kennen weder Furcht noch Verantwortung. Unaufhörlich greifen sie an. Sie geben niemals auf. Ich habe einen Mann vom Hals bis zum Bauch aufgeschlitzt, doch er ist nicht zu Boden gegangen – auf seinem Gesicht war noch nicht einmal Schmerz zu sehen. Er hat immer weiter angegriffen, bis er so viel Blut verloren hatte, daß ihm das Messer aus der Hand fiel.«

Ravis schauderte. Seine Hand schwebte über den Rippen. »Wenn ein Mann so schwer verwundet ist, dann ergreift er instinktiv die Flucht, um sich zu retten. Er kämpft nicht weiter.

Was mich allerdings mehr als alles andere ängstigt, ist die Vorstellung, daß es *Tausende* dieser Männer geben könnte. Ich weiß nicht, wie viele Hetzer im Tal der gebrochenen Steine gewesen sind – vermutlich weniger, als es den Anschein hatte –, aber ihre Zahl war nichts im Vergleich zu dem, was Izgard noch in Reserve hat. Seine Armee zählt zwanzigtausend Mann. Zwanzigtausend! Und über ein Viertel davon ist gut genug ausgebildet, um als Hetzer bezeichnet werden zu können. Was geschieht, wenn Izgard sie alle in Tiere verwandelt? Wir haben gesehen, was geschieht, wenn er die Hetzer auf eine Stadt losläßt: Sie haben Thorn dem Erdboden gleichgemacht. Männer, Frauen, Kinder und Tiere: Sie haben alles abgeschlachtet, was sich bewegt hat.«

Ravis kaute auf seiner Narbe. »Glaub mir: Wenn Izgard die Möglichkeit besitzt, seine gesamte Armee in Monster zu verwandeln, dann wird er nicht eine Sekunde zögern, sie auch zu nutzen. Und falls er das tut, dann weiß ich nicht, wie Rhaize ihm Widerstand leisten soll.«

Tessa, die schweigend in der Ecke hockte, schloß die Augen. Sie wußte, daß Ravis ihr das alles erzählte, um ihr Angst einzujagen, doch das machte keinen Unterschied. Sie hatte auch so schon genug Angst. Der Bauch tat ihr weh, und ein dumpfer Schmerz pochte in ihren Schläfen. Allerdings handelte es sich nicht um Tinnitus. Der Tinnitus würde nie wieder zu ihr zurückkehren.

Ohne zu wissen, ob dieser Gedanke sie nun verärgerte oder ob er sie stärkte, erklärte sie: »Ich weiß, warum ich hier bin. Deveric hat mich nach Bay'Zell gebracht, um die Hetzer aufzuhalten.«

Ravis blickte sie an. Er senkte ein wenig die Lider, um seine Gedanken nicht zu verraten.

Rasch fuhr Tessa fort: »Der Satz Illuminationen, bei dessen Vollendung Deveric gestorben ist, die Muster, die Marcel von Vailing für Emith verwahrt hat – sie waren eine Beschwörung. Sie haben mich hierhergebracht. Insgesamt sind es fünf Illuminationen, deren erste Deveric vor einundzwanzig Jahren begonnen hat, und jede einzelne von ihnen führte mich nach ihrer Fertigstellung ein Stück näher zu dem Ring. Ich habe die Daten überprüft: Sie passen genau. Deveric hat mich fast mein ganzes Leben lang manipuliert, und an dem Tag, da er die letzte Illumination fertiggestellt hat, habe ich das hier gefunden.« Sie zog den Ring aus dem Mieder und streckte ihn Ravis entgegen. »Und als ich ihn anzog, hat er mich hierhergebracht.«

Ravis berührte den Ring nicht. Er blieb, wo er war, und wirkte weder besorgt noch überrascht. Auch fragte er nicht, woher Tessa denn nun gekommen sei. Statt dessen fragte er: »War das jener Morgen, als ich dich im Hafen gefunden habe?«

»Ja.«

»Und vor einer Woche, als du das Muster gezeichnet und Camron im Kampf mit den Hetzern gesehen hast, gab es einen Punkt, an dem du geglaubt hast, du würdest etwas bewegen?«

Tessa nickte. »Ich bin sicher. Die Hetzer wurden langsamer. Sie begannen, sich zu verändern. Sie wirkten immer mehr wie Menschen, und hätte ich gewußt, was ich tat, hätte ich sie sicherlich aufhalten können.«

»Deshalb bist du also auf dem Weg nach Maribane. Um zu lernen, was zu tun ist.«

»Ja. Emith kann mir nichts mehr beibringen – immerhin ist er nur Schreiber*gehilfe*, kein Schreiber. Er hat mich alles gelehrt, was er weiß.« Tessa stellte fest, daß ihr Ravis' Fragen nicht länger etwas ausmachten. Diese Dinge laut auszusprechen schien sie verständlicher zu machen. Dabei half auch, daß Ravis alles, was sie sagte, vorbehaltlos akzeptierte.

»Als ich vergangene Woche das Muster gezeichnet habe, kurz bevor ich Camron gesehen habe, habe ich einen Teil von mir entdeckt, der tief in mir verborgen war. Es war jener Teil, den Deveric einundzwanzig Jahre lang vor mir versteckt hielt. Nur weil ich hierhergekommen bin, war ich in der Lage, ihn zu finden und zu nutzen.«

Ravis tastete seinen Brustkorb ab. Er sah blaß und müde aus. »Dann heißt das, du suchst in Maribane nicht nur Antworten, sondern auch Rat.«

»Emith hat mir den Namen eines Mannes dort gegeben, Bruder Avaccus, von dem er glaubt, er könne mir helfen.«

Unterdessen kramte Tessa erneut in ihrem Rucksack. Mutter Emith hatte ihr alle möglichen Arten von Kräutern und Salben mitgegeben. »Man weiß nie, welche Gefahren einer alleinreisenden Frau auf einem Schiff drohen«, hatte sie gesagt. Tessa hoffte nun, etwas zu finden, das Ravis helfen würde. Ringelblumenpaste könnte man vielleicht verwenden, um die Wunde zu säubern, und mit ein wenig getrockneter Weidenrinde könnte man die Schmerzen erträglicher machen und Fieber vermeiden. Nachdem sie mehrere kleine, mit Schilfrohr verpackte Pakete geöffnet hatte, fand sie schließlich, wonach sie suchte. Die Weidenrinde mußte zwar erst gekocht werden, aber die Salbe konnte man sofort verwenden.

»Zieh dein Hemd aus«, sagte sie.

Ravis riß die Augen auf. »Jetzt schon? Wir haben doch gerade erst abgelegt.«

Ein Lächeln huschte über sein Gesicht, und Tessa runzelte die Stirn. »Du weißt genau, was ich meine. Ich will mir deine Wunde ansehen und etwas Salbe darauf schmieren.«

»Was ist das?«

»Ringelblumenpaste.«

Ravis nickte. »Das könnte helfen.« Nachdem er die Bänder seiner Tunika gelöst hatte, zog er sie aus und wiederholte das Ganze dann mit seinem Unterhemd. Der Stoff war auf der Wunde festgeklebt, und als er sich löste, zuckte Ravis zusammen. Tessa hielt den Atem an. Die Wunde war blutverklebt, und um sie herum war die Haut geschwollen. Selbst all das zusammengenommen, was sie an langen Nachmittagen von Mutter Emith in Sachen Heilkunst aufgeschnappt hatte, würde nicht ausreichen, um mit so etwas fertig zu werden.

»Siehst du das Messer in meiner Satteltasche?« Ravis deutete auf seine Besitztümer, die neben der Luke lagen. »Zieh es heraus, und erhitze die Klinge über einer Flamme.«

Erleichtert darüber, daß Ravis offenbar wußte, was zu tun war, folgte Tessa seinen Anweisungen. Sie nahm die Laterne vom Haken und öffnete den Messingdeckel. Die Klinge verfärbte sich zunehmend schwarz, je heißer sie wurde, und als sie schließlich zu rauchen begann, sagte Ravis: »Das reicht. Verteil die Salbe auf der Schneide, und bring mir das Messer.«

Das Schiff neigte sich abermals heftig zur Seite, als Tessa zu Ravis zurückkehrte, und sie war gezwungen, sich an der Kabinenwand abzustützen, um nicht zu stürzen. Ihr Magen schien sich unabhängig von ihrem Körper zu bewegen, und obwohl es ihr gelungen war, das Gleichgewicht zu halten, spürte sie eine Welle der Übelkeit in sich aufsteigen. Sie biß sich auf die Zunge und reichte Ravis das Messer.

Ravis verschwendete keine Zeit. Er drehte das Heft in der Hand, biß sich auf die Narbe und schlitzte sich unmittelbar über der untersten Rippe die Haut auf. Sein Gesicht war schmerzverzerrt, als er nach seinem Unterhemd griff und es auf die Wunde preßte, um Blut und Eiter herauszudrücken. Tessa war in solchen Dingen zwar nicht sonderlich empfindlich, doch da ihr Magen ohnehin schon angegriffen war, mußte sie beim Anblick der dünnen rotgelben Flüssigkeit aus Ravis' Wunde würgen.

»Hast du auch etwas Ingwer in deinem Rucksack?« fragte Ravis und zuckte erneut zusammen, als er eine besonders heikle Stelle berührte.

»Ich bin nicht sicher. Ich werde nachsehen.« Tessa war froh, sich abwenden zu können. »Wofür brauchst du ihn?«

»Er ist nicht für mich, sondern für dich. Du bist recht grün im Gesicht.«

»Grün?«

»Du bist seekrank. Ingwer hilft am besten dagegen.« Ravis nahm das Hemd von der Wunde und verbarg die Blut- und Eiterflecken, indem er den Stoff zu einem Ball zusammenrollte. »Gib mir den Rest der Salbe und ein sauberes Tuch, wenn du eins hast.«

Während er seine Wunde versorgte und verband, suchte Tessa zwischen den unzähligen Paketen, die ihr Mutter Emith eingepackt hatte, nach Ingwer. »Wie kommt es, daß du so viel von Medizin verstehst?« fragte sie nach einer Weile und hielt sich eine hellgelbe Scheibe unter die Nase.

»Das muß ich. Es ist Teil meiner Arbeit. Wenn ich Männer verschiffe und von ihnen erwarte, sofort nach ihrer Ankunft zu kämpfen, dann sollte ich besser dafür Sorge tragen, daß sie die Reise über ihr Essen nicht auf dem Kabinenboden verteilen. Ähnliches gilt, wenn ich einen Trupp in die Schlacht schicke. Im Feld mußt du wissen, wie man Blutungen stoppt und Infektionen vermeidet. Sollte es sich herumsprechen, daß in deiner Einheit die Verwundeten ihrem Schicksal überlassen werden, dann wird niemand mehr bei dir anheuern – egal wieviel Gold du ihm auch bietest.«

Nachdem Tessa entdeckt hatte, daß die gelbe Scheibe getrockneter und geschnittener Ingwer war, steckte sie sie in den Mund und begann, darauf herumzukauen. Ravis' Antwort war ausgesprochen pragmatisch gewesen, und aus irgendeinem Grund hatte sie das enttäuscht. Sie wechselte das Thema. »Wie lange wird es dauern, bis deine Wunde verheilt ist?«

Ravis befestigte den Verband und griff nach der Berriacflasche. Er hatte keinen Laut von sich gegeben, während er mit der Wunde beschäftigt gewesen war, doch der

Schweiß rann ihm die Schläfen hinab, und er hatte sich die Narbe durchgebissen. Nachdem er einen kräftigen Schluck Berriac getrunken hatte, antwortete er: »Wenn das Schiff in Kilgrim anlegt, wird sie trocken sein.«

»In drei Tagen?«

Ravis lachte laut auf. »Dieser alte Pott wird mehr als doppelt so lange bis Kilgrim brauchen.«

»Aber Emith hat gesagt, die Reise dauere nur drei Tage.«

»Wenn man auf einer istanischen Barke oder einem Medranikutter segelt, ja. Mit einem alten Kauffahrer wie diesem hier kann man von Glück reden, wenn man es in einer Woche schafft.«

Tessa verstand nicht. »Aber das Schiff besitzt drei Masten ...«

»Und es braucht auch alle drei, um sein Gewicht von der Stelle zu bewegen.«

»Aber Mutter Emith hat die *Terrier* ausgesucht, weil sie von allen Schiffen, die nach Maribane segelten, die höchsten Masten und breitesten Segel besaß.«

»Emith und seine Mutter sind wirklich liebe, nette Leute, und sie wissen vielleicht viel übers Kochen oder die Schreibkunst, aber von Schiffen haben sie keine Ahnung.« Ravis machte es sich in der Koje bequem. Er schien sich zu amüsieren. »Man kann die Schnelligkeit eines Schiffes nicht nach der Anzahl seiner Masten beurteilen. Man muß die Form des Bugs betrachten, das Verhältnis von Länge und Breite und die Takelung. Bei der *Terrier* kann man den Bug kaum vom Heck unterscheiden, und sie ist beinahe so breit wie lang.« Lächelnd schüttelte Ravis den Kopf. »Das ist nicht gerade ein gutes Zeichen für ein Schiff, wenn man möglichst schnell irgendwohin kommen will.« Verärgert über seine Selbstgefälligkeit, spie Tessa den Ingwer in die Hand und sagte: »Ich nehme an, es gehört auch zu deiner Arbeit, alles über Schiffe zu wissen, damit du die Männer schneller in die Schlacht schicken kannst.«

Ravis zuckte mit den Schultern. »Eigentlich nicht. Ich habe im Laufe meiner Reisen nur das ein oder andere aufgeschnappt.« Er drückte den Korken in die Flasche und stellte sie auf den Boden. Dann zog er die Decke über die Brust und fuhr fort: »Wenn es dir nichts ausmacht, werde ich jetzt ein kleines Nickerchen machen. Du solltest weiter auf deinem Ingwer kauen, hinaus auf Deck an die frische Luft gehen und dich an das Schaukeln des Schiffes gewöhnen. Wir haben noch eine lange Reise vor uns.«

Noch immer wütend, doch unfähig, etwas zu sagen oder zu tun, stapfte Tessa zur Luke. Trotz seines Sarkasmuses und seines prahlerischen Benehmens mußte sie einräumen, daß Ravis wirklich schwer verletzt war und Ruhe brauchte. Ein Teil ihres alten Ichs kam wieder zum Vorschein, während Tessa zum Deck hinaufstieg: ihre Freude am Reisen, die Lust, neue Menschen und Länder kennenzulernen, immer auf der Suche nach Abenteuern.

Kapitel drei

In Marcels Keller war es dunkel, und so wollte er es haben, wenn er Gäste von Izgard empfing. Er wollte die Hetzer nicht sehen. Ihr Anblick flößte ihm Angst ein. Riechen wollte er sie auch nicht, doch daran konnte er nichts ändern. Wenn sie wieder gegangen waren, entzündete er für gewöhnlich mit Zimt versetzte Duftkerzen, um den Geruch zu vertreiben. Normalerweise hätte ein Feinschmecker wie er so etwas nie getan, um zu vermeiden, daß der Rauch durch das Eichenholz der Fässer drang und so den Wein verdarb – er tat es aber trotzdem. Der Geruch der Hetzer machte ihm wirklich schwer zu schaffen. Er wusch sogar das Gold, das er von ihnen bekam.

Heute nacht war nur ein Hetzer durch die Hintertür gekommen. Wie immer hatte er sich selbst hereingelassen. Das war ein weiterer Punkt, der Marcel mißfiel; doch er wußte aus Erfahrung, daß der Hetzer die Tür einfach aus den Angeln reißen würde, sollte er sie verriegelt finden. Unerwarteter Besuch war eine Sache, verdächtige Geräusche in den frühen Morgenstunden etwas vollkommen anderes. Es gab keine größere Sünde im Bankgeschäft, als unnötig Aufmerksamkeit auf sich zu ziehen.

»Was wollt ihr denn diesmal?« fragte Marcel. Der Schauspieler in ihm verlieh seiner Stimme einen Hauch von Ungeduld und Selbstbeherrschung, die er in Wahrheit nicht empfand. »Ich habe euch doch schon gesagt, daß ich nicht weiß, wo sich Ravis von Burano aufhält.«

Das Gesicht des Hetzers war im Schatten verborgen.

Marcel konnte nur das Weiße seiner Augen und das Schimmern eines Speicheltropfens auf den Zähnen erkennen. Dieser hier wirkte mehr wie ein Mensch als der letzte, doch der Geruch war der gleiche.

»Wir müssen ein Mädchen finden – eine Frau. Sie war bei Ravis von Burano, als wir ihn auf der Brücke angegriffen haben.« Der Hetzer flüsterte nur. Bei den Worten »Brücke« und »Frau« schlugen seine Zähne aufeinander.

»Der Name des Mädchens ist Tessa. Sie ist eine Fremde. Ravis hat sie an jenem Morgen mit hierher gebracht.« Marcel zog sich ein wenig von dem Hetzer zurück. Manchmal fragte er sich, wie er nur in diese Angelegenheit hineingeraten war. Am Anfang war alles so einfach gewesen – Izgard hatte einen Mittelsmann für seine Geschäfte mit Ravis benötigt –, doch seit der Nacht, in der Berick von Thorn ermordet worden war, waren die Dinge komplizierter geworden. Izgard benötigte Marcel nicht mehr als neutralen Mittelsmann; er wollte ihn voll und ganz auf seiner Seite wissen. Und Marcel von Vailing rühmte sich, seine Kunden stets zuvorkommend zu behandeln – besonders solche von Bedeutung.

Izgard von Garizon besaß Männer und Macht, und man mußte kein Prophet sein, um zu wissen, daß er diese Macht schon bald ausbauen würde. Er wollte Bay' Zell, und er würde die Stadt wahrscheinlich auch bekommen; also hatte sich Marcel entschlossen, sich frühzeitig auf Izgards Seite zu schlagen. Nur weil die Macht in andere Hände überging, bedeutete das noch lange nicht, daß auch das Geld seine Besitzer wechseln mußte. Finanzielle Kontinuität war für jeden Herrscher wichtig.

»Wo ist das Mädchen jetzt?« Speichel sammelte sich um den Mund des Hetzers wie bei einem Hund, der an einem Knochen nagt. Sein langes, dünnes Messer steckte in einer Scheide unter der Schulter. Das mit Leder umwickelte Heft war blutverschmiert.

Marcel wandte den Blick von dem Messer ab und antwortete: »Ich habe keine Ahnung, wo sie sich aufhält. Sie könnte sonstwo sein.« Da er spürte, daß seine Stimme ihm nicht so gute Dienste leistete wie gewohnt, und da er wollte, daß der Hetzer ihm glaubte, warf er die Arme in die Höhe, um seine Aussage zu bekräftigen. »Sonstwo.«

Die Stiefel des Hetzers verursachten kein Geräusch, als er sich Marcel näherte. »Wir glauben, daß sie in der Stadt ist. Wo könnte sie sein?«

Marcels Schauspieltalent reichte gerade aus, um ihn vom Zittern abzuhalten. Im Augenblick mochte der Hetzer vielleicht kein tollwütiger Hund sein, aber daß er zu einem werden konnte, war nicht nur an seinem Geruch zu erkennen. Aus der Nähe betrachtet, lag ein goldener Schimmer in seinen Augen, und seine Lippen erinnerten durchaus an Lefzen.

Marcel versuchte sich an einem gelassenen Schulterzucken, bevor er sich räusperte und erwiderte: »Ich weiß nicht, wo das Mädchen sich aufhalten könnte. Ich ... ich ... ich weiß es einfach nicht.«

»Sie war in einer Küche. Dort gab es einen großen Tisch mit Farben und Pinseln darauf.«

Marcel hatte sich noch immer nicht ganz von dem Schreck erholt, daß seine Stimme ihn nun doch im Stich gelassen hatte; dennoch bemühte er sich, seine Gedanken zu ordnen. Eine Küche? Ein Tisch? Was sollte er mit dieser Beschreibung anfangen? Vermutlich gab es allein innerhalb der Stadtmauern *Zehntausende* von Küchen!

Der Hetzer beugte sich vor und atmete Marcel ins Gesicht. Sein Atem war feucht und stank wie der Nebel, der des Nachts über dem Sumpf lag. »Ich muß wissen, wo sie ist. *Denk nach!*«

Marcel dachte nach; im Augenblick schien es das Klügste zu sein. Küche ... Tisch ... *Farben!* Er preßte die fetten Lippen aufeinander, als er sich an den Abend erinnerte, da er Emith Deverics Illuminationen vorbeigebracht hatte. Auf dem Küchentisch hatten lauter Farbtöpfchen gestanden! Und weder Emith noch seine alte Schreckschraube von Mutter hatte es erwarten können, ihn loszuwerden. Emith war so nervös gewesen wie ein istanischer Kurier mit einer Fuhre Gold, und seine Mutter hatte Marcel förmlich *hinausgeworfen.* Das war es! Die Emiths versteckten das Mädchen!

Marcel wandte sich wieder dem Hetzer zu und hüllte sich in seine Erkenntnis wie in einen feinen Seidenumhang; er genoß das Gefühl der Selbstsicherheit, das ihm dieses Wissen verlieh. Diesmal brauchte er sich nicht zu räuspern, bevor er sprach. Er wußte, daß ihm seine Stimme nicht wieder den Dienst verweigern würde. »Es gibt einen Ort, der vielleicht einen genaueren Blick wert wäre.«

»Wo?«

»Ein kleines Haus im Westen der Stadt, in derselben Straße wie der alte Schrein der Milchbauern.«

Die Hand des Hetzers zuckte von der Hüfte zum Messer. »Wer lebt dort?«

Marcel zögerte einen Augenblick. Er fragte sich, ob es klug wäre, dem Hetzer Einzelheiten über Emith und seine Mutter zu verraten, oder ob er besser daran täte, sich so vage wie möglich auszudrücken. Aber was konnte es schon schaden, dem Mann die Wahrheit zu sagen? Vermutlich würden die Hetzer sowieso nur eine Wache vor der Tür postieren, das war alles. Tatsächlich glaubte Marcel, daß er höchstens sich selbst schaden würde, wenn er seinem Gegenüber etwas verheimlichte. Izgards Männer waren berüchtigt dafür, aus *jedem* die Wahrheit herauszuquetschen.

Marcels Blick wanderte vom Messer des Hetzers zu den Regalen mit den preisgekrönten Weinen; dann seufzte er theatralisch und begann seinen Bericht. Er mußte an sich selbst zuerst denken. Und überdies war er ziemlich vernarrt in seine Stimme.

Tessa stand auf dem Vordeck, lehnte an der Reling, hinter ihr das Steuerhaus und vor ihr das Meer. Es war noch früh am Morgen, und die Strahlen der aufgehenden Sonne ließen das Wasser silbern funkeln. Wenn sie die tanzenden Silberstreifen lange genug beobachtete, konnte sie Muster in ihnen erkennen. Formen entstanden und verschwanden wieder wie Buchstaben aus unsichtbarer Tinte.

Tessa runzelte die Stirn ob ihrer eigenen Torheit und wandte den Blick gen Himmel. Keine Wolken, keine Vögel, keine Nebelbänke: Die eintönige graue Farbe gefiel ihr. Sie wollte nicht überall Muster sehen. Sie wollte in den Himmel blicken und den Himmel sehen, nicht irgendeinen großartigen Entwurf.

Sie zog den Umhang enger um die Schultern, kehrte der Reling den Rücken zu und ging übers Deck zur Treppe, die nach achtern führte. Ihre neuen Stiefel verursachten gute, sanfte Geräusche, und eine Handvoll Seeleute blickte zu ihr herüber, als sie vorüber ging. Tessa legte ein Lächeln auf. Sie begann, sich auf dem Schiff heimisch zu fühlen.

Der Ingwer wirkte, den Ravis ihr verschrieben hatte. Tatsächlich zeigte sogar alles Wirkung, was er ihr gestern geraten hatte: der Ingwer, das Spazierengehen, die frische Luft und der Vorschlag, sie solle sich mit ihrer Umgebung vertraut machen. Die Seekrankheit war vollends verschwunden, und solange sie in keinen Sturm gerieten oder verdorbenes Essen zu sich nahmen, rechnete sie auch nicht damit, daß die Übelkeit wiederkehren würde.

Tessa hatte den vergangenen Tag damit verbracht, an

Deck auf und ab zu gehen. Nach all den Wochen, die sie im Haus zugebracht hatte, war es ein gutes Gefühl, wieder an der frischen Luft zu sein. Die weiblichen Passagiere ignorierten sie zumeist. Gelegentlich warfen sie ihr auch mißbilligende Blicke zu und starrten nervös auf das Messer an ihrer Hüfte. Tessa genoß diese Blicke: Es amüsierte sie, daß man sie für gefährlich hielt.

Die männlichen Passagiere ließen sie dankbar für Ravis' Gegenwart sein. Sie starrten sie offen an, und Tessa fragte sich, ob sie mehr am Inhalt ihres Geldbeutels oder an ihrem Körper oder an beidem interessiert waren. Egal was sie auch versuchte – sie niederstarren, auffällig nach ihrem Messer greifen oder einfach vorübergehen –, die Männer ließen sie erst in Ruhe, nachdem sie gegenüber einem Matrosen laut erklärt hatte, ihr Ehegatte benötige eine zweite Matratze unter Deck. Seitdem hatte sie niemand mehr belästigt. Tessa wagte erst gar nicht, daran zu denken, was auf sie zugekommen wäre, wenn Ravis sie nicht begleitet hätte. Diese Welt war kein Ort, wo eine Frau allein reisen konnte.

Ravis schlief, als Tessa am Abend in ihre Kabine zurückkehrte. Da die Passagiere auf dem Schiff nicht versorgt wurden, holte sie einen Apfel und ein Stück Käse aus ihrem Rucksack, aß zu Abend und rollte sich anschließend auf der zweiten Matratze zusammen, die man mit Mühe und Not in der Kabine untergebracht hatte. Sie schlief rasch ein.

Am nächsten Morgen wachte sie früh auf. Ihre Hand pochte; die Muskeln schmerzten, und sie zitterte vor Kälte. Nachdem sie ihr Kleid gerichtet hatte, griff sie nach dem Nachttopf, machte sich auf den Weg zu den Latrinen und erleichterte sich dort. Anschließend ging sie aufs Deck hinaus. Die wenigen Seeleute, die noch oder schon wach waren, belästigten sie nicht, während sie sich wusch und ihre Verbrennungen neu verband. Anschließend stellte sie sich an die Reling und beobachtete den Sonnenaufgang.

Die gelbe, dunstverhangene Sonne war dieselbe wie immer, und bevor sie nicht ihre ersten Strahlen am Horizont erspähte, war ihr nicht bewußt gewesen, wie wichtig ihr dieser Anblick war. Er war ebenso eine Verbindung nach Hause wie der Ring, den sie um den Hals trug. Es war dieselbe Sonne, die auch an jenem Tag geschienen hatte, als sie über die Schließfachboxen gestolpert war – dessen war sie sicher. Als sie zum ersten Mal den Ring übergestreift und die Welt sich um sie herum verändert hatte, mochte vielleicht auch die Sonne ihren Lauf geändert haben, doch Wärme und Licht waren gleich geblieben.

Tessa wußte nicht, was das zu bedeuten hatte, aber während sie hier an der Reling lehnte und aufs Meer hinausblickte, beschloß sie, daß es gut war. Ihre alte Welt und ihre alte Heimat waren vielleicht doch nicht so weit entfernt.

»Gerade rechtzeitig zum Frühstück.«

Tessa drehte sich um. Ravis stand in der Luke, die zur Kombüse hinunterführte. In der einen Hand hielt er eine dampfende Kanne und in der anderen einen Korb mit Brot und Pasteten. Tessa freute sich, ihn zu sehen … und redete sich ein, daß dem nicht so war.

»Du wirst dich doch zu mir gesellen, oder?« Ravis lächelte. Nachdem er nun längere Zeit geschlafen hatte, sah er schon viel besser aus. »Ich habe nicht gerade den Schiffskoch, zwei Matrosen und einen reichlich verwirrten Koch bestochen, nur um das alles jetzt alleine zu essen.«

Tessa konnte nicht anders, als mit ihm zu lächeln, und erwiderte: »Ich dachte, die Passagiere müßten ihr eigenes Essen mit an Bord bringen.«

»Nun, das sollten sie auch, wenn sie nicht mit leeren

Taschen in Maribane ankommen wollen. Für das, was ich für den Krug und die Kanne bezahlt habe, hätte ich mir an Land ein Kettenhemd mitsamt Armpanzern kaufen können.« Ravis trat aus der Luke. »Komm mit. Ich habe mir sagen lassen, das Achterdeck sei um diese Tageszeit der ideale Aufenthaltsort: ruhig, sonnig und windgeschützt.«

In der Annahme, daß Tessa ihm folgen würde, ging Ravis voran. Tessa zögerte einen Augenblick lang. Sie fragte sich, ob sie gegen den Vorschlag protestieren sollte, indem sie einfach blieb, wo sie war, oder ob sie ihm tatsächlich folgen wollte. Die alte Tessa McCamfrey hätte sich mit Sicherheit geweigert. *Aber andererseits,* dachte Tessa und setzte sich in Bewegung, *andererseits hätte die alte Tessa McCamfrey auch das Frühstück ausgelassen.*

Auf dem Achterdeck war es genau so, wie Ravis gesagt hatte: ruhig, warm und windgeschützt. Ein einzelner Seemann arbeitete in den unteren Wanten des Besanmastes; doch falls er Tessa und Ravis bemerkt hatte, die sich auf die sonnengebleichte Bank an der Reling setzten, dann zeigte er es zumindest nicht. Unbeeindruckt fuhr er fort, Taue zusammenzulegen.

Ravis überraschte Tessa, indem er ihr das Frühstück servierte. Er zog zwei kleine, viereckige Decken aus dem Korb, breitete eine davon auf ihrem Schoß aus, reichte ihr ein Stück Brot und zwei Pasteten und schenkte ihr einen Becher warmen Cidre ein.

»Gibt es irgend jemanden auf dem Schiff, den du heute morgen nicht bestochen hast?«

Ravis grinste. »Den Kapitän, den ersten Maat, den Steuermann und die Schiffskatze.« Er goß sich ebenfalls einen Becher ein. »Aber um ehrlich zu sein: Wenn ich die Schiffskatze gefunden hätte, hätte ich sie vermutlich auch bestochen.«

Lächelnd riß Tessa ein Stück aus ihrem Brot. Während

sie an der Reling gelehnt und aufs Meer hinausgestarrt hatte, war Ravis unter Deck offenbar äußerst geschäftig gewesen. »So funktioniert das also hier: Bestechung.«

»Nein, nicht nur Bestechung, nein. Ich bin stets darauf bedacht, die Männer kennenzulernen, die mich umgeben. Man weiß nie, wann man einmal auf ihre Hilfe angewiesen ist.«

Tessa nickte. Alles, was Ravis sagte oder tat, schien wohlüberlegt zu sein. Er war ein ausgesprochen pragmatischer Mensch. »Wie fühlst du dich?« fragte sie und deutete auf seine rechte Seite. »Wie geht es der Wunde?«

»Ich will nicht lügen. Sie ist immer noch entzündet, aber die Schwellung ist bereits zurückgegangen. Ich glaube, sie hat begonnen auszutrocknen.«

»Was ist mit Camron? In welchem Zustand war er, als du ihn verlassen hast?« Während sie sprach, brach Tessa die Pastete entzwei, um nachzusehen, was sich darin befand. Es handelte sich um eine Art Hackfleisch; allerdings war nicht zu erkennen, von welchem Tier es stammte. Also legte sie die Pastete wieder in den Korb zurück und griff nach einer anderen. Sie wollte wissen, was sie aß.

»Camron war ziemlich schlecht dran. Er hat eine Menge Blut verloren. Vor allem seine Beine haben eine Menge Treffer einstecken müssen. Aber er ist jung, und wo er hingeht, stehen ihm die besten Ärzte von ganz Rhaize zur Verfügung.«

Tessa versuchte sich an den Namen des Ortes zu erinnern, den Ravis gestern abend erwähnt hatte. »Mir'Lor?«

»Ja.« Ravis brach ebenfalls seine Pastete auseinander, inspizierte den Inhalt und reichte sie Tessa. »Dort residieren der Herr von Rhaize – so nennen wir unseren König – und seine Mutter, die Gräfin Lianne. Camron soll sie vor Izgards Armee warnen. Er muß ihnen erklären, was sie erwartet, wenn sie den Hetzern gegenübertreten.«

»Und wird der Herr auf ihn hören?« Tessa untersuchte

die Pastete, die Ravis ihr gegeben hatte. Sie enthielt deutlich erkennbar Schinken und zwei Scheiben Käse. Tessa war beeindruckt. Ravis hatte sie nicht nur aufmerksam beobachtet; er hatte auch den Grund für ihr Verhalten erkannt.

»Sandor ist kein dummer Mann; allerdings ist er auch nicht besonders klug. Erst wenn genug Leute auf ihn einreden, wird er anfangen zuzuhören.«

»Kennst du ihn?«

Ravis zuckte mit den Schultern. »Ich bin ihm ein- oder zweimal begegnet.«

»Warum bist du dann nicht an Camrons Stelle nach Mir'Lor gereist? Wenn du ihn kennst, dann hätte er dich mit Sicherheit doch angehört.«

Ravis schnaufte verächtlich. »Der Herr von Rhaize hört nicht auf die Warnungen eines Söldners.«

Tessa drehte sich zu ihrem Gefährten um. Obwohl Ravis die Sonne mitten ins Gesicht schien, wirkten seine Augen dunkler als sonst. Seine Unterlippe bewegte sich kaum merklich, und Tessa vermutete, daß er im Mund auf seiner Narbe kaute.

Der Seemann, der am Mast gearbeitet hatte, wählte just diesen Augenblick, um zu gehen. Nachdem er das Tau am Taljenreep festgemacht hatte, zog er seine Handschuhe aus, spie über die Schulter und sprang vom Mastfuß aufs Deck.

Als Tessa ihre Aufmerksamkeit wieder Ravis zuwandte, ertappte sie ihn dabei, daß er sich die Hand auf die Rippen preßte. Rasch packte er den Stoff der Tunika und gab vor, seine Kleidung zu richten. Tessa wiederum tat so, als hätte sie nichts bemerkt, und trank einen Schluck Cidre. Später würde sie dafür Sorge tragen, daß Ravis Ruhe bekam.

»Was, glaubst du, wird Izgard als nächstes tun?« fragte sie.

»Izgard wird so rasch er kann auf Bay'Zell vorrücken. Es wird ihm nicht gefallen, daß Camron und ich noch immer am Leben sind, und er wird sich Sorgen über den Schaden machen, den wir nun anrichten können, nachdem wir wissen, mit was für einem Gegner wir es zu tun haben.«

»Ich glaube, um mich macht er sich auch Sorgen.« Tessa zog den Umhang enger um die Schultern. Ihre eigene Stimme klang fremd für sie: ernst und fest. »Sie haben mich entdeckt, als ich das Muster gemalt habe. Sie haben mir in die Augen geblickt und mein Gesicht gesehen. Sie wußten, daß ich versucht habe, gegen sie zu arbeiten.«

Ravis nickte bedächtig. »Dann sind wir schon drei, hinter denen Izgard her ist.«

Tessa schauderte. Ein stechender Schmerz fuhr von der verbrannten Hand ihren Arm hinauf. Beinahe erwartete sie, daß die Sonne just in diesem Augenblick hinter den Wolken verschwinden würde; doch es geschah nichts dergleichen: Die Sonne schien weiter auf die Bank, auf Tessas Wange und Ravis' Gesicht.

Überall um sie herum knarrte das Holz des Schiffes, und auch das Meer erfüllte die Luft mit seinem Rauschen. Dennoch schien es unnatürlich still zu sein, und sie ergriff das Wort, um die eingebildete Stille zu durchbrechen. »Was weißt du über Zauberei?«

Ravis fuhr sich mit den Fingern durchs Haar und dachte einen Augenblick nach, bevor er antwortete: »Nicht viel, Gerüchte wie jeder andere auch. Mit der Zauberei verhält es sich genau wie mit dem Teufel: Manche Leute glauben, sie existiert, andere wiederum nicht. Auf jeden Fall spricht niemand darüber. Es vergehen Jahre, Jahrzehnte, ja sogar *Jahrhunderte,* ohne daß sie irgendeine Rolle spielt. Vor tausend Jahren hat man in Drokho alte Frauen verbrannt, die alleine wohnten. Man sagte, sie seien Hexen, die in Kommunion mit Dämonen lebten. Fünfhundert Jahre später hat man auf dem Kontinent jeden Schreiber aus Maribane verbrannt oder gehängt. Die Heilige Liga behauptete, sie würden mit ihren Zeichnungen den Teufel heraufbeschwören.«

Ravis zuckte mit den Schultern. »Dieser Glauben hat sich bis zum heutigen Tag gehalten. In jedem Dorf in Drokho und Rhaize wirst du Menschen finden, die sich vor Schreibern, alten Jungfern und heiligen Männern aus Maribane fürchten.«

»Aber in den Geschichten liegt doch auch ein Stück Wahrheit, oder?« Tessa schob das Frühstück beiseite. Ihr war der Appetit vergangen. »Deveric ist der Beweis dafür ... *Ich* bin der Beweis dafür.«

»Ich glaube nicht, daß du auf der Insel der Gesalbten irgend jemanden finden wirst, der das zugeben würde. Heutzutage achten sie sehr darauf, was sie tun oder sagen. Offiziell geben sie noch nicht einmal zu, nach wie vor die alten Muster zu zeichnen. Sie malen jetzt ›hübsche‹ Bilder mit ›anständigen‹ Motiven: Landschaften, Heiligenbilder, natürliche Pflanzen und Tiere. Nichts, was sie schaffen, ist ›erschreckend‹ oder ›abstrakt‹. Allerdings sind ihre alten Arbeiten auf dem Kontinent noch immer sehr beliebt, und ich habe schon gesehen, wie Menschen Unsummen für illustrierte Manuskripte von den heiligen Männern gezahlt haben.«

»Aber dort hat Deveric gelernt, die alten Muster zu zeichnen«, wandte Tessa ein, »so wie der Mann, den ich aufsuchen will: Bruder Avaccus.«

Sie trank einen kräftigen Schluck Cidre und blickte aufs Meer hinaus, während sie Ravis' Antwort lauschte. Obwohl er leise sprach, war er deutlich zu verstehen.

»Izgards Schreiber ist ebenfalls dort ausgebildet worden, und Izgard selbst hat häufig Briefe vom Abt erhalten.« Ravis beugte sich ein wenig vor. »Wir müssen vorsichtig sein, wenn wir dort ankommen. Garizon und die Insel der Gesalbten stehen schon lange miteinander im Bunde. Sie teilen ihre Geschichte, ihre Geheimnisse und Gott weiß was noch alles. Als Hierac persönlich einst ein Muster benötigte, hat er einen Schreiber von der Insel der Gesalbten damit beauftragt.«

»Hierac?« Tessa kam sich wie ein Idiot vor. Sie wußte so wenig über diese Welt.

»Hierac war der größte Kriegskönig, den Garizon je gesehen hat ... oder der schlimmste, je nachdem, wer die Geschichte schreibt.« Ravis füllte Tessas Becher nach. Tessa war überrascht, daß er schon leer war. Hatte sie schon so viel getrunken?

»Hierac war der erste Mann, der die Dornenkrone getragen hat«, fuhr Ravis fort. »Vor seiner Regierungszeit war Garizon nur ein armseliges Herzogtum, umgeben von dichten Urwäldern und ohne nennenswerte Wasserwege. Hierac hat sein Herrschaftsgebiet Stück für Stück ausgedehnt, Meile um Meile, Fluß um Fluß. Niemand vermochte, ihn aufzuhalten. Seine Armee war rücksichtslos und sein Vorgehen so kalt wie seine Klinge. Als er starb, war Garizon nicht mehr irgendein Land; es war ein *Reich.*«

»Hat er auch Bay'Zell eingenommen?«

»Nicht nur Bay'Zell, sondern ganz Rhaize. Die Istanier haben damals den größten Teil des Kontinents beherrscht, doch Hierac hat ihre Macht gebrochen. Er hat sie aus Rhaize, Drokho, Medran, Balgedis und Maribane hinausgeworfen. Dabei hat er Millionen von Menschen getötet. *Millionen!* Dennoch waren viele froh, ihn zu sehen. Sie zogen einen Garizon-Herrscher einem istanischen vor. Zumindest war ein Garizon einer der ihren.«

»Aber ich dachte, Istania läge nur auf der anderen Seite der Bucht des Überflusses von Bay'Zell aus gesehen. Es ist doch auch Teil dieses Kontinents, oder?«

»Das Land ja, aber nicht die herrschende Klasse. Sie stammt aus dem fernen Osten, aus einem Land jenseits der Einöde, die den Golf umgibt. Ihre Sprache und ihre Sitten waren im Westen unbekannt, und sie waren ebenso grausam wie Hierac und seine Kriegsherren, wenn auch auf andere Art.«

Die Bank, auf der sie saßen, war von einer feinen Schicht Meersalz bedeckt, und Tessa hatte damit begonnen, Muster ins Salz zu zeichnen. »Was ist nach Hieracs Tod geschehen?«

»Andere Männer sind ihm auf den Thron von Garizon gefolgt. Einige waren größer als andere, doch alle strebten sie danach, ihren Herrschaftsbereich auszudehnen: Sie kämpften um Handelsrouten, Süß- und Salzwasserhäfen, um Pässe, Flüsse und um Land. Hierac mag vielleicht der erste der großen Kriegskönige von Garizon gewesen sein, aber er war bestimmt nicht der letzte.«

Als Ravis seinen Satz beendete, zog Tessa den letzten Strich in das Salz. Es war ein grobes Muster aus dicken, breiten Linien, und doch war es unverkennbar: Es war der Ring. Ihr war nicht bewußt, daß sie ihn zeichnete, bis Ravis aufgehört hatte zu sprechen. Nervös wischte sie mit der Hand über das Muster und zerstörte es. »Laß uns ein wenig auf dem Deck spazierengehen«, sagte sie und stand auf.

Falls Ravis über ihre Bitte überrascht war, so zeigte er es zumindest nicht. Er nickte nur knapp, legte die Überreste des Frühstücks in den Korb und stand auf. »Dir nach.«

Tessa führte Ravis aufs Hauptdeck hinunter. Aus Rücksicht auf seine Verwundung ging sie nur langsam. Sie bereute bereits, ihn überhaupt zu diesem Spaziergang aufgefordert zu haben. Die See war ruhig, und das Schiff schwankte nur leicht. Jeder Passagier und jedes Mannschaftsmitglied schien auf Deck zu sein. Während die Seeleute sich um die Segel kümmerten, war man mit sich selbst beschäftigt. Die Frau mit dem Schleier beispielsweise, der kaum die Augenbrauen bedeckte, rieb sich das Gesicht mit etwas ein, das verdächtig nach Schweineschmalz aussah, und ein Stück weiter weichten zwei alte Damen ihre Füße in Eimern mit warmer Seifenlauge ein.

Es versprach, ein wunderschöner Tag zu werden. Der Himmel war strahlendblau, und der Wind reichte gerade aus, um die Segel zu blähen. Nirgends war Land zu sehen, und nach einer Weile gab Tessa es auf, danach Ausschau zu halten. Es war interessanter, die Reaktionen der Menschen auf Ravis zu beobachten.

Sein Erscheinen rief bei jedem, an dem sie vorübergingen, irgendeine Reaktion hervor. Er hatte eine Art, die Menschen anzusehen – oder sie zu zwingen, ihn anzuschauen – und anschließend ihren Blick so lange festzuhalten, bis sie sich abwenden mußten. Die Frau mit dem Schleier hatte bei seinem Anblick zunächst verächtlich die Nase gerümpft, doch Tessa bemerkte auch, daß sie den Atem anhielt und ihr Kleid richtete, als er näherkam. Die beiden alten Frauen lachten nervös, als Ravis an ihnen vorbeischritt, wackelten mit den Köpfen und lächelten besorgt.

Teilweise lag das wohl an seiner Narbe, vermutete Tessa. Sie verlieh ihm ein hartes, gefährliches Aussehen. Außerdem hatte er eine viel dunklere Hautfarbe als die geradezu blassen Bewohner von Bay'Zell. Es war nicht schwer zu erraten, daß sie ihn für einen Ausländer hielten. Tatsächlich hatte Tessa sogar das Gefühl, daß Ravis genauso aussehen und wirken *wollte*. Anders war auch die schwarze Kleidung nicht zu erklären, die seine Fremdartigkeit noch unterstrich. Er war der einzige Mann an Bord, der so gekleidet war.

Während sie neben ihm einherschritt, mußte sie aus irgendeinem Grund an die Nacht denken, in der er sie geküßt hatte. Das war nun sechs Wochen her, doch ihr kam es viel länger vor. Sie war nicht mehr derselbe Mensch wie damals. Mit Emith und seiner Mutter zusammenzuleben, hatte ihre Sicht der Dinge verändert. Sie wußte nun, daß Zähigkeit und Selbstzufriedenheit nicht alles im Leben waren.

Ravis hatte das noch nicht erkannt. Jeder Blick, den er verteilte, sagte deutlich: *Ich will und brauche weder eure gute Meinung noch euren Respekt.*

Mehrere seltsame Gefühle rangen in Tessa um die Vorherrschaft, als sie sich an die Berührung seiner Lippen erinnerte, und am Ende hakte sie sich bei ihm unter.

Nun hatte sie ihn endlich einmal überrascht, denn er zuckte ein wenig zusammen und drehte sich zu ihr um. Tessa wußte nicht, was er in ihren Augen lesen konnte, doch Ravis formte etwas mit den Lippen, entspannte sich wieder und blickte nach vorne. Während der nächsten paar Schritte änderte er nach und nach die Haltung seines Arms, um es Tessa angenehmer zu machen.

»Wie ist Drokho?« fragte sie und führte Ravis in Richtung des verhältnismäßig ruhigen Quarterdecks. Es war an der Zeit, daß sie sich wieder setzten und ein wenig ausruhten.

Ravis atmete tief durch, antwortete aber nicht. Er blickte stur geradeaus, doch Tessa hatte das Gefühl, als sehe er alles mögliche, nur nicht das Schiff. Nach einer Weile atmete er ein zweites Mal tief ein und hielt kurz die Luft an, als wolle er seine Kräfte sammeln; dann erklärte er: »Drokho ist viele verschiedene Dinge für viele verschiedene Menschen.«

»Und was ist es für dich?«

»Eine Heimat, in die ich nie wieder zurückkehren kann.«

Tessa spürte einen Stich im Herzen. Er sprach sanft, beinahe gelassen, doch der Schmerz in ihm war unverkennbar. Er durchdrang die Worte wie die Narbe Ravis' Lippe. Er war tief verwurzelt, unheilbar.

Tessas freie Hand bewegte sich wie von selbst zu dem Ring um ihren Hals.

Eine Heimat, in die ich nie wieder zurückkehren kann.

Diese Worte hätten ebensogut von ihr stammen können, doch sie hätte sie niemals mit dieser verzweifelten Sehnsucht ausgesprochen wie Ravis. Ihre Heimat bedeutete ihr etwas vollkommen anderes, und obwohl sie es nicht gerne zugab, wußte sie, daß sie ohne ihre Eltern keinen zweiten Gedanken an ihr altes Leben verschwendet hätte. Jetzt war diese Welt hier ihre Heimat, und Emith und seine Mutter, die in Bay'Zell geduldig auf ihre Rückkehr warteten, waren ihre Familie.

Unsicher, was sie als nächstes sagen sollte, verstärkte sie den Druck auf Ravis' Arm und beschloß zu schweigen. Im Grunde genommen kannte sie Ravis überhaupt nicht; sie konnte sich noch nicht einmal vorstellen, warum er so verbittert war.

Ravis ging immer weiter, bis sie das Ende des Quarterdecks erreichten. Dort angekommen lehnte er sich mit dem Rücken gegen die Reling, so daß er Tessa ansehen konnte und sagte: »Wie? Keine Fragen mehr?«

Tessa dachte, daß er vielleicht wütend sei, aber sie war nicht sicher. Seine Stimme klang sanft, doch die Sehnen an seinem Hals waren gespannt. Ein Muskel zuckte in seiner Wange. Ihn so zu sehen, erinnerte sie an den Tag, da sie nach Fale zu Emith geritten waren. Sie erinnerte sich daran, wie Ravis sie mit Emith allein vorausgeschickt hatte, während er selbst zurückgeblieben war, um Deverics Sohn zu verprügeln. Als er sie damals fortgeschickt hatte, hatte er genauso ausgesehen wie jetzt.

»Warum war es damals in Fale so wichtig für dich, Deverics Sohn weh zu tun?« fragte sie. »Er war einfach nur ein Rüpel, weiter nichts.«

Ein dunkles Lächeln huschte über Ravis' Gesicht. »Du kommst wirklich immer sofort auf den Punkt.«

Tessa gefiel dieses Lächeln nicht, ebensowenig wie der harte Unterton in seiner Stimme. Wäre da nicht etwas in seinen Augen gewesen, hätte sie vermutlich auf dem Absatz kehrtgemacht und wäre einfach davongegangen. Sie trat einen Schritt auf ihn zu und sagte: »Ich glaube nicht, daß dich die Art geärgert hat, wie Deverics Sohn mit Emith umgesprungen ist. Ich glaube, hinter deinem Verhalten steckt etwas anderes.«

Ravis schaute Tessa an. Er hob die Hand vor den Mund, so daß sie seine Narbe verbarg, senkte die Augenlider ein wenig und musterte ihr Gesicht. Sekunden vergingen. Lange sagte er kein Wort; er atmete nur tief und gleichmäßig und starrte sie unverwandt an. Seine Augen waren so dunkel, daß die meisten Leute sie für schwarz gehalten hätten. Doch das waren sie nicht. Sie waren dunkelbraun – von der gleichen Farbe wie Sepiatinte.

Schließlich veränderte sich etwas in seinem Blick, und die Muskeln um seine Augen und den Mund setzten sich angestrengt in Bewegung, um einen neuen Gesichtsausdruck zu formen. Er neigte den Kopf ein wenig zur Seite; dann nahm er die Hand vom Mund. »Du hast natürlich recht«, sagte er so sanft, wie Tessa ihn noch nie hatte sprechen hören. »Ich war nicht wütend darüber, wie der Mann Emith behandelt hat. Ich war eigentlich überhaupt nicht auf *ihn* wütend. Ich habe mich mehr darüber geärgert, wie die Dinge im allgemeinen gehandhabt werden, über die Gier der Menschen.« Er zuckte mit den Schultern. »Ich war wütend auf mich selbst.

Der Tod bringt das Beste und leider auch das Schlimmste im Menschen zum Vorschein. Deverics

Sohn hat nur beschützt, was er als sein rechtmäßiges Eigentum betrachtete, und vermutlich haben sein Bruder, seine Schwester und seine Mutter sich nicht anders verhalten.« Ravis drehte sich um und blickte aufs Meer hinaus. »Ich weiß nicht. Ich hasse es einfach, wenn die Menschen immer nur nach Besitz streben.«

»Warum?« Tessa stellte sich neben ihn. Sie versuchte, seinem Blick zu folgen, doch Ravis' Augen waren auf einen Punkt weit jenseits des Horizonts gerichtet.

»Weil ich mich selbst einmal so verhalten habe, und es bringt Erinnerungen zurück, die ich lieber vergessen würde.«

»Schlimme Erinnerungen?«

»Nein.« Ravis schüttelte den Kopf. »Nicht nur schlimme Erinnerungen. Auch einige gute.«

Er ließ die Worte für einen Augenblick im Raum stehen, dann sagte er aufs Meer hinaus: »Als mein Vater gestorben war, hinterließ er den Besitz derer von Burano im Chaos. Er war ein sanfter Mann, kein großer Führer, noch nicht einmal ein guter Sachwalter. Er hatte sich nie etwas anderes gewünscht, als ein einfacher Dorfpriester zu werden, doch nachdem sein älterer Bruder ohne Erben gestorben war, fielen ihm Titel und Herrschaft über Burano zu. Beides hat er nie gewollt. Er wußte nicht, was er damit anfangen sollte.« Ravis lächelte. »Die ersten zehn Jahre hat er das Herzogtum mehr schlecht als recht verwaltet. Er war einfach nicht zum Lord geboren. Manchmal habe ich ihn über einem alten Gebetbuch in der Bibliothek gefunden, blind für den Papierkram, der sich um ihn herum stapelte.

Zu Anfang waren Malray und ich noch zu jung, um ihm zu helfen, aber über die Jahre hinweg haben wir das Land lieben gelernt. Gemeinsam haben wir es bearbeitet: Wir haben Wälder gerodet, die Herden gehegt, neue Rassen eingeführt und neue Getreidesorten. Malray war vier Jahre älter als ich; dennoch haben wir alle Entscheidungen gemeinsam getroffen und wie Gleichgestellte zusammengearbeitet. Wir waren so jung – eigentlich noch Kinder –, aber wir waren es, die das Land aufgebaut hatten. Fünf Jahre lang haben wir jeden Tag bis zur Erschöpfung gearbeitet; dann ist unser Vater gestorben.«

Ravis hielt inne. Seine Hände umklammerten die Reling. Ein Schweißtropfen rann ihm die Schläfe herab und erinnerte Tessa daran, daß er krank war. Sie schwieg aber. Ravis hätte ihr sowieso nicht zugehört.

»Vater hat kein Testament hinterlassen.« Ravis' Stimme klang teilnahmslos. »Das war nicht seine Art. Das einzige, was man nach seinem Tod entdeckte und was einem Testament einigermaßen nahe kam, war ein Brief, den er an den Lektur von Jiya geschrieben hatte. Darin verfügte er, daß sein Besitz nach seinem Tod gerecht unter den Familienmitgliedern verteilt werden sollte.

Die Worte eines Narren.

Welche Familie? Seine Söhne, Malray und ich? Seine Schwester und Stiefschwester, seine Neffen und Nichten, sein jüngerer Bruder und der Bastard seines älteren Bruders?«

Ravis schlug mit der Faust auf die Reling. *»Welche Familie?«*

Tessa zuckte unwillkürlich zusammen. Sie hatte ebenfalls die Hand auf die Reling gelegt, und so spürte sie die Wucht des Schlages, als hätte er ihr gegolten. Doch noch bevor das Holz aufhörte zu vibrieren, hatte sich Ravis wieder in der Gewalt. Er kaute auf seiner Narbe, um den Zorn zu unterdrücken. Als er dann erneut das Wort ergriff, klang er wieder ruhig und gelassen.

»Im Normalfall hätte diese Tatsache nichts weiter bedeutet: Das Herzogtum wäre einfach an Malray übergegangen, den ältesten Sohn. Doch es dauerte nicht lange, bis die ersten ›Familienmitglieder‹ ihre Ansprüche anmeldeten. Ein Bastard des ursprünglichen Herzogs war der erste. Er legte Papiere vor, die passenderweise voller Weinflecken waren, in denen zu lesen stand, daß sein Vater kurz vor seinem Tod beabsichtigt habe, ihn anzuerkennen. Die Witwe des alten Herzogs war die nächste. Sie behauptete, daß ihr aufgrund eines Kodizills, der gerade erst ›entdeckt‹ worden sei, ein Teil der Herrschaft zustehe. Unsere Tante, Rosimin, die zwölf Jahre lang von der Großzügigkeit unseres Vaters gelebt hatte, erklärte, er hätte ihr ein Drittel des Landes für seine Nichten und Neffen versprochen. Es gab auch einen Großonkel, den Bruder unseres Großvaters, der Rechte an allen Fischen geltend machte, die im Fluß gefangen wurden, und an allem Wild, das auf dem Boden von Burano geschossen wurde.«

Ravis schluckte. »Es war Wahnsinn. Jeder, der frech genug war zu lügen, behauptete, ihm gehöre ein Teil des Landes.

Es ist nur so weit gekommen, weil es kein Testament gab, verstehst du? Das hat das Schlechteste in den Menschen zum Vorschein gebracht. Sie betrachteten das Fehlen eines Testaments als Schwäche und versuchten, sie auszunutzen.«

Ravis starrte weiter aufs Meer hinaus und fuhr sich mit den Fingern durchs Haar. Der Wind hatte aufgefrischt, und die Segel des Besanmastes rissen an der Takelage. Tessa mußte sich nicht umdrehen, um zu wissen, daß ein Matrose in den Mast hinaufgeklettert war, um die Taue zu überprüfen, denn sein Schatten fiel genau vor ihre Füße. Die Sonne stand im Westen. Der Tag nahm seinen Lauf.

Einerseits wollte sie Ravis von der Reling fortführen, ihn dazu bewegen, sich hinzusetzen, sich auszuruhen, zu schlafen. Doch andererseits wollte sie das Ende seiner Geschichte hören. Es war beinahe, als wirke er mit seinen Worten einen Zauber, der sie beide an einen Ort brachte, wo es die Zeit nicht gab, und wo sie im warmen Licht der Erinnerung gefangen waren.

Da sie den Zauber nicht brechen wollte, schwieg sie. Sie wartete, und nach einer Weile fuhr Ravis tatsächlich fort:

»Ich war siebzehn. Malray war einundzwanzig. Der Tag, an dem man unseren Vater zu Grabe trug, war der letzte Tag des Friedens, den wir für die nächsten sieben Jahre haben sollten. Wir klammerten uns aneinander, während unser Vater in die Krypta getragen wurde. Beide versuchten wir, stark zu sein, aber dann begann einer von uns zu weinen – wer, weiß ich nicht mehr –, und dann haben wir beide geweint. Wir haben uns aneinandergeklammert und geweint, und das Seltsame war, daß es uns nicht im geringsten kümmerte. Solange wir gemeinsam weinten und den anderen an unserer Seite wußten, war alles andere egal. So sehr haben wir uns geliebt.

Am nächsten Tag haben die Kämpfe begonnen. Der Bastard des ersten Herzogs, Jengus von Morgho, hat seine Männer auf unser Land geführt. Malray und mir blieb keine andere Wahl, als unsere Heimat zu verteidigen. Mit mehr Glück als Verstand gelang es uns, ihn zu verjagen. Den einzigen wirklichen Vorteil, den wir besaßen, war unsere Ortskenntnis. Es war im Vorfrühling, und aufgrund der Schneeschmelze hatten sich einige niedrig gelegene Täler in Sümpfe verwandelt. Irgendwie ist es uns gelungen, Jengus dort hineinzutreiben. Als wir uns wieder zurückzogen, drohte er uns, in einer Woche wieder zurückzukommen, allerdings mit mehr Männern.«

Ravis hielt einen Augenblick inne. Tessa blickte ihn an und sah zu ihrem Erstaunen, daß er lächelte.

»Malray und ich hatten eine Höllenangst, doch wir taten so, als würde uns das alles nicht das geringste ausmachen. Jengus war zehn Jahre älter als wir, ein erfahrener Kämpfer mit Kontakten zu Söldnern im Norden. Wir beide waren nur zwei kleine Jungen, die gerade mal wußten, wie man ein Feld bestellt, weiter nichts.

Als wäre das alles nicht schon schlimm genug gewesen, machten weitere Leute in dieser Woche ihre Ansprüche geltend. Büttel tauchten vor unseren Toren auf, mit Knüppeln bewaffnet und mit Fackeln, und verlangten im Namen von Rosimin und ihren Kindern Güter und Geld im Wert eines Drittels des Besitzes. Am nächsten Tag sandte Savarix, der Lord des angrenzenden Landes, seinen Haushofmeister zu uns und setzte uns davon in Kenntnis, daß er alles an seine Güter angrenzende Land besetzen würde, sollte es in Burano zu Kämpfen kommen, die seinen Besitz gefährden würden.

Die Geier sammelten sich, um über uns herzufallen. Jengus würde in ein paar Tagen wieder zurückkehren; die Büttel konnten wir auch nicht mehr länger hinhalten, und obwohl Malray und ich noch sehr jung waren, so wußten wir doch, daß Savarix keineswegs um seine Sicherheit besorgt war. Er wollte sich nur frühzeitig seinen Teil der Beute sichern.

Zwei Nächte später, nachdem wir Jengus erneut aus Burano vertrieben hatten, weckte mich Malray mitten in der Nacht und sagte: ›Ravis, wir müssen lernen zu kämpfen. Dies ist unser Land. Fünfzehn Jahre lang haben wir es geliebt, bestellt und unsere Heimat genannt. Niemand wird es uns wegnehmen, selbst wenn das bedeuten sollte, daß wir jeden Morgen den Harnisch anlegen und mit dem Messer unterm Kopfkissen schlafen müssen. Ich werde weder ruhen noch verhandeln oder nachgeben. Und du wirst an meiner Seite kämpfen als mein Bruder und Freund‹.«

Während des letzten Satzes spürte Tessa, wie sich ihr die Nackenhaare aufrichteten. Die Worte klangen wie ein

Gebet, doch fehlte ihnen der Glaube. Sie hallten tief in ihren Ohren wider, wo einst der Tinnitus seinen Ausgang genommen hatte. Sie erfüllten sie mit Sehnsucht, doch wonach vermochte sie nicht zu sagen. Nach ihrer Familie? Nach Liebe? Nach der Vergangenheit?«

Ravis schaute auf seine Hände. Tessa wollte ihn berühren und sie hob schon die Hand, hielt aber im letzten Augenblick inne. Ihr fehlte der Mut dazu.

Mit gesenktem Kopf und tief und langsam atmend fuhr Ravis fort. Widersprüchliche Gefühle sprachen aus seiner Stimme, und doch redete er weiter, und während er davon erzählte, wie er an der Seite seines Bruders gekämpft hatte, wich aller Schmerz von ihm. Schließlich blieb nur ein einziges Gefühl zurück, und das war überraschenderweise Freude.

»Also haben Malray und ich gekämpft. Gemeinsam, immer gemeinsam. Wir haben viele Fehler begangen, schreckliche Fehler, aber irgendwie gelang es uns, aus ihnen zu lernen.

Jengus stand öfter kurz davor, uns zu besiegen, als ich mich erinnern kann. Er war ein hervorragender Kämpfer. Er hörte niemals auf, uns unter Druck zu setzen und nach Schwachstellen zu suchen. Jahre vergingen, in denen sich ein Konflikt an den anderen reihte. Jengus verbrannte unsere Felder, vergiftete die Brunnen, tötete unsere Herden und zerstörte alle Außengebäude. Er hat das Land niemals geliebt. Dann schloß er sich mit Rosimin und ihren Söhnen zusammen, und wir mußten uns sechs Monate lang im Herrenhaus verbarrikadieren. Ob wir damals nicht aufgaben, weil wir nicht wollten oder weil wir nicht *konnten*, das weiß ich nicht mehr.

Eines Frühlings sandte dann Savarix seine Männer aus und beanspruchte einen breiten Streifen Burano-Land unmittelbar südlich seiner Grenzen. Danach brach die Hölle los. Jengus wußte nicht, ob er sich mit Savarix zusammentun, ihn bekämpfen oder schlicht und ergreifend ignorieren sollte.« Ein leises Lachen entkam Ravis' Lippen. »Man muß ihm ehrenhalber zugestehen, daß er vermutlich alles drei versucht hat.

Und während all dieser schrecklichen, blutigen Kämpfe, der Belagerungen und Betrügereien standen Malray und ich immer Seite an Seite. Wir rekrutierten ebenfalls Männer, kämpften auf dem offenen Feld und in und um Befestigungen. Im Laufe der Wochen, Jahre und Monate lernten wir, was Krieg, *richtiger* Krieg, bedeutete.

Wir haben uns voll und ganz aufeinander verlassen und uns uneingeschränkt vertraut. Jeder von uns sah die Taten des anderen voraus und glich dessen Schwächen aus. Wenn ich den Truppen voran in die Schlacht zog, dann wußte ich, daß Malray in meinem Rücken über mich wachte. Wenn ich verwundet zu Boden gegangen war, dann brauchte ich nur zu warten, bis er mich fand und wieder nach Hause brachte. Wenn Malray krank war, habe ich ihn versorgt, und wenn er vor lauter Sorgen zu verzweifeln drohte, habe ich nicht geruht, bis er seinen Kampfgeist zurückgewonnen hatte.

Und er …« Ravis schüttelte langsam den Kopf. »… und er hat nicht weniger für mich getan.

Wir waren jung, und wir haben den größten Teil unseres Erwachsenwerdens mit Kämpfen verbracht. Das war nicht immer einfach, denn manchmal mußten wir gegen jene kämpfen, die wir liebten, wie Rosimin und ihre Söhne. Doch solange Malray an meiner Seite war, stellte sich die Frage von richtig oder falsch erst gar nicht. Wir waren Brüder, und wir kämpften für das, was rechtmäßig uns gehörte.

Sieben Jahre lang haben wir gekämpft. Sieben lange Jahre, in denen kaum ein Tag verging, ohne daß uns jemand herausgefordert hätte. Rosimin versuchte, uns mit rechtlichen Mitteln hinauszuwerfen; Jengus verwandelte das Torhaus in ein Heerlager, und Savarix sandte Briefe an die Lekturen von Jiya und Parafas und verlangte unsere Exkommunikation. Er schwor, er habe gesehen, wie wir eines Nachts auf dem heiligen Grund eines Schreins gekämpft hätten.

Aber indem wir zusammenhielten, gelang es uns irgendwie, das alles zu überleben, und an jenem Tag, da ich Jengus tötete, hatte der Wahnsinn endlich ein Ende.

Wenn man es vorbehaltlos betrachtet, war ich vermutlich der bessere Kämpfer von uns beiden. Ich war es, der die Strategien ausarbeitete und die Soldaten ausbildete. Malray war allerdings temperamentvoller. Er war stärker als ich, und wenn er erst einmal begonnen hatte zu kämpfen, dann vermochte ihn nichts, aber auch absolut *gar nichts*, aufzuhalten. Eines Morgens ritten er und ein paar Männer hinaus, um die Fallen zu überprüfen, die wir für Jengus gestellt hatten. Jengus lauerte ihm auf. Er führte dreimal so viel Männer in den Kampf wie Malray. Wäre ich dort gewesen, hätte ich mich sofort zurückgezogen und wäre wie der Teufel davongeritten, um an einem anderen Tag wieder zurückzukehren.

Aber Malray zog sich nicht zurück. Er blieb und kämpfte. Er war des Krieges müde. Er wollte, daß alles endlich vorbei war – wir beide wollten das, aber er noch mehr als ich. Er war nun beinahe dreißig, und ich glaube, er sehnte sich nach einer Frau und Kindern und nach Frieden.

Als Malray am Nachmittag noch nicht zurückgekehrt war, ging ich hinaus, um ihn zu suchen. Schließlich stieß ich auf die Kämpfenden. Malray lag auf einem frisch gepflügten Acker; er war an der Seite verwundet und blutete stark, Jengus stand über ihm und drückte ihm das Schwert an den Hals.«

Mit einer knappen Geste der Resignation ließ Ravis die Reling los. »Ich kann mich kaum noch daran erinnern, was danach geschah. Ich habe viel darüber gehört, aber ob ich das alles glauben soll, weiß ich nicht. Nur der Zorn ist mir im Gedächtnis geblieben. Blinder, rasender Zorn. Malray war alles, was ich hatte, und Jengus war gerade dabei, ihn mir zu nehmen.

Einige sagten, ich hätte vier Männer über den Haufen geritten, nur um zu ihm zu gelangen. Zweien hätte ich die Schädel gebrochen und einem weiteren die Rippen. Manche behaupten, ich hätte geschrien, andere wiederum, ich hätte geschwiegen wie der Tod. Ich selbst habe nur das Gewicht des Schwertes in meiner Hand gefühlt und das pure Entsetzen darüber, Malray jeden Augenblick verlieren zu können.

Jengus hatte kaum Zeit, sich aufzurichten. Ich schwang mein Schwert und schlug ihm mit einem einzigen Hieb den Kopf ab.«

Tessa schloß die Augen und preßte die Lippen aufeinander, um ja kein Geräusch zu verursachen.

»Danach hörte ich aber nicht auf – ich *konnte* nicht –, bis jeder einzelne von Jengus' Männern tot auf dem Boden lag.« Ravis sprach kraftlos, fast gedankenverloren. »Malray mußte mich von der Leiche des letzten Mannes herunterziehen. Der Mann war schon Gott weiß wie lange tot; dennoch konnte ich nicht aufhören, auf ihn einzuschlagen. Ich weiß nicht, was über mich gekommen war, in was ich mich verwandelt hatte; aber ich glaube, als Malray mich erreichte, war es bereits zu spät.«

Ein Schauder lief Ravis über den Rücken. Tessa konnte sehen, wie er ihn nutzte, um neue Kraft zu sammeln.

»Danach geschah alles sehr schnell. Jengus war immer unser größter Feind gewesen, und nun, da er tot war, endeten schlagartig alle Streitigkeiten. Savarix konnte nicht länger behaupten, seine Grenzen seien bedroht; Rosimin fand niemanden mehr, der ihren Anspruch unterstützte, und die örtlichen Büttel und Richter waren der ganzen Angelegenheit ohnehin müde. Jeder, der jemals ein gieriges Auge auf Burano geworfen hatte, zog sich zurück.«

Tessa bemerkte plötzlich, daß es dunkler geworden war. Wie lange standen sie hier schon? Stunden?

»Dann habt ihr also gewonnen?« fragte sie.

Ein hartes, verbittertes Lachen drang aus Ravis' Kehle. »Ich nicht. Nein. Ich habe gar nichts gewonnen, nur Malray. Einen Monat, nachdem alles vorüber war und die Anwälte übereingekommen waren, uns Burano zu überschreiben, hat sich Malray gegen mich gewandt. Mein eigener Bruder, den ich abgöttisch liebte und an dessen Seite ich sieben Jahre lang gekämpft hatte, hat sich gegen mich gewandt! Er sagte, ich hätte alles mit dem, was ich an jenem Tag auf dem Acker getan habe, beschmutzt. Er sagte, ich würde noch immer nach Blut stinken. Er wollte mich nicht länger auf seinem Land haben. Auf *seinem* Land!«

Ravis begann zu zittern.

»Er sagte, das Erbe unseres Vaters gehöre nun ihm, und es sei nicht gut, es zu teilen. Einen so großen Besitz wie Burano müsse man zusammenhalten. Er sagte mir, ich sei nicht für dieses Land geschaffen, ich sei ein geborener Kämpfer, und ich solle fortgehen und in den Krieg ziehen.« Plötzlich senkte Ravis die Stimme, als könne er selbst kaum glauben, was er da sagte. Er klang wie ein Kind, das nach einem hübsch leuchtenden Gegenstand gegriffen hatte, nur um herauszufinden, daß er glühendheiß war. »Er hat mir fünfhundert Goldstücke angeboten und mir den Weg zum Tor gewiesen.«

Tessa schluckte. Ihre Augen schmerzten. Sie streckte die Hand aus und berührte Ravis' Arm. »Das tut mir leid.«

Ravis reagierte auf diese Worte, als wären sie Gift. Er riß den Arm zurück, stieß sich von der Reling ab und ging davon. »Es braucht dir nicht leid zu tun«, erwiderte er. »Ich habe meine Rache bekommen.«

Als er an der nächsten Straßenecke eine Gruppe Betrunkener erspähte, wechselte Emith die Straßenseite, um ihnen aus dem Weg zu gehen. Er trug zwei heiße, in Butter gebratene Hummer in den Händen, und sollten die Betrunkenen sie auch nur riechen, hätte das Lieblingsessen seiner Mutter weniger Chancen, den heimatlichen Tisch zu erreichen, als ein Ruderboot im Sturm das rettende Ufer.

Mutter liebte nämlich Hummer. Gegenüber Marcel von Vailing hatte sie nur etwas anderes behauptet, um ihn davon abzuhalten, weitere Fragen über Tessa zu stellen. Mutter war gut in solchen Dingen, viel besser als er. Und das war auch gut so. Jeder Haushalt brauchte jemanden, der einem ungebetenen Gast die Tür weisen konnte. Nicht daß Marcel ein schlechter Mensch wäre, natürlich nicht, aber er hatte einfach eine Art, Fragen zu stellen, die es anderen unmöglich machte, sie nicht zu beantworten.

Na ja, *fast* unmöglich. Er hatte noch niemanden getroffen, der Mutter dazu hätte bewegen können, etwas zu sagen, was sie nicht sagen wollte.

Lächelnd drückte er das Päckchen mit den Hummern an die Brust. Er wollte nicht, daß sie kalt wurden, bevor er zu Hause ankam. Mutter bekam nicht oft Hummer und besonders nicht warmen, der bereits geschält war. Er hoffte, das würde sie aufheitern.

Mutter fühlte sich sehr einsam, seit Tessa gegangen war. Oh, sie hatte versucht, es zu verbergen – heute morgen hatte sie genug Fische ausgenommen und Zwiebeln geschält, um einen ganzen Berg Heringspastete machen zu können –, aber sie war einfach nicht mehr sie selbst. Er wußte das. Ihn konnte sie nicht täuschen. Er sah es an der Art, wie sie ins Feuer starrte, und sie hatte sich noch nicht einmal beim Zwiebelschälen die Tränen aus den Augen gewischt.

Mutter vermißte Tessa. Das taten sie beide. Tessa war so voller Leben, so stark. Ohne sie war das Haus einfach nicht mehr dasselbe.

Er hatte alles Mögliche unternommen, um seine Mutter aufzuheitern. Gestern abend hatte er ihr zweitbestes Arlofaß angeschlagen, Wachs- anstatt Talgkerzen angezündet und Mutters Lieblingslieder auf der Fidel gespielt. Zwar war er kein sonderlich guter Musiker, doch Mutter war das egal. Für sie spielte er wie ein Engel – er wußte das, weil sie ihm das vor langer Zeit einmal gesagt hatte, und er vergaß solche Dinge niemals.

Aber was auch immer sie gestern auch gehört haben mochte, es hatte sie nur noch trauriger gestimmt. Also hatte er beschlossen, heute abend ein Festmahl zu improvisieren: Hummer, ein, zwei Schluck Berriac, der für medizinische Notfälle in der Speisekammer aufbewahrt wurde, und anstatt Musik zu machen, wollte er ihr Geschichten erzählen. Mutter mochte es, wenn er ihr vorlas, und er hatte noch einige von Deverics Büchern zu Hause. Demnächst würde er wieder nach Fale zurückkehren und sie Meister Rance geben müssen.

Die Sonne war gerade untergegangen, als Emith in die Straße einbog, in der er wohnte. Zwei schattenhafte Gestalten kamen ihm auf der anderen Straßenseite entgegen. Er widmete ihnen kaum Aufmerksamkeit: Sie schienen viel zu sehr in Eile zu sein, als daß sie einen Mann wegen ein paar Hummern belästigt hätten. Außerdem war dies hier im Gegensatz zu anderen Stadtteilen eine sichere Gegend. Wäre er sich dessen nicht sicher gewesen, hätte er niemals eingewilligt, fünf Tage die Woche in Fale zu arbeiten.

Während er in Gedanken ausrechnete, wann Tessa

frühestens aus Maribane wieder zurückkehren könnte, näherte er sich dem Haus. Es war durchaus möglich, daß Tessa in weniger als neun Tagen wieder hier sein konnte. Falls er sich recht erinnerte, dauerte die Überfahrt nur drei Tage, und als Laie würde man Tessa nicht gestatten, sich länger als eine Nacht auf der Insel der Gesalbten aufzuhalten. Der Abt war sehr streng, was solche Dinge betraf.

Voller Freude über die Vorstellung, seiner Mutter sagen zu können, daß Tessa vielleicht früher als erwartet wieder zurückkehren könnte, ging Emith zur Hintertür.

Mutter besaß natürlich auch eine Vordertür, doch in den vierunddreißig Jahren, da sie hier lebte, hatte Emith sie erst ein einziges Mal geöffnet gesehen. Das war an jenem Tag gewesen, als Mutters Schwester, Tante Pelish, aus Mir'Lor eingetroffen und einen Monat geblieben war. Damals war Tante Pelishs Haus gerade umgebaut und mit der größten aller Annehmlichkeiten – einem roten Ziegelofen – ausgestattet worden, und Mutter hatte gesagt, sie sei viel zu sehr große Dame, um durch den Hof hereingelassen zu werden.

Der Geruch von Lauge und ungelöschtem Kalk stieg Emith in die Nase, als er das Hoftor öffnete. Dem darunterliegenden, leicht süßlichen Geruch nach zu urteilen, würden die Tierhäute bald soweit sein, daß man sie abschaben konnte. Heutzutage benötigte Emith bei weitem nicht mehr so viel Pergament wie früher, als er noch für Meister Deveric gearbeitet hatte, doch alte Gewohnheiten konnte man nur schwer ablegen. Die Pergamentherstellung war die Verbindung zu seinem alten Leben an der Seite von Meister Deveric, und es war für ihn ebenso undenkbar, sie aufzugeben, wie mitten im Winter ins Meer zu springen. Er war ein Schreibergehilfe, und obwohl er im Augenblick für keinen Schreiber arbeitete und nach Tessas Weggang auch niemanden mehr ausbilden konnte, so mußte er dennoch seiner Arbeit nachgehen. So war er nun einmal.

Emith rief, er sei wieder zu Hause, und griff nach der Türklinke.

Die Tür war nur angelehnt. Ein Lichtschimmer drang zwischen Tür und Rahmen hindurch.

Emith runzelte die Stirn. Er hatte sie doch sicherlich nicht offengelassen, oder?

Er öffnete die Tür und betrat die Küche.

Ein kalter Luftzug vertrieb den Laugengeruch und brachte einen anderen mit – wie nasses Fell, nur stärker. Emith trat in etwas Klebriges, und er blickte hinunter, um zu sehen, was es war. Er schluckte. Das Paket mit den Hummern fühlte sich mit einem Mal kalt und schmierig an wie Schweinefett, das man zu lange im Hof hatte stehenlassen.

Unbewußt schüttelte Emith den Kopf. Nur weil der Fleck rot war, bedeutete das noch lange nicht, daß es sich um Blut handelte … Es könnte eines seiner Pigmente sein – er verschüttete sie immer wieder – oder Mutters Erdbeersauce.

»Mutter?« Obwohl er es nicht beabsichtigt hatte, verwandelte sich das Wort in seinem Mund zu einer Frage.

Der Raum war nur schwach beleuchtet. Das Feuer war heruntergebrannt, und niemand hatte die Lampen entzündet. Emith spürte einen Kloß im Hals, als er zum Stuhl seiner Mutter blickte. Ihr Hinterkopf ragte über die Lehne hinaus. Emith fiel auf, daß ihr Haar zerzaust war.

»Mutter?« Keine Antwort.

Sie ruhte sich aus – das war es. Das war typisch für sie. Sie ruhte sich ausgerechnet dann aus, wenn er ihr warmen Hummer brachte.

Emith lächelte leicht, schüttelte den Kopf und ging zum Feuer. Weitere rote Flecken saugten an seinen Schuhsohlen. Er versuchte, sie zu ignorieren. Er würde sie später aufwischen, nachdem er Mutter geweckt haben würde. Während der letzten Schritte Richtung Stuhl drückte Emith die Hummer an die Brust. Er drückte so hart, daß die flüssige Butter das Tuch durchnäßte.

Ein Fetttropfen rann seinen Daumen hinab, als er sich umdrehte, um seine Mutter anzusehen.

Ein leises, knarrendes Geräusch entkam seinen Lippen. Er ließ den Hummer los, und das Paket fiel zu Boden.

Mutter war von irgend etwas bedeckt. *Bedeckt!*

Emith sprang vor. Wie konnte sie hier nur seelenruhig schlafen, ohne es zu bemerken? Doch während ein Teil seines Verstandes diese Frage formte, sagte ihm ein anderer, daß irgend etwas Schreckliches geschehen war. Er schob den Gedanken beiseite.

Mutter ruhte sich aus, das war alles.

»Mutter!« rief Emith und versuchte Speichel zu sammeln, um ihn sich in die Hand zu spucken und das dunkle Zeug wegzuwischen. Doch der Speichel wollte nicht kommen. Sein Mund war vollkommen trocken.

Am Fuß des Stuhls sackte Emith zusammen, umschlang die Knie seiner Mutter und flehte sie an, aufzuwachen. Sie hörte ihn nicht. Er packte ihr Handgelenk, um es zu schütteln. Dabei fiel ihr ein Fetzen Papier aus der Hand.

Emith erkannte ihn sofort. Es war eine Kopie von Tessas Passage nach Maribane. Mutter hatte sie zu einem kleinen Ball zusammengeknüllt, als hätte sie versucht, sie zu verbergen. Auf dem Papier stand jede Einzelheit über die *Terrier*, ihre Tonnage und ihre Anlaufhäfen. Mutter hatte darauf bestanden, sie persönlich aufzubewahren, für den Fall, daß Tessas Schiff etwas zustoßen sollte. Nur mit einem solchen Beleg konnte man sicher sein, als erster von einer Katastrophe zu erfahren.

Emith hob das Papier auf, strich es glatt und legte es

auf Mutters Beistelltisch, wo sie alle wichtigen Dinge aufbewahrte. Nachdem das erledigt war, setzte er sich zu seiner Mutter und wartete darauf, daß sie aufwachte.

So fand ihn am nächsten Morgen der Milchmann und zog ihn weg.

Kapitel vier

Die Reise der *Terrier* nach Maribane verlief ruhig und friedlich. Kein Regen, kein Sturm, kein plötzlich auftauchendes Riff und kein Seeungeheuer und keine Piraten behinderten die Fahrt des Schiffes. Langen Tagen folgten kurze Nächte und blutrote Sonnenaufgänge.

Tessa wußte nicht mehr, wie viele Tage sie sich schon auf See befanden: Sicherlich waren es mehr als sieben, zehn konnten es aber auf keinen Fall sein. Die extreme Eintönigkeit des Lebens auf See machte es schwer, den Überblick zu bewahren; jeder einzelne Tag verlief vollkommen gleich. Bei Sonnenaufgang stand man auf, frühstückte, spazierte übers Deck, Mittagessen, ausruhen, Abendessen und dann zu Bett.

Die Gespräche mit Ravis waren das einzige, was von Zeit zu Zeit die Eintönigkeit durchbrach; doch seit jenem Tag, da er von den Ereignissen nach dem Tod seines Vaters gesprochen hatte, war er immer zurückhaltender geworden. Er machte deutlich, daß er nicht weiter über dieses Thema reden wollte, und sorgfältig achtete er darauf, nur noch über unpersönliche Dinge zu sprechen. Dabei war sein Verhalten in keinster Weise grob, nur vorsichtig. Die Geschichten, die er erzählte, handelten nie von Drokho, und die Menschen, die in ihnen eine Rolle spielten, waren lediglich zufällige Bekannte oder ehemalige Arbeitgeber. Seine Freunde oder Familie erwähnte er mit keinem einzigen Wort.

Ravis' Wunde heilte allmählich, aber langsam. Des

Nachts hielten ihn die Schmerzen noch immer vom Schlafen ab, und er wälzte sich unruhig hin und her. Selbst jetzt noch, nach einer Woche, zuckte er bei allzu schnellen Bewegungen häufig zusammen. Die Verbrennung auf Tessas Hand heilte dagegen deutlich schneller. Mittlerweile kam unter der sich schälenden Haut hartes Narbengewebe zum Vorschein. Wenn Tessa es berührte, hatte sie das Gefühl, es gehöre nicht zu ihr: Aus der vernarbten Stelle war alles Gefühl gewichen.

Dank Ravis' Überzeugungskraft hatte man sie während der Reise gut versorgt. Mindestens einmal am Tag pflegte der Schiffsjunge an ihre Kabinentür zu klopfen und ihnen ein Tablett mit frischem Brot, heißem Cidre und Fleisch zu bringen. Tessa war nicht sicher, ob Ravis die Mannschaft wegen des Essens noch immer bestach; seine Börse schien zumindest nicht leichter zu werden.

»Backbord Land in Sicht!«

Tessa drehte sich um, um zu sehen, wer da gerufen hatte. Es war kein Seemann gewesen, sondern ein Junge, der einen nachgeahmt hatte, doch als sie seinem ausgestreckten Finger folgte, sah sie, daß er recht hatte: Land, ein verschwommener grauer Streifen im Nordosten. Ein Kribbeln durchfuhr sie. Maribane. Eine weitere Reise in ihrem Leben neigte sich dem Ende entgegen.

Sie marschierte Richtung Vordeck, schob sich an aufgeregten Frauen vorbei, sprang herbeieilenden Matrosen aus dem Weg und machte einen großen Bogen um die männlichen Passagiere. Inzwischen fühlte sie sich auf dem Schiff vollkommen sicher, beinahe wie zu Hause. Selbst der lange Rock behinderte sie nicht mehr, und sie kletterte Leitern empor und sprang von Deck zu Deck wie ein alter Seebär. Ravis lachte manchmal über sie. Aus ihr würde nie eine ehrenwerte Rhaize-Dame werden, behauptete er. Beim ersten Hinhören hätten die Worte eine

Beleidigung sein können, doch Tessa hatte irgendwie das Gefühl, daß sie genau das Gegenteil waren.

Die Mittagssonne schien ihr auf den Kopf, als sie sich über die Reling lehnte und ihren Körper über das Meer streckte. Eine Möwe umkreiste kreischend das Schiff – die erste seit Tagen –, und Tessa war fest davon überzeugt, daß die Luft mit einem Mal frischer und weniger salzig schmeckte.

»Bei diesem Anblick wird einem ja regelrecht warm ums Herz.«

Als sie hinter sich Ravis' Stimme hörte, nickte sie, ohne sich umzudrehen. »Wunderbar, nicht wahr? Wie lange dauert es noch, bis wir anlegen?«

Ein warmes, kehliges Lachen erscholl in ihrem Rücken. »Ich habe nicht das Land bewundert.«

Verlegen drehte Tessa sich um und trat von der Reling zurück. Sie wollte ein verächtliches Schnaufen ausstoßen, doch was sie zustande brachte, klang mehr wie ein säuerliches Quieken. Es gelang Ravis immer wieder, sie zu überraschen.

Er lächelte. »Ich wollte dich nicht in Verlegenheit bringen.«

»Hast du aber, und das wolltest du auch.« Tessa entdeckte eine Knitterfalte in ihrem Rock und strich ihn wütend glatt. Das Geld in der Börse klimperte fröhlich.

»Hast du all deine Sachen heraufgeholt?« fragte Ravis. »Wenn alle über den Anblick von Land so aufgeregt sind, daß sie darüber den gesunden Menschenverstand vergessen, finden für gewöhnlich die meisten Diebstähle statt.«

Noch immer verwirrt, deutete Tessa auf den Rucksack zu ihren Füßen. »Ich habe alle meine Habseligkeiten bei mir. Wann werden wir denn nun anlegen?«

Ravis blickte aufs Meer hinaus. »Nicht so bald, wie du denkst. Das Land dort drüben ist nicht unser Ziel. Wir werden den Hafen frühestens ein paar Stunden nach Sonnenuntergang erreichen.«

Ravis hatte recht: Die *Terrier* lief erst in den Hafen ein, als der Mond bereits hoch am nachtschwarzen Himmel stand. Der näherkommende Kai strahlte im Licht unzähliger Fackeln, und von ihrem Standort aus – am Bug des Schiffes – konnte Tessa den Rauch riechen und verspürte schon ein Brennen in den Augen. Ruderboote drängten sich an den mächtigen Rumpf des Schiffes. Einige kamen sogar so nahe, daß Tessa sich fragte, wie sie das ohne Schaden überstehen konnten. Mit Ausnahme des Focksegels waren alle Segel gerefft worden, und die *Terrier* wurde von Schleppkähnen in den flachen Hafen gezogen.

Obwohl nur wenig Wind wehte, war die Nacht eine der kältesten, die Tessa auf dieser Welt bisher erlebt hatte, und sie wickelte sich in ihren Umhang. Verglichen mit Bay'Zell wirkten die Lichter von Kilgrim gedämpft. Die Häuser der Stadt drängten sich bei weitem nicht so dicht aneinander wie in den Orten Rhaizes, die sie bisher gesehen hatte: Sie waren auf mehrere Hügel verteilt und beraubten Kilgrim so eines erkennbaren Zentrums. Ravis hatte erklärt, Kilgrim sei lediglich ein Durchgangshafen. Nur wenige Schiffe würden die Stadt als Ziel wählen. Die meisten Menschen, die hierherkamen, befänden sich auf der Durchreise.

Sie hatte ihn schon seit über einer Stunde nicht mehr gesehen. Vermutlich hörte er sich unter der Mannschaft um, wo man am besten die Nacht verbringen, essen und Pferde mieten konnte. Er war ständig mit solchen Dingen beschäftigt.

Das Schiff näherte sich der Anlegestelle. Schauermänner eilten herbei, und die Seeleute warfen ihnen die Haltetaue zu. Die Maribani hatten eine seltsame Stimme, harsch und kehlig, und sie fluchten fürchterlich und beinahe ohne Unterlaß, außer wenn sie sich knapp vor einer Dame verbeugten oder einem neugierigen Kind zuzwinkerten.

Innerhalb weniger Minuten verwandelte sich das Schiff. Alle waren in Bewegung: Passagiere, Seeleute, Schauermänner. Fliegende Händler kamen an Bord und boten heiße Pasteten und kaltes Bier an, was die Reisenden seit über einer Woche nicht mehr gesehen hatten.

Tessa hielt sich aus dem Gedränge heraus. Die flackernden Fackeln, die barschen Rufe und die tanzenden Schatten machten sie nervös. Sie fühlte sich an die Schlacht im Tal der gebrochenen Steine erinnert. Unbewußt hob sie die verbrannte Hand vors Gesicht. Die Haut fühlte sich heiß an.

»Ich dachte mir schon, daß ich dich hier finden würde.«

Tessa zuckte bei den Worten unwillkürlich zusammen, obwohl sie sofort gewußt hatte, daß es Ravis war, der sie ansprach. Er hatte die Kleider gewechselt, die Haare gekämmt und die Stiefel poliert.

»Alles in Ordnung?« fragte er. Ohne auf eine Antwort zu warten, streckte er die Hand aus. »Laß mich deinen Rucksack tragen.«

Tessa gab ihm ihr Gepäck. Sie war nicht in der Stimmung, darauf zu bestehen, es selbst zu tragen.

Als ihre Hände sich am Rucksackriemen trafen, erklärte Ravis: »Es besteht kein Grund zur Furcht. Ich werde dich den ganzen Weg über begleiten.« Tessa hatte ihn seit jener Nacht auf dem Achterdeck nicht mehr so sanft sprechen hören. Nur kurz blickte sie ihm in die Augen, doch lange genug, um zu sehen, daß er meinte, was er sagte; dann machte sie auf dem Absatz kehrt und ging davon. Es gefiel ihr nicht, daß er stets wußte, was sie empfand. Sie fühlte sich verwundbar.

»Komm!« rief sie über die Schulter zurück. »Laß uns von Bord und in die Stadt gehen.« Das hatte ein wenig barsch geklungen, und so fügte sie hinzu: »Wer als Letzter an Land kommt, bezahlt dem anderen das Abendessen und einen Krug Bier.«

Wortlos verabschiedete sich Ravis von der Mannschaft. Jedem Seemann, an dem sie vorbeikamen, blickte er in die Augen, nickte knapp und preßte die Lippen zusammen, eine Art Seemannsgruß, der irgendwo zwischen einem finsteren Blick und einem Lächeln rangierte. Während sie ihn dabei beobachtete, wurde Tessas Aufmerksamkeit von seiner Narbe angezogen. Dies war das erste Mal seit Tagen, daß sie sie bemerkte. *Seltsam,* dachte sie, *wie sehr man sich an den Anblick gewöhnen kann.*

Ravis wählte just diesen Augenblick, um sich wieder zu ihr umzudrehen und ihr den Arm anzubieten. »Sind deine Beine auf den Schock des festen Bodens vorbereitet?«

Ohne zu wissen, wovon er sprach, nickte Tessa. Ihre Beine fühlten sich gut an.

Gemeinsam stiegen sie die Laufplanke hinunter zur Anlegestelle. Ravis hielt sich ein wenig zurück und gestattete Tessa, als erste den Fuß auf den Steg zu setzen.

Er seufzte theatralisch. »Es sieht so aus, als müßte ich das Abendessen bezahlen.«

Damit hatte er Tessa erneut überrascht. Sie war fest davon überzeugt gewesen, er würde alles daransetzen, um die Wette zu gewinnen.

»Soll ich Euer Gepäck tragen, Herr?«

»Ein Schmuckstück für die Dame? Schleifen für ihr Haar?«

»Ein Pferd und einen Karren, die Euch zum besten Gasthof in ganz Kilgrim bringen?«

Allerlei Menschen drängten sich um die Ankömmlinge. Sie boten ihre Waren feil, bettelten und machten alle möglichen Angebote in einem schnellen Dialekt, den Tessa nur mit Mühe verstehen konnte. Ravis wimmelte sie allesamt ab. Im Gegensatz zu den anderen Passagieren, die vorher von Bord gegangen waren, genügte ein einziges Wort von Ravis, und man ließ sie allein.

Der Rauch der Fackeln war so dicht, daß Tessa die Tränen in den Augen standen, und Ascheflocken klebten ihr auf Lippen und Zunge. Während sie die Anlegestelle hinunterging, begannen ihre Beine zu schmerzen. Die Knochen fühlten sich immer schwerer an, und mit jedem Schritt verspürte sie ein stärker werdendes Stechen in den Füßen, das bis zu den Knien hinaufdrang.

»Seebeine«, erklärte Ravis und ergriff sie beim Arm, um sie zu stützen. »Das passiert selbst den Besten, wenn sie so lange wie wir auf einem Schiff waren. Die Knochen gewöhnen sich an das Schwanken des Schiffes. Trockenes Land gibt nicht nach.« Er lächelte schelmisch. »Wenn wir den Kai erreichen, wird es noch schlimmer werden.«

»Ich nehme an, das hat auch wieder etwas mit deinen ›militärischen Überlegungen‹ zu tun.« Wieder einmal verärgert über Ravis' Selbstgefälligkeit versuchte Tessa, sich so aufrecht wie möglich zu halten. Mit jeder Bewegung schien sie ihm etwas Neues über sich zu verraten.

»Nur ein ganz klein wenig.« Und dabei lockerte er den Griff um ihren Arm. Dann blieb er plötzlich stehen und starrte zu einer Menschenmenge, die sich am Ende der Anlegestelle versammelt hatte.

Tessa folgte seinem Blick durch die Rauchwolken und flackernden Schatten hindurch zu einer ganz in Schwarz gehüllten Gestalt. Die Gestalt schlug die Kapuze zurück. Tessa hielt den Atem an. Es war eine Frau mit violetten Augen und leuchtendschwarzem Haar. Ein Raunen ging durch die Menge, als alle Augen sich ihr zuwandten. Sie war geradezu unglaublich schön. Das Licht der Fackeln, das jedermanns Gesicht hager und gerötet aussehen ließ, verlieh dem ihren einen weichen, goldenen Glanz.

Tessa warf einen raschen Blick auf Ravis. Er kaute auf seiner Narbe. Dann ließ er sie los und setzte sich in Bewegung. Tessa blieb keine andere Wahl, als ihm zu folgen. Vor Ravis teilte sich die Menschenmenge und öffnete ihm einen Weg zu der Frau, die auf den Stufen stand, welche vom Kai auf die Anlegestelle hinunterführten. Tessa atmete mehrmals tief durch, um sich zu beruhigen. Ein Duft von Veilchen lag in der Luft.

Während Ravis sich der Frau näherte, verdunkelten sich ihre Augen, und sie verzog leicht die Lippen. Tessa kam sich plötzlich schlampig und unscheinbar vor. Sie strich sich das Haar zurück und richtete ihr Kleid. Die Frau mit den violetten Augen ließ das Haar offen im Wind wehen. Glänzende Locken umgaben ein herzförmiges Gesicht mit makelloser Haut. Als ein starker Windstoß aus dem Osten heranwehte, teilte sich ihr Umhang und enthüllte ein scharlachrotes Spitzenkleid.

Ohne Tessa zu beachten, verharrte die Frau regungslos, bis Ravis unmittelbar vor ihr zum Stehen kam. »Wir müssen reden«, sagte sie. Ihre Stimme klang tief und ein wenig heiser. Anstatt auf eine Antwort zu warten, drehte sie sich um und stieg die Stufen zum Kai hinauf. Ravis setzte sich wieder in Bewegung, um sie einzuholen.

Tessa stand vor der untersten Stufe und blickte ihnen hinterher. Sie besaßen die gleichen dunklen Haare und bewegten sich auf dieselbe elegante Art. Einen Augenblick lang hatte Tessa das Gefühl, als blicke sie auf zwei Menschen, die aus derselben Substanz geschaffen waren. Dann drehte Ravis sich um. Er wirkte angespannt, während er Tessas Gesicht in der Menge suchte. Als er sie entdeckt hatte, rief er sie mit einer Kopfbewegung zu sich. Die Frau mit den violetten Augen sah dies, reagierte aber nicht.

Sie führte die beiden Reisenden den Kai entlang und in die Stadt. Die Straßen waren feucht und rutschig. Pferde, Abfallhaufen, Karren und Lastesel verstopften sämtliche Durchgangswege. Als ein Junge, der einen Karren mit Äpfeln hinter sich herzog, der Frau zu nahe kam, zog Ravis sie rasch beiseite, damit ihr nichts zustieß. Tessa versuchte zu ignorieren, wie lange seine Hand anschließend auf ihrem Arm ruhte. Nachdem sie mehrere überfüllte Straßen durchquert hatten, führte die Frau sie um ein paar Ecken und dann die Stufen zum Eingang eines Sandsteingebäudes hinauf, hinter dessen Tür sie die warme, helle Schankstube eines Gasthofs erwartete.

Der Raum wurde von einer wahrhaft riesigen Feuerstelle beherrscht, die so breit war, daß selbst ein Pferd darin Platz gefunden hätte. Mehrere Roste waren darübergelegt, auf denen Hähnchen, Fleisch und Zwiebeln brieten. Das Zischen von Fett, das in die Flammen tropfte, vereinte sich mit dem Lachen und Singen der Gäste. Die Luft war erfüllt von Rauch und dem Duft von Essen und starken Getränken. Männer und Frauen saßen in Gruppen zusammen. Die Wangen rot von Bier und Berriac, beschäftigten sie sich vornehmlich mit Spielkarten, Würfeln und ihren Börsen.

Als die drei den Raum betraten, eilte ein kleiner Mann herbei, der bei einer Reihe von Bierfässern gestanden hatte. Er rieb sich die Hände an seiner Schürze ab und verneigte sich tief, als er sich der Frau mit den violetten Augen näherte. »Lady Arazzo, Ihr seid zurückgekehrt. Bitte, kommt hier entlang. Das ist keine Nacht, um draußen zu sein. Ihr seid sicherlich vollkommen durchgefroren. Ich habe Mulch ein paar Fasane vorbereiten lassen und mir die Freiheit genommen, einen Krug Berriac über dem Feuer warm zu machen.«

Die Frau beachtete ihn überhaupt nicht, sondern wandte sich Ravis zu. »Wir müssen unter vier Augen reden.« Tessa war weder angesprochen noch eines Blickes gewürdigt worden und spürte diese Worte wie einen kalten Hauch auf ihrer Wange.

Der kleine Mann mit der Schürze ging zu einer Tür, die in einen kleinen, schwach erleuchteten Raum führte. Tessa konnte nur ein paar der Einrichtungsgegenstände erkennen: Möbel aus dunklem Holz, einen blutroten Seidenteppich und silberne Lampen.

Ravis drehte sich zu Tessa um. »Du setzt dich am besten hierhin«, sagte er und führte sie in die Mitte des Schankraums. »Und du wirst dich nicht von der Stelle rühren, bis ich es dir sage. Der Wirt soll dir Essen und etwas zu trinken bringen.«

Tessa blinzelte. Ihr kam alles Mögliche in den Sinn, doch schließlich nickte sie nur. Ravis' Gesicht war dunkel und unergründlich, und seine Stimme klang hart.

»Und du«, sagte er und wandte sich an den Wirt, »du wirst dieser Dame denselben Respekt entgegenbringen wie Lady Arazzo. Sieh zu, daß sie ebenfalls den guten Fasan und den warmen Berriac bekommt. Und sorg dafür, daß sie niemand belästigt. Jeder Mann, der auch nur seinen Schatten über sie wirft, bekommt es mit mir zu tun.« Ravis unterstrich seine Worte, indem er den Umhang ein Stück zurückschob und demonstrativ die Hand auf sein Messer legte. Jene, die ihn aus diversen Nischen und Ecken beobachteten, fanden rasch einen Grund, sich anderen Dingen zuzuwenden.

Ravis warf einen letzten Blick auf Tessa, dann ließ er sich in den Privatraum führen.

Tessa schaute ihm nach. Die Frau mit den violetten Augen wartete an der Tür, bis Ravis hineingegangen war. Schließlich legte sie eine blasse, schmucklose Hand auf die Klinke, um hinter sich die Tür zu schließen. Ravis sagte etwas zu ihr, woraufhin sie die Hand wieder zurückzog, und die Tür blieb unverschlossen. Während die beiden sich tiefer in den dunklen Raum zurückzogen, bemühte sich Tessa, etwas zu erkennen, doch das Licht wurde immer schlechter, denn die Frau begann eine Lampe nach der anderen zu löschen. Es dauerte nicht lange, und Tessa konnte nur noch Schatten sehen.

»Hier, Mylady. Fasan und Berriac.« Der Wirt erschreckte sie, als er ein Tablett auf den Tisch stellte. »Mulch hat die Knochen herausgelöst, und ich selbst habe mir die Freiheit genommen, ihn zu stopfen. Ich weiß, wie sehr es Damen wie Euch mißfällt, die Ärmel mit Fett zu beschmutzen.« Der Wirt verhielt sich ausgesprochen freundlich, doch sein Blick war unverwandt auf die Dunkelheit im angrenzenden Zimmer gerichtet.

Tessa nickte. Plötzlich war ihr übel. Sie versuchte, sich einzureden, dies läge am Geruch des Fasans, an dem langen Tag und am Rauch der Talgkerzen. Mit einer knappen Geste bedeutete sie dem Wirt, er könne gehen; dann jedoch stieß sie einen leisen Seufzer aus und winkte ihn wieder zurück. Ihre Übelkeit hatte einen anderen Grund.

Der Wirt eilte rasch herbei und wischte sich erneut die Hände an der Schürze ab, als hätte er sie in den wenigen Sekunden wieder schmutzig gemacht. Er beugte sich vor. »Ja, Mylady?«

»Wer ist die Dame in dem Zimmer dort?« fragte Tessa und haßte sich dafür, es überhaupt wissen zu wollen.

»Violante von Arazzo«, antwortete der Wirt, der offenbar erfreut war, danach gefragt worden zu sein. »Die berühmteste Schönheit von ganz Mizerico. Sie ist der Bastard des Lekturen.«

Tessa winkte dem Wirt zu gehen. Mizerico. Ravis war dorthin unterwegs gewesen, als sie ihn kennengelernt hatte.

»Weshalb bist du hierhergekommen, Violante?« Ravis blickte durch die Tür in den Schankraum, während er sprach. Er konnte lediglich eine Ecke von Tessas Tisch erkennen. Obwohl der Wirt ihr schon vor Minuten ein Tablett mit Speisen gebracht hatte, hatte sie sie nicht angerührt.

Violante von Arazzo ging auf und ab. Schließlich stellte sie sich vor den Türspalt. Bei jeder Bewegung raschelte ihr Seidenkleid. »Ich bin gekommen, um dich zu warnen«, antwortete sie und machte sich mit blassen Fingern an den Schnüren ihres Umhangs zu schaffen. Mit einem kurzen Schulterzucken warf sie den Umhang zu Boden und enthüllte ihren in Spitze gehüllten Körper. »Dein Bruder will dich umbringen.«

»Was du nicht sagst, Violante.« Ravis wandte sich von ihr ab und blickte zu dem Krug mit Berriac neben dem Feuer. Selbst nach all dieser Zeit machte ihn Violantes Schönheit noch immer nervös.

»Malray weiß, daß du Rhaize verlassen hast. Und er weiß auch, daß du hierhergekommen bist, nach Kilgrim.«

»Und woher weiß er das?«

»Ist das wichtig?« Violantes geschwungenen Lippen waren so vollkommen, daß sie auf jedem Frauenporträt zu finden waren, das in Istania in Auftrag gegeben wurde. »Mach meine Lippen voller, geschwungener«, flehten die edlen Hofdamen die Künstler an, »so wie die von Violante von Arazzo.« Einige Damen gingen sogar so weit, sich von ihren Zofen auf den Mund schlagen zu lassen, um ihre Lippen Violantes anzugleichen.

Das sei der Bauer in ihr, der Violante diesen Charme verleihe, ließen die feinen Damen gerne verlauten. Der grazile Knochenbau und die violetten Augen seien nichts ohne die vollen Bauernlippen.

Ravis fuhr sich mit der Hand durchs Haar. »Sag mir einfach die Wahrheit, Violante.«

Kaum merklich veränderte sich Violantes Gesichtsausdruck. Ravis glaubte zu sehen, daß ihre Unterlippe zitterte, doch dann trat sie in die Schatten der ihm gegenüberliegenden Wand. »Malray war bei mir, als die beiden istanischen Kundschafter deinen Brief ablieferten. Ich habe versucht, ihn zu verbergen, aber er hat geahnt, daß er von dir stammt.« Violante atmete tief durch. »Er hat ihn mir aus der Hand gerissen und gelesen, auch den Teil, wo du davon sprichst hierherzureisen. Dann ist er wie der Teufel aus der Tür gestürmt. Er hat noch nicht einmal seinen Umhang mitgenommen.«

Die ganze Zeit über, während Violante sprach, beobachtete Ravis Tessas Tisch. Ein Mann hatte sich ihr genähert, war jedoch vom Wirt aufgehalten worden, der ein Tablett mit dampfenden Krügen vor sich her getragen hatte. Nach einem kurzen Wortwechsel hatte der Fremde kehrtgemacht. Danach entspannte sich Ravis ein wenig und wandte seine Aufmerksamkeit wieder Violante zu.

In dem kleinen, dunklen Raum mit den dicken Polstern auf den Möbeln, die – so vermutete Ravis – für gewöhnlich Prostituierten bei der Ausübung ihres Berufes dienten, wirkte Violante wie ein Wesen aus einer fremden Welt. Während die roten Möbel, die sie umgaben, ein billiges Aussehen besaßen, war ihr Kleid mit den teuersten Farbstoffen gefärbt worden.

Es war nicht nötig, sie zu fragen, was Malray in ihrem Haus getan hatte. Ravis kannte Violante gut genug, um es auch so zu wissen. Während er für Izgard von Garizon gearbeitet hatte, war sie ein Jahr lang in Mizerico allein gewesen. Ohne Zweifel hatte sie sich in dieser Zeit andere Männer in ihr Bett geholt. Dabei war es alles andere als überraschend, daß sich auch sein Bruder unter diesen Männern befand. Malray hätte sie früher oder später sowieso aufgesucht. Jede Frau, für die sich Ravis interessierte, weckte auch das Interesse seines Bruders.

»Wie lange ist das her?« fragte Ravis.

Violante schüttelte den Kopf. »Sechs oder sieben Tage. Noch am selben Abend hat Malray seine Meuchelmörder ausgesandt. Am nächsten Morgen bin ich dann auf einer unserer Barken losgesegelt.«

Das erklärte, warum Violante vor allen anderen hier angekommen war. Niemand konnte ein so schnelles Schiff bauen wie die Istanier. Ihre Schiffe waren so schlank, daß sie wie ein Messer durch die Wellen schnitten.

Ravis schenkte zwei Becher Berriac ein und fragte: »Wann, glaubst du, werden Malrays Männer hier eintreffen?«

»Der Kapitän der Barke hat gesagt, wir hätten vor zwei Nächten einen Drokho-Kutter passiert, also vielleicht heute nacht oder morgen früh.«

Ravis blickte in den Schankraum.

»Warum haßt Malray dich so sehr?« fragte Violante und zog seine Aufmerksamkeit wieder auf sich. »Er hat das Geld, das Land und den Titel. Was hast du ihm abgenommen?«

Zum ersten Mal, seit er sie auf dem Kai getroffen hatte, lächelte er sie an. Es war ein kaltes Lächeln, und sie wußte es, denn sie wandte sich rasch ab. Als er ihr leichtes Erröten sah und die Art bemerkte, wie sich ihr Körper in das Kleid schmiegte, fragte sich Ravis, warum sie hierhergekommen war. Violante von Arazzo war schön genug, um jeden Mann bekommen zu können, den sie haben wollte. Selbst die edelsten Lords schmolzen unter dem Blick ihrer violetten Augen dahin und boten ihr extravagante Geschenke von Land, Gold und Juwelen an. Ravis betrachtete ihren Hals und ihre Hände, die kein Schmuckstück zierte, und schüttelte den Kopf. Obwohl Violante inzwischen ein Vermögen an Schmuck besaß, trug sie nie etwas davon. Sie brauchte ihn nicht.

Ravis durchquerte den Raum und reichte ihr den Becher mit Berriac. »Wie kommst du darauf, daß ich Malray etwas abgenommen habe?« Er hatte beabsichtigt, so beiläufig wie möglich zu klingen, was ihm allerdings nicht gelang.

»Weil ich Malrays Gesicht gesehen habe, als die Kundschafter mit deinem Brief eingetroffen sind. Ich habe den Haß gesehen.«

Ravis schloß die Augen und biß sich auf die Narbe. Sieben Jahre waren vergangen, seit er zum letzten Mal Kontakt zu seinem Bruder gehabt hatte, und doch spürte er noch immer Malrays Haß in den Knochen.

»Was hast du ihm abgenommen, Ravis?« beharrte Violante. »War es eine Frau?«

Ravis wandte sich von ihr ab. Im Schankraum sah er, wie Tessa sich in ihrem Stuhl bewegte. Sie hatte die Ärmel hochgekrempelt und wollte sich gerade über ihr Essen hermachen. Mit einem raschen Blick durch die Tür vergewisserte sich Ravis, daß niemand ihr besondere Aufmerksamkeit schenkte. Trotzdem wünschte er sich nichts sehnlicher, als zu ihr zu gehen.

Als er sich wieder umdrehte, ertappte er Violante dabei, wie sie ihn musterte. In diesem kurzen Augenblick wirkte sie jung und unsicher. Ravis rieb sich mit der Hand übers Gesicht. Violante war den weiten Weg von Mizerico hierhergekommen, nur um ihn vor Malray zu warnen – und das, obwohl sie wußte, daß er sie nicht länger begehrte. Der Brief, den Ravis ihr geschickt hatte, war ein Lebewohl gewesen. An irgendeinem Punkt während der vergangenen sechs Wochen hatte er erkannt, daß sein Eifer, Bay'Zell zu verlassen, aus dem Verlangen heraus, wieder in ihren Armen zu liegen, ein Irrtum gewesen war.

Ravis fühlte sich plötzlich unendlich müde. »Was bedeutet dir das?« fragte er. »Die Vergangenheit ist vergangen. Tot.« Er blickte Violante an und sah in ihren Augen eine Wiederholung der Frage. Mit einem Seufzen gab er nach. »Malray war einst mit einem Mädchen verlobt – das war vor vierzehn Jahren, als er gerade erst zum rechtmäßigen Eigentümer von Burano erklärt worden war. Nachdem ich von der Verlobung erfahren hatte, habe ich Tag und Nacht an nichts anderes mehr gedacht. Unaufhörlich hat es an mir genagt. Malray besaß das Land und den Reichtum. Warum sollte er nun auch noch eine Frau bekommen? Ich fand heraus, wer das Mädchen war, ging zu ihr und sorgte dafür, daß sie sich in mich verliebte.« Ravis schüttelte den Kopf und lachte kalt. »Es war leicht. Ich habe ihr von dem Bruch zwischen Malray und mir erzählt und mich selbst als den Schurken dargestellt ... Frauen lieben schwarze Schafe.

Einen Monat später sind wir gemeinsam nach Osten geflohen und haben geheiratet. Dadurch war Malray öffentlich gedemütigt worden. Er hatte bereits eine großartige Hochzeitsfeier geplant, zu der er jede Menge Lords und Ladys eingeladen hatte. Er hatte sogar arrangiert, daß die Hochzeit im Palast des Herrn von Rhiga stattfinden sollte. Doch dann mußte er allen erklären, daß die Hochzeit abgesagt sei, weil seine Braut mit seinem eigenen Bruder davongerannt war ...«

»Er hat die Nachricht wohl sehr schlecht aufgenommen.«

Ravis atmete tief durch. »So schlecht sogar, daß seine Männer mich mit einem Messer begrüßt haben, als ich sieben Jahre später wieder nach Drokho zurückkehren wollte.«

Violantes Blick wanderte zu der Narbe auf Ravis' Lippe.

Ravis nickte. »Eine Sekunde später und es wäre meine Kehle gewesen.«

Violante strich sich mit dem Finger über die eigenen

perfekten Lippen und fragte: »Warum spricht nie jemand darüber?«

»Sowohl Malray als auch der Bruder des Mädchens hatten ein Interesse daran, daß mit der Zeit Gras über die Sache wuchs. Niemand hatte einen wirklichen Vorteil von dem, was geschehen war. Niemand.«

»Was ist mit dem Mädchen?« Violante leerte ihren Becher. »Was ist aus ihr geworden?«

Ravis' Zähne fanden erneut die Narbe. Sie fühlte sich kalt und hart an. »Sie ist zwei Jahre nach unserer Hochzeit gestorben. Sie war nicht für das Leben geschaffen, das ich im Osten geführt habe. Ich habe das Leben eines Söldners geführt, bin von einem Lager zum anderen gezogen. Im Winter habe ich an den Feldzügen im Osten und im Sommer an denen im Süden teilgenommen. Wir sind immer nur von einem stinkenden Unterstand in den nächsten gewandert. Nach nur wenigen Monaten litt sie an *Hura Aya*, an Sumpffieber. Ihr Tod zog sich über ein Jahr hin. Im letzten Monat war sie vollkommen blind. ›Ravis‹, sagte sie immer, ›ich habe Angst. Halt mich fest. Sag mir, was du siehst ...‹«

»Hör auf damit!« schrie Violante. »Hör auf!« Ihre Blicke trafen sich. Violantes Augen funkelten. Ein Glühen huschte über ihre Wangen. Dann wandte sie sich ab.

»Mylady. Mein Herr.« Der Wirt betrat den Raum. Vor der Brust trug er ein Silbertablett mit Essen und einem zweiten Krug Berriac. »Ich werde es ans Feuer stellen, damit es nicht kalt wird.«

Weder Ravis noch Violante würdigten den Mann auch nur eines Blickes. Sie sahen einander weiter in die Augen, während der Wirt Besteck, Servietten und kleine Silberschüsseln für die Knochen auf dem Tisch bereitstellte. »Wer war das Mädchen?« wiederholte Violante, unmittelbar nachdem der Wirt wieder verschwunden war. »Malray ist kein Mann, der aus Liebe heiratet. Sie muß aus einer guten Familie stammen. Eine reiche Erbin vielleicht?« Obwohl sie sich nach besten Kräften bemühte, konnte Violante einen Hauch von Bitterkeit in ihrer Stimme nicht verbergen. Da sie selbst ein Bastard war, wurde sie von der Gesellschaft zwar hofiert, würde aber niemals von ihr akzeptiert werden. Die Adeligen, die sich ihr zu Füßen warfen, hatten selten Heirat im Sinn.

Ravis winkte beiläufig ab. »Nur ein Mädchen aus Veizach.«

»Nur ein Mädchen aus Veizach? Und doch hat der Herr von Rhiga Malray seinen Palast für die Hochzeit angeboten?« Violante schüttelte den Kopf. »Das glaube ich dir nicht, Ravis von Burano.«

Ravis blickte ins Feuer und atmete tief durch. Das alles war schon so lange her. Warum schmerzte es ihn immer noch? Nach einem langen Augenblick des Schweigens nannte er den Namen seiner Frau: »Lara von Alberach.«

Violante stieß ein erstauntes Stöhnen aus. »Izgards Schwester?«

Ravis nickte.

»Du hast doch die vergangenen drei Jahre für ihn gearbeitet. Wie kann er …?«

»Weil er meine Dienste benötigt hat. Wenn es ihm nützt, vergißt Izgard sogar seine eigene Familie.«

Plötzlich drangen laute Stimmen aus dem Schankraum herüber. Irgend etwas Hölzernes, ein Stuhl oder ein Tisch, krachte mit lautem Poltern zu Boden. Ravis wirbelte herum. Die Tür war geschlossen – der Wirt mußte sie auf dem Weg hinaus ins Schloß gezogen haben. Ravis verfluchte sich selbst, weil er nicht darauf geachtet hatte, und stürmte durch den Raum. Während die linke Hand nach der Türklinke griff, tastete die rechte nach dem Messer.

Die Tür schwang auf. Tessa saß genau dort, wo er sie zurückgelassen hatte; allerdings standen nun zwei Männer über ihr. Der eine hatte ihr die Hand auf die Schulter gelegt. Ravis fielen sofort die dunklen Haare der Männer auf, ihre blutroten Umhänge und die quadratischen Schließen. Das waren Malrays Männer. Zwei weitere drückten den Wirt gegen eine Wand, und ein drittes Paar bewachte den Ausgang.

Alle sechs hielten in ihrer Bewegung inne, als Ravis in der Tür erschien.

Ravis hörte Violante dicht hinter sich. »Bleib, wo du bist, Violante«, zischte er. Dann ließ er seinen Blick über alle sechs Männer schweifen, bis er schließlich Tessa erreichte. »Meine Herren, Ihr enttäuscht mich ein wenig. Ich hatte gehofft, Ihr wäret hierhergekommen, um mich zu sehen und nicht irgendeine billige Hafenschlampe.« Mit diesen Worten sprang er in den Schankraum zur rückwärtigen Seite des Gasthofs, fort von Tessa und dem Ausgang.

»*Lauf!*« schrie er so laut er konnte und stürmte in die Richtung, wo zwei der Männer den Wirt gefangenhielten. »*Lauf!*« Zwar waren die Worte für Tessa bestimmt, doch sehr zu Ravis' Freude beschlossen sämtliche Gäste in diesem Augenblick, seinen Rat zu beherzigen. Jeder alte Mann, der an seinem Weizenbier nippte, und jeder Seemann, dessen Hand in der Bluse eines Mädchens steckte, sprang auf und rannte zur Tür. Die Menschen begannen zu schreien und einander hin und her zu stoßen, und als Ravis über die Schulter zurückblickte, konnte er durch die Masse der Flüchtenden hindurch weder Tessa noch ihren Tisch erkennen. Er sagte sich, das sei gut so, und wandte seine Aufmerksamkeit den beiden rotgewandeten Männern an der Wand zu.

Ohne jegliche Finesse rammte er dem ersten den Ellbogen ins Gesicht. Der Mann war jung und besaß eine blaßgelbe Haut. Der hohe Seidenkragen, den er trug, war augenblicklich von Blut getränkt. Um so viel Chaos wie möglich zu verursachen, stieß Ravis ein Holzgestell um, in dem mehrere Bierfässer ruhten, damit sich der Bodensatz sammeln konnte. Während die Fässer über den Boden rollten, sprang er auf den umgestürzten Holzrahmen, damit alle sechs von Malrays Männern ihn deutlich sehen konnten. Sie sollten ihm hinterherlaufen, nicht Tessa.

Sofort spürte Ravis eine Klinge in seinem Rücken. Er krümmte die Schulter, wirbelte herum und schlug dem Mann, der die Waffe führte, mit dem Unterarm aufs Handgelenk. Es war ein verziertes Kurzschwert, das ihm aufgrund des Hiebs entglitt und klirrend zu Boden fiel. Der Mann griff sofort in seinen Umhang, um eine zweite Waffe zu ziehen. Kurz nahm Ravis den Geruch des Mannes wahr. Er roch wie alle Kämpfer nach Schweiß, Leinsamenöl und Schmutz, doch da war noch etwas anderes: der schwache Duft von Kräutern und trockenem Gras. Im selben Augenblick, da Ravis erkannte, daß dies der Duft seiner Heimat war, rammte er dem Mann das Messer in die Brust. Der blutrote Umhang, die dicke Wolltunika und das darunter verborgene Kettenhemd wurden durch die Wucht des Stoßes in die Wunde getrieben. Angewidert stieß Ravis den Mann von sich und wandte sich dem nächsten zu.

Danach kämpfte Ravis wie ein Wilder. Mit brutaler Gewalt schlug er um sich, brach Knochen und zerfetzte Haut und verletzte sich sogar selbst in seiner Wildheit, wenn auch nur leicht. Er nahm auf nichts Rücksicht; nur auf eines achtete er: sich möglichst weit von der Tür zu entfernen und jenem Ort, wo er Tessa zuletzt gesehen hatte. Er riß die rauchgeschwärzten Gobelins von den Wänden, warf Gewürzregale um und trat glühende Scheite aus dem Feuer: alles, um Tessa Zeit zur Flucht zu verschaffen. Er war nicht sicher, ob Malrays Männer wußten, daß sie zu ihm gehörte oder nicht, aber er wollte kein unnötiges Risiko eingehen. Vor vierzehn Jahren war er mit Malrays Verlobter davongelaufen, und Malray machte ihn noch immer für ihren Tod verantwortlich. Ravis biß sich auf die Narbe: Er machte *sich selbst* dafür verantwortlich.

Drei von Malrays Männern waren bereits zu Boden gegangen: Einer war tot; ein anderer war damit beschäftigt, eine tiefe Wunde zu versorgen, die ihm Ravis mit dem Messer beigebracht hatte, und der Dritte lag stöhnend zwischen den umgestürzten Bierfässern und hielt sich das Geschlecht. Der Mann, den Ravis ins Gesicht getroffen hatte, war rasend vor Zorn. Obwohl ihm ständig Blut aus Nase und Mund floß, ließ er nicht davon ab, Ravis in eine Ecke zu drängen. Blutnase schwang seinen breiten Krummsäbel wie ein Schlachterbeil, doch trotz seiner Wut war er klug genug zu warten, bis seine zwei verbliebenen Kameraden zu ihm stießen.

Inzwischen war der Schankraum vollkommen menschenleer bis auf den Wirt, der hinter der Theke kauerte, und einen alten Mann in einer Nische neben der Tür, der entweder aus Entsetzen oder aus Volltrunkenheit das Bewußtsein verloren hatte.

Während die letzten drei von Malrays Männern einen Halbkreis um Ravis bildeten, blickte er von einer Seite zur anderen auf der Suche nach etwas, womit er sie überraschen konnte. Nichts. Er stand in einer Ecke des Raums, und noch nicht einmal ein Suppenlöffel befand sich in seiner Nähe, den er als Schlagwaffe hätte einsetzen können. Vergeblich versuchte er, die Aufmerksamkeit des Wirts zu erregen – er brauchte nur eine kurze Ablenkung, das war alles –, doch der Mann kauerte noch immer auf dem Boden und hatte die Arme über dem Kopf verschränkt.

Als er sein Gewicht ein wenig nach links verlagerte, spürte Ravis plötzlich, wie sich die Brustmuskeln auf der entsprechenden Seite verspannten: Die Wunde der Hetzer meldete sich. Vorsichtig senkte er den Messerarm ein Stück, um die Muskeln zu entlasten, und blickte Malrays Männern in die Augen. Ihre Gesichter wirkten hart und entschlossen. Behutsam tastete Ravis mit der freien Hand hinter sich, um festzustellen, wieviel Platz er noch bis zur Wand hatte. Die Begegnungen mit den Hetzern in letzter Zeit hatten ihn sorglos werden lassen. Er hatte vergessen, daß Männer nicht Monster sein mußten, um gefährlich zu sein.

Von den Knöcheln, die er sich in seiner Raserei aufgeschlagen hatte, rann ihm das Blut zwischen den Fingern hindurch, als er das Messer vor die Brust legte. Er ließ sich gegen die Wand fallen, atmete tief durch und wartete, bis die Männer näherrückten, um sich dann mit aller Kraft abzustoßen und auf sie zu stürzen.

Das war zwar keine sonderlich gute Strategie, aber sie verschaffte ihm etwas Zeit, denn die Männer brauchten einen Augenblick, um ihre Waffen auf Verteidigung auszurichten. Ravis überlegte sich bereits, was zu verlieren er sich leisten konnte. Auf gar keinen Fall würde er aus diesem Kampf ungeschoren davonkommen.

Schmerz schoß ihm durchs Ohr, als Blutnases Klinge sein Ohrläppchen traf. Das Blut floß Nacken und Schultern hinab. Schwarze Flecken tauchten vor seinen Augen auf, als er mit irgend etwas Hartem auf den Hinterkopf getroffen wurde. Ravis biß sich auf die Lippe und versuchte, den Schmerz und die Übelkeit zu verdrängen. Während er mit dem Messer nach dem Knäuel aus Armen und Waffen stach, das auf ihn eindrang, sammelte er seine Kräfte, um zur Tür durchzubrechen. Als er das Messer aus einem zähen Lederhandschuh zog, riß die Wunde der Hetzer wieder auf. Ein brennender Schmerz durchfuhr seine Brust bis hin zum Herzen. Ravis spürte, wie ihn die Kraft verließ.

Ein Messer stach nach seiner Schulter, und ein anderes ritzte ihn am Hals. Als Ravis sich umdrehte, um sich den beiden Angreifern zu stellen, die ihm von hinten zu Leibe rückten, schrie Blutnase plötzlich auf. Der Körper des Mannes versteifte sich, und einen Augenblick lang schien er größer zu werden. Dann fiel Blutnase zu Boden. Ravis verschwendete keinen Blick auf die Leiche. Bisweilen geschahen im Kampf seltsame Dinge, doch jene, die sich darüber wunderten, endeten zumeist in einem Leichenhaus.

Ravis packte einen Umhang und riß ihn zu Boden. Während der Besitzer versuchte, die Schnüre um den Hals zu lösen, stach Ravis zweimal auf ihn ein: einmal in die Rippen, woraufhin sie brachen, und einmal dazwischen, in die Lunge hinein. Schwer atmend wandte sich Ravis dem letzten Angreifer zu … nur daß dieser nicht mehr da war. Ravis entdeckte ihn ausgestreckt auf dem Boden, einen Bratspieß im Hals. Hühnerhaut und Zwiebelscheiben klebten auf der Eintrittswunde.

»Du da«, erscholl eine weibliche Stimme. »Ja, du, Wirt. Bring mir eine Schüssel mit heißem Wasser, saubere Handtücher, deinen besten Branntwein und eine Handvoll Baldrianwurzeln, wenn du welche hast.«

Solcherart war die Kraft in Violante von Arazzos Stimme, daß der Wirt sofort aufspang, um ihren Befehlen Folge zu leisten. Mit einer kaum merklichen Geste des Ekels stieg er über Malrays Männer hinweg, als wären sie lediglich betrunken und nicht tot oder lebensgefährlich verwundet.

Ravis wischte sich das blut- und schweißverschmierte Haar aus dem Gesicht und wandte sich Violante zu. Kurz dachte er darüber nach, einen Scherz bezüglich ihres neu entdeckten Talents als Braterin zu machen; aber während sie ihre Hände von Blut und Fett befreite, bemerkte er, daß sie zitterte. Bei einem Blick auf Blutnase stellte sich heraus, daß sie ihn mit ihrem eigenen Messer erstochen hatte, bevor sie den dritten Mann mit dem Bratspieß durchbohrt hatte. Ravis spie Blut; dann preßte er die Faust auf die Hetzerwunde.

»Was denn? Kein Dankeschön, Ravis von Burano?« Violante ließ das Tuch fallen, mit dem sie sich die Hände abgewischt hatte. »Hätte deine rothaarige Freundin nicht das gleiche für dich getan?«

Ravis atmete tief durch. Er hoffte, daß Tessa bereits weit weg war, am besten auf der anderen Seite der Stadt, in einem anderen Gasthof. »Danke, Violante«, sagte er nach einer Weile. »Du hast mir das Leben gerettet.«

Ein trauriges, flüchtiges Lächeln huschte über Violantes Gesicht. »Aber das reicht wohl nicht, wie ich sehe.«

Plötzlich wußte Ravis, warum sie den weiten Weg hierhergekommen war. Er schämte sich zutiefst.

»Komm«, sagte sie und trat auf ihn zu. »Die Wunde an deinem Ohr muß genäht werden. Du verlierst zuviel Blut.«

Ravis ließ zu, daß Violante sich um ihn kümmerte. Mit sanften Händen und strengen Worten säuberte und verband sie seine Wunden, verabreichte ihm Branntwein und Baldrian, massierte Öl in die verspannten Muskeln um die Hetzerwunde und versorgte ihn mit warmen Decken, auf die er sich legen konnte. Sie nahm ihm alle Sorgen ab und regelte den finanziellen Schaden, der dem Wirt entstanden war, mit einem beachtlichen Betrag ihres istanischen Goldes. Normalerweise hätte Ravis es nicht zugelassen, daß irgend jemand sich um ihn und seine Angelegenheiten kümmerte, doch Violante *wollte* es tun. Und nach allem, was sie heute nacht bereits für ihn getan hatte, war es das mindeste, daß er ihr als Gegenleistung dafür ihren Willen ließ.

Kapitel fünf

»Ich weiß! Laß uns Schneemanns Zehchen zählen.« Angeline von Halmac hob ihren nichtsnutzigen Hund auf den Schoß und begann seine nichtsnutzigen Zehen zu zählen. Nun, eigentlich war sie nicht sicher, ob Hunde überhaupt Zehen besaßen, aber sie zählte sie trotzdem. »Ein Zehchen, zwei Zehchen, drei Zehchen …«

Schneemann war mehr als nur ein wenig entrüstet darüber, daß man seine Zehen zählte, aber er versuchte nicht, sich aus Angelines Griff zu befreien. Hier, in Izgards Heerlager, gab es wenig mehr für einen nichtsnutzigen Hund und sein Frauchen zu tun, als Zehchen zu zählen.

Sie durften das Zelt nicht verlassen. Gerta hatte gesagt, daß allein der Anblick von Angelines goldenem Haar einen Aufstand unter den Männern verursachen könne. Angeline war nämlich die einzige Frau hier – von Gerta, ein paar alten Köchinnen und ein, zwei Marketenderinnen natürlich abgesehen. Gerta selbst betrachtete sich überhaupt nicht mehr als Frau. Sie pflegte stets, von der »Alten Jungfern-Blindheit« der Männer zu sprechen, was schlicht bedeutete, daß sie Frauen ab einem gewissen Alter nicht mehr wahrnahmen. Angeline hielt diesen Zustand für recht seltsam, und sie fragte sich, ob es ein Heilmittel dafür gab.

Aber wie auch immer: Auf jeden Fall nahmen die Männer *sie* wahr, und Königin hin oder her, jedermann riet Angeline, das Zelt nicht zu verlassen.

Was ihr vermutlich auch recht geschah, dachte Angeline reumütig. Schließlich war es ihr Wunsch gewesen, draußen zu sein, der sie überhaupt erst in diesen Schlamassel gebracht hatte. *Draußen. Draußen.* Angeline wußte genau, was Gerta über hinterhältige Lügner sagen würde, die skrupellos Intrigen schmiedeten, nur um *draußen* zu sein.

Angeline runzelte die Stirn, hob Schneemann von ihrem Schoß und setzte ihn auf den Boden. Vater hatte Lügner gehaßt. Sie erinnerte sich daran, wie er einst seinen Schatzmeister dabei ertappt hatte, daß er Staatsgelder hinterzog. »Dieser Mann ist ein hinterhältiger Lügner«, hatte er gesagt. »Pfählt ihn.«

Angeline lief ein Schauder über den Rücken. Sie war nun auch eine Lügnerin.

Schneemann, der sich rasch von dem Schock erholt hatte, plötzlich von Angelines Schoß verbannt worden zu sein, strich um die Füße seines Frauchens herum. Er hatte den Schwanz eingeklemmt, seine Augen waren groß, und als Angeline fortfuhr, ihn zu ignorieren, warf er sich auf den Rücken und begann zu winseln.

Schneemann hier! Schneemann hier!

Angeline konnte nicht anders als lachen. Schneemann wußte stets, wann sie eine kleine Aufmunterung gebrauchen konnte.

Als sie sich vorbeugte, um ihn zu streicheln, fuhr ihr ein stechender Schmerz in die Seite. Angeline verzog das Gesicht und ballte die Fäuste. Sie durfte auf gar keinen Fall schreien. Gerta befand sich im angrenzenden Teil des Zeltes. Sie war nur durch eine dünne Stoffwand von ihr getrennt, durch die jedes noch so kleine Geräusch so laut zu hören war wie ein Kriegsschrei. Die Zeltwände waren nichts im Vergleich zu den undurchlässigen Mauern der Festung Sern. Manchmal hörte Angeline des Nachts sogar, wie Gerta ihren Gasen freien Lauf ließ!

Angeline legte die Hand auf die Seite und massierte das wunde Fleisch. Vergangene Nacht war Izgard sehr grob zu ihr gewesen.

Sie wollte jedoch nicht mehr darüber nachdenken, und so klopfte sie neben sich auf die Bank und rief Schneemann zu sich. »Hast du Hunger, Schneemann?« fragte sie und wurde plötzlich ebenfalls hungrig. »Wie wäre es, wenn ich etwas für uns zum Abendessen besorgen würde?« Es war nicht schwer zu erraten, wie Schneemann darauf antworten würde. Nichtsnutzige Hunde waren immer hungrig. Das war der Hauptgrund dafür, warum sie so viele nichtsnutzige Dinge anstellten.

Schneemann wedelte wild mit dem Schwanz.

Schneemann verhungert! Schneemann verhungert!

»Gerta!« rief Angeline. »Gerta!«

Gerta hatte inzwischen die Herrschaft über sämtliche Speisen an sich gerissen, die in Izgards Zelt aufbewahrt wurden. Kalte Speisen wie Käse, Obst, Brot und Würste hatte sie in einer großen Truhe unter Verschluß genommen. Sie holte nur dann etwas davon hervor, wenn es unmittelbar gebraucht wurde. Aus ihrer normalen Umgebung gerissen und ohne andere weibliche Diener, die sie herumkommandieren konnte, *brauchte* Gerta irgend etwas, das sie kontrollieren konnte. Normalerweise hätte Angeline auf solche Dinge nicht einen Gedanken verschwendet, doch in diesen Tagen war sie häufig hungrig, und sich wegen jeder noch so kleinen Zwischenmahlzeit bei Gerta melden zu müssen, ärgerte sie mittlerweile.

»Ja, Mylady?« Gertas großer Kopf erschien im Spalt zwischen den Trennwänden. »Wollt Ihr jetzt Eure warme Milch?«

»Nein, keine Milch. Ich bin …« Angeline blickte auf Schneemann hinab. »Schneemann ist hungrig. Er braucht etwas zu essen.« Zweimal hatte sie heute bereits nach Essen gefragt. Ein drittes Mal würde vielleicht Gertas Mißtrauen erregen. Immerhin war Gerta eine alte Jungfer, und Angeline wußte, daß alte Jungfern dazu ausgebildet waren, solche Dinge zu bemerken.

»Von mir bekommt dieser Hund *nichts* zu essen!« Gerta stapfte in Angelines Kammer. Selbst zu dieser späten Stunde war sie zur Schlacht gerüstet: Pinzetten, eine Schere, Kämme – mehrere verschiedene Arten – Häkelnadeln und eine Brennschere zierten ihren Gürtel. Allerdings hatte sie keine Nadeln im Mund. Angeline vermutete, daß selbst Gerta sie von Zeit zu Zeit ausspucken mußte.

Angeline machte ebenso große traurige Augen wie Schneemann und versuchte, nicht an das Schicksal zu denken, das hinterhältige Lügner erwartete. »Biiitte, Gerta! Nur ein wenig kaltes Huhn und Wurst. Schneemann ist so traurig, weil er nicht nach draußen darf, und ein wenig zu essen würde ihn sicher aufheitern.« Sie stieß Schneemann mit dem Fuß an.

Der nichtsnutzige Hund wußte sofort, was man von ihm erwartete, und begann, mitleiderregend zu winseln.

Zwei Paar flehender blauer Augen waren selbst für Gerta zuviel. Sie machte auf dem Absatz kehrt, ging hinaus und murmelte irgend etwas von alten Knochen.

Angeline fühlte sich schlecht. Es gefiel ihr nicht, Gerta zu betrügen. Gerta liebte sie, und sie liebte Gerta. Das Problem war nur, daß Angelines kleine Lüge inzwischen außer Kontrolle geraten war. Manchmal hatte sie das Gefühl, als würde sie dieser einen Sünde jedesmal neue hinzufügen, sobald sie den Mund öffnete. Sie log, was ihr Wohlbefinden betraf; sie log, wenn man sie fragte, warum sie die Schnüre ihres Mieders nicht mehr so festgezurrt haben wollte und warum sie so häufig Magenprobleme hatte. Sie log so oft, daß sie inzwischen sogar glaubte, bisweilen die Wahrheit zu sagen. Auch jetzt hatte sie gelogen: Sie hatte um Fressen für Schneemann gebeten, obwohl sie selbst Hunger hatte.

Angeline kraulte Schneemann unterm Kinn und seufzte. Wäre sie doch nur so klug wie andere Frauen, dann würde ihr bestimmt ein Ausweg aus diesem Dilemma einfallen.

Daß Izgard sie weitgehend ignoriert hatte, seit sie im Lager angekommen war, half ihr auch nicht gerade bei der Lösung ihrer Probleme. Er hatte sich verändert. Er war kälter geworden, und seine Augen waren trübe – jedenfalls sahen sie trübe aus, doch wenn man sie aus der Nähe betrachtete, erkannte man, daß es etwas anderes war: Seine Pupillen schienen von winzigen Dornen durchstochen zu sein.

Izgard war nicht im geringsten an Angeline interessiert – zumindest nicht so wie ein Ehemann an seiner Frau interessiert sein sollte. Die Tage verbrachte er mit seinen Männern im Feld, und nachts hockte er über Karten oder traf sich mit seinem Schreiber und seinen Kriegsherren. Gerta hatte berichtet, die Armee sei ausgesprochen erfolgreich und bis jetzt habe man ihr noch keinen nennenswerten Widerstand entgegengebracht. Jede Stadt, der sie sich näherte, nahm sie auch ein, und beinahe täglich wurde das Lager mehrere Meilen nach Nordwesten verlegt. Angeline wurde während solcher Reisen den Blicken der Männer unter einer dicken Schicht aus Umhängen und Schleiern verborgen.

Manchmal glaubte sie, Izgard frage überhaupt nur nach ihr, um den Schein zu wahren – so wie vergangene Nacht. Er war weder an Küssen noch an sonst irgend etwas interessiert, und als sie ihn gestern berührt hatte, hatte er sie von sich gestoßen. Was als nächstes geschehen war, war ihre eigene Schuld gewesen. Eine kluge Frau hätte gewußt, wann es besser war, sich zurückzuziehen. Angeline schüttelte den Kopf. Sie war keine kluge Frau. Sie hatte geglaubt, wenn sie nur nahe genug an ihn herankommen würde, könnte er seine Karten und

Kriegsherren einen Augenblick lang vergessen und würde sich wieder in jenen Mann verwandeln, der er vor ihrer Hochzeit gewesen war. Sie hatte sich geirrt.

Erneut legte Angeline die Hand auf die Rippen, und als sie die wunde Stelle berührte, zuckte sie vor Schmerz zusammen. Sie hatte sich ja so sehr geirrt.

Das Problem war nur, daß sie es versuchen *mußte*. Ihre einzige Hoffnung, ihrem Dilemma ein Ende zu bereiten, bestand darin, erklären zu können, sie habe hier, im Lager, empfangen. Dann könnte sie zugeben, schwanger zu sein, und offen zu ihrer ständig wiederkehrenden Übelkeit und ihrem Hunger stehen. Das wäre das Ende ihrer immer zahlreicher werdenden Lügen. Nur daß Izgard nicht im geringsten an ihr interessiert war, und sollte Gerta das nicht bereits wissen, so würde sie es sicherlich bald herausfinden.

Von der Seite wanderte Angelines Hand zum Bauch. Sie konnte noch nichts fühlen, doch sie wußte, daß das Baby dort war. Gerta hatte einst gesagt, »eine Frau weiß solche Dinge«, und sie hatte recht gehabt. Angeline *wußte* es. Sie wußte es, weil sie so viel Liebe für das Kind empfand.

Es war ein Gefühl wie damals, als sie Schneemann das erste Mal gesehen hatte, nur intensiver. Gelegentlich schmerzte ihr Herz, wenn sie nur daran dachte. Sie *wollte* dieses Baby, und mit jedem Tag wollte sie es mehr. Als Izgard sie vergangene Nacht gegen den Tisch gestoßen hatte, hätte sie beinahe zurückgeschlagen. Für einen Augenblick war sie derart wütend gewesen, daß sie alle Vorsicht vergessen hatte, zu der sie Gerta im Umgang mit ihrem Mann ermahnt hatte. Sie hatte Izgard schlagen wollen, weil er sie geschlagen hatte. Mit geballten Fäusten hatte sie sich wieder aufgerappelt, fest entschlossen, es ihm zu vergelten.

Doch ein Blick dieser trüben Augen hatte ausgereicht,

um sie aufzuhalten. Angeline hatte etwas in ihnen gesehen: etwas, das ihr Angst gemacht hatte. Wenn sie ihn provozierte, war Izgard zu weit Schlimmerem fähig, als nur sie herumzustoßen und zu schlagen. Das stand in seinen Augen.

Angeline biß sich auf die Zunge, um ein Schluchzen zu unterdrücken. Sie wünschte, Vater wäre hier. Vater hätte alles in Ordnung gebracht.

Vater hatte Babys geliebt. Er hatte sie immer geküßt und über den Kopf gestreichelt. Manchmal hatte er sie in seine großen, rauhen Hände genommen und sie Angeline entgegengestreckt. »Sieh mal, Angeline«, hatte er dann immer gesagt. »Du wirst auch einmal so eine kleine Schönheit haben. Eine süße Enkelin, die dein alter Vater verwöhnen kann.«

Angeline schüttelte langsam den Kopf. Vater hätte es nicht zugelassen, daß Izgard sie schlug. Er hätte sie nach Hause zurückgebracht, nach Burg Halmac und sie verwöhnt, bis sein Enkel geboren worden wäre. Angeline stampfte mit dem Fuß auf den mit einem Teppich bedeckten Zeltboden. Und hinterher hätte er sie noch viel, viel mehr verwöhnt und …

»So, Mylady«, sagte Gerta, als sie mit einem Teller in der Hand zurückkehrte. »Ich habe ein paar Wildkeulen und ein wenig Hähnchenhaut gefunden. Das reicht ja wohl für diesen nichtsnutzigen Hund.«

»Oh.« Enttäuscht verzog Angeline das Gesicht. Sie hatte auf Wurst und Brustfleisch gehofft. Dann erinnerte sie sich daran, daß sie das Essen für Schneemann und nicht für sich selbst bestellt hatte, und nickte zustimmend. »Danke, Gerta. Du kannst jetzt gehen.«

Gerta starrte sie verwundert an. Angeline hatte sie noch nie hinausgeschickt. »Gehen?«

»Ja, gehen. Ich werde mich heute abend selbst für die Nacht zurechtmachen.«

»Aber, Mylady, Euer Haar ...«

»Geh jetzt, Gerta!« Angeline bemühte sich nach besten Kräften, Gertas herrischen Tonfall nachzuahmen, mit dem sie die Dienerinnen in der Festung Sern herumzukommandieren pflegte. Es schien zu funktionieren, denn Gerta preßte die Lippen aufeinander und verneigte sich sogar ein wenig.

»Wie Ihr wünscht, Mylady«, sagte sie. Nachdem sie den Teller auf eine Truhe gestellt hatte, warf sie das Tuch zur Seite, das ihr Gemach von dem ihrer Herrin trennte, und stapfte mit einem Schluchzen hinaus. Als Angeline das Schluchzen hörte, hätte sie beinahe nachgegeben und Gerta zurückgerufen. Sie haßte es, jemandem Befehle zu erteilen. Irgendwie gelang es ihr nie so richtig.

»Komm, Schneemann«, rief sie, stand auf und ging zu dem Teller. »Unser Abendessen ist da.«

Die Wildkeule war mager und fettig, doch hungrig, wie sie war, begann Angeline, mit Feuereifer an ihr zu nagen. In diesen Tagen war ihr eigener Hunger ihr bisweilen unheimlich. Sie war sicher, daß die Hofdamen in Veizach niemals so tief sinken und an Knochen nagen würden. Schneemann aß pflichtbewußt seine Hühnerhaut, obwohl er sehr wohl bemerkt hatte, daß Gerta auch Fleisch gebracht hatte. Nachdem Angeline die Wildkeulen bis auf die Knochen abgenagt hatte, hielt sie sie Schneemann unter die Nase, ärgerte ihn ein wenig damit und ließ ihn springen und versuchen, sie zu fangen. Allerdings machte Schneemann dieses Spiel nicht lange mit. Nach einer Weile trottete er betont beleidigt in eine Ecke. Angeline ließ sich dadurch nicht täuschen. Das war nur wieder einer seiner nichtsnutzigen Tricks.

Nach längerem Spielen, Knochennagen und Bauchkraulen ertönte schließlich ein Geräusch aus dem angrenzenden Raum. Angeline hielt den Atem an und wartete darauf, daß es sich wiederholte. Das tat es auch. Gut.

Das war Gertas Schnarchen. Die alte Jungfer schlief tief und fest.

»Du bleibst hier, Schneemann«, flüsterte Angeline und schnappte sich ihren Umhang von einem Haken unmittelbar neben dem Ausgang. »Bevor du dich versiehst, bin ich wieder zurück. Ich will nur Ederius einen Besuch abstatten.

Schneemann lag rücklings auf einem Kissen. Er war viel zu vollgefressen, als daß er hätte protestieren können. Angeline tätschelte seinen nichtsnutzigen Kopf und schlüpfte hinaus in die Nacht.

Das Lager roch nach Rauch und Pferden. Eine frische Brise zwang Angeline, ihre Kapuze festzuhalten, und der Boden war so schlammig, daß sie auf jeden ihrer Schritte achten mußte. Die beiden Wachen vor ihrem Zelt nahmen Haltung an, als sie an ihnen vorüberging. Da sie keinen der beiden kannte, faßte sie den Mut, die Respektbezeugung der Soldaten mit einer beiläufigen Geste anzuerkennen. In Gegenwart von Menschen, die sie nicht kannte, war es ihr schon immer leichter gefallen, sich wie eine Königin zu benehmen.

Die Kälte der Nacht machte Angeline nur wenig aus. Schließlich war sie in Halmac geboren worden, und so spürte sie den frischen Ostwind kaum. Vater hatte immer gesagt, in ganz Garizon gäbe es keinen Landstrich, wo der Winter so kalt und hart sei wie in Halmac. Einmal, als Angeline noch sehr klein gewesen war, war sie zu ihrem Vater gerannt, weil es schon seit Wochen ununterbrochen schneite, und sie war die Kälte und Langeweile satt gewesen. »Wir sollten dankbar für den Schnee sein, Angeline«, hatte ihr Vater ihr damals erklärt. »Jeder Tag, den er bleibt, lehrt uns, stark zu sein. Das ist der Grund, warum die Menschen von Halmac Körper aus Stahl besitzen.«

Angeline runzelte die Stirn, während sie das Lager

durchquerte. Im Augenblick fühlte ihr Körper sich nicht gerade so an, als bestünde er aus Stahl.

Das Kommandozelt war hell erleuchtet. Ein Dutzend Schatten huschten hinter dem Zelttuch umher, und obwohl Angeline niemanden erkennen konnte, war sie sicher, daß Izgard sich dort befand.

Vorsichtig schlich sie an den Wachen vor dem Kommandozelt vorbei und erreichte schließlich den ruhigeren Teil des Lagers, wo Ärzte, Priester und Ratgeber ihre Zelte aufgeschlagen hatten. Ederius' Zelt stand ebenfalls hier. Angeline entdeckte es sofort, denn es war das einzige, in dem noch Licht brannte. Izgard ließ den alten Mann hart arbeiten. Angeline hatte bisweilen gesehen, wie Ederius sogar beim Reiten in sein Notizbuch geschrieben hatte, während sie wieder einmal das Lager verlegten.

»Ederius! Ich bin's. Angeline.« Sofort nachdem sie die Worte gezischt hatte, betrat sie das Zelt, ohne auf Antwort zu warten. Sie wollte nicht riskieren, daß irgend jemand sie draußen entdeckte.

Ederius hob den Kopf. Er saß über einem Buch. »Mylady?« Der Schreiber klang mehr überrascht als wütend. Sein graues Haar sah aus, als sei es schon tagelang nicht mehr gekämmt worden. Sein Zelt roch nicht gerade gut, und überall lagen Bücher, Schriftrollen, Pinsel und Farbtöpfe verstreut.

Angeline schob die Kapuze zurück. »Ich wollte nur nachsehen, wie es dir geht«, sagte sie und stellte sich Gerta vor, wie sie die Küchenmädchen herumscheuchte, um ihrer Stimme einen befehlenden Tonfall zu verleihen.

»Ihr müßt wieder gehen, Mylady.« Ederius' Blick huschte zum Zelteingang. »Sofort. Es ist nicht angemessen, daß Ihr …«

»Schschsch«, unterbrach ihn Angeline. »Ich bin gekommen, um zu sehen, wie es dir geht, und bevor ich das nicht weiß, werde ich nicht gehen.« Zufrieden mit der Art, wie die Worte ihren Mund verließen, ging sie in die Mitte des Zeltes und setzte sich auf die größte von Ederius' Truhen. Sie bestand aus Satinholz und war von einer dicken Lackschicht geschützt. Sie war so glatt poliert, daß Angeline langsam wieder hinunterrutschte.

»Also, wie geht es dir, Ederius? Du siehst schrecklich blaß aus.«

»Es geht mir gut, Mylady. Sehr gut sogar.«

Angeline bezweifelte das. »Izgard läßt dich hart arbeiten, habe ich nicht recht?«

Ederius schien sich damit abzufinden, daß Angeline so rasch nicht wieder verschwinden würde, und so schob er das Buch beiseite, das er gelesen hatte. »Ich bin der Diener meines Herrn, Mylady, und ich gehorche seinen Befehlen.«

»Und er hat dir befohlen, bis tief in die Nacht hinein Bücher zu lesen?«

Ederius begann zu nicken, hielt dann jedoch inne und schüttelte statt dessen den Kopf. »Es war meine eigene Entscheidung, so spät noch zu arbeiten, Mylady. Ich muß viel studieren.«

»Wie deine Muster?«

»Ja, wie meine Muster.«

Angeline runzelte die Stirn. Ederius sah krank aus, und er klang auch so – wie Vater in dem Jahr, bevor er gestorben war. Sie streckte die Hand aus und streichelte Ederius über die Wange. Der Schreiber zuckte zurück.

Als er bemerkte, was er soeben getan hatte, schüttelte er langsam den Kopf. »Verzeiht mir, Mylady. Meine Nerven sind nicht mehr so gut wie früher.«

Angeline hatte schon Hunde gesehen, die auf solche Art zusammengezuckt waren: Hunde, die der Hundeführer ihres Vaters verprügelt hatte, weil sie entweder feige oder unfähig gewesen waren. Bevor sie Zeit hatte, darüber nachzudenken, platzte sie heraus: »Tut Izgard dir auch weh?«

Ederius sah sie lange Zeit an, bevor er darauf antwortete. Sein altes Gesicht wirkte besorgt und traurig. »Mylady«, sagte er mit sanfter Stimme und hob die Hand ein Stück, als wollte er Angeline berühren, wagte es aber nicht. »Ihr müßt mir versprechen, den König niemals in Wut zu versetzen. Versucht, nichts zu sagen, was ihn aufregen oder verärgern könnte, und falls er doch einmal zornig werden sollte, dann müßt Ihr sofort zu Gerta laufen.«

»Aber ...«

»Versprecht es mir.«

Angeline hatte Ederius noch nie so entschlossen erlebt. Er klang genau wie ihr Vater – damals, als er ihr verboten hatte, über die Grenzen von Halmac hinauszureiten. »Überall auf den Straßen wimmelt es von Briganten«, hatte er gesagt. »Ich will nicht, daß mein kleines Mädchen irgendwohin reitet, wo es gefährlich für sie ist.«

Aus irgendeinem Grund fiel es Angeline schwer, Ederius' Blick standzuhalten. Ihr taten die Augen weh. Den Blick auf den Boden gerichtet, erwiderte sie: »Ich verspreche es.«

Noch während sie sprach, wußte sie bereits, daß es ihr unmöglich sein würde, dieses Versprechen zu halten. Heutzutage vermochte niemand zu sagen, was Izgards Zorn erregen würde und was nicht. Nur ein falsches Wort, und er konnte die Beherrschung verlieren. Aber trotz dieses Wissens war Angeline froh, daß Ederius ihr das Versprechen abgenommen hatte. Vater hätte das gleiche getan.

Ederius stand auf. »Gut. Ihr müßt jetzt gehen, Mylady. Vor wenigen Minuten habe ich dem König eine Botschaft gesandt und ihn gebeten, mich in meinem Zelt aufzusuchen. Er kann jeden Augenblick hereinkommen.«

»Aber …«

»Nein, Angeline. Erinnere dich an dein Versprechen: Du darfst den König nicht in Zorn versetzen.«

Angeline schloß den Mund. Sie fühlte sich hinters Licht geführt, doch als sie Ederius in die Augen blickte, wußte sie, daß sie sich geirrt hatte. »Also gut. Ich werde jetzt gehen«, sagte sie, rutschte von der Truhe herunter und stand auf. Einen Augenblick lang dachte sie darüber nach, Ederius das gleiche Versprechen abzunehmen, aber ihr fehlte der Mut dazu.

Statt dessen sagte sie: »Izgard wird heute nacht doch nicht wütend auf dich werden, oder?«

»Nein«, antwortete Ederius. »Ich habe etwas entdeckt, womit er sehr zufrieden sein wird.«

»Was denn?«

»Ein Muster, mit dem ich Menschen im Dunkeln finden kann.«

Angeline schauderte; ihr gefiel die Art nicht, wie Ederius die Worte ›im Dunkeln‹ ausgesprochen hatte. Sie zog die Kapuze über den Kopf und schlüpfte in die Nacht hinaus.

Auf dem Weg durchs Lager kam Angeline auf drei Schritte an Izgard vorüber, aber wundersamerweise hielt er sie nicht an. Sein Blick war nach innen, auf sich selbst gerichtet.

Izgard drehte den Kopf und blickte der vermummten Gestalt hinterher, die langsam in der Dunkelheit des Lagers verschwand. Zu jeder anderen Zeit hätte er denjenigen vermutlich gestellt und zu wissen verlangt, was er um diese Tageszeit hier zu suchen habe. Heute jedoch war alles anders. Solche Kleinigkeiten bedeuteten ihm von Tag zu Tag weniger. Die vergangenen vier Stunden hatte er bei Planungen mit seinen Kriegsherren verbracht, und alles, was nicht unmittelbar mit dem Krieg zu tun hatte, interessierte ihn im Augenblick nicht.

Er schlug die Zeltplane zurück und betrat Ederius' Zelt. Der Schreiber stand regungslos in einem Kreis aus goldenem Licht. In der Hand hielt er eine Schreibfeder, die im Takt zu seinen Fingern zitterte. Einen kurzen Augenblick lang war Izgard überrascht, wie zerbrechlich Ederius wirkte. War er schon immer so blaß gewesen? Wie lange hatte er schon diese dunklen Ringe unter den Augen? Izgard schüttelte den Kopf und fragte: »Was gibt es Neues, Schreiber?«

Ederius trat hinter seinen Schreibtisch, bevor er antwortete: »Euer Majestät, ich habe Gamberons alte Bücher durchgesehen und eine Serie von Mustern entdeckt, mit deren Hilfe es mir möglich ist, gewisse Leute über eine größere Entfernung hinweg aufzuspüren.«

»Was für Leute?«

»Jene, die in die Dunkelheit hinter der Tinte reisen.«

»Schreiber?«

Ederius schüttelte den Kopf und zog eins seiner großen Pigmentkästchen über den Tisch zu sich heran. Izgard hatte den Eindruck, als wolle der Schreiber sich verbarrikadieren.

»Nicht Schreiber im allgemeinen, Euer Majestät«, erwiderte er. »Nur jene, die mit den alten Mustern arbeiten und Macht aus dem Pergament heraufbeschwören.«

»Das Mädchen?«

Ederius nickte. »Ich glaube, ich kann sie finden. Wenn jemand erst einmal auf der anderen Seite war, in der Welt jenseits der Tinte, dann kleben die Überreste der Macht an ihm wie Insekten am Honig. Ich glaube, ich kann ein Muster zeichnen, das mir den Weg zu ihr weisen wird.«

Erregt schritt Izgard auf ihn zu. Ederius wich zurück. »Das hast du gut gemacht, mein Freund«, sagte Izgard.

»Von allen, die mich umgeben, bist du der einzige, den ich liebe und dem ich vertraue.«

Ein schwaches, trauriges Lächeln zeichnete sich auf Ederius' Gesicht ab. »Ich weiß, Euer Majestät.«

Der Ton von Ederius' Stimme und die Art, wie der alte Mann sich bewegte, ließen Izgard mitten im Schritt innehalten. Wie lange fürchtete sich Ederius schon vor ihm?

»Morgen werde ich herausfinden, wo sich das Mädchen aufhält«, erklärte Ederius und riß Izgard aus seinen Gedanken.

»Und dann willst du die Hetzer hinter ihr her schicken?«

»Falls sie noch in der Gegend von Bay'Zell ist, außerhalb der Reichweite der Hetzer.«

Ederius zog an einem Stück Stoff und enthüllte die Dornenkrone. »Dann werde ich statt dessen jemanden in ihrer Nähe nehmen.«

Die Krone zog Izgards Blick magisch an. Alle Sorgen um Ederius waren vergessen. »Soll das heißen, du kannst auch andere auf die gleiche Art verändern wie die Hetzer?«

»Ich glaube schon.« Ederius flüsterte beinahe. »Die Dornenkrone beherbergt noch weit schlimmere Dämonen als jene, die wir auf die Hetzer losgelassen haben.«

»Was für welche?«

»Gatheloc.«

Izgard schauderte, und während Ederius ihm die Kreaturen beschrieb, schauderte er noch mehr. Am Ende des Gesprächs sprach er seinen Befehl: »Töte sie rasch und diskret«, und er spürte, wie sich die Luft in seinen Lungen zu Eis verwandelte und sein Atem als weißer Nebel den Mund verließ.

Tessa ging immer weiter. Sie ging, bis ihr die Füße schmerzten, die Beinmuskeln sich verkrampften und bis die Dunkelheit dem Morgengrauen wich. Sie wußte nicht, wohin sie ging und auch nicht, wo sie sich befand. Manchmal rief ihr jemand hinterher – Männer für gewöhnlich –, doch meistens ließen sie die Nachtschwärmer von Kilgrim in Ruhe. Sie vermutete, daß sie wie eine der ihren aussah. Den Umhang hatte sie schon längst verloren; ihr Kleid war zerrissen, und ihre linke Schulter war aufgeschlitzt, denn einer der Flüchtenden im Gasthof hatte sie gegen einen vorstehenden Nagel nahe der Tür gestoßen.

Kilgrim war ein dunkles, feuchtes Labyrinth. Wasser gluckerte unter den Kanaldeckeln, die tief in das Kopfsteinpflaster eingelassen waren. Die Wände der Häuser glitzerten vor Feuchtigkeit, und der Mörtel löste sich aus den Fugen. Überlaufendes Wasser wurde durch Bleirohre aus den Häusern und von den Dächern unmittelbar in den Rinnstein geleitet, und überall behinderten große und kleine Pfützen das Fortkommen.

Bis kurz nach Mitternacht hatte es unaufhörlich genieselt. Zunächst war Tessa froh über den Regen gewesen, denn er hatte die Menschen von den Straßen vertrieben und ihr geholfen, einen klaren Kopf zu bekommen. Doch dann drang Regen durch ihr Kleid, und ihr war zunehmend kälter geworden. Gerade als sie beschlossen hatte, sich einen Unterschlupf zu suchen, hatte der Regen aufgehört und sie all ihrer Entschlossenheit beraubt. Seitdem hatte sie keine Entscheidung mehr getroffen.

Irgendwie fand sie sich schließlich vor dem Gasthof wieder, in den Violante von Arazzo sie gestern abend geführt hatte. In dem Gebäude herrschte vollkommene Stille, und sämtliche Fensterläden waren für die Nacht geschlossen. Tessa näherte sich der Tür, doch als sie die Hand auf die Klinke legen wollte, stieg ihr der Duft von

Veilchen in die Nase. Noch nach Stunden roch die Luft um den Gasthof nach Violante von Arazzos Parfüm. Plötzlich unsicher geworden, drehte sie sich um und rannte davon.

Danach versuchte sie, nicht im Kreis zu laufen, und irgendwie hatte ihr Verstand den Gedanken aufgegriffen und in ein Spiel verwandelt. In diesem Spiel durfte sie niemals eine Straße zweimal hinuntergehen und niemals ihre eigenen Spuren zurückverfolgen. Manchmal führte das dazu, daß sie nur knapp eine Sackgasse vermeiden konnte, und sie riskierte es sogar, an gefährlich aussehenden Männern vorüberzugehen, nur um ihre eigenen Regeln nicht zu brechen.

Im Laufe der Nacht wurden die Regeln immer komplizierter, bis Tessa schließlich sogar ihre Schritte zählte und sorgfältig darauf achtete, nicht zweimal unter den Schatten desselben Gebäudes zu treten.

Tessa wußte, daß dieses Spiel verrückt war, aber das hielt sie nicht davon ab, es zu spielen. Während sie spielte, mußte sie zumindest keine Entscheidung treffen oder an Ravis denken.

Ravis. Nein – sie wählte willkürlich eine Abzweigung, ohne Rücksicht darauf, vielleicht in einer Sackgasse zu landen –, sie durfte nicht an ihn denken.

Tessa hatte einen Kloß im Hals, und sie mußte ein-, zweimal schlucken, bis er wieder verschwand, doch nachdem sie erst einmal die neue Straße betreten hatte, war sie wieder vollkommen in ihr Spiel vertieft.

Die Schulterwunde schmerzte bei jedem Schritt, und Tessa nutzte den Intervall, um ihre Geschwindigkeit zu messen. Seit der Morgen dämmerte, war sie aus irgendeinem Grund schneller geworden. Sie hatte bei weitem noch nicht jede Straße gesehen und erkundet, was sich hinter jeder Arkade und jeder moosbedeckten Wand verbarg. Den Blick fest auf das Pflaster zu ihren Füßen gerichtet, marschierte sie die Gasse hinunter in die Schatten, fort von der Dämmerung.

Dann stand sie plötzlich vor einer Wand. Sackgasse. Die Wand war zwei Mann hoch, und es gab keinerlei Durchlaß. Tessa seufzte enttäuscht. Das Spiel war vorüber. Wohl oder übel würde sie auf demselben Weg wieder zurückgehen müssen, den sie gekommen war.

Sie drehte sich um, lehnte sich mit dem Rücken gegen die Mauer und ließ sich langsam zu Boden sinken. Sie spürte jeden einzelnen Muskel in ihrem Körper – Beine, Arme, Rücken, Brust. Ihre Kehle war wie ausgetrocknet, und egal wie oft sie auch schluckte, es wurde nicht besser.

Am Himmel trieben graue Wolken mit dem Wind. Bald würde es wieder regnen. Tessa lächelte schwach. Mutter Emith hatte recht gehabt, als sie Maribane eine feuchte, graue Insel genannt hatte – ideal zum Brüten.

Tessa zog die Knie vor die Brust und seufzte. Was sollte sie jetzt tun? Das Spiel war vorbei; der Tag brach an, und sie mußte irgendwie aus Kilgrim herauskommen. Die Stadt war nicht sicher. Ein Schauder lief ihr über den Rücken und breitete sich bis in die Zehenspitzen aus. Ein hohes, ersticktes Geräusch kam über ihre Lippen.

Was war aus Ravis geworden?

Tessa legte die Stirn auf die Knie. Alles war so schnell geschehen: Bewaffnete waren in den Gasthof gestürmt und hatten zu wissen verlangt, wo Ravis von Burano sei; dann war Ravis in der Tür erschienen, und seine ersten Worte waren eine Warnung an Violante von Arazzo gewesen. Tessa schluckte. Er hatte nur Angst um Violante gehabt, nicht um *sie*.

Tessa hob den Kopf und atmete tief durch. Was hatte sie auch erwartet? Sie kannte Ravis erst seit ein paar Wochen; Violante hingegen verhielt sich, als kenne sie ihn schon seit Jahren. Sie hatten geplant, sich in Mizerico zu treffen. Und Violante war so schön ... Tessa schüttelte den Kopf. Sie konnte es unmöglich mit solch einer Frau aufnehmen.

Da ihr die Richtung mißfiel, die ihre Gedanken einschlugen, konzentrierte sie sich wieder auf die Gegenwart und stand auf. Sie mußte auf die Insel der Gesalbten. Daran hatte sich nichts geändert.

Sie fühlte sich unerwartet schwer, und plötzlich bemerkte sie, wie kalt es war. Den Blick auf die Gasse gerichtet zwang Tessa ihren Verstand, die Arbeit wieder aufzunehmen. Sie brauchte einen Umhang, eine Waschgelegenheit, etwas zu essen und jemanden, der ihr den Weg nach Glockenhafen weisen konnte. Ravis würde auch ohne sie zurechtkommen, dessen war sie sicher. Sechs Männer reichten offenbar nicht aus, um ihn zu bezwingen. Außerdem hatte er ja Violante an seiner Seite.

Während sie über all das nachdachte, schloß sich ihre Hand über die Geldbörse an ihrem Gürtel. Nun, da sie keine Spiele mehr spielte, erschien es ihr als zu gefährlich, sie offen zu tragen, und so löste sie sie vom Gürtel, nahm ein Gold- und zwei Silberstücke heraus und steckte den Rest mitsamt Börse in ihr Mieder. Dieser kleine Akt der Entschlossenheit beruhigte sie wieder ein wenig und erinnerte sie daran, wer sie war. Abermals atmete sie tief durch. Dann ging sie die Gasse hinunter und brach mit jedem Schritt eine ihrer Regeln.

Kapitel sechs

Da lachte Sandor, Herr von Rhaize. Den Bruchteil einer Sekunde später lachte sein Hofstaat. Als er zu lachen aufhörte, schwiegen auch die Höflinge. »Camron von Thorn, wollt Ihr mir damit etwa sagen, daß Ihr glaubt, meine Armeen, meine Ritter und mein militärischer Verstand könnten es nicht mit dem König von Garizon aufnehmen?«

Camrons Hände schwitzten. Sandors Hofstaat – Ritter, Feldherren, Lords und Lekturen –, alle sahen sie ihn an und warteten auf eine Antwort. Nach einer Woche immer neuer Anträge hatte der Herr ihm heute endlich eine Audienz gewährt. Camron hatte sich gründlich darauf vorbereitet, jedes Wort und jede Geste geplant. Im hinteren Teil der Halle stand Broc von Lomis für den Fall, daß man ihn als Zeugen befragen wollte, und vor den Toren des Palastes warteten noch weitere Männer.

»Ja, Herr.« Camron verfluchte sich. »Ich meine nein, Herr.« Um seinen Fehler zu vertuschen, fuhr er rasch fort: »Ich habe gemeint, daß Izgards Armee … Ich habe gegen sie gekämpft. Sie sind nicht wie andere Männer. Die Hetzer sind …« Er ballte die Fäuste und suchte nach einem geeigneten Wort.

»Die Hetzer sind was?« Sandors Stimme klang fröhlich, und sein Blick schweifte über den Hofstaat, als seien sie alle Teil eines klugen Scherzes.

»Monster.« Camron spie das Wort förmlich aus. Im Saal herrschte Totenstille.

Sandor musterte Camron eine Weile; dann strich er sich mit der Hand über den gestutzten Bart. »Ihr berichtet mir nichts, was ich nicht schon wußte, Camron von Thorn. Auch ich habe vom Schicksal der Stadt erfahren, die Euren Namen trägt. Izgards Sünden sind mir bekannt. Daß seine Männer einen Scheiterhaufen aus Frauen und Kindern errichtet haben, habe auch ich gehört.« Sandor hielt kurz inne. Er blickte nicht länger seinen Hofstaat an; seine blauen Augen waren ausschließlich auf Camron gerichtet. »Deshalb habe ich meine Truppen ausgesandt, um ihn aufzuhalten, und deshalb werde ich morgen höchstpersönlich ins Feld ziehen.«

Schweigen folgte Sandors Worten. Die Höflinge traten unruhig von einem Fuß auf den anderen. Camron schaute durch die Halle der Könige in Mir'Lor. Polierte Kandelaber zierten die Wände, und vielarmige Leuchter hingen von der mitternachtsblauen Decke herab. Sterne, Kometen, Monde und geflügelte Kreaturen wanderten über den künstlichen Himmel. Der Boden bestand aus einem einzigen großen Mosaik. Quarz, Granit, Marmor, Schiefer und andere Materialien waren darin verarbeitet worden: Exemplare jeder Gesteinsart, die in Rhaize abgebaut wurde, fanden sich unter seinen Füßen.

Er fühlte sich plötzlich unendlich müde. Er war am falschen Ort. Hier gab es nichts für ihn zu tun. »Herr«, sagte er, obwohl er wußte, daß es ihm nicht anstand, das Schweigen zu brechen, doch er konnte nicht anders, »Herr, ich *bitte* Euch, mahnt Eure Männer zur Vorsicht. Laßt Euch auf keinen Nahkampf ein; benutzt Bögen und Armbrüste – Lanzen, wenn Ihr müßt. Aber stürzt Euch nicht blindlings in ein Gefecht. Ihr müßt wissen, daß die Hetzer kämpfen, bis man ihnen die Beine unterm Bauch abschlägt.«

Ein Raunen ging durch den Hofstaat. Jemand hustete.

Sandor klopfte sich mit den Fingern aufs Kinn. »Aber Ihr habt den Nahkampf mit ihnen doch überlebt, Thorn.« Sein Lächeln war schwach, aber deutlich. »So wie auch der Mann hinter Euch.«

»Herr …«

Sandor nahm die Hand vom Kinn und gebot Camron Schweigen. »Ihr habt Söldner angeheuert und neben ihnen gekämpft, stimmt das?«

Camron drohte, die Beherrschung zu verlieren. Wäre es nicht ungehörig gewesen, hätte er sich die Haare gerauft. »Und wenn es stimmte? Das hat nichts damit zu tun, warum ich hier bin. Ich bin hierhergekommen, um Euch zu warnen und Euch bei den Vorbereitungen zu helfen.« Er verlor. Er konnte es Sandor und den Höflingen von den Augen ablesen. In seiner Verzweiflung deutete er auf Broc. »Fragt Broc von Lomis; fragt jeden meiner Männer – sie werden Euch sagen, was für Wesen die Hetzer sind. Tapfere Rhaize-Ritter werden sterben, wenn …«

»Genug.« Sandors Stimme klang wie ein Peitschenhieb.

Camron preßte die Lippen aufeinander. Er schlug sich zwar wacker, aber schlecht. Noch vor gar nicht langer Zeit hätte er zweifelsohne die passenden Worte gefunden, um Sandors weltmännischen Hofstaat zu überzeugen, nun jedoch waren offene Worte alles, was er vermochte. Es stand zuviel auf dem Spiel. Camron trat einen Schritt vor und ergriff erneut das Wort. »Herr, ich will mit Euch nach Norden ziehen. Meine Männer können Euch gegen die Hetzer von Nutzen sein; sie können Euch sagen, womit Ihr zu rechnen habt.«

»Camron von Thorn«, begann Sandor und wandte sich mehr an den Hofstaat als an ihn, »ich bin kein Narr, und ich werde niemandes Hilfe ablehnen, der sie mir in dieser Stunde der Not anbietet. Ich habe Eure Männer gesehen, und ich weiß, daß sie es wert sind, an meiner Seite zu kämpfen, und auch Ihr selbst scheint mir, abgesehen von Euren ungehobelten Manieren, jung, stark und fähig zu sein. Allein aufgrund Eures Namens würde ich Euch an meiner Seite reiten lassen. Der Sieg Eures Vaters am Bekenntnisberg ist noch nicht vergessen.«

Sandor legte eine kurze Pause ein, um seinem nächsten Satz zusätzliches Gewicht zu verleihen. »Aber Ihr dürft niemals vergessen, daß die Ritter von Rhaize seit fünfzig Jahren ungeschlagen sind. *Seit fünfzig Jahren!* Das ist keine Kleinigkeit, wie Ihr mir sicherlich zustimmen werdet.« Der Hof wurde mit einem gönnerhaften Lächeln bedacht. »Ich höre Eure Warnungen durchaus, und ich werde sie beherzigen; aber Ihr müßt mir verzeihen, wenn ich mich von Euren Worten nicht einschüchtern lasse. Ich bin der Führer meines Volkes, und als solcher werde ich meine Männer ohne Furcht in die Schlacht geleiten.«

Eine Sekunde verstrich, dann brach der Hofstaat in lauten Jubel aus: Männer stampften mit den Füßen, und Schwerter und Speere wurden laut auf den Mosaikboden gestoßen. Seide raschelte, und Hände klatschten gegen Silberbecher.

Camron verließ der Mut. Er fuhr sich mit den Fingern durchs Haar und verfluchte sich. Sandors Rede war ohne Makel gewesen. Elegant hatte er ihn in die Schranken gewiesen. Es gab nun nichts mehr, wogegen er hätte Einwand erheben können. Sandor hatte ihn ausmanövriert.

Inmitten all des Tumults blickte Sandor Camron in die Augen und lächelte. Camron wußte nicht, ob das Lächeln Sympathie oder Befriedigung entsprang. Er wußte noch nicht einmal, ob ihn das überhaupt interessierte.

Er hatte versagt.

»Eure Männer sollen sich heute abend bei Balanon melden. Ihr findet ihn im Lager östlich der Hügel.« Camron war entlassen.

Er verneigte sich. »Wie Ihr wünscht, Herr.«

Der Jubel erstarb, und alle Augen waren auf Camron gerichtet, als er auf die großen Doppeltüren zuging. Anders als beim Eintreten machte er sich nun nicht mehr die Mühe, sein Hinken zu verbergen. Er war verwundet – das sollten sie ruhig wissen. Broc gesellte sich zu ihm und verzog die Lippen zu einem mitfühlenden Lächeln. Camron war froh, daß zumindest dieses Lächeln ehrlich war. Trotz der Tatsache, daß noch große Teile seines Körpers mit dicken Bandagen umwickelt waren, hatte sich Broc mit großer Sorgfalt gekleidet. Das Messing auf Gürtel und Rundschild glänzte wie Gold, und unter seiner Tunika trug er ein Hemd aus roter Seide. Am Morgen hatte er verlegen gestanden, daß seine Schwester ihn genötigt habe, das Hemd anzuziehen.

Sandor beschloß zu schweigen, während die beiden Männer den Raum verließen. Vielleicht hatte selbst er erkannt, daß das Bild der beiden Ritter, die humpelnd hinausgingen, jedes weitere Wort überflüssig machte.

Camron bot Broc den Arm an, um ihm so viel Last wie möglich abzunehmen. Gleichzeitig war er jedoch darauf bedacht, seinen Freund nicht übermäßig zu stützen, damit dieser zumindest den Anschein wahren konnte, alleine zu gehen. »Ich kann einfach nicht glauben, daß der Herr nicht auf dich gehört hat«, murmelte Broc, als sie im Schutz der Tür angekommen waren.

Camron antwortete nicht. Er hatte nicht vergessen, daß er sich noch vor zwei Monaten Ravis gegenüber ähnlich verhalten hatte. Der Stolz eines Rhaize-Lords war stark ausgeprägt – das konnte man Sandor schwerlich vorwerfen. Camron hielt die Luft an und atmete langsam wieder aus. Der Fehler lag bei ihm: Er hätte die Angelegenheit anders angehen sollen, hätte geschliffener sprechen und sich den Spielregeln des Hofes beugen sollen.

»Mylord Thorn?« erklang eine leise Stimme hinter ihm.

Camron drehte sich um, um zu sehen, wer da gesprochen hatte. Ein junges Mädchen mit dunklen Haaren und ganz in Weiß gekleidet, knickste vor ihm. Camron nickte. »Der bin ich.«

Das Mädchen schaute sich um und knickste noch einmal. Dann flüsterte sie: »Mylord, die Lady Lianne wünscht Eure Anwesenheit in ihren Gemächern heute abend kurz nach Sonnenuntergang.«

Sandors Mutter. Die Gräfin von Mir'Lor. Was wollte sie von ihm? Camron ertappte sich dabei, daß er sich ebenso nervös umsah wie das Mädchen. Die Türen zur Halle der Könige schlossen sich im selben Augenblick, als er ihr antwortete: »Sagt Ihrer Hoheit, daß es mir eine Ehre sein wird, Ihr meine Aufwartung zu machen.«

Das Mädchen machte einen Knicks und huschte auf seidenen Hausschuhen den Gang hinunter.

Broc räusperte sich leise. »Manche behaupten, die Gräfin sei die eigentliche Macht in Mir'Lor. Du solltest versuchen, sie auf deine Seite zu ziehen.«

»Ich werde es versuchen, aber im Umgang mit Frauen bin ich nicht sonderlich geschickt.«

»Nun, vielleicht solltest du ihr gegenüber zumindest nicht ganz so *direkt* sein wie gegenüber ihrem Sohn. Versuch, in ihrer Gegenwart Geschichten über abgeschlagene Gliedmaßen zu vermeiden.«

Camron brachte ein grimmiges Lächeln zustande. »Ich habe alles versaut, stimmt's?«

»Nein, hast du nicht. Du hast ehrlich und tapfer gesprochen, und ich glaube, so mancher, der dich in der Großen Halle gehört hat, wird zumindest über deine Worte nachdenken.«

Camron bemerkte Zeichen von Anstrengung in Brocs Stimme, und so machte er sich wieder auf den Weg. Es war ein Fehler gewesen, ihn hierherzubringen. Der Ritter sollte im Bett liegen und sich ausruhen und nicht durch unendlich lange Palastkorridore wandern, nur aufgrund der vagen Möglichkeit, daß Camron seine Unterstützung hätte brauchen können. Camron rückte ein wenig näher an seinen Freund heran, um ihn besser stützen zu können.

»Wie kann ich Sandor nur dazu bringen, mich zu verstehen, Broc?« fragte er. »Wie kann ich ihm klarmachen, daß die Hetzer ...« Camron hielt inne. Broc wußte genau, was die Hetzer waren.

»Nutze die Reise nach Norden, um mit den Leuten zu sprechen. Wenn du sie zur Vorsicht bewegen kannst, dann reicht das schon.«

Zur *Vorsicht* bewegen. Camron zuckte bei dem Wort unwillkürlich zusammen. Wäre er an jenem Tag, da er ins Tal der gebrochenen Steine geritten war, nicht so sehr mit sich selbst beschäftigt gewesen, dann wären sie vielleicht nie auf die Hetzer gestoßen. Viele gute Männer würden dann heute noch leben. Vorsicht hätte sie retten können. Camron zwang sich zu erwidern: »Ich werde tun, was ich kann.«

Broc nickte. »Ich weiß.«

Danach schwiegen beide für lange Zeit.

»Ne, ne, ne, Liebchen, ummesons geht nich. Meine Weib haut mich d'r Buckel voll.«

Tessa nickte wissend, obwohl sie in Wahrheit den Händler kaum verstand. Allerdings vermutete sie, worauf er hinauswollte. »Nun, dann werde ich mich eben anderswo umsehen. Danke für Eure Mühe.« Sie drehte sich schwungvoll um und begann, sich von dem Altkleiderstand zu entfernen.

Der Händler rief ihr hinterher. »Vielleich kann ich noch wat runnergehen.«

Tessa ging weiter, während sie antwortete: »Mehr als

ein Silberstück kann ich Euch nicht dafür geben. Es tut mir leid, daß ich Eure Zeit verschwendet habe.«

»Komm zurück, Liebchen. Ich sehe mal, wat ich tun kann.«

Tessa blieb hartnäckig. »Ein Silberstück.«

Der Händler seufzte. »Dann halt ein Silberstück.«

Tessa widerstand dem Drang, vor Freude in die Luft zu springen, und kehrte zu dem Stand zurück. Der Umhang, um den es ging, war aus dunkelblauem Samt. Als sie sich näherte, strich der Händler wehmütig über den Stoff.

»'n echtes Schnäppchen, Liebchen! 'n Schnäppchen!« Er seufzte erneut und schüttelte den Kopf. »Meine Weib haut mich d'r Buckel voll.«

Tessa gab ihm das Silberstück. Sie wollte diesen Umhang wirklich. »Wo kann ich hier in der Gegend ein Frühstück bekommen und mich ein wenig frischmachen, bevor ich nach Norden weiterziehe?«

»Wicks Speis und Bett is' dat Richtige für dich, Liebchen. Alles, wat nach Norden geht, geht erst zu Wicks.«

Tessa nickte, nahm den Umhang vom Tisch und legte ihn sich über den Arm. Der kleine Marktplatz, über den sie gestolpert war, und der Händler mochten ihr ehrlich genug erscheinen, doch wollte sie Vorsicht walten lassen. »Wo ist Wicks?«

»D'r Aspey runter und an d'r Königs rechts. Kann m'r nich verpassen. Große rote Läden, viele Rauch.« Dabei rollte der Händler die Augen in die entsprechenden Richtungen. »Gehst nach Palmsey, wat?«

»Nein, nach Glockenhafen, auf die Insel der Gesalbten.«

Der Händler schnappte nach Luft. Er ließ den Umhang los und gestattete Tessa, sich zu entfernen. »Dann aber schnell. Dann willste früh raus.«

Tessa warf sich den Umhang über die Schulter, dankte dem Händler und ging davon. Sie sagte sich, daß es sicher nicht Furcht gewesen sei, was sie in der Stimme des Mannes gehört hatte, nur Überraschung.

Es begann zu nieseln, während sie den Markt überquerte, der gerade erst geöffnet hatte. Die Händler bauten ihre Stände auf, breiteten Waren aus, entluden ihre Mulis und fluchten über den Regen. Dieser Ort besaß eine vollkommen andere Atmosphäre als Bay'Zell: Er war trister, ruhiger – mit Ausnahme des ständigen Fluchens seiner Bewohner – ein Ort, an dem man besser nicht herumlungern oder sich sinnlosen Spielchen hingeben sollte. Tessa wünschte, sie wäre woanders.

Allerdings konnte sie nicht zurückgehen. Sie mußte tun, weswegen sie hierhergeholt worden war: Sie mußte gegen die Hetzer kämpfen und sie dorthin zurückschicken, wo sie hergekommen waren. Deveric hatte geglaubt, sie sei dazu imstande, und ein kleiner Teil ihrerselbst glaubte das auch. An jenem Morgen in Mutter Emiths Küche, als sie nach dem Pinsel gegriffen und mit ihrem Muster begonnen hatte, hatte sie vielerlei empfunden; doch wenn sie jetzt daran zurückdachte, dann erkannte sie, daß Machtbewußtsein das alles beherrschende Gefühl gewesen war. Für ein paar Sekunden war es ihr, Tessa McCamfrey, gelungen, die Hetzer aufzuhalten.

Sie zog den neuen Umhang enger um die Schultern. Sie fühlte sich jetzt zwar nicht sicherer, aber zumindest hatte sie ihre Entschlossenheit wieder. Sie mußte zur Insel der Gesalbten.

Wicks Speis und Bett war leicht zu finden. Fenster so groß wie Türen gingen auf die Straße hinaus, und Wasserdampf stieg aus ihnen empor wie aus einem Geysir. Verwirrt blickte Tessa nach oben, blinzelte und nickte dann. Kein Kamin.

»Frühstück, Bett oder Lieferung?«

Tessa drehte sich um und stand vor einem kleinen

Jungen, der an ihrem Umhang zupfte. Seine Wangen und seine Stirn waren leuchtendrot, und auf seiner Nase schimmerte Schweiß.

»Frühstück, Bett oder Lieferung?«

»Frühstück.«

Als hätte sie ein magisches Wort ausgesprochen, packte der Junge ihren Ellbogen und führte sie durch eines der großen Fenster in das dunkle, verrauchte Innere von Wicks. »Gibt keine Türen bei Wicks«, erklärte der Junge, ohne danach gefragt worden zu sein. »Madame Wicks will keine.«

Tessa blinzelte, um sich an die Dunkelheit zu gewöhnen.

»Auch keine Kerzen.« Der Junge klang ruhig und sachlich. »Madame Wicks sagt, nur Gottes Licht ist richtig zum Essen.«

Tessa fragte sich, was Madame Wicks' Kunden des Nachts machten. Der Duft frischgebackenen Brotes, gebratener Zwiebeln und Räucherschinkens beantwortete die Frage. *Ja,* dachte Tessa, während ihr das Wasser im Mund zusammenlief, *hier würde ich mich auch im Dunkeln hinsetzen und essen.*

Der Junge führte sie zu einer Bank an einem langen Tisch und forderte sie auf, sich zu setzen. Tessa rutschte auf der Bank entlang, um sich im Schatten der Wand verbergen zu können. Sie wollte keine unnötige Aufmerksamkeit erregen.

»Bitteschön, die Dame.« Der Junge kehrte mit einem Krug Irgendwas zurück und einem Laib Brot, der in der Mitte ausgehöhlt und mit heißer Butter und Honig gefüllt war. »Ich komme mit dem übrigen, wenn es fertig ist.«

Tessa wollte ihm danken, doch er war bereits wieder unterwegs. Es gab keine Becher – vermutlich glaubte Madame Wicks auch nicht an Geschirr –, also trank Tessa aus dem Krug. Bei dem dampfenden Getränk handelte es sich um Tee, stark gewürzt und gesüßt und ausgesprochen wohlschmeckend. Tessa leerte den Krug; bis jetzt hatte sie gar nicht bemerkt, wie durstig sie war. Das Brot war warm und außer mit Butter und Honig auch noch mit Nüssen und Körnern gefüllt. Während sie aß, lehnte sie sich gegen die Wand, streckte die Beine aus und entspannte ihre schmerzenden Muskeln. Sie war nicht eigentlich müde – dieses Stadium hatte sie schon lange hinter sich gelassen –, sie war einfach nur vollkommen erschöpft.

»Bitteschön, die Dame. Wurst und Speck und eine Scheibe Schinken ummesons. Empfehlung von Madame.«

»Ummesons?« Es war an der Zeit, daß sie lernte, die Sprache der Menschen auf dieser seltsamen, verregneten Insel zu verstehen.

»*Um-sonst,* die Dame. Madame Wicks gibt neuen Kunden immer eine Scheibe Schinken *um-sonst.*« Der Junge tupfte sich die Stirn mit dem Ärmel ab. »Ihr werdet aber 'n Tuch dafür brauchen. Der Karren nach Palmsey geht um Dreiviertel.«

»Ich will nicht nach Palmsey.«

Der Junge nahm die Information auf und dachte einen Augenblick lang angestrengt darüber nach. Dann fragte er: »Wohin dann?«

»Glockenhafen.«

Den Blick in den alles verhüllenden Rauch gerichtet wiederholte der Junge das Wort, als sei es die Lösung eines Rätsels, über das er sich schon lange den Kopf zerbrochen hatte. Dann machte er auf dem Absatz kehrt und verschwand im Rauch. »Bin gleich wieder da.«

Tessa ließ ihn gehen. Zwar wußte sie nicht, was er vorhatte, doch sie glaubte nicht, daß ihr von ihm Gefahr drohte. Als sie den Teller mit der Wurst und dem Schinken zu sich heranzog, machte sich der Schmerz in ihrer Schulter wieder bemerkbar. Sie biß die Zähne zusammen, zählte bis drei und entspannte sich wieder. Der Schmerz ließ nur langsam nach. Die Muskeln, die während ihres Marsches die Nacht hindurch aktiv gewesen waren, begannen, sich zu versteifen.

Als ihr der fettige Geruch von Wurst, Speck und Schinken in die Nase stieg, wurde ihr plötzlich übel. Gegen ihren Willen wiederholten sich vor ihrem geistigen Auge die Ereignisse der vergangenen Nacht. Sie hörte Ravis, wie er Violante warnte zurückzubleiben, sah, wie er sich auf die beiden Bewaffneten stürzte, die den Wirt festhielten, und hörte ihn allen anderen zurufen, daß sie rennen sollten. Tessa schob den Teller beiseite. Sie *mußte* einfach glauben, daß ihm nichts geschehen war.

»Seid Ihr die junge Frau, die nach Glockenhafen will?«

Überrascht hob Tessa den Kopf. Vor ihr stand eine Frau mit fetten roten Wangen und hochgebundenen grauen Haaren. Verärgert darüber, daß sie vor Schreck zu zittern begonnen hatte, bemühte sich Tessa, die Fassung wiederzuerlangen. »Die bin ich.«

»Und Ihr wollt morgen früh abreisen?«

Der Schmerz in der Schulter machte Tessa wütend. »Und was geht Euch das an?«

Die Frau zog das Kinn in ihre Halsfalten zurück und blinzelte mehrere Male rasch hintereinander. Doch einen Augenblick später kam es wieder zum Vorschein, nur ein wenig stumpfer als vorher. »Ich will schon seit Wochen dorthin reisen, aber als Frau weigere ich mich, allein zu gehen. Das ist einfach unmöglich.« Energisch schüttelte die Frau den Kopf. »Nein, bei Gott, das ist einfach unmöglich.«

Irgend etwas im Verhalten der Frau veranlaßte Tessa zu fragen: »Ihr seid Madame Wicks, nicht wahr?«

Die Frau nickte. »Höchstpersönlich.«

»Und Ihr wollt auch nach Glockenhafen? Heute morgen noch?«

»Ja, wenn mich anstandshalber eine andere Frau begleitet.«

»Reist denn sonst keine Frau nach Glockenhafen?«

»Keine anständige.«

Tessa dachte einen Augenblick lang nach. »Wie lange dauert die Reise?«

»Eineinhalb Tage. In einer halben Stunde ziehen drei Mann los.« Die Frau schnaufte verächtlich. »Aber auf ein Wort von mir werden sie schon warten.«

Tessa zweifelte keine Sekunde daran. »Kann ich mich irgendwo frischmachen, bevor wir abreisen?«

»Das ist Wicks Speis und Bett. Wenn ein Reisender ein gottgefälliges Bedürfnis hat, dann sorgen wir für ihn. Folgt mir, und ich werde Euch ein Zimmer zeigen.«

Tessa folgte ihr. In Madame Wicks' bemerkenswert breitem Kielwasser ging sie durch dicke Rauchwolken und ständig zunehmende Dunkelheit. Sie war zu müde, um sich über ihre Bereitschaft zu wundern, zur Abwechslung einmal jemand anderen für sich sorgen zu lassen.

Camron zog die Tunika straff, strich sich die Haare glatt und klopfte an die gold-weiß gestreifte Tür. Trotz ihres zerbrechlichen Aussehens bestand sie aus massivem Holz, so daß sein Klopfen gedämpft klang.

»Herein«, rief eine sanfte Stimme.

Camron öffnete die Tür und trat ein. Ein Blick auf die Tür verriet ihm, daß das Holz beinahe faustdick war. Wie hatte irgend jemandes Stimme nur da durchdringen und gleichzeitig doch so sanft klingen können?

»Willkommen, Camron von Thorn.«

Camron drehte sich um und sah eine Frau in einem schimmernden grauen Kleid, deren Haar vollkommen weiß und deren Augen so blau waren, daß sie selbst im trüben Licht der Kerzen leuchteten wie Juwelen. Als sei sie sich der Wirkung ihrer Augen durchaus bewußt, kam die Frau zur Tür, ohne auch nur ein einziges Mal zu blinzeln.

»Euer Hoheit.« Um seine Überraschung zu verbergen, verneigte sich Camron auffallend tief. Er hatte nicht damit gerechnet, der Gräfin sofort gegenüberzustehen, nachdem er ihre Gemächer betreten hatte. Wo waren ihre Hofdamen, die Dienerinnen? Als hätte er die Frage laut ausgesprochen, streckte sie die Hand aus und sagte: »Kommt. Ich bin zu alt, um meine Zeit mit Förmlichkeiten zu verschwenden, und ich bin schon lange darüber hinaus, mich mit einem prächtigen Gefolge zu umgeben, nur um den Respekt anderer zu erheischen.« Eine wohlgeformte Augenbraue hob sich ein winziges Stück. »Schenkt Euch ein Glas Wein ein, und dann setzt Euch oder bleibt stehen, ganz wie es Euch beliebt.«

Camrons Finger hatten kaum Gelegenheit, die kalte Hand von Lianne, Gräfin von Mir'Lor, zu berühren, da hatte sie sie auch schon wieder zurückgezogen. Sie kehrte ihm den Rücken zu, und er folgte ihr in die Mitte des Raums. Im Gegensatz zu den offiziellen Teilen des Palastes waren die Privatgemächer der Gräfin niedrig und wirkten intimer. Die Wände waren mit dunkelbraunen Holzpaneelen verkleidet; ein dicker safranfarbener Seidenteppich dämpfte Camrons Schritte, und in einem roten Ziegelofen brannte ein helles Feuer.

Die Gräfin trat zu einer Sitzgruppe mit hohen Lehnstühlen und einer gepolsterten Bank und deutete auf ein Silbertablett mit Gläsern und einer Karaffe Wein. Camron wollte nichts trinken, obwohl sein Mund wie ausgetrocknet war. Irgend etwas sagte ihm, daß er seine sieben Sinne beisammen halten sollte, wenn er mit dieser Frau sprach. Andererseits konnte er ihre Bitte auch nicht ablehnen, und so schenkte er zwei Gläser ein. Der Duft edlen, vierzehn Jahre alten Berriacs stieg ihm in die

Nase, als er die Karaffe öffnete. Bilder aus der Vergangenheit tauchten vor ihm auf: Thorn, sein Vater, die langen Abende vor dem großen Kamin, die Gespräche über Waffen, Kriegskunst, Politik und Alltagsgeschäfte.

Camron schluckte. Als er bemerkte, daß seine Hand zitterte, konzentrierte er sich darauf, den Wein so gleichmäßig wie möglich in die Gläser zu gießen. Schließlich hob er wieder den Blick und sah, daß die Gräfin ihn beobachtete.

»Nirgends gibt es Wein, der es mit dem von Thorn aufnehmen könnte«, sagte sie.

Aus der Nähe betrachtet, erkannte Camron, daß sie sehr alt war – und auch sehr klein, obwohl er beides nicht bemerkt hatte, als er ihr durch den Raum gefolgt war.

»Was wollt Ihr von mir?« fragte er.

Die Gräfin schien über diese Frage weniger überrascht zu sein als er selbst. Camron konnte kaum glauben, daß er sie gestellt hatte. Lag es am Duft des Weins oder an der überwältigenden Gegenwart der Gräfin, daß er sich hatte hinreißen lassen, so offen zu sprechen? Er wußte es nicht. Allerdings zog er die Frage auch nicht zurück.

Lianne nahm ihm das zweite Glas aus der Hand und sagte: »Bei Morgengrauen werdet Ihr mit meinem Sohn nach Norden aufbrechen.« Das war keine Frage; dennoch legte sie eine kurze Pause ein, damit Camron begreifen konnte, daß sie über alles Bescheid wußte, was in der Halle der Könige geschehen war. Sie fixierte ihn auf eine Art, wie es nur jemand mit solchen Augen tun konnte, und fuhr fort: »Sagt mir, Camron von Thorn, wenn Ihr Izgards Armee auf dem Feld gegenüberstehen werdet, wofür werdet Ihr kämpfen?«

Camron spürte, wie ihm die Röte in die Wangen stieg. Um dem Blick der unnachgiebigen blauen Augen auszuweichen, senkte er den Kopf.

»Wird es Rache sein?« fragte Lianne. »Liebe zu Rhaize?

Oder werdet Ihr den Kampf nur als Gelegenheit begreifen, aus dem Schatten Eures Vaters zu treten und eine neue Generation von Helden zu erschaffen?«

Wütend schüttelte Camron den Kopf. »Ich werde für die Erinnerung an meinen Vater kämpfen und für Thorn und die Menschen, die dort gestorben sind.«

»Aha«, erwiderte Lianne und klopfte mit dem Finger auf ihr Glas. »Alles drei also.«

»Nein.« Camron knallte die Karaffe aufs Tablett. Die restlichen Gläser klingelten wie kleine Glocken. Was war das nur mit dieser Frau? Wer gab ihr das Recht, so mit ihm zu sprechen? Camron fühlte sich wie betrunken, als hätte er seinen Wein tatsächlich getrunken und nicht nur gerochen. Vorsichtig trat er einen Schritt von der Gräfin und ihrem Nest aus Tisch und Stühlen zurück. »Ich bin nicht hierhergekommen, um über mich selbst zu reden. Wie Ihr gesagt habt, bricht die Armee von Rhaize morgen in aller Frühe Richtung Norden auf. Ich bin nach Mir'Lor gekommen, um Euren Sohn zu warnen, daß er mit Izgard jemandem gegenübersteht, der ...« Camron hielt sich zurück und erinnerte sich an die Vorstellung, die er vor dem versammelten Hofstaat geboten hatte, »... der unnatürliche Vorteile auf seiner Seite hat.«

Ein heiseres Geräusch, das vielleicht ein Lachen war, kam über Liannes Lippen. Sie drehte sich zum Feuer um und trank einen tiefen Schluck aus ihrem Glas. Erst jetzt bemerkte Camron, wie schön sie war: der fein geschwungene Nacken, die hohen Wangenknochen. Was sagten die Leute doch gleich über sie? *Ganz Rhaize spiegelt sich in ihren Augen wider.* Aber da war noch etwas anderes. Etwas, das mit den beiden mächtigsten Männern des Landes zu tun hatte, die sie einst umworben hatten. Der eine war der alte Herr selbst gewesen, doch wer der andere gewesen war, konnte Camron noch nicht einmal vermuten.

Lianne Gräfin von Mir'Lor strich sich mit einem ihrer langen Finger über die Lippen. Einen Augenblick lang glich sie ihrem Sohn aufs Haar. »Was wäre, wenn ich Euch noch einen weiteren Grund zu kämpfen geben würde, Camron von Thorn? Was würdet Ihr dazu sagen?«

Camron zupfte sich frustriert an den Haaren. Männer und Frauen waren gestorben. Sein Vater war tot. Warum konnten die Menschen im Palast das nicht begreifen? Warum hörten sie nicht zu? »Ich habe Grund genug zum Kämpfen, Mylady. Niemand wird das bezweifeln, der schon einmal den Hetzern gegenübergestanden hat.«

Unbeeindruckt von dem Zorn in Camrons Stimme, lächelte die Gräfin. »Ihr ähnelt Eurem Vater wirklich sehr, wenn Ihr wütend seid.«

Camrons Herz zog sich zusammen. Er war verwirrt; er hatte das Gefühl, als habe man ihn mitten in ein Spiel hineingestoßen, ohne ihm vorher die Regeln zu erklären. »Ihr habt meinen Vater gekannt?«

Lianne nickte. Zum ersten Mal, seit Camron den Raum betreten hatte, senkte sie den Blick. »Das könnte man so sagen. Allerdings ist das schon viele Jahre her. Damals, im Krieg, kurz nach der Schlacht am Bekenntnisberg.«

Camrons erste Reaktion war Unglauben. Sein Vater hatte die Gräfin von Mir'Lor gekannt und es niemals auch nur mit einem Wort erwähnt?

»Er und ich, wir waren gleich alt«, fuhr Lianne fort, kehrte Camron den Rücken zu und ging zum Feuer. »Zum Schluß waren wir beide die einzigen, die sich noch daran erinnerten, was Garizon wirklich ist.« Sie zuckte mit den Schultern. »Nun, da Berick tot ist, bewahre nur noch ich diese Erinnerung.«

Mit plötzlicher Heftigkeit drehte sie sich um. Ihre Augen leuchteten, und zwei rote Flecken erschienen auf ihren Wangen. »Also glaubt ja nicht, daß Ihr mir hier irgend etwas Neues erzählen könnt. Ich weiß alles, was Garizon und seine Könige betrifft.«

Camron senkte den Kopf. Mit jedem Wort dieser Frau verlor er ein wenig mehr den Boden unter den Füßen. »Er hat Euch nie erwähnt.«

»Es gab viel, was er nie erwähnt hat.«

»Was meint Ihr damit?«

»Er hat nie mit Euch über Garizon gesprochen, oder etwa doch?«

»Da irrt Ihr Euch, Mylady. Er hat sehr wohl von Garizon gesprochen. Er hat mir erzählt, wie er vor einundzwanzig Jahren seinen Anspruch auf den Thron von Garizon aufgegeben hat, um seinen Bewohnern Frieden zu geben. Er hat gesagt, sie hätten am Bekenntnisberg schon genug gelitten, und ein Bürgerkrieg hätte ihren Untergang bedeutet.«

Lianne winkte ab. »Wenn er wirklich seinen Anspruch auf den Thron aufgegeben hat, warum hat er dann bis zu seinem Tod all seine Briefe mit dem amethystfarbenen Wachs der Könige von Garizon versiegelt?«

Camron rührte sich nicht. Seine Brust war wie zugeschnürt, und er wagte nicht zu atmen. Amethystfarbenes Wachs. Dieselbe Farbe hatte auch er verwendet, als er jenen letzten Brief an seinen Vater verschlossen hatte. Dieselbe Farbe hatte unter seinen Fingernägeln geklebt, als er Bericks Leiche an die Brust gedrückt hatte.

Lianne musterte ihn aufmerksam. »Er hat Euch dazu angehalten, es ebenfalls zu benutzen, habe ich recht?«

Camron spürte, wie der Druck in seiner Brust zum Magen hinabwanderte. Er schüttelte den Kopf. »Das bedeutet gar nichts. Nichts. Das war nur ein alter Familienbrauch, das ist alles.« Noch während er sprach, wußte er bereits, daß er log. Das Feuer schien plötzlich nahe genug zu sein, um ihm das Gesicht zu verbrennen.

»Ich vermute, das glaubt Ihr nicht wirklich, oder?«

Und mit diesen Worten entzog Lianne, Gräfin von Mir'Lor, Camron endgültig den Boden unter den Füßen. Camron hatte das Gefühl, als stürze er in ein tiefes, dunkles Loch hinab. Er war wieder im Arbeitszimmer seines Vaters und kniete über dessen Leichnam. Der Raum war voller Licht; die Luft roch nach nassem Fell und warmem Blut, und als die Hetzer sich wieder von Monstren in Menschen verwandelten, warfen sie flüssige Schatten auf seinen Rücken. Camron blickte ihnen hinterher. Er spürte die Schwingungen ihrer Schritte und hörte den dumpfen Schlag, als einer der Hetzer etwas zu Boden warf, bevor er den Raum verließ.

Camron schauderte und kehrte wieder in die Gegenwart zurück. Er ballte die Fäuste.

Siegelwachs. Der letzte Hetzer hatte einen Block amethystfarbenen Siegelwachs auf den Boden geworfen.

Während all des Wahnsinns, der Bericks Ermordung gefolgt war, hatte Camron diese Geste aus seinen Gedanken verdrängt. In jener Nacht hatte er nur Blut und Tod gesehen. Camron preßte die Lippen aufeinander. Er hätte früher zu seinem Vater gehen sollen.

»Setzt Euch.« Eine Hand berührte seine Schulter und wanderte zur Wange hinauf. Camron hob den Blick und sah Lianne von Mir'Lor ins Gesicht. Wie hatte er sich mit ihren Augen nur so irren können? Sie waren nicht kalt wie Juwelen. Sie waren sanft und voller Leid, so daß ihm bei ihrem Anblick die Kehle austrocknete.

Lianne führte ihn zu einem Stuhl und stopfte ein Kissen in seinen Rücken. Dann strich sie ihm die Haare aus der Stirn und reichte ihm den Berriac. »Trinkt das«, sagte sie. »Ich weiß, daß Ihr nicht trinken wollt, aber tut es mir zuliebe.«

Camron hob das Glas an die Lippen, schloß die Augen und trank.

Der Berriac schmeckte nach Heimat. Camron spürte,

wie er seine Kehle hinabrann. Er beruhigte sein pochendes Herz, löste den Druck in seiner Brust und erleichterte ihm das Atmen.

Lianne lächelte sanft. »Seht Ihr«, sagte sie mit einer Stimme, als spräche sie zu einem widerspenstigen Kind. »Ich habe Euch doch gesagt, es hilft.«

Camron konnte nicht anders, als ihr Lächeln zu erwidern. In ihrer Gegenwart fühlte er sich geradezu unglaublich jung.

Dann hob die Gräfin ihr eigenes Glas zu einem Toast. »Rhaize.« Camron wiederholte das Wort und trank. Nur einen Augenblick später setzte Lianne das Glas bereits wieder ab. Ihre Augen funkelten, während ihr Blick auf einen Punkt hinter Camron gerichtet war. »Ihr wißt, daß ich über Euren Vater die Wahrheit gesagt habe, oder?«

Camron antwortete nicht. Er traute sich nicht mehr zu, die Wahrheit zu erkennen.

»Izgard hat Euren Vater nicht töten lassen, weil er sich für dessen Sieg am Bekenntnisberg rächen wollte.« Lianne schüttelte den Kopf. »Nein. Er hat ihn wegen des amethystfarbenen Siegelwachses töten lassen. Izgard wußte, was das zu bedeuten hatte. Er wußte, daß Euer Vater mit dem Wachs seine Ansprüche aufrechterhielt – trotz all der selbstlosen Gegenbehauptungen.«

»Aber er hat mir gesagt, er wolle Garizon nicht regieren. Er hat es mir *geschworen.*«

»Er hat es nicht für sich selbst getan.« Lianne neigte den Kopf ein wenig und bot Camron an, die Antwort auf seine Fragen in ihren Augen zu lesen.

Camron schüttelte den Kopf. Er wollte nichts davon hören.

Lianne zuckte mit den Schultern und erklärte mit fester Stimme: »Ja, Camron von Thorn, Euer Vater hat seinen Anspruch für *Euch* aufrechterhalten.«

Camron erschien der Raum plötzlich heiß und dunkel.

Der Schweiß rann ihm die Schläfen hinab. Obwohl er tief in seinem Inneren wußte, daß die Gräfin recht hatte, daß das Wachs, das der Hetzer zu Boden geworfen hatte, ein Zeichen von Izgard gewesen war – denn außer ihm benutzte niemand amethystfarbenes Siegelwachs –, obwohl er dies alles wußte, schüttelte Camron den Kopf. Würde er Liannes Worte akzeptieren, würde sich alles verändern.

Lianne fuhr fort. Ihre sanfte Stimme wurde rauh. »Obwohl dein Vater der Vetter des alten Königs war, so wußte er doch, daß er nach der Schlacht am Bekenntnisberg niemals Garizon würde regieren können. Man hätte ihn nie wieder dorthin zurück gelassen. Hier in Rhaize war er ein großer Held, der Mann, der die größte Schlacht in dieser Hälfte des Jahrhunderts gewonnen hatte, der Mann, der mitten im Winter zwanzigtausend Garizon erschlug, ohne einen von ihnen übrig zu lassen, der die Toten hätte begraben können.«

Camron runzelte die Stirn.

»Begeht nicht den Fehler und glaubt, Euer Vater hätte Garizon nicht regieren wollen, Camron von Thorn. Er wollte es von ganzem Herzen und von ganzer Seele – er wollte sich die Dornenkrone aufs Haupt setzen –, doch seinen Sieg am Bekenntnisberg konnte er nicht ungeschehen machen, und fünfzig Jahre reichten nicht aus, um die Menschen von Garizon vergessen zu lassen.«

»Aber die Menschen von Rhaize haben es vergessen. Sie haben alles vergessen, was Garizons Vergangenheit betrifft.«

Liannes Lächeln war freundlich, doch ihre Worte klangen hart. »Die Verlierer erinnern sich stets länger als die Sieger. Woran Rhaize und woran sich dieser Hof hier erinnert, ist, daß Rhaize vor fünfzig Jahren einen großartigen Sieg über Garizon errungen hat. Morgen wird mein Sohn in dem Glauben ins Feld reiten, daß er diesen Sieg wiederholen kann.«

Camron blickte der Gräfin von Mir'Lor in die Augen. Allmählich verstand er, was sie ihm sagen wollte.

Lianne verschränkte die Finger vor der Brust. »Ich habe Euren Vater früher einmal geliebt.«

Camron nickte. Schon vor Minuten glaubte er, so etwas aus ihrer Stimme herausgehört zu haben.

»Ich hätte ihn auch geheiratet.«

»Wenn er sich die Dornenkrone aufs Haupt gesetzt hätte?«

Lianne blinzelte noch nicht einmal. Sie bedachte Camron mit einem Blick, daß ihm das Blut in die Wangen stieg. Was war nur in ihn gefahren, sie etwas derart Indiskretes zu fragen?

Dann lächelte sie. Die Gräfin von Mir'Lor lächelte mit einer solchen Wärme und Freundlichkeit, daß es Camron den Atem verschlug. »Ich bin zu alt zum Lügen, Camron von Thorn«, sagte sie, »und ich habe die Kunst des Wortspiels schon lange verlernt. Auch wenn es mich in meiner Eitelkeit verletzt, will ich zugeben, daß Ihr recht habt: Ich war jung und ehrgeizig und fest entschlossen, einen König zu heiraten.«

Lianne war wunderschön. Ihre Augen funkelten mit einer Helligkeit, daß Camron verstehen konnte, wie sie mit ihrem blinden Ehrgeiz hatte ans Ziel kommen können. Eine Frau wie sie konnte einem Mann ins Gesicht sagen, sie sei nur an seinem Titel und seinem Geld interessiert, und er würde sie trotzdem heiraten.

Doch noch während er sie bewunderte und feststellte, daß auch er selbst sich ein wenig in sie verliebt hatte, kehrte der Druck in seine Brust zurück. Sein Vater hatte am Bekenntnisberg so viel aufgegeben: seine Heimat, seine Zukunft und die Frau, die er liebte.

Kopfschüttelnd murmelte Camron: »Fünfzig Jahre sind so eine lange Zeit.«

»Ja«, erwiderte Lianne. Sie wußte sofort, was er damit

sagen wollte. »Das sind sie. Aber Euer Vater ist vom Schicksal wieder versöhnt worden; das dürft Ihr nicht vergessen. Er hatte eine Frau, die ihn von ganzem Herzen geliebt hat, und er hat sich als Friedensstifter verdient gemacht: Bis heute wissen die Menschen von Garizon nicht, daß er in Wahrheit zehnmal so viele Leben rettete wie er vernichtet hat. Er hat Rhaizes Generäle davon abgehalten, Garizon nach der Schlacht am Bekenntnisberg Stück für Stück auseinanderzunehmen, und sie dazu bewegt, die Zerstörung nur auf Veizach zu beschränken. Gott allein weiß, wieviel Leid er damit von den Menschen abgewendet hat.«

Lianne hielt inne und blickte Camron abermals in die Augen. Hinter ihr knisterte das Feuer, und sein Licht legte sich wie eine Aureole um die Gräfin. »Und dann gab es noch Euch, Camron von Thorn. Euer Vater hatte einen Sohn, den er lieben und für den er träumen konnte.«

Camron war, als würde sein Körper zunehmend schwerer. Er fühlte sich ausgelaugt, erschöpft, als hätte er einen unendlich langen Weg hinter sich. Er empfand mehr, als er in Worte kleiden konnte. Den Blick auf Lianne gerichtet, traf er eine Entscheidung.

»Mein Vater wollte also, daß ich Garizon regiere?«

Lianne lächelte wie ein weiser Lehrer. »Ja. Auch wenn er es aus unterschiedlichen Gründen niemals erwähnt hat.«

»Warum?«

»Er hatte Angst um Euch. In Garizon sind Mordanschläge an der Tagesordnung. Am Tag seiner Krönung hat Izgard all seine Rivalen töten lassen. Hättet Ihr Euch damals offen gegen ihn gestellt, dann wäret jetzt Ihr tot und nicht Euer Vater.«

Camron zuckte unwillkürlich zusammen.

Lianne war noch nicht fertig. »Außerdem wollte er Euch nicht dazu drängen. Er hat darauf gewartet, daß *Ihr* zu *ihm* kommt, um Euren Anspruch anzumelden.«

So viel. So viel, das Camron nicht verstand. Er bedeckte das Gesicht mit den Händen. All die Jahre hatte sein Vater gewartet … Auch die letzte Nacht seines Lebens hatte er gewartet, doch sein Sohn war nie gekommen.

»Es ist noch nicht zu spät«, sagte Lianne, diesmal wieder mit sanfter Stimme. »Ihr könnt immer noch für das kämpfen, was er von Euch erwartete. Auch jetzt noch.«

»Ich …«

»Geht, und redet mit Balanon«, unterbrach ihn Lianne, bevor er wußte, was er eigentlich sagen wollte. »Er ist der wahre Führer von Rhaizes Armeen. Mein Sohn redet schön, doch im Krieg muß er sich erst bewähren. Und wenn es erst einmal soweit ist, dann wird es nicht lange dauern, bis er bemerkt, wie wenig er weiß, und er wird sich hilfesuchend an Balanon wenden. Hier …« Lianne ging zu Camron, nahm ihm die Hände vom Gesicht und drückte ihm etwas Warmes, Weiches in die Finger. »Gebt das Balanon. Er wird wissen, daß es von mir stammt. Das wird reichen, damit er Euch zuhört.«

Camron schloß die Faust um den Gegenstand; er sah ihn nicht an.

»Trotz all der großen Hallen und langen Gänge ist Mir'Lor nur ein kleiner Ort.« Lianne lächelte ihr freundlichstes Lächeln. »Die meisten hier schulden mir ein oder zwei Gefallen.«

Camron stand auf. Er wollte jetzt lieber allein sein.

Lianne begleitete ihn ein Stück, dann blieb sie stehen und ließ ihn allein zur Tür gehen. »Schlaft eine Nacht über das, was ich Euch gesagt habe, und im Morgengrauen geht Ihr zu Balanon.«

Die Hand auf der Türklinke, fragte Camron: »Warum habt Ihr mir das alles erzählt?«

Lianne, die Gräfin von Mir'Lor, richtete sich zu ihrer vollen Größe auf. Schmuck, der Camron bisher nicht aufgefallen war, funkelte an ihrem Hals und ihren Handgelenken und reflektierte den goldenen Schein des Feuers. »Ich habe Euch das alles erzählt, weil ich Rhaizes Gedächtnis bin und sein Herz. Ich bin die einzige, die noch weiß, was Garizon wirklich ist und wozu seine Könige fähig sind.« Sie schüttelte den Kopf. »Und vielleicht bin ich zu stolz zuzugeben, daß ich vor all diesen Jahren einen Fehler begangen habe, als ich Euren Vater nicht geheiratet habe; aber auf jeden Fall vergeht seitdem kein Tag, an dem ich es nicht bedauere.«

Camron wollte etwas darauf erwidern, doch ihm fielen nicht die richtigen Worte ein; also nickte er nur knapp und ging.

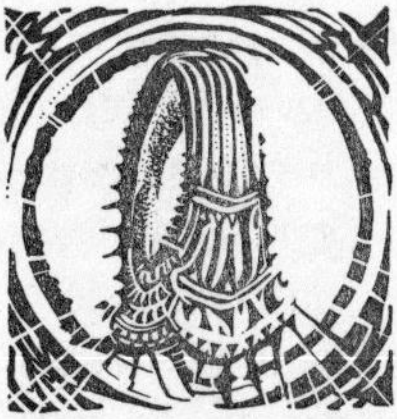

Kapitel sieben

Auf dem Ritt über die schlammige Straße Richtung Norden nach Glockenhafen lernte Tessa zwei Dinge: Erstens, ein Samtumhang war kein Regenschutz, und zweitens, Madame Wicks hatte zu allem eine Meinung. Ein Bauernhaus war nicht einfach nur ein Bauernhaus; es war »ein skandalöser Mißbrauch von Holz und eine Verschwendung von guter Farbe«, und ein Stapel Eichenholz war nicht einfach nur Eichenholz, sondern »ideal für Truhen, Tische und Melkschemel, aber ungeeignet für Uhren und Schüsseln«. Madame Wicks sagte diese Dinge weniger, sie *verkündete* sie, als wäre sie ein recht reizbarer Gott, der die armen, dummen Sterblichen mit seiner Weisheit beglückt.

»Die Weide da drüben«, sagte Madame Wicks und richtete sich im Sattel auf. »Die gehört den Mönchen von der Insel der Gesalbten. Gutes Land für Vieh, aber zum Säen taugt es nicht.«

Tessa nickte und hoffte, daß Madame Wicks darauf verzichten würde, ihr zu erklären, warum man dort nichts säen konnte. Ihr war kalt; sie fühlte sich elend, und Säen oder nicht interessierte sie nicht im mindesten.

Es war Mittag. Die kleine Reisegruppe von fünf Personen hatte Kilgrim gestern gegen Mittag verlassen und die Nacht in einem kleinen Gasthof verbracht, den Madame Wicks als eine »Brutstätte für Pilze, Ratten und die Sünde« bezeichnet hatte. Tessa hatte der Gasthof gefallen – zumindest hatte es dort Kerzen und Stühle gegeben. Die Gäste hatten sich im Schankraum ums Feuer versammelt, und das einzige, woran sich Tessa erinnern konnte, nachdem sie sich in ihre Decke gewickelt hatte, war, daß sie sich fest vorgenommen hatte, nicht auf dem harten Boden einzuschlafen. Bei Morgengrauen wurde sie dann von Madame Wicks aus einem tiefen, traumlosen Schlaf geweckt. Die resolute Dame drängte sie, ihr Haar ›um des Anstands willen‹ zu richten, und befahl ihr, eine Schüssel Molke zu trinken, um wieder zu Kräften zu kommen. Wie verlangt band Tessa sich die Haare zu einem engen Knoten zusammen, doch die Molke trank sie nicht. Zwar wußte sie nicht, was ›Molke‹ genau war, aber das dünnflüssige Getränk roch wie saure Milch.

Eine Nacht Schlaf hatte bei weitem nicht ausgereicht. Tessa hatte sogar das Gefühl, als schmerze ihr Körper mehr denn je und noch dazu an neuen, besorgniserregenden Stellen: an ihrem verlängerten Rückgrat, der Innenseite ihrer Schenkel und im Nacken. Die Wunde an ihrer Schulter hatte allerdings zu heilen begonnen. Nachdem sie erst einmal das geronnene Blut entfernt hatte, hatte sie verwundert festgestellt, wie klein die Wunde in Wirklichkeit war. Und sie war auch nicht entzündet, was jedoch Glück war, denn schließlich hatte sie sich den Schnitt an einem rostigen Nagel zugezogen.

Tessa zog die Zügel an und führte ihr Pferd um ein tiefes Schlagloch herum. Sie wollte nicht mehr an jene Nacht zurückdenken. Sie wollte nicht mehr an Ravis und seine Beziehung zu Violante von Arazzo denken. Die Insel der Gesalbten zu erreichen war das einzige, was jetzt noch zählte, und alles, was sie von diesem Ziel ablenken konnte, mußte sie beiseite schieben. Sie durfte in ihren Bemühungen nicht nachlassen. Sie hatte keine andere Wahl: Die Hetzer trieben sie voran und die Furcht vor dem, was eine Armee von ihnen anrichten könnte –

das und eine Serie von Mustern, die vor einundzwanzig Jahren begonnen worden waren.

»Was wißt Ihr über die Insel der Gesalbten, Madame Wicks?« fragte Tessa, ohne den Blick von der Straße abzuwenden. Durch den Regen wurde der Weg zunehmend schlechter. Die Landschaft, durch die sie reisten, war flach und wenig bemerkenswert: niedrige Büsche, schäbige Bäume, gelegentlich ein gepflügter Acker und immer wieder dichtes Schilf, das die Lage eines Teichs oder kleinen Flusses markierte. Hätte die Straße nicht höher gelegen als die Umgebung, wäre sie schon längst überschwemmt gewesen. Tessa fragte sich, warum sich überhaupt jemand die Mühe gemacht hatte, sie zu bauen.

»Die Insel der Gesalbten ist kein Ort für eine Frau«, sagte Madame Wicks und schüttelte energisch den Kopf. »Nein, das ist sie ganz und gar nicht. Meine Tochter ist so alt wie Ihr, junge Dame, und ich kann Euch sagen, daß ich eher zulassen würde, daß alles Land zwischen hier und Kilgrim im Meer versinkt, als daß ich ihr erlauben würde, auch nur einen Fuß auf die verdammte Insel zu setzen.«

Tessa stieß einen leisen Seufzer aus. Das würde nicht einfach werden. Um sich zu vergewissern, daß sich keiner der Männer in Hörweite befand, blickte sie sich um; dann fragte sie: »Warum das?«

Erneut schüttelte Madame Wicks den Kopf, diesmal sogar noch viel energischer. »Weil die Insel ein böser Ort ist, so einfach ist das. Zum einen mögen die Mönche keine Frauen. Sie sagen, sie würden sie von der Arbeit abhalten. Mein Schwager, Moldercay, wäre immer noch dort, hätte er nicht ein Auge auf so ein junges Ding geworfen.« Obwohl sie in einem fort den Kopf schüttelte, bewegte sich daran kein einziges Haar, und obwohl es schon seit über vier Stunden regnete, war ihre Hochfrisur nach wie vor intakt. »Nicht daß das auf längere Sicht schlecht gewesen wäre, versteht mich nicht falsch. Wir Wicks sind die geborenen Kaufleute.«

»Euer Schwager hat auf der Insel der Gesalbten gelebt?«

»Aye. Er war Archivar. Er hatte eine gute Hand, doch sein Auge ging zu oft auf Wanderschaft, wenn Ihr wißt, was ich meine. Und nicht nur Frauen haben ihn interessiert. Der Mann konnte nichts und niemanden ansehen, ohne es mit den Blicken zu durchbohren und zu verschlingen.« Madame Wicks warf den Kopf zurück. »Natürlich hat er das nicht von der Wicks-Seite. Nein, das hat er wirklich nicht! Das hat er von der Familie seiner Mutter: den Polliers. Es gibt nicht einen Pollier, der nicht berühmt dafür wäre, seine Nase in die Angelegenheiten anderer Leute zu stecken. Das ist so erbärmlich. Allerdings hilft es bisweilen beim Geschäft.«

»Was macht Moldercay jetzt?«

»Knochenwächter.« Madame Wicks sprach das Wort mit widerwilligem Stolz aus. »Er besitzt seine eigene Schädelhalle in Glockenhafen; aber natürlich bewahrt er dort nur anständige Knochen auf. Weder Huren, Bettler noch Tagediebe landen in Moldercays Topf.«

In Moldercays *Topf*? Tessa schauderte; die Vorstellung gefiel ihr ganz und gar nicht. »Hat man ihn aus dem Kloster geworfen, weil er sich in jemanden verliebt hat?«

»Nein, nein, junge Dame. Ihr seid genau wie meine Tochter Nelly: zu beschäftigt, um zuzuhören. Ihr solltet besser darauf achten, was ich Euch sage. Moldercay ist nicht hinausgeworfen worden; niemand wird von der Insel der Gesalbten geworfen. Es bedürfte schon eines göttlichen Eingriffs, um diese hartherzigen Heiligen Väter dazu zu bewegen, einen der ihren gehen zu lassen. Um Himmels willen, nein. Moldercay ist *freiwillig* gegangen, um das Mädchen zu heiraten – die übrigens meine Schwester war.«

Madame Wicks machte es sich in ihrem Sattel bequem, schaffte es aber gleichzeitig, sich geradezu unglaublich aufrecht zu halten. »Die Heiligen Väter haben sich ihm natürlich mit aller Kraft entgegengestellt. Moldercay mußte dreizehn Tage fasten, bevor sie ihn gehen ließen. Hinterher war der arme Kerl so benommen, daß er gar nicht bemerkt hat, wie die Flut hereinkam, als er den Damm überquerte. Die letzten Meilen mußte er schwimmen. Seitdem ist er nicht mehr im Wasser gewesen, aber das kann man ihm ja wohl kaum zum Vorwurf machen. Salzwasser mag ja vielleicht gut für die Augen sein, doch für Haut und Zähne ist es ausgesprochen schädlich. Selbst wenn ich tot bin, möchte ich nicht darin liegen. Lieber ließe ich mich eine Woche in Lauge einweichen.«

Tessa wußte nicht, was sie darauf erwidern sollte, und so schwieg sie einen Augenblick lang und dachte nach. Die drei Männer in der Reisegruppe ritten ein Stück voraus. Außer dem einen oder anderen Gruß hatte Tessa kein einziges Wort mit ihnen gewechselt. Madame Wicks hatte gesagt, es sei nicht »anständig«, sich mit ihnen zu unterhalten. Und sie hatte es mit lauter Stimme gesagt, begleitet von einem drohenden Blick, so daß alle drei Männer die Botschaft verstanden und seitdem Abstand gewahrt hatten.

»D'r Alte Heuler is nich weit, Madame Wicks«, rief der älteste der drei, ohne sich umzudrehen. »Wollt Ihr da halten oder weiterreiten?«

»Wir reiten weiter, Elburt. Wenn wir jetzt noch eine Rast einlegen, werden wir niemals vor Einbruch der Nacht in Glockenhafen ankommen. Und ich will nicht durch unbeleuchtete Straßen voller Huren und vennitischer Spione reiten. Nein, das will ich auf gar keinen Fall.«

Elburt murmelte mißbilligend vor sich hin, nickte aber.

Tessa hatte dem Gespräch kaum Aufmerksamkeit geschenkt; sie hatte sich rasch an Madame Wicks' herrische Art gewöhnt. Sie war mit ihren Gedanken auf der Insel der Gesalbten. Mit etwas Glück würde sie noch heute nacht dort sein.

Während ihre Finger nach dem Ring tasteten, fragte Tessa: »Warum weigern sich die Heiligen Väter so vehement, einen der ihren gehenzulassen?«

Madame Wicks atmete tief ein, um sich selbst beim Denken zu unterstützen. Einen Augenblick später hob sie die Augenbraue und atmete wieder aus. »Geheimnisse sind ihre zweite Natur.«

Tessa erwiderte nichts darauf, sondern wartete, daß Madame Wicks ihr diesen Punkt genauer erklären würde – was sie auch tat.

»Die Heiligen Männer hüten ihre Geheimnisse schon so lange, daß es Teil ihrer Natur geworden ist. Sie bilden eine verschworene Gemeinschaft, das kann ich Euch sagen. Das kommt davon, weil sie auf ihrer Insel so einsam leben. Sie sind von allem abgeschnitten. Zu gewissen Zeiten im Winter sind sie sogar vollkommen auf sich gestellt, und selbst wenn der Damm frei ist, müssen Besucher sich beeilen, wenn sie nicht von der Flut erwischt werden wollen. Dort draußen, hoch in ihren Türmen, nur umgeben von Meer und Felsen, fällt es ihnen leicht, die restliche Welt zu vergessen. Mit der Heiligen Liga vom Festland wollen sie nichts zu tun haben. Nein, das wollen sie wirklich nicht! Sie leben in ihrer eigenen kleinen, geheimen Welt, schließen ihre eigenen kleinen Bündnisse und schmieden ihre eigenen Intrigen.« Diesmal schüttelte Madame Wicks nicht nur den Kopf, sondern ihren gesamten Körper. »Wenn Ihr mich fragt, dann hat Moldercay gut daran getan, von dort zu verschwinden.«

Tessa zog den Umhang enger um die Schultern. Plötzlich spürte sie wieder die Nässe und Kälte. Überall hatte sie Schmerzen, und winzige Splitter schienen ihr Rückgrat hinunterzuwandern. Außerdem juckte ihr der Kopf.

Der Alte Heuler erwies sich als kleiner, einstöckiger Gasthof mit flachem Dach unmittelbar östlich der Straße. Aus einem kleinen Kamin stieg Rauch empor, und das Schild über der Tür war verblichen; das »U« fehlte völlig. Tessa war froh, daß sie an diesem tristen Ort nicht haltmachten.

»Der Mann ist verrückt, wenn Ihr mich fragt«, verkündete Madame Wicks, als sie an dem Gasthof vorüberritten. »Seit Jahren kann man hier schon keine Geschäfte mehr machen, und doch besteht er darauf, seine Müllhalde weiterzuführen.«

Tessa ließ ihren Blick über die Umgebung schweifen. Einige wenige seltsame Gebäude lagen über die Landschaft verstreut, doch mit Ausnahme des Gasthofes schien keines von ihnen bewohnt zu sein. Nirgends stieg Rauch aus den Kaminen; Fensterläden klapperten lose im Wind, und bei vielen Häusern fehlten die Dächer.

Als sie bemerkte, wohin Tessa blickte, erklärte Madame Wicks: »Das waren die Venniten. Die haben das getan. Vor zwanzig Jahren war das da ein recht ansehnliches Dorf, doch dann begannen die Venniten, unsere Küsten heimzusuchen. Nun gibt es in mehreren Meilen Umkreis keine Stadt und kein Dorf mehr. Vor zehn Jahren sind sie alle in die großen Städte gezogen, und niemand ist je wieder zurückgekehrt.«

»Die Venniten?«

»Schmutzige, dunkeläugige Piraten von jenseits des Nordmeeres.« Madame Wicks schürzte verächtlich die Lippen. »Von Viehzucht und Getreideanbau verstehen sie nichts, aber Fisch können sie pökeln.«

Tessa strich sich eine feuchte Locke aus dem Gesicht. Allmählich wurde ihr bewußt, wie groß diese Welt war.

Die ganze Zeit über, die sie mit Emith und seiner Mutter verbracht hatte, hatte sie nicht ein einziges Mal etwas über die Venniten gehört. »Und die großen Städte können sich gegen die Venniten verteidigen?«

»Aye. Kilgrim, Palmsey und Fertighafen kommen recht gut mit ihnen zurecht. Das müssen sie auch. Sie leben vom Handel, deshalb können sie es sich nicht leisten, daß Piraten die Küsten unsicher machen.«

»Was ist mit Glockenhafen?«

Madame Wicks kniff die Augen zusammen und musterte Tessa. »Glockenhafen ist keine große Stadt, junge Dame.« Sie schüttelte den Kopf. »Nein, das ist sie wirklich nicht. Vermutlich ist Kilgrim dreimal so groß, wenn nicht noch mehr.«

Tessa lehnte sich im Sattel zurück. Sie kam sich allmählich wie ein Idiot vor, und was schlimmer war, Madame Wicks wurde zunehmend mißtrauisch, weil sie so wenig wußte. Auch wenn Tessa sich durchaus darüber im klaren war, daß sie besser das Thema wechseln sollte, so mußte sie doch noch eine Frage stellen.

»Wenn Glockenhafen so eine kleine Stadt ist, warum kann sie sich dann gegen die Venniten verteidigen?«

Madame Wicks kniff die Augen noch mehr zusammen. »Weil die Stadt knapp drei Meilen von der Insel der Gesalbten entfernt liegt. Das weiß doch jeder.«

Verwirrter denn je suchte Tessa nach einer Möglichkeit, Madame Wicks noch weitere Informationen zu entlocken, ohne gleichzeitig zu verraten, wie wenig sie wirklich wußte. Regen rann ihr in den Nacken; die Verbrennungen unter dem Verband schmerzten, weil sie schon zu lange die Zügel in der Hand hielt, und in ihren Stiefeln siedeten zehn Zehen in einem Bad aus Schweiß und Regenwasser. Tessa war nicht in der Stimmung, um feinfühlig vorzugehen. Ihr fiel nichts Kluges ein; sie wollte einfach nur etwas *wissen.*

»Was hat die Insel der Gesalbten damit zu tun?«

»Die jungen Frauen heutzutage!« Madame Wicks setzte zu ihrem bis jetzt energischsten Kopfschütteln an. »Also wirklich! Als wäre es nicht schon schlimm genug, daß Ihr alleine reisen wolltet, wißt Ihr offenbar noch nicht einmal, *wohin* Ihr geht. Wenn Ihr meine Meinung hören wollt …«

»Nein, will ich nicht«, unterbrach sie Tessa. Ihr war kalt; sie spürte sämtliche Knochen im Leib, und sie verlor allmählich die Geduld. »Sagt mir einfach, warum Glockenhafen nichts von den Venniten zu befürchten hat.«

Madame Wicks zuckte zurück, als hätte Tessa faules Obst in ihre Richtung geworfen. Einen Augenblick lang bewegten sich ihre Lippen lautlos, und Tessa hätte schwören können, das Geräusch knirschender Zähne zu hören. Schließlich jedoch nickte Madame Wicks ernst und sagte: »Mit so einem Temperament könntet Ihr glatt eine Wicks sein.«

Tessa verzog keine Miene. Sie war nicht sicher, ob sie das als Kompliment oder als Beleidigung auffassen sollte. »Glockenhafen?« drängte sie.

»Richtig.« Madame Wicks zog an den Zügeln, um ihr Pferd von einem besonders verführerisch aussehenden Grasbüschel wegzuführen. »Nun, mit der Stadt hat das nichts zu tun, so viel ist sicher. Es ist die Abtei auf der Insel der Gesalbten. Sie steht schon seit neunhundert Jahren dort, und in den letzten fünfhundert davon hat kein Angreifer mehr seinen Fuß darauf gesetzt. Allein zu meinen Lebzeiten hatten wir es mit den Venniten, den Balgedin und den Hoks zu tun, doch keiner von ihnen ist je näher als fünfzig Meilen an die Insel der Gesalbten herangegangen.« Madame Wicks nickte anerkennend, als hätten die Piraten ihrer Meinung nach das einzig Richtige getan. »Das ist Tradition. Niemand versucht, die Insel zu erobern.«

»Warum nicht?« Während sie sprach, erhaschte Tessa in der Ferne einen ersten Blick auf das Meer, ein weißes Band weit im Osten. Der Wind frischte auf, und der Regen schmeckte nach Salz. Zitternd klopfte sie ihrer Stute den Hals. Es war ein sanftes altes Pferd, das aus Madame Wicks eigenem Stall stammte, und Tessa war froh um seine Wärme.

Madame Wicks blickte ebenfalls nach Osten, doch kurz bevor sie wieder das Wort ergriff, drehte sie sich wieder zur Straße um, als wolle sie sich nicht von dem ablenken lassen, was auch immer dort draußen auf dem Meer zu sehen war.

»Nun«, begann sie ihren Bericht, »alles, was ich weiß, ist eine Mischung aus Geschichte und Gerüchten. Es begann vor fünfhundert Jahren, als Hierac von Garizon Maribane eroberte. Er hat jeden Teil des Landes erobert und keinen Bach, keinen Strauch und kein Sandkorn am Strand ausgelassen. Der Mann war ein blutrünstiger Dämon.« Madame Wicks schürzte die Lippen. »Allerdings muß man ihm zugestehen, daß er wirklich zu kämpfen verstand. Aber wie auch immer: Als typischer, brutaler Garizon-Schläger machte er sich auf den Weg durchs Land. Jeder sollte wissen, wer nun der neue Herr war, und jubelte ihm eine arme Seele einmal nicht sofort zu, dann ließ er sie auf der Stelle hinrichten.«

Seltsamerweise nickte Madame Wicks, als hätte sie Verständnis für diese Methoden. Sie fuhr fort: »Nun, schließlich gelangte Hierac auch nach Glockenhafen. Man erzählt sich, es sei gerade Flut gewesen, als er dort ankam, und daß er warten mußte, bis der Damm wieder frei war, habe ihn rasend vor Zorn gemacht. Er hatte Geschichten gehört, die Heiligen Väter würden Unmengen von Gold und anderen Schätzen in ihrem Kloster verstecken, und die wollte er unbedingt an sich reißen.

Doch wie dem auch sei: Schließlich ging die Flut wieder zurück, und er und vierzig seiner besten Männer galoppierten mit dem Schwert in der Hand über den feuchten Sand zur Insel.

Bis zum heutigen Tag weiß niemand so genau, was geschehen ist, als sie dort ankamen. Manche sagen, die Heiligen Väter hätten die Garizon mit einem Zauber belegt; andere wiederum schwören, sie hätten sie einfach nur mit ihren scharfen Zungen auf ihre Seite gezogen. Auf jeden Fall kehrten die vierzig Männer eine Stunde später wieder zurück. Hierac hatte sie weggeschickt. Er ließ verkünden, nicht der Schatten eines Bewaffneten solle auf die Insel fallen.

Hierac selbst hat den folgenden Tag und die folgende Nacht im Gespräch mit den Heiligen Vätern verbracht. Als er schließlich am darauffolgenden Morgen durch die Wellen auf seinem Pferd herangeprescht kam, gab er bekannt, die Insel der Gesalbten unterstehe nicht der Herrschaft Garizons und sei von allen Tributen befreit. Kein Steuereintreiber solle jemals seinen Fuß auf die Insel setzen, und kein Krieger Garizons würde je wieder dorthin zurückkehren.«

Tessa sträubten sich die Nackenhaare. Plötzlich wünschte sie sich, wieder in Mutter Emiths Küche zu sein. Sie vermißte Emith und seine Mutter sehr.

»Nun, Hierac hat zu seinem Wort gestanden«, fuhr Madame Wicks fort und riß Tessa aus ihren Gedanken. »Er und seine Männer rückten noch am selben Tag aus Glockenhafen ab, und während seiner ganzen vierzigjährigen Herrschaft und der Herrschaft seines Sohnes – tatsächlich sogar, bis die Garizon-Besatzung hundert Jahre später endete – unterstand die Insel der Gesalbten niemals der Herrschaft Garizons.«

Madame Wicks drehte sich im Sattel, wühlte in ihrer Satteltasche und zog schließlich eine verkorkte Tonflasche heraus, die sie Tessa reichte. »Hier, trinkt das. Es wird Euch ein wenig aufwärmen. Es ist kein starker Alkohol. Ich gebe es immer Nelly, wenn sie eine Erkältung zu bekommen droht. Ihr erinnert mich an sie, wißt Ihr? Beide dickköpfig und aufsässig.«

Von Madame Wicks' plötzlicher Freundlichkeit gerührt, dankte Tessa und griff nach der Flasche.

Madame Wicks tat den Dank mit einer weit ausholenden Geste ab. »Kein Wicks kann die Not eines anderen ignorieren.«

Tessa zog den Korken aus der Flasche und fragte: »Was ist geschehen, nachdem die Garizon Maribane verlassen haben?«

»Nun, danach hat jede Streitmacht, die bei uns eingefallen ist, sorgfältig darauf geachtet, sich soweit wie möglich von der Insel der Gesalbten fernzuhalten. Wenn Hierac von Garizon, der größte aller Kriegskönige, sie gemieden hat, dann mußte er einen guten Grund dafür gehabt haben. Gerüchte verbreiteten sich, und viele begannen sogar, sich zu fürchten: Man glaubte, es würde Unglück bringen, auch nur zu *versuchen*, die Insel einzunehmen. Die Tatsache, daß niemand wußte, was sich wirklich zwischen Hierac und den Heiligen Vätern abgespielt hatte, verlieh dem Ganzen zusätzliche Würze. Manche behaupten, Garizon würde die Insel noch heute beschützen.«

Madame Wicks trommelte mit ihrer behandschuhten Hand auf den Hals des Pferdes. »Aber wie es auch sein mag, auf jeden Fall wurde die Insel der Gesalbten zu Niemandsland. Das ist sie heute noch. Die Heiligen Väter mögen ja vieles sein, aber sie sind nicht dumm. Offiziell behaupten sie, sich nicht um all diesen ›Aberglauben‹ zu kümmern, denn schließlich seien sie Gottesmänner: Gelehrte, Kleriker und Mönche. Insgeheim jedoch sind sie es, die die alten Legenden am Leben erhalten. Da könnt Ihr drauf wetten!«

»Für mich hört sich das so an«, erwiderte Tessa und wischte sich einen Tropfen Honigbier vom Mund, »als hätten Hierac und die Heiligen Väter irgendeine Art Übereinkommen getroffen.«

»Genau!« Madame Wicks beugte sich im Sattel vor. »Das sage ich auch schon die ganze Zeit. Wir Wicks können ein Geschäft auf Meilen entfernt riechen. Wenn Ihr mich fragt, dann ist auf der Insel nur ein ganz erbärmlicher Kuhhandel abgeschlossen worden. Mit Zauberei, Flüchen und all dem Zeug hatte das nichts zu tun.« Madame Wicks' Lächeln war beinahe mütterlich, als sie sich wieder Tessa zuwandte. »Habt Ihr jemals über eine Laufbahn als Kauffrau nachgedacht?«

Tessa erwiderte das Lächeln. Madame Wicks fand offensichtlich Gefallen an ihr. »Wenn Hierac und die Heiligen Väter damals wirklich irgendeinen Handel abgeschlossen haben, wie kommt es dann, daß die Heiligen Väter noch heute, Jahrhunderte nach Hieracs Tod, davon profitieren?«

»Diese Heiligen Väter sind wie gesagt keine Dummköpfe. Sie wissen, daß man sie so lange in Ruhe läßt, solange die alten Geschichten am Leben bleiben.«

Tessa nickte, auch wenn sie glaubte, daß weit mehr dahinter steckte. Fünfhundert Jahre, ohne erobert zu werden, und das nur aufgrund eines einzigen Besuchs eines Königs von Garizon? Beinahe unbewußt tastete sie nach dem Ring. Er fühlte sich mehrere Grad wärmer an als das letzte Mal, da sie ihn berührt hatte. Sie ließ ihn sofort wieder los.

»Es überrascht mich, daß Glockenhafen nicht größer ist als Kilgrim. Schließlich lebt man dort vollkommen sicher vor Piraten.«

Madame Wicks schnaufte verächtlich. »Das werdet Ihr nicht mehr denken, wenn wir erst dort angekommen sind. Glockenhafen ist eine elende kleine Stadt. Wegen der langen Strände besitzt es keinen nennenswerten Hafen; Frischwasser gibt es auch kaum, und der Boden eignet sich höchstens zum Anbau von Steckrüben. Von den Einwohnern mal ganz zu schweigen!« Sie winkte Tessa, ihr die Flasche mit Honigbier zu geben, und fuhr fort: »Und dann ist da noch das Wetter. Einmal im Jahr reise ich dorthin, um Moldercay zu besuchen – wenn Gott es zuläßt und ich eine weibliche Begleiterin finde –, und egal zu welcher Jahreszeit ich dort ankomme, es herrscht gerade Sturm.«

Tessa sah auf das Meer hinaus. Der Himmel hatte sich verdunkelt, und weißer Schaum krönte die Wellen, die von einem immer stärker werdenden Wind angetrieben wurden. Madame Wicks' Sturm kam wie auf Bestellung.

»Wie lange dauert es noch bis Glockenhafen?« Tessa war überrascht, ein Zittern in ihrer Stimme zu hören. *Das ist nur die Kälte,* sagte sie sich selbst. *Die Kälte und die verdammte Feuchtigkeit.*

»Wenn die Straße es erlaubt, vier Stunden. Vielleicht auch etwas weniger, wenn diese drei ...« Madame Wicks hob die Stimme, »... wenn diese drei Faulpelze freundlicherweise etwas schneller reiten würden.«

Elburt verstand sofort. Er gab seinem Pferd die Sporen, und kurz darauf trabte die gesamte Gesellschaft in beachtlichem Tempo die Straße entlang. Felder, Marschen und Schilfwälder wichen mit gelbem Gras bewachsenen Ebenen und langen, flachen Stränden. Schlamm spritzte an Tessas Umhang empor, und der Regen schlug ihr ins Gesicht. Die Straße war rutschig und uneben, so daß die Reiter gezwungen waren, sorgfältig auf jeden Schritt zu achten; dennoch wanderte Tessas Blick immer wieder hinaus aufs Meer. Am Horizont zeichnete sich eine ungewöhnlich dunkle Linie ab. Sie war fast schwarz. Dann tauchte ein heller Punkt auf, schwach, aber deutlich erkennbar. Er besaß Gestalt, doch keine Masse. Fast schien es so, als hätte der Horizont ein Loch.

Der Atem gefror Tessa in der Kehle. Als sie wieder ausatmete, bildeten sich kleine weiße Wölkchen vor ihren Lippen.

Die Insel der Gesalbten.

Zitternd streckte Tessa den Kopf nach vorne, fest entschlossen, nicht mehr aufs Meer hinauszublicken. Das war der Zeitpunkt, da der Wind begann, sie zu stören. Er pfiff an ihren Ohren vorbei, als sei er der Tinnitus.

Ravis ging mit Violante zum Hafen. Der Wind frischte auf, und aus dem Osten näherte sich ein breites Wolkenband. Die vier Masten der istanischen Bark *Schönes Ufer* knarrten und neigten sich zur Seite, und ihre eingerollten Segel schlugen ungeduldig hin und her. Sie hatte bereits die Leinen an dem Dreißig-Mann-Schlepper *Bulle* festgemacht. Innerhalb der nächsten Stunde würde sie die Segel setzen.

»Von Osten kommt Sturm auf«, sagte Violante. »Das sollte uns helfen, schneller aus dem Hafen herauszukommen.«

Ravis lauschte auf Zeichen von Bitterkeit in ihrer Stimme, doch er fand keine. Er sah sie an. Jede andere Frau hätte sich bei diesem Wetter die Kapuze übergezogen, um ihr Haar zu schützen, und den Umhang geschlossen – nicht so Violante. Sie trat in den Wind, als sei er nur ein weiteres Kleidungsstück. Die kalten Böen verliehen ihren Lippen und Wangen zusätzliche Farbe und lösten einzelne Haarsträhnen aus ihrem Zopf. Den Umhang preßte der Wind so eng an ihren Körper, daß man deutlich ihre makellose Figur erkennen konnte.

Ravis legte ihr die Hand auf den Arm. »In Mizerico solltest du sicher vor Malray sein. Ich habe mit dem

Kapitän gesprochen. Er wird dich bis in dein Haus begleiten.«

Violante lächelte leicht, als sie auf die Anlegestelle hinausging. »Du vergißt, wer ich bin, Ravis von Burano. Mein Vater mag ja vielleicht Lektur sein, aber die Mutter meiner Mutter war dreißig Jahre lang Straßenräuberin in den Bergen nördlich von Sullin. Ich hoffe, du verzeihst mir, wenn ich vor Malray und seinen Männern keine Angst habe.«

»Du wirst ihn doch nicht wiedersehen, oder? Nicht nach allem, was in dem Gasthof geschehen ist.«

Violante drehte sich zu ihm um. »An dem Tag, da die beiden istanischen Kundschafter mir deinen Brief überbrachten, hast du den Bann selbst gebrochen, den du über mich gelegt hattest. Außerdem habe ich selbst noch ein Hühnchen mit Malray zu rupfen.«

Ravis packte Violantes Handgelenk. »Du wirst doch nicht ...« Er hielt inne.

»Nicht was, Ravis?« fragte Violante mit leiser Stimme. »Ihm weh tun? Ihn töten?« Als er ihren Blick nicht erwiderte, fuhr sie fort: »Du liebst ihn immer noch, nicht wahr? Nach all diesen Jahren und nach allem, was er dir angetan hat, liebst du ihn immernoch.«

Ravis schüttelte den Kopf.

Violante schnalzte mit der Zunge und ging weiter. Keiner von beiden sprach ein Wort, bis die Schatten der *Schönes Ufer* auf sie fielen.

»So«, sagte Violante und wich elegant zwei Seeleuten aus, die einen Ballen Schafswolle an Bord trugen. »Wirst du von hier aus nach Osten reiten, um das Mädchen einzuholen, mit dem du hierhergekommen bist? Ich habe gehört, wie du mit dem rotgesichtigen Jungen von Wicks gesprochen hast. Du wirst dich beeilen müssen. Das Mädchen hat beinahe zwei Tage Vorsprung.«

Ravis nickte.

»Du hättest die letzte Nacht und den heutigen Tag nicht bei mir bleiben müssen. Du hättest schon am nächsten Morgen aufbrechen können. Deine Wunden waren nicht so schlimm, als daß du nicht hättest reiten können.«

Violante lächelte ihr betörendes Lächeln, und ihre Augen leuchteten. »Du glaubst, du seist es mir schuldig gewesen, habe ich recht?«

»Ich will nicht, daß dir etwas zustößt.«

»Mir passiert schon nichts.« Zu einem weiteren Lächeln war Violante nicht mehr fähig. Sie wandte den Blick ab. »Du kannst mein Gepäck hier abstellen. Der Schiffsjunge wird es in meine Kabine bringen.«

Ravis wollte noch etwas sagen, entschied sich jedoch anders und legte Violantes Reisetasche auf die Eichenholzbohlen der Anlegestelle.

Violante ging an Bord. Ravis blieb auf der Anlegestelle stehen und beobachtete, wie die *Schönes Ufer* aus dem seichten Hafenbecken in die tiefe See geschleppt wurde. Er blickte ihr auch noch hinterher, als die Mannschaft die Segel setzte und sie in den Wind drehte, um Fahrt aufnehmen zu können. Erst als die rot-goldene Flagge der Bark in der Dunkelheit der offenen See verschwand, kehrte Ravis in die Stadt zurück.

Kapitel acht

»Aye, da hasse aber Glück, Liebchen. D'r Flut is grad weg.« Elburt deutete über die Sandbänke zum Damm und zu den dahinterliegenden Felsen.

Die Insel der Gesalbten hob sich wie eine riesige schwarze Festung von dem immer dunkler werdenden Himmel ab. Winzige gelbe Lichtpunkte flackerten vor ihrer schwarzen Silhouette. Es war noch nicht spät – früh am Abend, soweit Tessa feststellen konnte –, dennoch war es bereits fast vollkommen dunkel. Der Wind kreischte an ihren Ohren vorüber und erinnerte sie an ihren Tinnitus. Ihre Schläfen schmerzten. Einen klaren Kopf zu bewahren, fiel ihr nicht leicht. Sie war so müde, daß es sie all ihre Kraft kostete, aufrecht im Sattel zu sitzen. Sie wünschte sich nichts sehnlicher, als zu schlafen.

Glockenhafen lag unmittelbar vor ihnen. Sie hatten sich der Stadt über einen breiten Sandstrand genähert. Es war zu dunkel, als daß Tessa irgendwelche Einzelheiten der Stadt hätte ausmachen können. Außer dem Glitzern der regennassen Dächer und der ein oder anderen Rauchsäule sah sie nichts. Madame Wicks hatte darauf bestanden, daß die Gesellschaft am Damm vorbeiritt, bevor sie die Stadt betraten. Daß Tessa alleine auf die Insel der Gesalbten reiten wollte, gefiel ihr ganz und gar nicht – und noch dazu im Dunkeln. Tessa vermutete, daß Madame Wicks insgeheim gehofft hatte, es herrsche noch immer Flut.

»Bis kurz nach Mitternacht is Ebbe, Liebchen«, erklärte

Elburt. Aus irgendeinem Grund, den Tessa nicht verstand, hatte er seine Mütze ausgezogen, als sie dem Damm näher kamen, und nun benutzte er sie, um ihr den Weg zu weisen. »'s geht immer auf d'r Felsen zu. Mußte dich in der Mitte halten, wo d'r Sand besonders trocken is.«

Tessa nickte. Die Entfernung zur Insel war schwer zu schätzen. Beinahe unendlich schien sich der Sand ins Meer hinaus zu erstrecken. Am Horizont markierten weiße Schaumkronen die Flutlinie.

»Es ist Wahnsinn, den Damm bei Nacht zu überqueren. Wahnsinn!« Madame Wicks erzitterte am ganzen Leib. »Komm mit uns in die Stadt, Tessa. Ruh dich eine Nacht aus; frühstücke morgen gut, und gib deinem Umhang Gelegenheit zu trocknen. Samt! Also wirklich! Das ist doch kein Stoff für Regen!«

»Ich kann nicht mit in die Stadt kommen. Ich muß noch heute nacht zur Abtei.« Tessa schnalzte mit der Zunge und drehte ihr Pferd herum. Madame Wicks' Angebot klang verführerisch, aber sie wußte, daß sie es nicht annehmen durfte. So schnell wie möglich zum Kloster zu reiten war ihre Pflicht. Deveric hatte *sie* mit seinen Mustern ausgewählt; *sie* hatte er heraufbeschworen. Menschen waren gestorben, und noch mehr würde das gleiche Schicksal ereilen, wenn sie nichts dagegen unternahm. Zwar wußte sie nicht, ob ihr das gelingen würde, doch sie mußte es zumindest versuchen.

»Ich muß jetzt gehen.« Tessas Blick schweifte über ihre Begleiter und kam schließlich auf Madame Wicks zur Ruhe. »Danke. Für alles.« Mit diesen Worten gab sie dem Pferd die Sporen und trabte hinaus auf den Damm.

Elburt rief ihr hinterher: »Bett und Essen is garantiert, Liebchen! D'r Heilige Väter schicken nie 'n Reisenden zurück!«

Und dann Madame Wicks: »Paß auf dich auf, Tessa!

Lange Roben, kahle Köpfe und Gebetbücher bedeuten gar nichts, wenn du mich fragst! Männer sind Männer!«

Tessas Stute fand den Weg fast von selbst. Sie war ein gutes Pferd, sanft, freundlich und offenbar unempfindlich gegen Wind und Regen. »Du bist doch langsam sicherlich auch müde«, flüsterte Tessa und klopfte ihr den Hals. »Müde und hungrig.«

Obwohl das Meer noch weit entfernt war, schlug ihr die Gischt ins Gesicht. Der Wind trieb sie vor sich her, und das Salz drang Tessa in Augen, Nase und Mund.

Vor ihr schälten sich die Umrisse der Insel und der Abtei aus der Dunkelheit des Sturms. Zwei Türme ragten aus einem schwarzen Felsen in die bleiernen Wolken hinein. Um die Türme herum erhoben sich die Gebäude, als wollten sie sie stützen; doch beim Näherkommen erkannte sie, daß Türme und Häuser weiter voneinander entfernt lagen, als es zunächst den Anschein hatte. Aus den Fenstern schien Licht. Zu beiden Seiten des Dammes und am Fuß der Felsen verliefen große und kleine Priele.

Der Wind änderte seine Richtung, und trug einen Geruch von der Abtei herüber. Es roch nach moderndem Strandgut. Dann hörte Tessa ein Geräusch und lauschte angestrengt, doch es verhallte unerkannt. Sie schluckte. Nicht zum ersten Mal am heutigen Tag wünschte sie sich, wieder in Mutter Emiths warmer Küche zu sein.

Immer mehr Felsbrocken bedeckten den Damm, je näher Tessa der Insel kam. Muscheln knirschten unter den Hufen des Pferdes, und Seetang wickelte sich um seine Fesseln. Tote Dinge verrotteten im Sand. Sterbende Quallen, die die Flut ans Ufer gespült hatte, erzitterten bei jedem Windstoß. Das Pferd mußte nicht erst dazu aufgefordert werden, ihnen aus dem Weg zu gehen.

Dann war sie plötzlich am Ziel. Die Insel der Gesalbten. Im einen Augenblick schien sie noch unendlich weit entfernt zu sein wie ein Zauberschloß, und im nächsten schob sie sich wie eine Barrikade zwischen Tessa und die nächtliche Finsternis. Die Mauern der Abtei wuchsen aus den Felsen wie die Wurzeln eines mächtigen Baumes und verwehrten den Blick auf alles, was dahinter lag. Dick und verwinkelt folgten sie einem Muster, das Tessa nicht erfassen konnte. Schließlich entdeckte sie einen Pfad zwischen den Steinen und führte ihr Pferd darauf zu. Sie war froh, wieder festen Boden unter den Füßen zu haben. Vor sich sah sie ein großes Tor, das in einer Mauernische verborgen war.

Der Wind schien lauter zu werden, als sie auf den Pfad einbog. Er hallte von einem Felsen zum anderen wider und blies aus allen Richtungen. Tessa schmerzten die Ohren vor Druck und vom Heulen des Windes.

Das Tor war zweimal so groß wie sie selbst. Die Metallscharniere, die es an Ort und Stelle hielten, waren größer als der Kopf ihres Pferdes, und jeder Anstrich, der das Tor vielleicht einmal geziert hatte, war im Laufe der Zeit vom Wind abgerieben worden und verschwunden. Nirgends fand Tessa Türklopfer oder Klingel, also zog sie Ravis' Messer aus der Scheide und hämmerte mit dem Heft auf das Holz. Das Geräusch gefiel ihr. Es war laut, und es stellte eine angenehme Abwechslung zum Heulen des Windes dar. Während sie auf Antwort wartete, stieg sie vom Pferd.

Gerade als sie begonnen hatte, ihre Beine auszuschütteln, schwang das Tor auf. Tessa atmete tief ein, hielt die Luft an und richtete sich auf. Ein junger Mann erschien im Tor. Er war in eine ungebleichte Leinenrobe gekleidet und hielt eine Kerze in der Hand. »Willkommen«, sagte er. »Kommt herein. Wir bieten Euch Schutz vor dem Sturm.«

Tessa atmete wieder aus. Aus irgendeinem Grund hatte sie nicht damit gerechnet, von einem jungen Mann empfangen zu werden. All das Gerede von Madame Wicks über die Heiligen Väter hatte sie glauben lassen, auf der Insel lebten nur alte Männer.

»Gestattet mir, Euch das Pferd abzunehmen.«

Tessa nickte und gab dem Mann die Zügel. Plötzlich wurde ihr bewußt, wie zerzaust sie aussehen mußte, und hastig wischte sie sich das feuchte Haar aus dem Gesicht. Dann fragte sie: »Lebt Bruder Avaccus noch hier?«

Der junge Mann führte das Pferd durch das Tor in den Hof. Er antwortete nicht. Da sie glaubte, er habe sie nicht gehört, wiederholte sie die Frage.

»Bruder Avaccus weilt nicht länger unter uns, mein Kind.«

Erschrocken riß Tessa den Kopf herum und sah einen zweiten Mann aus den Schatten hinter dem Tor hervortreten. Er war glatt rasiert, weißhaarig, und er war alt, ohne jedoch gebrechlich zu wirken.

»Es tut mir leid, daß ich dich erschreckt habe, mein Kind«, sagte er, trat vor und ergriff Tessas Arm. »Ich bin Vater Issasis, der Abt des Klosters. Komm, laß mich dir etwas Warmes zu essen besorgen.«

Tessa gestattete dem Mann, sie durch das Tor zu führen. Der Abt roch seltsam – nicht schlecht, nur nach Dingen, die sie nicht kannte. Sein Griff um ihren Arm war fest.

»Wo ist Bruder Avaccus jetzt?« fragte Tessa.

Der Abt seufzte schwermütig. »Ach, mein Kind, wir alle müssen einmal scheiden.«

Der junge Mann löschte seine Kerze mit den Fingern. Tessa hörte es knistern.

»Komm hier entlang.« Der Abt wollte sie fortführen von dem jungen Mann und dem Tor.

Tessa blieb stehen. »Was ist mit meinem Pferd und meinen Satteltaschen?«

»Kind, Bruder Erilan wird sich um dein Pferd kümmern, und deine Taschen kannst du selbstverständlich mitnehmen, wenn du es wünschst.«

Verlegen schüttelte Tessa den Kopf. Außer einem Laib Brot und etwas Hafer für ihr Pferd befand sich nichts von Wert in den Taschen. Ihr Messer hing am Gürtel, und ihre Börse hatte sie im Mieder versteckt.

Der Abt führte sie über den dunklen Hof zu einer steinernen Arkade auf der gegenüberliegenden Seite. Ein Gesang der Mönche begleitete sie auf ihrem Weg.

»Cerallos«, erklärte der Abt. »So nennen wir unser Gebet, mit dem wir Gott für den schönen Tag danken und ihn um seinen Schutz für die Nacht bitten.« Dabei zog er Tessa mit sich und führte sie zu einer Tür. »Komm. Wir müssen uns beeilen, damit du noch vor Schlag acht essen kannst und wir eine Zelle für dich finden können.«

»Schlag acht?« Plötzlich mißfiel es Tessa, daß der Abt sie so fest beim Arm faßte, und sie entzog sich seinem Griff. Es erschien ihr seltsam, daß solch eine wichtige Persönlichkeit ans Tor kam, um Fremde zu begrüßen.

Einen kurzen Augenblick versuchte der Abt, Tessa zurückzuhalten; dann jedoch ließ er los. »Schlag acht geht das Licht aus. Danach darf niemand mehr essen, die Stimme erheben oder die Zelle verlassen.«

Vor ihnen wurde die Tür von einer schattenhaften Gestalt geöffnet, die rasch hinwegeilte, während sie einen langen Korridor betraten, von dem eine Vielzahl von Türen wegführte. Nachdem sie endlich den Wind hinter sich gelassen hatte, seufzte Tessa erleichtert auf. Sie glaubte, auch das geisterhafte Klingeln in ihren Ohren würde nun aufhören, doch das tat es nicht. Es klingelte unaufhörlich; allerdings schien es nun aus weiter Ferne zu kommen.

Tessa begann zu zittern. In der Abtei war es noch kälter als im Hof. Der Fußboden bestand aus einem einzigen riesengroßen Mosaik. Es war unglaublich kompliziert. Verblichene, ausgetretene Muster erstreckten sich in alle Richtungen, drangen in jede schattige Ecke und folgten jeder Biegung der Wand. Tessa erkannte einige der Muster aus Deverics Illuminationen.

Das Singen war nun sehr laut. Zwar konnte Tessa die Worte nicht verstehen, aber als sie den Klang der Männerstimmen hörte, fiel es ihr schwer zu glauben, daß es sich bei dem Gesang tatsächlich um ein *Dank*gebet handelte. Kurz dachte sie darüber nach, wieder zu gehen, den Weg zum Tor zurückzuverfolgen, nach ihrem Pferd zu schicken und über den Damm zurück in die Stadt zu reiten. Madame Wicks würde sie sicherlich willkommen heißen – aber natürlich erst, nachdem sie sich ausführlich über die Gefahren ausgelassen hätte, denen sich eine Frau aussetzte, die nachts allein in ein Männerkloster ritt. Tessa war jedoch vollkommen erschöpft, und allein der Gedanke an den feuchten Sand und einen halbstündigen Ritt reichte aus, um sie umzustimmen. Außerdem war sie nicht sicher, ob der Abt in Bezug auf Bruder Avaccus die Wahrheit gesagt hatte. Schließlich war Emith absolut sicher gewesen, daß er noch am Leben war.

»Wie lange ist es her, daß Bruder Avaccus von euch gegangen ist?« fragte Tessa, als der Abt sie in einen großen, hohen Raum führte. Der Raum wurde von einem großen Refektoriumstisch in zwei Hälften geteilt. Auf jeder Seite des Tisches standen Stühle und auf ihm Zinnleuchter und Schüsseln. Einige Mönche, die in das gleiche ungebleichte Leinen gehüllt waren wie der Abt, waren gerade damit beschäftigt, die Überreste der letzten Mahlzeit zu beseitigen. Sie stapelten die Teller und Becher in Holzwannen und trugen sie durch eine kleine Tür auf der gegenüberliegenden Seite aus dem Saal.

Der Abt ignorierte Tessas Frage, ging zu dem Mann,

der ihm am nächsten stand, legte ihm die Hand auf den Arm, flüsterte ihm etwas ins Ohr und bat ihn zu gehen. Der Mann huschte davon in die Dunkelheit hinter der kleinen Tür.

»Ich habe gefragt, wann Bruder Avaccus von euch gegangen ist.« Die Stärke in ihrer Stimme überraschte Tessa.

»Kind, du bist müde und bis auf die Haut durchnäßt. Setz dich einen Augenblick, während Bruder Llathro dir etwas Brot und heiße Suppe aus der Küche holt.« Der Abt zog den nächstgelegenen Stuhl zurück. »Setz dich.«

Der Stuhl sah verführerisch aus, doch Tessa machte keinerlei Anstalten, der Aufforderung des Abtes zu folgen.

Der Abt zuckte mit den Schultern. »Also gut, mein Kind.« Er schob den Stuhl wieder unter den Tisch. »Bruder Avaccus ist vor fünf Tagen gestorben. Wir hier auf der Insel der Gesalbten haben ihn sehr geschätzt, und ich wäre dir dankbar, wenn du seinen Namen nicht mehr erwähnen würdest.« Seine Stimme nahm einen harten Klang an. »Es gefällt mir nicht, wenn in so harschem Tonfall von ihm gesprochen wird.«

Tessa blickte zu Boden. Sie spürte, wie ihr das Blut in die Wangen stieg. Falls der Abt die Wahrheit sprach, dann hatte Emith recht gehabt, als er behauptet hatte, Bruder Avaccus sei noch am Leben. Der Mann war gestorben, während sie mit Ravis auf See war.

»Bruder Llathro, bring dieses Kind zu einer Zelle.«

Tessa hob den Kopf und sah, daß der Abt dem Mann Befehle erteilte, den er vor wenigen Minuten hinausgeschickt hatte und der nun mit einem Tablett zurückgekehrt war, auf dem eine Schüssel, ein Krug, ein Stück Brot und eine dicke Scheibe Käse lagen. Er sprach so leise mit dem Abt, daß Tessa nicht verstehen konnte, was er sagte.

»Nein, Bruder Llathro«, erwiderte der Abt. »Du wirst

das Essen mit unserem Gast in die Zelle bringen.« Er blickte Tessa in die Augen. »Wir werden es ihrem eigenen Gewissen überlassen, ob sie unsere Regeln achtet oder nicht.«

Tessas Wangen glühten. Der Abt besaß eine Art zu sprechen, daß sie sich wie ein ungehorsames Kind vorkam.

»Hier entlang, meine Schwester.« Bruder Llathro ging an Tessa vorbei zur Tür. Als sein Schatten auf ihr Gesicht fiel, lief Tessa ein Schauder über den Rücken.

»Du wirst Schlag eins geweckt werden«, sagte der Abt, als Tessa den Raum verließ. »Dann wird man dich zum Tor bringen. Leider können wir unseren Besuchern nicht gestatten, länger als eine Nacht bei uns zu bleiben.« Er lächelte. »Gottes Ruh, mein Kind.« Tessa antwortete nicht, sondern folgte Bruder Llathro hinaus auf den Gang. Sie hatte keine Kraft mehr. Hierherzukommen war ein Fehler gewesen.

Bruder Llathro führte Tessa durch ein Labyrinth von Gängen. Steinerne Bögen zierten die Wände und stützten das Gewicht der höhergelegenen Stockwerke. Überall waren Muster: im Mauerwerk, in den Holzarbeiten, auf jeder Stufe. Lose Fliesen klapperten unter Tessas Füßen. Der Gesang hatte aufgehört, und außer ihren eigenen Schritten war nur noch das Rauschen des Meeres zu hören. Auch das Klingeln in Tessas Ohren war zu einem kaum wahrnehmbaren Summen abgeklungen.

»Hier, meine Schwester«, sagte Bruder Llathro und blieb vor einer Tür am Ende eines langen, abgelegenen Ganges stehen. »Das ist deine Zelle für die Nacht.« Er stieß die Tür auf und ging hinein. Tessa folgte ihm. Mit Hilfe der Kerze auf dem Tablett entzündete er eine zweite, tropfte etwas Wachs auf den Boden und stellte sie hinein.

Die Zelle war klein und kalt. Es zog. Die Fensterläden klapperten im Takt des Windes. Der Sturm war nicht mehr weit entfernt.

»Gottes Ruh', meine Schwester.«

Tessa drehte sich gerade noch rechtzeitig um, um zu sehen, wie Bruder Llathro die Tür hinter sich schloß. Das Tablett, das er mitgebracht hatte, stand auf dem Boden neben der Kerze. Tessa atmete tief durch und rieb sich die Schläfen. Sie war so müde, daß sie kaum noch denken konnte. Morgen. Morgen würde sie entscheiden, was sie als nächstes tun würde.

Ein kleiner dicker Teppich und eine Decke stellten die einzigen Einrichtungsgegenstände in der Zelle dar. Erschöpft ließ sich Tessa auf den Teppich fallen, öffnete ihren Umhang und löste den Haarknoten. Dann zog sie das Tablett zu sich heran und riß ein Stück aus dem Brot. Ihr Mund war so trocken, daß sie kaum schlucken konnte, und so verzichtete sie auf einen weiteren Bissen. Als sie sich der Suppenschüssel zuwandte, begann eine Glocke zu läuten.

Achtmal schlug die Glocke: lange, tiefe Töne, die noch Minuten später in der Luft widerhallten. Schlag acht.

Danach darf niemand mehr essen, die Stimme erheben oder die Zelle verlassen.

Tessa stellte die Schüssel wieder ab. Sie wollte das Schicksal nicht herausfordern.

Sie streckte sich auf dem Teppich aus und zog die Decke bis zum Kinn.

Muster. Da waren Muster in den Mörtel der Zellendecke geritzt. Zu erschöpft, um Einzelheiten erkennen zu können, schloß Tessa die Augen. Schwach erinnerte sie sich daran, daß der Abt gesagt hatte, Schlag acht gingen alle Lichter aus. Nur ihre Kerze brannte weiter, und bevor sie sich dazu entschließen konnte, sie auszublasen, war sie auch schon in einen dunklen, traumlosen Schlaf gefallen.

Izgard streckte die Hand aus und strich über den Schatten seines Schreibers. Die Zeltwand war rauh und mit Schlamm beschmiert, doch er genoß es. Der einzige Teil des Schattens, der sich bewegte, war der rechte Arm. Ederius befand sich in seinem Zelt und legte letzte Hand an ein Muster, das er aus der Krone gewonnen hatte. Izgard wollte das Zelt betreten, sich stillschweigend hinter seinen Schreiber setzen und ihn bei der Arbeit beobachten – so, wie er es früher getan hatte, als er noch kein König gewesen war.

Mit einem Seufzen zog Izgard die Hand zurück und machte sich auf den Weg durchs Lager. Er durfte nicht riskieren, Ederius heute nacht zu stören. Das Muster, an dem er arbeitete, war allein schon wichtig genug, doch es war nichts im Vergleich zu dem, was er kurz vor Sonnenaufgang zu tun beabsichtigte.

Im Lager herrschte eine unnatürliche Stille. Die Männer hatten sich um die heruntergebrannten Lagerfeuer versammelt, warteten auf den Schlaf oder täuschten vor, eingenickt zu sein. Niemand sang, schärfte seine Klinge oder hielt den Becher unter ein Faß. Das alles war nicht mehr nötig. Die Armee von Garizon war bereit zum Kampf.

Morgen bei Sonnenaufgang würden sie ihre erste Schlacht schlagen. Die Armee des Herrn von Rhaize würde sich unmittelbar südlich der Anhöhe, auf der Izgard sein Lager aufgeschlagen hatte, zum Kampf stellen. Izgard hatte sowohl die Zeit als auch den Ort gewählt, und er spürte es im Herzen und in den Knochen, daß er morgen den Sieg davontragen würde.

Eine Schlacht war alles, was er brauchte. Eine einzige blutige Schlacht würde den Krieg für ihn gewinnen.

Die ach so tapferen, eitlen Ritter von Rhaize würden in ein Tal vorrücken, das sich für sie als Todesfalle herausstellen würde. Die Armee von Garizon würde sie umschlingen wie die Dornen der Krone das Haupt ihres Trägers. Für einen rechtzeitigen Rückzug war Sandor zu stolz, und dieser Stolz ließ ihn einen Kampf nur aus einem Blickwinkel betrachten: der Erinnerung an den Bekenntnisberg. Er wußte nicht, wozu ein Kriegskönig der Garizon fähig war. Zwar hatte man es ihm sicherlich gesagt, aber er *wußte* es trotzdem nicht.

Wie jeder Herrscher, der vergißt, würde er morgen eine Lektion erteilt bekommen: er, seine Armee und das Land, für das sie kämpften. Vor fünfzig Jahren hatten Rhaize-Ritter die Stadt Veizach bis auf die Grundmauern niedergebrannt, doch obwohl nur wenig Blut dabei vergossen wurde, war die Blutschuld bis heute bestehen geblieben. Damals war die Dornenkrone aus dem Gedächtnis der Menschen verbannt worden, und nun hatte sie fünfzig Jahre des Schlafs nachzuholen. Ein halbes Jahrhundert lang hatte sie wie ein Meuchelmörder in den Schatten in den Katakomben von Sirabayus gelauert. Die Heiligen Schwestern hatten es gar nicht erwarten können, sie wieder loszuwerden. Sie hatten gesagt, die Krone hätte sie ihres Seelenfriedens beraubt und ihre Träume vergiftet.

Als er eine Abzweigung erreichte, dachte Izgard kurz darüber nach, die Wachposten abzugehen, die neuesten Berichte der Kundschafter vom feindlichen Lager einzuholen und zu überprüfen, ob alles nach Plan verlief. Er entschied sich jedoch dagegen und bog in Richtung seines eigenen Zeltes ab. Seine Truppen mußten nicht bis zur letzten Minute beaufsichtigt werden. Als ihr Führer mußte Izgard das anerkennen.

Alles war bereit. Die Fallen waren gestellt, und die Hetzer, die morgen von den Mustern der Krone gerufen werden würden, hatte Izgard persönlich ausgewählt. Tausend Mann. Ein Zwanzigstel der Männer, die heute nacht um die Lagerfeuer versammelt waren, würde sich bei

Morgengrauen in eine rücksichtslose Kampftruppe verwandeln. Dafür sorgten Ederius und seine Muster.

Da durchbrach ein tierischer Schrei die Stille des Lagers. Das hohe, verzweifelte Heulen zerriß die Nacht wie splitternde Knochen Fleisch durchdringen. Obwohl er dachte, sich inzwischen daran gewöhnt zu haben, zuckte Izgard unwillkürlich zusammen. Der Schrei bedeutet, daß ein weiterer Hetzer erschlagen werden mußte.

Die Dornenkrone verlangte einen Preis für ihre Gaben. Ein Drittel der Hetzer, die er gegen Ravis von Burano und Camron von Thorn in das Tal der gebrochenen Steine geschickt hatte und die von dort zurückgekehrt waren, war nun tot. Sie hatten zum Wohle des Lagers getötet werden müssen. Wenn die Illuminationen beendet und die Tinte trocken war, hielt manche von ihnen die Krone fest. Die Blutlust verließ sie nicht mehr. Ihre Gesichtszüge wechselten ständig zwischen Mann und Tier. Ihre Knochen wurden dicker, ihr Hunger größer, und sie bohrten sich die Klauen ins eigene Fleisch. Die Ärzte kümmerte es nicht, was diese Hetzer dazu veranlaßte, so erbärmlich zu heulen, doch Izgard brauchte sich nur ihre Gesichter und Klauen anzusehen, und er wußte, was mit ihnen geschah.

Das erste Opfer hatte er nach seinem Tod aufschneiden lassen: Die dritte Rippe auf der linken Seite hatte sich aus dem Brustbein gelöst und war ins Herz gewachsen.

Sie töteten jeden, der erste Anzeichen von Schmerz zeigte. Ihr Tod wurde so diskret gehandhabt, wie es ihr Heulen ermöglichte, und ihre Leichen wurden ausschließlich des Nachts aus dem Lager geschafft. Izgard durfte nicht riskieren, daß sich die falsche Furcht unter seinen Männern ausbreitete, und so hatte er seinen Kriegsherren befohlen, das Gerücht zu verbreiten, die Hetzer würden von schwarzer Rhaize-Magie angegriffen. Das stärkte den Kampfeswillen der Männer.

Als Izgard sich seinem Zelt näherte, brannte noch Licht darin, und kurz darauf erkannte er den Schatten seiner Frau. Angeline war noch immer wach, streichelte ihren dummen Kleinmädchenhund und redete mit sich selbst in ihrer hohen Kleinmädchenstimme. Angewidert verzog Izgard das Gesicht, als er die Plane beiseite warf und das Zelt betrat.

»Izgard.« Angeline sprang von ihrem Stuhl auf, und ihr kleiner Hund fiel zu Boden. Ein schuldbewußtes Erröten stahl sich auf ihre Wangen. Neben ihr stand ein Teller mit Essen auf der Truhe. Als sie sah, worauf Izgard schaute, erklärte sie: »Das sind Reste. Für Schneemann.«

Izgard bemerkte, daß Angeline etwas herunterschluckte. Er atmete tief durch. Das dumme Gör aß schon Abfall, der für ihren Köter bestimmt war. Sie wurde immer schlimmer. Er wünschte, er hätte nie nach ihr geschickt. »Geh in deine Kammer, und nimm das Tier mit.«

Angeline streckte ihm die Hand entgegen und trat einen Schritt vor. »Aber Izgard …«

»*Geh!*«

Izgard wußte nicht, wer zuerst zusammenzuckte: Angeline oder ihr Hund. Beide wichen vor ihm zurück. Die Kreatur trat hinter ihre Herrin. Angeline beugte sich nieder und tätschelte das Tier. Während sie den Hund zwischen den Ohren kraulte, bemerkte Izgard, wie sich ihr Gesichtsausdruck veränderte. Die Furcht wurde von irgend etwas anderem verdrängt.

Angeline schluckte erneut – diesmal allerdings, ohne etwas im Mund zu haben. »Gerta sagt, wir brauchen einen Erben, und der einzige Weg, wie wir einen bekommen können, ist, wenn du und ich …« Sie hielt inne, als sie plötzlich einen Strohhalm im Fell ihres Hundes entdeckte, der unbedingt sofort entfernt werden mußte.

Izgard war nicht in der Stimmung für Angeline. Er war

mit dem Krieg beschäftigt. Alles mußte unbedingt genauso verlaufen, wie er es geplant hatte. Eine ganze Nacht mußte er noch überstehen; eine Nacht, von der er wußte, daß er kein Auge zutun würde. Sollte ihm morgen ein entscheidender Sieg gelingen, dann würde der Weg nach Bay'Zell frei. Oh, natürlich würde der Herr die Reste seiner Armee wieder um sich sammeln und zu einem erneuten Angriff ansetzen, aber bis dahin würden alte Geschichten wieder zum Leben erweckt werden und Furcht würde sich unter den Einwohnern von Rhaize verbreiten. Jeder Ritter, der die morgige Schlacht überleben würde, hätte Schreckliches zu berichten: brechende Knochen, zerreißendes Fleisch, die schwarze Flut der Hetzer. Gerüchte über Dämonen würden die Runde machen und Izgards Feinde in Todesangst versetzen. »Izgard ist der Teufel selbst«, würden sie sagen, »und seine Hetzer sind Monster, keine Männer.«

Furcht und Entsetzen würden ihm die halbe Arbeit abnehmen. Viele würden aus der Rhaize-Armee desertieren, anstatt sich solch unnatürlichen Kräften zu stellen. Jene, die blieben, würden blind vor Furcht sein.

»Laß mich dir den Umhang abnehmen, Izgard.«

Seine Gedanken kehrten wieder in die Gegenwart zurück. Angeline. Er hatte vergessen, daß sie hier war. Da sie seine fehlende Reaktion als Zustimmung mißdeutete, trat sie vor und griff nach dem Umhang. Izgard hob die Hand, um sie aufzuhalten.

»Ich habe gesagt, du sollst gehen. Verstehst du nicht mehr, was ich sage?«

Angeline erstarrte. Ihre blauen Augen starrten ihn mit kindlicher Entrüstung an. Der kleine Hund zog sich noch weiter zurück.

Dann schob Angeline das Kinn vor und sagte: »Ich verstehe sehr wohl, was du sagst. Ich bin kein Kind mehr. *Du* bist es, dessen Verhalten keinen Sinn ergibt. Du hast mich hierherbringen lassen, um einen Erben zu zeugen, doch jetzt ignorierst du mich nur. Wie soll ich denn schwanger werden, wenn du mich nicht in dein Bett holst?«

Izgard spürte, wie ein Muskel in seinem Nacken zu zucken begann. Wie konnte Angeline es wagen, so mit ihm zu reden? Sie hatte sich von ihrer fetten, faulen Dienerin Flöhe in den Kopf setzen lassen. »Weißt du, was der morgige Tag bedeutet?« fragte er, packte ihr Handgelenk und drehte es ihr auf den Rücken. »Weißt du das?«

»Ich … ich …«

Izgards Finger gruben sich in ihr Fleisch. Ihr Handgelenk war so schmal, daß sich seine Fingerspitzen auf der anderen Seite berührten. »Morgen schlägt Garizon seine erste große Schlacht seit dem Bekenntnisberg. *Seit dem Bekenntnisberg!* Zwanzigtausend Söhne unseres Volkes sind dort gefallen. Ihre Leichen lagen gefroren auf dem verfluchten Berg, bis die Frühjahrsschmelze sie ins Tal getragen hat. Der Veize war sechs Monate lang von ihren Kadavern verseucht.«

Während er sprach, sah Izgard vor seinem geistigen Auge Bilder von Gemetzel und Verwesung. Die alten Veizach-Meister hatten es alles gemalt. Eigens hatten sie neue Farben kreiert, um das verfaulende Fleisch und die verrottenden Knochen in allen Einzelheiten festhalten zu können. Izgards Herz schlug immer schneller. Der Speichel sammelte sich unter seiner Zunge. Tief unter den Bildern, wie ein uraltes Muster, das einst in einen Baum geritzt wurde, lag der Schatten der Dornenkrone.

Angeline wehrte sich gegen den Griff. Jetzt hatte sie Angst.

»Nein«, murmelte Izgard erregt von den Bildern, die durch seinen Geist huschten. Angelines Handgelenk fühlte sich feucht an, feucht und heiß. Es zitterte. »Du willst bleiben? Gut, dann sollst du auch bleiben.«

Er drückte seine Finger bis auf den Knochen durch und drehte Angeline den Arm weiter auf den Rücken. Angeline war gezwungen, den Rücken zu krümmen und zurückzutreten. Die Spannung in ihrem Unterarm war stark genug, daß sie ihn sich gebrochen hätte, wäre sie dumm genug gewesen, sich weiterhin gegen den Griff zur Wehr zu setzen. Der Hund jaulte und verkroch sich in eine dunkle Ecke.

»Du willst also, daß ich dich in mein Bett hole, wie?« zischte Izgard. »Heute nacht? In der Nacht, bevor ich in den Krieg ziehe? Bevor ich die Söhne Garizons in den Tod schicke?«

Angeline schüttelte den Kopf. Speicheltropfen glitzerten auf ihrer rechten Wange. Nur vage war sich Izgard bewußt, daß sie von ihm stammen mußten.

»Es tut mir leid, Izgard«, sagte sie. »Es tut mir leid. Gerta hat gesagt ...«

»*Gerta hat gesagt! Gerta hat gesagt!*« Bei jedem Wort stieß Izgard seiner Frau den Arm in den Rücken. Beinahe hätte sie das Gleichgewicht verloren. »Willst du wissen, was ich sage? Ich sage, die Frau ist morgen früh verschwunden. *Ver-schwun-den.* Ruf sie sofort hierher.«

Angeline biß sich auf die Lippen. Ihr Gesicht war nur eine Handbreit von dem seinen entfernt, und sie mied seinen Blick.

»Ruf sie her.«

Angeline schüttelte den Kopf. »Es tut mir leid, Izgard. Es ist nicht Gertas Schuld. Es ist meine. Ich habe mich nur ... nur so allein gefühlt.«

Sie log. Ihre Wangen glühten so heiß, daß Izgard beobachten konnte, wie der Speichel darauf verdampfte. Unter seinen Fingerspitzen pulsierte Angelines Blut. Seine Kindfrau besaß ein bemerkenswert starkes Herz. »Ruf Gerta«, murmelte er. Seine Stimme war erfüllt von der Vision der Krone. Er sah Knochen, die in lebende Herzen wuchsen, und spürte Angelines Puls wie das Vibrieren der Erde, wenn tausend Reiter in die Schlacht reiten. Bis morgen früh konnte er nicht mehr warten. Er wollte das Blut seiner Feinde fließen sehen. Jetzt!

»Gerta!« rief Angeline halbherzig. Die Tränen standen ihr in den Augen.

»Ruf noch einmal, aber diesmal bitte ein wenig lauter.« Für Izgard selbst klang seine Stimme ruhig und besonnen. Doch Angeline mußte etwas gehört haben, was ihm entgangen war, denn sie wiederholte den Ruf sofort, und zwar laut genug, daß sie ein Seemann im Sturm hätte hören können.

Während er Angelines üppige, rote Wangen und ihren gekrümmten Rücken betrachtete, empfand Izgard nichts als Verachtung. Sie war nur ein weiteres Ding, das es zu brechen galt. Wie Rhaize. Zuerst würde er sie mit Furcht weichmachen und ihr den Mut nehmen, bevor die eigentliche Schlacht überhaupt begonnen hatte. »Mylady. Euer Majestät.« Die Dienerin Gerta teilte die Zeltplane mit geschickten Händen. Zu fett und unelegant, um einen angemessenen Hofknicks zustande zu bringen, bückte sie sich in die Kammer hinein, als sei die Decke zu niedrig, um aufrecht stehen zu können. In ihren Augen zeigte sich nicht die geringste Überraschung ob der Szene, die sich ihr bot, und nach einem raschen Blick in Angelines Gesicht, schaute sie Izgard unverwandt in die Augen. »Ihr bedürft meiner Dienste, Euer Majestät?«

Darauf vorbereitet, beim ersten Anzeichen von Erschrecken in Zorn zu geraten, verfiel Izgard nun in eine viel größere Wut, weil die Frau keinerlei Reaktion zeigte. Sie versuchte, ihn um die Furcht zu berauben, die ihm zustand. »Deine Herrin bedarf deiner Dienste nicht mehr. Du wirst noch heute nacht nach Garizon zurückkehren.«

»*Heute nacht?*« schrie Angeline. »Aber …«

Izgard brachte sie mit einem weiteren Ruck am Arm

zum Schweigen. Angeline sog zischend die Luft ein. Irgendwo im Zelt knurrte ihr Hund.

Gerta gab sich unbeeindruckt. Ihre große Garizon-Gestalt verlor nichts von ihrer Entschlossenheit, als sie sich verneigte. »Wenn Ihr mir ein paar Stunden Zeit gebt, Euer Majestät, dann kann ich mich und Eure Gattin für die Reise zurück nach Sern vorbereiten. Wir brauchen eine Eskorte von sechs Mann, einen überdachten Karren und eine …«

Izgard ließ Angeline los und schlug Gerta mitten ins Gesicht. Angeline schrie. Die alte Dienerin wankte, fiel aber nicht. Verschiedene Gegenstände an ihrem Gürtel klimperten, als sie sich wieder aufrichtete wie ein Baum nach einem Sturm.

»Ich habe gesagt, *du* wirst nach Garizon zurückkehren. Nicht meine Frau. Du allein. Pack deine Sachen; laß dir von einem Stallknecht ein Pony geben; stell dir aus den Verwundeten eine Eskorte zusammen, und verschwinde aus meinen Augen.« Während er sprach, blickte Izgard zu Angeline, um zu sehen, wie sie reagierte. Ihr Gesicht wirkte, als sei es von einer rasch abkühlenden Schicht Wachs überzogen. Izgard verspürte das Verlangen, ihre Wange zu berühren und aus nächster Nähe zu betrachten. Er tat es aber nicht. Andere Triebe riefen ihn mit mächtigeren Stimmen.

Langsam drehte er sich wieder zu Gerta um und sagte: »Tu, was ich dir sage.«

Gerta zögerte. Sie blickte zu Angeline und sandte ihr eine Nachricht mit den Augen, bevor sie sich erneut verneigte und das Wort »Aye« murmelte. Izgards Titel ließ sie absichtlich aus.

Izgard sah rot. Er sah den Schatten von altem und das Leuchten von frischem Blut. Vor seinem geistigen Auge zersplitterte die Vision der Krone in Dutzende winziger Fragmente, und jedes einzelne sprach von einem großen

Sieg in einem großen Krieg. Ruhm, Unsterblichkeit, Macht, Anbetung und Furcht: Das alles würde ihm der Sieg erringen. *Er* würde dies alles erringen!

Den Mund voller Speichel, beobachtete Izgard, wie Gerta sich langsam aus dem Zelt zurückzog. Er spürte Unverschämtheit in der Art, wie sie sich in seiner Gegenwart das schmerzende Kinn rieb, und Widerstand in der Langsamkeit ihrer Bewegungen. Wie konnte dieses Weib es wagen zu zögern? Wie konnte sie es wagen, seiner Frau in seiner Gegenwart warnende Blicke zuzuwerfen? Wie konnte sie es wagen, die Befehle des Mannes in Frage zu stellen, der die Dornenkrone trug?

Izgard ging auf sie los. Bei Morgengrauen würde er eine Armee befehligen. Die Söhne Garizons würden auf sein Wort hin in den Kampf stürmen, um ihrem Land und ihrem König zu Gefallen zu sein. Und diese Frau trotzte ihm mit ihrer altjüngferlichen Zähigkeit in seinem eigenen Zelt, vor den Augen seiner eigenen Frau ... Das würde er ihr nicht durchgehen lassen.

Obwohl Izgard ein Messer bei sich trug, kam ihm zu keinem Zeitpunkt der Gedanke, es zu ziehen. Er wollte seinen Gegner berühren, ihn *fühlen*. Als seine Finger das Fett unter Gertas Kinn packten und er den Schweiß auf der Haut der alten Vettel spürte, empfand Izgard kurz so etwas wie Befriedigung. Sie hatte schon die ganze Zeit über Angst gehabt; sie hatte sie nur sehr gut verborgen. Auf ihre schwerfällige Art war die Frau stark, und sie setzte sich mit Händen und Füßen gegen den Angriff zur Wehr. Doch Izgard wurde von einem Dutzend brennender Visionen angetrieben, und ihre Schläge prallten wirkungslos von ihm ab. Mit beiden Händen packte er Gertas Kinn und rammte ihren Kopf gegen den Zeltpfahl, an dem sie sich vorhin abgestützt hatte.

Angeline schrie und schrie. Ihr Hund sprang herbei und tanzte knurrend und schnappend um Izgards Füße.

Izgard trat aus, traf aber nur eine Truhe. Den Hund hatte er um Haaresbreite verfehlt. Aus dem Augenwinkel heraus sah er, wie Angeline das Tier auf den Arm nahm und an die Brust drückte. Dann wurden die beiden still.

Wieder und wieder rammte Izgard Gertas Schädel gegen das Holz. Der Zinnbecher und die Bürste am Gürtel der alten Jungfer läuteten bei jedem Schlag wie Kuhglocken. Der Pfahl begann, sich aus seiner Verankerung zu lösen, und das Öltuch, welches die Zeltdecke bildete, begann zu zittern. Izgard schlug Gerta weiter gegen den Pfahl, bis er bekam, wonach ihm verlangte.

Es floß Blut. Es rann von Gertas breitem Garizonschädel über ihr Kinn und auf Izgards Hand. Gertas Körper erschlaffte; ihre Arme hingen kraftlos herunter, und ihre Augenlider flatterten wie im Schlaf. Ein dünner Blutstrom rann ihr aus der Nase. Izgard spürte, wie die warme Flüssigkeit seine Finger überzog. Es war nicht viel Blut, gerade mal drei Fingerhut voll, aber es reichte aus, um die Visionen in seinem Kopf verstummen zu lassen. Die Bilder der Krone lösten sich in Rauch auf. Das Verlangen nach einem Sieg war verschwunden, und Izgard fühlte sich wie ein Mann, dem man nach langer Zeit die Augenbinde abgenommen und den man mitten ins helle Tageslicht gestellt hatte. Er löste seinen Griff um Gertas Hals und legte sie vorsichtig zu Boden, um keinen weiteren Schaden zu verursachen. Während er auf das zerschlagene, blutverschmierte Gesicht der alten Jungfer hinabblickte, spürte Izgard, wie die Muskeln in seiner Brust zu arbeiten begannen, um sein Herz zu beruhigen. Er konnte sich nicht mehr daran erinnern, warum er überhaupt so wütend geworden war.

Es war nicht Mitternacht, und doch wählte Ederius Mitternachtsblau. Die See lag mehrere hundert Meilen nördlich, und doch mischte er seine Pigmente mit Salzwasser. Seit fünfunddreißig Jahren hatte er keinen Fuß mehr auf die Insel der Gesalbten gesetzt, aber er erinnerte sich an jede Einzelheit, als wäre er erst gestern dort gewesen. Er erinnerte sich an die Farben, die Texturen und die Gerüche. All das erschuf er in seiner Tinte neu.

Kein Schreiber, der je auf der Insel ausgebildet worden war, würde jemals das sich ständig verändernde Grau von Ebbe und Flut vergessen oder das Kreischen der Möwen.

Die Pigmente fast gemischt, die Pinsel sauber und das Pergament angerauht: solchermaßen präpariert, trat Ederius von seinem provisorischen Schreibtisch zurück und ging die vier Schritte, die es bedurfte, um sein Zelt zu durchqueren. Nachdem er ein Leinentuch aus seiner Truhe geholt hatte, nahm er ein Stundenglas und wickelte es darin ein. Die vier Ecken des Tuchs knotete er aneinander. Dann kehrte er die vier Schritte zu seinem Schreibtisch zurück, hob das Bündel über den Kopf und schlug es mit aller Kraft auf die Tischplatte. Das Glas zerbarst. Pigmenttöpfchen klirrten, und Pergament flatterte auf.

Ederius ließ das Bündel los und öffnete das Tuch. Glassplitter ragten wie durchsichtige Zähne aus dem glitzernden Sand.

Langsam zog er einen Splitter nach dem anderen heraus. Die größeren waren einfach zu entfernen, doch einige waren so klein, daß sie kaum größer als ein Sandkorn waren, und nach einer Weile des Suchens gab er schließlich auf. Wertvolle Minuten verstrichen, und er mußte endlich mit der Illumination beginnen. Die Fixpunkte des Musters waren den dichtesten Windungen der Dornenkrone nachempfunden. Ederius wußte, daß er Zeit brauchte, um sich an die unbekannten Formen zu gewöhnen.

Er konnte sich keinen Fehler mehr leisten.

Als er fast nur noch Sand in dem Tuch hatte, nahm er es auf und hob es vorsichtig über die verschiedenen Pigmenttöpfchen, die auf dem Pergament standen. Durch ein Loch rieselte der Sand auf die Farben. Ederius hielt die Hand darunter und filterte so die letzten Glassplitter heraus.

Er brauchte nur den Sand.

Gelben Sand, um die Strände der Insel zu markieren.

Kapitel neun

Das Summen wurde stetig lauter. Sie rannte durch ein Labyrinth aus Mustern und fand den Ausgang nicht. Schlangen mit goldenen Augen zischten zu ihren Füßen, und rasiermesserscharfe Stacheln verfingen sich in ihrem Haar und Kleid. Irgend etwas war ihr auf den Fersen; sie hörte seine Schritte und spürte seinen Atem auf ihrer Wange. Immer schneller kam es heran, schon trat es in ihren Schatten, und dann schlug es ihr die Klauen in den Rücken …

Tessa erwachte schlagartig.

Die Zellentür flog auf.

Das Licht der Kerze flackerte auf und verlosch. Tiefste Dunkelheit blieb zurück.

Irgend etwas betrat den Raum. Tessa spürte, wie es in die rasch enger werdende Zelle strömte und die Luft einsog, die sie eigentlich hätte atmen sollen. Ein Geruch – ähnlich dem der Hetzer, nur anders, älter, blutiger – schlug ihr ins Gesicht wie die Hitze eines Feuers. Ihr sträubten sich die Nackenhaare. Sie versuchte zu schlucken, doch irgend etwas steckte ihr in der Kehle.

Das Ding kam näher; seine schweren Schritte ließen die Wände erzittern. Obwohl es noch mehrere Fuß entfernt war, spürte sie deutlich seine Gegenwart. Sie packte die Decke, als könne sie sich damit irgendwie schützen und rappelte sich auf. Ihr blieb keine andere Wahl, als zurückzuweichen. Nach einem Schritt traf sie mit der Ferse auf die Zellenwand.

Tongeschirr knirschte wie trockener Sand, als die Kreatur einen weiteren Schritt auf sie zu trat. Der Geruch des Wesens wurde immer penetranter. Tessa wollte ihn nicht einatmen, doch ihr blieb keine andere Wahl. Widerwillig zwang sie ihre Lippen auseinander, um durch den Mund statt durch die Nase zu atmen. Sie schmeckte Blut. Ein leises, zitterndes Geräusch drang aus ihrer Kehle. Sie konnte sich nicht bewegen.

Das Ding, so finster wie die Nacht, sprang auf sie zu. Irgend etwas blitzte auf – Zähne, Augen, sie wußte es nicht –, dann war die Kreatur über ihr. Das Monster prallte gegen ihre Brust und trieb ihr die Luft aus den Lungen. Eine feuchte Kralle kratzte über Tessas Wange, und feuchte Zähne drangen in ihre Schulter.

Tränen sammelten sich in ihren Augen, und die Dunkelheit verschwamm. Der Schmerz breitete sich von ihrer Brust bis in den Arm aus. Zum Schreien fehlte ihr die Luft. Sie riß die Decke vors Gesicht und schlug mit den Fäusten auf das Wesen ein. Das Fleisch der Kreatur war hart wie Stein; dennoch kämpfte Tessa weiter. Ihre rechte Faust traf die Schnauze des Monsters. Knurrend riß das Ding das Maul auf, und seine Fänge lösten sich aus ihrer Schulter.

Es warf den Kopf zurück und amtete aus. Sein Atem war heiß und roch süßlich. Tessa spürte, wie er sich auf ihrer Haut in Tröpfchen niederschlug. Sie roch Blut und noch etwas anderes … den Gestank von alten, bösen Dingen, die in feuchter Erde verrotten.

Von diesem Augenblick an war Tessa froh um die Dunkelheit. Sie wollte nicht sehen, was sich in der Zelle mit ihr befand. Sie wollte nicht wissen, was es war.

Da hörte sie das leise Knacken eines Knochens, was vermuten ließ, daß es die Pranke zum Schlag erhob. Tessa warf die Decke in Richtung des Geräuschs. Zwar war das nicht wirkungsvoller als der Versuch, einen wütenden Bullen mit einem Taschentuch aufhalten zu wollen, aber es verschaffte ihr eine Viertelsekunde Zeit, während der die Kreatur wütend den Stoff zerriß. Tessa sprang zum Fenster.

In der Bewegung spürte sie etwas Hartes an ihrer Hüfte: Ravis' Messer. Doch noch bevor ihre Finger Gelegenheit hatten, sich um das Heft zu schließen, traf irgend etwas ihren Hinterkopf. Ihre Zähne schlugen aufeinander, und mit der Stirn prallte sie gegen den Fensterrahmen. Die Welt verschwamm vor ihren Augen. Ihre Entschlossenheit war dahin. Dann gaben ihre Beine nach, und sie glitt zu Boden. Klauen rissen an ihrem Rücken.

Die Zelle begann, sich zu drehen. Tessa konnte nicht denken, sich nicht bewegen. Bunte Flecken tanzten vor ihren Augen.

Inmitten all dieses Chaos bemerkte Tessa plötzlich das Klingeln in ihren Ohren. Das hohe Geräusch, das sie kurz vor Beginn des Sturms zum ersten Mal geplagt, sie auf ihren Ritt über den Damm begleitet und sie in ihren Träumen heimgesucht hatte, wurde mit jedem Schlag ihres Herzens lauter.

Es verhinderte, daß sie vergaß, wer sie war.

Tessa zwang ihren Geist, sich zu konzentrieren, und ihre Muskeln, sich zu bewegen, und rollte sich unter der Fensternische zu einem Ball zusammen. Sich zu bewegen fiel ihr schwer, denn ihre Glieder fühlten sich unendlich schwer an, und eine feuchte, klebrige Masse bedeckte ihre Haut. Seltsamerweise hatte sie keine Schmerzen.

Die Kreatur riß an ihrem Rücken und an den Schultern. Die Klauen zerfetzten ihr das Kleid, und die Fänge suchten nach Fleisch, in das sie sich bohren konnten. Tessa spürte das Gewicht auf dem Rücken. Sie konnte kaum atmen, und der Gestank von Blut war überwältigend.

Tessa bebten die Schläfen vor Lärm, und sie war gezwungen zu atmen, sich zu bewegen und zu *denken.* Eine kleine Bewegung ihrer linken Hand brachte sie wieder in Kontakt zu Ravis' Messer. Das Heft fühlte sich ungewöhnlich groß an. Die Waffe aus der Scheide zu ziehen schien eine Ewigkeit zu dauern. Die Klinge war schwerer als gewohnt, und sie lag seltsam in der Hand. Als sie das Messer nach vorne ausrichtete, traf sie die Pranke der Kreatur an der Schläfe. Tessa wurde zur Seite geschleudert. Die Dunkelheit wurde plötzlich gleißend hell, dann schlug sie mit Hüfte und Rippen auf den Boden.

Das, dachte Tessa langsam und bedächtig wie ein Betrunkener, *das war ein großer Fehler.* Der Schlag hatte das Klingeln nur verstärkt. Bei all dem Lärm in ihrem Kopf konnte sie unmöglich das Bewußtsein verlieren.

Den Bauch auf dem Steinboden, das Messer in der Hand und die Klinge vor der Brust wartete Tessa darauf, daß die Kreatur wieder näherkam. Ein feuchtes Etwas rann ihre Wangen hinab. Ihre linke Hüfte pochte jetzt vor Schmerz, und ihre Lungen brannten, doch ihr Geist war vollkommen klar. *Eins, zwei, drei, vier, fünf, sechs, sieben, acht, neun,* atmete sie. *Eins, zwei, drei …*

Die Kreatur stürzte sich auf sie. Ein Luftzug streifte Tessas Gesicht, und die schrecklichen Klauen bohrten sich in ihre Kopfhaut. Unmittelbar über ihr erklang das feuchte Atmen eines Wesens, das Schaum vor dem Mund hatte. Das Geräusch genügte ihr als Ziel. Sie wirbelte herum und schlug mit der Klinge nach der Schnauze.

Ein ersticktes Heulen erfüllte den Raum. Die Kreatur wich zurück. Irgend etwas Warmes spritzte Tessa ins Gesicht. Hastig rappelte sie sich auf und wischte sich mit den Überresten ihres Ärmels über Wangen und Stirn. Ihre Beine arbeiteten noch nicht richtig, und nach dem ersten Schritt gaben die Knie nach. Um nicht zu stürzen, lehnte sie sich gegen den Fensterrahmen.

Während sie in die Dunkelheit starrte, versuchte sie sich an die exakte Lage der Tür zu erinnern. Das Wesen versperrte ihr den Weg dorthin. Als sie ein zorniges Zischen hörte, hielt Tessa den Atem an. Von ihrem Magen her breitete sich eine Welle der Übelkeit durch ihren ganzen Körper aus. Es bereitete sich auf einen weiteren Angriff vor. Sie würde es niemals bis zur Tür schaffen.

Als Tessa den Griff um Ravis' Messer änderte, um es wie ein Schwert zu ihrer Verteidigung einsetzen zu können, kratzte die Messerspitze über etwas Metallisches: der Fensterriegel. In ihren Ohren schwoll das Geräusch zu einem Kreischen an. *Das Fenster*. Das Wesen war zu groß, um durch das Fenster zu passen.

Aber Tessa war klein genug.

Noch während dieser Gedanke in ihr Gestalt annahm, setzte es zum nächsten Angriff an. Tessa stach in die Dunkelheit hinein. Mit zitternden Händen trieb sie die Klinge nach vorne in das Metall, daß die Funken sprühten. Dann riß die Kreatur von hinten an ihrem Haar. Tessas Genick knackte, doch es gelang ihr, die Waffe in der Hand zu behalten. Verzweifelt begann sie, auf das Holz der Fensterläden einzustechen.

Der Riegel gab nach. Die Fensterläden schwangen auseinander, und eine Sturmbö drang in den Raum. Tessa roch Salz und Seetang. Regen schlug ihr ins Gesicht. Die Lichtverhältnisse blieben allerdings unverändert. Draußen war es ebenso finster wie in der Zelle.

Das Ding, die Kreatur, die nach frischem Blut und alter Erde roch, schlug ihre Zähne in Tessas Oberarm. Abermals wirbelte Tessa herum und stach in die Dunkelheit hinein, die die Stelle umgab, wo sie den Schmerz spürte. Kurz löste die Kreatur ihren Biß, und Tessa konnte sich losreißen. Während sie sich mit der freien Hand in die

Fensternische hinaufzog, schlug sie mit dem Messer willkürlich durch die Luft. Die Fensteröffnung war einen Bruchteil schmaler als ihre Schultern, und sie mußte sich hindurchquetschen. Das Blut half ihr dabei: Warm und rutschig bedeckte es ihre Haut und gestattete ihren Schultern, durch die Öffnung hindurchzugleiten.

Während sie sich auf die äußere Fensterbank hinaushangelte, spürte Tessa, wie etwas Scharfes in ihr Schienbein drang: Das Wesen hatte das Leder ihrer Stiefel durchbissen. Der Panik nahe riß sie ihr Bein zurück. Ein stechender Schmerz fuhr ihr bis in die Hüfte hinauf, dann löste sich der Stiefel von ihrem Fuß.

Aus dem Gleichgewicht geworfen, stürzte Tessa vom Sims. Sie versuchte noch, sich an der Wand festzuhalten, doch es war bereits zu spät, und sie fiel in die Dunkelheit hinab.

Sie landete in einem flachen Salzwassertümpel. Ihr Körper schmerzte an hundert verschiedenen Stellen. Kleine glatte Kiesel bedeckten den Boden und drückten in Tessas Rücken, und das Klingeln in ihren Ohren war inzwischen zu lautem Glockengeläut angeschwollen. Beides zusammen verschaffte ihr einen klaren Kopf.

Unmittelbar über ihr gab es ein splitterndes Geräusch. Als sie den Kopf hob, um zu sehen, was die Ursache dafür war, rissen die Klauenwunden auf ihrem Rücken auf. Tessa traten die Tränen in die Augen. Wind und Salzwasser schlugen ihr ins Gesicht. Kaum konnte sie die Mauer der Abtei erkennen.

Irgend etwas landete in ihren Haaren. Sie strich sich mit der Hand über den Kopf und zog den Gegenstand heraus. Es war ein Holzsplitter. Tessa drehte sich der Magen um. Die Kreatur nahm den Fensterrahmen auseinander, und das bedeutete, daß sie schon bald wieder hinter ihr her sein würde. Verzweifelt drehte sich Tessa um, krabbelte auf allen vieren durch den Tümpel und tastete im Wasser nach Ravis' Messer. Ihre Finger fanden nichts außer glatten Kieseln. Sie mußte das Messer bei dem Sturz verloren haben.

Vom Fenster kam ein leises Zischen. Dann splitterte das Holz, und etwas Schweres stürzte nicht weit entfernt von Tessas Hand ins Wasser. Der Fensterrahmen würde den wütenden Angriffen des Wesens nicht mehr lange standhalten.

Tessa gab die Suche nach dem Messer auf und zwang ihre Beine dazu, ihr Gewicht zu tragen. Sie zitterten. Wie ein Vorhang hingen ihr die Überreste des Kleides über den Rücken. Es fiel ihr schwer, sich in der Dunkelheit zu orientieren; das Wasser des Tümpels zog an ihrem Körper, und der Wind drang von allen Seiten auf sie ein. Tessa zog sich an der Mauer der Abtei entlang. Wasser umschloß den einen Stiefel, den sie noch trug. Kurz dachte Tessa darüber nach, ob sie ihn nicht besser ausziehen sollte, doch ihr fehlte die Kraft dazu.

Ein grimmiges Lächeln auf dem Gesicht und zu erschöpft, um an etwas anderes als Flucht denken zu können, stieß sie sich von der Mauer ab wie ein Ruderboot vom Steg. Ihr Körper fühlte sich seltsam an, schwer und langsam. Wäre nicht das Geräusch in ihren Schläfen gewesen, so hätte sich ihr Geist ähnlich angefühlt. Davon war sie fest überzeugt.

Das Gehen bereitete ihr große Mühe. Der Boden unter dem Fenster war wenig mehr als ein einziger großer Haufen loser Steine. Die Kiesel bohrten sich in ihre nackte Fußsohle und ließen sie bei fast jedem Schritt zusammenzucken. Sie blutete aus der Bißwunde am Schienbein, und jedesmal wenn sie das Gewicht ein wenig nach vorn verlagerte, drohten ihre Knie nachzugeben.

Vor sich sah Tessa eine graue Linie inmitten der Dunkelheit von Sturm und Nacht. Das war entweder das Meer oder das Festlandufer – sie wußte es nicht. Tessa blinzelte gegen den Regen und die Gischt an und versuchte, Einzelheiten zu erkennen: Hügel, die Lichter von Glockenhafen, die eckigen Silhouetten der Häuser – ohne Erfolg.

Unmittelbar hinter ihr knirschten die Kiesel. Der Wind wehte den Geruch von Blut heran.

Tessa schloß die Augen. Abermals drehte sich ihr der Magen um. Sie war müde und fühlte sich krank. Sie wollte sich einfach nur auf die Steine legen und schlafen – schlafen oder das Bewußtsein verlieren, was von beidem, war ihr egal. Doch das hohe Kreischen in ihren Schläfen gestattete es ihr nicht. Es sagte ihr, die Kreatur habe den Fensterrahmen inzwischen in Stücke geschlagen, und würde sie auch nur eine Sekunde anhalten, um Atem zu holen, dann würde sie das gleiche Schicksal ereilen.

Tessa atmete zweimal tief durch und begann zu rennen. Sie hatte lange genug mit dem Tinnitus gelebt, um zu wissen, daß sie auf ihn hören sollte.

Sie rannte und rannte und rannte. Ihr Herz schlug immer schneller, und ihre Lungen brannten, während sie sich dem Wind entgegenstemmte. Die Steine auf dem Boden wurden kleiner, glatter und seltener, bis Tessa schließlich nur noch Sand unter den Füßen spürte. Sie stapfte durch Gezeitentümpel voller Krabben und sprang über Seetangbüschel.

Der Regen kam in kurzen, heftigen Wellen. Sekundenlang blieb sie davon verschont, dann wieder wurde sie von einer Mischung aus Regen und Gischt mitten ins Gesicht getroffen. Sand flog ihr in den Mund, setzte sich zwischen den Zähnen fest und bildete eine körnige, salzige Masse unter der Zunge. Ihre Augen schmerzten so sehr, daß sie sie geschlossen hielt. In der vollkommenen Finsternis des Sturms gab es sowieso nichts zu sehen.

Schwere, schnelle Schritte näherten sich. Tessa spürte

den Schwung der Kreatur als feste Masse in ihrem Rücken. Das trieb sie an, zwang sie, einen Fuß vor den anderen zu setzen und immer weiter hinaus in die Dunkelheit zu fliehen. Ihr Geist war leer. Atmen und Laufen erforderte all ihre Kraft.

Das Geräusch in ihren Schläfen wurde wieder lauter, und es dauerte nicht lange, da übertönte es selbst das Heulen des Sturms. Tessa hörte das Blut in ihren Schläfen pochen und den Sand unter ihren Füßen knirschen, sonst kaum etwas. Nach einer Weile hatte sie das Gefühl, als verhallten die Schritte der Kreatur in der Ferne. Allerdings durfte sie ihren Sinnen nicht länger vertrauen, und so rannte sie weiter und weiter. Das Klingeln bedeutete Gefahr, und je lauter es wurde, desto größer die Bedrohung.

Der Sand wurde nasser. Vereinzelt füllten sich Rinnen mit Wasser, und hier und da hatte sich der Untergrund in Schlamm verwandelt. Da sie glaubte, vom Weg abgekommen zu sein, änderte sie die Richtung, weg von den Wasserrinnen.

Doch es dauerte nur Sekunden, und sie stand mittendrin. Überall Rinnen mit eisigem Wasser. Tessa spürte es an ihrem nackten Fuß. Ein Windstoß sandte eine kleine Welle gegen ihr Bein. Das Geräusch in ihren Ohren war jetzt so laut, daß sie ihren eigenen Atem kaum noch hören konnte. Der ersten Welle folgte eine zweite, und diesmal bedurfte es keiner Bö; sie rollte über den Sand, obwohl es im Augenblick fast windstill war. Dann die dritte Welle. Das Wasser stand Tessa inzwischen bis zum Schienbein.

Sie blieb stehen. Ihr Herz und ihre Lungen schienen in sich zusammenzufallen.

Die Flut kam.

Tessa rieb sich den Sand und das Salz von den Augenlidern; dann versuchte sie, tief durchzuatmen. Sie schaffte es nicht. Wieder trafen sie zwei Wellen, diesmal gleichzeitig und von beiden Seiten, und noch bevor das Wasser sich wieder zurückgezogen hatte, wurde sie von einer dritten in Kniehöhe getroffen. Der Boden unter ihren Füßen glich immer mehr einem Sumpf. Tessa spürte deutlich, wie ihre Füße im Sand versanken. Von plötzlicher Panik ergriffen, zog sie den Fuß mit dem Stiefel aus dem Schlamm. Der nasse Sand schien das Leder nicht aufgeben zu wollen. Tessa verlagerte ihr Gewicht auf den anderen Fuß und zog den Stiefel aus.

Eine Serie von Wellen rollte gegen ihre Beine. Dieses Mal zog sich das Wasser allerdings nicht mehr zurück, und der Saum ihres zerfetzten Kleides schwamm auf der Oberfläche wie die Blütenblätter einer Blume.

Tessa rieb sich die Augen und starrte in die Dunkelheit. Eine zerklüftete graue Linie bewegte sich auf sie zu: Brechende Wellen rollten über den Horizont, denen es irgendwie gelang, das wenige Mondlicht zu reflektieren, das durch die dichte Wolkendecke drang. Tessa drehte sich zur Abtei um – oder jedenfalls *glaubte* sie, daß die Abtei in dieser Richtung lag, denn der Anblick, der sich ihr bot, war der gleiche wie in die andere Richtung: ein schwarzer, formloser Vorhang, nur unterbrochen von einer dünnen, grauen, sich auf sie zu bewegenden Linie.

Tessa preßte die Lippen aufeinander, um einen Schrei zu unterdrücken. Nach Schlag acht war kein Licht mehr im Kloster gestattet. Sie hatte nichts, woran sie sich auf ihrem Rückweg orientieren konnte.

Eine Windbö ließ das Wasser bis an die Oberschenkel spritzen. Unter Wasser bildete sich allmählich eine Strömung heraus. Tessa spürte sie an ihren Fesseln und war gezwungen, das Gewicht zu verlagern.

Bleib ruhig, ermahnte sie sich selbst. *Du darfst jetzt nicht die Nerven verlieren.*

Salzwasser lief ihr von der Stirn hinab in den Mund

und sammelte sich unter der Zunge. Nun, da sie aufgehört hatte zu rennen, war das Klingeln leiser geworden. Sie mußte nachdenken. *Nachdenken*!

Tessa spreizte die Beine und drehte sich wieder in die Richtung, in die sie ursprünglich gegangen war. Ein Blick in die Dunkelheit verriet ihr, daß es unmöglich war festzustellen, ob Glockenhafen vor ihr lag. Ohne nachzudenken, war sie in ihrer Angst einfach davongelaufen. Sie wußte noch nicht einmal, auf welcher Seite der Abtei ihre Zelle lag; vielleicht ging das Fenster zum Meer hinaus.

Tessa massierte sich die schmerzenden Schläfen. Ihr blieb keine andere Wahl, als zu versuchen, zum Kloster zurückzukehren.

Vorsichtig drehte sie sich wieder in die Richtung um, von der sie vermutete, daß sie die ursprüngliche war. Das Wasser reichte ihr bereits bis über die Knie, so daß sie den vollkommen durchnäßten Rock hinter sich herschleifen mußte, was es ihr zusätzlich schwer machte, gegen die Wellen anzukommen. Er mußte weg. Tessa bückte sich, packte den Stoff und riß ihn sich vom Leib. Die Kreatur hatte ihr das Kleid so sehr beschädigt, daß die Wolle riß wie Papier. *Macht nichts*, dachte Tessa und erinnerte sich daran, wie ihr Ravis einst den Rock gestutzt hatte, um ihr die Flucht vor den Hetzern zu erleichtern.

Tessa warf den Stoffetzen ins Wasser und kämpfte gegen den Wunsch an, sich einfach fallenzulassen und zu einem Ball zusammenzurollen. In ihrem Hals begann ein Muskel zu zittern. Ravis. Warum hatte er nicht *sie* gewarnt, als sie in Kilgrim angegriffen worden waren? Warum hatte sein erster Gedanke Violante gegolten?

Eine Welle brach sich an Tessas Hüften. Die Gischt spritzte ihr bis auf die Wange. Unter der Oberfläche trieb die Strömung immer kälter werdendes Wasser heran. Tessa schauderte. Sie würde nicht mehr lange stehen können. Sie mußte einen Weg zurück zur Abtei finden.

An Ravis zu denken und sich zu wünschen, er hätte sich in Kilgrim anders verhalten, war reine Energieverschwendung. Sie durfte sich jetzt nicht ablenken lassen. Sie mußte zäh sein, entschlossen … mehr wie die alte Tessa McCamfrey. Sie mußte an sich selbst denken.

Der Wind blies über die Brandung, teilte die Wellen und trieb ihr das Salz in die offenen Wunden. Während sie sich gegen den Sturm stemmte, wanderten ihre Gedanken zu Emith und seiner Mutter: Sie würden sich ihr ganzes Leben lang Vorwürfe machen, wenn ihr etwas zustoßen sollte. Energisch schüttelte sie den Kopf und versuchte, den Gedanken zu verdrängen. Die Vorstellung, den beiden weh zu tun, war unerträglich.

Das Klingeln in ihren Ohren änderte die Tonlage: Es wurde tiefer, weicher - es klang drängender. Tessa lief die Zeit davon.

Sie ließ ihren Blick über die Dunkelheit schweifen und suchte nach irgend etwas, was ihr den Weg zurück zur Abtei weisen könnte. Himmel und Horizont waren vollkommen schwarz. Die einzige Abwechslung in dieser Finsternis stellten die grau schimmernden Kronen der Wellen dar, die gleichmäßig über den Sand rollten. Einen Augenblick lang beobachtete Tessa die Wellen, bevor sie im Schwarz des Meeres versanken.

Plötzlich regte sich etwas in Tessas Geist: Formen und Linien erweckten ihre Aufmerksamkeit. Lichtfäden verschwanden, nur um Sekunden später durch eine exakte Kopie ersetzt zu werden. Ein Schauder lief ihr über den Rücken. In den Wellen war ein Muster verborgen.

Dort, wo sich die Brecher trafen, wo das Meer von beiden Seiten auf den Damm eindrang, hatte sich ein spiralförmiges Muster herausgebildet. Die Wellen, die gegen den Damm schlugen, wurden zurückgeworfen, trafen auf weitere Wellen und wurden von diesen wieder gegen den Damm geschleudert. Die Mitte des Damms wurde von einem Geflecht aus Wellen markiert. Tessa folgte dem schimmernden Grau mit den Augen. War das die Straße zurück zur Abtei?

Mit schmerzender Brust und die Gedanken voll von Menschen und Orten, die sie vermißte, machte Tessa ihren ersten Schritt zurück zur Insel der Gesalbten. Sie zog den Fuß aus dem Schlamm und bahnte sich einen Weg durch die Strömung und gegen die Wellen. Das Muster würde sie wieder zurückführen.

Jeder Schritt war ein Kampf gegen die Strömung und den steigenden Wasserpegel. Das Wasser war kälter als die Luft, und während es stieg, spürte Tessa, wie die Kälte in ihre Knochen drang. Sie war so müde, so unendlich müde. Alle Kraft, die ihr noch geblieben war, mußte sie aufbringen, um gegen den Widerstand des Meeres voranzukommen. Den Blick starr nach vorne auf das Wellenmuster gerichtet, ließ Tessa ihren Gedanken freien Lauf.

Sie machte sich Sorgen um Mutter Emith, um ihre Beine und um ihre Gesundheit. Auch um Emith sorgte sie sich, und um die Sicherheit der beiden, und wie sie sich wohl fühlen würden, sollte sie nicht mehr zurückkehren. An Ravis versuchte sie nicht zu denken, doch je müder sie wurde, desto schwerer fiel es ihr, sich nur auf eine Sache zu konzentrieren und alles andere außen vor zu lassen.

Die Flut stieg weiter. Der Wind flaute ab. Nur der Regen schlug ihr noch immer im gleichen Rhythmus ins Gesicht. Tessas Körper kühlte so langsam aus, daß sie die Veränderung kaum bemerkte. Ihre Glieder wurden immer schwerer, und sie verlor allmählich das Gefühl in den Füßen. Das Klingeln in ihren Ohren war weit entfernt … Eigentlich war es gar kein Klingeln mehr, sondern eher ein sanftes, hypnotisierendes Summen.

Als das Wasser ihre Schultern erreichte, konnte sie

nicht länger die Füße auf dem Boden halten. Sie spreizte die Arme auf der Oberfläche und konzentrierte sich darauf, den Kopf über Wasser zu halten. Schwimmen kam nicht in Frage: Sie hatte nicht mehr die Kraft, gegen die Wellen anzukämpfen.

Bitteres, salziges Meerwasser drang ihr in den Mund. Die Kälte hatte inzwischen von ihrem ganzen Körper Besitz ergriffen, und sie konnte nur noch flach atmen. Die Strömung trieb sie hierhin und dorthin, als sei sie genauso leicht wie der Seetang, der sich um ihre Füße geschlungen hatte. Nur der Anblick des Wellenmusters auf dem Damm ließ sie weiterpaddeln. Inmitten der Dunkelheit war sie vollkommen allein.

Tessa klammerte sich an die Wasseroberfläche, als sei sie ein lebendes, atmendes Wesen. Das Meer erschien ihr nicht länger kalt: Es besaß genau die gleiche Temperatur wie ihr Körper. In der schwarzen, formlosen Nacht war das Meer das einzige, was ihr noch geblieben war.

Tessa vermißte Emith, seine Mutter und ihre warme, helle Küche, und sie vermißte auch Ravis und seine spöttische Stimme.

Zu erschöpft, um ihr Kinn noch länger hochzuhalten, ließ Tessa den Kopf auf die Wasseroberfläche sinken, um ihren Nacken ein wenig zu entspannen. Langsam, gegen ihren Willen und trotz ihrer Bemühungen, senkten sich ihre Augenlider. Das Klingeln in ihren Ohren war nun endgültig einem insektengleichen Summen gewichen, und das Meer schaukelte ihren Körper sanft hin und her. Seltsam, daß sie die Leere in ihrem Inneren deutlicher spürte als die Kälte um sie herum …

»Gerta, Gerta, bitte, bitte, *bitte*, wach auf.« Angeline hatte zuviel Angst, Gerta weh zu tun, um sie zu schütteln; also drückte sie statt dessen ihren Arm. Schneemann, der am

Fuß des Feldbetts hockte, stieß ein seltsames Wimmern aus. Angeline wußte, daß er nur allzu gerne auf das Bett gesprungen wäre, um Gerta das Gesicht zu lecken, doch seine nichtsnutzigen Schuldgefühle hielten ihn davon ab.

Schneemann tut leid, daß er nicht tapfer war.

Angeline lächelte ein schwaches, erleichtertes Lächeln. Sie war nicht im geringsten traurig darüber, daß Schneemann nicht tapfer war. Izgard war tapfer. Gerta war tapfer. Tapfer zu sein bedeutete entweder, anderen schlimme Dinge anzutun oder Opfer dieser Dinge zu werden. Angeline glaubte nicht, daß sie es hätte ertragen können, wenn Schneemann etwas zugestoßen wäre. Sie beugte sich vor und kraulte den kleinen Hund unterm Hals. Schneemann war so glücklich darüber, gestreichelt zu werden, daß er mit dem Schwanz auf den Boden schlug.

Nichtsnutziger Hund. Nichtsnutziger Hund.

»Ich weiß, Schneemann«, sagte Angeline mit leiser Stimme. »Ich weiß es, und ich liebe dich.«

»Mylady ...«

Angeline fuhr gerade noch rechtzeitig herum, um zu sehen, wie Gerta die Augen öffnete. Eine trübe Schicht hatte sich über ihre Pupillen gelegt, und obwohl sie angestrengt blinzelte, wurden ihre Augen nicht wesentlich klarer.

Angeline drückte Gertas Arm noch ein wenig fester. »Du bist im Zelt des Arztes, Gerta. Izgard hat dich hierherbringen lassen. Er hat seinem besten Arzt befohlen, sich um dich zu kümmern.«

Gerta bewegte leicht den Kopf, was man als Nicken hätte deuten können.

»Es tut mir leid, Gerta. Wirklich. Ich hätte Izgard gegenüber schweigen sollen. Es tut mir leid.« Als Angeline bemerkte, daß ihre Stimme zitterte, zwang sie sich, sich wieder zu beruhigen. Sie atmete tief durch. »Der Arzt sagt, du hättest Glück gehabt. Er sagte, du hättest einen

Schädel wie ein Ochse. Keine gebrochenen Knochen, nur eine tiefe Fleischwunde. Du mußtest mit mehreren Stichen genäht werden.«

Gerta leckte sich über die Lippen. Sie waren blaß und sahen trocken aus. »Hat er Euch weh getan?«

Vehement und lange schüttelte Angeline den Kopf. Sie empfand beinahe körperlichen Schmerz dabei, diese Frau, deren Stärke und Entschlossenheit sie so lange bewundert hatte, derart geschwächt zu sehen. Das war einfach nicht richtig. Eilig erklärte Angeline: »Izgard war einfach nur aufgeregt wegen der Schlacht – das war alles. Es war meine Schuld, daß er ...« Unvermittelt hielt sie inne, als sie bemerkte, daß man das, was sie zu sagen beabsichtigte, als Untreue ihrem Ehemann gegenüber auslegen könnte. Manchmal fiel es ihr schwer, sich an solche Dinge zu erinnern. »Wie auch immer: Auf jeden Fall mußt du jetzt nicht nach Hause gehen.«

»Hat das der König gesagt?«

»Nein.« Die Frage verwirrte Angeline. »Das hat er nicht; aber so lange du dich nicht besser fühlst, kannst du unmöglich die Berge überqueren. Das geht einfach nicht.«

»Ah, wie ich sehe, ist sie wach.« Der Arzt trat ins Zelt und drängte Angeline beiseite, um an Gertas Bett gelangen zu können. Angeline mochte den Arzt nicht. Wäre sie nicht seine Königin gewesen, hätte er sich vermutlich noch nicht einmal an ihren Namen erinnert. Was Frauen betraf, besaß er weder Geduld noch Liebe. Wie immer trug er eine lange schwarze Schürze. Sie war vollkommen trocken. Von Gertas Blut, das sie noch vor wenigen Stunden durchnäßt hatte, war nichts mehr zu sehen. Angeline hoffte, dies sei der einzige Grund, warum er Schwarz trug.

Plötzlich wurde ihr kalt, und sie suchte nach Schneemann, um ihn zu streicheln. Der kleine Hund war bereits wieder unterwegs und schnüffelte an Staub, Rattenkot und Haarbüscheln. Seine Hinterbeine ragten unter einem anderen Feldbett hervor, und sein Schwanz stand auf Halbmast, was bedeutete, daß er sich auf der Jagd nach einer Spinne befand oder sich auf eine Schlacht mit Ameisen vorbereitete. Angeline fühlte sich sofort besser, als sie ihn entdeckte. Einige Dinge änderten sich niemals.

Sie drehte sich um und sah, wie der Arzt Gerta an den Schultern packte.

»Was tust du da?« schrie sie. »Du kannst Gerta nicht aus dem Bett holen!«

Der Arzt hörte nicht auf, an der fülligen Dienerin zu zerren, während er antwortete: »Draußen wartet ein Karren und zwei Bewaffnete als Eskorte, um sie aus dem Lager zu bringen.«

»Aber ... aber ...« Angeline war so überrascht, daß ihr die Worte fehlten.

»Schschsch, Mylady«, murmelte Gerta. »Schschsch. Der König hat mir einen Befehl erteilt. Er kann ihn nicht wieder zurücknehmen.«

»Aber ...«

»Die Frau wird schon wieder in Ordnung kommen«, unterbrach sie der Arzt. Er sprach, als befinde sich Gerta überhaupt nicht im Raum, geschweige denn in seinen Armen. »Sie ist alt, aber ich habe ihr einen Heiltrank verabreicht und die Splitter aus ihrer Wunde entfernt. Sie hat Glück gehabt, daß der König so weitsichtig war, mich zu rufen.«

Angeline überraschte sich selbst damit, daß sie an eine bissige Erwiderung dachte, doch sie hielt sich zurück und sagte statt dessen: »Laßt uns für einen Augenblick allein. Ich will mit meiner Dienerin unter vier Augen sprechen.«

Der Arzt fuhr fort, Gerta aus dem Zelt zu zerren; er machte sich noch nicht einmal die Mühe, so zu tun, als hätte er den Befehl seiner Königin gehört.

»Ich habe gesagt: Laß uns allein!«

Der Arzt hielt mitten im Schritt inne. Gerta riß die Augen auf, und Schneemann kam unter dem Feldbett hervor und neigte verwirrt den Kopf zur Seite.

Entsetzt schlug sich Angeline die Hand vor den Mund. In ihrem ganzen Leben hatte sie noch nie zu jemandem in solch barschem Tonfall gesprochen. Was war nur los mit ihr? Ihr erster Instinkt war, sich zu entschuldigen, ihr Verhalten mit Übermüdung zu rechtfertigen, doch noch während sie einen entsprechenden Satz in ihren Gedanken formte, sah sie, wie der Arzt Gerta behutsam auf den Boden setzte.

Angeline spürte eine warme Welle über ihren Körper hinwegrollen. Der Triumph machte sie benommen. Sie richtete sich ein wenig auf, straffte die Schultern und drückte die Brust raus. Dann befahl sie dem Arzt: »Besorg ein Kissen für Gertas Nacken. Bring mir einen Krug mit Bittermandeltee und Honig, und dann geh.«

»Jawohl, Euer Hoheit.« Die Stimme des Arztes hatte sich verändert. Zum ersten Mal bemerkte Angeline, wie klein er war. Seltsam, daß er ihr bis jetzt immer so groß erschienen war.

Während sie beobachtete, wie er versuchte, ein Kissen vom Feldbett zu ziehen und gleichzeitig Gertas Kopf zu stützen, war Angeline versucht, ihm zu helfen. Sie trat sogar einen Schritt vor, doch dann knurrte Schneemann: *Bleib stehen.*

Das tat sie auch.

Anschließend brachte der Arzt nicht nur einen Krug Bittermandeltee mit Honig, er schenkte der Königin und ihrer Dienerin auch je einen Becher ein. Aus Furcht, ihre Entschlossenheit einzubüßen und sich vielleicht doch noch zu entschuldigen, sobald sie den Mund öffnen würde, zeigte ihm Angeline ihre Anerkennung mit einem knappen Nicken. Im selben Augenblick, da er das Zelt verließ, sprang Schneemann herbei, bellte und verlangte, in den Arm genommen zu werden.

»Böser Schneemann«, sagte Angeline und lachte, als sie sich bückte, um ihn zu streicheln. Wie konnte eine einzige Nacht nur gleichzeitig soviel Böses und Gutes bereithalten? »Böser, böser Schneemann.«

»Mylady …« Die Schwäche in Gertas Stimme brachte Angeline sofort wieder zurück auf den Boden der Tatsachen. »Ihr müßt den König darum bitten, eine andere Frau zu besorgen, die sich um Euch kümmert.«

»Aber ich will niemanden außer dir, Gerta. Es tut mir leid, daß ich nicht auf dich gehört habe. Es tut mir leid, daß ich immer so ungezogen war.« Während sie sprach, erinnerte sich Angeline daran, wie sie Gerta dazu überlistet hatte, mit ihr hierher ins Lager zu gehen. Die Schamesröte stieg ihr in die Wangen. Ohne sich dessen bewußt zu sein, legte sie die Hand auf den Bauch. »Alles tut mir leid.«

Gerta war sehr, sehr blaß. Ihre Haut schimmerte durchsichtig wie nasses Leinen, das zum Trocknen in der Sonne hängt. Die trübe Schicht auf ihren Augen bewegte sich mit den Pupillen, als ihr Blick von Angelines Gesicht zu ihrem Bauch wanderte. »Wenn ich fort bin, müßt Ihr gut auf Euch aufpassen. Eßt gut und reichlich, und seht zu, daß Ihr genug Schlaf bekommt.«

Angeline runzelte die Stirn. Zuerst Ederius und nun Gerta. Warum ermahnte sie jedermann, auf sich aufzupassen? »Ich werde schon zurechtkommen, Gerta. Ehrlich. Ich mache mir mehr Sorgen darum, wie du sicher über die Berge kommst.«

Gerta blinzelte langsam und hob den Arm ein Stück. Angeline, die die Geste als Bitte auslegte, Gerta wolle berührt werden, ergriff ihre Hand. Daß Gertas Finger eiskalt waren, entsetzte sie, doch sie tat ihr Bestes, es nach außen hin zu verbergen.

»Ich werde es schon überstehen, Mylady«, erwiderte Gerta. »Es ist Hochsommer. Außerdem stamme ich aus den Bergen, und der König hat die Pässe von Räubern gesäubert. Wie Ihr seht, gibt es keinen Grund, weshalb Ihr Euch Sorgen machen müßtet.«

Obwohl Angeline keineswegs davon überzeugt war, nickte sie – sie wußte, daß Gerta das von ihr erwartete.

Hinter ihr ertönte ein Husten. Das war der Arzt. Er wartete, bis Angeline sich zu ihm umdrehte; dann sagte er: »Euer Hoheit, es ist besser, wenn Eure Dienerin jetzt abreist. Es sind nur noch zwei Stunden bis Sonnenaufgang, und einige Truppen rücken bereits nach Osten ab. Ihre Reisegruppe muß die Grenzen des Lagers noch vor Morgengrauen verlassen haben.« Er wartete auf eine Antwort von Angeline; als sie jedoch schwieg, fügte er hinzu: »Das zumindest hat der König befohlen.«

Angeline rieb sich das schmerzende Handgelenk. Sie war es leid, die Starke zu spielen; sie sorgte sich um Gerta und war zu Tode erschöpft. »Also gut. Bringt sie hinaus.« Der Arzt trat einen Schritt vor. »Aber«, fügte Angeline hinzu und brachte ihn so zum Stehen, »ruft noch jemanden, der Euch beim Tragen hilft. Ich werde nicht zulassen, daß man sie wie einen Sack Hafer über den Boden schleift.« Das war zwar nicht viel, doch mehr konnte sie nicht tun. Gerta hatte recht: Izgard würde niemals seine Meinung ändern und ihr gestatten hierzubleiben.

Gertas kalte Finger drückten die ihren, als der Arzt aus dem Zelt schlüpfte. »Von nun an müßt Ihr jeden Tag so stark sein«, sagte sie, »für Euch und für Euer Baby.«

Ohne zu blinzeln, blickte Angeline Gerta in die Augen. Sie wagte es nicht zu sprechen.

Statt dessen fragte Gerta in die Stille hinein: »Glaubst du wirklich, ich hätte es nicht bemerkt, meine Kleine? Eine alte Jungfer wie ich hätte es nicht bemerkt?«

Während all der Zeit, da sie Gerta nun kannte, hatte die

alte Dienerin noch nie so sanft mit ihr gesprochen. Ein Stich fuhr ihr durchs Herz. Vorsichtig beugte sie sich vor und hauchte Gerta einen Kuß auf die Wange.

Gerta lächelte. »Nachdem ich es herausgefunden habe, habe ich Schneemann nur noch ›gute‹ Reste ausgesucht.«

»Du hast die ganze Zeit über gewußt, daß ich sie esse?« Angeline strich Gerta ein loses Haar aus dem Gesicht. Daß Gerta Bescheid wußte, erleichterte sie. Das bedeutete, sie konnte endlich aufhören zu lügen.

»Noch nicht einmal ein so kluger Hund wie Schneemann könnte das Fleisch vom Knochen lösen und das Fett übriglassen.« Gerta tätschelte Angeline die Hand. »Dann war da noch diese allmorgendliche Übelkeit und die Rötung an Eurem Hals und auf Eurer Brust. Babys und die Empfängnis sind mein Handwerk. Ich weiß nicht viel, aber wenn eine Frau ein Kind unter dem Herzen trägt, dann weiß ich das.«

Angeline gefiel nicht, daß Gertas Stimme mit jedem Wort schwächer wurde; doch obwohl sie wußte, daß es besser wäre, ihr soviel Ruhe wie möglich zu gönnen, konnte sie nicht umhin, eine Frage zu stellen. »Warum hast du Izgard nichts davon gesagt? War es nicht deine Aufgabe, in seinem Namen über mich zu wachen?«

Gerta schloß die Augen. Sie mußte erst einige Male durchatmen, bevor sie antworten konnte. »Ich weiß, was meine Aufgabe war – und niemand liebt sein Land mehr als ich. Niemand. Aber Ihr und Euer nichtsnutziger Hund seid mir irgendwie ans Herz gewachsen. Ich wollte euch beide nicht lieben, aber es ist nun mal passiert.«

Schneemann stieß ein trauriges Heulen aus. Er tapste über den Boden herbei, legte Gerta die Schnauze aufs Bein und blickte sie mit treuherzigen Augen an. Angeline schluckte. Daß sie alle drei jetzt in Schwierigkeiten steckten, war ihre Schuld.

»Genau. Dort drüben ist sie. Seid vorsichtig.« Der Arzt war in Begleitung zweier Männer wieder zurückgekehrt. Nach einem kurzen Blick zu Angeline, um sich zu vergewissern, daß sie nichts gegen seine Maßnahmen einzuwenden hatte, ließ er Gerta aus dem Zelt tragen. Angeline und Schneemann folgten den Trägern.

Draußen war es stockfinster. Rauchschwaden zogen durch die Luft, während ein Lagerfeuer nach dem anderen gelöscht wurde. Leise Geräusche durchdrangen die Dunkelheit: das Klirren der Rüstungen, die nun angelegt wurden, das Kratzen von Leder, das durch Schnallen gezogen wurde, das Schnauben der Pferde und das Knacken von Gelenken, wenn die Männer nach sechs Stunden Ruhe ihre Beine streckten. Der Boden unter Angelines Füßen zitterte. Izgards Heer war auf dem Marsch.

Sie blickte sich um und erspähte eine lange schwarze Formation, die einen Kamm auf der Anhöhe bildete: die Hetzer. Selbst in der Dunkelheit konnte sie ihre unnatürlich fließenden Bewegungen erkennen. Schwärzer als die Nacht, schienen sie aus den Schatten zu bluten wie Harz aus einem Baum. Angeline hörte, wie sie einander zuriefen, doch nein, sie mußte sich getäuscht haben, Menschen gaben keine derartigen Geräusche von sich, nur Wölfe.

Zitternd drehte sie sich wieder zu dem Arzt um. Er wies gerade die beiden Männer an, wie sie Gerta auf den Karren zu legen hätten. Angeline musterte die Männer, die Gerta auf ihrer Reise über die Berge begleiten würden. Sie wirkten nervös. Unablässig huschten ihre Blicke hierhin und dorthin. Wie jeder von Izgards Männern, so wollten auch sie kämpfen.

»Paßt für mich auf diese Frau auf«, sagte Angeline und überraschte sich aufs neue mit der Art ihres Auftretens. »Ich werde es als persönlichen Gefallen betrachten, wenn ihr sie heil und gesund in der Festung Sern abliefert.«

Normalerweise, wenn sie mit Männern sprach, pflegte Angeline die Augen niederzuschlagen; doch diesmal blickte sie die beiden Männer unverwandt an – und ihr Blick blieb nicht ohne Wirkung.

Die beiden Soldaten sanken auf die Knie und schworen, jeden ihrer Befehle wortgetreu auszuführen. Angeline streckte die Hand aus, damit die beiden sie nacheinander küssen konnten. Keinen von beiden schien der blaue Fleck zu kümmern, den Izgards Zorn auf Angelines Handgelenk hinterlassen hatte. »Geht jetzt«, sagte sie. »Bringt meine Dienerin nach Hause.«

»Ich liebe dich, Gerta«, formte Angeline mit den Lippen und beobachtete, wie ihre alte Dienerin fortgebracht wurde. Zwei Männer, drei Pferde, ein Karren und ein Pony. Am Tragegurt des Ponys war ein Langbogen befestigt. Gut. Das bedeutete, Izgard hatte einen seiner wertvollen Langbogenschützen abkommandiert, um Gerta auf dem Weg zu beschützen. Angeline betrachtete das als einen Akt der Reue und wischte sich mit dem schmerzenden Handgelenk über die Lippen. Vielleicht war ihr Gemahl doch nicht so schlecht, wie es bisweilen den Anschein hatte.

Nachdem die kleine Reisegruppe in der Dunkelheit verschwunden war, klopfte sich Angeline auf den Schenkel, um Schneemann herbeizurufen, und machte sich auf den Weg durchs Lager. Obwohl der Sonnenaufgang noch eine Stunde entfernt war, hatte sie keinerlei Schwierigkeiten sich zurechtzufinden, denn es gab einen hellen Punkt, an dem sie sich orientieren konnte: Die Öllampen in Ederius' Zelt brannten mit der Helligkeit eines Schmelzofens.

Kapitel zehn

Camron starrte in den Himmel, bis er die Sterne nicht mehr sehen konnte. Er kauerte hinter dem Stechginster, bis er jedes Gefühl in den Beinen verloren hatte, und er hielt den Atem an, bis die verbrauchte Luft drohte, seine Lungen zu vergiften.

In der letzten Stunde der Nacht wartete er auf einem Hügel westlich der Vorce-Berge, eineinhalb Meilen nordöstlich von Izgards Lager. Sandor und Balanon, sein oberster Heerführer, lagerten auf dem gegenüberliegenden Hügel – auf dem Osthang, um genau zu sein – dort, wo die Sonnenstrahlen als erstes auftreffen würden. Das Heer von Rhaize würde seinen ersten Angriff in die Sonne hinein führen. Als Sandor den Hügel als Aufmarschpunkt ausgewählt hatte, hatte er sich nicht darum gekümmert; es war ihm egal gewesen. Er hatte nur eine weite, offene Fläche gesehen, von wo aus er einen guten Blick auf das Land unmittelbar neben Izgards Heerlager hatte.

Das feindliche Lager selbst war nicht zu sehen. Izgard hatte den einzigen Ort in mehreren Meilen Umkreis ausgewählt, der auf drei Seiten von steilen Hängen geschützt war. Die vierte Seite wurde durch den schnellfließenden Hakenfluß gesichert, hinter dem sich ein dichter Birkenwald erstreckte. Im Gegensatz zu Sandor hatte Izgard auch für den Rückzug geplant. An der engsten Stelle des Flusses waren Pontons ausgelegt worden. Sollten die Garizon gezwungen sein, sich zurückzuziehen, würde

Izgards Armee den Fluß überqueren und die improvisierte Brücke hinter sich abreißen.

Camron hatte das feindliche Lager persönlich ausgekundschaftet. Er war alleine gegangen, denn er wollte nahe genug herankommen, um die ungefähre Zahl der Garizon ermitteln zu können, und er konnte von niemandem verlangen, sich in solche Gefahr zu begeben. Izgards Heer war genau so, wie Ravis von Burano es beschrieben hatte: eine große, gut organisierte Streitmacht. Obwohl es sich nur um ein Feldlager handelte, war es mit der Sorgfalt eines Baumeisters angelegt worden. Die weißen Zelte waren in konzentrischen Kreisen um einen zentralen Pferch angeordnet, wo die Schlachtrösser angebunden waren und Bögen und Kriegsmaschinen aufbewahrt wurden. Vier große Holztürme dienten den Wachposten als Ausguck. Die Türme ruhten auf großen Rädern, um sie leichter von einem Ort zum anderen bewegen zu können, ohne sie abschlagen zu müssen. Auf der windabgewandten Seite des Lagers, ein Stück flußabwärts, hatte man die Latrinen angelegt, um das Frischwasser nicht zu verderben. Neben den Wachtürmen wurde das Lager noch von mehreren befestigten Posten gesichert, und überall waren Fallen gelegt und Gräben ausgehoben.

Während er das alles betrachtet und Zelte und Pferde gezählt hatte, hatte Camron einen Hauch von Bitterkeit gespürt. Wieviel davon war Ravis' Werk?

Nun jedoch, achtzehn Stunden später, zerschunden vom Klettern über Felsen und unter Sträuchern hindurch und mit einem blauen Auge, das vom Sturz in einen von Izgards versteckten Gräben herrührte, war Camron nicht mehr in der Stimmung, um an Ravis und dessen Vergangenheit zu denken.

All seine Gedanken galten seinem Vater.

Camron fuhr sich mit den Fingern durchs Haar und

stieß die Luft aus, die in seinen Lungen brannte. Berick von Thorn. Wie war es nur möglich gewesen, daß er soviel für seinen Sohn gewollt hatte – und noch dazu etwas, was er sich selbst versagt hatte –, ohne es jemals laut auszusprechen? Doch wichtiger noch: Warum hatte sein Sohn den größten Wunsch des Vaters noch nicht einmal *erahnt?*

Camron rieb sich die schmerzenden Schläfen und löste den Blick vom dunklen Nachthimmel. Es gab keine Antworten auf diese Fragen – zumindest keine, mit denen er hätte leben können. Das einzige, woran er sich jetzt noch halten konnte, waren die Worte von Lianne, Gräfin von Mir'Lor: *Es ist noch nicht zu spät. Du kannst immer noch für das kämpfen, was er wollte. Auch jetzt noch.*

Und das war genau das, was er heute tun würde.

Kurz blickte Camron zum Lager von Rhaize. Über den Hügel hinweg waren die ersten Bewegungen zu erkennen. Sandor und seine Ritter erwachten gerade nach einer Nacht, die sie vermutlich in ihren Rüstungen verbracht hatten. Sie glaubten, dadurch Zeit sparen und ihre Bereitschaft zu einem Überraschungsangriff demonstrieren zu können. Tatsächlich jedoch bedeutete eine Nacht in Rüstung verspannte Muskeln, steife Glieder und schmerzhaft volle Blasen.

Camron runzelte die Stirn. Er begann, wie Ravis von Burano zu denken. Daß er diesen Gedanken weit weniger abstoßend fand als noch vor wenigen Wochen, bereitete ihm Gewissensbisse, und so wandte er seine Aufmerksamkeit seiner eigenen Truppe zu.

Seine Männer waren bereits seit zwei Stunden wach. Sie trugen Kettenhemden, einfache Brustharnische und Kurzbögen über dem Rücken – mit Ausnahme der Langbogenschützen. Insgesamt waren es ungefähr hundertzwanzig Mann, die hinter ihm in der Dunkelheit kauerten.

Am Morgen nach seinem Treffen mit Lianne war Camron zu Balanon gegangen, wie sie vorgeschlagen hatte, hatte ihm ihr Zeichen gezeigt und dem Obersten Befehlshaber von Rhaizes Heer seine Geschichte erzählt. Balanon war seinem Bericht über die Schlacht im Tal der gebrochenen Steine aufmerksam gefolgt; nur hier und da hatte er ihn unterbrochen und nach Einzelheiten betreffs der Hetzer, ihrer Bewaffnung und Taktik befragt. Im Gegensatz zu Sandor hatte Balanon die Geschichte nicht einfach so abgetan. Und obwohl er Camron wenig mehr versprochen hatte, als vorsichtig vorzugehen, so hatte er ihm doch einen Trupp von hundertzwanzig Männern unterstellt, mit der Aufgabe, das übrige Heer vor jeder ungewöhnlichen Gefahr zu warnen, die von den Hetzern ausgehen könnte. Zusätzlich zu Balanons Fußsoldaten unterstanden Camron noch ein Dutzend seiner eigenen Ritter und zwei Dutzend Langbogenschützen, die er Segwin dem Trinker zu verdanken hatte.

Was Balanon betraf, gab sich Camron keinen Illusionen hin. Er hatte ihm nur aufgrund von Liannes Zeichen zugehört, und daß er Camron ein eigenes Kommando unterstellt hatte, führte der junge Adelige ebenfalls auf die Zuneigung und Bewunderung des alten Feldherrn für die Gräfin von Mir'Lor zurück. Trotzdem hatte er das Gefühl, etwas erreicht zu haben. Er kam sich nicht mehr ganz so machtlos vor wie nach seinem Gespräch mit Sandor. Außerdem hielt ihn die Verantwortung für seine Männer davon ab, ständig an seinen Vater zu denken.

»Nördlich des Lagers bewegt sich etwas.«

Camron reagierte auf den flüsternd gesprochenen Hinweis eines seiner Männer, indem er den Kopf in die entsprechende Richtung drehte. Zunächst sah er nichts, nur den schattenhaften Umriß des Hügels, der an jenen angrenzte, wo sich Rhaizes Lager befand. Dann, während sein Blick über die in Dunkelheit liegenden Baumkronen glitt, bemerkte er eine schwarze Masse, die den Hang des Hügels hinunterströmte. Camrons erster Gedanke war, daß das unmöglich sein konnte. Acht Dutzend Männer waren auf diesem Hügel postiert worden, um den Rücken des Heeres zu überwachen. Und dann waren da noch die äußeren Posten: Im Abstand von fünfhundert Schritten bildeten sie einen weitläufigen Kreis um das Lager herum. Die Wachen waren allesamt schwer bewaffnet, und jeder Trupp führte einen Hornisten mit, um gegebenenfalls Alarm schlagen zu können. Sandor mochte ja vielleicht übertrieben selbstbewußt sein, aber selbst er akzeptierte, daß es klug war, das Lager weiträumig abzusichern.

Camrons zweiter Gedanke war nicht ganz so vernünftig; aber eigentlich war es auch gar kein richtiger Gedanke: Es war mehr eine Reaktion auf die tiefe Schwärze der Masse, die sich ihnen dort drüben näherte. Die Hetzer hatten das Feld betreten.

Camron sträubten sich die Nackenhaare. Sein Mund war trocken, und seine Brust war wie zugeschnürt, so daß er kaum atmen konnte. Er sah seinen Vater. Tot. Er sah Hurin. Tot. Er sah Rhif von Hanister, dessen offenliegendes Herz noch schlug.

Beunruhigt durch die Heftigkeit der Reaktion und aus Angst, daß die Erinnerungen ihn überwältigen würden, wenn er nicht sofort handelte, bellte Camron einen Befehl. »Mills, Toker, Stango! Jeder von euch nimmt sich eine Gruppe. Seht zu, daß ihr so schnell wie möglich den Hügel hinunterkommt. Nach einer Meile gebt ihr Alarm.«

»Warum geben wir nicht sofort Alarm? Das Lager muß gewarnt werden.« Das war Mills. Er gehörte zu Balanons Männern.

»Ich will vermeiden, daß die Hetzer unsere Position entdecken. Sie wissen nicht, daß wir hier sind, und das soll auch so bleiben.« Camron blickte den drei Männern in die Augen und forderte sie heraus, ihm zu widersprechen. Beinahe tat es ihm leid, als sich ihm niemand widersetzte. Zorn wäre eine willkommene Ablenkung gewesen. »Geht jetzt. Haltet die Köpfe unten, und kehrt nicht wieder zurück.«

Die drei Männer standen auf und sammelten ihre Leute. Balanons Männer waren bereit. Sie waren begierig darauf zu kämpfen, aber sie hatten den Hetzern auch noch nie gegenübergestanden. Was wußten sie schon? Camron hielt in seinen Gedanken inne. Seine Bitterkeit führte ihn auf den falschen Weg. »Paßt gut auf euch auf«, zischte er.

Mills nickte knapp. Sein Gesicht war hart wie Stein. »Irgendeine Nachricht für Balanon?«

Camron schüttelte den Kopf. »Nein.« Sein Blick kehrte wieder zu der sich bewegenden Linie am Horizont zurück. Die Hetzer schienen die Nacht ihrer Dunkelheit zu berauben und für sich zu beanspruchen. »Keine, außer daß wir tun werden, was wir besprochen haben.« Schon befanden sich die Männer auf dem Weg den Hügel hinab. Sie liefen gebückt und hatten die Schwerter in die Scheiden gesteckt, um verräterische Lichtspiegelungen zu vermeiden.

»Nun denn«, sagte Camron rasch. Es fiel ihm schwer, sich von der schwarzen Linie loszureißen, die sich auf ihr Lager zubewegte. »Izgard schickt seine Hetzer also von hinten, in der Hoffnung, das Lager in Panik zu versetzen. Wenn sie merken, was los ist, wird seine Hauptstreitmacht bereits Position für einen Frontalangriff bezogen haben. Izgard benutzt die Hetzer zur Ablenkung.«

Noch während er sprach, überlegte Camron, wie er als nächstes vorgehen sollte. Es fiel ihm schwer, sich zu konzentrieren. Über hundert Augenpaare blickten in seine Richtung. Es war leicht zu erkennen, wer zu Balanons Männern gehörte: seine eigenen hatten bereits gegen die

Hetzer gekämpft, und das Wissen darum lag wie Eis auf ihren Augen.

Camron wischte sich mit der Hand übers Gesicht und zwang sich nachzudenken. Sollten sie versuchen, die Hetzer abzufangen? Sollten sie ihnen den Weg versperren? Oder sollten sie ins Tal hinuntergehen, um Izgards Hauptstreitmacht aufzuhalten? In Erinnerung an Ravis' Rat hatte Camron alle seine Männer mit Bögen ausgerüstet. Wenn sie schnell genug vorgingen, könnten sie der vordersten Linie von Garizon die Pferde unterm Hintern wegschießen, während die Langbogenschützen von Segwin dem Trinker derweil Offiziere, Kriegsherren und vielleicht sogar Izgard selbst unter Beschuß nehmen konnten.

Aber andererseits: Was konnten knapp hundert Bogenschützen schon gegen eine Streitmacht von zwanzigtausend ausrichten? Camron rieb sich das Kinn und überlegte, was Ravis wohl an seiner Stelle tun würde. Die Antwort kam sofort. Ravis würde sich in den Rücken der Hetzer schleichen und sie von hinten überraschen. Er würde sie mit ihren eigenen Waffen schlagen.

Der Wind, der schon seit Stunden von hinten geweht hatte, änderte plötzlich die Richtung und blies ihnen nun ins Gesicht. Camron wurde das Haar aus der Stirn geweht, und er nahm einen strengen Geruch wahr. Abermals verkrampfte sich seine Brust, als er den Geruch erkannte: Es war der Urin- und Blutgestank der Hetzer.

Unbewußt wich er einen Schritt zurück. Jemand berührte ihn an der Schulter. Als er sich umdrehte, blickte er Broc von Lomis in die Augen. Die Schlacht im Tal der gebrochenen Steine hatte Broc die Milz, zwei Finger der rechten Hand und einige Muskeln in Hüfte, Brust und Armen gekostet; dennoch war er mit Camron ins Feld gezogen. Camron hatte ihn zwar gebeten, in Mir'Lor zu bleiben, doch Broc hatte sich nicht von seiner Entscheidung abbringen lassen und stattdessen erklärt, sein Platz sei an der Seite seines Führers. Camron hatte sich gefragt, ob Broc damit ihn oder Sandor meinte; aber als er ihm nun in die Augen blickte, wußte er die Antwort.

Er fühlte sich plötzlich sehr, sehr alt.

Trotz seiner Verletzungen hatte Broc sie nicht aufgehalten. Zwar mußte er doppelt so hart arbeiten wie jeder andere, um das gleiche Ergebnis zu erzielen, doch nicht ein einziges Mal hatte er sich beschwert oder Zeichen von Schmerzen gezeigt. Pausen legte er nur ein, wenn auch die anderen Männer sich ausruhten, und wie jeder andere auch gab er sich mit sechs Stunden Schlaf zufrieden. Camron fühlte sich für ihn verantwortlich. Er fühlte sich für jeden verantwortlich, der mit ihm ins Tal der gebrochenen Steine geritten war. Er hatte gehandelt, ohne vorher darüber nachzudenken, und doch waren sie ihm gefolgt. Dafür schuldete er ihnen etwas.

Den Blick wieder auf den gegenüberliegenden Hügel gerichtet, beobachtete Camron die schwarze Linie der Hetzer. Sie hatten sich schon weit genug genähert, daß allein das Geräusch ihrer Schritte das Lager hätte alarmieren sollen; dennoch ertönte kein Schrei, und keine Fackel wurde entzündet.

Die Hetzer bewegten sich wie ein Mann. Sie glichen einem Heuschreckenschwarm, der sich sammelte, um ein Feld zu überfallen. Sie bildeten eine Einheit im Geiste.

Camron rieb sich das Kinn. Sollte er sich zur rückwärtigen Seite des Lagers bewegen? Sollte er die Hetzer stellen? Oder sollte er statt dessen ins Tal vorrücken? Dieselben Fragen, immer wieder …

In diesem Augenblick hallte ein Hornstoß durch die Nacht, dann noch einer und noch einer. Schreie folgten, und Brandpfeile wurden hoch in die Luft geschossen. Der Lärm und die Pfeile kamen aus einem kleinen Wäldchen unmittelbar unter dem Hügel, wo Camron mit seiner Truppe lag. Das waren Mills, Toker und Stango, die Alarm schlugen. Camron hielt inne und wartete darauf, daß sich so etwas wie Erleichterung einstellte. Als nichts dergleichen geschah, richtete er seine Aufmerksamkeit wieder auf das Lager.

Die Hornstöße zeigten sofort Wirkung. Im Lager von Rhaize wieherten die Pferde, die Fackeln wurden entzündet, und dunkle Gestalten strömten aus den Zelten. Von seinem Standort aus konnte Camron gerade noch das Klirren der Schwerter hören, die aus ihren Scheiden gerissen wurden. Es klang gedämpft, blechern; es klang machtlos. Die Hetzer setzten zum Angriff an. Wie der Schatten eines großen Raubvogels stürmten sie den Hügel hinab.

»Camron.« Broc sprach mit sanft drängender Stimme und riß Camron aus seinen Gedanken. Camron drehte sich zu ihm um und bemerkte einen gelben Seidenzipfel, der unter Brocs Kragen hervorlugte. Er lächelte: Offenbar hatte Brocs Schwester auch dabei ihre Hand im Spiel, was ihr Bruder für den Krieg einpackte. »Wie lautet dein Befehl?«

Camron ließ seinen Blick über die Männer schweifen. Wie konnte er sie gegen die Hetzer schicken, obwohl er wußte, daß sie Monster waren? Wie konnte er selbst sich ihnen entgegenstellen, obwohl er bereits im Tal der gebrochenen Steine gegen sie gekämpft hatte? Im Kampf gegen diese Kreaturen konnte man keinen Ruhm gewinnen. Kein schneller, sauberer Tod. Doch was war die Alternative? Sollte er Izgards Hauptstreitmacht von der Flanke her angreifen? Durfte er zulassen, daß Angst sie davon abhielt, das einzige zu tun, womit sie *wirklich* etwas bewegen konnten?

Camrons Hand sank vom Kinn auf die Brust und hinab zum Schwert. Er blickte Broc in die Augen. Dort sah er etwas, das er nur als Glauben bezeichnen konnte, und so traf er eine Entscheidung.

»Wir werden die Hetzer abfangen!« brüllte er. »Wir lösen uns vom Lager und fallen ihnen in den Rücken.« Seine Männer setzten sich sofort in Bewegung. Während sie den Hügel hinabmarschierten, bereiteten sie ihre Bögen vor. Camron wartete einen Augenblick. Ein letztes Mal schaute er Broc von Lomis an. Der junge Ritter nickte. Er wußte, warum Camron sich so entschieden hatte: Die Hauptwaffe der Hetzer war Furcht. Sie nicht anzugreifen würde bedeuten, die Niederlage einzugestehen.

Dann drehte sich Camron um und folgte seinen Männern den Hügel hinab.

Es war der Geruch, der sie aufweckte. Er war so durchdringend wie ein Pfiff, so hartnäckig wie das Plätschern des Regens und so kräftig, als ob sie jemand am Arm schüttelte. Tessa öffnete die Augen. Sie blinzelte. Über ihr wölbte sich eine Kuppel aus rotem Fels. Als sie den Mund zum Atmen öffnete, überkam sie eine Welle der Übelkeit. Sie rollte sich auf die Seite und erbrach sich. Die rasche Bewegung trieb ihr die Tränen in die Augen. Die Muskeln in beiden Schultern brannten wie Feuer, und alles um sie herum drehte sich, was sofort neuen Brechreiz hervorrief, und sie erbrach klare, bittere Galle.

Schließlich wischte sie sich mit der Hand über den Mund und tastete nach ihrem Ring. Sich zu vergewissern, ob sich der Ring noch an Ort und Stelle befand, war ihr inzwischen in Fleisch und Blut übergegangen, eine Reflexhandlung wie Staub aus den Augen blinzeln. Ihre Hand tastete über den Stoff, dann über die Haut. Nichts. Erschrocken setzte sie sich auf. Sie schlug sich mit der Hand auf die Brust und schaute sich entsetzt auf dem Boden um. *Wo war der Ring?*

»Suchst du das hier?«

Tessa blickte auf. Ein alter, ein *sehr* alter Mann hielt irgend etwas ins Licht. Er trug eine mattbraune Tunika; sein kurzgeschorenes Haar war vollkommen weiß, und er betrachtete Tessa mit einem Lächeln auf den Lippen.

Ohne darüber nachzudenken, rappelte Tessa sich auf. Sie wollte ihren Ring. Zum dritten Mal brach eine Welle der Übelkeit über sie herein; ihre Beine gaben nach, und sie sank zu Boden.

Der alte Mann stieß einen leisen Pfiff aus und warf Tessa den Ring zu. »Halt ihn nur so fest, wie du kannst, meine Süße, aber am Ende wirst du ihn doch verlieren.«

Der Ring landete auf einem flachen Felsen unmittelbar neben ihr. Sie riß ihn an sich und schloß die Faust um das Gold. Er fühlte sich warm an, als hätte er stundenlang in der Sonne gelegen. Allein ihn wieder in ihrem Besitz zu wissen half ihr, sich zu beruhigen. Seine Nähe gab ihr Kraft. Sie drückte den Daumen auf die Dornen und versuchte, die Übelkeit zu verdrängen.

Plötzlich wurde ihr bewußt, wie kalt ihr war, und sie zog die Knie eng an die Brust. Sie trug eine grobe, lange Wolltunika; ihre Schienbeine waren das einzige, was von ihrem Körper zu sehen war. Die Haut war bedeckt von wütenden roten Linien. Zwischen Schnitten und blauen Flecken waren auch Bißspuren zu erkennen. Deutlich war der Abdruck von drei Zähnen zu sehen. Tessa lief ein Schauder über den Rücken. Sie wandte sich ab.

Sie befand sich in einer großen Höhle. Von irgendwo weit hinten drang Sonnenlicht herein. Unmittelbar über Tessa war die Decke niedrig, doch zur Höhlenmitte hin erhob sie sich scheinbar unendlich in die Dunkelheit. Die Farbe der Felsen reichte von Rot über Dunkelbraun bis Sandfarben. Einige wenige Felsen waren grau und von roten Adern durchzogen. Irgendwo tropfte Wasser. Tessa faßte auf einen der Felsen und stellte fest, daß er naß war. Orangefarbener Staub glitzerte auf ihren Fingern. Verschiedene Gerüche erfüllten die Luft, doch nur einer erregte ihre Neugier: der scharfe, saure Geruch von gegorener Milch. Abermals ließ sie ihren Blick durch die Höhle schweifen. Auf dem gesamten Boden lagerten dicke, blasse Scheiben in Nestern aus Seetang, und sie waren mit grobem Salz ummantelt.

»Käse«, erklärte der alte Mann, der Tessas Blick gefolgt war. »Hier unten reift unser bester Käse. Das ist also eine ›Käsehöhle‹, wenn du so willst. Die feuchte Luft, der Seetang, das Salz, ja selbst der Felsen ... All das verleiht dem Käse seinen besonderen Geschmack.«

Tessa nickte. Sie hatte das Gefühl, wieder in einer fremden Welt gelandet zu sein. Wäre nicht das Rauschen des Meeres gewesen und der Maribaniakzent des alten Mannes, hätte man glauben können, der Ring hätte sie erneut an einen anderen Ort geführt. »Wie bin ich hierhergekommen?«

Der alte Mann seufzte. »Ja, ja. Das willst du natürlich wissen.« Er warf einen raschen Blick auf Tessa, wandte sich aber ebenso rasch wieder ab. »Ich hätte wohl zuerst fragen sollen, wie es dir geht, stimmt's?«

»Es geht mir gut«, log Tessa ungeduldig.

»Wirklich gut?« Der alte Mann hob die Augenbrauen. Dann nickte er. »Nun, das mußt du selber wissen.«

Tessa spürte, wie sie errötete.

Durch die dichten Reihen der Käseräder hindurch suchte sich der alte Mann einen Weg zu ihr. Er war klein – kleiner noch als Tessa –, aber sein Körper sah aus, als sei er von einem schweren Gewicht zu großer Dichte zusammengepreßt worden. Tessa schaute zur Höhlendecke. Dort hingen große Stalagmiten herab wie Kandelaber. Sie stellte sich vor, sie könne das Gewicht des Felsens auf ihrer Brust spüren. Rasch schüttelte sie den Kopf, um den Gedanken zu vertreiben.

»Bitte, trink das.« Der alte Mann stand vor ihr und bot ihr einen Becher an. »Da du dich ja – wie du sagst – gut fühlst, brauchst du meine Medizin zwar nicht, aber ich bin ein alter Mann, und alte Männer sind nun einmal dickköpfig. Ich habe das hier nicht über eine Stunde lang zusammengebraut, nur um es jetzt wegzuschütten.«

Reumütig griff Tessa nach dem Becher. Er war aus Knochen geschnitzt und fühlte sich warm an. Als der alte Mann die Hand zurückzog, bemerkte sie, daß sein rechter Daumen unnatürlich auf dem Handteller lag. Mutter Emiths Stimme hallte in ihrem Kopf: »*Sie haben ihm die Sehnen am rechten Daumen durchtrennt, damit er nie wieder eine Feder in die Hand nehmen konnte.*« Tessas Blick wanderte von der Hand zum Gesicht des alten Mannes. »Bruder Avaccus?« fragte sie.

»Und wenn? Was dann?«

Tessa konnte nicht aufhören zu zittern. Es war nicht die Luft in der Höhle, die kalt war, sondern irgend etwas tief in ihrem Inneren. Sie nippte an dem Becher, dann sagte sie: »Man hat mir gesagt, Ihr wäret tot.«

»Wer hat das gesagt?«

»Vater Issasis.«

Der alte Mann wirkte ehrlich überrascht. »Hat er?« Er schüttelte den Kopf. »Das muß ihn einiges gekostet haben. Eine Fremde anzulügen ... Das paßt gar nicht zu ihm.«

»Mir schien er ein recht geschickter Lügner zu sein«, entgegnete Tessa und bereute es sofort. Was auch immer sich in dem Knochenbecher befinden mochte, es war ihr sofort in den Kopf gestiegen. Sie spürte, wie wieder Blut durch ihre Schläfen gepumpt wurde und ihre Gedanken durcheinander wirbelte. Vorsichtig stellte sie den Becher ab und schob ihn von sich. »Warum wollte Vater Issasis nicht, daß ich Euch sehe?« fragte sie.

»Ja, das ist die Frage.« Der alte Mann, von dem Tessa

nun beinahe sicher war, daß es sich um Bruder Avaccus handelte, setzte sich auf den Boden. Er zog die Beine an und verschränkte die Hände vor der Brust. »Vater Issasis will nicht, daß mich jemand sieht. Deshalb hat er mich auch hierhergeschickt, hier hinunter in die Käsehöhle, wo ich seit einundzwanzig Jahren tagein, tagaus den Käse wende.«

Irgend etwas klickerte neben Tessa. Eine Krabbe rannte über den Felsen. Ihr Panzer war von einer glitzernden Schicht Steinstaub bedeckt. Unbeeindruckt von der Nähe der Menschen rieb sie sich den Staub an dem Knochenbecher ab. Tessa drehte sich wieder zu Avaccus um und sagte: »Ihr habt meine Frage noch nicht beantwortet.«

Avaccus' helle Augen funkelten fröhlich. »Welche? Ich glaube nicht, daß ich bis jetzt irgend etwas beantwortet habe.«

Er hatte recht. Bis jetzt hatte er Tessa gar nichts gesagt – außer einigem Unsinn über Käse. Sie wünschte, sie könnte klarer denken, aber ihr war so kalt – so kalt wie im Meer in der Nacht. Die Erinnerung an die steigende Flut, die reißende Strömung und die Dunkelheit stieg in ihr auf und beraubte die Höhle ihrer Helligkeit. Tessa schnappte nach Luft. »Was ist mit mir geschehen?« schrie sie. »Sag mir, wie ich hierhergekommen bin!«

Avaccus blickte ihr gelassen in die Augen. »Ich habe dich hierhergebracht. Ich bin mit dem Boot auf den Damm hinausgerudert, habe dich auf dem Wasser treibend gefunden, dich ins Boot gezogen und nach Hause gebracht.« Er lächelte. »Beinahe hättest du es aus eigener Kraft geschafft, weißt du das? Noch hundert Schritte und du wärst wieder an der Abtei gewesen. Bemerkenswert. Wirklich bemerkenswert.«

Tessa fühlte sich nicht im geringsten ›bemerkenswert‹. Sie fror, war gereizt und fühlte sich überfordert. Sie zwang sich zum Nachdenken und fragte: »Hast du gewußt, daß ich dort draußen war?«

Bruder Avaccus winkte beiläufig mit der verkrüppelten rechten Hand. »Ich hatte so eine Ahnung.«

»Und hast du auch eine ›Ahnung‹, warum ich hier bin?« Tessas Stimme klang hart. Sie fühlte sich im Nachteil.

»Ich könnte es mir denken«, antwortete Avaccus und setzte eine betont gelassene Miene auf. »Aber es würde uns beiden Zeit sparen, wenn *du* es mir sagen würdest.«

Tessa rieb sich die Augen. Trotz seiner freundlichen Stimme und seines sanften Aussehens war Bruder Avaccus so hart wie alter Schiffszwieback. Sie atmete tief durch. »Ich bin hierhergekommen, weil mein Freund Emith mir gesagt hat, du wüßtest um die alte Kunst des Schreibens. Ich habe eine Aufgabe zu erledigen, und ich bin nicht sicher, wie ich das bewerkstelligen soll; deshalb benötige ich Hilfe. Ich muß wissen, wie ich Izgard davon abhalten kann, seine Hetzer in Monstren zu verwandeln.«

Avaccus reagierte auf diese Erklärung mit einem kaum merklichen Nicken, als hätte sie nur einen Kommentar über das Wetter abgegeben oder einen Vorschlag für den ersten Gang eines Abendessens gemacht. Sie war enttäuscht. Sie überlegte gerade, es dem alten Mann noch ein wenig deutlicher zu erklären, als er fragte:

»Weißt du, daß dein Ring eine Ephemere ist?«

Tessa verlor allmählich die Geduld. Sie schüttelte den Kopf. »Eine Ephemere? Ich verstehe nicht.«

»Ein Relikt aus einer Zeit, als noch alle Welten miteinander verbunden waren, vor der Großen Spaltung, aus einer Zeit, bevor sich die Bruchstücke der alten Welt in dem Nichts aus Raum und Zeit sammelten, um neue Welten zu bilden.« Avaccus sprach leise. Zunächst war sein Blick in eine unbestimmte Ferne gerichtet, dann wanderte er zu Tessas Faust, in der sie den Ring umschlossen hielt. »Dieser Ring ist sehr, sehr alt und sehr wertvoll, und die Tatsache, daß du ihn bei dir trägst, verrät mir alles, was ich wissen muß.«

In Tessas Kopf drehte sich alles. Die Felsen der Höhle verschwammen vor ihren Augen. Sie wirkten wie die Wände einer tiefen, roten Grube. Neue Welten? Die Große Spaltung? Tessa öffnete die Faust und hielt den Ring ins Licht. Sie hörte sich fragen: »Was meinst du damit, wenn du sagst, am Ende würde ich ihn sowieso verlieren?«

»Aaah. Verlieren. Das ist es.« Avaccus verlagerte sein Gewicht, um es sich ein wenig bequemer zu machen. Erneut fiel Tessa auf, wie dicht sein Körper wirkte. Obwohl das Licht in der Höhle blaß und trüb war, warf er einen kräftigen, klar umrissenen Schatten. »Es liegt in der Natur einer Ephemere, verloren zu werden. Sie sind nun einmal so; dafür sind sie geschmiedet worden. Sie wandern von Hand zu Hand, von Zeit zu Zeit, von Welt zu Welt. Sie schlüpfen durch die Risse zwischen den Zeitaltern, durch Spalten von Zeit und Raum. Unvermittelt fallen sie Völkern und Menschen in die Hände, nur um ebenso wieder zu verschwinden. Halt den Ring so fest wie du kannst, aber es wird dir niemals gelingen, ihn zu behalten. Wache Tag und Nacht über ihn, und doch wirst du eines Morgens aufwachen, und er wird verschwunden sein.«

Tessa hatte nicht eine Sekunde den Blick von dem Ring gewandt. Das funkelnde Gold schien ihr zuzuzwinkern wie ein alter Ehemann, der auf dem Weg zu seiner Geliebten ist.

Avaccus fuhr fort. Seine sanfte Stimme hallte von der Höhlenwand wider. »Ephemeren bleiben nie lange an einem Ort. Sie existieren eben ephemerisch, *vorübergehend* – wie eine Sternschnuppe oder ein Sturm, der ebenso schnell kommt wie er geht. Jahrhundertelang können sie unentdeckt an einem Ort liegen. Versteckt im finsteren Raum zwischen den Welten warten sie, bis sie gerufen oder gebraucht werden. Ephemeren können der Auslöser für vieles sein: Sie können Kriege entfachen, Veränderungen hervorrufen oder Leben beeinflussen. Sie besitzen Macht. Nur an einen Ort gehören sie wirklich: dort, wo Licht und Dunkelheit sich treffen, wo die Welten miteinander verschmelzen und Raum und Zeit keine Bedeutung haben.

Sie wandern durch alle Welten: Reliquien, magische Ringe, steinerne Monumente und heilige Juwelen. Die Menschen glauben, sie würden sie finden, doch in Wahrheit sind sie es, die gefunden werden. Ephemeren sind kein Geschenk; sie sind nichts, was man zur Schau stellt, und kein Schatz, den man hortet. Sie sind eine Last. Ein strenger Herr. Eine Macht aus sich heraus.«

Tessa fühlte die Wärme in ihren Körper zurückkehren. Die Kälte des Meeres löste sich aus ihren Gliedern und ließ sie erschöpft, aber erleichtert zurück. Sie fühlte sich, als hätte sie die ganze Nacht draußen in der Kälte gewartet, und nun endlich hatte man ihr gestattet einzutreten. Die Schmerzen wurden zunehmend schwächer, und auch die Übelkeit verflog. Allerdings hörte sie noch immer nicht auf zu zittern. Sie wog den Ring in ihrer Hand und fragte: »Willst du damit sagen, dieser Ring hier verfolge eine bestimmte Absicht?«

Avaccus blickte zur Decke. Eine Zeitlang starrte er schweigend zu ihr hinauf, dann nickte er. »O ja. Ephemeren verfolgen immer eine bestimmte Absicht. Einige dienen nur großen Zielen, andere wiederum geben sich mit kleinen Aufgaben zufrieden. Manche verfolgen sogar einen Zweck, den man in einem ganzen Menschenleben nicht verstehen kann. Oft verursachen sie ein scheinbar unbedeutsames Erlebnis – den Tod eines Kindes, die Geburt einer Idee, den Verlust einer lange gehegten Tradition –, und manchmal bemerkt man erst Generationen später, wie wichtig diese Ereignisse waren.

Ephemeren sind Katalysatoren der Veränderung. Sie schlüpfen in eine Welt, schlüpfen wieder hinaus und haben sie verändert.« Avaccus seufzte. Sein ganzer Körper schien in sich zusammenzufallen. »Und du, mein liebes Mädchen, bist im Besitz einer Ephemere.«

Tessa blickte ihm in die Augen. Der Ring wog schwer in ihrer Hand, und einen Augenblick lang wünschte sie sich, sie könne ihn ebenso leicht wieder loswerden wie die Krabbe den Staub. Doch noch während sie dieses Verlangen empfand, schob ein anderer Teil von ihr den Gedanken beiseite. Der Ring gehörte ihr. Avaccus beobachtete sie mit der Teilnahmslosigkeit eines Gelehrten, der ein Manuskript studiert. Sie zweifelte nicht an dem, was er ihr erzählt hatte. Die ganze Zeit über, seit dem Tag, da sie den Ring im Wald gefunden hatte, wußte Tessa, daß das Schmuckstück etwas Besonderes war. »Ist er magisch?« fragte sie.

»Ja und nein.« Avaccus lächelte. Seine Zähne besaßen die gleiche Farbe wie die Käseräder, die zu wenden seine Aufgabe war. »Ephemeren entfalten ihre Macht durch Menschen. Wer auch immer eine von ihnen in Händen hält, wird Teil dieser Macht, doch ich bezweifele, daß eine Ephemere jemanden zu einem Magier machen könnte oder wollte.«

Tessa nickte. »Diese Ephemere ist mir in die Hände gefallen, damit ich Izgards Hetzer aufhalte. Ich glaube, der Ring hat mich hierhergebracht, weil ich mich ihnen entgegenstellen soll.«

»Glaubst du? Hm.« Avaccus rieb sich das glattrasierte Kinn. Seine Arme waren nackt, und sein Fleisch war trotz seines Alters fest. Er war nicht fett, nur kräftig gebaut.

Tessa wartete darauf, daß er ihre Vermutung bestätigte. Er schwieg jedoch. Sein Atem ging gleichmäßig, und sein

Gesicht war vollkommen ausdruckslos. Das Licht wurde immer schwächer, was den Farben in der Höhle einen kräftigeren Ton verlieh. Die Schatten der Stalagmiten waren inzwischen blutrot. Neben Tessa war die Krabbe zu hören, die noch immer um den Knochenbecher herumkrabbelte. Plötzlich verstummte das Tropfen des Wassers in den unsichtbaren Tümpel. Der Geruch des reifenden Käses mischte sich mit dem salzig-bitteren Duft des Meeres. Obwohl Tessa mit dem Rücken an einer der Höhlenwände lehnte, hatte sie das Gefühl, in die Mitte der Grotte geschoben zu werden. Jeder Ort, an den sie mit dem Ring in der Hand ging, kroch oder rannte, schien im Zentrum des Geschehens zu liegen.

Das Schweigen dauerte an.

Tessa dachte nach. Sie dachte nach über das, was sie über Deveric und Izgard von Garizon wußte. Sie versuchte, sich an alles zu erinnern, was sie in dieser Welt erfahren oder erlebt hatte, und suchte nach Einzelheiten, die ihr bisher vielleicht entgangen waren. Es hatte sich richtig angefühlt, als sie gegen die Hetzer gemalt hatte. Sie blickte auf den Ring und folgte den goldenen Bändern mit den Augen, die sich nach außen, zum Licht hin wanden. Vielleicht war es Izgard, gegen den zu kämpfen ihre Aufgabe war. Ihre Gedanken wanderten zu Ravis und Camron. Beide waren fest entschlossen, den König von Garizon zu stürzen. Was wäre, wenn auch sie Teil dieses Vorhabens war? Sie drei waren an jenem Tag zusammengeführt worden, da sie den Ring gefunden hatte.

»Vielleicht geht es hier um mehr als nur um die Hetzer«, sagte sie. »Vielleicht geht es um den Mann, der sie befehligt.«

Avaccus wedelte mit dem Finger. »Ja. Nein. Vielleicht.«

Erneut hatte Tessa das Gefühl, als langweile sie den alten Mann mit nichtigen Details. »Wenn du die Antwort kennst, warum sagst du sie mir dann nicht einfach?« verlangte sie wütend. »Ich bin den weiten Weg hierhergekommen, nur um dich zu sehen. Man hat mich angegriffen, mich gejagt, und fast wäre ich ertrunken. Ich habe Menschen verlassen, die mir sehr am Herzen liegen, nur um hier zu sein, und du sitzt einfach nur da, siehst mich spitzbübisch an und behältst deine Geheimnisse für dich. Gespaltene Welten, verborgene Absichten, Ephemeren: Wenn du soviel weißt, *dann sag es mir.*« Irgendwann während ihres Ausbruchs hatte Tessas Stimme ihre Schärfe verloren. Sie war noch nie so müde gewesen. Gegen ihren Willen erschien das letzte Bild, das sie von Ravis hatte, vor ihrem geistigen Auge. Sie sah, wie er durch den Gasthof in Kilgrim auf die Männer zustürmte, die den Wirt gefangenhielten. Plötzlich schmerzten alle ihre Wunden derart heftig, daß ihr die Tränen in die Augen traten.

Als sie wieder das Wort ergriff, klang ihre Stimme ruhig und normal – abgesehen von einer gewissen Rauheit, die daher rührte, daß sie ihre Gefühle noch nicht ganz unter Kontrolle hatte. »Bitte. Der Ring hat mich hierhergebracht. Ich stamme von einem anderen Ort – vielleicht aus einer anderen Welt, die nach deiner ›Spaltung‹ entstanden ist. Ich weiß es nicht. Ich weiß nur, daß mein Hiersein einen Grund hat. Deveric hat mich hergerufen, und der Ring hat mich hierhergebracht. Ich muß herausfinden warum. Bis heute habe ich immer geglaubt, es sei meine Aufgabe, die Hetzer zu vernichten und den Schreiber, der sie erschaffen hat. Nun jedoch siehst du mich an, und obwohl du es nicht laut aussprichst, sehe ich deutlich, daß du glaubst, ich würde mich irren. Wenn ich irgendein Teil des Musters übersehen habe, dann muß ich es wissen.«

Avaccus hatte sich kaum bewegt. Nachdem das letzte Echo ihrer Worte verhallt war, blinzelte er langsam, als laste ein großes Gewicht auf seinen Augenlidern. Er antwortete, doch nicht bevor er tief durchgeatmet hatte. »Ich bin zweiundachtzig Jahre alt, junge Dame. Zweiundachtzig! Und seit siebzig Jahren nenne ich die Insel der Gesalbten meine Heimat. Wie viele Jungen meines Alters kam ich hierher, um Schreiben zu lernen. Die Heiligen Väter haben schon immer Jungen aus armen Familien geholfen, Lesen und Schreiben zu lernen. Es war nicht meine Absicht, Schreiber zu werden – jedenfalls damals noch nicht. Nein. Ich glaube, damals wollte ich Astronom werden und den Himmel kartographieren.«

Avaccus schenkte Tessa ein ehrliches, warmes Lächeln. »Es hat nicht sollen sein. Nachdem die Heiligen Väter erst einmal herausgefunden hatten, daß ich ein gewisses Talent mit Pinsel und Feder besaß, wollten sie mich nicht mehr gehen lassen. Sie sagten, ich hätte das Talent, ein großer Schreiber zu werden. Ein Illuminator wie Fascarius, Mavelloc und Ilfaylen. Sie sagten mir, ich solle bleiben, lernen und Mitglied der Bruderschaft werden.« Das Lächeln verschwand aus seinem Gesicht. »Wir hier auf der Insel sind von unserer Arbeit besessen, und wenn wir einen Mann als zu uns gehörig betrachten, dann behalten wir ihn auch hier.«

Tessa blickte auf Avaccus' Daumen, der nutzlos in der Hand lag. Als sie wieder aufschaute, sah sie, daß Avaccus ihrem Blick gefolgt war. Er versuchte nicht, seine Hand zu verbergen.

»Die Heiligen Väter sind erfüllt von Liebe und Furcht«, sagte er. »Das sind wir alle, aber sie mehr als jeder andere. Wenn du jetzt in die Abtei hinaufgehen würdest, würdest du Vater Issasis vermutlich auf dem Bauch liegend in der Kapelle finden, wo er für die Lügen, die er dir gesagt hat, um Verzeihung bittet. In vielerlei Hinsicht ist er ein guter Mensch, und in allen Fällen mit Ausnahme dieses einen ein ehrlicher.«

»Er ist mir am Tor entgegengekommen«, murmelte

Tessa. »Er hat mich in meine Zelle führen lassen, und nachdem ich eingeschlafen bin, hat man mich angegriffen.« Die Erinnerung an die Kreatur in der Dunkelheit war so lebendig, daß Tessa unwillkürlich zusammenzuckte. Der Geruch, die Laute und einfach die *Masse* der Kreatur – die Essenz der Finsternis.

Avaccus ließ seine verkrüppelte Hand zu Boden sinken. »Vater Issasis hat keine Kreatur geschickt, um dich zu töten. Das ist nicht die Art der Heiligen Väter. Der Angriff hatte seinen Ursprung an einem anderen Ort.«

»Und doch hat Vater Issasis es zugelassen?« Tessa sprach nur eine Vermutung aus, doch irgend etwas in Avaccus' Gesicht sagte ihr, daß sie vielleicht recht damit hatte. Einen Augenblick lang wirkte er unendlich traurig.

»Ich hoffe nicht. Bei allem, wofür die Insel steht, ich hoffe nicht.«

»Gibt es eine Verbindung zwischen dem Ring und der Insel?« Tessa hatte nicht gewußt, was sie fragen wollte, bis sie es ausgesprochen hatte. Avaccus' hellbraune Augen schienen ihr die Worte förmlich aus dem Mund zu ziehen.

Sein Nicken war knapp, aber unmißverständlich. »Man kann Muster verwenden, um Wissen zu erlangen. Das habe ich schon sehr früh gelernt. Man muß nur die richtigen Muster in der entsprechenden Reihenfolge zeichnen, und man kann in die Vergangenheit reisen. Zwar kann man sie nicht noch einmal erleben, aber man kann ihre Spuren finden – jene Dinge, die sie hinterlassen hat, damit wir sie entdecken können. Wenn wir Glück haben, stolpern wir über diese Dinge, studieren und klassifizieren sie und ziehen unsere Schlüsse daraus. Das war es, was mir die Illuminationen ermöglicht haben: Sie haben mir erlaubt, hinter die Mauern zu blicken und die Wahrheit zu suchen.«

Avaccus drohte die Stimme zu versagen. Tessa

bemerkte ein Schimmern in seinen Augen. Irgend etwas Helles, etwas Trauriges, etwas Junggebliebenes. »Das war meine Gabe und mein Untergang. Und auch der von Emith. Obwohl er damals noch sehr jung war und lediglich meinen Anweisungen folgte, bestraften ihn die Heiligen Väter nichtsdestotrotz. Sie trennten uns voneinander und verbannten ihn, denn er war keiner der ihren – noch nicht. Wäre er noch ein, zwei Jahre länger hiergeblieben, hätte sich das vielleicht geändert. Aber sie hielten es für das Beste, ihn fortzuschicken. Und mich …« Er hob die Hand.

»Dir haben sie die Sehnen durchtrennt, um dich vom Schreiben abzuhalten.«

»Das haben sie. Das und mehr.« Avaccus blickte zur Decke hinauf. »Es gibt alte Geheimnisse, die sie beschützen müssen, weißt du? Fünfhundert Jahre alte Geheimnisse.«

Tessa zog sich den Saum ihres Kleides über die Schienbeine. Die Farbe, die das Licht ihrer Haut verlieh, machte sie nervös. Sie schwieg. In der Ferne hörte sie das Meer gegen die Felsen branden. Es klang wie menschliches Atmen.

»Dieser Ring, den du da bei dir trägst, ist eine Kopie der Dornenkrone«, erklärte Avaccus, dessen Stimme im Takt des Meeres schwang. »Ich glaube, beide sind durch Zeit und Raum miteinander verbunden.«

»Ist die Dornenkrone auch eine Ephemere?«

Avaccus lächelte sanft. »Ja, vielleicht die größte von allen. Sie reist zwischen den Welten umher mit nur einem Ziel: *Kriege zu gewinnen.*«

Tessa lief ein Schauder über den Rücken, und ihr sträubten sich die Nackenhaare. Sie bekam eine Gänsehaut. Plötzlich wurde sie sich bewußt, aus wieviel Einzelteilen ihr Körper bestand. Ihre Glieder waren schwer wie Streitkolben, ihre Hände nicht mehr als eine nutzlose

Ansammlung von Knochen. Ihre Haut war so dünn wie Pergament. Sie war verwundbar. Wie hatte sie nur soweit kommen können, obwohl sie sich auf diesen schwächlichen Körper verlassen mußte? Das war Wahnsinn.

Tessas Augen waren vollkommen ausgetrocknet, und so blinzelte sie rasch mehrmals hintereinander. Sie versuchte zu schlucken, doch sie konnte nicht. Also sprach sie statt dessen. »Die Dornenkrone ist seit fünfhundert Jahren die Krone von Garizon. Wenn sie eine Ephemere ist, wie du sagst, dann dürfte sie doch eigentlich gar nicht hiersein, oder? Müßte sie nicht schon seit Jahrhunderten wieder verschwunden sein?«

»Das, junge Frau«, erwiderte Avaccus und betonte jedes einzelne Wort, »das ist das Problem.«

Kapitel elf

Rauch stieg von der Illumination auf, als die Säure sich in das Pergament brannte. Schwarze Tinte drang in schwarz grundiertes Pergament und glitt durch die Fasern wie ein Panther auf der Jagd durch die Nacht. Haare lösten sich aus dem Pinsel, und an Ederius' Kinn sammelte sich Speichel. Die Sonne schien durch die Mottenlöcher in der Zeltplane und warf helle Flecken auf den Schreibtisch.

Ederius bemerkte nichts von alledem. Der einzige Rauch, den er sah, stammte von der Brandschatzung des Rhaize-Lagers, als die Hetzer Feuer an einen Hügel legten, den Izgard vor einer Woche als trocken genug ausgesucht hatte. »Dieses Gras wird in Flammen aufgehen, sobald auch nur ein Funke darauf fällt«, hatte er gesagt. »Laßt uns dafür sorgen, daß Sandor hier sein Lager aufschlägt.«

Die Soldaten hatten fast zwei Tage benötigt, um Felsen und andere Hindernisse von dem Hügel zu entfernen, und es hatte sie einen weiteren Tag gekostet, den Damm einige Meilen flußaufwärts zu errichten. Den Überfluß hatte man in einem kleinen Strom nach Norden geleitet, genug Wasser, um ein Heerlager zu versorgen. Frischwasser, felsfreies Gelände und der Ausblick auf das Land unmittelbar neben Izgards Lager hatten ausgereicht, um Sandor davon zu überzeugen, sein eigenes Lager auf eben jenem Hügel zu errichten. Izgard hatte noch nicht einmal mit den Wimpern gezuckt, als die Rhaize-Truppen schließlich damit begonnen hatten, ihre Zeltpflöcke in den Hang zu rammen. Das war genau das, worauf er gehofft hatte – auf das und auf Südwestwind, um die Flammen durchs Lager zu treiben und dichte schwarze Rauchwolken auf das dahinterliegende Schlachtfeld.

Nun sah, roch und schmeckte Ederius den Rauch. Er beobachtete die Verwüstung, die das Feuer anrichtete, und noch während er die Wirkung studierte, die die Flammen auf die Vorhut von Rhaize hatten, führte er die Hetzer durch den Rauch hindurch. Schwarz, das sich durch Schwarz bewegt: Jeder wußte, was alle wußten; jeder sah, was alle sahen; sie empfingen Befehle wie ein Mann. Ihr schreckliches halbmenschliches Heulen hallte in Ederius' Ohren wider. Zu jeder anderen Zeit hätte ihm das Heulen einen Schauder über den Rücken gejagt. Hier und jetzt war jedoch alles anders, und er spürte, wie sich sein Mund unwillkürlich öffnete und schloß, um ihre Laute zu imitieren. Er war einer der ihren. Er war sie alle. Ihr Führer, ihr Schöpfer, der Faden, der sie mit der Krone verband.

Ederius spürte ihre Bedürfnisse so deutlich, daß er sie nur in Bildern, nicht in Worten ausdrücken konnte. Und obwohl ein Teil seines Geistes noch immer entsetzt ob des grauenhaften Anblicks war, zitterte seine Hand nicht eine Sekunde, während sie über das Pergament glitt, und nicht einen Augenblick verlor er den Entwurf aus den Augen.

Schwarz, das sich durch Schwarz bewegt. Die Hetzer strömten den brennenden Hügel hinab. Die Langmesser wie Klauen erhoben, trieben sie die verwirrten und entsetzten Rhaize-Truppen vor sich her. Flammen leckten an ihren Fersen. Der Lärm war ohrenbetäubend, wahnsinnig. Er verhinderte jeden vernünftigen Gedanken.

Wie Vieh wurde der Feind ins Tal hinabgetrieben. Die meisten trugen Vollrüstungen. Alle hielten Schwerter in der Hand. Hätten sie angehalten, sich gesammelt und kurz die Lage besprochen, hätten sie sich ohne weiteres den Hetzern entgegenstellen können: Sie waren ihnen zehn zu eins überlegen. Doch sie hielten nicht an und berieten sich auch nicht. Versuchte überhaupt jemand, Ordnung in das Chaos zu bringen, dann ging dies im Feuer und dem Heulen der Hetzer unter. Panik hatte das Lager ergriffen, ganz so wie Izgard gesagt hatte – ganz so wie er es *geplant* hatte.

Als Ederius sah, wie die Rhaize-Truppen so schnell sie konnten ins Tal hinunterrannten, riskierte er es, seine Aufmerksamkeit dem Zelt zuzuwenden. Zunächst konnte er seine Umgebung nur verschwommen erkennen, doch dann wurde alles wieder klar. Die Dornenkrone lag vor ihm auf dem Schreibtisch, goldener und lebendiger, als er sie in Erinnerung hatte. Sie schimmerte nicht länger wie poliertes Metall, sie *strahlte*. Ein Blick genügte. Izgard hatte ihm einen Befehl gegeben, und die Dornenkrone gab ihm die Mittel in die Hand, ihn auszuführen. Rasch und voller Eifer wandte sich Ederius wieder seinem Muster zu.

Erneut brannte sich die Tinte ins Pergament, als die Hetzer sich zu einem Halbkreis hinter dem Feind formierten: Sie jagten, lockten und schlußendlich trieben sie ihn in ein Tal, das als Todesfalle ausgelegt war. Dunkle Gestalten, die durch einen Schauer aus brennender Asche und eine Wand aus schwarzem Rauch stürmten. Schwarz, das sich in Schwarz bewegt.

»Es war Hierac, der die Dornenkrone gefunden hat«, erklärte Avaccus. »Die Legende sagt, damals habe er als junger Ritter die Venniten im oberen Vjorhad bekämpft. Er war siebzehn Jahre alt. Es heißt, er sei kein sonderlich kluger Kämpfer gewesen, aber ein hartnäckiger. Er führte einen Überfall gegen ein vennitisches Dorf, um sich für den Mord an einigen Garizon-Kaufleuten im vorhergehenden Sommer zu rächen. Es war ein Bergdorf, das mitten zwischen zwei Gletschern lag. Die Venniten kannten das Land und hatten sich eine Strategie zurechtgelegt, um Angreifer auf einen der Gletscher hinaufzutreiben. Natürlich kannten sie auch den Gletscher, verstehst du? Sie wußten genau, wo die Schwachstellen waren und wo er drohte nachzugeben. Indem sie einfach nur den Schnee betrachteten, wußten sie, wo man entlanggehen konnte und wo nicht.«

Avaccus hielt kurz in seiner Erzählung inne, um einen Schluck zu trinken. In der Höhle war es nun beinahe dunkel, so daß Tessa das Gesicht des alten Mönchs nicht mehr deutlich erkennen konnte. Sie konnte nur vermuten, welche Tageszeit war. Vielleicht fiel die Sonne einfach nicht mehr durch den Höhleneingang. Oder vielleicht war der Himmel bewölkt. Aber vielleicht war es auch bereits wieder Nacht.

Avaccus hatte ihnen ein leichtes Essen aus Butterkäse, Weißbrot und Wasser aufgetischt. Tessa war nicht hungrig, dennoch hatte sie sich gezwungen, ein Stück Brot zu essen. Das Brot war so trocken und geschmacklos wie Reispapier; es klebte am Gaumen fest. Aus den Schatten hinter den Felsen holte Avaccus eine dicke weiße Kerze hervor und versuchte mehrere Minuten lang, sie mit Hilfe eines Feuersteins zu entzünden. Tessa vermutete, daß er die Kerze nur um ihretwillen hervorgeholt hatte, daß er für gewöhnlich entweder aus Genügsamkeit oder aus Faulheit auf Beleuchtung verzichtete.

Auf jeden Fall brannte die Kerze jetzt. Sie stand auf dem Boden und warf ein flackerndes Licht in die Höhle. Bedingt durch die Schatten, die das Kerzenlicht erzeugte, wirkten die Käseräder wie Krater einer Mondlandschaft. Tessa hatte das Gefühl, im Dunkeln über einer fremden

Welt zu schweben. Ein loser Haufen getrockneten Seetangs verrauchte in Avaccus' Rücken und gab einen süßlichen Geruch von sich. Avaccus hatte gesagt, der Geruch würde die Fledermäuse vertreiben. Tessa wußte nicht, was schlimmer war: der Geruch des brennenden Seetangs oder der des Käses.

Im Augenblick war sie gar nicht müde. Schmerzen hatte sie noch, und auch kalt war ihr, doch sie war hellwach. Sie wollte nichts von dem versäumen, was Avaccus ihr zu sagen hatte.

Avaccus atmete tief durch und setzte sich wieder zurecht; dann fuhr er mit seiner Geschichte fort.

»Die Venniten trieben den gesamten Garizon-Trupp den Gletscher hinauf, bis sie ihn dort hatten, wo sie ihn haben wollten. Hierac und seine Männer hatten eine Schneeschicht erreicht, die kurz nachdem sie sie betreten hatten, unter ihnen zusammenbrach. Alle außer Hierac kamen dabei ums Leben: Sie schlugen sich die Schädel an der Eiswand auf oder brachen sich beim Aufprall in der Gletscherspalte das Rückgrat.

Hierac stürzte ebenso wie die anderen in die Tiefe – wie tief, das weiß ich nicht. Er wurde von einer Seite der Spalte zur anderen geworfen, doch wie durch ein Wunder landete er in einer weichen Schneeverwehung. Sein rechtes Bein war an zwei Stellen gebrochen, und auch einige Rippen. Eine Nacht und einen Tag lang war er ohne Bewußtsein. Als er schließlich wieder die Augen öffnete, sah er sie golden inmitten des schmelzenden Eises schimmern: die Dornenkrone. Sie war durch denselben Einbruch in den Gletscher zum Vorschein gebracht worden, der Hieracs Männer das Leben gekostet hatte.«

An dieser Stelle schauderte Tessa so heftig, daß selbst ihr Herz zu beben schien.

»So ist das mit Ephemeren. Sie betreten eine Welt niemals sanft; sie bahnen sich ihren Weg mit Zähnen und

Klauen: Sie verändern das Leben von Menschen, lenken die Geschichte in eine andere Bahn und spielen selbst mit den Naturgesetzen. Es gefällt ihnen, ihren Auftritt so pompös wie möglich zu gestalten.«

Tessa nickte. Sie wußte, wovon er sprach. Eine lange, quälende Fahrt im Auto, ein Kopf voll unerträglichen Lärms und dreihundert Leben durch einen unglücklichen Zufall offengelegt, weil ein paar Bankräuber den Safe nicht hatten knacken können. Bis wohin reichte der Ursprung dieser Ereignisse zurück? Wie lange hatte der Ring auf sie gewartet? Vielleicht nicht länger als einen Augenblick. Vielleicht hatte er bis zur letzten Sekunde gewartet, bevor er in den Umschlag geschlüpft war.

Avaccus räusperte sich leise, um Tessas Aufmerksamkeit wieder auf sich zu ziehen. »Hierac nahm die Krone mit zurück nach Garizon. Seine Reise dorthin ist eine Geschichte für sich, aber ich glaube nicht, daß es dir etwas nützen würde, wenn ich sie dir erzähle. Nach diesem Ereignis änderte sich sein Leben dramatisch. Bis zu jenem Tag auf dem Gletscher war er ein hart kämpfender Grenzadeliger gewesen, dessen Ehrgeiz über kleine Überfälle und Fehden nicht hinausgegangen war. Garizon war damals nur ein kleines Herzogtum mit unbedeutenden Zielen und noch unbedeuterenden Plänen. Hierac hat das alles geändert.

Innerhalb eines Monats, nachdem er sich mit der Dornenkrone zum König gekrönt hatte, hat er seinen ersten Krieg gewonnen. Im Kampf mit Balgedis im Norden war es ihm gelungen, einen breiten Streifen Weideland in den Berrans für sich zu beanspruchen. Von diesem Zeitpunkt an hat er nie wieder zurückgeblickt. Sieg auf Sieg ließ das Selbstvertrauen der Armee von Garizon wachsen: Ihr Ehrgeiz schwang sich zu neuen Höhen auf, denn ihnen eröffneten sich Möglichkeiten weit jenseits dessen, was sie sich bisher erträumt hatten.

Der größte Teil des Kontinents lebte damals unter der Herrschaft von Istania. Die istanischen Ungläubigen hatten Rhaize, Medran, Drokho, West-Balgedis und Süd-Maribane erobert. Sie kontrollierten die Bucht des Überflusses, den Golf, das Meer des Mutes und nannten sich Herren des Ostens. Terhas, der Wüstenstaat, wo sie ihren Ursprung hatten, gehörte ihnen ebenso wie Harassi, Ranypt und Arpur. Noch nie hatte die Welt ein derartiges Reich gesehen. Für die Ungläubigen besaß menschliches Leben keinen Wert. Wenn sie ein Land eroberten, schlachteten sie alle Männer und Frauen ab, bis sie ihren Blutdurst gestillt hatten. Dann zählten sie die Waren, die sie erbeutet hatten: Getreide, Seide, Wolle, Gold, Edelsteine und Menschenfleisch. Hunderttausende Drokho- und Medrani-Kinder haben sie als Sklaven nach Osten verschleppt. Erwachsene seien ihnen zu alt, sagten sie. Sie seien zu sehr in ihren westlichen Sitten verwurzelt, um an den Höfen der Ungläubigen zu dienen.

Alle Männer im waffenfähigen Alter wurden erschlagen oder verstümmelt: Die Ungläubigen wollten vermeiden, daß hinter ihrem Rücken eine Armee heranwächst. Bevorzugt pflegten sie, ihren Opfern siedendes Öl in die Ohren zu gießen, um ihnen den Gleichgewichtssinn zu rauben, was das Kämpfen unmöglich macht. Häufig waren unglaubliche Schmerzen die Folge, und manchmal verfielen die Unglücklichen dem Wahnsinn oder starben. Den istanischen Ungläubigen war das egal. Sie hatten ein Sprichwort: *Das Blut eines Westlers wischt man schnell von der Klinge.*

Im selben Frühling, da Hierac die Dornenkrone gefunden hatte, beschlossen die Istanier, in Garizon einzufallen. Manche behaupten, die Ungläubigen seien nachlässig geworden, daß sie sich daran gewöhnt hätten, auf keinen nennenswerten Widerstand zu stoßen, und daß ihr Angriff auf Garizon schlecht vorbereitet gewesen sei.«

Avaccus räusperte sich. »Sie irren sich. Im späten Frühling überquerte die istanische Streitmacht den Veize. Hieracs Sieg im Norden gegen Balgedis war nicht unbemerkt geblieben. Sie rechneten durchaus mit heftigem Widerstand.

Und auf den trafen sie auch. Schlachten entbrannten, wie sie der Kontinent seit hundert Jahren nicht mehr gesehen hatte. Hierac war im Schein der Dornenkrone neu geboren worden. Sie zeigte ihm Bilder des Krieges, brachte Talente in ihm zum Vorschein, die er niemals besessen hatte, und verlieh ihm das Selbstvertrauen, das ein Führer braucht. Die Dornenkrone machte einen Kriegskönig aus ihm.

Hierac gelang es nicht nur, die istanische Invasion aufzuhalten, er trieb sie zurück. Zurück nach Rhaize und Balgedis, zurück über den Veize. Nach nur drei Monaten beanspruchte er Balgedis für sich selbst. Ein Jahr später eroberte er Rhaize. Niemand vermochte ihn aufzuhalten. Seine Armeen wurden immer stärker. Seine Strategien waren gewagt, doch genial. Die Istanier konnten es zwar mit seiner Brutalität aufnehmen, doch nicht mit seiner rücksichtslosen Zielstrebigkeit. Niemand konnte das. Stetig rückte er vor, eroberte Feld um Feld, Dorf um Dorf. Hierac veränderte die Art, wie auf dieser Welt gekämpft wurde. Er plante nicht ein, zwei Schlachten oder Feldzüge; er plante den gesamten Krieg im voraus.«

»Hat er das Reich der Istanier zerschlagen?« Tessa sprach mehr, um ihre eigene Stimme zu hören, als eine Frage zu stellen, deren Antwort sie bereits kannte. Je mehr ihr Avaccus erzählte, desto unbedeutender kam sie sich vor. Mit jedem Wort wurde diese Welt größer. Fünfhundert Jahre. Reiche. Tausende von Toten und unzählige Generationen. Es fiel schwer, sich das vorzustellen. Die Tatsache, daß sie hier saß und in das alles verstrickt war, erschien ihr mit einem Mal als großer Fehler.

»Hierac benötigte ein Jahrzehnt, um zu erreichen, was seit über einem Jahrhundert keiner Armee gelungen war.« Avaccus' Stimme klang so teilnahmslos wie die eines Historikers, der Daten rezitiert. »Die Ungläubigen wurden aus dem Westen vertrieben: aus Rhaize, Drokho, Medran, Maribane und selbst aus einigen Teilen der istanischen Halbinsel. Die Truppen von Garizon trieben sie zunächst nach Süden, dann nach Osten und vernichteten sie schließlich. In der letzten großen Schlacht an den roten Sandufern des Medri erschlugen Hieracs Männer hunderttausend Mann. Die Dornenkrone war verantwortlich für jeden einzelnen Toten.«

Tessa schloß die Augen. Die Stille, die Avaccus' Worten folgte, schien ihr die Lider niederzudrücken. Sie wollte die Augen nie wieder öffnen. Sie zu öffnen, bedeutete, Dinge sehen zu müssen, die sie nicht sehen wollte. Sekunden vergingen. Dann seufzte sie und sagte, ohne die Augen zu öffnen: »Das war der Grund, warum die Ephemere in diese Welt gekommen ist, nicht wahr? Um das istanische Reich zu vernichten.«

Tessa wußte, daß Avaccus nickte. »Ich glaube, du hast recht.«

»Und irgendwie ist die Ephemere länger geblieben als geplant? Es ist ihr nicht gelungen, sich wieder davonzustehlen?«

»Ja, ja.« Avaccus' Stimme hatte sich ein wenig verändert. »Allerdings ist ›nicht gelungen‹ der falsche Ausdruck.« Tessa sah ihm in die Augen, und im selben Augenblick wußte sie um die große Verantwortung, die sein Wissen mit sich brachte, und als er wieder das Wort ergriff, fühlte sie, wie ein Teil dieser Last auf sie überging.

»Die Dornenkrone ist davon *abgehalten* worden, diese Welt zu verlassen«, erklärte Avaccus. »Hierac hat veranlaßt, daß man sie band.«

Tessa zog die Knie an die Brust und legte den Kopf darauf. Ihr Körper fühlte sich so schwer und zerbrechlich an wie Schiefer. Um sie herum schienen die Höhlenwände das Kerzenlicht aufzusaugen und verwandelten die kleine goldene Flamme in ein flackerndes rotes Feuer. Tessa war es, als säße sie in einem glühenden Herd. Nur daß es keine Wärme gab.

»Das ist der Grund, warum ich heute hier bin, nicht wahr?« fragte sie und blickte Avaccus unverwandt in die Augen. »Nicht um die Welt von den Hetzern und ihrem Anführer zu befreien, sondern um die Dornenkrone fortzuschicken.«

Avaccus hob die Hand, als wolle er Tessa berühren. »Ja«, antwortete er. »Ich glaube, das ist der Grund, warum du hierhergebracht worden bist. Der Ring und die Dornenkrone bilden ein Ephemerenpaar. Der Ring versucht durch dich, seine Schwester zu befreien.«

»Sag mir, was ich tun muß.«

Verwundert riß Avaccus die Augen auf, und Tessa bemerkte, daß sie den Satz als Befehl formuliert hatte. Einige Sekunden schaute er sie einfach nur an; dann nickte er jedoch, als sei das, was sie gesagt hatte, zwar unangenehm, aber die Wahrheit. »Um zu verstehen, was du tun mußt, mußt du zuerst erfahren, wie und warum die Dornenkrone gebunden worden ist.«

Irgend etwas in seiner Stimme ließ Tessas Herz schneller schlagen. Sie legte die Hand auf die Brust, um sich wieder zu beruhigen. Avaccus sah an ihr vorbei zum Höhleneingang. Irgendwo dort oben lag die Abtei.

Als er fortfuhr, war seine Stimme nur noch ein Flüstern, und immer wieder huschte sein Blick zum Eingang. »Nachdem Hierac die Ungläubigen am Fluß Medri zerschmettert hatte, kehrte er in den Westen zurück, um seine Eroberungen zu sichern. Drei Jahre lang zog er durch alle Länder, Städte und Fürstentümer, die seine Streitmacht besetzt hielt. Er wollte, daß die Menschen wußten, daß von nun an er ihr König war. Sie sollten ihn auf seinem mächtigen Schlachtroß sehen, mit dem Schwert in der Hand und der Dornenkrone auf dem Haupt, denn jeder sollte erkennen, daß es sinnlos war, sich ihm zu widersetzen. Eigens ausgebildete Truppen strömten in die Städte, sobald Hierac sie verlassen hatte, und schlachteten jeden Rebellen ab, verbrannten ihre Häuser und Versammlungsorte, beschlagnahmten ihren Besitz und ihr Gold – alles im Namen des Königs. Jene, die ihr Hab und Gut nicht freiwillig hergaben, wurden gezwungen zuzusehen, wie man ihre Häuser mit Öl übergoß und anzündete.

Damals bekamen die Hetzer ihren Namen. Sie waren Hieracs Brandstifter, seine Schreckensboten.«

Tessa lief ein Schauder über den Rücken. Sie rollte sich zusammen und preßte die Knie an die Brust, so fest sie konnte.

»Während dieser Zeit machte es sich Hierac zur Aufgabe, in jeder Stadt, die er besuchte, nach Gelehrten Ausschau zu halten, denn er war begierig, mehr über die Dornenkrone zu erfahren. Er war geradezu besessen davon, er gestattete niemandem, sie anzurühren, und er ließ sie nie aus den Augen. Er wußte es, weißt du? Er wußte, daß die Dornenkrone für all die siegreichen Kriege verantwortlich war, und er wollte herausfinden, warum.«

»Er ist hierhergekommen, stimmt's?« Tessa war selbst überrascht, daß sie den alten Mann in seiner Erzählung unterbrach. In ihrem Geist tauchten Bruchstücke alter Gespräche auf, die sie geführt hatte, und sie zog ihre Schlüsse daraus. Dem allen lag ein Muster zugrunde. Sie konnte es deutlich spüren. »Hierac ist auf die Insel der Gesalbten gekommen, um die Mönche zu besuchen. Sie wußten, was die Dornenkrone war, nicht wahr? Sie halfen ihm, sie an diese Welt zu binden, im Ausgleich für …« Tessa stockte.

»Im Ausgleich für ihre Immunität«, ergänzte Avaccus. Sein ganzer Körper sackte langsam in sich zusammen, als stünde jemand über ihm und häufte Gewichte auf seine Schultern. Einen Augenblick lang betrachtete er Tessa aus traurigen Augen, dann erklärte er: »Ja, so war das. Hierac kam hierher, weil er all die Gerüchte über wertvolle heilige Reliquien gehört hatte und weil er den Ruf unserer Gelehrten kannte. Er kam, um zu plündern – entweder Gold oder Wissen, was auch immer er hier finden mochte. Die Heiligen Väter gingen hinaus auf die Felsen, um ihn zu empfangen. Sie hatten Angst. Auch sie hatten Geschichten über Hierac und seine Hetzer gehört. Sie glaubten, er würde die Abtei bis auf die Grundmauern niederbrennen, sie all ihrer alten Schätze und ihres Lebens berauben.

Statt dessen jedoch brachte er ihnen die Dornenkrone. *Seht sie euch an,* befahl er. *Sagt mir, was sie ist, und erzählt mir ihre Geschichte. Gebt mir einen Grund, euer Leben zu verschonen.*

Und das taten sie auch. Eine komplette Schreiberschule wurde ins Scriptorium bestellt, um an einem Muster zu arbeiten, das die Natur der Krone enthüllen sollte. Insgesamt waren es zwölf Mann. Zwölf Mann, die zwölf Stunden die Nacht hindurch arbeiteten, und jeder fügte dem Muster einen Teil hinzu. Damals war es anders als heute, da man glaubt, durch Illuminationen Wissen erlangen zu wollen sei ein Verbrechen gegen Gott und seine heiligen Regeln. Früher betrachteten die Heiligen Väter die Schreibkunst als Segen, als Gnade, die Gott ihren Schreibern erwiesen hatte.«

Avaccus schüttelte den Kopf. »Ich weiß nicht, was falsch und was richtig ist. Noch weniger als jeder andere darf ich mir das Recht anmaßen, über sie zu urteilen.« Er ließ den Kopf auf die Brust sinken, und eine Weile atmete er schwer und langsam. Nachdem er sich wieder gefaßt hatte, hob er den Kopf und fuhr mit fester Stimme fort: »Bei Morgengrauen hatten die zwölf Schreiber die Antworten gefunden, nach denen sie gesucht hatten. Sie riefen nach den Heiligen Vätern und berichteten ihnen, was die Muster ihnen enthüllt hatten. Sie hatten alles herausgefunden. Sie wußten, daß die Dornenkrone eine Ephemere war, eine von vielen, die von einer Welt zur anderen wandern, jede mit ihrem eigenen Sinn und Zweck. Kriege zu gewinnen war der Zweck der Dornenkrone, und nun, da sie einen solch wichtigen Krieg gewonnen hatte, würde sie sicherlich schon bald wieder verschwinden.

Die Heiligen Väter trafen eine Entscheidung. Ich glaube, sie dachten, Hierac sei auch ohne Krone ein Dämon von einem König, und sie vermuteten, daß sie und der Rest der Welt weiter unter seiner Herrschaft leiden würden, egal ob die Dornenkrone ihm nun ihr Gift durch die Dornen einspritzte oder nicht.« Avaccus zuckte mit den Schultern. »Aber was auch immer ihre Gründe gewesen sein mochten, die Heiligen Väter gingen noch in derselben Stunde zu Hierac und berichteten ihm, was die Schreiber herausgefunden hatten. Hierac wurde sofort von Furcht ergriffen, daß er die Dornenkrone verlieren könnte. Er verlangte von den Heiligen Vätern zu verhindern, daß dies geschähe. Anderenfalls, so drohte er, würde er die Abtei niederbrennen und jeden einzelnen Mönch abschlachten.

Die Heiligen Väter lehnten ab. Sie konnten es nicht mit ihrem Gewissen vereinbaren.

Verzweifelt, daß selbst seine Drohungen hier nichts auszurichten vermochten, bot Hierac ihnen das größte aller Geschenke: *Bindet die Krone für mich,* sagte er, *und solange Garizon ein Land oder auch nur noch eine Erinnerung ist, wird es die Insel der Gesalbten vor allen Eindringlingen beschützen. Euer Kloster wird niemals nie-*

dergerissen werden, solange die Dornenkrone auf dieser Welt weilt. Ihr werdet frei sein von allen Steuern und Tributen, und meine Truppen werden sich zurückziehen und niemals wieder zurückkehren, es sei denn zu eurem Schutz und auf eure Bitte hin. Das schwöre ich bei dem Blut, das die Dornenkrone vergossen hat.

Erst dann haben die Heiligen Väter seiner Bitte entsprochen, allerdings nicht sofort. Doch ein Versprechen war gegeben worden, und Hierac hielt sich daran. Noch am selben Morgen ließ er seine Männer aus Glockenhafen abrücken und warnte jedermann am Strand vor dem Damm, daß niemand mehr einen Fuß auf die Insel der Gesalbten setzen dürfe, es sei denn, er komme in Frieden. Garizon würde die Abtei beschützen, als sei sie ein Teil von ihm.

Inzwischen hatten die Heiligen Väter den begabtesten ihrer Schreiber damit beauftragt, die Dornenkrone zu binden. Bruder Ilfaylen benötigte sechs Monate, um eine Illumination zu schaffen, die die Dornenkrone an diese Welt fesseln konnte. Während der Arbeit erfand er neue Formen und Metaphern. Zunächst studierte er auf der Insel und dann in Garizon selbst. Im letzten der sechs Monate tat er nichts anderes, als die Muster der Krone zu kopieren. Sie sind in sie eingearbeitet, verstehst du? Jedes Goldband der Krone ist mit Ornamenten und Sinnbildern verziert. Ich habe sie zwar noch nie mit eigenen Augen gesehen, aber ich glaube, daß man aus diesen Mustern große Macht ziehen kann.«

Während sie Avaccus' Worten lauschte, konnte Tessa der Versuchung nicht widerstehen, den Ring zu betrachten. Das Gold bildete glatte, gleichmäßige Fäden, die nur von den Dornen unterbrochen wurden. Nicht ein Muster war auf dem Metall zu erkennen.

Avaccus fuhr fort: »Schließlich hielt Ilfaylen die Zeit für gekommen, mit der eigentlichen Illumination zu beginnen, und so wurde er bei Hierac vorstellig. Zu diesem Zeitpunkt war Hierac bereits ein Besessener. Bisweilen tat er tagelang kein Auge zu aus Furcht, die Dornenkrone könne ihm im Schlaf verlorengehen. Wenn er doch einmal schlief, dann ruhte die Krone auf seiner Brust und ein Diener wachte an seinem Bett, der den Befehl hatte, ihn zu wecken, sollte sich auch nur das geringste verändern. Als Ilfaylen zu ihm kam, befahl er ihm, sofort mit der Arbeit zu beginnen, und nach fünf Tagen und Nächten hatte der Schreiber ein Muster geschaffen, das nichts weiter als ein Käfig für die Ephemere war.

Er band die Krone mit seinem Pinsel und drückte sie mit seinen Farben auf den Boden. Ilfaylen erschuf eine Illumination, die der Magie der Spaltung zu trotzen vermochte. Die Dornenkrone, die mächtige Ephemere, die von Welt zu Welt flog wie eine Hure von Liebhaber zu Liebhaber, schrumpfte zu einem Insekt, das man in einem Glas gefangenhielt. Es war Ilfaylen, der sie gefangen hatte. Er hatte sie mit dem Gesicht in den Staub gedrückt.

Es heißt, während dieser fünf Tage sei der Mond nicht zu sehen gewesen, Stuten hätten ihre Fohlen vor der Zeit zur Welt gebracht, die Gezeiten hätten die Strände überflutet und Brunnen seien ausgetrocknet. Von Gelbsucht geschwächte Kinder und wassersüchtige alte Menschen sollen in diesen Tagen in noch nie dagewesener Zahl gestorben sein, und in allen Städten des Kontinents klagte man über eine Fliegenplage.

Ilfaylen tat, wofür er ausgewählt worden war: Er legte der Krone Ketten an und band sie an diese Welt. Nachdem er sein Werk beendet hatte, war die Ephemere nicht mehr als ein gebundener Ochse, der jahraus, jahrein ein- und dasselbe Feld pflügen muß.«

Sekunden verstrichen. Die Stille, die Avaccus' Worten folgte, schürte die Erwartungen wie der Augenblick unmittelbar nach dem Ende eines Theaterstücks, wenn der letzte Satz gesprochen ist und die Schauspieler ihre Positionen beibehalten und auf die Reaktion des Publikums warten.

Unfähig, dem Druck zu widerstehen, sagte Tessa schließlich: »Also ist sie seitdem hier.« Plötzlich war sie des Sitzens müde und versuchte aufzustehen. Ein Schmerz breitete sich in ihrem rechten Schenkel aus. Die Wunde an ihrem Schienbein öffnete sich wieder, und Blut rann auf ihre Fessel hinab. Wütend ob ihrer eigenen Schwäche kämpfte Tessa gegen die weichen Knie an und bemühte sich, sich trotz des Schwindels aufzurichten, der sie befiel. Sie mußte nachdenken. Eine Wunde auf ihrem Rücken, die sie nicht sehen konnte, begann zu brennen, als der Stoff ihrer Tunika über das verschorfte Fleisch rieb. Sie stützte sich an der Höhlenwand ab und fragte: »Was ist aus der Illumination geworden, die Ilfaylen geschaffen hat?«

Avaccus gab einen Laut von sich, der sowohl Schluchzen als auch Lachen hätte sein können. »Also wirklich, junge Dame. Du kommst wohl immer sofort auf den Punkt.« Er kratzte sich am Kopf. »Sie wurde in einer Bleikiste versiegelt und dann an einem unbekannten Ort in Veizach vergraben. Die drei Männer, die dieses Grab ausgehoben haben, wurden erschlagen, noch bevor sie Gelegenheit hatten, sich den Dreck unter den Fingernägeln herauszukratzen.«

Daß Avaccus das Wort ›Grab‹ verwendete, ließ Tessa schaudern. »Gibt es irgendwelche Kopien?«

»Kopien?« Avaccus schüttelte energisch den Kopf. »Nein. Das hat Hierac schon ganz zu Anfang verboten. Wann immer Ilfaylen das Scriptorium verließ, wurde er beobachtet. Jede Nacht, bevor er sich in seine Kammer zurückzog, hat man ihn von Kopf bis Fuß durchsucht, ihm seine Schreiberutensilien abgenommen, sein

Schlafgemach inspiziert, und selbst das Pergament, das er meist bei sich trug, wurde ins Licht gehalten und auf Markierungen untersucht.«

»Markierungen, die ein Hinweis dafür gewesen wären, daß Ilfaylen versuchte, eine Kopie anzufertigen? Messermarkierungen? Durchstiche?«

»Genau. Aber getreu Hieracs Befehl wurde das Manuskript nicht durchstochen. Es gibt keine Kopien.«

»Was ist mit Ilfaylens Entwürfen?«

»Die hat er alle auf Wachstafeln angelegt. Hierac hat darauf bestanden, daß nichts außer der eigentlichen Illumination auf Pergament festgehalten werden durfte. Nachdem die Illumination vollendet war, stand Hierac persönlich hinter Ilfaylen, während dieser ein Dutzend Wachstafeln dem Feuer übergab.«

Tessa nickte. Sie dachte einen Augenblick lang nach, dann sagte sie: »Zwei Dutzend Wachstafeln auf so eine lange Reise mitzunehmen muß eine große Last gewesen sein. Hatte Ilfaylen einen Gehilfen?«

»Ja. Das ist auch der Grund, warum wir auf der Insel der Gesalbten noch heute soviel über die alte Schreibkunst wissen. Ilfaylens Gehilfe hat über die Reise seines Meisters nach Garizon und zurück ein Tagebuch geführt. Er hat aufgeschrieben, wo sie übernachtet und was sie gegessen haben, solche Dinge eben.«

»Und hat er auch irgendwelche Einzelheiten betreffs der Illumination aufgeschrieben?«

»Wenig mehr, als ich dir gesagt habe. Er war den gleichen Beschränkungen unterworfen wie sein Meister. Er durfte nichts über die Illumination niederschreiben.«

Tessas Beine drohten nachzugeben. Sie wußte nicht mehr, warum sie unbedingt hatte stehen wollen, und so ließ sie sich wieder zu Boden sinken. Dabei kam sie unglücklich auf und verdrehte sich den Fuß, der ohnehin schon verletzt war. Ihre Kehle war wie ausgetrocknet, doch es widerstrebte ihr, Avaccus um etwas zu trinken zu bitten. Weitere Heiltrünke, serviert in Knochenbechern, wollte sie vermeiden. »Wird der Bericht des Gehilfen noch irgendwo aufbewahrt?«

Avaccus hatte die ganze Zeit über mit gekreuzten Beinen auf dem Boden gehockt. Seine gefaßte Haltung verriet, daß er offenbar daran gewohnt war, längere Zeit an einem Ort zu sitzen. »Unglücklicherweise existiert das Reisetagebuch nicht mehr«, sagte er. »Vor zwanzig Jahren hat es ein verheerendes Feuer im Westturm gegeben. Viele Bücher und Schriftrollen sind dabei verlorengegangen, darunter auch das Tagebuch.«

Also gab es nichts, woran sich Tessa orientieren konnte. Keine Kopie der Illumination. Keinen Bericht über ihre Entstehung. Tessa stieß langsam die Luft aus. Wenn ein Muster die Dornenkrone an diese Welt gefesselt hatte, dann konnte nur ein anderes Muster sie wieder befreien: eines, das alle Elemente des ursprünglichen Musters enthielt und sie ins Gegenteil verkehrte.

»Was ist aus Ilfaylen geworden, nachdem er auf die Insel zurückgekehrt war?«

Avaccus schnalzte mit der Zunge. »Ja, das ist so eine Geschichte. Der Mann wurde nie wieder er selbst. Auf der Reise über Land von Veizach wurde er krank, und es dauerte mehrere Tage, bis er wieder in der Lage war, ein Schiff zu besteigen, das ihn von Bay'Zell nach Kilgrim brachte. Als er schließlich wieder auf der Insel der Gesalbten anlangte, war er ein anderer Mensch geworden. Ich glaube, die Illumination anzufertigen, hat ihn mehr Kraft gekostet als die Krankheit. Aber was auch immer der Grund gewesen sein mag, auf jeden Fall hatte er einen Teil seiner selbst verloren. Er hat nie wieder ein Muster angefertigt. Viele Jahre lang lebte er das zurückgezogene Leben eines Gelehrten, schrieb, lernte und sammelte seine Kräfte.

Als dann elf Jahre später der alte Abt starb, nahm Ilfaylen seinen Platz ein. Die Heiligen Väter glaubten, Ilfaylen würde sich in der Ausübung seines Amtes zurückhalten; sie hielten ihn für einen Verteidiger der alten Wege. Doch in den elf Jahren der Klausur hatte sich seine Seele verändert. Von dem Tag an, da er zum Abt ernannt wurde, war alles anders. Er löste die alten Schreiberschulen auf, verbot das Zeichnen der alten Muster und ließ jedes Manuskript, das solche Muster enthielt, ins Meer werfen. Er zwang das Kloster, sich dem allgemeinen Glauben zu unterwerfen und verbrachte den Rest seines Lebens damit, für den Frieden zu arbeiten.«

»Hat er niemals versucht, das Binden der Krone rückgängig zu machen?«

»Niemals. Was geschehen war, war geschehen. Er hatte einen schrecklichen Eid geschworen, daß er sich nie wieder mit seiner Arbeit an der Krone beschäftigen würde, und das tat er auch nicht. Er lebte ein langes Leben und änderte vieles, doch die Illumination, mit der er die Krone gebunden hatte, ließ er unberührt.«

»Und die Dornenkrone?« Tessa wurde allmählich wieder müde, und auch die Kälte des Meeres kehrte wieder in ihre Knochen zurück. »Ist sie die ganze Zeit über in Garizon geblieben?«

»Ja.« Avaccus stand auf. Er ging zwischen den Käserädern hindurch zur Kerze. »Seit nunmehr fünfhundert Jahren ist die Dornenkrone die Macht hinter dem Thron von Garizon. Wer auch immer sie trug, wollte nur eins: erobern und zerstören. Die Kriegskönige von Garizon verlangte es stets nach Land, Siegen und Menschenleben. Doch es war niemals ihr eigener Ehrgeiz, der sie dazu trieb. Die Menschen irren sich, wenn sie glauben, es sei das Wesen der Garizon oder das ihrer Führer, das sie zum Kriegführen treibt. Die Krone steht hinter jeder Schlacht und jeder Klinge; sie ist es, die den Ehrgeiz der

Könige schürt. Auch gefesselt kann sie ihrer Natur nicht entsagen. Krieg ist und bleibt ihr einziger Daseinszweck.«

Inzwischen zitterte Tessa bereits vor Kälte, und sie machte es sich zwischen den Felsen bequem. Sie wünschte sich nichts sehnlicher, als zu schlafen. Wenn sie am Morgen wieder erwachte, würde sich das alles vielleicht als böser Traum erweisen.

»Was wird geschehen, wenn die Krone weiterhin in dieser Welt bleibt?« Tessa klang völlig erschöpft.

Avaccus kniete sich vor die Kerze. »Ich vermute, daß früher oder später der gesamte Kontinent zerstört werden wird. Die Dornenkrone ist wie ein tollwütiger Hund, der an seiner Leine reißt. Fünfzig Jahre lang hat sie geschlafen. Izgard ist der erste König seit einem halben Jahrhundert, der sie trägt. Die Krone hat Zeit verloren und versucht nun, die versäumten Schlachten nachzuholen. Ihre Macht wächst.« Er beugte sich vor und löschte das Licht. »Und in zehn Tagen von heute an wird sie genau fünfhundert Jahre auf dieser Welt sein.«

Eine ferne Glocke läutete in die Stille hinein. Die tiefen gedämpften Töne ließen die Luft in der Höhle vibrieren. Tessa glaubte, in der Dunkelheit ihre Schwingungen auf ihrer Haut spüren zu können. Sie hörte, wie Avaccus wieder auf seinen Platz im hinteren Teil der Höhle zurückkehrte. Seine Gelenke knackten bei jedem Schritt. Die Glocke läutete noch immer. Beim fünften Schlag blieb Avaccus stehen und sagte: »Macht liegt in der Zahl fünf. Uralte Macht, die von uralten Dingen genutzt wird.«

Die Glocke läutete noch einmal. Schlag acht. Tessa und der alte Mönch schwiegen.

Camron spie Blut. Suchend blinzelte er in die Dunkelheit. Irgend etwas bewegte sich. Sein rechter Daumen drückte den Abzug herunter, und der Bolzen löste sich aus der Armbrust. Er traf nichts. Der Bolzen flog in die Ferne und verschwand im Rauch, im Schatten des Mondes oder in der Asche, die sich in Camrons Augen gesammelt hatte. Es waren keine Ziele mehr übrig. Alle Hetzer waren tot. Es hatte dreizehn Stunden gedauert, bis sie gestorben waren. Dennoch behielt Camron seine Position am Rande des Hügels bei und wartete. Noch bevor der Bolzen, den er abgefeuert hatte, den Boden berührte, hatte er bereits einen zweiten aus dem Köcher geholt und eingelegt. Er konnte noch immer nicht glauben, daß die Hetzer ein für allemal vernichtet waren.

Camrons Finger waren blutverkrustet; seine Hände wollten nicht aufhören zu zittern, und die Augen schmerzten, wenn er blinzelte. Er legte sich flach auf den Boden und wartete. Sein Körper war von Schnittwunden übersät und schwarz von Blutergüssen. Seine Erschöpfung war so groß, daß er von Zeit zu Zeit nicht mehr klar sehen konnte, geschweige denn klar denken.

Er war allein, soviel wußte er. Die Schlacht war verloren worden.

Der Gestank war fürchterlich. Der Gestank von Blut in allen Stadien der Zersetzung wurde mit jedem Windstoß zu ihm herübergeweht. Die Luft war noch immer erfüllt vom fauligen Gestank der Hetzer. Camron schmeckte ihn mit dem Blut im Mund. Rauch hing über dem Hügel, zu schwer, als daß ihn der Wind hatte vertreiben können. Zum Glück schwebte keine Asche mehr durch die Luft. Sie hatte sich auf dem Boden niedergeschlagen und den Hang schwarz gefärbt. Es war Vollmond, doch Wolken sperrten den größten Teil des Lichts aus. Seltsamerweise war es noch immer so warm wie am Tag.

Was gar nicht mal so schlecht war, dachte Carmon, dessen Geist von einem Gedanken zum anderen stolperte wie ein Blinder, der den Weg nicht findet. Sein Umhang war schon vor Stunden verbrannt. Oder hatte ihn ein Hetzer in Stücke gerissen? Er konnte sich nicht mehr erinnern.

Stirnrunzelnd fuhr er sich mit den Fingern durchs Haar. Einige Büschel lösten sich. Die Locken waren schwarz und spröde wie tote Insekten. Er warf sie zu Boden. Eine Sekunde später lag sein Finger wieder auf dem Abzug. Irgend jemand näherte sich ihm.

Er kam von hinten, was Camron zwang, sich auf dem schlammigen Untergrund herumzudrehen. Dabei blieb er kurz mit der Armbrust an einem Stein hängen, und der Bolzen fiel aus der Halterung. Camron zischte einen Fluch. Er haßte Armbrüste. Er wußte nicht mehr, wie diese in seine Hände gekommen war. Hatte er nicht zu Beginn der Schlacht einen Kurzbogen getragen? Kopfschüttelnd legte er den Bolzen wieder ein.

Ein dunkler Schatten tauchte vor ihm auf. Camron nahm ihn ins Visier. Unter dem Daumen spürte er die seltsame Form des Abzugs. Seine Hände wollten noch immer nicht aufhören zu zittern.

»Wer liegt da?« fragte eine herausfordernde, aggressive Stimme, doch der Rhaize-Akzent war unverkennbar. »Sag, wer du bist, oder ich spieße dich auf.«

Camron rührte sich nicht. Er wußte, daß er den Finger vom Abzug nehmen sollte, doch ein Teil von ihm wollte einfach nicht. Er hatte eine blutende Wunde am Gaumen, so daß es ihm schwerfiel zu sprechen. »Camron von Thorn.«

Nachdem er seinen Namen genannt hatte, hörte er ein leises Zischen. »Wenn Ihr verletzt seid, Herr, dann werde ich Euch zurücktragen.« Die Gestalt trat einen Schritt vor. Ein junger Mann mit dunklen Haaren sah Camron aus großen Augen an. Sein Gesicht war schwarz von Ruß und Blut. Er beugte sich zu Camron hinunter. »Laßt mich Euch beim Aufstehen helfen.«

Camron zuckte unwillkürlich zurück.

Der junge Mann hielt sofort inne und hob den Speer über den Kopf als Zeichen, daß er Camron kein Leid zufügen wollte. »Sind hier außer Euch noch andere?«

Camron schüttelte den Kopf. Er wußte zwar nicht viel, aber das wäre ihm aufgefallen. »Wir sind aufgerieben worden. Die meisten von uns sind tot.«

Der junge Mann nickte. »Ich glaube, Ihr solltet jetzt besser den Finger vom Abzug nehmen und mit mir zum Fluß hinuntergehen.«

Zum Fluß? Camron verstand nicht. Ihm wurde schwarz vor Augen.

Dann kam er wieder zu sich. Seine Gaumenwunde brannte, als etwas in seinen Mund geschüttet wurde. »Ihr müßt schlucken«, sagte der junge Mann. »Das wird Euch guttun.«

Camron schluckte. Die Flüssigkeit war heiß und kalt zugleich. Sie erlöste ihn vom Geschmack des Blutes. Als er die Schultern aus dem Schlamm hob, bemerkte er, daß ihm das vertraute Gewicht der Armbrust auf dem Ellbogen fehlte. Er sah sich um und entdeckte die Waffe schließlich, die beiseite geworfen auf einem verbrannten Grasbüschel lag.

Als er sah, wohin Camron blickte, lächelte der junge Mann erschöpft und erklärte: »Einen Augenblick lang habe ich geglaubt, Ihr würdet sie gegen mich benutzen.«

Camron konnte es nicht leugnen. Er nickte. Der Alkohol half ihm, seine Gedanken zu sammeln. Gleichzeitig begann sein Körper an allen möglichen Stellen zugleich zu schmerzen. Camron verzog das Gesicht, nahm dem Mann die Flasche aus der Hand und trank einen weiteren Schluck. Nachdem er sich über den Mund gewischt hatte, fragte er: »Wie viele haben überlebt?«

Der junge Mann senkte den Blick. Er wollte etwas sagen, doch seine verkrampften Gesichtsmuskeln machten es ihm unmöglich. Er schüttelte den Kopf. Sein Hals war voller Kratzspuren. Camron bot ihm die Flasche an, aber er lehnte ab. Kurz darauf brachte er mühsam hervor: »Fünfhundert, vielleicht weniger.«

Camron schloß die Augen. Er war zu müde, um entsetzt zu sein. »Was ist geschehen?«

»Wie könnt Ihr das nicht wissen?« Die Stimme des jungen Mannes klang rauh und hart. Seine Augen funkelten. »Wärt Ihr und Eure Bogenschützen nicht gewesen, wären wir jetzt alle tot, einschließlich des Herrn. Ihr habt sie alle erschossen. Ihr habt die Hetzer niedergemäht. Am Ende war Euch weniger als ein Dutzend Männer geblieben – ich konnte Euch von meinem Posten aus beobachten. Die Hetzer griffen immer wieder an und zwangen unsere Truppen, sich ins Tal zurückzuziehen. Dort saßen wir in der Falle. Die Hetzer haben uns den Rückzug abgeschnitten. Überall waren nur Rauch und Flammen ...« Der junge Mann schauderte. »Balanon ist bei lebendigem Leibe verbrannt.«

Noch immer stellte sich kein Entsetzen ein. Camron fühlte sich innerlich tot. Das Überleben des Herrn bedeutete ihm weniger als seine Armbrust.

»Ihr habt uns die Möglichkeit zum Rückzug eröffnet«, erklärte der junge Mann. Camron hörte etwas wie Ehrfurcht in seiner Stimme, wußte aber nicht warum. »Niemand sonst hat gegen die Hetzer gekämpft. Der Herr hat zu einem Vorstoß tiefer ins Tal blasen lassen. Wir waren nicht vorbereitet. Uns fehlte die Zeit, und die Hetzer waren uns dicht auf den Fersen.« Mit einem kräftigen Kopfschütteln versuchte der Mann, die Erinnerung zu vertreiben; doch als ihm das nicht gelang, schrie er: »Es war die Hölle! Der Rauch! Die Hetzer! Die Schreie!«

Camron wollte den jungen Mann trösten, doch ihm fehlten die Worte. Eigene Erinnerungen stiegen in ihm auf: das leise Knirschen, als Naphtha in seinem Rücken entzündet wurde. Eine Stimme, die Befehle bellte –

konnte es seine eigene gewesen sein? Schreie. Füße, die durch Schlamm stapften. Pfeile und Bolzen, die verzweifelt aus den Köchern von Toten gezogen wurden. Der schnappende Kiefer des Hetzers an seiner Wange.

Unwillkürlich legte Camron die Hand auf die Wange. Getrocknetes Blut rieselte zwischen seinen Fingern hindurch.

Ihnen waren die Pfeile ausgegangen. In all dem Rauch hatten die Hetzer schlechte Ziele abgegeben. Meist konnten sie mehr als ein Dutzend Treffer einstecken, bevor sie zu Boden gingen. Die Pfeile der Kurzbögen mußten gut gezielt werden, um überhaupt irgendwelchen Schaden anzurichten, und mit Ausnahme der Langbogenschützen von Segwin dem Trinker war keiner von ihnen im Bogenschießen erfahren.

Bedingt durch den Rauch und den mangelnden Rüstschutz war ihre Stellung zweimal überrannt worden. Der Nahkampf war besonders schlimm gewesen. Camron hatte gesehen, wie zwanzig von Balanons Männern die Flucht ergriffen. Er machte ihnen keinen Vorwurf daraus. Er hätte das gleiche getan, wenn er Zeit gehabt hätte nachzudenken. Seltsamerweise jedoch kämpften die Hetzer auf dem Hügel nicht mit der gleichen Entschlossenheit wie ihre Kameraden im Tal der gebrochenen Steine. An irgendeinem Punkt hatte sich Camron mehr wie ein Hindernis, denn wie ein Ziel gefühlt. Die Hetzer hatten eine spezielle Aufgabe zu erfüllen: Sie sollten Furcht unter den Rhaize-Truppen säen und sie ins Tal hinuntertreiben. Dort hatten ganze Kompanien von Langbogenschützen auf die Ritter gelauert.

Camron spürte Übelkeit in sich aufsteigen. Er streckte dem jungen Mann die Hand entgegen und fragte: »Wie lautet dein Name?«

Die Finger des jungen Mannes schlossen sich um die seinen. »Pax.«

»Hilf mir aufzustehen, Pax, und dann bring mich ins Tal hinunter.«

»Aber der Herr hat sein Lager am Fluß aufgeschlagen und wartet dort auf Überlebende. Im Tal sind alle …« Pax' Stimme versagte ihm einen Augenblick lang den Dienst, doch er beherrschte sich rasch wieder. »Im Tal sind alle tot. Izgards Truppen plündern gerade die Leichen. Wir können nicht dort hinuntergehen. Es ist nicht sicher.«

Camron wollte Einspruch dagegen erheben, wollte Pax sagen, die Dunkelheit würde sie schützen, aber irgend etwas im Gesicht des jungen Mannes hielt ihn davon ab. Er war nicht der einzige, der heute gekämpft hatte. »Bring mich nur so nahe heran, wie es sicher ist.«

Pax blickte in Richtung Fluß, dachte kurz nach und zog Camron schließlich auf die Beine. Er stellte keine Fragen, und Camron war ihm dankbar dafür. Gemeinsam machten sie sich auf den Weg den Hügel hinab. Das verbrannte Gras war mit Leichen übersät. Viele waren überraschend kleinen Wunden zum Opfer gefallen. Im Fortkommen behindert, hatten sie den heißen, stinkenden Rauch einatmen müssen. Einige waren daran erstickt; andere waren vom Feuer eingeholt worden und wie Balanon bei lebendigem Leibe verbrannt, und wieder andere waren verblutet. Die meisten hatten Kratz- und Bißspuren der Hetzer.

In der Dunkelheit waren die Gesichtszüge der Toten nur schwer zu erkennen. Dennoch blieb Camron neben jeder Leiche stehen und betrachtete ihr Gesicht. Pax half ihm, sie umzudrehen. Manchmal löste sich dabei die Haut von den Gefallenen, oder noch frisches Blut sickerte aus klaffenden Wunden. Alle waren sie ungewöhnlich leicht. Es kostete die beiden Männer nicht viel Kraft, sie zu bewegen. Bögen und Schwerter fielen den Toten aus den Händen, wenn sie herumgedreht wurden. Pax schwieg die ganze Zeit über. Er atmete auffällig leise, als schäme er sich, überlebt zu haben, während seine Kameraden gefallen waren. Camron wußte, wie er sich fühlte, doch er wußte auch, daß die Toten nicht hören konnten, und so atmete er selbst laut und rasselnd.

Vielen Gesichtern konnte Camron einen Namen zuordnen. Jene, die er nicht kannte, machten ihm am meisten zu schaffen. Er prägte sich ihre Gesichtszüge ein, um sie niemals zu vergessen.

Jedesmal, wenn er und Pax eine Leiche herumdrehten, verkrampfte sich unwillkürlich ein Muskel in Camrons Brust. Er fürchtete, Broc unter den Toten zu finden. Von allen Männern, die heute auf diesem Hügel gekämpft hatten, war Broc am wenigsten in der Lage gewesen, dem Rauch und den Flammen zu entkommen. Seine alten Wunden heilten nur langsam. Camron versuchte, sich an das letzte Mal zu erinnern, da er ihn gesehen hatte, an das letzte Wort, den letzten Blick, den sie ausgetauscht hatten. Als die Erinnerung jedoch nicht kommen wollte, spürte er, wie sich sein Herz zusammenzog. Erst als er und Pax den Rand des Tals erreichten, erkannte er die Ursache.

Es war Zorn.

Die Hetzer hatten ihn erneut bestohlen. Zuerst hatten sie ihm den Vater genommen, dann die Heimat und jetzt sogar seine Erinnerungen. Er konnte sich nicht mehr daran erinnern, wann und wo er Broc zuletzt gesehen hatte. Er konnte sich nicht mehr daran erinnern, was *irgendeiner* seiner Männer während der Schlacht getan hatte. Hatte er ihnen nur Befehle erteilt, oder hatte er ihnen auch Mut zugesprochen? Hatte er sie ermahnt, gegenseitig auf sich aufzupassen? Hatte er ihnen befohlen, sich vom Rauch fernzuhalten? Sich zurückzuziehen, wenn sie verwundet waren? War er stehengeblieben, um einem Sterbenden die Hand zu drücken? Oder hatte er geholfen, die Verwundeten vom Schlachtfeld zu tragen?

Camron preßte die Zähne aufeinander, bis der Kiefer schmerzte. Er erinnerte sich an den Beginn der Schlacht und seinen Befehl zum Angriff, an weiter nichts.

»Herr. Wir sollten nicht weitergehen.«

Beim Klang von Pax' Stimme hob Camron den Kopf. In den Augen des jungen Mannes war keine Furcht zu erkennen, nur Sorge. Das Umdrehen der Toten hatte ihn verändert. »Ich muß einen Blick ins Tal werfen«, sagte Camron. »Ich muß die Toten sehen.«

Es dauerte ein paar Augenblicke, doch dann nickte Pax. Er hob die Hand und deutete auf eine Baumgruppe im Osten. »Wenn wir die als Deckung benutzen, sollte es uns möglich sein, noch ein wenig näher heranzugehen, ohne entdeckt zu werden.«

Camron nickte ebenfalls. Er war froh, nicht allein zu sein. »Dann laß uns gehen.«

Sie schlichen am Rand des Tals entlang: zwei Gestalten mit blut- und dreckverschmierten Gesichtern, der perfekten Tarnung in dieser finstren Nacht. Weder Nachtvögel noch Füchse oder sonst ein Tier waren zu hören. Asche bedeckte die Zweige und Blätter der Bäume wie schwarzer Schnee. Von Zeit zu Zeit kam kurz der Mond hinter den Wolken hervor. Camrons Muskeln schmerzten bei jedem Schritt. Einer seiner Backenzähne war locker. Die Müdigkeit hatte er schon längst überwunden, und seine Erschöpfung hatte sich in verbissene Stärke verwandelt. Er fühlte sich, als hätte man ihm Haut und Fleisch bis auf die Knochen abgezogen.

Die Bäume standen bis ins Tal hinab. Camron und Pax gingen nun langsamer. Unmittelbar vor ihnen lag das Schlachtfeld. Zunächst war nichts zu erkennen. Der Mond war gerade hinter einer Wolkenbank verschwunden, und das Tal wirkte wie ein großes schwarzes Loch. Erst langsam schälten sich Einzelheiten aus der Finsternis: Erhebungen der Landschaft, der Fluß, die verbrannten Gerippe von Büschen. Dann wurde die Wolkendecke dünner, und nach und nach konnte Camron immer mehr Gestalten ausmachen, die sich am Boden des Tals auf und ab bewegten. Izgards Männer. Sie plünderten, was auch immer sie fanden.

Ein scharfer Wind kam auf und blies Camron das Haar aus dem Gesicht. Die letzte Wolke entfernte sich vom Mond, und das Tal wurde in ein silbriges Licht getaucht.

Camron hörte Pax atmen. Der junge Soldat stand ein paar Schritte vor ihm. Er hielt den Speer fest umklammert.

Das Tal war bedeckt mit Leichen. Köpfe, Glieder, Leiber lagen so dicht beieinander, daß sie längst aufgehört hatten, Teil eines Individuums zu sein. Jeder Arm, jedes Bein war nun Teil eines Ganzen. Schwarz von Ruß und Blut waren die Toten von Rhaize eins geworden. Wie Trümmer nach einem Sturm bedeckten ihre gebrochenen Leiber den Talboden. Ein Mann. Eine Leiche.

Ein Tod.

Camron ließ das Kinn auf die Brust sinken. So etwas hatte er noch nie im Leben gesehen. Er konnte es nicht in Worte fassen und fand keinen Vergleich. *Das ist der Tod,* war alles, was sein Geist zustande brachte.

Unmittelbar vor ihm sank Pax auf die Knie. Camron selbst war wie erstarrt. Er fühlte sich verloren. Seit der Nacht, in der sein Vater ermordet worden war, hatte er versucht, seinen eigenen Weg zu gehen. Der Anblick der Toten bedeutete einen Schritt zurück.

Sie können von überall her stammen, dachte Camron. *Rhaize, Garizon. Von überall.*

»Zehntausend«, murmelte Pax und durchbrach die Stille, die so vollkommen gewirkt hatte, daß seine Worte wie Blasphemie erschienen. »Zehntausend Männer sind hier heute gestorben.«

In diesem Augenblick wußte Camron, warum er hierhergekommen war. Er wollte zukünftigen Generationen gegenüber bezeugen können, was hier geschehen war. Berick von Thorn hatte mit ansehen müssen, wie vierzigtausend Mann am Bekenntnisberg gefallen waren, und nun hatte sein Sohn zehntausend Tote am Ufer des Hakenflusses gesehen.

Camron blickte weiterhin unverwandt auf das Schlachtfeld. Seine vom Rauch noch immer brennenden Augen füllten sich mit Tränen. Er sah, was sein Vater vor fünfzig Jahren gesehen hatte, nur daß hier die Leichen von Asche und nicht von Schnee bedeckt waren; der Wind war warm und nicht kalt wie auf den Bergen, doch das alles machte keinen Unterschied. Die Wahrheit war dieselbe.

Nein. Camron wußte nicht, ob er gesprochen oder nur gedacht hatte. Er wußte nicht, ob es ein Leugnen oder ein Versprechen war. Er wußte nur, daß er sich geirrt hatte. Egal wer heute auch gewonnen haben mochte, er, Camron von Thorn, hatte auf jeden Fall verloren. Genau wie sein Vater am Bekenntnisberg, so saß auch er nun zwischen allen Stühlen. Langsam, ohne den Blick von den Toten abzuwenden, schüttelte Camron den Kopf. Er verstand nun, warum sein Vater bis zum Schluß immer wieder mit ihm gestritten hatte. Er hatte vermeiden wollen, daß sein Sohn die gleichen Fehler beging wie er.

Camron trat einen Schritt vor und legte Pax die Hand auf die Schulter. Er wollte den jungen Mann trösten, doch im selben Augenblick, da er ihn berührte, erkannte er, daß er einfach nur eine Stütze brauchte. Mit jedem Atemzug verließ ihn ein wenig seiner Kraft. Die ganze Zeit über war er umhergezogen, immer auf der Suche nach einem Kampf, und er hatte nicht einmal angehalten, um nachzudenken.

Die Gräfin Lianne hatte angenommen, Berick hätte

von seinem Sohn erwartet, er solle Krieg gegen Garizon führen, um die Krone zu gewinnen; doch sie hatte sich geirrt. Berick hatte keinen Krieg gewollt. *»Welchen Wert hat ein Sieg, wenn dafür alle Söhne eines Landes sterben müssen?«* Dieser Satz war so etwas wie das Vermächtnis seines Vaters.

Camron lächelte grimmig. Er war ein Dummkopf gewesen.

»Komm, Pax«, sagte er. Seine Stimme klang besonnener, als er zu hoffen gewagt hätte. »Laß uns von hier verschwinden. Wir haben genug gesehen.«

Pax stand auf. Wie Camron wandte er nicht den Blick von den Toten, während sie das Tal verließen. Als er schließlich die Sprache wiederfand, klang es wie das verängstigte Flüstern eines Kindes. »Das ist erst der Anfang, nicht wahr?«

»Nein.« Camron versuchte, sich vom Anblick der Leichen loszureißen. »Das ist das Ende.«

Kapitel zwölf

Tessa schlief, und sie atmete nur flach. Die Atemwege der Nase schlossen sich, während sich der Mund zum Luftholen öffnete. Nur daß die Luft irgendwie ›falsch‹ war: dick und bitter, eigentlich überhaupt keine Luft. Sie verstopfte Tessas Hals. Es war ein Gefühl, als hätte ihr jemand ein Stück Stoff in den Rachen gestopft. Die Lungen taten das einzig Richtige: Sie zogen sich krampfartig zusammen, um den Fremdkörper zu entfernen.

Die Brustmuskeln begannen unkontrolliert zu zucken. Tessa öffnete die Augen. Entsetzen traf sie wie ein Schlag ins Gesicht. Sie konnte nicht atmen. Mit einem Ruck setzte sie sich auf und rief Avaccus' Namen. Rauch begleitete den Schrei. Rauch war in ihren Lungen, und Rauch atmete sie auch wieder ein. Die Höhle war voll davon. *Was war geschehen?*

»Avaccus!« Tessa stolperte in die Richtung, wo sie den Mönch zuletzt gesehen hatte. Ihre Lungen brannten, und ihr Herz schlug schnell und unregelmäßig. Einige Schläge ließ es aus. »Avaccus!«

Keine Antwort. Panik ergriff von ihr Besitz. Es gab keine Atemluft mehr. Während sie vorwärts taumelte, stieß sie mit dem Schienbein gegen einen Felsen. Schmerz fuhr ihr Bein hinauf, und die Tränen traten ihr in die Augen. Ihre Blase drohte nachzugeben. Obwohl sie wußte, daß es dumm war, atmete Tessa erneut ein – ihr blieb nichts anderes übrig. Der Rauch füllte ihre Lungen. Würgend und hustend streckte sie die Hände aus, um sich den Weg zu ertasten. In der Dunkelheit wirkte die Höhle wie das aufgerissene Maul eines Haifischs. Jeder Fels war ein gewaltiger Zahn, und Tessa hatte das Gefühl, als würde sie die Finsternis verschlucken.

»Hilfe!« schrie sie. »Hilfe!« Schreien war genauso dumm wie Atmen. Doch noch während sie sich für ihre eigene Dummheit schalt, schrie sie auch schon wieder. Tessa stand kurz davor, in Hysterie zu verfallen. Irgend jemand hatte Feuer gelegt, um sie zu töten.

Nur vage war sich Tessa der Tatsache bewußt, daß sie außer Rauch auch ein wenig Luft eingeatmet haben mußte; andernfalls wäre sie schon längst tot gewesen. Ein Hustenanfall schüttelte sie. Sekunden vergingen, bevor der Krampf sich wieder gelöst hatte. Als sie ausspie, hörte sie zu ihrer Rechten ein Geräusch.

»Avaccus.« Tessa wartete nicht auf die Antwort. Sie wandte sich in die Richtung, aus der das Geräusch gekommen war. Die Dunkelheit drückte gegen ihren Körper wie schwarzer Dampf. Schnell und flach atmend, um soviel Rauch wie möglich aus der Luft zu filtern, durchquerte Tessa die Höhle. Der Schmerz in ihrem Bein erinnerte sie daran, vorsichtig zu sein, doch ihre brennenden Lungen trieben sie zur Eile an, und außer die Hände auszustrecken, konnte sie wenig tun, um sich das Gehen zu erleichtern.

Wieder hörte sie das Geräusch. Leiser, kürzer: Es klang wie der letzte Atemzug eines Menschen.

Tessa trat auf ein Käserad. Die Rinde brach, und ein säuerlicher Geruch stieg von dem halbreifen Käse auf. Tessa mußte niesen. Kurz waren ihren Lungen wieder frei, und sie atmete tief durch. Als sie sich mit der Hand über die Stirn rieb, trat sie erneut in ein Käserad. Sie waren überall. Frustriert beschleunigte sie ihr Tempo und zertrat bei fast jedem Schritt einen weiteren Käse. Ständig mußte sie niesen. Das Niesen half, löste sich dadurch doch der Rauch aus Nase und Hals.

Mit dem nächsten Schritt traf sie in einen Käse, der gerade erst zum Reifen ausgelegt worden war. Er fiel in sich zusammen wie ein Soufflé, und eine verschimmelte Flüssigkeit ergoß sich über die Felsen. Tessa rutschte darauf aus und fiel vorwärts auf den Boden. Sie landete weich: Die Käseräder fingen sie ab. Als sie tief durchatmete, um sich von dem Schreck zu erholen, stellte sie fest, daß die Luft klarer geworden war. Ihre Lungen wehrten sich nicht, sie saugten sie gierig auf.

Natürlich, dachte Tessa. *Rauch steigt nach oben.* In einem Feuer war der sicherste Platz auf dem Boden. Warum hatte sie sich nicht schon früher daran erinnert?

Ohne weiter nachzudenken, kroch Tessa auf dem Bauch zwischen den letzten Käserädern hindurch. Ihre Kehle brannte, aber sie spürte, wie sich ihre Brust langsam entspannte, so als ob die Rippen den Griff um die Lungen lockerten.

»Avaccus!« rief sie erneut. »Sag irgendwas, *irgend etwas,* damit ich dich finden kann.«

Nichts. Die Stille ließ die Dunkelheit noch finsterer erscheinen. Während sie wartete, stahl sich ihre Hand zum Hals hinauf, um nach dem Ring zu tasten. Er befand sich an Ort und Stelle. Bevor sie eingeschlafen war, hatte sie ihn wieder an dem Band befestigt, und als sie ihn nun berührte, erinnerte sie sich an all das, was ihr Avaccus über Ephemeren erzählt hatte. Es war kaum zu glauben, daß sie tatsächlich einen solch wertvollen Gegenstand in Händen hielt.

Ein schwaches Kratzen ertönte unmittelbar vor ihr. Tessa ließ den Ring los und kroch vorwärts. Hinter ihr füllte der Rauch die Lücke, die sie hinterlassen hatte. Die Luft wurde immer wärmer.

Tessa streckte die Hand aus und faßte an etwas Glattes, Schweres. Ihr erster Gedanke war Holz oder Metall, aber das Ding war warm. Es war Avaccus' Bein. Tessa schüttelte es.

»Avaccus! Wach auf! Wach auf!« Als sie keine Antwort erhielt, schüttelte sie kräftiger. »Bitte! Wach auf!« Noch immer keine Antwort. Tessa senkte den Kopf bis unmittelbar über dem Boden und atmete tief durch. Avaccus mußte schon die ganze Zeit über in der Mitte der Höhle gelegen haben, und das bedeutete, daß ihm genug Frischluft zum Atmen zur Verfügung gestanden hatte. Warum also antwortete er nicht?

Tessa verfluchte die Dunkelheit und den Rauch, einfach alles, und packte Avaccus' Schultern. Panik und Zorn über die Ungerechtigkeit von allem, was geschehen war, ließ sie wieder mit wilder Wut nach dem alten Mönch greifen. Er durfte einfach nicht sterben. Sie wäre für seinen Tod verantwortlich. Der Rauch war nicht für ihn bestimmt.

»Wach auf!« schrie sie so laut sie konnte. »Wach auf!«

Ein ersticktes Gurgeln entkam Avaccus' Lippen. Tessa holte knapp über dem Boden tief Luft; dann schlug sie mit der Faust auf Avaccus' Brust. Sein Körper fühlte sich an wie ein Stück Blei und reagierte genausowenig auf den Schlag. Was hatten die einundzwanzig Jahre in dieser Höhle aus ihm gemacht? »Komm schon, Avaccus«, versuchte ihn Tessa zu überreden. »Atme.«

Avaccus' Brust hob sich unter ihrer Faust. Ein Zittern durchfuhr seinen Körper, dann begann die Brust, sich rhythmisch auf und ab zu bewegen. Er atmete. Sofort hustete und spuckte er und versuchte, den Kopf zu heben. Tessa drückte ihn wieder herunter. Sie wollte vermeiden, daß er den gleichen Fehler beginge wie sie. Aufzustehen oder sich auch nur aufzu*setzen* würde den sicheren Tod bedeuten.

Heiße Rauchwolken strichen über sie hinweg. Der Rauch bewegte sich nicht mehr mit dem Luftzug durch die Höhle; vielmehr schien er eine eigene Absicht zu verfolgen. In der Ferne hörte Tessa das Knistern von Feuer.

»Avaccus«, sagte sie, ohne sicher zu sein, ob der alte Mönch sie hören konnte. »Avaccus, wir müssen hier raus. Wo ist der Ausgang?«

Avaccus hustete und keuchte, während er um Atem rang. »Da vorne. Hinter dem nächsten Käsebett.«

Tessa benötigte einen Augenblick, um zu verarbeiten, daß Avaccus tatsächlich gesprochen hatte. Seine Stimme klang sehr schwach. Sie nahm einen frischen Atemzug am Höhlenboden und sagte: »Komm. Dreh dich auf den Bauch. Du mußt dein Gesicht so dicht wie möglich über dem Boden halten. Nur so wirst du atmen können.« Doch während sie dies sagte, bekam sie Rauch in die Lungen. Auch am Boden war die Luft nicht länger frisch.

»Geh du.« Avaccus' Stimme klang rauh, und vor jedem Wort legte er eine Pause ein, um zu husten. »Ich schaffe es nicht bis zum Ausgang. Ich würde dich nur aufhalten.«

Ohne darüber nachzudenken, schüttelte Tessa den Kopf. Der Gedanke, jemanden in dieser finstren, verrauchten Hölle zurückzulassen, war ihr zutiefst zuwider. Sie konnte nicht einfach davonlaufen. Früher hätte sie vielleicht genau das getan. Davonzulaufen war ihre Spezialität gewesen, das einzige, worin sie wirklich gut war. Nun jedoch hatte sich alles verändert. Deveric und seine Muster, Avaccus und seine Ephemeren, Emith und seine Mutter: Was oder wer auch immer sie verändert hatte, war egal. Es zählte nur, *daß* sie sich verändert hatte.

Sie packte Avaccus unter der linken Seite, um den alten Mann auf den Bauch zu rollen. Er protestierte. Sie hörte nicht zu. Er schlug ihre Hand weg. Sie schlug zurück. Von irgendwoher nahm sie Kraft – *viel* Kraft –, und mit einem mächtigen Ruck drehte sie Avaccus herum. Er hustete und stöhnte, und seine Gelenke gaben ein schreckliches Knacken von sich, aber Tessa ignorierte es. Das mußte sie.

Der Rauch trieb in dichten, warmen Schwaden über sie hinweg. Das Knistern wurde immer lauter, und ein heißer Wind wehte durch die Höhle. In wenigen Augenblicken würde sie nicht nur der Rauch bedrohen. Das Feuer war unmittelbar hinter ihnen. Zwar konnte man es im Moment noch nicht sehen, aber es war da.

Tessa versuchte, Avaccus über den Höhlenboden zu ziehen, doch allein die Masse des alten Mönches stellte ein Problem dar. Sie hätte genausogut versuchen können, einen Felsen hinauszuschleppen. Der rauhe, unebene Untergrund trug sein Übriges zu dem Problem bei, denn Avaccus blieb an jeder noch so kleinen Erhebung hängen und schürfte sich die Haut auf.

»Atme die Luft vom Boden«, erinnerte ihn Tessa in der Hoffnung, daß ein wenig frische Luft ihm helfen würde, wieder einen klaren Kopf zu bekommen. »Komm schon«, sagte sie, nachdem sie erkannt hatte, daß der alte Mönch nur überleben würde, wenn sie ihn dazu brachte, sich selbst zu bewegen. »Wir müssen weiter. Immer ein Bein nach dem anderen.« Zu Anfang klang ihre Stimme sanft, doch schon nach den ersten Worten machte sich die Panik wieder bemerkbar. Die Temperatur stieg stetig. »Sofort! Jetzt!«

Sie zog Avaccus an den Armen, den Schultern und der Robe und schleppte ihn Richtung Ausgang.

Die Luft wurde immer weniger. Tessa atmete mit jedem Zug mehr Rauch ein. Der Drang zu husten war überwältigend. Der Gestank des Rauchs verdrängte sogar den Geruch des Käses und verhinderte den Niesreiz.

»Beeil dich!« schrie sie und versuchte noch nicht einmal, die Furcht in ihrer Stimme zu verbergen. »Beeil dich!« Heiße Luft schlug ihr ins Gesicht. Obwohl sie die Augen geschlossen hatte, drang die Hitze durch ihre Augenlider. Ihre Mundhöhle fühlte sich an, als hätte sie jemand mit trockenem Sand eingerieben.

Avaccus gab sein Bestes. So schnell er konnte, schob er seinen massigen Körper über den Boden. Aber das genügte nicht. Bei dieser Geschwindigkeit würden sie ersticken, noch bevor sie den Ausgang auch nur *sehen* würden. Tessa wußte, daß sie nicht wütend auf ihn sein sollte, doch sie konnte nicht anders. Er *mußte* sich schneller bewegen. Sie *würde* ihn retten.

Tessa schob sich durch eine Käselache und tastete nach Avaccus' Arm. »Wir müssen raus hier!« schrie sie und griff nicht gerade sanft nach seinem Handgelenk. »Du hast mir bei weitem noch nicht alles gesagt. Ich weiß immer noch nicht, wie man vernünftig Muster zeichnet. Du mußt mir zeigen, was ich tun soll.«

Avaccus stieß einen seltsamen, kehligen Laut aus. Tessa deutete das Geräusch als Lachen, aber sie war nicht sicher. »Emith hat dir doch schon in Bay'Zell alles beigebracht, junge Frau«, erwiderte er. »Du solltest eigentlich alles wissen, was du brauchst.«

»Aber Emith ist nur ein Schreiber*gehilfe*. Er weiß nicht, wie man Muster anlegt.«

Avaccus ächzte. »Emith weiß mehr über die Schreibkunst als jeder andere lebende Mann. Wenn er dich die Regeln der Farbherstellung und Pergamentvorbereitung gelehrt hat, dann weißt du alles, was du wissen mußt. Male das Problem, dann löse es. Emith ...« Avaccus verstummte unvermittelt, als sie beide von einer dichten Rauchwolke getroffen wurden. Heiße Asche flog Tessa ins Gesicht.

Sie ließ Avaccus' Handgelenk wieder los und packte statt dessen seine Hand. Sie redete sich ein, keine Angst zu haben, doch als sich die Finger des alten Mannes um die ihren schlossen, war sie über die Maßen froh darüber. Gemeinsam krochen sie weiter durch den Rauch.

Mit äußerster Kraft versuchte Avaccus, seine Kehle vom Qualm zu befreien. Mehrere Minuten hustete und schluckte er, bevor er wieder sprechen konnte. Tessa sagte ihm, er solle sich lieber darauf konzentrieren weiterzukriechen, doch es gab etwas, das er ihr unbedingt sagen wollte.

»Emith ist ein bescheidener Mann; das darfst du niemals vergessen. Wäre seine Bescheidenheit nicht gewesen, wäre vermutlich ein großer Schreiber aus ihm geworden. Er besaß das Auge und das Gespür dafür. Ihm mangelte es nur an Selbstvertrauen.«

Avaccus wurde durch einen schrecklichen Hustenanfall unterbrochen. Sein ganzer Körper wurde von Krämpfen geschüttelt. Tessa drückte ihm die Hand; sie wollte stark sein.

Ein orangefarbenes Licht markierte den Höhlenausgang. Das Licht flackerte und zischte und wurde mit jeder Minute heller. Die Luft war so heiß, daß Tessa nicht länger die Augen offenhalten konnte. Unter ihrem Körper lösten sich die Käseräder mehr und mehr auf.

Avaccus redete zwischen den Hustenanfällen immer weiter. Tessa konnte nur vermuten, wieviel Kraft ihn das kostete. »Du mußt auf deine eigenen Fähigkeiten vertrauen, Tessa. Vertraue dir selbst, und vertraue Emith. Die Ephemere ist dir nicht durch Zufall in die Hände gefallen. Sie hat dich gefunden, weil du fähig bist zu tun, was sie verlangt.«

»Schschsch, Avaccus. Schschsch.« Tessa tätschelte dem alten Mönch die Hand. Sie wollte zwar mehr von ihm hören, was er ihr zu sagen hatte, doch sie konnte nicht länger ertragen, daß er für jedes Wort verzweifelt nach Atem rang. »Das alles kannst du mir immer noch sagen, wenn wir in Sicherheit sind.«

Avaccus schwieg. Er hustete noch nicht einmal.

Tessa nickte zufrieden. »Gut so. Laß uns jetzt hier verschwinden.« Bevor sie weiterkroch, ließ sie Avaccus' Hand los, die mit einem dumpfen Platschen zu Boden fiel. Irgend etwas in Tessas Magen fiel mit ihr. Sie wirbelte herum und griff erneut nach seiner Hand. Die Hand war schlaff.

Voller Angst rang Tessa nach Luft. Rußgeschwängerter Rauch drang ihr in die Lunge; sie hatte geatmet, ohne vorher den Kopf zu senken. Sie mußte würgen und konnte nicht damit aufhören. Ein stechender Schmerz breitete sich in ihrer Brust aus. Ihre Augen brannten, doch sie durfte nicht riskieren, sie zu öffnen. Andernfalls würden die Tränen hinausfließen, und ihre Augäpfel würden austrocknen.

»*Avaccus!*« kreischte sie und zerrte und zog an der Hand des alten Mönchs. »Wach auf! Wach auf!«

Avaccus würde nicht aufwachen. Er brauchte Tessas Hilfe. Er brauchte frische Luft. Tessa vergaß jede Vernunft und blickte Richtung Ausgang. Der Rauch war inzwischen so dicht, daß er das Licht des Feuers fast aussperrte. Mit klopfendem Herzen traf Tessa eine Entscheidung. Sie mußte es alleine bis zum Ausgang schaffen. Avaccus blieb keine Zeit mehr.

Tessa preßte die rechte Wange auf den Höhlenboden und atmete so tief ein, wie es ihrer verletzten Lunge möglich war. Währenddessen riß sie den Kragen der Tunika ab. Sie arbeitete schnell und effektiv und legte den Stoffetzen über Avaccus' Gesicht. Sie wußte nicht, ob diese Maßnahme etwas nützen würde, aber zumindest würde es ihn vor dem Staub und der Asche schützen. Tessa verschwendete keine Luft zum Sprechen, doch in Gedanken befahl sie dem Mönch zu bleiben, wo er war – sie würde sofort wieder zurückkehren.

Tessa rappelte sich auf und rannte los. Augen und Mund zum Schutz vor der Asche verschlossen und mit schmerzverzerrtem Gesicht bahnte sie sich einen Weg durch den Rauch. Die Hitze nahm stetig zu. Schweiß rann ihr den Rücken hinab. Von überall her drang glühendheiße Luft auf sie ein. Schließlich verließen sie die Kräfte. Die Temperatur war bereits zu hoch. Die Hitze brannte auf ihrer Haut. Sie vermutete, daß sie nicht mehr weit vom Ausgang entfernt war.

Ihre Lungen glühten. Sie mußte die verbrauchte Luft loswerden. Doch falls sie den Mund öffnete, würde sie nicht wieder einatmen können. So nahe am Feuer gab es keine Luft mehr.

Es tut mir leid. Abermals sprach Tessa die Worte nur in ihren Gedanken. Sie waren an viele Menschen gerichtet, an Menschen, die über zwei Welten verstreut waren. An ihre Mutter und ihren Vater. An Emith und seine Mutter. An Avaccus. An all jene, die kämpfen und sterben würden, weil die Dornenkrone in dieser Welt gefangengehalten wurde.

Tessa griff nach dem Ring, hob den Kopf in die Höhe und zögerte kurz ... Dann stieß sie die Luft aus.

»Ihr könnt Euch also nicht an eine junge Frau erinnern, die vor zwei, vielleicht drei Tagen hierhergekommen ist?« Ravis glaubte, einen weit entfernten Schrei zu hören – vermutlich war es nur der Wind oder ein Vogel. »Eine Frau mit rotgoldenem Haar? Schlank? Stur?«

»Nein, mein Sohn. Seit dem Frühjahr hat uns keine junge Frau mehr aufgesucht.« Der alte Mönch lächelte und entblößte weiße, ebenmäßige Zähne. »Ich würde mich sicherlich daran erinnern, wenn es anders wäre.«

Ravis musterte den alten Mönch. Sein Verhalten und seine Ausstrahlung paßten nicht zu ihm. Seine Zähne waren viel zu gut gepflegt und seine Augen zu scharf für den gutmütigen, zerstreuten Gelehrten, den er spielte. Vor fünf Minuten war Ravis am Tor der Abtei vorstellig geworden. Der junge Mann, der ihn an der kleinen Seitentür begrüßt hatte, war rasch von jenem Mönch abgelöst worden, der nun vor ihm stand. Ravis' Fragen hatten den Mann so rasch herbeigerufen, daß er sich fragte, ob der Mönch nicht schon die ganze Zeit über im Schatten hinterm Tor gelauert und gelauscht hatte.

Ravis zog den Umhang enger um die Schultern und erklärte: »Die fragliche Frau heißt Tessa. Sie kam hierher, um einen Eurer Brüder aufzusuchen. Ich glaube, sein Name lautet Avaccus.«

Als der alte Mönch ihm bei der Erwähnung dieses Namens weiter unverwandt in die Augen blickte, wußte Ravis, daß er es mit jemandem zu tun hatte, der das Lügen gewöhnt war.

Der alte Mönch faltete die Hände. »Bruder Avaccus ist in diesem Frühsommer von uns gegangen.« Seine Stimme klang tadelnd. »Wenn Ihr mich jetzt bitte entschuldigen würdet. Mein Bruder und ich haben bereits unsere Regeln gebrochen, weil wir so spät noch mit Euch gesprochen haben. Ich wäre Euch also dankbar, wenn Ihr Euer Pferd nehmen und gehen würdet. Der Damm sollte noch für mindestens eine Stunde sicher sein. Gottes Segen für Euch in dieser Nacht.« Der Mönch setzte an, die Tür zu schließen.

»Vater«, sagte Ravis. Den Titel hatte er absichtlich gewählt. Der alte Mönch reagierte auf diesen Ehrentitel, indem er schlicht den Blick hob, was darauf hindeutete, daß er bei weitem nicht der einfache Bruder war, der er vorgab zu sein. »Ich habe mit mehreren Leuten in Glockenhafen gesprochen, die bezeugen können, daß Tessa gestern abend über den Damm zur Abtei geritten ist. Wollt Ihr etwa behaupten, sie sei nie hier angekommen?«

Der Mönch schüttelte den Kopf und schloß die Tür. Ravis hörte, wie von der anderen Seite rasch die Riegel vorgeschoben wurden – *mehrere* Riegel. Er kaute auf seiner Narbe. Hinter ihm schnaubte leise sein Pferd und zog an den Zügeln. Die alte Stute wollte fort von hier. Ravis betrachtete die geschlossene Tür. Er war den ganzen Tag hindurch geritten, um hierherzukommen. Noch nicht einmal in Glockenhafen hatte er haltgemacht, wie er behauptet hatte. Er hatte den Mönch angelogen.

Widerwillig wandte sich Ravis von der Tür ab. Das Mondlicht schimmerte auf den Felsen in der Umgebung und ließ Salz und andere Mineralien glitzern wie Juwelen. Ein paar alte Rankenfüßer drängten sich nahe der Flutmarke und klammerten sich an die Felsen, um nicht ins Meer hinausgespült zu werden. Während Ravis den Blick über Ufer und Watt schweifen ließ, trieb der Wind kleine Wellen über die Tidetümpel. Eine Sekunde später roch er Rauch. *Das ist allerdings nicht der Rauch eines Holzfeuers,* dachte er beiläufig. *Oder zumindest nicht nur Holz.* Er roch Torf, getrockneten Seetang und Pech, ähnlich der Mischung, die die Fischhändler in Drokho zum Räuchern verwendeten, denn sie produzierten viel Rauch aus nur wenig Flammen.

Seltsam. Wenn es den Mönchen der Abtei nicht gestattet war, nachts zu sprechen, dann durften sie doch erst recht nicht nach Sonnenuntergang arbeiten, oder? Jedenfalls würde mit Sicherheit keiner von ihnen um diese Zeit Fisch räuchern. Ravis tätschelte seiner Stute den Hals, und als er einen vorspringenden Felsen entdeckte, band er die Zügel daran fest. Anschließend tastete er prüfend nach dem Messer in seinem Gürtel. Er wollte sich einmal ein wenig umsehen.

Seine Ledertunika knarrte, als er vom Pfad auf die Felsen kletterte und sich gegen den Wind auf den Weg machte. Der Geruch des Feuers wurde mit jedem Schritt stärker, und kleine blaugraue Rauchwolken trieben mit dem Wind an der Abteimauer entlang.

Die Felsen am Fuß des Klosters nahmen die Form eines mit scharfen Zähnen bewehrten Mauls an. Lange, rutschige Seetangbüschel und dicke Salzkrusten erschwerten Ravis das Fortkommen, und als er die steilen Felswände erblickte, die zur Ostmauer der Abtei hinaufragten, war er versucht umzukehren; aber andererseits ... Das Schlimmste, was ihm passieren konnte, wenn er weiterging, war, daß er vielleicht eine Handvoll Räucherfisch ergattern konnte. Doch noch während sich dieser Gedanke in seinem Kopf herausbildete, bemerkte er, daß etwas nicht stimmte. Er roch zwar den Rauch, aber keinen Fisch. Das verführerische Aroma von Hering oder Scholle hätte deutlich zu erkennen sein müssen.

Tessa. Ravis glaubte nicht an Zufälle: zuerst der Mönch, der ihn belogen hatte, und jetzt der scheinbar sinnlose Rauch kurz vor Mitternacht. Beides mußte etwas miteinander zu tun haben. Ravis beschleunigte seinen Schritt und sprang von Fels zu Fels. Zur Abtei hin stieg das Kliff steil an. Ravis hörte auf zu springen und begann zu klettern.

Inzwischen stieg der Rauch in großen Wolken über die Felsen zum Himmel hinauf und blies Ravis ins Gesicht. Ascheflocken regneten auf sein Haar und seine Schultern herab. Inzwischen befand er sich mehrere Fuß über der Flutmarke, und zwischen den Felsen den Weg zu finden, fiel ihm zunehmend leichter. Hier oben war der Boden glatt, aber trocken, und nirgends lagen Seetang oder andere Meeresabfälle herum. Bemerkenswert schnell erreichte Ravis den Gipfel.

Oben angekommen, sah er sofort, was geschehen war. Auf dem Kliff, das er soeben erklommen hatte, lag der Eingang zu einer Art Höhle, der mit Holz, Pech, Seetang und allen möglichen anderen Materialien verstopft war, die starken Rauch absondern konnten. Alles brannte.

Ravis saugte an seiner Narbe. Natürlich konnte es durchaus sein, daß die Brüder diese Maßnahme nur ergriffen hatten, um die Fledermäuse zu vertreiben –

immerhin war es die richtige Jahreszeit dafür. Dennoch glaubte er nicht eine Sekunde daran. Er ließ seinen Blick über die Klostermauer schweifen und entdeckte dabei eine Tür in einer Mauernische, die den Mönchen ungehinderten Zugang zur Höhle gestattete. Wenn die Brüder die Höhle also sowohl bei Ebbe als auch bei Flut erreichen konnten, warum hatten sie das Feuer dann nicht bei Tageslicht entzündet? Mitternacht war nicht die richtige Zeit, um Fledermäuse auszuräuchern.

Ravis zog seinen Umhang aus und warf ihn aufs Feuer. Dann trat er mitten in die Glut hinein und schleuderte das brennende Material aus dem Eingang in den Wind. Das Feuer war in großer Eile angelegt worden, und nachdem es seines Herdes beraubt war, verlöschte es nur wenige Augenblicke später. Als die letzten Reste des Feuers nach innen fielen, stieg eine große Rauchsäule aus der Höhle empor. Daraufhin packte Ravis einen noch glühenden Scheit und begann, auf die restlichen Flammen einzuschlagen. Falls er sich dabei die Hände verbrannte, dann spürte er es zumindest nicht.

Inzwischen war sicherlich jeder in der Höhle tot.

Noch bevor die letzten Flammen verlöscht waren, betrat Ravis die Höhle. Der Rauch hüllte ihn ein. Er konnte den Scheit nicht mehr sehen, den er in der Hand hielt. Mit jedem Atemzug atmete er Asche ein. »Tessa!« rief er in die Dunkelheit hinein. »Tessa!«

Nichts. Er drang tiefer in die Höhle vor.

Während er sich seinen Weg durch den Rauch ertastete, stieß sein Fuß gegen etwas Weiches. Er fiel auf die Knie und streckte die Hand aus, um zu erfühlen, um was es sich dabei handelte. Es war ein Körper. Ravis riskierte es, die Augen zu öffnen. Vor ihm lag Tessa. Er wußte nicht, ob sie noch lebte oder bereits tot war.

Seine Brust verkrampfte sich. Er stieß einen leisen, tierischen Schrei aus. Dann empfand er eine derart wilde

Wut, daß er den Mönch, der ihn angelogen hatte, vermutlich auf der Stelle erschlagen hätte, wenn er vor ihm gestanden wäre. Mit bloßen Händen hätte er ihm den Hals umgedreht und sämtliche Knochen im Leib gebrochen.

Was hatten sie ihr angetan?

Sanft und vorsichtig, sorgfältig darauf bedacht, ihr keine zusätzlichen Verletzungen zuzufügen, hob er Tessa auf und trug sie aus der Höhle. Ihre Wange berührte die seine. Sie war heiß und rußverschmiert. Tessa fühlte sich so leicht an. Ravis wurde die Kehle trocken. Obwohl er versuchte, an etwas anderes zu denken, sah er Bilder seiner verstorbenen Frau. Während der letzten Monate ihrer Krankheit war Lara so schwach gewesen, daß sie nicht mehr allein hatte aufstehen können. Er hatte sie überallhin tragen müssen. Sie hatte sich für ihre Schwäche geschämt. Ravis hatte es nur als weitere Gelegenheit betrachtet, sie berühren zu können.

Ravis biß sich die Narbe durch. Der daraus resultierende Schmerz reichte gerade aus, um die Erinnerungen wieder an ihren üblichen Platz zu schieben.

Inzwischen hatte er sich weit genug vom Feuer entfernt, und nun suchte er nach einem geeigneten Ort, um Tessa ablegen zu können. Als ihr Körper den Boden berührte, stieß sie ein leises Seufzen aus. Ravis hielt sofort inne, schloß die Augen und hob den Kopf gen Himmel. Normalerweise glaubte er an keinen Gott, doch manchmal … in Zeiten wie diesen …

Er öffnete die Augen wieder. Am nachtschwarzen Himmel funkelten die Sterne. Hätte ihn in diesem Augenblick jemand danach gefragt, dann hätte er geschworen, sie gäben Wärme und nicht nur Licht ab.

Ravis zuckte mit den Schultern und wandte seine Aufmerksamkeit wieder Tessa zu. Er hatte viel zu tun.

In einer Schlacht waren Rauchvergiftungen nichts Ungewöhnliches, und Ravis wußte durchaus damit umzugehen. Er hockte sich neben Tessa, atmete tief ein und preßte die Lippen auf ihren Mund. Sanfter als bei einem Kuß schenkte er ihr seinen Atem. Luft füllte Tessas Mund und fand den Weg in die Lunge. Ihre Brust hob und senkte sich. Ravis atmete erneut tief ein und gab die Luft an Tessa weiter. Ihre Lippen waren so heiß wie ihre Wangen. Sie schmeckten nach Asche.

Langsam, nach und nach, Atemzug um Atemzug zeigte Tessa erste Reaktionen. Zunächst nur schwach begann ihre Brust, sich von allein zu heben und zu senken, und unter den Lidern bewegten sich die Augen. Ravis sprach sie an. Er erzählte ihr die unsinnigsten Dinge, wie er es nie getan hätte, wenn sie wach gewesen wäre. Er streichelte ihr übers Haar, wischte die Asche von ihren Wangen, und die ganze Zeit über atmete er für sie. Nach ein paar Minuten hob sich Tessas Brust plötzlich mit einem Ruck, und sie begann zu würgen. Ihre Schultern flogen nach vorne, und ihr Körper wurde von einem Hustenanfall erschüttert.

»Laß die Augen zu.« Ravis drückte ihre Schultern wieder zurück auf die Felsen. »Ich bin's. Ravis. Ich bin bei dir. Du bist nicht mehr in der Höhle. Du bist in Sicherheit.« Seine Stimme klang fest, als würde er zu einem verwundeten Soldaten sprechen; es war wichtig, daß Männer, die nach einer Verletzung im Kampf wieder erwachten, erfuhren, daß sie sich in Sicherheit befanden. »Ich werde nicht zulassen, daß dir ein Leid geschieht.«

Tessa hob die Hand. Nackenmuskeln, Brust und Kiefer verkrampften sich immer wieder. Sie öffnete die Augen, zuckte zusammen und schloß sie rasch wieder. »Ich muß ... Ich muß ...« Obwohl sie vor Heiserkeit kaum sprechen konnte, schien sie unbedingt etwas loswerden zu wollen.

»Schschsch. Es ist schon gut.« Ravis legte ihr den Finger auf die Lippen.

Tessa warf den Kopf zur Seite. »Ich muß wieder zurück.«

Ravis beugte sich vor. »War außer dir noch jemand in der Höhle?«

Tessa nickte. Ihre Nackenmuskeln spannten sich, als sie versuchte zu antworten. »Ava ... Avaccus ist noch immer drin.«

Ravis stand auf und sagte: »Ich bin sofort wieder zurück.«

Der meiste Rauch hatte sich inzwischen aus der Höhle verzogen. Nur die Reste des Feuers schwelten noch. Ravis fand den Mann rasch. Er lag in einer kleinen Kuhle im Zentrum der Höhle mitten in geschmolzenen Käserädern. Ein Fetzen von Tessas Tunika lag auf Nase und Mund des Alten, und während Ravis sich ihm näherte, beobachtete er, ob der Mönch sich bewegte. Er rührte sich nicht.

Ravis atmete tief durch. Den unzähligen Fußspuren um den Mann herum nach zu urteilen, hatte Tessa nichts unversucht gelassen, um ihn zu retten.

Ravis kniete sich nieder und strich mit dem Finger über eine der Spuren im Käse. Diese Frau, die das Schicksal zu ihm geführt hatte, war sehr tapfer.

Dann wandte er seine Aufmerksamkeit wieder Avaccus zu. Es fühlte sich seltsam an, einen Toten zu berühren, dessen Fleisch so warm war; aber als Ravis ihn aufhob, war die Wärme nicht das einzige, was ihn befremdete. Avaccus' Leichnam war hart und glatt wie Stein. Langsam und mit den Gedanken an allen möglichen Orten trug Ravis den alten Mönch aus der Höhle.

Tessa richtete sich auf, als er sich ihr näherte. Trotz seiner Warnung hatte sie die Augen geöffnet, doch im selben Augenblick, da sie seinen Gesichtsausdruck bemerkte, schloß sie sie wieder. Ravis wollte sie trösten, ihr sagen, daß auch er wisse, wie schwer es sei, jemanden zu verlieren, den zu retten man sich so verzweifelt bemüht hatte. Aber nachdem er Avaccus' Leichnam auf den kalten Felsen gelegt hatte, fiel ihm nichts Besseres ein, als zu Tessa zu gehen, sie in den Arm zu nehmen und so fest wie möglich an seine Brust zu drücken.

Und genau das tat er auch.

Izgard zwang sich, einen weiteren Löffel zu essen. Dem Aussehen nach zu urteilen, handelte es sich um Gerste und Gemüse, gekocht in einer Fleischbrühe. Was auch immer an Fleisch in der Suppe gewesen sein mochte, hatte man so sehr zerkleinert, daß man es höchstens noch als winzige Fasern entdecken konnte.

Izgard mochte kein Fleisch. Er wollte noch nicht einmal daran denken, wie es sich zwischen seinen Zähnen verfing. Es zu kauen, mochte er noch weniger. Fleisch war zäh, und wenn er welches aß, hatte er jedesmal das Gefühl, auf seine eigene Zunge zu beißen. Dennoch zwang er sich dazu, gelegentlich etwas davon zu essen. Das hatte er immer getan und würde er immer tun. Er mußte seine körperliche Kraft auf jeden Fall bewahren.

Ederius war bereits mit dem Essen fertig. Natürlich hatte er das gleiche Gericht gegessen wie der König, und natürlich hatte er zwanzig Minuten vor ihm damit begonnen – nur für den Fall, daß die Vorkoster versagt hatten und sich doch noch Gift in dem Eintopf verbarg. Wenn es sein eigenes Leben betraf, ging Izgard niemals ein unnötiges Risiko ein.

Selbstverständlich bedeutete das nicht, daß er Ederius' Tod gewollt hätte – beileibe nicht. Von allen, die heute nacht im Lager der siegreichen Armee versammelt waren, war der alte Schreiber der einzige, der ihm etwas bedeutete. Ederius arbeitete nun schon fünf Jahre an seiner Seite. Seine Treue stand außer Zweifel. Sollte Izgard durch das langsam wirkende Gift aus der Hand eines begnadeten Giftmischers sterben, dann würde Ederius ihn begleiten. Izgard haßte die Vorstellung, den Schreiber allein zurückzulassen.

Izgard schob die Messingschüssel beiseite und fragte: »So, mein alter Freund, wie war es heute draußen auf dem Feld? Hat dir das Führen der Hetzer deine Jugend zurückgegeben?«

Ederius wurde mit jedem Tag blasser und schwächer. Die Ringe unter seinen Augen besaßen die Farbe von Blutergüssen. Die vergangenen dreißig Stunden hatte er an seinem Schreibtisch verbracht und Muster gezeichnet. Seit Izgard vor einer halben Stunde sein Zelt betreten hatte, hatte Ederius wenig mehr getan, als den Kopf zu schütteln. Auch jetzt schüttelte er den Kopf und nicht weniger stark denn zuvor. »Sie sind alle tot. *Ich* habe sie in den Tod geschickt.«

»Nein. *Ich* habe die Hetzer mit der schwierigen Aufgabe betraut, das Lager einer Armee zu überrennen, die ihnen zehn zu eins überlegen war, und die Streitkräfte des Herrn vom Feld zu treiben. Sie sind nicht ausgesandt worden, um zu sterben. Wäre nicht Camron von Thorn gewesen, wären die meisten von ihnen wieder zurückgekehrt.«

Ederius räusperte sich. »Zurückgekehrt wohin? Zu einem qualvollen, langsamen Tod, bei dem die Knochen in ihre Organe wachsen und ihre Zahnwurzeln im Kiefer gespalten werden?« Der Schreiber fuhr fort, den Kopf zu schütteln. »Glaubt nicht, daß ich die Leichen der Hetzer nicht gesehen hätte. Glaubt nicht, daß ich nicht bemerkt hätte, wie man die Körper der Unglücklichen des Nachts aus dem Lager geschafft hat. Ihr habt Euren Männern vielleicht befohlen, ihnen Knebel anzulegen, doch ich höre ihre Schreie trotzdem.«

Izgard wollte etwas darauf erwidern, doch Ederius hatte noch nicht zu Ende gesprochen.

»Ich habe sie erschaffen«, sagte er. »Ich habe das Feuer in ihnen entfacht. Sie sind meine Kreaturen. Doch wenn sie ihren Zweck erfüllt haben, dann überlasse ich sie ihrem Schicksal. Ihre Körper kämpfen gegen die Magie an, aber der Zauber schlägt zurück. Sie mögen ja vielleicht Monster sein, aber sie sind meine Söhne, die aus der Tinte geboren wurden. Ich bin für sie verantwortlich, und heute habe ich sie alle in den Tod geschickt.«

Izgard fielen sofort ein Dutzend Antworten ein: Die Hetzer waren nicht Ederius' Männer; sie waren *seine*. *Er* hatte ihnen den Angriff auf das feindliche Lager befohlen, nicht der alte Schreiber. Die Dornenkrone hatte die Hetzer erschaffen; Ederius war nur der Mittelsmann – und doch entschied sich Izgard, nichts von alledem auszusprechen. Ederius erschien ihm im Augenblick geradezu wunderschön. Ein Feuer brannte in seinen alten Augen, und Schweiß schimmerte auf seiner Haut. Er war müde, das war alles. Er war überarbeitet, am Rande der Erschöpfung. Er brauchte die Fürsorge eines Arztes, der ihn in warme Decken wickeln und ihm Schafsmilch und Tee zu trinken geben würde, damit er besser schlafen konnte. Bedächtig nickte Izgard. Er würde das Entsprechende persönlich in die Wege leiten.

»Hör mir zu, alter Freund«, sagte er mit sanfter Stimme. »Wir haben heute gewonnen. Garizon hat gewonnen. Die Hetzer mögen vielleicht gestorben sein, aber die meisten unserer Söhne haben überlebt. Die Hetzer haben ihnen das ermöglicht. Sie haben ihr Leben gegeben, um das der anderen zu retten – ganz so wie du und ich es auch tun würden. In einem Krieg gilt es harte Entscheidungen zu treffen, und jedesmal, wenn ich meine Männer ins Tal schicke, treffe ich solch eine Entscheidung.« Während er sprach, tastete Izgard nach Ederius' Hand. Kurz verweigerte ihm der alte Schreiber die Berührung. »Wir beide sind aus dem gleichen Holz geschnitzt, du und ich. Bisweilen quält uns unser Gewissen ob der Mittel, die wir einsetzen müssen, doch schlußendlich wissen wir, daß dies alles nur zum Wohle von Garizon geschieht. Du magst vielleicht zwei Jahrzehnte auf der Insel der Gesalbten verbracht haben, aber du bist ein geborener Garizon, und das wirst du auch immer bleiben und deine Pflicht Garizon gegenüber erfüllen. Denk nicht an die Hetzer, die heute getötet worden sind. Denk statt dessen an die vielen Menschen, die du gerettet hast.«

Ederius schüttelte erneut den Kopf. »Ich kann nicht … Ich …«

»Still jetzt.« Izgards Stimme klang mit einem Mal nicht mehr weich, sondern scharf. Dann erinnerte er sich daran, was beim letzten Mal geschehen war, als ihn der Zorn übermannt hatte, und er ließ Ederius los und rückte ein Stück von ihm ab. Er wollte nicht riskieren, Ederius auf die gleiche Art zu verletzen wie Gerta. Unvermittelt wechselte er das Thema. »Hast du dich um das Mädchen gekümmert?«

Ederius war die Schärfe in der Stimme seines Herrn nicht entgangen, und so antwortete er rasch: »Ja, Euer Majestät. Ich habe Kontakt zu den Heiligen Vätern aufgenommen. Sie haben gesagt, sie würden sich ihrer diesmal persönlich annehmen. Der Vorfall mit dem Gatheloc hatte sie beunruhigt.«

»Du hast einen heraufbeschworen?«

Ederius nickte. Er klang verbittert, als er erklärte: »Ich habe ihn auf einen der Heiligen Brüder herabbeschworen. Er ist von der Flut überrascht worden und ertrunken. Seine Leiche ist bei Morgengrauen ans Ufer gespült worden. Viele Brüder haben ihn gesehen, bevor die Heiligen Väter ihn beiseite schaffen konnten.«

»Und war es, wie du geglaubt hast, daß es sein würde?«

»Schlimmer noch. Es war eine Kreatur der Finsternis. Mit Worten kann man nicht beschreiben …« Ederius schüttelte abermals den Kopf. »Der Gatheloc schien älter zu sein als selbst die Dornenkrone.«

Izgard blickte zu seiner Krone. Sie ruhte auf einem Sockel unmittelbar vor Ederius' Schreibtisch und glitzerte wie zerbrochenes Glas. Eine Motte flatterte um sie herum, weil sie sie fälschlicherweise für eine Lichtquelle hielt. Als Izgard sich vorbeugte, um die Krone zu berühren, machte er sich nicht die Mühe, die Motte zu vertreiben. Weder Insekten noch Staub ließen sich jemals auf der Dornenkrone nieder.

»Für uns gibt es noch viele Muster zu entdecken«, bemerkte Izgard, während seine Finger den inneren Bändern der Krone folgten.

»Ja, Euer Majestät. Viele.«

Wenn sie in den alten Tagen über die Krone gesprochen hatten, war Ederius' Verlangen nach ihren Mustern in jedem Wort zu spüren gewesen. Er war besessen davon gewesen, ihre Geheimnisse zu erkunden und die Muster zu kopieren. Hier und jetzt allerdings hörte Izgard nur Erschöpfung in der Stimme seines Schreibers. Das bereitete ihm Sorgen.

Er drehte sich wieder zu Ederius herum und sagte: »Ruh dich jetzt aus, mein Freund. Ich werde den Arzt mit ein paar Kräutern zu dir schicken, damit du besser schlafen kannst. Morgen bei Sonnenaufgang müssen wir Kontakt zur Insel der Gesalbten aufnehmen und uns vergewissern, daß das Mädchen tot ist. Sie treibt sich mit den falschen Leuten herum und noch dazu am falschen Ort und zur falschen Zeit. Du sagst, sie könne Muster zeichnen, doch ich sage dir, sie hat ein Auge auf das geworfen, was mir gehört.«

Ederius' Blick huschte zur Krone. »Sie dürfte inzwischen tot sein, Euer Majestät.«

»Nur wenn deine geschätzten Heiligen Väter eine Methode gefunden haben, sie zu töten, ohne sich die

Hände mit Blut zu beflecken.« Als er sah, wie Ederius ob dieser Worte zusammenzuckte, empfand Izgard kurz so etwas wie Reue. Mit wenigen Schritten durchquerte der König das Zelt und erklärte: »Du hast heute gute Arbeit geleistet, Ederius. Jetzt leg dich hin, und gönn dir etwas Ruhe.«

Ederius ließ den Kopf auf die Brust sinken. Er antwortete nicht.

Izgard schlug die Zeltplane beiseite. Die Geräusche und Gerüche der Siegesfeier wurden vom Wind zu ihm getrieben: Männer sangen, Fleisch siedete, und Bier schäumte aus Bechern in den Schlamm. Izgard hatte seinen Männern für morgen Frauen versprochen, und er hatte bereits die Stadt ausgesucht, die sie ihm liefern würde: Merin, eine kleine Bauernstadt, die nur einen halben Tagesmarsch von hier entfernt lag. Üppige Bauernmädchen konnten dort geerntet werden, zusammen mit Getreide, Fleisch und anderen Versorgungsgütern. Izgard mochte kein Fleisch, und auch an Frauen war er selbst immer weniger interessiert; trotzdem würde er seine Männer mit beidem versorgen. Das kostete ihn nur wenig.

Außerdem lag Merin auf dem Weg nach Bay'Zell.

Die Herrin der drei Meere, Mittelpunkt von mehr Handelsrouten als jede andere Stadt im Westen: Bay'Zell war der Preis dieses Krieges. Von Bay'Zells Häfen aus konnte man den gesamten Kontinent erobern, und das war genau das, was Hierac vor fünfhundert Jahren getan hatte. In der Nähe hatte er sogar eine Festung als Ausgangsbasis für seine Operationen errichtet: Burg Bess, die sich im Augenblick im Besitz von Camron von Thorn befand, doch die der Träger der Dornenkrone schon bald wieder für sich beanspruchen würde.

Während er über all das nachdachte, krallten sich Izgards Finger in die Zeltplane, und er stellte sich vor, es wäre Haut. Heute hatte er die erste wirkliche Schlacht gewonnen, und schon bald würde er seine erste wirkliche Stadt erobern.

»Ruh dich jetzt aus, Ederius«, wiederholte er ein letztes Mal und ließ die Zeltplane los. »Morgen werden wir unsere Reise nach Norden beginnen.«

Kapitel dreizehn

Tessa erinnerte sich nur an wenig aus der Nacht, in der Ravis sie aus der Höhle gezogen hatte, und die wenigen Erinnerungen waren lückenhaft und zusammenhangslos. Sie erinnerte sich daran, Ravis' Arme um ihren Körper gespürt zu haben, während sie hustend auf dem Kliff um Luft gerungen hatte, und sie erinnerte sich daran, wie er ihr zugeflüstert hatte, alles würde wieder gut werden. Das nächste war der Ritt zum Festland. Ravis hatte sie hinter sich festgebunden, damit sie nicht aus dem Sattel fallen konnte, falls sie ohnmächtig werden würde, und so waren sie gemeinsam über den Damm geritten, die Flut dicht auf den Fersen.

Dem war eine lange Zeit der Dunkelheit gefolgt, aus der sie sich nur an Schmerzen und das Knarren von Bohlenbrettern erinnern konnte, als man sie eine lange Treppe hinaufgetragen hatte. Irgendwann war sie in einem warmen Bett aufgewacht, in einem mit Eichenholz verkleideten Raum ohne Fenster. Von unten drangen die Geräusche von Essen und Trinken und Gesprächsfetzen zu ihr herauf, so daß sie vermutete, daß sich unter ihr ein Gasthof befand.

Drei Tage später war sie noch immer dort. Ravis hatte die meiste Zeit an ihrer Seite verbracht. Er pflegte, einen Stuhl an ihr Bett zu ziehen, ihre Verletzungen zu versorgen und zu säubern und sie alle paar Stunden neu zu verbinden, nachdem er sie mit Salbe oder Fett eingerieben hatte – je nachdem, was er hatte auftreiben können.

Auch fütterte Ravis sie; er blies so lange auf die Suppe, bis er sie für lau genug erachtete, daß Tessa sie ohne Schmerzen schlucken konnte.

Allerdings bereitete ihr das Schlucken trotzdem Schmerzen, und das Atmen war noch viel schmerzvoller. Ihr Rücken peinigte sie bei jedem Atemzug, und die Luft brannte wie Essig in ihren Lungen. Manchmal mußte sie sich förmlich dazu *zwingen* zu atmen. Zu anderen Zeiten war ihre Kehle einfach zu, der Weg zu den Lungen blockiert. Zweimal war sie mitten in der Nacht aufgewacht und hatte nicht atmen können. Ravis hatte sie dann jedesmal in den Arm genommen und ihr etwas unter die Nase gerieben, um ihre Atemwege zu befreien. »Das ist Pfefferminzöl«, hatte er erklärt. »Das wird die Krämpfe in deiner Brust lösen.«

Die meiste Zeit über hielt sie die Augen geschlossen. Sie zu öffnen, bereitete ihr Schmerzen, und Ravis hatte ihr gesagt, je länger sie sie vor dem Licht schützte, desto rascher würden sie sich wieder erholen. Sie fühlte sich schwach, und ihr wurde niemals warm trotz all der Decken und des Feuers im Kamin. Immer wieder brach eine Kältewelle über sie herein. Gleichzeitig schienen ihre Wangen zu glühen, während ihr im Inneren geradezu unglaublich kalt war.

Sie versuchte, nicht an Avaccus zu denken. Sie hatten seine Leiche auf dem Kliff zurückgelassen. Auch sie hatte das für richtig gehalten. Avaccus hatte sein gesamtes Erwachsenenleben in der Abtei verbracht, und auch wenn die Heiligen Väter ihn vor einundzwanzig Jahren in die Höhle verbannt hatten, war es seine freie Entscheidung gewesen, dort zu bleiben. Er hätte jederzeit den Damm überqueren und davongehen können.

Tessa seufzte. In ihrem Herzen wußte sie, daß Avaccus' Entscheidung in Wirklichkeit nicht ganz so einfach gewesen war; er war alt gewesen, hatte seine Gewohnheiten gehabt, und die durchtrennte Sehne in seinem Daumen hatte ihn davon abgehalten, sein Handwerk auszuüben. Wohin hätte er gehen sollen? Aber wie auch immer: Tessa glaubte, daß Avaccus auf die Insel gehörte – egal ob tot oder lebendig –; die Insel war seine Heimat.

Tessa zog die Decken hoch und versuchte, sich auszuruhen. Schlafen wollte sie nicht. Schlaf bedeutete Träume, und Träume brachten schreckliche Dinge. In ihren Träumen wiederholte sich die Nacht in der Höhle immer und immer wieder. Manchmal wachte sie früher auf, schüttelte Avaccus heftiger oder rannte sofort zum Ausgang und trat das Feuer aus. Was auch immer sie tat, das Ergebnis war stets dasselbe: Avaccus starb, und sie blieb mit dem Gefühl zurück, daß, wenn sie etwas anderes getan hätte, sie ihn vielleicht hätte retten können. Wenn sie erwachte, lösten sich die Träume zwar sofort auf, doch das Schuldgefühl blieb.

Schritte im Flur rissen Tessa aus ihren Gedanken. Ein Schlüssel wurde herumgedreht, dann betrat Ravis den Raum. »Wie fühlst du dich heute morgen?« fragte er und stellte ein Tablett mit Essen auf den kleinen Nachttisch neben dem Bett. »Du siehst besser aus.«

Es war schon Morgen? Da der Raum kein Fenster besaß, konnte sie kaum feststellen, wie spät es war. Manchmal vermutete Tessa, es müsse Mittag oder Abend sein, wenn sie von unten das Geschirr klappern hörte. »Es geht mir gut«, antwortete sie, ohne zu wissen, ob das der Wahrheit entsprach oder nicht.

Ravis nickte. »Deine Stimme klingt tatsächlich schon kräftiger. Wie geht es deiner Atmung?«

»Besser, glaube ich.«

»Gut. Dann solltest du auch wieder besser essen können.« Mit diesen Worten nahm er eine Schüssel vom Tablett und rührte mit einem Löffel darin herum.

Tessa hatte das Gefühl, in eine Falle gelockt worden zu

sein, als sie sich in eine sitzende Position aufrichtete. Sie wollte nichts essen.

Ravis blies einige Male über die Schüssel, dann reichte er sie ihr. »Das ist Ochsenschwanzsuppe«, sagte er und zwinkerte fröhlich. »Ein Gast unten in der Taverne hat darauf bestanden, daß du sie bekommst. Sie ist sogar in die Küche gegangen, um sie persönlich zuzubereiten. Dabei hat sie so viele Leute verärgert, daß es wohl ganz gut ist, daß sie Glockenhafen noch heute verläßt. Sie hat sogar der Köchin erklärt, ihre Geräte seien zum Spülen vollkommen ungeeignet.« Ravis lachte. »Und die Köchin hier hat Arme, um volle Bierfässer zu stemmen. Ich würde es mir zweimal überlegen, sie zu reizen.«

Tessa lächelte. »Die Dame heißt nicht zufällig Madame Wicks, oder?«

»Genau die. Sie wollte hier raufkommen, um dich zu sehen, aber ich habe es nicht zugelassen. Sie kommt jeden Tag hierher in der Hoffnung, eine weibliche Begleiterin zu finden, die mit ihr nach Kilgrim reist. Eins der Zimmermädchen reist mit ihr um Mittag ab.« Ravis klopfte sich auf die Ledertunika, als würde er etwas suchen. Schließlich zog er eine kleine handgeschriebene Karte heraus. »Sie hat mir den Namen und die Adresse ihres Schwagers gegeben. Sie hat gesagt, wenn du auf der Insel der Gesalbten nicht gefunden hättest, was du gesucht hast, dann solltest du ihm mal einen Besuch abstatten.« Ravis las den Namen, der auf der Karte stand. »Moldercay.«

Der Knochenwächter. Tessa unterdrückte ein Schaudern. »Er war früher mal Mönch. Madame Wicks hat gesagt, daß er der Archivar des Klosters gewesen sei. Und sie hat auch gesagt, daß er auf alles ein Auge geworfen hätte – nicht nur auf Frauen.«

»Hört sich nach einem typischen Gottesmann an.« Ravis nahm einen Apfel vom Tablett und biß hinein.

»Nun«, sagte er, »wirst du mir jetzt sagen, was wirklich auf der Insel geschehen ist? Hat Avaccus dich etwas über die alten Muster gelehrt? Oder habt ihr beide über etwas anderes gesprochen?«

Tessa löffelte ihre Suppe, um Zeit zum Nachdenken zu gewinnen. Der Mann vor ihr hatte für Izgard von Garizon gearbeitet. Konnte sie ihm vertrauen? Was Avaccus ihr erzählt hatte, war zu bedeutsam, als daß man es einfach so jemandem hätte anvertrauen können. Sie war die einzige, der er jemals etwas über Ephemeren erzählt hatte – dessen war sie sicher. Nun da er tot war, war die Last dieses Wissens auf sie übergegangen. Eine weitere Verantwortung, die sie zu tragen hatte – eine von vielen.

Kurz warf Tessa einen Blick auf Ravis. Sie konnte noch immer nicht glauben, daß er hier war. Sie war davon ausgegangen, daß er mit Violante von Arazzo nach Mizerico zurückkehren würde. Aber das hatte er nicht getan. Er war den weiten Weg hierher zu ihr geritten, zu Tessa McCamfrey, und hatte Violante alleine nach Hause segeln lassen.

Tessa hob den Löffel an die Lippen.

»Sei vorsichtig«, ermahnte sie Ravis. »Blas noch einmal drauf, nur um sicherzugehen.«

Sie blickte ihm in die Augen. In den vergangenen Tagen hatte sie vollkommen neue Seiten an ihm entdeckt. Er legte ein Verhalten an den Tag, das Tessa niemals für möglich gehalten hätte. Sein Umgang mit ihr war sanft und von Vorsicht geprägt. Er behandelte sie, als wäre sie etwas Wertvolles, das bei der kleinsten Berührung zerbrechen könnte. Zwar war er noch derselbe Mann wie auf dem Schiff, nur inzwischen sah Tessa etwas Neues unter der rauhen, sarkastischen Schale.

Sie legte den Löffel wieder in die Schüssel und sagte: »Avaccus hat mir den wahren Grund verraten, warum ich hier bin.«

Ravis hob die Augenbraue. »Und der wäre?«

Tessa atmete tief durch – jedenfalls so tief sie konnte. Ravis war der erste Mensch, den sie in dieser Welt kennengelernt hatte; er hatte sie beschützt, sie gerettet, und die vergangenen drei Tage hatte er sich Tag und Nacht um sie gekümmert. Von Beginn an hatte sie sich auf ihn verlassen können.

Sie holte den Ring aus dem Mieder, hielt ihn ins Licht und wartete einen Augenblick lang, bis der Lärm von unten ein wenig abgeflaut war; dann sagte sie: »Dieser Ring ist der Schlüssel zu allem.«

Langsam und mit gelegentlichen Unterbrechungen, wenn die Schmerzen beim Atmen zu groß wurden, berichtete sie Ravis, was sie über die Dornenkrone gelernt hatte. Sie erzählte ihm von den Ephemeren, erklärte ihm, was sie waren, woher sie stammten, und berichtete, wie Hierac eine von ihnen gefunden und was sie aus ihm gemacht hatte. Sie sprach von Hieracs Besuch auf der Insel der Gesalbten, von der Vereinbarung zwischen dem König von Garizon und den Heiligen Vätern, und sie erzählte ihm, wie die Dornenkrone an diese Welt gebunden worden war. Sie erklärte, was Avaccus für den Grund gehalten hatte, warum sie, Tessa, hierhergebracht worden war und welche Aufgabe sie zu erfüllen hatte.

Die ganze Zeit über saß Ravis nur regungslos da und hörte zu. Nicht ein einziges Mal unterbrach er sie. Manchmal nickte er oder fuhr sich mit den Fingern durchs Haar, doch die meiste Zeit über kaute er nur schweigend auf seiner Narbe. Falls Tessa gehofft hatte, ihn mit ihrer Geschichte überraschen zu können, dann enttäuschte er sie, denn sein Gesichtsausdruck änderte sich nicht im mindesten. Sie wußte, daß er ihr aufmerksam zuhörte; doch obwohl er unglaubliche Dinge zu hören bekam, die er bisher nicht gehört haben konnte, zeigte sich nichts davon in seinem Gesicht. Als sie schließlich ihren Bericht beendet hatte, streckte er die Hand aus, um den Ring zu berühren.

»Fünfhundert Jahre«, sagte er und berührte Tessas Finger, die ebenfalls auf dem Gold lagen. »Und die ganze Zeit über haben wir geglaubt, die Natur der Garizon und ihrer Könige sei an all den Kriegen schuld.«

»Hast du die Dornenkrone jemals gesehen?« fragte Tessa.

Ravis zuckte mit den Schultern. »Einmal, aber nur von weitem. Izgards Schreiber hatte einige ihrer Muster abgeschrieben. Ich erinnere mich, daß seine Finger geblutet haben, doch es schien ihn nicht zu kümmern. Ederius ist der einzige lebende Mensch, dem Izgard die Dornenkrone anvertraut.«

»Glaubst du, Izgard weiß über die Krone Bescheid? Was sie ist, und was sie bewirkt?«

»Das kann ich nicht sagen. Vielleicht weiß er nicht alles. Vielleicht weiß Izgard nur, daß er es sich nicht leisten kann, sie zu verlieren. Alte Geschichten verändern sich im Laufe von fünfhundert Jahren, und die Wahrheit kann durchaus verloren gehen. Allerdings scheint die Vereinbarung immer noch zu bestehen. Izgard garantiert die Sicherheit der Insel, und dem Anschlag auf dein Leben nach zu urteilen fühlen sich die Heiligen Väter ihm gegenüber ebenfalls noch verpflichtet.«

Obwohl Tessa mit Ravis übereinstimmte, schüttelte sie den Kopf. Avaccus hatte sich geirrt, was Vater Issasis betraf. Er hatte geglaubt, der Abt würde nie etwas gegen sie unternehmen und daß bereits die kleinen Lügen, die er ihr erzählt hatte, sein Gewissen belasten würden. Tessa preßte die Lippen aufeinander. Sie hoffte, Vater Issasis' Gewissen würde ihn bis zu seinem Tod nicht mehr in Ruhe lassen.

»Dieses Muster, das du gezeichnet hast«, sagte Ravis, »wie können wir mehr darüber erfahren?«

Tessa war plötzlich froh darüber, Ravis alles erzählt zu haben. Ihr gefiel die Art, wie er das Wort ›wir‹ verwendete. »Ich bin nicht sicher. Avaccus hat gesagt, ich solle das Problem malen und es dann lösen. Um das zu tun, muß ich aber wenigstens *ungefähr* wissen, wie das Original aussieht. Ich muß wissen, wie Ilfaylen gearbeitet hat.«

»Und es gibt wirklich keine Kopie seiner Illumination?«

»Nein. Nach jeder Nacht, die Ilfaylen an der Illumination gearbeitet hat, hat man sie ihm abgenommen und auf Durchstiche überprüft, und wenn er nicht gerade daran arbeitete, hat man ihm Pinsel und Farben abgenommen, damit er noch nicht einmal eine Skizze anfertigen konnte.«

Ravis nickte. »Und das Original ist in Veizach?«

»Avaccus sagte, es sei an einem unbekannten Ort unter der Stadt vergraben worden.«

»Hmmm.« Ravis stand auf und ging zum Feuer. »Da Veizach eine der größten Städte auf dem Kontinent ist, könnte man sagen, wir haben ein Problem.«

»Vielleicht weiß Madame Wicks' Schwager etwas, das uns weiterhelfen könnte, oder vielleicht Emith. Avaccus hat mir erzählt, aus Emith hätte ein großer Schreiber werden können, wenn er denn gewollt hätte.«

»Nur daß er seinen eigenen Fähigkeiten nicht vertraut hätte?«

Tessa war von Ravis' Scharfsinn überrascht. »Ja. Genau das hat Avaccus gesagt.« Während des Gesprächs war ihre Stimme immer schwächer geworden. Sie versuchte, tief einzuatmen, doch ein stechender Schmerz im Rücken war die Folge, und beim nächsten Versuch fühlte sie ein Brennen in der Lunge.

»Du mußt dich noch etwas ausruhen.« Bevor sie sich versah, stand Ravis bereits wieder neben ihr, zog die Decken hoch und legte ihr die Hand auf die Stirn, um sich zu vergewissern, daß sie nicht unter Fieber litt.

»Schließ deine Augen für eine Weile. Und versuch nicht, zu tief zu atmen.« Dann holte er einen kleinen Beutel aus der Tasche und rieb Tessa daraus ein wenig unter die Nase. Pfefferminzöl.

Tessa schloß die Augen und gestattete Ravis, sie zu beruhigen. Die Luft wanderte zwar ohne Probleme ihre Kehle hinab, doch je tiefer sie vordrang, desto schmerzvoller wurde es. Sie fürchtete, ihre Lungen könnten sich erneut schließen.

»Ganz ruhig«, sagte Ravis und streichelte ihr übers Haar. »Einen Atemzug nach dem anderen.«

Tessa stand am Rande der Panik, doch Ravis' beruhigende Worte und seine Berührung halfen ihr. Nach und nach entspannte sie sich wieder, und ihre Lungen füllten sich mit Luft. Tessa war vollkommen erschöpft. Sie konnte nicht aufhören zu zittern. Ihr Nachtgewand war schweißdurchtränkt, und sie nahm einen bitteren, salzigen Geruch wahr, der von ihrer Haut aufstieg. Sie roch noch nicht einmal mehr wie sie selbst.

»Schlaf jetzt«, sagte Ravis. »Du kannst nicht erwarten, daß Verletzungen, wie du sie erlitten hast, über Nacht wieder heilen. Sie sind zu ernst. Schlaf jetzt. Ich werde über dich wachen.«

»Du hast schon einmal über jemanden gewacht, der so krank war wie ich, nicht wahr?« Tessa sprach eigentlich nur, um sich zu vergewissern, daß ihre Atmung noch funktionierte. Als Ravis nicht antwortete, öffnete sie nach ein paar Sekunden die Augen.

Ravis blickte sie an. Seine dunkelbraunen Augen hatten selbst das bißchen Braun noch eingebüßt, das sie von schwarz unterschied, und irgend etwas funkelte in ihnen.

»Ich war einst verheiratet«, erklärte Ravis nach einer Weile. »Meine Frau ist an *Hura Aya* gestorben, an Sumpffieber.« Sekunden verstrichen, und gerade als Tessa zu der Überzeugung gelangt war, Ravis hätte nichts mehr zu sagen, fuhr er fort: »*Hura Aya* zerfrißt zuerst die Lunge, und von dort aus breitet sich das Fieber in die Nieren, die Leber und schließlich ins Gehirn aus. Zuerst glaubt der Betroffene, nicht atmen zu können sei das schlimmste Symptom, doch das stimmt nicht.« Ravis rieb sich mit dem Daumen über die Narbe. »*Hura Aya* nimmt dir am Ende alles: den Atem, die Fähigkeit zu sehen, zu urinieren und zu denken. Alles.«

Tessa senkte den Blick. Sie konnte Ravis nicht länger in die Augen sehen. Sie wußte nun, was sie in seinen Augen gesehen und was ihre Farbe von dunkelbraun zu schwarz verändert hatte: Selbstbeherrschung.

Da sie nicht wußte, was sie ihm hätte sagen können, und da sie fürchtete, es würde ohnehin das Falsche sein, schloß sie die Augen. Sie erwartete nicht, sofort einzuschlafen, aber sie tat es doch, und als sie irgendwann die Augen wieder öffnete, war Ravis verschwunden.

»Sorgt dafür, daß jeder es hört. Alle müssen das Dorf verlassen. Nicht später, nicht heute abend, sondern *jetzt*. Nehmt nur das mit, was ihr tragen könnt, und flieht nach Westen. Geht nicht nach Bay'Zell, wenn ihr Sicherheit wollt. Izgard wird in weniger als einer Woche dort eintreffen. Ihr müßt euch selbst und eure Kinder retten. Euer Dorf liegt mitten auf seiner Marschroute, und wenn ihr nicht sofort aufbrecht, werdet ihr bei Sonnenaufgang tot sein. Jetzt geht!«

Camron preßte die Zähne aufeinander, während er das Dutzend Männer und Frauen betrachtete, die vor ihm versammelt waren. Er wußte, daß er streng mit diesen Menschen war, aber er wußte auch, daß er sich nur so Gehör verschaffen konnte. Schließlich hatte er selbst seine Kindheit in einem kleinen, isolierten Dorf wie diesem hier verbracht. Die Bewohner dieser Dörfer wuchsen in dem Glauben auf, daß ihnen niemals ein Leid geschehen und daß die Ereignisse, die die Welt bewegten, achtlos an ihnen vorübergehen würden. Sie irrten sich. Izgard kam. Er und seine Armee befanden sich auf dem Marsch, und in weniger als fünf Stunden würden sie das Dorf Shale erreichen.

»Was ist mit unserem Getreide?« fragte ein Mann mit gelbem Haar und sonnenverbrannter Nase. »Mit unseren Sommervorräten?«

»Laßt alles zurück, was ihr nicht tragen könnt. Wenn Izgard eure Felder und Weinberge verbrennt, werdet ihr froh sein, nicht auch verbrannt worden zu sein.«

Es folgte ein Augenblick entsetzten Schweigens. Eine kräftige, gutgekleidete Frau brach es als erste. »Aber was ist mit unseren Tieren? Ihr könnt doch nicht von uns verlangen, sie ebenfalls zurückzulassen.« Die versammelten Dorfbewohner raunten zustimmend.

»Nein. Aber nehmt nur die Tiere mit, die ihr auf euren Karren verstauen könnt. Die Herden in den Ställen müßt ihr freilassen.«

»Freilassen! Das ist Wahn …«

»Wenn ihr sie in den Ställen laßt, werden Izgards Männer sie schlachten. Nehmt sie mit euch, und ihr werdet so langsam werden, daß ihr den Garizon nicht mehr entkommen könnt. Euch bleibt nichts anderes übrig, als sie freizulassen. Izgards Männer werden keine Zeit haben, freilaufenden Tieren hinterherzujagen. Es ist Sommer, und in den Tälern gibt es genug Gras; die Tiere werden schon nicht verhungern. Wenn ihr wieder zurückkehrt, könnt ihr sie ja wieder einfangen.«

Den Dörflern gefiel das ganz und gar nicht. Ihre Gesichter wirkten angespannt; sie ließen die Schultern hängen und warfen einander nervöse Blicke zu. Die gutgekleidete Frau wrang das blaue Leinen ihres Kleides.

Camron wünschte, er könnte freundlicher zu ihnen sein, doch nur Furcht konnte sie dazu bewegen, ihre Heimat zu verlassen.

»Wann wird es denn wieder sicher genug sein, um zurückzukehren?« Das war ein alter Mann mit gelbgrauem Haar.

Camron schüttelte den Kopf. »Ich weiß es nicht. Bald, hoffe ich, aber es wird vermutlich Wochen dauern – vielleicht sogar Monate.«

»Aber unser Heim, unser Einkommen, unser ...«

»Wenn ihr bleibt, werdet ihr sterben!« Camrons Stimme klang so kalt wie Eis. »Eure Töchter werden vergewaltigt werden; eure Söhne wird man verstümmeln; eure Häuser wird man niederbrennen, und eure Tiere wird man schlachten. Das ist nicht einfach nur so dahingesagt. Ich habe gesehen, wozu Izgard und seine Männer fähig sind. In der Stadt Thorn hat er keinen Stein auf dem anderen gelassen. Kein Mann, keine Frau und kein Kind sind dort verschont worden. Und im Augenblick sind seine Männer frustriert und wütend. Sie haben eine Schlacht gewonnen, doch kaum nennenswerte Beute gemacht. Sie brauchen Proviant, etwas zu trinken und Frauen, und sie werden es sich nehmen, wo immer sie es finden.«

»Aber wenn wir gehen, wird Izgard unsere Häuser und Felder niederbrennen.«

Ein zweiter Mann nickte zustimmend. »Wir werden keine Heimat mehr haben, in die es sich lohnen würde zurückzukehren.«

Camron betrachtete die beiden alten Männer, die gesprochen hatten. Dann sah er jedem einzelnen Dörfler in die Augen, der ihm auf dem gepflügten Acker entgegengekommen war. Das Licht der Morgensonne strahlte ihnen ins Gesicht und enthüllte Falten, geplatzte Adern und sonnenverbrannte Haut. Diese Menschen bearbeiteten das Land; es war ihr Leben. Camron wollte sie nicht anlügen.

»Ja«, sagte er. »Izgard wird befehlen, alles niederzubrennen. Das will ich euch nicht verschweigen. Ihr müßt wählen zwischen euren Häusern und eurem Leben. Was schätzt ihr mehr? Vor drei Nächten habe ich zehntausend Tote im Tal des Hakenflusses gesehen. Vermutlich liegen die Leichen immer noch dort. Da es ihm sowohl an Männern als auch an Zeit mangelt, wird dem Herrn nichts anderes übrigbleiben, als sie verrotten zu lassen.« Camrons Blick wanderte von Gesicht zu Gesicht. »Wollt ihr, daß euch das gleiche Schicksal widerfährt? Wollt ihr, daß euren Kindern das gleiche geschieht?«

Einer nach dem anderen senkten die Dörfler den Blick. Camron wußte nicht, was sie in seinen Augen gesehen hatten, aber er war sich des harten Untertons in seiner Stimme bewußt. Drei Tage des Reitens von einem Dorf zum anderen, von einem Gehöft zum nächsten hatten ihre Spuren hinterlassen. Aber was hätte er auch sonst tun sollen? Hatte er eine Wahl? Izgard war nur einen halben Tag hinter ihm. Die Städte und Dörfer, die auf seinem Weg nach Bay'Zell lagen, mußten gewarnt werden. Camron hatte schon genug Leichen gesehen. Auf den Anblick weiterer konnte er verzichten.

Die Dörfler traten nervös von einem Fuß auf den anderen. Einige schüttelten den Kopf. Mehr als ein Mann blickte in die Richtung, aus der sich Izgards Heer nähern würde.

Die gutgekleidete Frau sprach erneut als erste. Sie ließ ihr Kleid los und blickte ihren Mitbewohnern nacheinander in die Augen. »Ich bin eine Großmutter«, sagte sie. »Ich habe vier Enkel, und ein fünfter ist auf dem Weg. Ich liebe mein Land, und ich sorge gut dafür; aber es ist zwanzig Jahre her, seit ich zum letzten Mal an mich selbst gedacht habe. Jedesmal, wenn ich den Ochsen vor den

Pflug spanne, tue ich es für meine Söhne und Töchter, damit sie es einmal gut haben werden, wenn ich nicht mehr bin. Aber ich bin nicht dumm, und ich würde lieber zulassen, daß Izgard mein Feld verbrennt, als daß niemand mehr da wäre, dem ich meinen Ochsen und den Pflug vermachen könnte.«

Ein Augenblick verging. Niemand rührte sich. Die Frau hatte sich zu ihrer vollen Größe aufgerichtet und streckte das Kinn vor. Eine frische Brise wehte über die Gruppe hinweg, hob Krägen und zerzauste Haar, und nachdem sie wieder abgeklungen war, sprachen alle gleichzeitig:

»Holt Wells. Er hat das schnellste Pferd im Dorf. Er soll die abgelegenen Höfe warnen.«

»Wir müssen die Kinder beruhigen.«

»Laßt uns ihnen erklären, wir würden einen Ausflug machen.«

»Nein. Wir müssen ihnen die Wahrheit sagen.«

»Ethee, sag Amis Bescheid, er soll seinen vierrädrigen Karren fertigmachen.«

»Laßt uns in einer Stunde wieder hier zusammenkommen.«

»Besser eher.«

Während er beobachtete, wie die Dörfler sich organisierten, atmete Camron tief durch. Er vergewisserte sich, daß niemand ihn mehr beachtete, dann ging er zu seinem Pferd und lehnte sich gegen dessen Flanke. Er war todmüde.

Jeder Ort, den er bisher besucht hatte, war anders. Die Menschen reagierten unterschiedlich: Einige schleuderten ihm Beleidigungen entgegen, warfen ihm vor, ein Lügner zu sein, ein Betrüger oder einfach nur ein Narr. Andere wiederum warteten kaum, bis er seine Rede beendet hatte: Sie packten ihr Hab und Gut auf einen Karren und verließen Heim und Hof. In den drei Tagen, da er sich nun auf dieser Reise befand, hatte er gut ein

Dutzend Städte und Dörfer evakuieren lassen, doch er wußte nie, was ihn erwartete, wenn er eine neue Siedlung betrat. Er wußte nur, was er tun mußte.

Die Nacht nach der Schlacht war hart gewesen. Er konnte sich nicht mehr daran erinnern, wie es ihm und Pax gelungen war, sich vom Anblick der Leichen loszureißen. Sie waren ihren eigenen Spuren schließlich den Hang hinauf gefolgt und hatten die folgende Stunde mit der Suche nach Broc von Lomis zugebracht. Dann hatten sie ihn gefunden, in einer Vertiefung am Westhang des Hügels. Er war so kalt wie der Fels, auf dem er lag. Ein Teil des Gesichts war weggerissen, und im Hals klaffte eine tiefe Wunde. Sein Blut hatte das gelbe Hemd, das er seiner Schwester zuliebe angezogen hatte, verfärbt.

Camron hob den Leichnam hoch und trug ihn fort. Mehrere Male fragte ihn Pax, ob er ihm nicht beim Tragen helfen solle, doch er lehnte jede Hilfe ab. Er besaß keine Familie mehr und keine Heimat. Broc war der einzige gewesen, der ihm noch geblieben war.

Nachdem er den toten Broc aufs Ufer des Hakenflusses gebettet hatte, hatte der Herr nach ihm geschickt. Er wollte, daß Camron ihn zuerst nach Westen und dann nach Norden begleite, um eine neue Armee für die Verteidigung von Bay'Zell auszuheben. Er weigerte sich. Sandor gefiel das ganz und gar nicht, und zweifelsohne hätte er es Camron befohlen, doch dieser gab ihm keine Gelegenheit dazu. Camron rief die knapp zwanzig Männer zusammen, die von seiner Truppe überlebt hatten und verließ die Armee. Pax begleitete sie. Der junge Soldat hatte die Leichen im Tal gesehen; er hatte gesehen, was die Hetzer mit Broc von Lomis' Gesicht gemacht hatten. Wie Camron, so wollte auch er einfach nur fort.

Camrons Männer waren so müde und erschöpft, daß es sie nicht kümmerte, ob sich ihre Wunden öffneten oder schlossen. Lange stritten sie sich um den letzten

Tropfen Berriac. Sie brauchten Essen, Ruhe; sie brauchten ein Ziel.

Als sie im ersten Dorf, durch das sie kamen, vor einem Gasthof anhielten, eilte ein Junge heraus, um ihre Pferde zu tränken. Dann kam ein Mädchen herbei, das Camron auf Schritt und Tritt folgte und jede seiner Bewegungen nachahmte. Jedesmal, wenn er versuchte, sie zu verscheuchen, kicherte sie aufgeregt. Der Farbe ihrer Kleidung nach zu urteilen, waren der Junge und das Mädchen Geschwister, und sie heckten immer neue Streiche aus, so wie es unter Brüdern und Schwestern üblich war. Camron konnte nicht anders als lächeln. Diese Kinder waren so glücklich.

Das war der Augenblick gewesen, da er wußte, was er zu tun hatte. Izgard befand sich auf dem Weg dorthin – dorthin, in die verschlafene, kleine Stadt mit Namen Merin. Eine Armee, die Proviant brauchte. Eine siegestrunkene Armee, die nach Opfern suchte, die sie quälen und mit denen sie ihren Spaß haben konnte. Eine Armee, die nach *Frauen* suchte. Sicherlich hatte Izgard seinen Männern Frauen versprochen.

Da hatte sich etwas in Camron zu Eis verwandelt. Sein Pferd, dem der Stimmungswandel seines Herrn nicht entgangen war, wieherte leise und schüttelte die Mähne. Er tätschelte dem Tier den Hals und ließ den Blick über die Stadt schweifen. Abgesehen von den Messingbeschlägen an den Giebeln und der teilweise gepflasterten Straße hätte Merin genausogut Thorn sein können.

Er sah den beiden Kindern zu, Bruder und Schwester. Der Junge hatte einen Eimer am Brunnen aufgefüllt und ließ sich von seiner Schwester helfen, ihn zu den Pferden zu bringen. Sie lachten, stupsten einander an, und Wasser schwappte aus dem Eimer auf die Straße. Während er sie beobachtete, spürte Camron einen dumpfen Schmerz hinter seinen Augen. Die Welt verschwamm.

In den vergangenen vierundzwanzig Stunden hatte er solch schreckliche Dinge gesehen, daß er kein Gefühl mehr für die Normalität dieser Szene hatte. Seit einem Tag hatte er nur Zorn, blinden, rasenden Zorn empfunden. Als er dann etwas so Gutes, etwas so Einfaches und Alltägliches sah, befiel ihn das Gefühl, unvermittelt aus völliger Finsternis ins helle Tageslicht zu treten. Das machte ihn benommen. Der Boden unter seinen Füßen schien sich zu bewegen. Hier ging es nicht mehr nur um Soldaten. Auch ganz normale Menschen – Frauen, Kinder, alte Leute – waren von nun an betroffen.

Er hatte das Pferd gewendet und seinen Männern Befehle gegeben. In weniger als einer Stunde mußte die Stadt evakuiert werden. Izgards Armee würde vermutlich schon gegen Mittag eintreffen. Während er die entsprechenden Befehle brüllte, wurde seine Stimme mit jedem Wort machtvoller. Er atmete tief und kräftig, und zum ersten Mal seit der Schlacht konzentrierte er sich darauf, was er hier und jetzt tun konnte, anstatt sich damit zu plagen, was er in der Vergangenheit hätte besser machen können.

Bei dieser ersten Evakuierung in Merin unterlief ihnen so mancher Fehler. Sie erzeugten Panik, Zorn und Verwirrung. Zwanzig blutverschmierte und zu Tode erschöpfte Soldaten, die plötzlich im Dorf erschienen waren, befahlen den Menschen, sofort ihre Häuser zu verlassen und ihr Hab und Gut aufzugeben. Kein Wunder, daß die Einwohner ihnen offen feindselig gegenübertraten. Es dauerte lange, bis Camron die Leute davon überzeugt hatte zu gehen. Einige beschlossen zwar zurückzubleiben, doch am Ende machten sich die meisten auf den Weg. Die deutlich sichtbaren Wunden der Soldaten überzeugten sie doch mehr als alle Worte.

Als Izgard und seine Männer vier Stunden später in Merin einrückten, fanden sie eine Geisterstadt vor.

Seitdem waren Camron und seine Männer immer weiter nach Norden geritten. Sie waren am Fuß der Vorgebirge entlanggeritten, waren zuerst dem Hakenfluß und dann dem Veize gefolgt und hatten in jeder Stadt und in jedem Dorf haltgemacht, um die Einwohner vor dem anrückenden Feind zu warnen. Schließlich waren sie ausgeschwärmt, um auch die abgelegeneren Siedlungen warnen zu können. In vier Tagen hatten sie sich wieder in Bay'Zell treffen wollen.

Nun strich Camron über den Hals seines Pferdes und genoß die Wärme, die das Tier ausstrahlte. Die meisten Bewohner von Shale hatten das Dorf bereits verlassen; nur einige wenige waren zurückgeblieben, um Einzelheiten der Evakuierung zu diskutieren. Unter ihnen war auch die Frau mit dem blauen Kleid. Als sie Camrons Blick bemerkte, formte sie das Wort ›danke‹ mit den Lippen und ging davon.

Camron nickte ihr anerkennend hinterher und führte sein Pferd vom Acker. Was er und seine Männer taten, war nur ein Tropfen auf den heißen Stein, und wenn es nicht gelang, Izgard vor den Mauern von Bay'Zell aufzuhalten, wäre alles umsonst gewesen. Camron schwang sich in den Sattel und ritt weiter nach Norden. Es mußte noch einen anderen Weg geben.

»Izgard hat die erste Schlacht gewonnen. Westlich des Hakenflusses hat er zehntausend Rhaize-Männer erschlagen.« Ravis ging aufgeregt auf und ab. Seine Ledertunika knarrte bei jedem Schritt. »In weniger als einer Woche wird er Bay'Zell erreichen.« Wassertropfen glitzerten in seinem Haar und auf den Schultern. Seine Stiefel hinterließen feuchte Abdrücke auf dem türkisfarbenen Teppich vor dem Kamin. Er war gerade erst aus dem Regen hereingekommen.

»Wir müssen zurück nach Bay'Zell, nicht wahr?« Tessa war bereits einige Zeit wach, und daß der Raum keine Fenster besaß, gefiel ihr immer weniger. »Wir müssen noch heute nacht abreisen.«

Ravis schüttelte den Kopf. »Nein, wir werden warten, bis du wieder zu Kräften gekommen bist.«

»Das können wir uns nicht leisten.«

Irgend etwas in ihrer Stimme ließ Ravis mitten im Schritt innehalten. »Was meinst du damit?«

Tessa atmete tief durch, bevor sie antwortete: »Kurz bevor ich in der Nacht des Feuers eingeschlafen bin, hat Avaccus etwas zu mir gesagt. Es war eine Warnung.«

»Warnung wovor?«

»Er hat gesagt, daß in zehn Tagen von jener Nacht an die Dornenkrone genau fünfhundert Jahre auf dieser Welt sein würde.«

Ravis' Zähne fanden die Narbe. Kurz schloß er die Augen; dann sagte er: »Das hat Izgard also die ganze Zeit über geplant. Er glaubt an all diesen alten Aberglauben. Er hat bis zum fünften Tag des fünften Monats gewartet, um sich zum König zu krönen. Er hat sogar ein entsprechendes Jahr ausgewählt: fünfzig Jahre nach dem Tod des letzten Königs.« Ravis begann erneut, auf und ab zu laufen. »Izgard wird Bay'Zell am fünfhundertsten Jahrestag der Dornenkrone einnehmen. Das bedeutet, uns bleiben noch sechs Tage.«

Tessa gefiel nicht, daß Ravis so offen besorgt klang. »Du glaubst also, daß Avaccus die Wahrheit gesagt hat?«

»Zumindest glaubt Izgard daran.«

Tessa knirschte mit den Zähnen und schwang die Beine aus dem Bett. Alle möglichen Arten von Schmerz kämpften gegen die Bewegung an, doch Tessa ballte die Fäuste und schlug zurück. »Laß uns von hier verschwinden.«

Ravis blieb wieder stehen. »Du gehst nirgendwohin.«

Tessa lächelte. »Du kennst mich nicht, Ravis von Burano. Wenn doch, dann würdest du wissen, daß ich nichts besser kann, als von irgendwo zu ›verschwinden‹. Du kannst mir entweder helfen oder mich ignorieren; aber ich warne dich: Versuche nicht, mich aufzuhalten.«

Ravis fiel das Kinn herunter. Er sah Tessa an, als sei sie ein Käfer, den er bisher für ein Krabbeltier gehalten hatte, nur um herauszufinden, daß er fliegen konnte, wenn man ihn in die Enge trieb.

Tessas Lächeln verbreiterte sich. Endlich war es ihr gelungen, ihn zu überraschen. »Vorerst nehme ich deinen Umhang. In Kilgrim können wir uns dann mit neuen Sachen eindecken. Hast du Moldercays Adresse noch? Wir sollten ihm einen Besuch abstatten, bevor wir gehen.«

»Du mußt mir versprechen, vorsichtig zu sein.«

Tessa nickte. »Das werde ich.«

Ravis ergriff ihren Arm und half ihr aus dem Bett. Tessas Beine schmerzten, als sie nach so langer Zeit wieder das Gewicht ihres Körpers tragen mußten. Die Tränen traten ihr in die Augen. Ravis stand hinter ihr, so daß sie sich gegen ihn lehnen konnte. Plötzlich kam ihr der Mut lächerlich vor, den sie noch vor wenigen Sekunden zur Schau gestellt hatte, und sie wartete, bis der Schwächeanfall vorüber war.

Aber er ging nicht vorüber – jedenfalls nicht ganz. Dennoch gelang es ihr, sich zurechtzumachen, ihre Haare zu kämmen, sich Wasser ins Gesicht zu spritzen und die Schnalle von Ravis' Umhang zu schließen. Ravis blieb die ganze Zeit über in ihrer Nähe. Allerdings half er ihr nur, wenn sie wirklich Hilfe benötigte; ansonsten ließ er sie das meiste allein tun. Die Treppe hinunterzugehen fiel Tessa ausgesprochen schwer. Vorsichtig setzte sie einen Fuß vor den anderen. Ihr Rücken schmerzte, doch daß sie nicht richtig Atem holen konnte, bereitete ihr die größten Probleme. Sie haßte es, so schwach zu sein.

Es stellte sich heraus, daß Moldercays Haus an derselben Durchgangsstraße lag wie der Gasthof, allerdings auf der anderen Seite der Stadt. Ravis führte das Pferd, während Tessa auf dessen Rücken saß. Ein leichter Regen ließ das Straßenpflaster glitzern und verwandelte Ravis' Umhang in ein feuchtes, stinkendes Etwas.

Das trübe Nachmittagslicht tat Glockenhafen keinen Gefallen. Dreistöckige Häuser säumten die Straßen. Ihre grauen Fassaden waren voller Möwenkot und Salzflecken, und da es nirgends Regenrinnen gab, floß das Wasser in breiten Strömen von den Dächern aufs Pflaster. Die Straßengräben waren von leeren Bierfässern und Weinschläuchen verstopft, und die wenigen Menschen, an denen Tessa und Ravis vorüberkamen, schienen es ausgesprochen eilig zu haben. Glockenhafen war eine wenig geschäftige Stadt. Die meisten Geschäfte waren geschlossen, und die wenigen, die geöffnet hatten, sahen so aus, als würden sie ebenfalls bald schließen. Kein einziger Händler hatte Kerzen entzündet, um seine Waren zu beleuchten.

Sie rochen Moldercays Haus, bevor sie es sahen. Ein seltsamer, doch vertrauter Geruch von schalen Dingen, Mineralsalzen und Schimmel wehte gemeinsam mit einer Rauchwolke die Straße hinunter. Die dreistöckigen Häuser wichen unbebauten Grundstücken, Umzäunungen und niedrigen Gebäuden, die vermutlich als Lagerhäuser, Kornspeicher oder Ställe dienten.

Das letzte Haus an der Straße besaß nur zwei Stockwerke und hob sich deutlich von seinen Nachbarn ab, denn es war das einzige Gebäude, das Tessa und Ravis bis jetzt gesehen hatten, das mit Kalk verputzt war. Auch die Fenster und Fensterrahmen waren weiß gestrichen, und das Dach wurde von einer weißen Bleischicht geschützt. An der nach Westen gelegenen Wand ragte ein hoher Kamin in den Himmel, und östlich des Hauses erstreckte sich ein großes, freies Areal, auf dem weiße Markierungen aufgestellt waren wie Blumen in einem Blumenbeet.

»Du hast mir nicht gesagt, daß Moldercay ein Totengräber ist.« Während er sprach, legte Ravis Tessa eine Hand auf die Wange. Offenbar fand er dabei etwas, das ihm nicht gefiel, denn er zog einen Umschlag aus der Tunika und sagte: »Hier, nimm das.«

Tessa folgte der Aufforderung. Der Umschlag erwies sich als Zuckerpapier, in das eine halbflüssige Substanz eingewickelt war. Der Geschmack des Zuckers vermochte das beißende Aroma von Schwarzwurz und Thymian kaum zu überdecken. »Madame Wicks hat Moldercay einen Knochenwächter genannt.«

Ravis klopfte an die Tür. »Knochenwächter, Totengräber, das ist ein- und dasselbe.«

Eine Minute verging. Ravis half Tessa aus dem Sattel, und gemeinsam warteten sie vor der leuchtendweiß gestrichenen Tür. Dann wurde ein Guckloch geöffnet, und ein Paar extrem hellgrauer Augen starrte sie an.

»Visitation oder Trauerfall?«

Tessa blickte zu Ravis, denn sie wußte nicht, wie sie darauf antworten sollte. Sie hatte keine Ahnung, was der Mann wissen wollte. »Weder noch«, erwiderte Ravis. »Wir sind gekommen, um mit Moldercay zu sprechen. Diese Dame hier ist eine Bekannte seiner Schwägerin Madame Wicks.«

Der Mann, dem die hellgrauen Augen gehörten, dachte einen Augenblick lang über diese Information nach. Er nickte kurz, dachte noch ein wenig mehr nach, doch schließlich schob er den Riegel zurück, öffnete die Tür und ließ sie herein.

Sie betraten einen kleinen Korridor. Kerzen brannten auf hüfthohen Kerzenständern und gaben ein gleichmäßiges Licht. Der Geruch, der bereits auf der Straße aufgefallen war, wurde zunehmend stärker. Die Luft war feucht und kühl, und an den Wänden schlug sich die Feuchtigkeit nieder. Als der Grauäugige sah, wohin Tessa blickte, erklärte er: »Heute ist Kochtag, Fräulein.«

»Kochtag?«

Der Mann trug eine weiße Schürze über seiner Tunika. Er nickte. »Ja, Fräulein. Wir säubern und vergraben Knochen nur einmal in der Woche.«

»Kruste!« rief jemand von irgendwoher im Haus. »Wer stört uns denn noch um diese Tageszeit?«

»Hier sind ein paar Leute, die dich sehen wollen, Moldercay.« Der Mann mit dem seltsamen Namen Kruste musterte Tessa von Kopf bis Fuß. »Bekannte von Madame Wicks.«

»Bring sie rein! Bring sie rein! Ich kann jetzt nicht von den Knochen weg.«

Tessa und Ravis tauschten einen verwunderten Blick aus. Kruste wischte sich die Hände an der Schürze ab und führte sie in die Richtung, aus der die Stimme gekommen war. Das Haus stellte sich als Labyrinth aus weiß gestrichenen Gängen heraus. Besonders die Ecken waren aufwendig verputzt und abgerundet worden, so daß ansonsten vollkommen normale Räume den Eindruck einer Höhle erweckten.

Kruste führte sie in eine große, geflieste Küche. Ein Mann stand mit dem Rücken zu ihnen vor einem großen Eisentopf, der seinerseits auf einem Rost über dem Feuer ruhte. Unmittelbar nachdem sie den Raum betreten hatte, begannen Tessa die Augen zu brennen. Sie hatte Mühe, die Tränen zurückzuhalten. Ohne ein Wort zu sagen, ging Ravis zu einer Seitentür und öffnete sie, um den beißenden Rauch hinaus- und Frischluft hereinzulassen.

Moldercay drehte sich zu ihnen um. »Was soll das? Kruste, hast du diesen Leuten erlaubt, die Tür zu öffnen?«

»Nein«, antwortete Ravis. »Das hat er nicht. Solange ich

mich erinnern kann, hatte ich schon immer eine Abneigung gegen Rauch und Dampf. Ich muß mich dann jedesmal übergeben. Auch jetzt ist mir bereits übel, aber ich bin sicher, daß Ihr diesen Zustand nicht noch verschlimmern wollt.«

»Natürlich nicht, mein Herr. Ich danke Euch, daß Ihr so offen gesprochen habt. Kruste, öffne die Fensterläden, und stell ein paar Stühle neben die Tür.«

Ravis ging mit Tessa zur Tür und stützte sie, bis die Stühle aufgestellt waren. Dank der frischen Luft fühlte sie sich bereits wieder besser.

Moldercay wandte sich wieder seinem Topf zu. Er war ein kleiner, kräftiger Mann und vollkommen kahl. Sowohl er als auch sein Gehilfe, Kruste, litten unter einem krummen Rücken. »Es macht Euch doch nichts aus, wenn ich weiterarbeite, oder? Diese Fuhre ist fast fertig. Bevor Ihr Euch verseht, werden sie sauber sein. Wenn sie dann fertig sind, reibe ich sie mit Alkohol ein und lege sie zum Trocknen aus. Kruste, bring der Dame und ihrem Herrn ein paar Erfrischungen. Salbeitee wäre nicht schlecht, mit Honig und einem Schuß Schlehenlikör. Ein paar Gewürzkuchen könnten auch nicht schaden. Korinthen wären angebracht.« Moldercay wandte sich an Tessa. »Es sei denn, die Dame wünscht etwas gezuckertes Obst.«

Tessa schüttelte den Kopf. Im Augenblick hatte sie alles Mögliche im Kopf, nur kein Essen. »Korinthen sind in Ordnung.«

»Hervorragend! Kruste, wärst du so nett und wärmst sie vorher noch an?« Moldercay rührte mit neugewonnener Energie in seinem Topf. Kochendes Wasser blubberte und sandte dichte Dampfwolken den Kamin hinauf.

»Ihr kocht Leichen aus?« Tessa konnte sich nicht länger beherrschen. Sie mußte wissen, was sich in dem Topf befand.

Moldercay schlug sich mit der freien Hand auf die Brust. »Um Himmels willen, nein, Fräulein. Ich koche Knochen, keine Leichen. Es sei denn natürlich, es sind Häretiker oder Mörder.« Als er über die Schulter blickte, bemerkte er Tessas verwirrten Gesichtsausdruck. »Ich weiß nicht, woher Ihr stammt, Fräulein, aber hier in Maribane darf kein Ungläubiger oder Mörder wieder aus dem Grab geholt werden, wenn er erst einmal drinliegt. Das wäre einfach nicht richtig.«

»Jawohl, nicht richtig«, echote Kruste aus der Küche.

»Ihr grabt die Leichen wieder aus?« Tessa war sich durchaus bewußt, daß Ravis ihr warnende Blicke zuwarf, da sie nach Dingen fragte, die sie vorgeblich bereits wissen sollte, aber sie konnte nicht anders.

»Meine Gefährtin ist in einem Konvent aufgewachsen«, erklärte Ravis in beschwichtigendem Tonfall. »Sie weiß nur wenig von der Welt und ihren Sitten.«

Moldercay nickte wissend. »Ach so, ach so! Nun, Fräulein, Kruste und ich holen die Leichen bei den Trauernden ab ...«

»In einem Karren«, unterbrach ihn Kruste.

»Ja, in einem Karren. Dann bringen wir sie hierher, waschen sie, bereiten sie vor und begraben sie schließlich auf unserem Friedhof.«

»Nachdem wir sie mit ungelöschtem Kalk eingerieben haben«, fügte Kruste hinzu, »damit sie schneller verrotten.«

Tessa unterdrückte ein Schaudern. Das Stück Land mit den weißen Markierungen war also ein Friedhof.

»Bei Heiligen Männern verwenden wir natürlich niemals ungelöschten Kalk«, erklärte Moldercay. »Gottesmänner genießen das Privileg, daß ihre Körper so lange in der Erde ruhen dürfen, bis sie auf natürlichem Wege zerfallen sind. Im Winter dauert das bis zu einem halben Jahr. Wenn man einen Körper allerdings mit Kalk einreibt, ist er meist schon nach einem Monat bereit. Kruste hier holt die Knochen für mich raus, und gemeinsam säubern und bleichen wir sie in meinem Topf. Fürs einfache Volk nehmen wir Lauge und Asche und Kälberurin für Gottesmänner.«

Tessa nickte. Sie erinnerte sich daran, daß Emith ebenfalls Lauge verwendete, um Fleischreste von der Haut zu entfernen, die er zu Pergament verarbeiten wollte. »Was macht Ihr mit den Knochen, wenn sie fertig sind?« fragte sie. »Gebt Ihr sie ihren Familien zurück?«

»Manchmal, Fräulein. Meistens behalten wir sie allerdings hier bei uns.«

»Das gefällt uns am besten«, bemerkte Kruste.

»Wir bewahren sie in den Katakomben auf, die sich nicht nur unter dem Haus, sondern auch unter der Straße und unter dem Friedhof erstrecken. Kruste führt Buch darüber, wessen Knochen wo liegen, wie lange sie dort sind und so weiter. Heutzutage hab' ich bisweilen Schwierigkeiten mit meinem Gedächtnis. Sobald etwas in meinen Kopf reingeht, *Puff!* und weg ist es.« Nachdem er mit Rühren fertig war, rief Moldercay nach Kruste, und gemeinsam hoben sie den Topf vom Feuer und stellten ihn auf dem gefliesten Boden ab. Das Wasser war trübe und zähflüssig. Tessa war froh, daß sie nicht sehen konnte, was sich darin befand.

»Wie steht es um Euer Langzeitgedächtnis, Moldercay?« fragte Ravis. »Könntet Ihr Euch noch an Eure Zeit auf der Insel der Gesalbten erinnern?«

»Bring die Knochen nach draußen, und schütte sie ab, Kruste«, sage Moldercay und klopfte auf den Topf. »Ich komme später nach und helfe dir, sie abzuwaschen.« Er wartete, bis Kruste verschwunden war, bevor er Ravis' Frage beantwortete. Langsam ging er zu einer Waschschüssel und begann, sich die Hände zu waschen. »In Gegenwart von Kruste spreche ich nicht gerne über die

Insel der Gesalbten, versteht Ihr?« sagte er. »Es könnte ihn aufregen. Er ist in Glockenhafen geboren, und hier glaubt man, daß die Heiligen Väter niemals jemanden gehen lassen, wenn sie ihn erst einmal in ihren Klauen haben. Kruste ist fest davon überzeugt, daß man mich eines Tages über den Damm schleppen und in irgendeinen hohen Turm oder tiefen Kerker stecken wird.«

»Bruder Avaccus hat man in eine Höhle gesteckt«, bemerkte Tessa. »Einundzwanzig Jahre lang hat er allein in der Dunkelheit gelebt.«

Moldercay nickte. »Ja, so war das. Die Heiligen Väter hatten Angst vor ihm. Er war ihnen im Umgang mit Feder und Pinsel bei weitem zu geschickt. Oh, die Dinge, die er gemalt hat! Sie waren wundervoll. Aber auch besorgniserregend. *Sehr* besorgniserregend. Avaccus behauptete, er könne aus ihnen lernen. Inzwischen ist er bestimmt ein sehr weiser Mann.«

Tessa spürte einen stechenden Schmerz im Rücken. Moldercay wußte nicht, daß Avaccus tot war. Sie schloß die Augen. Warum hatte sie ihn nicht retten können? Warum war sie nicht schneller, stärker gewesen? Jemand berührte sie am Arm. Sie öffnete die Augen. Es war Ravis. Selbst wenn er mit etwas anderem beschäftigt war, ließ er sie keine Sekunde aus den Augen.

»Ihr wart auch ein Schreiber, Moldercay, nicht wahr?« fragte sie. »Ein Archivar.«

Nachdem er sich die Hände abgetrocknet hatte, ging Moldercay in die Küche und holte ein Tablett mit dampfenden Bechern und warmen Gewürzkuchen. »Ich war niemals ein Illuminator wie Avaccus. Nein, das war ich wirklich nicht. Ich war nur ein Kopierer. Man hat mich ausgewählt, weil ich so schön und schnell schreiben konnte.« Er schob einen Stuhl neben Tessa und stellte das Tablett darauf. »Es war meine Aufgabe, die alten Schriftrollen auf neues Pergament zu kopieren. Seit Jahrhunderten schon lagerten diese Schriftrollen unter dem Meeresspiegel, und viele von ihnen waren schwer beschädigt, versteht Ihr? Manche sind mir in den Händen zu Staub zerfallen. Es war ein schrecklicher Anblick: All dieses Wissen von Schimmel überwuchert und vom Salz zerfressen.«

Während Moldercay erzählte, reichte Ravis Tessa einen Becher Salbeitee und einen Teller mit Gewürzkuchen. Ursprünglich hatte Tessa weder etwas essen noch trinken wollen, doch das feine Aroma der Gewürzkuchen brach ihren Widerstand, und schon bald kaute sie genüßlich darauf herum. Der Tee schmeckte süß vom Honig und bitter vom Schlehenlikör, und Tessa spürte ein Prickeln im Bauch. Es dauerte nicht lange, und sie dachte nicht mehr daran, wie seltsam es war, in einem Schädelhaus zu sitzen und Tee zu trinken.

Moldercay fuhr fort: »Die Heiligen Väter haben mich unten im Keller arbeiten lassen. Sie wollten es nicht riskieren, die Manuskripte ins Scriptorium hinaufzubringen. Das Pergament war bereits zu brüchig geworden, um es dem Sonnenlicht auszusetzen. Ich muß sagen, damals hat es mir gar nicht so schlecht gefallen, im Keller zu arbeiten. Dort unten hat mir fast nie jemand über die Schulter geschaut – außer Gott natürlich. Bruder Pettifar sollte zwar jeden Morgen mit mir hinuntergehen, aber aufgrund seines bösen Knies und seiner Vorliebe für in Gin getunkte Haferkuchen hat er es kaum einmal in der Woche geschafft.« Moldercay lächelte liebevoll. »Das waren Zeiten.

Natürlich war die ganze Arbeit am Ende reine Zeitverschwendung. Die Heiligen Väter haben meine Arbeiten genommen, sie in großen Kisten verstaut und befohlen, sie hoch über der Abtei in den Westturm zu bringen. Ein Jahr später haben sie Bruder Boddering damit beauftragt, die losen Blätter zu Kodizes zu binden. Boddering hatte damals schon dreißig Jahre Erfahrung als Buchbinder, und keiner konnte es mit ihm aufnehmen, wenn es um den Umgang mit Nadel und Faden ging, doch er war so blind wie eine Fledermaus. Der arme Mann stolperte im selben Augenblick über einen Balken, als er zum ersten Mal die Turmkammer betrat. Dabei fiel ihm die Kerze aus der Hand, und bis er sich wieder aufgerichtet hatte, standen die vier Kisten bereits lichterloh in Flammen.« Moldercay schüttelte traurig den Kopf. »Alles ist in Rauch aufgegangen.«

»Was ist mit den Originalen?« fragte Ravis. »Waren sie nicht immer noch im Keller?«

»Man hat sie dem Teufel überlassen. Ich habe sie nie in Kisten gepackt. Es dauerte nur einen Winter, und sie waren verrottet. Drei Jahre des Kopierens umsonst.«

Tessa stellte den Becher ab. »Habt ihr jemals ein Manuskript kopiert, das von Bruder Ilfaylens Gehilfen geschrieben worden ist?«

Moldercay dachte einen Augenblick lang nach. Er rieb sich das Kinn, schürzte die Lippen und blickte hierhin und dorthin. »Das kann ich nicht mit Bestimmtheit sagen«, antwortete er schließlich.

»Es muß sehr alt gewesen sein. Darin könnte von Illuminationen die Rede gewesen sein.«

Moldercay sah sie reumütig an. Es war ihm anzusehen, daß er sich nicht erinnern konnte.

Tessa stand auf. »Denkt nach«, sagte sie ebenso zu sich selbst wie zu Moldercay. »Darin stand etwas von einer Reise, erst über See und dann über Land. Veizach wurde vermutlich darin erwähnt ...« Tessa suchte nach weiteren Anhaltspunkten. »Veizach, Rhaize, Bay'Zell.«

Moldercay hob das Kinn. »Bay'Zell sagt ihr?«

»Ja, ja. Ilfaylen und sein Gehilfe gingen auf eine Reise nach Veizach. Auf dem Weg dorthin haben sie einige Zeit in Bay'Zell verbracht.«

»Wenn ich so darüber nachdenke, dann kann ich mich wirklich daran erinnern, etwas Ähnliches gelesen zu haben. Der Schreiber hat Ilfaylens Namen allerdings nie erwähnt. Er schrieb immer nur von ›meinem Meister‹ oder ›meinem Bruder in Gott‹.« Moldercay ging inzwischen auf und ab und nickte vor sich hin. »Einige der Blätter befanden sich in sehr, sehr schlechtem Zustand, und der Kolophon war unleserlich.«

«Der Kolophon?«

»Die Signatur am Anfang eines Manuskripts, wo der Schreiber Datum, Titel und so weiter festhält. Wenn der Kolophon verloren war, war ich es auch. Dann mußte ich blind kopieren, ohne zu wissen, was ich da schrieb.«

Tessa spürte einen Schmerz in der Brust und setzte sich wieder. Sie wollte keinen weiteren Schwächeanfall mehr riskieren. Nicht jetzt. »Dann erinnert ihr Euch also an ein Manuskript, in dem Bay'Zell erwähnt wurde?«

Moldercay atmete tief durch und lächelte. Einen Augenblick lang veränderte sich sein Körper, und Tessa gewann einen flüchtigen Eindruck davon, wie er vielleicht in seiner Jugend ausgesehen haben mochte. »O ja. Bay'Zell. Franny hat es geliebt, wenn ich ihr Geschichten von weit entfernten Orten erzählt habe. Sie liebte es, von fremden Sitten und Bräuchen zu hören: wie die Leute essen, wie sie sich kleiden und so weiter. Sie sagte, daß, nur weil ihr Körper an einem Ort verharre, es nicht bedeute, daß auch ihr Geist hierbleiben müsse.«

»Franny war die Frau, deretwegen ihr die Bruderschaft verlassen habt?« fragte Ravis von Mann zu Mann.

»Ja. Ich habe ihr insgeheim schon all die Jahre den Hof gemacht, die ich mit Kopieren im Keller verbracht habe. Da ich wußte, wie sehr sie es genoß, Geschichten von fremden Orten und Völkern zu hören, habe ich für sie Manuskripte herausgesucht, wo genau davon die Rede war, sie beinahe auswendig gelernt und ihr alles

Wort für Wort wiedererzählt, wenn wir allein waren.« Moldercay lächelte in sich hinein. »Andere Frauen wollen mit Gold, Schmuck und Blumen umworben werden. Nicht so meine Franny. Ihr gefielen Geschichten.«

»Stand in diesen Manuskripten auch etwas über Veizach?« Tessa verließ allmählich der Mut. Ravis hatte ihr wieder die Hand auf den Arm gelegt, um sie zu ermahnen, ruhig zu bleiben.

»Ich bin nicht sicher«, antwortete Moldercay. »In Teilen waren die Manuskripte unleserlich; aber an die Einzelheiten betreffs Bay'Zell erinnere ich mich. Der Meister des Schreibers war krank, wenn ich mich recht entsinne; deswegen konnten sie zuerst auch nicht nach Maribane übersetzen. Während sein Meister sich also erholte, durchstreifte der Schreiber Bay'Zell, notierte Sitten und Bräuche und sprach mit den Bewohnern. Franny gefiel dieser Reisebericht besonders, weil der Schreiber auch ein Auge für Mode hatte. Er nannte die Kleidung der Frauen schon skandalös, bevor er beschrieb, wie hoch sie ihre Röcke …«

»Erscheint es Euch nicht seltsam«, unterbrach ihn Ravis, »daß der Schreiber jeden Tag in die Stadt hinausging, obwohl sein Meister krank war? Seine oberste Pflicht war doch sicher das Wohlergehen seines Meisters, oder?«

Moldercay schüttelte den Kopf. »Ich glaube, sein Meister hat darauf bestanden, daß er hinausging. Vielleicht war er die Art Mann, die es vorzieht, allein zu sein, wenn sie krank ist.«

Ravis schnalzte mit der Zunge. »Vielleicht.«

»Was ist mit Ilfaylens Arbeit in Veizach?« fragte Tessa, um die Stille zu füllen, die Ravis hinterlassen hatte. »Könnt Ihr Euch wirklich nicht daran erinnern, ob in dem Manuskript irgendeine Illumination erwähnt wurde?«

Moldercay kaute auf seiner Unterlippe. Die Arbeit

hatte seine Hände ausgebleicht; es sah aus, als trüge er weiße Handschuhe. »Ich glaube, der Schreiber hat irgend etwas über ein Muster erwähnt. Er schrieb, sein Meister würde Tag und Nacht hart arbeiten. Bisweilen würde er *sechs* Knochengriffel an einem Tag verbrauchen.«

»Griffel. Das bedeutet, er hat Wachstafeln verwendet, um die Einzelheiten auszuarbeiten, *bevor* er sich an die eigentliche Illumination machte.« Tessa verspürte das Verlangen, Moldercay am Hals zu packen und die Information aus ihm herauszuschütteln. »Was ist mit dem eigentlichen Pergament? Könnt Ihr Euch an irgend etwas in Bezug auf das Pergament erinnern? Seine Größe, die Farbe. Irgend etwas. Denkt nach. *Denkt nach!*«

Moldercay blickte nervös zu Ravis.

Der zuckte mit den Schultern. »Ein Mädchen aus einem Konvent«, erklärte er beiläufig.

Moldercay akzeptierte die Erklärung mit einem ernsten Nicken. »Typisch.« Er ging zur Tür und spähte hinaus. »Kruste, laß die Knochen nicht trocknen, bevor ich sie nicht abgerieben habe. Ich bin in einer Minute bei dir.«

Tessa glaubte, zu weit gegangen zu sein, und wollte sich entschuldigen, doch Moldercay kehrte sofort wieder zurück. »Wißt Ihr«, sagte er, »ich glaube, da stand wirklich etwas über eine Illumination. Es war allerdings ziemlich seltsam, wenn ich jetzt so darüber nachdenke. Ich erinnere mich besonders an eine Seite, die fast völlig vom Schimmel zerfressen war. Ich konnte nur eins von zehn Worten entziffern, aber es war eine Art Warnung. Irgend etwas von wegen, der Schreiber sei ...« Moldercay kratzte sich am Kinn. »Wie hat er sich noch ausgedrückt? Ah, ja. Der Schreiber sei zum Schweigen verpflichtet.«

»Ja«, rief Tessa aufgeregt. »Avaccus hat gesagt, sowohl Ilfaylen als auch sein Gehilfe hätten Hierac geschworen, mit niemandem über das Muster zu sprechen. Stand in dem Bericht noch etwas anderes?«

Moldercay zuckte mit den Schultern. »Nichts, woran ich mich erinnern könnte. Er hat nur wenig über diese Illumination geschrieben – nur etwas über die Vorbereitung und über die Nachbearbeitung.«

Tessa beugte sich vor und fragte: »Könnt Ihr Euch genau an das erinnern, was er geschrieben hat?«

»Nur an die üblichen Dinge, die jeder Schreiber kennt: wie das Pergament gebleicht, lasiert und gepudert wurde – eben nichts Besonderes.«

»War da nicht noch etwas anderes?«

»Ich glaube nicht.« Moldercay begann, das Geschirr wegzuräumen. »Der Rest der Seite war vom Schimmel vollkommen ruiniert, und das nächste, was ich entziffern konnte, war der Bericht über die Krankheit seines Meisters. Der Schreiber glaubte, sein Meister habe sich die Erkältung an jenem Tag zugezogen, als er die Illumination abschloß, denn an diesem Tag hatte er nach einem Schal verlangt.«

Tessa wollte eine weitere Frage stellen, doch Moldercay kam ihr zuvor.

»Bitte, Fräulein. Eine Illumination wurde in dem Manuskript nicht wieder erwähnt. Dessen bin ich sicher. Der Bericht ging mit dem Aufenthalt in Bay'Zell weiter und der anschließenden Rückkehr auf die Insel. Wenn Ihr mich jetzt bitte entschuldigen würdet, ich habe noch einige Knochen zu waschen.«

»Aber ...«, begann Tessa.

»Komm, Tessa«, fiel ihr Ravis ins Wort. »Moldercay hat viel zu tun.« Er stand auf. »Ich danke Euch für Eure Hilfe, Moldercay. Wir finden selbst hinaus.«

»Nein, nein. Das kann ich nicht zulassen.« Er rief nach Kruste. »Komm, und bring diese Leute zur Tür.«

Er verneigte sich vor Tessa. »Ich wünsche Euch eine gute Nacht, Fräulein. Meine Schwester hat sehr gut von Euch gesprochen, wißt Ihr? Sie sagte, Ihr würdet sie an

Nelly erinnern. Es tut mir leid, daß ich Euch keine größere Hilfe sein konnte.«

»Ich danke Euch, Moldercay«, erwiderte Tessa. Sie gelangte zunehmend zu der Überzeugung, daß sie den Knochenwächter vielleicht ein wenig zu hart angegangen war. Avaccus hatte die ganze Zeit über recht gehabt: In dem Reisebericht waren Einzelheiten über Ilfaylens Illumination mit keinem Wort erwähnt worden. Wahrscheinlich wurden sie nirgends erwähnt. Das wiederum bedeutete, daß sie keinen einzigen Anhaltspunkt hatte, und ihr lief die Zeit davon. »Es tut mir leid, daß ich so … so ›beharrlich‹ war. Ich weiß nicht, was über mich gekommen ist.«

»Macht Euch keine Gedanken, Fräulein«, sagte Moldercay.

»Am Ende sind wir alle nur noch Knochen.« Kruste erschien in der Tür. Seine weiße Schürze war vollkommen durchnäßt, und inzwischen waren seine Hände genauso bleich wie die von Moldercay. »Folgt mir, bitte.«

Ravis und Tessa folgten Kruste aus der Küche. Kurz bevor Ravis den Raum verließ, drehte er sich noch einmal zu Moldercay um und fragte: »Ihr wißt nicht zufällig, wo Ilfaylen und sein Schreiber abgestiegen sind, als sie in Bay'Zell waren?«

Moldercay, der sich schon auf halbem Weg in den Hof befand, blieb mitten im Schritt stehen. »Warum? In Burg Bess, glaube ich. König Hierac hatte die Burg damals gerade erst errichtet, und sie blieben mit seinem Segen dort.«

Tessa runzelte die Stirn und blickte zu Ravis. Es ärgerte sie, daß nach all den Fragen, die sie gestellt hatte, ausgerechnet er es war, der etwas Verwertbares herausgefunden hatte.

Ravis lächelte gewinnend und gab vor, Tessas Blick nicht zu bemerken. »Danke, Moldercay. Ihr wart sehr hilfreich.«

Kruste führte sie schweigend durchs Haus. Die Kerzen im Korridor waren mittlerweile weit heruntergebrannt, einige verloschen. Als Kruste die Tür öffnete, wehte der Wind Tessa den Regen ins Gesicht. Bei dem Gedanken, noch heute nach Kilgrim reiten zu müssen, wurde ihr übel. Sie wollte nur schlafen. Sie war zu Tode erschöpft.

»Laß uns zum Gasthof zurückkehren«, sagte Ravis, nachdem Kruste die Tür hinter ihnen geschlossen hatte. »Du bist nicht in der Verfassung, noch heute nacht aufzubrechen.«

Tessa wünschte sich nichts sehnlicher, als in den Gasthof zurückzukehren, sich in ihre warmen Decken zu wickeln und zu schlafen. Es kostete sie alle Kraft, den Kopf zu schütteln. »Nein. Wir müssen sofort aufbrechen. Uns bleiben nur noch fünf volle Tage. Selbst mit einem schnellen Schiff brauchen wir drei Tage bis Bay'Zell.«

Ravis schaute sie schweigend an. Tessa hielt seinem Blick stand. Sie hatte Verantwortung. Diesmal konnte sie nicht davonlaufen.

Nach einer Weile nickte Ravis. »Also gut«, sagte er und drehte sich um, um sein Pferd loszubinden. »Dann los. Camron wird uns in Bay'Zell erwarten.«

Kapitel vierzehn

»Das Mädchen lebt immer noch, Euer Majestät.« Ederius blickte auf seine Hände. Mittel- und Zeigefinger seiner linken Hand waren über den Knöcheln mit Seide bandagiert. Angeline wußte nicht, ob er sich damit vor Blasen schützen wollte oder ob der Verband dazu diente, bereits vorhandene Blasen zu verdecken. Er sah krank aus – sehr krank sogar –, doch Izgard schien das noch nicht einmal zu bemerken. Von ihrem Aussichtspunkt in der angrenzenden Kammer aus konnte Angeline einen Großteil von Izgards Quartier einsehen. Sie und Schneemann hatten es sich gerade für die Nacht bequem machen wollen, als sie Ederius' Stimme durch die Zeltplane hörte. Er war gekommen, um Izgard irgend etwas zu berichten, und dem Klang nach zu urteilen, handelte es sich nicht gerade um gute Nachrichten.

»Was sonst noch?« fragte Izgard, der Angeline den Rücken zugekehrt hatte. »Du bist doch nicht hierhergekommen, nur um mir das zu sagen.«

Angeline trat einen Schritt näher an den Spalt. Ihre eigene Kammer lag im Dunkeln, während Izgards hell erleuchtet war. Ein wenig Lampenrauch drang durch den Spalt und stieg ihr in die Augen, so daß sie blinzeln mußte. Schneemann kauerte zu ihren Füßen. Er verfolgte wieder irgend etwas, doch Angeline war nicht sicher was. Vielleicht belauerte er den Rauch.

»Ruhig, Schneemann«, flüsterte sie. »Du mußt jetzt ganz still sein.«

Schneemann warf den nichtsnutzigen Kopf zurück und runzelte seine kleine Hundestirn.

Schneemann beleidigt. Schneemann ist immer still.

»Euer Majestät«, sagte Ederius, der nach wie vor auf seine Hände blickte, »meine Muster beunruhigen mich. Ich fürchte, das Mädchen stellt eine größere Bedrohung dar, als wir zunächst vermutet haben. Sie trägt einen Ring bei sich, der ein exaktes Gegenstück der Krone ist.«

»Ein Gegenstück der Krone?« Izgard trat einen Schritt vor. »Was meinst du damit, ›ein exaktes Gegenstück‹?«

Ederius wich einen Schritt zurück. »Ich habe ihn gesehen, Euer Majestät. Er besteht aus dem gleichen Gold wie die Krone, hat das gleiche verschlungene Muster und besitzt die gleiche Anzahl Dornen.«

Ederius' Stimme gefiel Angeline nicht. Früher hatte sie kräftiger geklungen. Das lag an den vielen langen Märschen, die sie in letzter Zeit hinter sich gebracht hatten – ja, das war es. Seit der Schlacht am Hakenfluß hatte Izgard seine Männer von Sonnenaufgang bis Sonnenuntergang in einem durchreiten lassen. Lange Stunden im Sattel, provisorische Lager, eiliges Essen und wenig Schlaf forderten von jedem Tribut. Angeline haßte das alles. Sie wünschte von ganzem Herzen, sie hätte die Festung Sern niemals verlassen. Izgard marschierte Richtung Bay'Zell, und nach allem, was sie im Lager gehört hatte, würde es dort zu einer weiteren schrecklichen Schlacht kommen.

Angeline runzelte die Stirn und wandte ihre Aufmerksamkeit wieder den Geschehnissen in der benachbarten Kammer zu. Ederius sprach gerade.

»Ich glaube, sie könnten versuchen, die Krone zu zerstören, Euer Majestät.«

»Sie? Wer sind *sie*?«

»Das Mädchen und Ravis von Burano.«

Izgard bewegte sich so schnell, daß Angeline die

Bewegung nur verschwommen wahrnehmen konnte. Er wirbelte herum, schlug mit der Faust auf den Tisch, und Karten und Schriftrollen flogen durcheinander. »Er ist immer noch bei ihr? Du hast mir doch gesagt, er sei verschwunden. Du hast gesagt, das Mädchen sei allein zur Abtei gereist.«

Ederius begann zu husten – zunächst nur leise, doch dann wurde er von Krämpfen geschüttelt. Speichel flog ihm aus dem Mund, und ein Gurgeln drang aus seiner Kehle, als er versuchte, sich wieder zu beherrschen.

Angelines erster Instinkt war, zu ihm zu eilen – er brauchte sie –, doch als sie die Hand auf die Plane legte, knurrte Schneemann: *Bleib.*

Angeline blickte von Schneemann zu Ederius und zu Izgard und zögerte. Ihre Finger strichen über die Zeltplane. Schneemann kniff die Augen zusammen. Angeline betrachtete den nichtsnutzigen Hund einen Augenblick lang, dann legte sie die Hand auf den Bauch. Schneemann hatte recht. Nun war nicht gerade der richtige Zeitpunkt, Izgard zu verärgern. Seit Camron von Thorn das Städtchen Merin nur wenige Stunden, bevor die Garizon dort eingetroffen waren, evakuiert hatte, war Izgard so reizbar gewesen wie ein Hund auf der Jagd. Alles konnte ihn jetzt in Zorn versetzen: ein falsches Wort, ein falscher Blick, die Unterbrechung eines Privatgesprächs zum falschen Zeitpunkt.

Auf der anderen Seite der Zeltplane ließ Ederius' Hustenanfall langsam nach. Er hielt sich ein weißes Tuch vors Gesicht, und als das Husten schließlich aufgehört hatte, steckte er es wieder weg.

Die Hände schützend auf den Bauch gelegt, atmete Angeline erleichtert auf. Sie mußte lernen zu denken, bevor sie handelte. Ederius hätte sich sicherlich nicht über ihre Hilfe gefreut. Wäre sie hinausgegangen, hätte das für sie beide Ärger bedeutet. Aber er war so krank –

das war das Problem –, und außer Angeline schien das niemanden zu kümmern.

Izgard ließ ihn zu hart arbeiten. Während der Rest des Lagers schlief, saß Ederius an seinem Schreibtisch und arbeitete die ganze Nacht hindurch. Angeline wußte das, denn wann immer sie der Hunger überkam – bisweilen mitten in der Nacht – oder wann immer ihr übel wurde, spähte sie ins Lager hinaus, um nach Ederius' Zelt zu schauen. Jedesmal war es hell erleuchtet. Seit Wochen schon hatte Ederius keine Nacht mehr durchgeschlafen.

»Trink das.«

Die Stimme ihres Mannes riß Angeline aus ihren Gedanken. Sie spähte gerade noch rechtzeitig durch den Spalt, um zu sehen, wie Izgard Ederius einen gefüllten Pokal reichte. Angeline hoffte, daß es sich um Wasser und nicht um Wein handelte. Wein war schlecht für Menschen, die unter Husten litten – jeder wußte das. Was Ederius wirklich brauchte, war ihr berühmter Bittermandeltee mit Honig. Vielleicht würde sie Gerta später mit einem Krug zu ihm hinüberschicken.

Angeline verzog das Gesicht. Gerta war nicht mehr hier. Sie befand sich auf dem Weg über die Berge, bewacht von zwei fremden Männern, die sich weder um sie noch um ihre Verletzungen kümmerten. Angeline verschränkte die Hände. Warum konnte sie sich bisweilen noch nicht einmal an die einfachsten Tatsachen erinnern? Weil sie dumm war; das war der Grund. Sie dachte nicht nach, bevor sie handelte. Selbst ein nichtsnutziger Hund wie Schneemann besaß mehr Verstand als sie.

»Nun denn«, sagte Izgard zu Ederius. »Vielleicht wärst du so nett, mir zu sagen, wo das Mädchen und Ravis von Burano sich jetzt aufhalten.«

Angeline konnte Ederius nicht länger sehen, aber sie hörte, wie ein Becher auf den Tisch gestellt wurde, gefolgt von einem leisen Husten, bevor der alte Schreiber antwortete: »Ich glaube, sie befinden sich im Augenblick auf dem Weg nach Bay'Zell, Euer Majestät. Sie dürften dort einen Tag vor uns eintreffen.«

Izgard rieb sich mit der Hand über die Wange. »Das paßt. Sie werden sich dort mit Camron von Thorn verabredet haben.« Plötzlich drehte er sich zu dem Zeltspalt um.

Angeline erstarrte. Schneemann sträubte das Fell.

Izgard starrte in die Schatten hinter dem Spalt. Obwohl er Angeline unmittelbar in das von Dunkelheit verhüllte Gesicht schaute, schien sein Blick auf etwas vollkommen anderes gerichtet zu sein – auf einen anderen Ort, weit jenseits dieses Raumes, dieses Zeltes, dieses Lagers. Seine Augen wirkten trübe.

Nach kurzem Schweigen sagte er: »Alle drei wollen, was mir gehört. Thorn will mein Land und meinen Thron; Burano will mein Leben, und das Mädchen will meine Krone. Sie dürfen nicht weitermachen. Bay'Zell muß eingenommen werden, und zwar rasch. In drei Tagen wird die Dornenkrone fünfhundert Jahre alt, und ich will ihre Macht.«

Angeline lief ein Schauder über den Rücken. Ihre Haut spannte sich und kühlte aus. Eigentlich fühlte sie sich gar nicht mehr wie Haut an, sondern eher wie die Zeltplane nach einer eisigen Nacht. Zu ihren Füßen begann Schneemann, mit den Pfoten zu scharren.

»Schschsch«, formte Angeline mit den Lippen, denn sie vermutete, daß Schneemann sich ähnlich fühlte wie sie: verängstigt, doch ohne genau zu wissen warum. »Ist schon gut.«

Izgard wählte just diesen Augenblick, um sich wieder zu seinem Schreiber herumzudrehen. Mahnend hob er den Finger. »Du und Gamberon, ihr wart die einzigen, die mir von ihrer Macht erzählt haben. Ihr beide wart der Meinung, ich solle sie zu ihrem fünfhundertsten Jahrestag nach Bay'Zell bringen. Und jetzt stehst du vor mir und sagst, irgendein Weibsbild könne sie mir abnehmen. Wie kann das sein? Du hast gesagt, die Dornenkrone könne nicht zerstört werden. Erinnere dich, was mit Gamberon geschehen ist: Allein der Versuch, sie zu zerstören, hätte ihn beinahe das Leben gekostet.«

Ederius trat wieder in Angelines Blickfeld. Seine Stimme war rauh vom Husten. »Euer Majestät, wir wissen nur sehr wenig über die Dornenkrone. Wir wissen, daß sie eine mächtige Waffe ist, daß Hierac fürchtete, sie könne verlorengehen, und daß er deswegen eine Illumination in Auftrag gab, um sie an Garizon und seine Könige zu binden. Wir wissen auch, daß ihre Muster die Kraft, den Geist und sogar den Körper eines Menschen verändern können. Doch die meiste Zeit über verwenden wir sie, ohne genau zu wissen, was wir tun. Ich bin kein großer Gelehrter wie Gamberon. Ich brauche Zeit, um ...«

»Zeit«, knurrte Izgard. »Wir haben aber keine Zeit. In drei Tagen erreichen wir Bay'Zell. Nichts und niemand darf uns davon abhalten, die Stadt einzunehmen. Nichts! Sandor und seine Armee stellen kein Problem dar, ebensowenig wie die Verteidigung von Bay'Zell. Nur eine Feste im Stadtgebiet ist fähig, mir zu widerstehen, und diese Feste ist Burg Bess. Garizon haben sie entworfen und gebaut: Sie ist dafür ausgelegt, jeder Belagerung standzuhalten. Und jetzt sagst du mir, daß Ravis von Burano und das Mädchen, das meine Krone stehlen will, auf dem Weg dorthin sind.«

Während er sprach, strich Izgard mit der Hand über den Zeltpfosten. Er tastete nach Splittern und Astlöchern. Angeline kannte ihren Mann gut genug, um zu wissen, daß er im Augenblick überlegte, wie er als nächstes vorgehen sollte. Er liebte es, Dinge zu berühren, während er seine Pläne schmiedete.

Angeline wünschte plötzlich, sie wäre im Bett und würde tief und fest schlafen. Sie wollte nicht hören, was als nächstes kam. Und gerade, als sie mit dem Fuß nach hinten tastete, um sich zu vergewissern, daß sich kein Hindernis zwischen ihr und dem Bett befand, begann Izgard zu zittern.

»Wir haben keine Zeit zum Lernen, mein Freund. Ich will sie tot sehen. Alle drei will ich tot sehen. Wir werden warten, bis sie sich in Burg Bess versammelt haben, und dann werden wir sie vernichten. Ich werde noch heute nacht einen Trupp hinausschicken. Die Männer werden die schnellsten Pferde bekommen, und sie werden Befehl erhalten, nicht eine Sekunde anzuhalten, bevor sie nicht Bay'Zell erreicht haben. Ich besitze immer noch die Pläne von Burg Bess. Wenn der Trupp rechtzeitig eintrifft, kann er die Festung vielleicht in einem Überraschungsangriff nehmen. Zu so einem frühen Zeitpunkt erwartet Thorn bestimmt keinen Angriff. Weder er noch Burano werden damit rechnen, daß wir einen kleinen Trupp der Hauptstreitmacht vorausschicken.«

Izgard trat auf Ederius zu. Angeline wußte instinktiv, daß er den Schreiber berühren würde, und sie hatte recht. Izgard streckte die Hand aus und strich dem alten Mann mit Zeige- und Mittelfinger über die Wange. »Und du, mein Freund«, sagte er in sanftem, beinahe liebevollem Tonfall, »wirst dafür sorgen, daß sie Burg Bess nicht lebend verlassen. Ich werde die Männer schicken, du die Krone. Du mußt alles aufbieten, was du in den vergangenen Monaten gelernt hast, um Burano und Thorn zu besiegen. Jedes Muster, das verwendet werden kann, *muß* eingesetzt werden. Jede Kreatur, die du aus Fleisch und Knochen heraufbeschwören kannst, *muß* gegen die Festung geworfen werden. Wir dürfen kein Risiko eingehen. Die Dornenkrone gehört mir; Garizon gehört mir, und die Rache für begangenes Unrecht ist schon lange überfällig.«

Izgard senkte die Stimme. Sein Zeigefinger bohrte sich in die Wange des Schreibers. »Burano weilt schon zwölf Jahre zu lange auf dieser Welt. Durch ihn besitze ich keine Familie mehr. Alles, was mir geblieben ist, ist eine schwachsinnige Kindfrau und die Erinnerung an eine tote Schwester.«

Obwohl Izgard noch weiterredete, hörte Angeline nicht länger zu. *Eine schwachsinnige Kindfrau.* Sie blinzelte, während sie die Worte verarbeitete. Um sie herum wurde die Welt dunkler, kälter, enger. Sie hatte das Gefühl, sich durch einen unterirdischen Tunnel zu bewegen. Sie fühlte sich gefangen. Ihre Unterlippe begann zu zittern. Sie bedeutete Izgard nichts. Nichts! Einst hatte er sie geliebt – zumindest hatte er das am Tag ihrer Verlobung gesagt. Nun jedoch haßte er sie.

Schneemann, dem die veränderte Stimmung seines Frauchens nicht entgangen war, legte den Kopf auf ihren Fuß. Angeline wußte, daß sie jetzt eigentlich hinunterblicken und lächeln sollte – so wie immer –, doch sie konnte nicht. Ihr war einfach nicht nach Lächeln zumute. Von irgendwoher kamen ihr die tadelnden Worte ihres Vaters in den Sinn: ›Das haben neugierige Mädchen davon, wenn sie an Türen lauschen.‹

Angeline spürte einen Schmerz in der Brust. Der Tunnel schien immer enger zu werden. Izgard haßte sie; Vater war tot; Gerta war nicht mehr bei ihr: Sie war vollkommen allein.

Schneemann wählte just diesen Augenblick für ein leises Hundegähnen.

Schneemann hier.

Angeline nickte. Sie liebte Schneemann, aber selbst ein nichtsnutziger Hund konnte ihr nicht immer helfen. Alles hatte sich verändert. Sie lebte nicht mehr in einem großen, wohlbehüteten Kokon, wo sie vor allem Bösen geschützt war, nur weil sie Izgards Frau und Königin war.

Sie lebte in einem Heerlager, wo nur ein Mann über sie wachte: ihr Ehemann, der so beiläufig über die Ermordung von Menschen sprach wie andere Männer über das Wetter – sie hatte die Wahrheit heute mit ihren eigenen großen Ohren gehört. Und nun, da sie wußte, wie er in Wirklichkeit über sie dachte, fiel es ihr leicht, sich vorzustellen, wie andere, persönlichere Befehle über seine Lippen kamen.

Angeline spürte ein Kribbeln im Bauch. Zunächst schrieb sie das Gefühl ihrer Angst zu, doch nach einer Weile wiederholte es sich. Es war das Kind, das in ihr heranwuchs. Sie selbst war nun ein schützender Kokon für dieses kleine Wesen, das einzige, was es vor der Welt beschützte.

Langsam löste sich Angeline von dem Zeltspalt. Schneemann folgte ihr. Izgard fuhr fort zu sprechen, zu berühren und Pläne zu schmieden, doch Angeline war nicht länger daran interessiert. Niemals wieder würde sie den Fehler begehen zu glauben, Izgard würde sie lieben.

Tessa wanderte über die Decks der *Klipper* und entwarf in Gedanken Muster. Dann und wann blieb sie an einem Mast, an der Reling oder an einer Treppe stehen, zog den Ring aus ihrem Mieder und betrachtete ihn. Was hatte Ilfaylen gemalt? Wie war es ihm gelungen, die Dornenkrone an diese Welt zu binden? Welche Muster hatte er verwendet? Was für Strukturen hatte er entwickelt? Woher hatte er gewußt, wo er anfangen und wo er aufhören sollte?

Tessa seufzte. Zum achten Mal in weniger als einer Stunde steckte sie den Ring wieder in ihr Mieder zurück. Sie kannte die Antworten nicht. Wenn sie wenigstens einen Anhaltspunkt gehabt hätte, wie Ilfaylen an sein Werk herangegangen war. *Zeichne das Problem, dann löse es,* hatte Avaccus gesagt. Doch wie sollte sie etwas zeichnen, wenn sie noch nicht einmal wußte, wie das Problem aussah?

Als sie einen ihr inzwischen wohlvertrauten Schmerz im Rücken spürte, eilte sie an die Reling und stützte sich darauf. Sie war nun schon den ganzen Nachmittag über die verschiedenen Decks entlang gewandert, und nun brannten ihr die Lungen.

Sie und Ravis befanden sich bereits seit zwei Tagen an Bord der *Klipper*. Morgen würden sie Bay'Zell erreichen. Bis jetzt war die Reise ruhig verlaufen, und Tessa hatte die meiste Zeit genutzt, um sich zu erholen und wieder zu Kräften zu kommen. Die *Klipper* war ein schnelles Schiff. Die Seeleute in sonnengebleichtem Leinen kletterten durch die Takelage und erledigten ihre Arbeiten, ohne von dem guten Dutzend Passagiere unter ihnen auch nur Notiz zu nehmen.

Tessa war froh, daß man sie in Ruhe ließ. Ihre Gesundheit verbesserte sich langsam. Trotzdem benötigte sie selbst für die einfachsten Dinge noch immer beinahe doppelt so viel Zeit wie zuvor. Sie konnte kaum eine Treppe hinaufgehen, ohne sich in der Mitte ausruhen zu müssen, und in der vergangenen Nacht hatte sie den Nachttopf in der Kabine benutzt, um den Weg zu den Latrinen nicht auf sich nehmen zu müssen. Ravis hatte gesagt, es würde Wochen, vielleicht sogar Monate dauern, bis sie ihre alte Kraft wiedergewonnen haben würde. Tessa knirschte mit den Zähnen und ließ die Reling los. Sie hatte nicht die Absicht, so lange zu warten.

Drei Tage. Mehr war ihnen nicht geblieben. In drei Tagen würde Izgard mit seiner Armee Bay'Zell erreichen, und die Dornenkrone würde fünfhundert Jahre alt werden. Ravis hatte recht: Izgard hatte das alles von Anfang an geplant.

Unbewußt zog Tessa erneut den Ring aus dem Mieder.

Sie mußte nachdenken. Sie mußte etwas übersehen haben, irgendein Detail, das ihr helfen konnte, das Ganze zu verstehen. Laut Avaccus war nie eine Kopie der Illumination angefertigt worden; Ilfaylen war jeden Abend durchsucht worden, um sicherzustellen, daß er nichts aus dem Scriptorium schmuggelte. Selbst das Pergament war auf Durchstiche hin überprüft worden. Doch Ilfaylen hatte seine Absicht offensichtlich bereut. Warum also hatte er nie versucht, sie wieder rückgängig zu machen? Das ergab einfach keinen Sinn. Tessa ließ den Ring auf die Brust fallen. Sie hatte das Gefühl, eine Nadel im Heuhaufen zu suchen.

Während sie an der sonnenbeschienenen Backbordseite des Schiffes entlangwanderte, versuchte sie, sich an jedes einzelne Wort zu erinnern, daß Avaccus ihr in jener Nacht in der Höhle gesagt hatte.

Der Geruch von Zitronenöl und Wachs stieg von dem sonnenwarmen Deck auf, und um sie herum knirschten die Bohlen, während das Schiff sich durch die Wellen kämpfte. An einem sonnigen, wolkenlosen Tag wie diesem fiel es leicht, an die Existenz anderer Welten zu glauben. An solch einem Tag wirkte das Wissen um die Existenz von Ephemeren weit weniger erschreckend. Vielleicht waren sie ja alle Ephemeren. Sie lebten, starben und waren verschwunden. Vielleicht wurden sie alle an einem neuen Ort und in einer neuen Zeit wiedergeboren. Vielleicht aber auch nicht. Tessa wußte es nicht. Eines jedoch war sicher: Nicht nur Ephemeren, auch Menschen vermochten den Lauf der Dinge zu ändern.

Tessa blieb stehen. *Sie* konnte den Lauf der Dinge verändern. Das hatte Avaccus in der Höhle zumindest angedeutet. *Vertraue auf dich selbst,* hatte er gesagt. Das waren fast seine letzten Worte gewesen. Tessa drehte sich um und machte sich auf den Weg zum Kabinenluk. Sie mußte Ravis finden.

Hoch über ihr kletterten die Seeleute durch die Wanten, befestigten Taue, richteten Segel aus und sicherten Leinen. Als Tessa den Schatten eines gerade erst gesetzten Segels verließ, erspähte sie Ravis, der soeben vom Unterdeck heraufkam. Sie wollte seinen Namen rufen, doch dann sprach ihn jemand an. Es war eine Frau in Schwarz, und einen schrecklichen Augenblick lang glaubte Tessa, es sei Violante von Arazzo. Dann drehte sich die Frau um, und Tessa konnte sie genauer betrachten; sie besaß weder Violantes Größe noch ihre fein geschnittenen Gesichtszüge. Tessa seufzte erleichtert auf. Es war eine der Passagierinnen, die schon mit ihnen auf der *Terrier* gesegelt waren. Die Frau mit dem Schleier, der kaum die Augenbrauen bedeckte.

Während Tessa die beiden beobachtete, strich sich die Frau über den Schleier und lachte. Als Ravis daraufhin ebenfalls lachte, streckte sie die Hand aus, um seinen Arm zu berühren. Sie flirtete mit ihm! Tessas Wangen begannen zu glühen, und sie stürmte vor. Schon einmal hatte sie zugesehen, wie eine andere Frau ihr Ravis einfach weggenommen hatte, und das würde ihr nicht noch einmal passieren.

Ravis sah Tessa kommen, die verschleierte Frau jedoch nicht. Sie lachte weiter auf eine Art, bei der sich ihre Brust auf verräterische Art hob und senkte, während ihre Hand gleichzeitig langsam die Distanz zu Ravis' Arm überbrückte. Tessa hielt nicht an, um nachzudenken. Sie baute sich neben Ravis auf und hakte sich entschlossen bei ihm unter.

»Da bist du ja«, sagte sie, ohne die verschleierte Frau auch nur eines Blickes zu würdigen. »Ich habe dich schon den ganzen Nachmittag über gesucht.« Dann tat sie so, als würde sie die Frau erst jetzt bemerken. »Oh, es tut mir leid. Störe ich bei irgendwas?«

Die verschleierte Frau warf Tessa einen kalten Blick zu.

Auf eine gewisse Art konnte man sie sogar als attraktiv bezeichnen. Ihr Schleier war aus feinster Spitze, der verführerisch im Wind flatterte. »Nein, ganz und gar nicht. Ich habe nur gefragt, wann wir vermutlich in Bay'Zell anlegen werden.«

»Aaah. Dann solltet ihr Euch wohl besser an den Kapitän wenden.« Tessa rückte ein weni näher an Ravis heran. »Ich habe ihn gerade erst auf dem Achterdeck gesehen. Wenn Ihr Euch beeilt, erwischt ihr ihn vielleicht noch, bevor er sich für die Nacht zurückzieht.«

Die Frau preßte die Lippen aufeinander. Ihr Gesicht war stark gepudert; selbst an ihrem Schleier hafteten Spuren von Puder. »Nun«, sagte sie, ignorierte Tessa und wandte sich wieder Ravis zu, »dann mache ich mich wohl besser wieder auf den Weg. Gute Nacht, mein Herr. Ich hoffe, daß wir uns vor Ende der Reise noch einmal begegnen werden.« Sie verneigte sich mit provozierender Langsamkeit, wobei sie ihr beachtliches Dekolleté enthüllte, drehte sich um und ging.

Sobald sie außer Hörweite war, löste sich Ravis von Tessa, verschränkte die Arme vor der Brust, warf den Kopf zurück und lachte lauthals auf.

Dieses Lachen war das irritierendste, das Tessa je in ihrem Leben gehört hatte. »Komm schon«, sagte sie in scharfem Tonfall. »Steh nicht einfach so hier rum und lache. Hilf mir lieber zurück in die Kabine. Ich habe den größten Teil des Nachmittags auf Deck verbracht.« Aus irgendeinem Grund errötete sie.

Ravis hörte auf zu lachen, seine Augen nicht. Er neigte den Kopf in die Richtung, in die die verschleierte Frau verschwunden war, und sagte: »Das war ohne Zweifel die deutlichste Abweisung, die zu beobachten ich jemals die Freude gehabt habe. Offenbar bringt man den Frauen in deiner Heimat bei, sich ihrer Rivalinnen so schnell und effektiv wie möglich zu entledigen. Ich wage gar nicht mal daran zu denken, was der armen Frau widerfahren wäre, wenn du sie dabei erwischt hättest, wie sie mich küßt.« Er täuschte ein Schaudern vor. »Zweifelsohne wären in diesem Fall die Matrosen bereits damit beschäftigt, das Deck vom Blut zu reinigen.«

Tessa bemühte sich hartnäckig, so teilnahmslos wie möglich zu wirken, doch Ravis' Augenzwinkern forderte ein Lächeln geradezu heraus. »Hilf mir einfach die Treppe hinunter«, sagte sie so ernst, wie es ihr möglich war.

Ravis verneigte sich theatralisch, trat näher und ergriff ihren Arm. Seine Kalbslederhandschuhe fühlten sich angenehm warm und weich an. Ohne daß es ihn angestrengt hätte, nahm er Tessa gut die Hälfte ihres Gewichts ab. »Ich war sowieso auf der Suche nach dir«, sagte er. »Wir müssen darüber reden, was wir tun werden, wenn wir in Bay'Zell angekommen sind.«

Tessa nickte. Sie war froh, daß Ravis das Thema gewechselt hatte. »Ich brauche Zeit«, sagte sie. »Ich muß herausfinden, wie Ilfaylens ursprüngliches Muster aussah: die Hauptelemente, der Gesamtentwurf, die Farbmischungen. Andernfalls könnte ich genausogut versuchen, eine Landschaft bei Nacht zu zeichnen. Ich brauche eine Grundlage für meine Arbeit.«

Als sie den Fuß der Treppe erreichten, führte Ravis sie in seine Kabine. »Wieviel Zeit brauchst du?«

Tessa zuckte mit den Schultern. »Vermutlich zuviel. Emith kann mir vielleicht helfen, oder womöglich finde ich in Deverics Aufzeichnungen etwas, das mir weiterhelfen kann. Ich weiß es nicht. Wenn ich nicht zugelassen hätte, daß ...« Sie schüttelte den Kopf und korrigierte sich. »Wenn Avaccus nicht gestorben wäre, könnte ich ihn fragen, wie man ein Muster zeichnet, um Wissen zu erlangen. Dann könnte ich selbst nach Ilfaylens Illumination suchen.« Frustriert strich sie sich mit der Hand übers Gesicht. »Mit genügend Zeit könnte ich alles selbst herausfinden – dessen bin ich sicher. Das war der Grund, warum ich hierhergebracht worden bin.«

Tessa ließ sich in Ravis' warme, nach Holz duftende Kabine führen. Im Gegensatz zur Reise auf der *Terrier* besaßen sie an Bord der *Klipper* getrennte Kabinen. Ravis hatte darauf bestanden, damit sie sich ungestört ausruhen konnte.

Mit Hilfe eines Feuersteins entzündete Ravis eine bernsteinfarbene Kerze und stellte sie auf einen der Kreuzbalken, die die Wände stützten. Das goldene Licht der Kerze erleuchtete einen Raum, der mit der Spärlichkeit und Ordnung eines Soldatenzeltes eingerichtet war. Unter anderem entdeckte Tessa all die Medizin, die Ravis ihr jeden Tag gab: In kleine Fläschchen und Kästchen verpackt, stand sie ordentlich aufgereiht auf einem Regalbrett über der Koje. Sie dort zu sehen, als einzige Abwechslung in einem ansonsten fast vollkommen kahlen Raum, löste in ihr ein Gefühl von Traurigkeit aus, doch ohne zu wissen warum.

Sie setzte sich auf die Koje und legte die Hände im Schoß zusammen. Nun, da sie aufgehört hatte, sich zu bewegen, verließ sie schlagartig alle Kraft, und sie begann zu zittern und spürte deutlich jeden einzelnen Atemzug. Nachdem sie Ravis eine Zeitlang betrachtet hatte, sagte sie: »Ich glaube, wir sind alle Ephemeren: du, Camron, ich. Wir alle drei sind an jenem Tag nach Bay'Zell gerufen worden. Du und Camron, ihr seid gezwungen worden, in der Stadt zu bleiben, während ich von einem anderen Ort stamme; irgendwie haben wir dann zusammengefunden.« Tessa tastete nach dem Ring. »Ich glaube, das hat etwas damit zu tun, daß wir alle drei in der Lage sind, den Lauf der Dinge zu verändern.«

Ravis musterte sie aufmerksam. »Einundzwanzig Jahre lang konnte ich nichts und niemanden mehr verändern, am allerwenigsten mich selbst.«

Tessas Hand löste sich vom Ring und glitt zu Ravis. Sie wollte etwas darauf erwidern, doch dann hielt sie inne. Einundzwanzig Jahre. Sie runzelte die Stirn. Tief in ihrer Brust begann ein einzelner Muskel im Takt des Herzens zu zucken. Auch das war ein Teil des Musters.

»Seit einundzwanzig Jahren?« fragte sie schließlich doch. »Ist dein Vater vor einundzwanzig Jahren gestorben?«

Ravis nickte.

»Und sieben Jahre später hat dich dein Bruder von eurem Land vertrieben?«

»Von einem Land, für das wir sieben Jahre lang Seite an Seite gekämpft haben.« Ein Hauch von Bitterkeit stahl sich in Ravis' Stimme. »Er hat mir gesagt, ich sei wie ein Kämpfer, und deshalb solle ich fortgehen und kämpfen.«

»Ist dir irgend etwas …« Tessa rechnete rasch nach. »Ist dir zwei Jahre später irgend etwas Ungewöhnliches widerfahren? Im Sommer?«

Ravis erstarrte. Man konnte es nicht anders bezeichnen: Sein Gesicht verwandelte sich zu Stein, und seine Brust hörte auf, sich auf und ab zu bewegen. Langsam wechselte die Farbe seiner Augen von Braun zu Schwarz. »Zwei Jahre, nachdem Malray sich gegen mich gestellt hat, ist meine Frau gestorben.«

Seine Offenheit beunruhigte Tessa. »Es tut mir leid. Ich …«

»Es muß dir nicht leid tun«, unterbrach Ravis sie. »Stell deine Fragen, und sag, worauf du hinauswillst. Wir haben keine Zeit, um der Vergangenheit nachzutrauern.«

Tessa spürte die Worte wie einen Schlag ins Gesicht, und sie mußte mehrmals tief durchatmen, bevor sie ihre letzte Frage stellen konnte – nur daß es eigentlich gar keine Frage war, denn sie ahnte die Antwort bereits. »Fünf Jahre, nachdem deine Frau gestorben ist, ist ebenfalls etwas geschehen, nicht wahr? Im Frühling? Irgend etwas Wichtiges?«

Ravis' Zähne fanden die Narbe. »Im Spätfrühling bin ich aus dem Osten zurückgekehrt. Am selben Tag, an dem ich meinen Fuß auf den Boden von Drokho gesetzt habe, haben Malrays Henker versucht, mich umzubringen.«

Tessa blickte auf ihre Hände. Sie konnte Ravis nicht länger in die Augen sehen. Der Zorn in seiner Stimme war unüberhörbar. »Einundzwanzig Jahre«, sagte sie leise und in der Überzeugung, daß es besser sei zu sprechen, als die Stille ertragen zu müssen. »Einundzwanzig Jahre. Fünf Muster. Deveric hat also nicht nur mein Leben manipuliert, sondern auch deines.«

»Das heißt?«

»Das heißt, er hat uns beide von einem Teil unserer Fähigkeiten abgeschnitten. Du hast selbst gesagt, seit einundzwanzig Jahren hättest du nichts und niemanden mehr verändern können – für mich gilt das gleiche.« Tessa riskierte einen Blick. Überrascht entdeckte sie Interesse in Ravis' Gesicht. »Bis zu jenem Tag, da ich dich in der Gasse getroffen habe, war ich unfähig, ich selbst zu sein – jedenfalls nicht richtig. Bis dahin schien mich immer jemand in eine bestimmte Richtung zu stoßen.«

Ravis zog die Handschuhe aus und fuhr sich mit der Hand durchs Haar. Er wirkte müde, und zum ersten Mal seit Tagen fragte sich Tessa, wie lange er wohl nicht mehr geschlafen hatte. Wenn sie ihn brauchte, war er immer an ihrer Seite gewesen.

»Die Daten auf Deverics Iluminationen stimmen also mit den Ereignissen in unser *beider* Leben überein?« fragte er.

»Ja. Wir beide sind in irgend etwas verstrickt – in ein Muster, eine Intrige, ein Verhängnis, wie auch immer du es nennen willst.«

»Und du glaubst, wir können den Lauf der Dinge verändern?«

Tessa nickte. »Ich glaube, das ist der Grund, warum wir beide hier zusammen sind, und warum Camron von Thorn in Bay'Zell auf uns wartet.«

»Und was ist mit dir und mir, Tessa McCamfrey? Können wir uns auch selbst verändern?«

»Wir können es versuchen.«

Ravis verzog die Lippen zu einem Lächeln, doch es dauerte eine Weile, bis dieses Lächeln auch seine Augen erreichte. »Du bist wunderschön, weißt du das?«

»Die Frau mit dem Schleier auch.«

»Welche Frau? Welcher Schleier?« Ravis lächelte nicht mehr. Er blickte Tessa tief in die Augen. »Außer dir habe ich heute niemanden auf dem Deck gesehen.«

Tessa öffnete die Arme. Schnell und leise eilte Ravis herbei, als hätte er schon die ganze Zeitlang auf solch eine Einladung gewartet. Er kniete sich an den Fuß der Koje und drückte Tessa an seine Brust. Allerdings küßte er sie nicht; er drückte sie nur an die Brust, als wolle er sie wärmen oder beschützen – oder beides. Tessa hielt ihn umschlungen und strich mit der Hand über sein Haar und seine Wange. Ihn zu berühren, erschien ihr als geradezu unglaublicher Luxus. Sie konnte einfach nicht glauben, daß das Schicksal ihr das Recht zugestanden hatte, dies zu tun.

Ravis roch gut: sauber, nach duftenden Ölen und ein wenig fremd. Die Haut in seinem Nacken war rauh, und Tessa rieb mit der offenen Hand darüber, um soviel wie möglich davon berühren zu können. In seinen Armen zu liegen, den Kopf an seiner Brust, und ihm über Nacken und Gesicht zu streicheln, bereitete ihr das Gefühl, als würde sie ihm etwas geben, doch sie wußte nicht was.

Die Zeit verging, während das Holz knarrte und die Wachstropfen der Kerze einen Zapfen unter dem Kreuzbalken bildeten. Als sich ihre Atmung schließlich wieder beruhigt und das sanfte Schaukeln des Schiffes sie in eine Art Halbschlaf versetzt hatte, lösten sie sich wieder voneinander.

Ravis faßte Tessa an den Schultern und blickte ihr in die Augen. »Du mußt dich ausruhen«, sagte er. »Ich werde auf dich aufpassen, während du schläfst.«

Tessa schüttelte den Kopf. »Du mußt nicht auf mich aufpassen. Leg dich statt dessen neben mich, und schlaf auch ein wenig.« Dabei rückte sie ein wenig mehr in die Koje hinein, um Platz für ihn zu schaffen. »Wir müssen uns beide ausruhen.«

Ravis wollte etwas erwidern, doch er verzichtete darauf. Schweigend zog er die Stiefel aus und ging, um die Kerze zu löschen. Tessa betrachtete ihn noch einmal. Sein Haar war feucht vom Schweiß, und seine Narbe schimmerte weiß. Der Abdruck ihres eigenen Körpers auf seiner Ledertunika war das letzte, was sie sah, bevor das Licht verlosch.

Sie schlief im selben Augenblick ein, da Ravis sich neben sie legte. Sie träumte von Mustern und anderen Dingen: von Moldercay und seinem Schädelhaus, von der Frau mit dem Schleier und von dem Abdruck auf Ravis' Tunika.

Als sie am darauffolgenden Morgen aufwachte, lag Ravis noch immer neben ihr und schlief. Leise und vorsichtig stand sie auf, um ihn nicht zu wecken, strich ihr Kleid glatt, bürstete ihr Haar und verließ die Kabine. Nachdem sie kurz bei den Latrinen haltgemacht hatte, stieg sie aufs Deck hinauf.

Die Morgendämmerung tauchte die *Klipper* in ein silbriges Licht. Außer einem alten Seemann, der Taue zusammenlegte, und dem Schiffsjungen, der mit Bohnern beschäftigt war, befand sich niemand an Deck. Tessa ging still an den beiden vorbei auf das Vordeck. Dort lehnte sie sich über die Reling, blickte über den Bug zum Horizont und suchte nach Zeichen von Land. Ein oder zwei Augenblicke später entdeckte sie eine schmale zerklüftete Linie: Bay' Zell. In ihrer Brust zog sich etwas zusammen. Ihr ganzes Leben lang hatte sich alles auf diesen Augenblick hin entwickelt.

Während sie beobachtete, wie die Stadt immer größer wurde, erinnerte sich Tessa an ihre Träume. Nach einer Weile löste sie sich von der Reling und kehrte unter Deck zurück. Avaccus und Moldercay hatten sich geirrt: Ilfaylen *hatte* eine Kopie der Illumination angefertigt, und sie wußte auch wie.

Kapitel fünfzehn

Es dauerte drei Stunden, bis sie von Bord gehen konnten. Bewaffnete durchsuchten die *Klipper* vom Bug bis zum Heck. Die Miliz von Bay'Zell hielt den Kai besetzt, öffnete Truhen, Rucksäcke und andere Gepäckstücke, überhäufte jedermann mit Fragen, und wenn ihnen das Gesicht eines Mannes nicht gefiel, durchsuchten sie ihn von Kopf bis Fuß.

Ravis wurde eine Stunde unter Gewahrsam gehalten. Sein Aussehen mißfiel der Miliz ganz besonders. Er sei ein Fremder, sagten sie. Er führe zu viele Messer mit sich, und er behaupte, nur achtzehn Tage außerhalb der Stadt gewesen zu sein, und doch besaß er keine Papiere, die das belegen konnten. Zu guter Letzt war Ravis gezwungen, nach dem örtlichen Seehauptmann zu schicken, damit dieser für ihn bürgen konnte. Der Mann, ein rotgesichtiger, augenbrauenloser Fischer mit Namen Pegruff, hatte es nicht sonderlich eilig gehabt, zum Hafen zu kommen. Als er dann schließlich doch mit einer Arlo-Flasche in der Hand und einem Tau über der Schulter auf dem Kai auftauchte, dauerte es jedoch weniger als fünf Minuten, und Ravis war frei. Ein paar freundliche Worte, ein wissendes Lachen und eine Arlo-Flasche, die von Hand zu Hand wanderte, reichten aus, um Ravis' Freilassung zu erwirken.

Ravis dankte Pegruff nicht für diesen Gefallen. Er erklärte, der Mann sei ihm noch etwas schuldig gewesen, und die Schuld sei hiermit bezahlt.

Pegruff hatte nicht die Absicht, längere Zeit zu bleiben. Nachdem er mit dem Ärmel den Hals der Flasche gesäubert hatte, reichte er sie Tessa und sagte: »Ihr beide solltet von nun an besser auf euch achtgeben. Die Miliz ist so zappelig wie eine Makrele im Netz. Sie wissen, daß Izgard kommt, und sie glauben, indem sie den Hafen patrouillieren, Ausgangssperren verhängen und jeden Fremden terrorisieren, könnten sie ihn irgendwie aufhalten. Sie haben Angst. Allerdings wird das niemand zugeben.«

Ravis nickte. Er nahm die Flasche von Tessa entgegen, trank einen kräftigen Schluck und gab sie Pegruff zurück. »Wie lange dauert es noch, bis Izgard hier ist?«

»Ein, vielleicht zwei Tage.«

»Und der Herr?«

Pegruff spie aus. »Dem nach zu urteilen, was man so auf den Straßen hört, dürfte er ungefähr einen halben Tag vor Izgard hier eintreffen.«

»Und was hört man auf dem Meer?«

»Daß er einen Tag zu spät kommen wird.« Mit diesen Worten verabschiedete sich Pegruff. Er stellte keine Fragen und sagte nicht Lebewohl; er steckte lediglich seine Flasche weg, drehte sich um und ging.

Ravis wandte sich zu Tessa. »Laß uns Emith und seine Mutter holen.«

Tessa schüttelte den Kopf. »Wir werden Mutter Emith nicht aus ihrem Stuhl bekommen. Noch nicht einmal für Izgard würde sie von der Stelle weichen.«

»Dann werde ich eben einen Karren mieten und sie mitsamt ihrem Stuhl verfrachten, denn ich sage dir, Emith wird uns nicht ohne seine Mutter begleiten.«

Tessa nickte. Ravis hatte recht. Im Augenblick war Bay'Zell ein ausgesprochen gefährlicher Ort. Izgards Armee konnte jeden Augenblick eintreffen, und Emith würde seine Mutter niemals allein zurücklassen. Sie war alles, was er hatte. Tessa beschleunigte ihren Schritt. Sie konnte es kaum erwarten, in die warme Küche von Mutter Emith zurückzukehren.

Rasch, doch nicht so schnell, daß sie den Verdacht der Miliz erweckten, machten sie sich auf den Weg durch die Stadt. Bay'Zell hatte sich in den achtzehn Tagen, da sie fort gewesen waren, verändert. Es war nicht mehr die geschäftige, selbstzufriedene Stadt, die sie verlassen hatten; Bay'Zell schien sich zusammenzukauern wie ein Kind, das Angst vor Strafe hat. Die Geschäfte waren geöffnet, doch nur solche mit Haushaltsgeräten und Trockennahrung führten noch Waren. Frische Nahrungsmittel waren bereits knapp geworden. Tessa und Ravis beobachteten, wie ein unglücklicher Obsthändler versuchte, seinen Stand aufzubauen. Noch bevor er Gelegenheit hatte, eine Plane über dem Verkaufstisch aufzuschlagen, fielen die Menschen über ihn her und plünderten ihn aus. Zwar eilte sofort die Miliz herbei, um den Aufruhr aufzulösen, doch sie kam zu spät.

Ravis führte Tessa fort von der Szene. »Das ist der Fehler der Miliz«, erklärte er. »Das Gleiche habe ich schon ein dutzendmal gesehen. Bewaffnete auf den Straßen verursachen eine größere Panik als jede noch so mächtige, anrückende Armee. In Bay'Zell dürften sich genug Lebensmittel befinden, um eine sechsmonatige Belagerung zu überstehen, aber nun, da die Menschen beginnen zu horten, geht ein Großteil davon zum Teufel. Ein Mann mag sich ja vielleicht soviel Hühnchen schnappen können, wie er tragen kann, aber wenn er sie nicht innerhalb von zwei Tagen kocht und ißt, werden sie schlecht, und er muß sie wegwerfen.« Ravis blinzelte in die Mittagssonne. »Besonders um diese Jahreszeit.«

Größtenteils ging es auf den Straßen von Bay'Zell durchaus ruhig zu. Die Menschen blickten nervös aus halb geschlossenen Fenstern, versammelten sich in Eingängen, wo sie flüsternd miteinander diskutierten, oder wanderten einsam die Straßen entlang, um auf Karren oder dem Rücken ihre Habseligkeiten in Sicherheit zu bringen.

Tessa gefiel das alles nicht. Sie hatte das Gefühl, als sei Bay'Zell eine verdammte Stadt.

Als sie in eine kleine, gepflasterte Straße einbogen, besserte sich ihre Laune wieder. Ein Stück weiter vorne erspähte sie die ordentliche blau-weiße Fassade von Mutter Emiths Haus. Tessa schluckte. Sie war nach Hause gekommen.

Trotz Ravis' vehementen Protests rannte sie die letzten hundert Schritte. Ihr ganzes Leben lang hatte sie sich immer nur von irgendwo fort und näher zum Ring bewegt. Nun kehrte sie zum ersten Mal irgendwohin zurück.

Vor ihrem geistigen Auge sah sie bereits Mutter Emith in ihrem Stuhl, wie sie ihrem Sohn befahl, ein neues Faß anzuschlagen. *Wir haben Gäste.* Tessa lächelte ein verrücktes, glückliches Lächeln. Sie hatte die beiden so sehr vermißt.

Sie ergriff Ravis' Hand und rannte über die Straße auf das Haus zu. Die Vordertür ließ sie außer acht. Statt dessen öffnet sie die Seitentür und betrat den Hof. Alles war so wie immer: Tierhäute, die in Lauge eingelegt waren; in der Ecke stand das Arlo-Faß, und in der Nähe des Abflusses lagen Töpfe und Pfannen. Selbst das Aschefeuer brannte. All diese kleinen Details vermittelten ihr ein Gefühl der Erleichterung. Hier hatte sich nichts verändert.

Abermals ignorierte sie Ravis' Mahnung zur Vorsicht und klopfte laut an die Tür. »Emith! Ich bin's! Tessa!« rief sie. »Ich bin zurück!«

Zunächst antwortete niemand. Ravis' Hand glitt unwillkürlich zum Messer, während sie warteten. Gerade als Tessa ein zweites Mal anklopfen wollte, schwang die

Tür auf. Emith stand auf der Schwelle. Er sah so adrett aus wie immer.

Seine Augen waren tot.

Tessas Herz setzte einen Schlag lang aus. Sie wurde kreidebleich. »Emith.« Sie wollte noch mehr sagen, doch ihr versagte die Stimme.

Emith lächelte. »Ja, Fräulein. Es ist schön, daß Ihr wieder da seid.« Er klang vollkommen leblos. Mechanisch trat er einen Schritt zurück und sagte: »Kommt herein. Ich habe gerade eine Kanne Tee aufgesetzt.«

Ravis griff nach Tessas Arm. Sie schüttelte ihn ab und folgte Emith ins Haus. Ein Schauder lief ihr über den Rücken; ihre Nackenhaare stellten sich auf, und ihr wurde flau im Magen.

Die Küche sah genauso aus, wie sie sie in Erinnerung hatte. Im Herd flackerte ein fröhliches Feuer, der Küchentisch war mit Gewürzen und Haushaltsgeräten übersät, und Mutter Emiths Beistelltisch war mit den üblichen Dingen beladen: Schälmesser, Schere, Nähtäschchen und Gewürzdosen. Selbst ein Teller mit Äpfeln stand dort, die nur darauf warteten, geschält zu werden.

Wie sonst auch am Frühnachmittag war Mutter Emiths Stuhl in Richtung der Außenwand gedreht, und als Tessa den weißen Schopf der alten Dame über der Lehne nicht entdecken konnte, warf sie einen raschen Blick auf Emith. Er hatte den Kopf gesenkt. Mit einem Kloß im Hals ging Tessa die wenigen Schritte, die sie brauchte, um den Stuhl von vorne betrachten zu können.

Er war leer. Das hatte sie vom selben Augenblick an gewußt, da sie die Küche betreten hatte, vom selben Augenblick an, da Emith die Tür geöffnet hatte. Seine Augen hatten ihr alles gesagt. Sie hatte ihnen nur nicht glauben wollen. Mutter Emith war nicht mehr.

Tessa drehte sich wieder zu Emith um und wartete darauf, daß er sie ansah. Das tat er aber nicht. Aufzublicken würde bedeuten, die Tatsachen akzeptieren zu müssen, und dem Zustand der Küche nach zu urteilen, hatte er die vergangenen Tage damit verbracht, genau das zu vermeiden. Alles war so hergerichtet, als wäre seine Mutter noch am Leben.

Langsam, ganz langsam zwang ihn Tessas Starren doch, den Blick zu heben. Unendlicher Schmerz spiegelte sich in seinen Augen. In seinem Hals zitterte ein Muskel. Nach einer Weile schüttelte er den Kopf. »Sie ist von uns gegangen, Fräulein. Ich habe ihr Hummer gekauft, und als ich zurückgekommen bin, war sie von uns gegangen.« Hilflos zuckte er mit den Schultern. »Sie haben ihr weh getan, ihr Angst gemacht.«

Tessa wurde schwindelig. »Wer hat ihr weh getan, Emith?«

»Ich weiß es nicht. Sie haben einen Geruch hinterlassen – wie verwundete Tiere.«

Ravis stieß ein leises Zischen aus. Tessa stützte sich an der Lehne von Mutter Emiths Stuhl ab. Izgards Hetzer. Sie hatten nach ihr gesucht.

Tessa schloß die Augen. Als sie sie einen Augenblick später wieder öffnete, blickte sie in Emiths Gesicht. Irgend etwas tief in seinem Inneren war mit seiner Mutter gestorben. Er wirkte verloren. Die Welt, die für ihn stets ein Ort voller guter und einiger nur mißverstandener Menschen gewesen war, hatte sich mit einem Mal in etwas verwandelt, das er nicht verstand.

Tessa ging zu ihm. Da sie wußte, daß er zu schüchtern für eine Umarmung war, hakte sie sich nur bei ihm unter und führte ihn zum Herd. Daß er zunächst vor ihr zurückzuckte, war ein seltsames Gefühl, trotzdem ließ Tessa ihn nicht los. Sie konnte den Gedanken an das, was geschehen war, nicht ertragen. Ihrer eigenen Stimme mochte sie nicht trauen, doch zumindest konnte sie Emith festhalten … und auch sich selbst ein wenig Halt geben.

Camron stand hoch oben auf den Wehrmauern von Burg Bess und wartete. Er war erschöpft, doch der Gedanke an Schlaf erschien ihm geradezu lächerlich. Schlafen war ein Luxus, den er sich im Augenblick nicht leisten konnte.

Während er nach Westen in Richtung Bay'Zell blickte, versank die Sonne am Horizont und warf ein orange- und purpurfarbenes Licht über das Land. Die Schatten wurden immer länger; ein frischer Wind kam auf, und die ersten Sterne funkelten am Firmament. Camron atmete ein-, zweimal tief durch. Er wußte, daß er hinunter in die Große Halle gehen und nach seinen Männern sehen sollte. Er sollte Befehle ausgeben, die Verteidigung vorbereiten und sich die neuesten Nachrichten über Izgards Vormarsch anhören. Aber er konnte sich einfach nicht dazu durchringen. Noch nicht.

Das war die Schuld von Burg Bess.

Camron hatte geglaubt, er könne einfach hierher zurückkehren und die Burg verteidigen. Daß seine Erinnerungen ihm einen Strich durch die Rechnung machen könnten, daran hatte er nicht gedacht: Die Blutflecken am Fuß der Treppe, die Einschußlöcher an der Tür des Arbeitszimmers oder einfach nur die Leere in den Korridoren. Die Burg wirkte dunkler, als er sie in Erinnerung hatte, und sie war so still, daß er überall die Geräusche der Vergangenheit hörte.

Er konnte es einfach nicht ertragen. Sein Vater war überall und nirgends. Die Zeit dehnte sich; Camron schien eine Ewigkeit zu brauchen, um nur den Wachraum zu durchqueren, wo ein Dutzend Männer gestorben waren. Wenn er stehenblieb, um nachzudenken, verlor er sich in den Geistern der Erinnerung, und wenn er dann wieder den Blick hob und auf eine Kerze an der Wand schaute, stellte er manchmal überrascht fest, daß sie schon merklich heruntergebrannt war, während er scheinbar nur geblinzelt hatte.

Sehr spät in der vergangenen Nacht waren sie eingetroffen – so spät sogar, daß man schon die Feuer für den Tag entzündet hatte. Die Leute hatten Wasser aus den Brunnen geholt; die Lagerhäuser waren geöffnet und die Pferde aus den Boxen geholt und versorgt worden. Die meisten der zwanzig Männer, die mit Camron vom Hakenfluß gekommen waren, hatten den ganzen Tag durchgeschlafen und wachten erst jetzt langsam auf. Camron mißgönnte ihnen die Ruhe nicht. Die vergangenen Wochen waren für jeden hart gewesen.

Merin, Shale und gut zwanzig andere kleine Städte, Dörfer und Weiler auf Izgards Marschroute waren evakuiert worden. Es war eine undankbare Arbeit gewesen. Niemand vermochte ihr gute Seiten abzugewinnen, nur schlechte. Die Menschen, die gezwungen waren, Heim und Hof zu verlassen, waren ihnen zumeist feindselig gegenübergetreten. Beinahe schien es, als würden sie den Soldaten die Schuld für Izgards Vormarsch geben. Für Camron war jedoch das Schlimmste, daß seine Männer diese Schuld bereitwillig auf sich nahmen. Sie fühlten sich schuldig, weil sie eine Schlacht überlebt hatten, in der so viele ihrer Kameraden gefallen waren. Camron wußte selbst nicht, wie er damit zurechtkommen sollte, und so ließ er seine Männer in Ruhe.

Die Wahrheit war, daß er nicht wußte, wie er mit *irgend etwas* zurechtkommen sollte. Seit jener Nacht, in der sein Vater ermordet worden war und Izgard sich zum König von Garizon gekrönt hatte, war seine Welt Stück für Stück zusammengebrochen. Mit jedem Tag hatte er ein wenig mehr den Glauben an jene Dinge verloren, die ihm früher alles bedeutet hatten. Inzwischen gab es nichts mehr, dessen er sicher war.

Camron schaute sich nach dem dunkleren Himmel im Osten um, wandte sich dann nach Südosten und fuhr sich mit der Hand durchs Haar. Seien Lippen formten sich zu einem grimmigen Lächeln. Er erinnerte sich an den Tag, als er Ravis von Burano zum ersten Mal in Marcel von Vailings Weinkeller getroffen hatte. Damals hatte es nur Schwarz und Weiß gegeben: Sein Vater war tot, und irgend jemand mußte dafür bezahlen, und Garizon war ein Feind gewesen, den es zu zerschmettern galt. Nun war jedoch nichts mehr so einfach. Sein Vater hatte einundzwanzig Jahre lang davon geträumt, daß sein Sohn eines Tages den Thron von Garizon besteigen würde, was aber wiederum bedeutete, daß die Soldaten Garizons nicht länger seine Feinde, sondern seine Landsleute waren. Camron schüttelte den Kopf. Er wußte nicht, ob er das alles immer noch wollte.

Er wußte nur eines: Ein weiteres Massaker wie am Bekenntnisberg oder am Hakenfluß mußte unter allen Umständen vermieden werden. Darin stimmten er und sein Vater überein. *Endlich* stimmten sie in etwas überein.

Camron fand in diesem Gedanken unerwarteten Trost, stieß sich von den Zinnen ab und machte sich auf den Weg hinunter zu dem eisernen Tor, das zur inneren Burg führte. Er hatte viel zu tun: Die Verteidigung wollte organisiert werden und während er die Granitstufen hinabstieg, betete er, daß ihn die Geister der Vergangenheit lange genug in Ruhe ließen, damit er seine Aufgabe erfüllen konnte.

Emith überprüfte ein letztes Mal, ob die Hintertür verschlossen war, dann folgte er Tessa vors Haus. Es war inzwischen dunkel geworden, und Tessa konnte kaum das Pflaster unter ihren Füßen erkennen. Der zunehmende Mond stand tief am Himmel und gab ein trübes, gelbes Licht ab. Obwohl es nicht kalt war, hatten die Menschen in Emiths Straße die Fenster verriegelt.

Ravis wartete auf der Straße. Er war vor einer Stunde ausgegangen und gerade mit Pferden, Proviant und einigen Utensilien für Emith zurückgekehrt. Als er die beiden sah, nahm er ihnen das Gepäck ab, und innerhalb weniger Minuten war alles verstaut, und sie waren abmarschbereit. So begannen sie ihre Reise nach Burg Bess.

Im Haus zu sprechen, war Tessa schwergefallen, und so hatte sie Emith nur wenig von ihrer Reise zur Insel der Gesalbten berichtet. Allerdings hatte sie ihm gesagt, sie benötige seine Hilfe bei der Herstellung eines Musters, und er solle alles Pergament, Pigmente und Pinsel einpacken, die er finden könne und sich auf eine kleine Reise vorbereiten. Emith schien froh zu sein, etwas zu tun zu haben. Es war nicht seine Art, Fragen zu stellen, und so machte er sich an die Arbeit und hielt nur inne, wenn er im Kopf noch einmal die Liste all der Gegenstände durchging, die er auf keinen Fall vergessen wollte.

Als er zur Auswahl des Pergaments kam, hatte ihn Tessa gebeten, nur das beste mitzunehmen. Sie konnte sich nicht vorstellen, daß Ilfaylen das Muster, mit dem er die Dornenkrone gebunden hatte, auf zweitklassiges Pergament gemalt hatte. Emith besaß noch ein Dutzend Kalbshäute aus seiner Zeit bei Deveric – sie waren zwar ein wenig steif, doch bei der Arbeit würden sie schon wieder weich werden –, und diese legte er in eine Presse, damit sie auf der Reise nicht zerknittern konnten.

In der Stadt herrschte Totenstille. Gelegentlich huschten einsame Gestalten durch die Schatten der Häuser, doch außer der kleinen Reisegruppe ging niemand mitten auf der Straße.

»Die Miliz hat die Tore geschlossen«, erklärte Ravis und führte sein Pferd um den breiten Schatten eines hohen Gebäudes herum. Obwohl er so ruhig wie immer wirkte, wußte Tessa, daß er in Wahrheit ausgesprochen nervös war. Seine rechte Hand lag auf dem Messer. »Es wird ihnen allerdings nicht viel nützen. Diese Stadt ist nie dafür angelegt worden, einer direkten Belagerung zu widerstehen. Ihre Mauern sind alt und in dementsprechend schlechtem Zustand. Sie haben so viele Schwachstellen, daß eine entschlossene Gruppe Straßenmusikanten sie überwinden könnte.

Der Herr hätte schon vor einer Woche hier sein und die alten Festungen in der Umgebung bemannen müssen. Dort hätte er Izgard dann zum Kampf stellen sollen, nicht in Bay'Zell selbst. Wie es allerdings jetzt aussieht, wird Izgard als allererstes eben diese Festungen übernehmen, wenn er hier eintrifft. Ein paar von ihnen werden zwar von der Miliz verteidigt, aber die wird Izgard in kürzester Zeit vertrieben haben. Die meisten der alten Festungen sind ohnehin von den Garizon errichtet worden, also werden seine Ingenieure jeden einzelnen Stein kennen.« Ravis räusperte sich. »Bay'Zell ist eine leichte Beute.«

Tessa blickte zu Emith. Sie sorgte sich darüber, wie Ravis' Worte wohl auf den alten Schreibergehilfen wirken mochten. Sie selbst war an Ravis' kühle, militärische Art gewöhnt, doch der Ort, den er soeben als nicht zu verteidigen charakterisiert hatte, war Emiths Heimat. Emith erwiderte Tessas Blick und lächelte schwach. Dann senkte er wieder den Kopf.

Als Ravis Luft holte, um mit seinen Erklärungen fortzufahren, beschloß Tessa, ihm zuvorzukommen. Sie wollte nicht, daß Emith sich noch mehr aufregte. »Aber die stärkste Festung in mehreren Meilen Umkreis ist doch Burg Bess, stimmt's? Hierac selbst hat sie gebaut, um von dort aus Bay'Zell zu beherrschen.«

Ravis drehte den Kopf und betrachtete Tessa einen Augenblick lang. Dann nickte er und erwiderte: »Ja. Sie ist die beste aller Stadtfestungen. Wenn wir dort sind, werden wir in Sicherheit sein.« Tessa wußte, daß er nicht glaubte, was er sagte, doch er *klang* glaubwürdig, und sie war ihm dankbar dafür.

»Was weißt du über das Kopieren von Manuskripten, Emith?« fragte Tessa und wechselte das Thema, bevor Ravis weiterreden konnte. »Kannten die alten Schreiber noch andere Methoden, um Kopien herzustellen, als einen Durchstich des Originals anzufertigen?«

Emith ritt neben ihr. Er ritt überraschend gut, und sein Pony gehorchte jedem seiner Befehle. »Laßt mich einmal überlegen, Fräulein ... Natürlich gibt es da noch die Bemaßung, die Notizen und Rohentwürfe, aber alles drei als Grundlage für eine Kopie zu verwenden würde wesentlich mehr Zeit beanspruchen, als einen Durchstich anzufertigen.«

Tessa nickte. Da es Ilfaylen nicht einmal gestattet war, Feder und Tinte mit in sein Gemach zu nehmen, kam ohnehin keine Methode in Frage, die irgend etwas mit Schreiben oder Malen zu tun hatte. Vielmehr dachte Tessa an die Frau auf der *Klipper* und wie sich der Puder in ihrem Schleier verfangen hatte. »Was ist mit dem Trockenpulver, Emith?« fragte sie. »Könnte man damit nicht auch ein Muster übertragen?«

Emith stieß ein interessiertes »Hm« aus, dann dachte er eine Weile nach. »Nun, Fräulein, vor langer Zeit könnte das durchaus möglich gewesen sein. Ich habe einmal etwas darüber gelesen. In den alten Zeiten, lange bevor das Kloster auf der Insel der Gesalbten gegründet wurde, bevor die Mystiker aus dem Osten die Schreibkunst nach Westen gebracht haben, hat man gemahlenes Obsidian verwendet, um die Fugen zu füllen, die selbst ein feiner Marderhaarpinsel hinterläßt.«

Tessa nickte aufgeregt. »Und das Obsidian hat man auf gerade erst fertiggestellte Manuskripte aufgetragen?«

»Ja.« Emith warf Tessa einen neugierigen Blick zu.

»Nachdem das Muster eingestreut war, hat man es geschüttelt, damit das Pulver selbst in die kleinsten Ritzen eindringen konnte. Wenn das geschehen war, hat man ein zweites Pergament mit Kasein vorbereitet, damit das Pulver daran kleben bleiben konnte. Dieses neue Pergament hat man dann über das Original gelegt, es einige Zeit angedrückt und schließlich wieder entfernt. Wenn man es richtig machte, befand sich auf dem zweiten Pergament eine exakte Kopie des Originals.«

»Das war das Pulver, das Witwe Furbish für ihre Schnittmuster verwendet hat: Obisidan«, murmelte Tessa. Als sie Emiths verwirrten Blick bemerkte, erklärte sie: »So hat sie ihre Schnittmuster kopiert. Ich habe einmal aus Versehen einen Stapel davon umgestoßen und war über und über mit einem schwarzen Pulver bedeckt. Damals habe ich es für Staub gehalten.« Sie schüttelte den Kopf. »Das Pulver erzeugt ein Negativ auf was auch immer man darauf legt.«

»Staub? Pulver? Wovon redest du eigentlich?« Das war Ravis. Obwohl er einige Schritte vorausgeritten war, konnte man ihn gut verstehen, und Tessa fiel nun auf, daß er ihrem Gespräch aufmerksam gefolgt war.

Sie atmete tief durch und richtete sich im Sattel auf. »Ich glaube, Ilfaylen hat doch eine Kopie des Musters angefertigt, und ich glaube, er hat das Trockenpulver dazu verwendet.«

Ravis stieß ein unverbindliches Geräusch aus. Er zog die Zügel an, und als sein Pferd daraufhin langsamer wurde, ritt er in den dunklen Hof zwischen zwei Gebäuden. Tessas Pony folgte dem Beispiel seiner Stute, ohne dazu aufgefordert zu werden.

»Erinnerst du dich an die Frau auf der *Klipper*?« fragte Tessa. »Die mit dem Schleier?«

Ravis drehte sich um und warf Tessa ein Lächeln zu. »Nein.«

Tessa spürte, wie ihr das Blut in die Wangen stieg. Sie konnte nicht anders, als das Lächeln zu erwidern. »Nun, da *war* aber eine Frau mit einem Schleier an Bord der *Klipper*. Sie hatte sich das Gesicht stark gepudert, und wenn sich der Schleier bewegte, blieb ein Teil des Puders daran hängen. Auf dem Schiff habe ich nicht weiter darüber nachgedacht, später allerdings schon. Es erinnerte mich an den Morgen, als ich mich mit dir auf der Parso-Brücke getroffen habe und über und über mit Pulver bedeckt war. Witwe Furbish hat dieses Pulver benutzt, um Kopien ihrer Schnittmuster anzufertigen – das hatte nichts mit Bemessen, Schreiben, Zeichnen oder Durchstechen zu tun. Man braucht nur dieses Pulver, um ein Bild von einem Pergament auf ein anderes zu übertragen.«

»Aber hat Avaccus nicht gesagt, Ilfaylen sei jeden Abend durchsucht worden? Hiercas Männer hätten ein zweites Pergament doch sicherlich entdeckt.«

Tessa blickte zu Emith, der noch immer verwirrt dreinschaute. Offenbar verstand er nach wie vor nicht, worum es hier ging, doch er war zu höflich, um Fragen zu stellen. Tessa würde ihm später von Avaccus und Ilfaylen erzählen. Ihm jetzt alles zu berichten würde ihm nur noch mehr Leid bereiten: Ein weiterer Mensch, den er kannte und liebte, war gestorben. Tessa wollte ihn berühren, doch da sie wußte, daß er nur vor ihr zurückzucken würde, tätschelte sie statt dessen ihrem Pony den Hals.

An Ravis gewandt, sagte sie: »Was wäre, wenn Ilfaylen kein Pergament für die Kopie benutzt hätte? Was wäre, wenn er etwas benutzt hätte, das den Wachen nie im Leben aufgefallen wäre?«

»Wie zum Beispiel?«

»Erinnerst du dich daran, was Moldercay über Ilfaylen gesagt hat? Am Tag, da er das Muster fertigstellte, wurde Ilfaylen krank und verlangte nach einem Schal. Was wäre, wenn er den Schal anstelle von Pergament verwendet und das Muster auf den Stoff übertragen hätte? Das hätte doch funktioniert, oder, Emith?«

»Ja, Fräulein«, antwortete Emith mit einem Hauch von Eifer in der Stimme. »Vorausgesetzt der Schal ist vorher mit Kasein präpariert und anschließend mit großer Sorgfalt behandelt worden. Das ein oder andere Detail könnte auf diese Art vielleicht verlorengehen, doch der größte Teil wäre durchaus zu identifizieren.«

Tessa mußte gegen das Verlangen ankämpfen, sich zu ihm zu beugen und ihn zu küssen. »Ja, das habe ich mir auch gedacht. Vielleicht hat Ilfaylen nach dem Schal gefragt, ihn den ganzen Tag über getragen, ihn schließlich benutzt, um das Muster zu kopieren, kurz bevor es getrocknet war, und nachdem er fertig war, hat er ihn unter dem Vorwand, ihm sei zu heiß, aus dem Scriptorium gebracht.«

»Was ist mit dem Pulver?« fragte Ravis. »Wie hätte er das hineinschmuggeln sollen?«

Darauf war Tessa vorbereitet. »Er mußte es nicht schmuggeln. Es ist ein feines schwarzes Pulver … Ilfaylen hätte es als Pigment ausgeben können. Er benötigte nur fünf ungestörte Minuten, um das Pulver aufzutragen und damit eine Kopie anzufertigen. Selbst Avaccus hat gesagt, man hätte Ilfaylen während des Schreibens ein gewisses Maß an Privatsphäre gewährt.«

Während sie sprach, führte Tessa ihr Pony ein paar Stufen hinauf, die zur Stadtmauer führten. Trotz der negativen Bemerkungen, die Ravis vorhin gemacht hatte, wirkte Bay'Zells Stadtmauer auf sie undurchdringlich und einschüchternd genug. Allerdings verschwendete sie keinen Gedanken daran, wie sie dort hindurchkommen sollten. Sicherlich kannte Ravis entweder den Torwächter, der ihm einen Gefallen schuldete, oder einer seiner vielen Bekannten würde sie zu einem geheimen Ausfalltor führen. Ein Lächeln zeichnete sich auf ihrem Gesicht ab. Ravis' Art, die Dinge zu handhaben, gefiel ihr immer mehr.

»Wie kannst du dessen so sicher sein?« Ravis' Stimme wurde immer leiser, je mehr sie sich der Mauer näherten. »Wer weiß schon, ob Ilfaylens Schal nicht einfach nur das war: ein Schal, mit dem er sich seine alten Schultern wärmte?«

Tessa winkte ungeduldig ab. Es fügten sich immer neue Einzelheiten zu ihrer Theorie. »Moldercay hat etwas gesagt, das mich zum Nachdenken gebracht hat. Zunächst habe ich es für einen Irrtum, ein Mißverständnis gehalten, doch es ließ mich nicht mehr in Ruhe. Und in der Nacht, als du und ich ...« Tessa hielt inne und blickte zu Emith »... als du und ich unser Gespräch auf der *Klipper* beendeten, ist es mir wieder eingefallen. Ich habe sogar davon geträumt. Moldercay hat gesagt, das Pergament sei gebleicht, gesäubert, bemalt, lasiert und *dann* eingestreut worden.«

Emith blickte auf. Er wußte sofort, wovon Tessa sprach. »Das Pergament wird immer *zuerst* eingestreut, Fräulein. So bereitet man es vor, damit es die Farbe besser aufnehmen kann. Wenn man es erst hinterher machen würde, würde man die Farbe wieder abreiben.«

»Genau«, bestätigte Tessa. »Das ist es. Ich glaube, Ilfaylen hat seinem Gehilfen die Reihenfolge der Vorbereitungen persönlich diktiert. Jeder, der anschließend das Manuskript las, hat es vermutlich einfach für einen Fehler gehalten. Doch wenn jemand *bewußt* nach einem Hinweis auf die Illiumination sucht ... dann ist es ein Wink mit dem Zaunpfahl. Ilfaylen hat sogar Sorge dafür getragen, daß sein Gehilfe keine Lügen darüber verbreitete, was geschehen war. In den Aufzeichnungen des Schreibers steht nichts als die reine Wahrheit: Das Muster *ist* erst hinterher eingestreut worden. Es ist mit einem feinen Trockenpulver überzogen worden« – Tessa lächelte sanft in Emiths Richtung – »und, Emith, du bist derjenige gewesen, der mich gelehrt hat, daß man jedes fein gemahlene Pulver als Trockenpulver bezeichnet.«

Emith erwiderte das Lächeln. »Ja, Fräulein. Ich glaube, das war ich.«

Wie er sie so anlächelte, spürte Tessa einen Kloß im Hals. Er hatte soviel verloren, und doch war er hier an ihrer Seite, sprach ihr Mut zu und half ihr nach besten Kräften. Sie verdiente seine Zuneigung und Fürsorge nicht.

»Nun denn«, sagte Ravis und brachte sein Pferd zum Stehen. »Nehmen wir einmal an, du hast recht, und Ilfaylen hat in der Tat eine Kopie der Illumination angefertigt. Was hat er mit ihr gemacht?«

»Er ist nach Burg Bess gezogen, wo er anhand des Abdrucks auf dem Schal eine richtige Kopie gezeichnet hat.«

Ravis stieß einen leisen Pfiff aus. »Du hast wohl an alles gedacht.«

Tessa neigte den Kopf zur Seite. »Ich tue mein Bestes.«

Ravis neigte ebenfalls den Kopf und sagte: »Das würde zumindest erklären, warum Ilfaylen seinen Gehilfen trotz seines schlechten Zustands in die Stadt hinausgeschickt hat. Er wollte nicht, daß der Mann davon erfuhr.«

Tessa nickte. »Ich glaube, Ilfaylen hat diese ganze Krankheit nur erfunden. Wie du schon gesagt hast, verschaffte ihm das Ruhe, aber auch Zeit. Er wußte, daß er auf der Insel der Gesalbten niemals Gelegenheit bekommen würde, die Kopie anzufertigen, und so hat er unter einem Vorwand in Bay'Zell haltgemacht.«

»Während er das Original noch immer frisch im Kopf hatte.« Emith brachte sein Pony ebenfalls abrupt zum Stehen. »Den Entwurf eines Musters nachzuarbeiten ist eine Sache, aber solange man sich nicht genau an die Farben des Originals erinnern kann, darf man nicht erwarten, eine exakte Kopie herstellen zu können.«

Tessa kamen Avaccus' Worte wieder in den Sinn: *Emith ist ein bescheidener Mann; das darfst du niemals vergessen. Wäre seine Bescheidenheit nicht gewesen, wäre vermutlich ein großer Schreiber aus ihm geworden.* »Ja«, sagte sie laut. »Daran hatte ich noch gar nicht gedacht.«

Emith senkte den Blick. »Früher oder später wäre es Euch sicherlich eingefallen, Fräulein.«

Ravis schwang sich aus dem Sattel und landete mit einem leisen Klatschen auf der nackten Erde neben der Mauer. »Wo, glaubst du, ist dieses Muster jetzt? Hat Ilfaylen es mit auf die Insel der Gesalbten genommen? Hat er es irgend jemandem zur Aufbewahrung gegeben oder hat er es einfach vergraben?«

Ravis' Beispiel folgend, stieg Tessa vom Pferd, doch als sie mit den Füßen den Boden berührte, ließen ihre Beine sie im Stich. Innerlich fluchend preßte sie die Knie aneinander und hoffte, daß Ravis ihren Schwächeanfall nicht bemerkt hatte. Ein paarmal atmete sie vorsichtig aus und ein, um wieder zur Ruhe zu kommen, dann sagte sie: »Ich glaube nicht, daß Ilfaylen das Muster auf die Insel der Gesalbten gebracht hat. Wenn es dort gefunden worden wäre, hätten die Heiligen Väter es vernichtet. Nein. Ich glaube, er hat das Pergament an einem anderen Ort zur Aufbewahrung zurückgelassen.«

»Auf Burg Bess?« Ravis nahm ihr die Zügel des Ponys aus der Hand, wobei es ihm gelang, ihr beiläufig mit der Hand über die Wange zu streichen. Kurz trafen sich ihre Blicke, und Tessa wußte, daß ihm der Schwächeanfall keineswegs entgangen war.

»Vielleicht«, antwortete sie und trat von ihm zurück, als sie merkte, daß Emith sich von hinten näherte. »Falls nicht, dann könnten wir dort zumindest einen Hinweis auf seinen Verbleib finden, irgendeine Aufzeichnung über Ilfaylens Aufenthalt dort. Welche Besucher er empfangen hat, was er seinen Dienern befohlen hat, so etwas eben. *Irgend* etwas.«

Tessa spürte, wie eine weitere Hand sie von hinten berührte. Diesmal war es Emith, der ihr den verrutschten Umhang wieder fürsorglich um die Schultern legte. Konnte sie vor diesen beiden denn gar nichts verbergen?

Mit zwei Paar Zügeln in der Hand begann Ravis den künstlich aufgeschütteten Erdwall zur Mauer hinaufzusteigen. »Paßt auf, wo ihr hintretet«, warnte er. »Hier liegen überall lose Steine und aller möglicher Abfall herum.«

Tessa war froh, daß sie beide Hände frei hatte. Denn nun traten sie in den Mauerschatten, und außer dem Funkeln des Pferdegeschirrs und dem gelegentlichen Aufblitzen von Ravis' Messer war kaum etwas zu sehen. Die Luft war feucht und roch faulig, und je näher sie der Mauer kamen, desto schlimmer wurde der Gestank, so daß Tessa schließlich das Gefühl hatte, durch einen Abwasserkanal zu gehen.

Vor ihnen erschien eine Öffnung in der Mauer. Zuerst glaubte Tessa, es handele sich nur um einen schmalen Spalt, doch als sie näherkam, erkannte sie, daß an dieser Stelle ein beachtlicher Teil der Mauer schlicht fehlte. Steinquader lagen rechts und links der Öffnung und ragten aus dem Mauerwerk. Während die Mauer von Moos und gelegentlich auch von Schimmel überzogen war, war die Bruchstelle vollkommen sauber.

Tessa blickte über die Schulter zurück zu Emith. Zufrieden, daß er außer Hörweite war, drehte sie sich wieder zu Ravis um und flüsterte: »Das ist nicht eine der eingefallenen Stellen, von denen du vorhin gesprochen hast. Die Innenseite der Bruchstelle ist dafür zu sauber. Ich vermute, daß die Öffnung frühestens dieses Frühjahr entstanden ist.«

Im Mondlicht, das durch die Lücke schien, sah Tessa, wie Ravis begann, auf der Narbe zu kauen. »Dir entgeht wohl kein Detail?«

Tessa blinzelte. Sein scharfer Tonfall überraschte sie, aber als sie ihm in die Augen sah, begann sie zu verstehen. »*Du* hast das hier getan?«

Ravis warf einen raschen Blick zurück zu Emith. Dann flüsterte er Tessa ins Ohr: »Ja. Ich habe befohlen, daß die Mauer an dieser und noch einigen anderen, ähnlichen Stellen zerstört werden soll.« Bevor sie reagieren konnte, holte er tief Luft und fuhr fort: »Vergiß niemals, daß ich ein Söldner bin, Tessa. Drei Jahre lang stand ich in Izgards Diensten. Es war meine Aufgabe, alle seine Wünsche zu erfüllen. Als Izgard nach zusätzlichen Soldaten verlangte, bin ich nach Bay'Zell gekommen, um in seinem Namen Männer zu rekrutieren. Als Izgard dann später andeutete, er plane, die Stadt zu erobern, habe ich die notwendigen Maßnahmen ergriffen, um ihm Zugang zu verschaffen.«

Tessa öffnete den Mund, doch ihr fehlten die Worte. Sie konnte ihm nicht länger in die Augen blicken, also senkte sie den Blick und starrte statt dessen auf das wütende rote Fleisch seiner Narbe.

Ravis packte ihr Kinn und zwang sie, ihn wieder anzusehen. »Ich habe dir nie etwas vorgemacht, was meine Arbeit betrifft. Niemals. Man bezahlt mich für eine Aufgabe – egal wer –, und ich erfülle diese Aufgabe, so gut ich kann. Für mich gibt es weder richtig noch falsch, nur Befehle, Aufträge und Gold.« Als er sah, daß Emith sich mit seinem Pony näherte, ließ er Tessa wieder los. »Das darfst du niemals vergessen.«

Tessa machte keinerlei Anstalten, vor ihm zurückzuweichen. Emith blieb kurz stehen, um nach dem Halfter seines Tieres zu sehen. Tessa legte die Hand ans Kinn und fragte: »Was hast du sonst noch in Izgards Namen in Bay'Zell getan?«

Ravis zuckte mit den Schultern. »Dies und das. Ich habe Izgard sämtliche Pläne der Befestigungen besorgt und dafür gesorgt, daß die wichtigsten Brücken so weit beschädigt wurden, daß eine Kriegsmaschine sie mit einem einzigen Schuß zum Einsturz bringen kann. Außerdem habe ich die Mauerwachen zu regelmäßigem Trinken animiert und dafür Sorge getragen, daß die Stadt in den vergangenen Jahren nur zweit- und drittklassige Waffen und Rüstungen eingekauft hat: Die Bögen der Miliz sind leicht zerbrechlich, und ihre Pfeilschäfte bestehen aus Ulmen- und nicht aus Birken- oder Eschenholz.« Ravis hob die Hand. »Willst du, daß ich weiterrede?«

Tessa schüttelte den Kopf. Emith war noch mit seinem Pony beschäftigt, und inzwischen hatte sie den Eindruck, daß er sich nur so viel um das Tier kümmerte, weil er sie und Ravis nicht stören wollte. Plötzlich fühlte sie sich unendlich müde, und da sie nicht wußte, warum Ravis unbedingt wollte, daß sie das Schlimmste über ihn erfuhr, deutete sie mit einer Kopfbewegung auf Burg Bess. »Dann ist das hier also nur ein weiterer Auftrag für dich. Wirst du wieder in Gold bezahlt?«

Ravis' ganze Bitterkeit zeigte sich in einem breiten Lächeln, das sich über sein gesamtes Gesicht zog. »Ich bin ein geborener Kämpfer, also kämpfe ich. Das hier ist nur eine weitere Schlacht.« Einen Augenblick lang hielt er Tessas Blick stand, dann drehte er sich um und führte die Pferde durch die Öffnung.

Nach kurzem Zögern folgte ihm Tessa. Genau wie vorhin, als er Emith gesagt hatte, sie würden in Burg Bess in Sicherheit sein, so glaubte sie Ravis auch diesmal kein Wort. Was er sagte, klang wie die Wahrheit, nur daß es gelogen war. Ravis wußte das nur noch nicht.

In den Salzmarschen südöstlich von Burg Bess, dort wo der Boden von Tausenden kleiner Kanäle durchzogen war, die sich bei Flut füllten, und wo die Strandläufer sich jedes Frühjahr sammelten, um Insekten und Krabben zu jagen, ritten vierzig Männer in vollem Galopp.

Es war dunkel, doch das Land war flach und ohne Hindernisse, so daß sie keine Gefahr für ihre Pferde fürchten mußten. Die Pferde selbst hätten wohl aus einem anderen Grund nervös sein können, aber man hatte ihnen mit Pinienöl getränkte Tücher um die Nüstern gebunden, damit sie der veränderte Geruch ihrer Reiter nicht so bald beunruhigen würde wie das veränderte Gewicht.

Die Reiter nahmen schnell an Masse zu. Sie saugten die Nacht auf wie Löschpapier die Tinte. Ihre Muskeln schwollen an; die Haut spannte sich, und die Knochen wurden dicker und hart wie Panzerplatten. Ihre Zähne wuchsen; die Zungen schwollen an, und die Kiefer veränderten ihre Lage mit dumpfem Knacken. Blut rann einem Mann aus der Nase, und aus dem Ohr eines anderen floß eine klare Flüssigkeit. Alle Körper veränderten sich: fließende Schatten, die im Sonnenuntergang länger wurden und bisweilen an Hunde erinnerten, die sich aus einem Sack zu befreien versuchten.

Die Augen wurden trübe. Die Farbe floß aus der Iris wie Wein aus einem Glas. Speichel sammelte sich zwischen den Zähnen, und jede Bewegung des Kiefers wurde zu einem Schmatzen. Sie schluckten oft in dem Versuch, den überschüssigen Speichel loszuwerden.

Die Reiter sammelten sich, wurden dichter. Sie *entstanden.*

Gedanken und Wünsche verließen sie so schweigend und unauffällig wie Schweiß den Körper. Sie streiften ihre Namen ab. Hätten sie irgend etwas gespürt, dann wäre es eine goldene Wärme tief in ihrem Bauch gewesen. Wenn sie Erinnerungen zurückbehielten, dann nur solche an den Mutterleib.

Langsam, während ihre Pferde sie zunächst nach Westen und dann nach Norden trugen, veränderten sich Gestalt und Bedeutung von Fleisch, Knochen und Gedanken. Ihr Geist bekam ein Ziel und ihre Augen eine goldene Farbe.

Die Dornenkrone sang für sie. Sie formte und schuf, bildete Sinn, Zweck und Macht. Während die Reiter den Kanälen zu den Toren von Burg Bess folgten, hörten sie auf, Männer zu sein, und wurden *die Anderen.* Nun waren sie die Kreaturen der Krone. Und als die Pferde schließlich doch vor der Veränderung erschraken und sie gezwungen waren, die Tiere zurückzulassen und zu Fuß weiterzugehen, trug sie die Dornenkrone weiter, tiefer … Die Dornen zerfetzten den letzten Rest ihres alten Selbst und schufen etwas Neues.

Die Pferde schrien, stiegen und galoppierten auf demselben Weg zurück, den sie gekommen waren. Geisterkrabben huschten aus ihren Tümpeln, und Bärenspinner ließen sich auf Felsen nieder. Der Mond verschwand hinter einer Wolkenbank, doch den Kreaturen der Krone machte das nichts aus. Durch ihre Augen betrachtet, war die Dunkelheit so hell wie der Tag.

Kapitel sechzehn

»Und dieser Schreiber Ilfaylen hat sich hier in Burg Bess aufgehalten?« Camron beugte sich in seinem Stuhl vor.

»Ja«, erwiderte Tessa. »Laut Moldercay hat Ilfaylen hier eine Woche verbracht, um sich von seiner Krankheit zu erholen.«

Camron gab ein leises »Hm« von sich und stand auf. Während er durch die Küche schritt, fiel der Schein des Herdfeuers auf sein Gesicht, was Ravis zum ersten Mal seit ihrer Ankunft auf Burg Bess Gelegenheit gab, ihn eingehend zu mustern.

Camron wirkte zehn Jahre älter als bei ihrer letzten Begegnung. Auf der Wange hatte er eine Narbe, und eine zweite durchschnitt seinen Kiefer. Die Haut unter den Augen war dunkel, und seine Wangen wirkten hohl. Auf der Stirn und um den Mund hatten sich Falten herausgebildet. Seine Augen leuchteten noch immer, doch es war ein anderes Leuchten als früher. Die unterschwellige Arroganz war verschwunden, und obwohl Ravis nicht sagen konnte, was an ihre Stelle getreten war, so doch soviel, daß es Camron wie einen Verhungernden erscheinen ließ.

Ravis verschwendete keine Zeit damit, sich zu fragen, wie und warum sich Camron verändert hatte. Der Krieg konnte vieles aus einem Menschen machen.

Am Herd angekommen, drehte Camron sich wieder zu Tessa um. Das einzige Geräusch im Raum war das Knistern der Scheite im Feuer. Tessa hatte Camron und

Emith gerade von ihrer Reise zur Insel der Gesalbten berichtet. Sie hatte von ihrem Ring gesprochen und von seiner Verbindung zur Krone. Sie hatte erklärt, was sie waren, woher sie stammten und zu welchem Zweck die Krone geschmiedet worden war. Sie hatte ihnen erzählt, wie die Krone an diese Welt gebunden worden war und daß sie in zwei Tagen ihren fünfhundertsten Jahrestag feiern würde. Wie jeder auf dieser Welt, so wußten auch Camron und Emith, daß alle bösen Dinge mit fünf gezählt wurden.

Seltsamerweise akzeptierten die beiden Männer Tessas Erzählung über verschiedene Welten und ihre Entstehung nach der Großen Spaltung, als wäre es das Selbstverständlichste von der Welt. *Vielleicht sind sie einfach nur müde,* dachte Ravis. *Oder vielleicht finden sie in ihrem Leid auch Trost in Erzählungen von fremden Welten und anderen Menschen.* Ravis zuckte mit den Schultern und wandte die Aufmerksamkeit wieder seiner Umgebung zu. Derartige Spekulationen waren nichts für ihn.

Dem sauberen Zustand der Küche nach zu urteilen, befanden sich Camron und seine Männer nicht länger als ein, zwei Tage auf der Burg. Soldaten hatten nur wenig Sinn für Sauberkeit, und bei der erstbesten Gelegenheit verwandelten sie eine Küche für gewöhnlich in einen Schweinestall. Der Boden wäre in diesem Fall mit Hühnerknochen bedeckt, der Eßtisch von Kräutern übersät, für die ein Soldat keine Verwendung hat, und überall würden Essensreste ganze Heerscharen von Fliegen anlocken.

In einer Ecke der Küche, nahe der Tür zum Innenhof, lagen einige ungeöffnete Kisten und Getreidesäcke. Als Ravis sie sah, nickte er anerkennend. Man hatte frische Vorräte aus der Stadt beschafft. Das war gut.

»Ein berühmter Schreiber ist *in der Tat* einmal hier

gewesen«, sagte Camron und riß Ravis aus seinen Gedanken. »Das ist nun schon viele hundert Jahre her, glaube ich. Aber ob sein Name Ilfaylen lautete, das weiß ich nicht.«

Tessa nickte kaum merklich und verschränkte die Finger. »Besitzt du Aufzeichnungen, die so weit zurückreichen? Verwaltungs- oder Tagebücher?«

Camron dachte einen Augenblick lang nach, dann schüttelte er den Kopf. »Nein. Ich glaube nicht, daß es hier irgendwo etwas gibt, das so weit zurückreicht. Jedenfalls nichts Schriftliches.«

Tessa runzelte die Stirn und lehnte sich in ihrem Stuhl zurück. Sie hatte die Hände zu Fäusten geballt, und ihr Gesichtsausdruck verriet Ravis, daß sie tief in Gedanken versunken war. Während ihre Aufmerksamkeit abgelenkt war, nutzte er die Gelegenheit, das Heben und Senken ihrer Brust zu beobachten, um sich zu vergewissern, daß sie sich von dem anstrengenden Ritt wieder ein wenig erholt hatte.

Die Reise nach Burg Bess hatte drei Stunden gedauert. Zunächst hatte Ravis sich sowohl um Tessa als auch um Emith gesorgt, doch als er gesehen hatte, wie gut Emith mit dem Pferd und dem kalten Wind zurechtkam, hatte er all seine Aufmerksamkeit Tessa gewidmet. Da er nicht wollte, daß sie seine Sorge bemerkte, war er die meiste Zeit einfach nur neben ihr geritten, um ihr so zumindest als Windschutz zu dienen. Gleichzeitig war er jederzeit darauf vorbereitet gewesen, die Zügel ihres Ponys zu ergreifen, um das Tier notfalls durch die Dünen und über die Felsen zu leiten, die zur Burg hinaufführten.

Bei ihrer Ankunft in der Festung hatte Tessa sich nur noch mit Mühe im Sattel halten können. Deutlich hörte Ravis jeden ihrer Atemzüge. Zwar hatte sie sich wieder erholt, doch Ravis wußte nicht, was der nächste Tag bringen würde.

Er blickte zu Camron. Schon bald würde er mit ihm unter vier Augen sprechen müssen. Von dem Augenblick an, da sie das Burgtor durchschritten hatten, hatte Ravis gewußt, daß Camron nur wenige Männer zur Verfügung standen. Es hatte so lange gedauert, bis das Fallgatter hochgezogen war, daß höchstens ein Mann am Seilzug gestanden haben konnte. Außerdem war der komplette Nordflügel nicht beleuchtet, und obwohl ihre kleine Gruppe zweimal angerufen worden war – einmal am Haupttor und ein zweites mal bei der Überquerung des äußeren Hofes –, waren es beide Male nur einzelne Wachen gewesen. Ravis mußte wissen, wieviel Männer hier waren, welche Waffen sie mit sich führten und worin sie ausgebildet waren.

Auch mußte er erfahren, wann Izgard und seine Armee vermutlich in Bay'Zell eintreffen würden.

All diese Gedanken schob er jedoch vorläufig beiseite. Tessa hatte ihn vorhin ermahnt, in Gegenwart von Emith nicht über solche Dinge zu sprechen, und obwohl Ravis seine Zunge ansonsten nie im Zaum hielt, hatte er beschlossen, es diesmal doch zu tun. Für Tessa.

Als wüßte sie, daß er an sie dachte, hob Tessa unvermittelt den Kopf und blickte ihn an. Ihre Augen waren rot von Schlafmangel und ihre Haut blaß, doch für Ravis sah sie wunderschön aus. Zwar besaß sie nicht Violante von Arazzos perfekte Gesichtszüge und auch nicht deren glänzendes Haar, doch ihre Wangen strahlten eine unwiderstehliche Weichheit aus, die in ihm den Wunsch erweckte, die Hand auszustrecken und sie zu berühren.

Ravis schüttelte den Kopf über seine eigene Torheit und ermahnte Tessa: »Du solltest ein wenig schlafen.« Und dann an Emith gewandt: »Das solltet ihr beide.«

Tessa schüttelte bereits den Kopf, noch bevor Ravis zu Ende gesprochen hatte. »Ich kann jetzt nicht schlafen. Wir haben keine Zeit. Ich muß herausfinden, was Ilfaylen mit der Kopie des Musters gemacht hat.« Sie blickte von Ravis zu Camron. »Ich glaube, der Ring hat mich nach Bay'Zell gebracht, weil hier die Antwort verborgen ist – irgendwo in der Stadt, hier in dieser Festung oder dem umliegenden Land. Wir wissen, daß Ilfaylen einen entsprechenden Hinweis im Tagebuch seines Gehilfen hinterlassen hat; also können wir wohl ruhig davon ausgehen, daß er noch weitere solche Hinweise entweder hier in Bay'Zell oder auf der Insel der Gesalbten verborgen hat. Er *wollte*, daß die Kopie gefunden wird. Nicht zu seinen Lebzeiten und vermutlich auch nicht in den folgenden hundert Jahren, aber er hoffte, daß irgendwann in der Zukunft jemand kommen und herausfinden würde, was die Dornenkrone ist und was er ihr angetan hat, und daß dieser jemand die Krone wieder dorthin zurückbringen würde, wo sie hingehört. Er hat darauf vertraut, daß der Hinweis im Tagebuch seines Gehilfen entdeckt werden würde.«

»Laut Moldercay war der Reisebericht schwer beschädigt«, bemerkte Ravis und strich mit dem Finger über den Rand seines Bechers. »Was ist, wenn die anderen Hinweise schon vor langer Zeit zerstört worden sind?«

Die Art, wie Tessa auf diese Bemerkung reagierte, ließ Ravis schmunzeln. »Ja, ja«, antwortete sie. »Das ist natürlich sehr wahrscheinlich. Aber ich glaube nicht, daß Ilfaylen die Hinweise nur auf eine einzige Quelle beschränkt hat. Dafür war er ein viel zu umsichtiger Mensch. Es muß ihm klar gewesen sein, daß die Aufzeichnungen seines Gehilfen vielleicht verlorengehen oder zerstört werden könnten.« Sie beugte sich über den Tisch. »Ein Mann, der sein ganzes Leben dem Entwurf und der Anfertigung von Illuminationen gewidmet hat, hat sich sicherlich die Zeit genommen, jede Einzelheit seines Plans genau zu überdenken.«

Emith nickte bei jedem Wort. Von den vieren, die sich

um den großen Pinienholztisch versammelt hatten, war er der Blasseste und Ruhigste. Während Tessas Bericht hatte er nicht ein einziges Mal das Wort ergriffen, und obwohl Tessa nichts von Avaccus' Tod erwähnt hatte, glaubte Ravis, daß der alte Schreibergehilfe die Wahrheit zumindest ahnte. Er war ein ruhiger Mensch, der sehr empfänglich für Stimmungswandlungen im Verhalten seiner Mitmenschen war. Als Tessa die Ereignisse in der Käsehöhle mit einem kurzen ›Es ist etwas geschehen, und wir mußten gehen‹ abgetan hatte, war ihm sicher nicht entgangen, daß ihr Lächeln erzwungen gewesen war. Auf jeden Fall jedoch hatte er ihr Schaudern bemerkt, denn er war sofort herbeigeeilt und hatte ihr seinen Umhang angeboten.

Emith räusperte sich höflich; dann sagte er: »Ich glaube, Ihr habt recht, Fräulein. Ich habe in meinem Leben schon viele Schreiber kennengelernt, und allesamt haben sie noch im Schlaf jede Einzelheit geplant. Schreiber sind ausgesprochen sorgfältige Menschen.«

Tessa rieb sich mit der Hand über die Schläfen. Auf ihrem Handteller war deutlich die daumengroße Verbrennung zu sehen, die von ihrem Kampf gegen die Hetzer im Tal der gebrochenen Steine stammte. Ravis gefiel der Anblick ganz und gar nicht und noch weniger die Erinnerung an die Tat, die die Verletzung verursacht hatte. Das Anfertigen eines Musters zur Befreiung der Dornenkrone war ein ausgesprochen gefährliches Unterfangen. Izgard und sein Schreiber würden Tessa nicht einfach tatenlos dabei zusehen. Ravis kannte Izgard. Er wußte, daß der König von Garizon sich nicht nur damit zufriedengeben würde, die Dornenkrone zu verteidigen. Er würde jedermann niederstrecken, der versuchte, sie ihm zu stehlen.

»Wir könnten die Festung durchsuchen«, schlug Tessa vor. »Vielleicht ist hier irgendwo etwas versteckt.«

Camron winkte ab. »Es würde Tage dauern, Burg Bess von oben bis unten zu durchsuchen. Allein die Keller sind riesengroß. Sie bilden ein eigenes Stockwerk. Und unter ihnen befindet sich ein Labyrinth aus Tunneln, Katakomben und natürlichen Höhlen.« Er lächelte – es war sein erstes Lächeln, seit sie ihn auf dem Hof getroffen hatten. »Als Junge habe ich mich dort unten einmal verlaufen. Mein Vater hat einen halben Tag gebraucht, um mich zu finden.»

»Es war ohnehin keine gute Idee, denn du kannst keine Männer für eine solche Aufgabe entbehren.« Wieder einmal war Ravis davon überrascht, was für eine gute Beobachterin Tessa war. Er war also nicht der einzige, der Camrons Mangel an Männern bemerkt hatte.

Camron blickte zu Ravis. Er trat an ein Küchenregal, nahm eine weitere Flasche Berriac herunter und brach das Siegel. Wortlos ging er um den Tisch herum und füllte jeden Becher auf. Während er ihn beobachtete, dachte Ravis, daß Camron vor ungefähr einem Monat noch nicht einmal daran gedacht hatte, seine Gäste eigenhändig zu bewirten. Damals hätte er erwartet, daß Tessa als Frau oder Emith, der einfache Schreibergehilfe, ihm diese Aufgabe abnähme. Nun jedoch tat er es wie selbstverständlich.

Nachdem alle Becher gefüllt waren, wandte sich Camron an Tessa. »Izgard könnte schon morgen früh hier eintreffen. Wenn dieses Muster so wichtig ist, wie du sagst, dann muß es bald gefunden werden, und zwar bevor die Festung überrannt wird.«

Er setzte sich und drehte den Stuhl zu Tessa und Emith. »Bitte, versteht mich richtig«, sagte er und blickte beiden nacheinander in die Augen. »Ich will euch keine Angst machen, aber wir haben in der Tat nur wenig Zeit. Burg Bess ist die stärkste Festung in Nord-Rhaize, doch Izgard ist im Besitz ihrer Pläne. Er kennt ihre Schwachstellen, und selbst wenn dem nicht so wäre, rückt er mit einer derart großen Streitmacht an, daß wir ihn höchstens einen halben Tag lang aufhalten können. Wie es aussieht, kann ich bestenfalls zwei Männer entbehren, um euch von hier fort und in Sicherheit zu bringen. Nicht nach Bay'Zell – die Tage der Stadt sind gezählt –, sondern tiefer ins Landesinnere, nach Runzy. Von dort aus könntet ihr dann nach Süden oder Westen gehen. In der Zwischenzeit werde ich in der Stadt und hier nach dem Muster suchen, und wenn ich es finde, werde ich es sofort zu euch bringen. Das verspreche ich euch beim Namen meines Vaters.«

Ravis stellte verblüfft fest, daß sich Camron noch weit mehr verändert hatte, als er zunächst angenommen hatte. Für jemanden, der beabsichtigte, vielleicht schon morgen eine Festung mit höchstens zwei Dutzend Männern – wie Ravis vermutete – zu verteidigen, war sein Angebot ausgesprochen großzügig. Ravis kaute auf seiner Narbe. Aus irgendeinem Grund erinnerte er sich daran, wie Tessa ihm an Bord der *Klipper* erklärt hatte, Deverics Muster hätten sie irgendwie ›zurückgehalten‹. Vielleicht galt für Camron das gleiche.

Ravis schüttelte den Gedanken ab und blickte zu Tessa. Er wußte, daß sie Camrons Angebot ablehnen würde.

Er wurde nicht enttäuscht. Tessa legte Camron die Hand auf den Arm und sagte: »Ich kann dein Angebot leider nicht annehmen. Mir bleibt keine Wahl in dieser Sache. Ich *muß* das tun. Wenn ich das Muster heute nacht nicht finden kann, dann muß mir eben etwas anderes einfallen. Auf jeden Fall bleibt mir nichts anderes übrig, als hierzubleiben und das Ganze durchzustehen. Es steht viel zuviel auf dem Spiel, und es haben schon viel zu viele Menschen ihr Leben verloren.« Sie drehte sich zu Emith um. »Auch eine Frau, die ich geliebt habe, ist gestorben.«

Emith schaute auf seine Hände hinab. Ein Muskel zuckte an seinem Hals. Nach einem Augenblick des Schweigens sagte er: »Ich kann auch nicht gehen, Fräulein. Ich kann Euch nicht hier zurücklassen – Mutter hätte das nicht gewollt. *Es ist deine Aufgabe, bei Tessa zu bleiben und ihr zu helfen, so gut du kannst,* hat sie mir immer wieder gesagt. Sie hat Euch wirklich sehr geliebt, Fräulein. Wirklich sehr.«

Eine Träne rann Tessa die Wange herab. Sie antwortete nicht.

Camron nickte. »Wenn es das ist, was ihr beide wollt, dann soll es so sein. Ich werde die Angelegenheit nicht weiter erwähnen; trotzdem möchte ich mein Angebot noch ein letztes Mal erneuern: Ich biete euch zwei meiner Männer, die euch vor Izgard in Sicherheit bringen.« Er blickte zuerst zu Tessa und dann zu Emith. Ein paar Augenblicke vergingen. Im Herd knackte ein splitternder Scheit. Dann nickten sie alle zugleich.

Während Ravis die drei Menschen beobachtete, wie sie einander gegenübersaßen, und nachdem er Camrons selbstloses Angebot gehört hatte, empfand er einen Hauch von Eifersucht. Er wollte nicht wieder zum Außenseiter werden. Doch noch während sich dieser Gedanke in seinem Geist formte, bildete sich ein weiterer heraus, der den ersten rasch vertrieb.

»Camron«, sagte Ravis und beugte sich vor, »erinnerst du dich noch an die Nacht, in der wir uns in Marcels Stadthaus getroffen haben? Wir haben über Deverics Illuminationen gesprochen, und du hast gesagt, Marcel hätte dich einen Blick darauf werfen lassen.«

»Ja. Und?«

»Nun, wenn ich mich recht erinnere, hast du damals Ilfaylen erwähnt. Nicht den Namen, aber du hast von einem Schreiber gesprochen, der hier einst eine Zeitlang gewohnt habe und dem Burgherrn aus Dank ein Muster hinterlassen hätte. Du hast gesagt, das Bild hinge im Arbeitszimmer deines Vaters.«

Tessa hob den Blick.

Camron nickte. »Ja, ich erinnere mich. Aber das ist nur eine sehr grobe Zeichnung, auf der nichts geschrieben steht.«

»Darf ich sie einmal sehen?« Tessa rutschte mit dem Stuhl vom Tisch weg.

»Sie hängt immer noch im Arbeitszimmer meines Vaters.« Camron sprach die Worte wie eine Warnung. Sein Gesicht war kreidebleich.

Ravis vermutete, daß Camron seit der Mordnacht nicht mehr in jenem Zimmer gewesen war, und so sagte er: »Ich hole sie für dich und ...«

»Nein.« Camron ballte die Faust auf dem Tisch. »Niemand wird diesen Raum betreten außer mir.«

Ravis stand auf. »Laß mich dich wenigstens bis zur Tür begleiten.«

Camron fuhr sich mit der Hand durchs Haar. »Eigentlich hatte ich nicht vorgehabt, so rasch wieder dorthin zurückzukehren.« Seine Stimme klang gedämpft, und er wirkte ein wenig abwesend.

Es folgte ein längeres Schweigen. Schließlich trat Ravis neben Camron und bot ihm die Hand an. Camron ließ sich von ihm aufhelfen, und Seite an Seite verließen sie die Küche.

Ederius hustete Blut. Nicht viel, nur ein paar Tropfen. Sein Tuch lag neben ihm, und dann und wann griff er danach, um es sich vor den Mund zu halten. Er machte sich keine Gedanken darüber, daß es jemand entdecken könnte, denn jeder andere würde es vermutlich nur für einen weiteren farbverschmierten Putzlappen halten.

Das Bluten hatte vor einigen Tagen begonnen. Zunächst

hatte sein Speichel nur einen leicht rosafarbenen Ton angenommen, und es war ihm gelungen, sich einzureden, er sei nur ein wenig wund im Hals. Doch inzwischen war der Speichel von deutlichen roten Fäden durchzogen, und nach jedem Hustenanfall sammelten sich neue Flecken im Tuch. Er war alt – das war es. Er war nicht länger imstande, mit dem Tempo mitzuhalten, das Izgard seit der Schlacht am Hakenfluß angeschlagen hatte.

Allerdings war Ederius inzwischen aufgefallen, daß er besonders viel Blut hustete, wenn er an seinem Schreibtisch saß und malte, und nicht, wenn er in einer Kutsche von Stadt zu Stadt reiste.

Was das bedeutete, gefiel ihm ganz und gar nicht, und er wandte seine Aufmerksamkeit wieder dem Muster zu. Ihm stand nur begrenzte Zeit zur Verfügung, denn Izgard wollte, daß er in spätestens einer Stunde mit seiner Arbeit fertig und abmarschbereit war. Die Armee würde die letzten vier Stunden der Nacht durchmarschieren, um bei Sonnenaufgang die Vorstädte von Bay'Zell zu erreichen.

Ederius plante, sich während der Reise auszuruhen. Izgard hatte vor kurzem befohlen, daß man Ederius' Kutsche mit einem Feldbett ausstatten solle, und den Schreiber ermutigt, die Märsche zum Schlafen zu nutzen. Ederius nahm an, daß er sich durch die Fürsorge des Königs geschmeichelt fühlen sollte, doch er kannte den wahren Grund dafür.

Mit einem Seufzen tauchte er die Feder in die Sepiatinte, die er speziell für Burg Bess vorbereitet hatte. Tintenfischsekret für den Fisch, den man vor der Küste fangen konnte; Topasquartz für die Mineralien, die das granitene Herz der Burg durchzogen und Zinnoberrot für das Blut, das heute dort vergossen werden würde. Es handelte sich um dünnflüssige Farben, leicht zu verarbeiten, und Ederius zog es vor, sie mit Feder oder Stift, anstatt mit dem Pinsel aufzutragen.

Die Illumination war beinahe vollendet. Die Kreaturen waren erschaffen – obwohl Ederius in Wahrheit kaum noch wußte, *was* sie waren –, und sie hatten die äußeren Wälle der Festung erreicht, ohne entdeckt worden zu sein. Lediglich eine Entenkolonie hatte sie gewittert und schnatternd die Flucht ergriffen. Im Augenblick schlichen die Wesen durch die Schatten der Wehrmauer. Nun mußte Ederius nichts weiter tun, als ihnen ein einheitliches Ziel zu geben, dann würde sie nichts mehr aufhalten, bis alles und jeder in der Burg tot war.

Das war der einfachste Teil des Musters gewesen: ein paar Linien, die die Kreaturen umtanzten, sie zu einer Einheit banden, damit sie wie ein Mann handelten, und dabei mit der scharfen Kante der Feder ein wenig einritzen, damit sich die Tinte tiefer als die anderen Pigmente in das Pergament hineinbrennen konnte.

Die Dornenkrone zwinkerte Ederius von ihrem Podest aus zu, während er die Illumination beendete. Es fiel ihm von Tag zu Tag leichter, mit ihr zu arbeiten. Eigentlich hätte es ihn Stunden, vielleicht sogar Tage kosten müssen, um die schrecklichen, finsteren Kreaturen heraufzubeschwören, die er heute nacht erschaffen hatte. Doch so kurz vor dem fünfhundertsten Jahrestag der Krone hatte es nur knapp eine Stunde gedauert. Ederius fühlte sich immer weniger wie ein Schreiber, sondern mehr wie ein einfacher Gehilfe. Er hatte das Gefühl, nicht mehr *mit* der Krone zu arbeiten, sondern *für* sie. Er spürte, wie seine Hand bei jedem Strich, jeder Spirale geführt wurde.

Unbewußt schüttelte Ederius den Kopf und stand auf. Die Illumination war vollständig. Marginalien umgaben das Muster, um sicherzustellen, daß es noch wirkte, auch wenn die Farben längst getrocknet waren ... daß es so lange wirkte, wie die Dornenkrone brauchte, um ihre Arbeit zu erledigen.

Ederius hustete ein wenig in sein Tuch, durchquerte

das Zelt und trat hinaus in die Nacht. Er brauchte frische Luft, wollte etwas anderes sehen, hören und riechen als nur die abgestandene Luft in seinem Zelt. Er wollte wieder Leben um sich herum spüren.

Als er über die Haltetaue hinwegtrat, bemerkte er eine Dampfwolke, die vom Boden unmittelbar vor dem Eingang aufstieg. Er blickte hinunter und sah eine Schüssel mit milchig-weißer Flüssigkeit. Der Geruch verriet ihm sofort, daß es sich um Bittermandeltee mit Honig handelte. Angeline. Sie mußte sein Husten gehört und ihm ihre besondere Medizin zubereitet haben. Vielleicht hatte sie ihn nicht stören oder den Zorn ihres Mannes vermeiden wollen und deshalb die Schüssel draußen gelassen.

Ederius spürte ein Brennen in den Augen. Er kniete sich neben die kleine Schüssel, hob sie mit beiden Händen hoch und drückte sie an die Brust. Er wollte lächeln, doch er konnte nicht. Tief in seiner Seele wußte er, daß Angelines Freundlichkeit ein Geschenk war, das er nicht verdiente.

»Insgesamt habe ich zwanzig Männer: fünf von den ursprünglichen Langbogenschützen, die du von Segwin dem Trinker besorgt hast, acht meiner eigenen Ritter und sechs der Männer, die mir Balanon zugeteilt hat.« Camron dachte einen Augenblick nach. Dann lächelte er leicht und fügte hinzu: »Und einen Wachsoldaten, den man ausgeschickt hatte, um Überlebende auf dem Schlachtfeld zu suchen.«

Ravis nickte. Es stand schlimmer, als er angenommen hatte. »Was ist mit Broc von Lomis?«

Sie erreichten eine Tür, die von Pfeileinschlägen zersplittert war, und Camron blieb stehen. Ohne sich zu Ravis umzudrehen, antwortete er: »Broc ist tot. Die Hetzer haben ihm die Kehle durchgeschnitten.«

Ravis legte die Hand aufs Herz. »Das tut mir leid. Broc war ein tapferer Mann, ein guter Kämpfer, wie man ihn in der Schlacht gerne an seiner Seite weiß.«

Camrons Halsmuskeln arbeiteten eine Weile, und Ravis glaubte, er wolle etwas sagen, doch statt dessen legte der junge Adelige die Hand auf die Klinke, löste den Riegel und öffnete die Tür. Er trat über die Schwelle in einen abgedunkelten Raum.

Ravis blieb, wo er war. Er blickte zu Boden, um nicht neugierig in die Dunkelheit zu starren, doch dem Geruch konnte er sich nicht entziehen. Der Raum stank. Ravis vermutete, daß seit dem Mordanschlag dort niemand mehr saubergemacht hatte. Wieviel Wochen waren seitdem vergangen? Neun? Zehn? Er malte mit der Stiefelspitze auf dem gepflasterten Boden.

Die Zeit verstrich. Ein leises Geräusch kam aus dem Raum, etwas schabte über Stein; dann Camrons Schritte, die sich der Tür näherten. Als Camron wieder in den Gang hinaustrat, sah er aus wie ein Geist. Seine Augen waren gerötet, doch keine Träne schimmerte in den Augenwinkeln. Zwei Dinge hatte er mit herausgebracht: ein kleines Gemälde von der Größe einer Dachschindel, das auf einer Holztafel befestigt war, und einen Block rotes Siegelwachs. Schweigend reichte er Ravis das Gemälde, drehte sich um und schloß die Tür wieder ab.

Ravis wollte etwas zu ihm sagen, ihm Trost spenden, aber ihm fiel nichts ein, was ihm geeignet erschien. Schließlich sagte er nur: »Laß uns in die Küche zurückkehren. Ich glaube, wir könnten jetzt beide einen Schluck vertragen.«

Camron wog das Siegelwachs in der Hand. Seine Augen schimmerten bläulich wie abkühlendes Eisen. »Gibt es irgendeine Möglichkeit, wie wir diesen Krieg beenden können, ohne weiteres Blut zu vergießen?«

Ravis schüttelte den Kopf. »Ich glaube nicht. Menschen werden sterben. Wie viele hängt von verschiedenen Dingen ab. Das hier ist eines davon.« Er hielt das Gemälde ins Licht. »Wird Tessa finden, wonach sie sucht? Und wenn ja, ist sie dann in der Lage zu tun, was sie beabsichtigt?«

»Vertraust du ihr?«

»Blind.«

»Ist sie unsere einzige Hoffnung?«

Ravis rieb sich mit der freien Hand über die Narbe. »Selbst wenn es ihr gelingen sollte, die Krone dorthin zurückzuschicken, wo auch immer sie hergekommen sein mag, haben wir es immer noch mit Izgard und seiner Armee zu tun. Unsere Chancen mögen sich dann vielleicht verbessert haben, aber Krieg bleibt Krieg.«

»Und wir beide?« fragte Camron. Er umklammerte den Wachsblock so fest, daß seine Hand Abdrücke hinterließ. »Welche Rolle spielen wir in alledem?«

»Wir bleiben hier, verteidigen die Festung, verschaffen Tessa Zeit, und sobald wir können, machen wir uns aus dem Staub. Wenn wir erst einmal Bay'Zell verlassen haben, haben wir genug Zeit, unseren nächsten Zug zu planen.«

Camron schüttelte den Kopf. Er lockerte den Griff um das Siegelwachs ein wenig und erwiderte: »Erinnerst du dich daran, als wir uns zum letzten Mal in Marcels Haus begegnet sind und daß ich dir damals geschworen habe, ich hätte kein Interesse an Izgards Thron?« Ravis nickte. »Seitdem habe ich viel erfahren und noch mehr gesehen, von dem ich wünschte, ich hätte es nicht gesehen. Inzwischen glaube ich, daß es an der Zeit ist, daß ich um den Thron kämpfe.«

Ravis hielt den Atem an. Die Dinge waren mit einem Schlag sehr viel komplizierter geworden. Camron konnte nicht mit der Rhaize-Armee gegen die Garizon kämpfen, wenn er hoffte, eines Tages deren König zu werden. Die Garizon würden ihm das niemals verzeihen.

Ravis blickte Camron in die Augen.

Dann gab es da noch einige Dinge, von denen Camron keine Ahnung hatte, andere Anwärter auf den Thron so wie auch er, Ravis. Als Izgards Schwager und Mann seiner verstorbenen Schwester hatte er im Falle von Izgards Tod Anspruch auf dessen Frau, Angeline von Halmac.

Camron hielt Ravis' Blick stand und wartete auf ein Wort des Söldners. Ravis' Zähne fanden die Narbe. Sie fühlte sich so hart und rauh an wie ein Tau. Die Vergangenheit war wieder zum Leben erwacht. Der Mann vor ihm bot ihm an, mit ihm für etwas zu kämpfen, auf das sie beide Anspruch hatten, und Camron war ein guter Mann – genau wie Malray vor all diesen Jahren.

Ravis' Herz schlug schnell und unregelmäßig, und es dauerte eine Weile, bis er sich wieder beruhigt hatte. Warum schmerzten all diese Dinge heute nur soviel mehr als in der Vergangenheit? Es hatte sich nichts verändert. Die Tatsachen waren nach wie vor dieselben.

Sorgfältig darauf bedacht, sich nichts von alledem anmerken zu lassen, entgegnete Ravis in nüchternem Tonfall: »Unsere einzige Hoffnung, wie dieser Krieg schnell enden kann, besteht in Izgards Ermordung, und zwar rasch. Wenn wir Glück haben, werden sich seine Kriegsherren anschließend die Köpfe darüber einschlagen, wer ihm auf den Thron folgen soll. Wenn wir *sehr* viel Glück haben, laufen sie sogar sofort nach Veizach zurück, um ihre Ansprüche anzumelden.«

»Du hast doch gesagt, man könne ihn nicht ermorden.«

»Zumindest kein Außenseiter. Nein.« Als er die Enttäuschung in Camrons Augen sah, fügte Ravis hinzu: »Aber wenn Tessa ihr Muster beendet hat, finden wir vielleicht einen Weg.«

Camron blickte auf das Siegelwachs und dann zu Ravis. Seine Augen leuchteten vor Verlangen. »Wirst du mir helfen, den Thron zu gewinnen?«

Abermals begann Ravis' Herz ungleichmäßig zu schlagen. Er fühlte sich, als wäre er wieder siebzehn Jahre alt. Nach scheinbar einer Ewigkeit überraschte er sich selbst mit einem Ja.

Tessa machte sich nicht die Mühe zu warten, bis Camron mit Kerzen zurückkehrte. Sie griff nach der Holztafel und setzte sich damit neben den Herd. In dem blau-orangefarbenen Licht des Herdfeuers schimmerte das Bild Ilfaylens. Es war mit einem einfachen ›I‹ in der linken unteren Ecke signiert, und es ähnelte keinem ihr bekannten Muster.

Sofort hatte sie erkannt, daß es sich nicht um die Kopie handelte, die sie benötigte. Die Farbpalette war begrenzt, das Pergament von geringer Güte, und der Entwurf selbst war seltsam eckig. Der Rahmen war typisch für Illuminationen im alten Stil – Spiralen und Kreuze –, aber das eigentliche Muster bestand nur aus einer Anhäufung lose miteinander verbundener, geometrischer Formen. Quadrate, Rechtecke, Ovale und andere, unsymmetrische Formen waren in sepiafarbenem Pigment aufgetragen, und dann ebenfalls mit Sepia und einer Handvoll anderer Farben ausgefüllt worden. Bernstein, ein dunkles Meerblau, ein gelbliches Grün und ein mattes Sandrot waren die einzigen anderen Schattierungen, die in das Muster Eingang gefunden hatten. Alle Pigmente waren schnell und grob aufgetragen worden, jeden Pinselansatz konnte man deutlich mit den Fingerspitzen ertasten.

»Fünf Farben«, sagte Emith und stellte sich neben Tessa. »Nur fünf, und seht einmal, was er damit geschaffen hat.« Ehrfurcht lag in seiner Stimme. »Ihr haltet ein Bild des größten aller Meister in Händen, das er vor fünfhundert Jahren gemalt hat.«

Tessa drehte die Holzplatte in seine Richtung, so daß er einen besseren Blick darauf werfen konnte. Fünf Farben. Fünfhundert Jahre. Das *mußte* doch etwas bedeuten.

»Licht für die Dame.« Camron kehrte mit zwei großen Messingleuchtern in die Küche zurück. Seine Laune hatte sich gebessert; wenn man sie auch noch nicht als gut bezeichnen konnte. Er wirkte irgendwie ruhiger, selbstsicherer. Tessa beobachtete, wie er Kerzen entzündete und in die diversen Halterungen der Leuchter steckte, bis schließlich der ganze Raum von einem angenehmen weißen Licht durchflutet wurde.

Das Licht veränderte auch die Farben der Illumination: Geometrische Formen waren deutlicher zu erkennen, und Dutzende winziger Details kamen zum Vorschein. Das Muster wirkte immer weniger wie ein Kunstwerk, sondern mehr wie der Plan eines Architekten. Der Rahmen bestand aus allen fünf Farben, die gleichmäßig miteinander verwoben waren. Unmittelbar über dem ersten Rahmen befand sich eine zweite, blassere Umrandung aus Kreuzen. Neben der Signatur wurde ein Datum sichtbar, doch Tessa konnte es nicht deutlich erkennen, denn eine Zahl – entweder eine 9 oder eine 0 – war seltsam mißgestaltet.

Camron beugte sich über Tessas Schulter, um einen Blick auf das Gemälde zu werfen. »Ich habe es mir eigentlich nie genau angesehen«, gestand er. »Es war nur eines von vielen Dingen im Arbeitszimmer meines Vaters.«

»Diese Kreuze sehen wie Pflanzenformen aus, Fräulein«, erklärte Emith. »Wie Schilf oder Gras.«

Tessa nickte. Sie hatte dasselbe gesehen wie der alte Schreibergehilfe.

Neben ihr knarrte eine Bodendiele, und obwohl sie die Augen nicht von dem Muster wandte, wußte sie, daß Ravis neben sie getreten war. Sein Geruch erinnerte sie an die Nacht, die sie Seite an Seite auf der *Klipper* verbracht hatten. Sie gab vor, sich recken zu müssen, doch in Wahrheit wollte sie Ravis berühren. Auch er hob die Hand, und kurz fanden sich ihre Finger.

»Sagt dir das irgendwas?« fragte sie Camron. »Weckt es irgendwelche Erinnerungen, oder ähnelt es irgend etwas, das du kennst?« Während sie sprach, fuhr Tessa mit dem Finger über einen besonders dicken Klumpen blauen Pigments. Ilfaylen mußte doch imstande gewesen sein, seine Farben vernünftig zu verdünnen.

Langsam schüttelte Camron den Kopf. »Ich bin nicht sicher. Es hat irgend etwas ...«

Tessa umrundete den Pigmentklumpen mit der Fingerspitze.

»Fräulein«, sagte Emith, »diese Kreuze erinnern mich an das Salzgras, durch das wir auf dem Weg hierher geritten sind.«

»Diese Form hier« – Camron stach mit dem Finger genau in die Mitte des Bildes – »die Fläche, der die Ecken fehlen, ähnelt der Haupthalle. Aber es ist nicht maßstabsgetreu, und die Formen links und rechts davon entsprechen nicht den Nebenräumen.«

Tessa schnippste den Pigmentklumpen mit ihrem Fingernagel vom Pergament herunter und zu Boden.

Emith hielt den Atem an. Die Knochen in Camrons Handgelenk knackten, als er sich ein weiteres Stück vornüber beugte, und Ravis verlagerte sein Gewicht von einem Fuß auf den anderen, wobei seine Ledertunika knirschte.

In dem Krater aus blauem Pigment lag ein Fleck aus purem Gold.

Ein Schauder der Erregung lief Tessa über den

Rücken. Das Blut stieg ihr ins Gesicht. Die Hand, die das Brett hielt, zitterte und mit ihr die Illumination.

Emith legte ihr die Hand auf den Arm, um sie wieder zu beruhigen. »Darunter befindet sich noch ein zweites Bild, Fräulein. Eine Markierung vielleicht.«

»Eine Markierung, hm?« Ravis trat näher und berührte das Gold.

Tessa schluckte. Es fiel ihr schwer zu atmen, und sie wollte nicht, daß Ravis es bemerkte. Einen Augenblick später hatte sie wieder genug Luft zum Sprechen gesammelt. Sie neigte das Brett Camron zu und sagte: »Ist das der Plan von Burg Bess?«

»Ich bin nicht sicher. Ich kann so gut wie nichts erkennen. Ein oder zwei Formen kann ich natürlich schon mit einem Raum in Verbindung bringen, aber der Rest ...«

Während sie das Pigment vom Gold kratzte, studierte Tessa das Muster. Alle schwiegen. Das Feuer brannte herunter. Nach einer Weile hob Tessa den Blick – nicht um die drei Männer anzusehen, die um sie herum standen, sondern um den Raum zu betrachten.

Einzelheiten, ermahnte sie sich. *Einzelheiten.*

Nachdem sie sich jeden Winkel der Küche eingeprägt hatte, blickte Tessa wieder auf das Muster. Ihre Wangen glühten, und ihr Rücken schmerzte. Während ihr Blick über das Brett huschte, versuchte sie die Form der Küche aus den Dutzenden von Formen zu erkennen, die in das Muster eingearbeitet waren.

Sie fand nichts. Ihre Augen sprangen von Farbe zu Farbe, von Form zu Form, doch sie entdeckte keine Entsprechung. Frustriert schlug sie sich mit dem Brett auf die Knie.

»Was stimmt nicht, Fräulein?«

Tessa vollführte eine hektische Geste. »Ich dachte, ich könnte die Küche irgendwo in dem Muster finden, aber sie ist nicht da.« Dann kratzte sie mit dem Fingernagel über einen zweiten, nicht ganz so erhabenen Pigmentklumpen. Nichts als eine einfache Sepiagrundierung befand sich darunter. Sie versuchte es noch an einigen anderen Klumpen. Nichts. Das bedeutete, all die Klumpen dienten nur dazu, den einen zu tarnen, unter dem sich das Gold verbarg.

Emith räusperte sich höflich. Während Tessa an dem Pigment gekratzt hatte, hatte er das Muster studiert. »Das dort drüben« – Emiths Hand schwebte über dem Brett, er wagte nicht, es zu berühren – »das sieht so aus, als könne es die Küche sein.«

Tessa folgte seinem Finger. Er deutete auf ein winziges, rechteckiges Gebilde, das nicht größer war als der Daumennagel eines Babys. Es entsprach tatsächlich genau der Form der Küche bis hin zur Herdnische.

Tessa warf Emith einen Handkuß zu. Natürlich! Warum hatte sie nicht schon früher daran gedacht? Nichts von alledem war maßstabsgetreu. Sie hatte nach etwas Großem gesucht, das der Küche entspräche. Doch Ilfaylen hatte gewußt, daß er nicht einfach so einen Plan der Burg zeichnen konnte – das hätte nur Verdacht erregt; also hatte er statt dessen etwas gezeichnet, das zwar ein Plan *war,* aber nicht wie einer *aussah.*

Emith war von dem Handkuß so überrascht, daß er einen Schritt zurückwich. »Ich könnte durch die Festung gehen und mir die Form der Haupträume einprägen«, bot er an. »Vielleicht hilft uns das weiter.«

Tessa fragte sich, ob er dieses Angebot nur machte, um nicht am Ende tatsächlich geküßt zu werden. Sie schüttelte den Kopf. »Nein. Es ist nicht nur eine Frage des Maßstabs, sondern auch der Perspektive.« Sie dachte einen Augenblick lang nach und blickte von dem großen Viereck, das Camron als Haupthalle identifiziert hatte, zu dem kleinen Viereck, das die Küche darstellte. Für beides hatte Ilfaylen gelbgrünes Pigment verwendet. »Auf welchem Stock liegt die Haupthalle?« fragte sie Camron.

»Auf dem zweiten, wie die Küche.«

»Und wieviel Stockwerke hat die Burg?«

»Vier, einschließlich des Kellers.«

Tessa überprüfte das ovale Gebilde, das den Goldfleck umgab. »Hast du nicht gesagt, unter dem Keller befände sich ein Labyrinth aus alten Tunneln und Höhlen?«

»Ja, aber ...«

»Dann sind es doch eigentlich *fünf* Stockwerke, oder?« Als sie Camrons verwirrten Gesichtsausdruck bemerkte, fuhr Tessa fort: »Er hat nur fünf Pigmente für dieses Muster verwendet. Was ist, wenn jede Farbe ein anderes Stockwerk darstellt? Die Küche und die Haupthalle befinden sich in demselben Stock. Dann muß dieses blaue Gebilde hier« – sie deutete auf das Oval in der Mitte – »auf einem anderen liegen.«

Camron beugte sich über das Brett. »Wenn du recht hast, dann ist klar, warum keine der Formen neben der Haupthalle den tatsächlichen Nebenräumen entspricht.«

»Ja«, bestätigte Tessa rasch, »weil sie nämlich Räume auf anderen Stockwerken sind. Hier ist zum Beispiel ein bernsteinfarbener Raum und hier ein Gang in Sandrot. Ilfaylen hat das alles durcheinander geworfen, damit niemand auf den ersten Blick erkennen konnte, daß es sich bei dem Gemälde um einen Plan von Burg Bess handelte.« Sie konnte ihre Erregung kaum noch verbergen. Die Lage der Kopie hatte die ganze Zeit über – fünfhundert Jahre lang! – vor den Augen der Bewohner von Burg Bess an der Wand gehangen.

»Dann müssen wir also nur noch herausfinden«, sagte Ravis, »welche Farbe welchem Stockwerk entspricht.«

Camron nickte. »Das Sepia ist das Erdgeschoß. Ich erkenne die Form des Innenhofs.« Er deutete auf ein rundes Gebilde. »Und das da« – seine Hand wanderte zu einem langgezogenen, sandfarbenen Rechteck mit vielen Abzweigungen – »das sieht aus wie der große Korridor unter den Wehrgängen. Das müßte dann der oberste Stock sein.«

»Also bleiben noch Bernstein und Blau.« Tessas Blick verließ nicht eine Sekunde das Muster, während sie sprach. »Der Keller und die Ebene darunter.«

Emith räusperte sich. »Ich mag mich ja vielleicht irren, Fräulein, aber Blau repräsentiert sicherlich die Ebene auf Meereshöhe.«

Tessa lächelte Emith an. Er schien bereit zur Flucht, sollte sie auch nur *versuchen,* ihn zu küssen. Sie wandte sich an Camron: »Befinden sich die Keller über oder unter dem Meeresspiegel?«

»Über. So sind sie in jedem Fall vor der Flut geschützt.«

»Dann sind die Tunnel und Höhlen also auf Meereshöhe?«

»Ja.«

»Dort hat Ilfaylen seine Kopie versteckt.« Tessa stand auf. »Gibt es dort unten irgendwelche ovalen Räume?« Während sie sprach, huschten ihre Augen erneut über das Bild und untersuchten alle Gebilde in Blau. Insgesamt waren es sieben. Bei den meisten handelte es sich um langgezogene Rechtecke, die Gänge repräsentierten.

»Ich bin nicht sicher. Eine der Höhlen unter dem Ostflügel könnte oval sein ...«

Aaarrh!

Ein Schrei gellte in den Raum. Alle erstarrten. Keiner wagte, auch nur zu atmen. Camron und Ravis tauschten einen Blick aus. Ein zweiter Schrei ertönte, und ein mächtiger Schlag erschütterte die Burg. Tessa spürte, wie der Boden unter ihren Füßen vibrierte. Sie bekam eine Gänsehaut. Acht Fingerspitzen bohrten sich in das Muster.

»Hetzer«, zischte Ravis, während seine Hand zum Messer flog. »Tessa, Emith, nehmt die Kerzen, und macht euch auf den Weg in den Keller.«

Tessa öffnete den Mund, um etwas darauf zu erwidern.

»Sofort!«

Wieder ein Schrei, der jedoch vorzeitig endete und durch ein tiefes, lautes Grollen ersetzt wurde. Camron wurde leichenblaß. Er ging zur Tür.

Auf der Suche nach Rat blickte Emith zu Tessa. Sie nickte. »Tu, was Ravis gesagt hat. Du nimmst die Kerzen, ich die Taschen.«

»Wasser, Fräulein.« Emiths Stimme zitterte. »Ich brauche Wasser für die Pigmente.«

Ravis stürmte durch die Küche, riß einen Krug von der Wand, füllte ihn mit Wasser und drückte ihn Emith in die Hand. »Hier. Nehmt das, und jetzt *geht!«*

Tessa wollte etwas sagen. Sie wollte Ravis warnen, daß die Dornenkrone noch weit schlimmere Dinge erschaffen konnte als die Hetzer – so wie das finstere, massige Ding, das sie durchs Watt gejagt hatte –, doch Emith hatte bereits die Tür erreicht, und der Ausdruck auf Ravis' Gesicht verbat jede Art von Gespräch.

Er zog das Messer. »Camron, wie kommen sie in den Keller und in das Stockwerk darunter?«

In der Ferne kreischte Metall, als Camron sich zu Tessa umdrehte. »Die Treppe am Ende des Korridors wird euch in den Keller hinunterführen. Wenn ihr dort seid, müßt ihr der Nordwand folgen, bis ihr nicht mehr weitergehen könnt. Schließlich erreicht ihr dann eine weitere Treppe, nur daß es eigentlich gar keine richtige Treppe ist. Die Stufen sind aus dem Fels gehauen. Sie werden euch in die Tunnel führen.« Er legte Tessa eine Hand auf die Schulter. Selbst durch den Stoff des Kleides hindurch spürte sie deutlich, wie kalt sie war. »Dort unten ist es sehr dunkel. Ihr müßt aufpassen. Einige der tiefergelegenen Passagen könnten überflutet sein.«

Tessa schluckte. All ihre frühere Erregung, die sie beim Entziffern von Ilfaylens Muster empfunden hatte, war wie weggeblasen. Das hier war kein Spiel, mit dem sie ihr neu entdecktes Talent, Muster zu lesen, austesten konnte. Das hier war die Wirklichkeit. Sie schnappte sich Emiths Taschen vom Küchenboden und folgte Camron und Emith hinaus. Ravis bildete die Nachhut.

Als sie die Treppe erreichten, die Camron erwähnt hatte, beugte sich Ravis vor und flüsterte Tessa ins Ohr: »Bleibt dort unten, bis ich euch hole. Nimm das hier.« Er reichte Tessa ein kleines Paket. »Da drin sollte genug zu essen sein, daß ihr ein paar Tage dort unten überleben könnt.«

Sein Tonfall ängstigte Tessa. »Zu essen?« Über sich hörte sie Schritte. Irgend jemand brüllte Befehle. Als sie nach vorne blickte, sah sie, daß Camron nicht mehr bei ihnen war. Ihr zog sich der Magen zusammen: Sie hatte die Gelegenheit verpaßt, ihm auf Wiedersehen zu sagen.

Ravis ignorierte alles, was um sie herum vorging. Er schaute nur auf Tessa. »Wenn das Schlimmste geschieht und die Festung überrannt wird, dann will ich, daß ihr beiden so lange wie möglich dort unten bleibt. Ihr dürft unter gar keinen Umständen hier heraufkommen. Hast du das verstanden?«

»Aber ...«

Ravis legte ihr die Hand auf die Lippen. Seine Narbe war kreideweiß und teilte den Mund in zwei Hälften, und seine Augen waren pechschwarz. »Ich will dich nicht verlieren«, sagte er. »Bleib dort unten in Sicherheit.«

Tessa sah ihn einen Augenblick lang an, dann nickte sie. Sprechen konnte sie nicht.

»Gut«, murmelte Ravis. »Und jetzt geht.«

Kapitel siebzehn

Ravis rannte in Richtung des Lärms. Obwohl er noch nie in der Burg Bess gewesen war, so kannte er die Festung doch beinahe auswendig. Alle Garizon-Festungen waren auf die gleiche Art angelegt. Im Geiste zählte er die Männer. Drei Schreie bedeutete drei Tote, vielleicht mehr. Er nahm das Messer in die linke Hand, dann zog er das Schwert. In der Ferne erspähte er kurz Camron, der über den Innenhof rannte. Sein schweißnasses Haar schimmerte dunkel. Ravis dachte kurz darüber nach, ob er ihm zurufen sollte zu warten, doch er verwarf die Idee rasch wieder. Camron würde auf niemanden warten, bevor er nicht das Tor erreicht hatte.

Gerade als Ravis den feinen Kies im Hof betreten hatte, erfüllte ein tierischer Schrei die Luft. Es klang wie ein Wolf, nur tiefer, kälter. Ravis sträubten sich die Haare. Er hatte gehört, wie die Hetzer im Tal der gebrochenen Steine einander zugerufen hatten. Das waren andere Schreie gewesen. Langsam und tief atmend, eilte Ravis über den Hof und folgte Camrons Spuren zum Tor.

Der Geruch traf ihn kurz darauf. Er mußte würgen. Einmal, vor vielen Jahren, war er von einem Terhas-Lord dafür bezahlt worden, die Grenzen seines Besitzes zu patrouillieren. Dabei war er eines Morgens auf zwei Männer gestoßen, die ein Loch ausgehoben hatten. Sie hatten die Leichen von zwei Viehdieben ausgegraben, denen der Lord posthum Pardon gewährt hatte. Sie waren seit zehn Tagen tot und begraben gewesen, und ihre Körper waren den Arbeitern in den Händen zerfallen. Ravis erinnerte sich genau an diesen Gestank. Und jetzt roch es genauso: nach verrottetem Fleisch, feuchter Erde und nach Tod.

Ravis spie aus, um den Geschmack von Galle aus dem Mund zu vertreiben. Er hatte den inneren Zwinger erreicht. Eine Handvoll Männer war damit beschäftigt, das Tor zu verbarrikadieren. Camron stand daneben und sprach mit einem jungen, dunkelhaarigen Mann. Zwei Bogenschützen hatten sich auf dem östlichen Torturm postiert und feuerten auf Ziele jenseits der Mauer.

Ravis rieb sich mit der Faust über die Narbe. Die Dinge standen schlechter, als er gedacht hatte. Irgend jemand war bereits bis in den Haupthof der Burg vorgedrungen.

Das Rauschen des Meeres wurde lauter, während sie die zweite Treppe hinunterstiegen. Unten war das Steinpflaster grob und feucht. Viele Steine waren locker, und wenn Tessa darauf trat, entblößten sie ihre feuchte Unterseite, wo es von Insekten nur so wimmelte. Es war sehr dunkel. Selbst mit den zwei Leuchtern konnten sie nur einige Schritte voraussehen. Das Licht warf einen bernsteinfarbenen Schimmer auf die Granitwände, der in den Augen schmerzte. Von Zeit zu Zeit glitzerte an der Wand etwas auf und verriet so die Lage einer kleinen Mineralader. Emith erklärte, überall an der Küste gäbe es solche Quarzablagerungen.

Schwer beladen mit Emiths Schreiberutensilien, setzte Tessa mühsam einen Fuß vor den anderen. Hier unten war die Decke so niedrig, daß sie nur gebückt gehen konnte, und ihre Lungen brannten von der Anstrengung.

Kisten, Truhen, abgedeckte Möbel, Bierfässer, Zielscheiben für Bogenschützen und unzählige andere Dinge waren entlang der Wände gestapelt. Alles war von einem salzigen, modrigen Meeresgeruch durchdrungen, und als Tessa und Emith am Ende des Korridors eine weitere, grob behauene Treppe hinunterstiegen, wurde er mit jedem Schritt schlimmer.

Eine der Kerzen verlöschte, dann eine weitere. Tessa und Emith tauschten einen Blick aus. Ein leichter Luftzug strich an ihren Wangen vorüber. Tessa spürte, daß ihre Zehen feucht wurden. In ausgetretenen Kuhlen auf der Treppe hatte sich Wasser zu kleinen Pfützen gesammelt, und uralte Flutmarken aus Salz zierten die Wände in unterschiedlichen Höhen.

»Wenn die Kopie wirklich hier unten ist, wie Ihr sagt, Fräulein«, bemerkte Emith, »dann laßt uns hoffen, daß Ilfaylen so vorausschauend war, sie an einem höhergelegenen Ort zu verstauen.«

Emith bot Tessa mehrmals an, ihr beim Tragen der Taschen zu helfen, doch stur wie sie war, verweigerte sie jede Hilfe. Alle möglichen Gegenstände klimperten und klapperten bei jedem Schritt: Malbretter, Pigmenttöpfchen und Mischmuscheln. Emith verschüttete eine beachtliche Menge Wasser, doch er behauptete, er brauche ohnehin nicht so viel, sondern ›nur ein paar Tropfen‹.

Als sie schließlich den Fuß der Treppe erreichten, war Emith derjenige, der die Richtung wählte. »Dort drüben sollten wir unter den Ostflügel gelangen«, sagte er und betrat einen engen Tunnel, der kaum breit genug war, daß zwei Menschen nebeneinander gehen konnten.

Schwer atmend folgte ihm Tessa. In Gedanken war sie an zwei Orten zugleich: hier mit Emith auf der Suche nach Ilfaylens Kopie und oben mit Ravis und Camron. Unbewußt beschleunigte sie ihren Schritt. Obwohl sie und Ravis mehrere Stockwerke voneinander entfernt waren, arbeiteten sie auf dasselbe Ziel hin, und plötzlich schien es ihr um so wichtiger, Ilfaylens Kopie so schnell wie möglich zu finden. Ihnen lief die Zeit davon. Selbst falls es Ravis und Camron gelingen sollte, die Festung gegen die Hetzer zu verteidigen – oder was in Gottes Namen die Angreifer auch sein mochten –, Izgard und seine Armee würden in Kürze ebenfalls hier eintreffen. Tessa spürte, wie sich ihre Kopfhaut zusammenzog. Wenn das geschah, saßen sie in der Falle.

»Fräulein, fühlt Ihr Euch nicht wohl? Ihr seht blaß aus.« Emith hielt ihr eine Kerze vors Gesicht.

»Es geht mir gut. Wirklich. Wir müssen uns beeilen.« Tessa wußte, daß ihre Stimme unsicher klang, und sie senkte den Kopf, um Emiths Blick auszuweichen.

Der Tunnel führte immer tiefer in den Fels hinein. Alle paar Schritte zweigten weitere Korridore von ihm ab, und im Vorübergehen leuchtete Tessa in höhlenähnliche Kammern. Das flackernde Kerzenlicht gewährte ihr kurze Blicke auf hohe, mit Stalagmiten bewehrte Decken, rauhe Felswände und ruhige Wassertümpel, die eine seltsam blaue Farbe besaßen. Gelegentlich blieb Emith stehen, steckte den Kopf in eine solche Kammer und verkündete: »Nein. Die hier ist auch nicht oval, Fräulein.« Die Echos dieser Worte waren nervenaufreibend.

Plötzlich endete der Tunnel. Von hier aus führten drei Wege in unterschiedliche Richtungen: zwei breite, gut ausgebaute Gänge, in denen deutlich die Spuren der Steinmetze zu sehen waren und ein dritter, engerer Gang, dessen Richtung mehr wie ein Spalt aussah.

Emith ging zum ersten der beiden breiten Tunnel. »Dieser hier wird uns unter den größeren Teil des Ostflügels führen.«

»Nein.« Tessas Tonfall war so streng, daß Emith unwillkürlich einen Schritt zurückwich. »Wir gehen hier entlang.« Sie hob den Arm und deutete auf den Felsspalt. Irgend etwas an seiner Form erinnerte sie an die mißgestaltete Zahl auf Ilfaylens Plan.

Emith betrachtete sie einen Augenblick lang; dann blinzelte er und trat auf den Spalt zu, wobei er die Leuchter hob, um besser sehen zu können. Tessa war froh, daß er ihre Entscheidung nicht in Frage stellte, denn sie hätte keinen triftigen Grund nennen können.

Der Spalt erinnerte an ein Haifischmaul. Als Tessa sich hindurchquetschte, blieb ihr Kleid an einer scharfen Felskante hängen. Sie zog den Arm zurück. Der Stoff zerriß, und Tessa fluchte. Echos hallten durch die Höhle. Sie spürte Blut ihren Arm hinunterlaufen. Hinter dem Spalt erwartete sie ein kopfschüttelnder Emith.

»Hier gibt es auch kein Oval, Fräulein.«

Tessa schaute sich um. Sie befanden sich in einer kleinen, niedrigen, vollkommen unbehauenen Kammer. Der Boden war uneben, und wie überall so hatte sich auch hier Wasser in den Vertiefungen gesammelt, und Quarzadern glitzerten in den Wänden.

»Geht es von hier aus nicht weiter?« fragte Tessa und rieb sich die Schürfwunde.

Emith warf einen raschen Blick nach rechts. »Eigentlich nicht, Fräulein.«

Tessa folgte seinem Blick und entdeckte eine kleine Öffnung am Fuß der Höhlenwand. Sie schien gerade groß genug zu sein, daß Tessa sich hindurchquetschen konnte. Als sie sich wieder zu Emith herumdrehte, schüttelte er den Kopf.

»Das kann nicht sein, Fräulein. Ilfaylen war kein junger Mann mehr. Er hätte mit Sicherheit nie versucht, sich dort hindurchzuschlängeln.«

In der Ferne heulte ein Tier. Sein Schrei schnitt wie ein Peitschenschlag durch die Höhle und erstickte alle Echos.

Tessa trocknete der Mund aus. Emith blickte rasch zur Decke hinauf und dann hinunter auf seine Füße. Tessa stellte die Taschen mit den Schreiberutensilien ab und durchquerte die Höhle. Sie würde versuchen, durch die Öffnung hindurchzukriechen, komme, was da wolle.

Emith rannte ihr hinterher. »Fräulein …«

»Nein, Emith.« Tessa schüttelte den Kopf, ohne sich zu ihm umzudrehen. »Camron hat gesagt, er habe sich als Junge einmal hier unten verlaufen – und wofür sind kleine Jungen berühmt?« Sie beantwortete ihre eigene Frage. »Sie quetschen sich durch jedes Loch, das sie finden.«

Tessa krempelte ihre zerrissenen Ärmel hoch und kniete sich vor die Öffnung. Sie versuchte, nicht darüber nachzudenken, was für eine Art Kreatur solch schreckliche Schreie ausstoßen konnte, daß sie sogar durch die Felsen drangen. Um diesen Gedanken zu vertreiben, ging sie absichtlich rauh mit ihrem Körper um, als sie sich in die Öffnung warf.

Das Felsgestein kratzte ihr über Wangen und Kinn. Mit geschlossenen Augen und angehaltenem Atem zwängte Tessa Schultern und Brust durch den Spalt. Als sie einen kalten Luftzug auf der Stirn spürte, öffnete sie die Augen. Es war stockfinster. Sie streckte die Arme aus und tastete nach Felsvorsprüngen, an denen sie sich vorwärtsziehen konnte. Ihre Arme bluteten, wo sie mit der nackten Haut an der scharfen Felskante entlang geschabt war. Schweiß brannte ihr in den Augen. Als sie fühlte, daß sie der Panik nahe war, stieß sie sich mit den Füßen ab, um schneller vorwärtszukommen.

Dabei verlor sie einige Haare, ein paar Fetzen Stoff und Haut; allerdings gelang es ihr tatsächlich, sich durch die enge Öffnung hindurchzuquetschen. Nachdem sie auch Beine und Füße aus dem Loch herausgezogen hatte, rief sie Emith zu: »Gib mir etwas Licht.«

Sofort erschien Emiths Hand mit einem Leuchter in der Öffnung. Tessa wischte sich Schweiß und Staub aus der Stirn und griff danach. Dann drehte sie sich um, um die Kammer genauer zu untersuchen.

Der Raum war größer als erwartet. Salz- und Quarzkristalle glitzerten an den Wänden, und ein mächtiger Gesteinspfeiler wuchs zur Decke wie ein uralter, versteinerter Baum. An seinem Fuß lagen haufenweise seltsam rundgeschliffene Steine wie riesige Kiesel. Der Höhlenboden selbst bestand aus einem Gewirr von Rissen und Vertiefungen. Salz und andere Mineralien hatten sich um kleine und große Pfützen abgelagert und weiße, blaue, grüne und bernsteinfarbene Ringe gebildet.

Tessa hielt den Leuchter auf Armeslänge von sich und beschrieb damit langsam einen Halbkreis. Dabei schaute sie angestrengt in die Schatten der Höhle. An irgendeinem Punkt während dieser Bewegung bekam sie eine Gänsehaut.

Sie befand sich in einer eindeutig ovalen Kammer.

Tessa schluckte. Die Tränen traten ihr in die Augen, und die unterschiedlichsten Gefühle brachen über sie herein: Angst um jene, die die Festung verteidigten, Liebe zu Ravis und Emith und tiefe Trauer um Mutter Emith. Alles war wahr: die Ephemeren, die Große Spaltung, Ilfaylens Illumination, um die Dornenkrone zu binden – alles.

»Fräulein«, rief Emith durch das Loch hindurch. »Geht es Euch gut? Bitte, sagt etwas.«

Die Sorge in Emiths Stimme zwang Tessa, sich wieder zu beherrschen. Nun war nicht der geeignete Zeitpunkt dafür, sich darüber zu wundern, wie solche Dinge möglich sein konnten. Sie mußte die Wahrheit akzeptieren und weitergehen.

»Ja, es geht mir gut, Emith«, rief sie zurück, während sie nach geeigneten Stellen schaute, wo man überhaupt eine Kiste oder sonst einen Behälter hätte verstecken können. »Ich bin in einer ovalen Kammer. Der Boden sieht ziemlich tückisch aus. Ich schlage vor, du bleibst, wo du bist.«

»Nein, Fräulein. Ich kann Euch nicht alleine gehen lassen. Ich muß nur ...«

»Bitte, Emith«, unterbrach ihn Tessa, »bleib, wo du bist! Deine Schultern sind breiter als meine. Du könntest steckenbleiben.« Während sie sprach, tastete sie vorsichtig mit dem Fuß über den Boden. Er war hart, und so wagte sie sich in die Höhle.

Geröll und Gesteinssplitter rollten und knirschten unter ihren Füßen, während sie den Pfützen auswich. Das Licht der Kerzen enthüllte durchsichtige Pilze, die an den feuchten Stellen wuchsen. Tessa gefielen sie ganz und gar nicht, und sie machte lieber einen Bogen um sie.

Mehr und mehr wurde sie sich der Tatsache bewußt, daß sie in Ilfaylens Fußstapfen wanderte. Irgendwie war es ihm gelungen, durch das Loch in die Höhle zu kriechen. Er mußte sie auf ähnliche Weise durchquert haben wie sie: vorsichtig bei jedem Tritt darauf bedacht, soviel wie möglich unberührt zu lassen. Das hier war die ideale Ruhestätte für die einzige Kopie der Illumination, die die Dornenkrone an diese Welt gebunden hatte. Die Höhle besaß genau die Maße und die Stille eines Mausoleums.

In der Mitte der Höhle senkte Tessa die Kerzen auf Hüfthöhe und begann, zwischen die Steinhaufen zu spähen. Sie war sicher, daß sich die Kopie hier befinden mußte – Ilfaylen hatte den goldenen Fleck exakt in der Mitte des blauen Ovals angebracht. Als sie nichts weiter fand als Mineralablagerungen und Pilze, verlagerte Tessa ihre Suche auf die Steinsäule, die vom Boden bis zur Decke hinaufreichte.

Riesige Taue aus Stein wanden sich um die Säule und schufen so unzählige, im Dunkeln liegende Nischen und tiefe Löcher. Tessa nahm den Leuchter in die eine Hand und begann mit der anderen den Stein abzutasten. Er fühlte sich rauh und rissig an, und an manchen Stellen war er feucht. Ilfaylen war offenbar ein schmächtiger kleiner Mann gewesen – andernfalls wäre er nicht durch das enge Loch hereingekommen –, also konnte sich die Kopie an keinem allzu hoch gelegenen Ort befinden. Tessa verwarf den Gedanken, daß er vielleicht geklettert sein könnte, denn das Gestein wirkte porös und brüchig.

Daß der Boden am Fuß der Säule mit Steinen und Felssplittern übersät war, machte sie nervös. Außerdem war es schwierig, sicheren Tritt zu finden, während sie die Säule umkreiste und die Nischen absuchte. Einige der Felsstücke konnten durchaus von der Säule selbst stammen, und sie fragte sich, ob sich aufgrund ihrer Schritte noch weitere aus dem Gebilde lösen würden. Sie blickte nach oben, um nach Vorsprüngen und Überhängen zu suchen, die zumindest theoretisch abbrechen konnten. Tatsächlich entdeckte sie auch eine beunruhigende Menge davon, und so wich sie einen Schritt zurück.

Doch sowie sie mit der Fußspitze auf einen Stein trat, kam er ins Rollen. Tessa sprang nach vorne, um das Gleichgewicht wiederzuerlangen und suchte an der Säule nach Halt. Das Gestein brach sofort ab, und sie fiel mit der Schulter gegen die Säule. Irgend etwas knackte. Die Säule erzitterte. Steinstaub rieselte Tessa in die Augen, und Felssplitter regneten herab. Die Kerzen erloschen. Dann, als Tessa die Arme über den Kopf hob, um sich vor den Gesteinstrümmern zu schützen, schlug ein großer Felsbrocken unmittelbar vor ihren Füßen ein. Beim Aufprall brach er entzwei, und ein Hagel von Splittern traf ihren Körper.

Staub erfüllte die Luft; Echos hallten durch die Höhle, und Tessa hörte Emith ihren Namen rufen.

Still. Sie verhielt sich vollkommen still, bis die Echos verklungen waren und die Höhle wieder ihren alten Zustand angenommen hatte. Ihr linker Arm und ihr linkes Bein bluteten; allerdings empfand sie kaum Schmerz.

Der Staub reizte ihre Lungen und ihre Kehle und erschwerte ihr das Atmen. Obwohl sie dachte, daß es besser wäre, sich nicht zu rühren, bis Emith mit dem anderen Leuchter erschien, beschloß sie, sich von der Staubwolke wegzubewegen. Nicht richtig atmen zu können erinnerte sie allzusehr an die Nacht in der Käsehöhle.

Sie stützte sich mit einer Hand auf den Boden zwischen die Bruchstücke des zerborstenen Felsens und schob ihren Körper herum. Dabei berührten ihre Finger etwas, das sich ganz und gar nicht wie Stein anfühlte.

»Alle Mann zurück, während ich das Öl ausgieße!« rief Ravis über das Splittern von Holz und das Beben von Balken hinweg. »Geht zurück, und bleibt dort!« Ein in Stoff gewickeltes Zündholz zwischen den Zähnen, den Feuerstein in einem Beutel am Gürtel und ein volles Faß Lampenöl vor der Brust, nahm Ravis die letzten Stufen, die auf das Torhaus führten.

Rauch erfüllte die Luft – das Werk der Kreaturen, nicht der Verteidiger –, so daß Ravis die Augen brannten, als er sich auf der Mauer über dem Haufen trockenen Zunders aufbaute. Der Haufen bestand aus Möbelstücken, Bodenstreu und Wandbehängen, die Camron und seine Männer gerade erst aufgeschichtet hatten. Nur einige Schritte vom Tor entfernt, auf dem Kiesboden des inneren Hofes war dieser provisorische Scheiterhaufen errichtet worden, um den Feind aufzuhalten. Es konnte nur noch Augenblicke dauern, bis Izgards Monster durch das Tor brechen würden, und es war höchste Zeit, daß man ihnen etwas zu denken gab.

Sie wollen also mit Feuer spielen, wie? Ravis rammte das Messer in den Deckel des Fasses und brach die Bretter auseinander. *Nun, dann wollen wir doch einmal sehen, wie schnell sie brennen.*

Er hielt das Faß über die Zinnen und schüttete das Öl auf das Feuerholz unter ihm. Während er die letzten Tropfen aus dem Faß herausschüttelte, erbebte das ganze Torhaus. Das Tor selbst wurde nach innen geworfen, und die Scharniere kreischten. Der Torbalken knarrte wie ein Schiff in schwerer See. Ravis warf das leere Faß hinterdrein und holte den Feuerstein aus dem Beutel. Das Zündholz nahm er allerdings nicht aus dem Mund – noch nicht.

Er schluckte von Naphtha verseuchten Speichel hinunter und blickte über den Hof. Die gespannten Sehnen der Langbogenschützen glitzerten im Mondlicht, während die Schützen selbst in Schatten gehüllt waren. Links und rechts neben ihnen warteten die acht verbliebenen Schwertkämpfer mit erhobenen Schilden. Die meisten trugen entweder Kettenhemden oder Brustpanzer. Alle hatten Helme aufgesetzt. Niemand trug Vollrüstung. Wegen des Zündholzes zwischen den Zähnen konnte Ravis nicht lächeln, also schüttelte er statt dessen den Kopf. Camron und seine Männer waren endlich zu Verstand gekommen.

Als wisse er, warum Ravis den Kopf schüttelte, hob Camron die Hand zum Gruß. Von all den Männern, die im Halbkreis hinter dem Tor und vor dem Scheiterhaufen standen, war er der entschlossenste. Er hatte sich ein paar Schritte vor seinen Männern aufgebaut, und seine Knöchel traten weiß hervor, so fest hielt er sein Schwert umklammert. Er wollte nicht gegen seine Landsleute kämpfen, und doch würde er es tun in der Hoffnung, dadurch weitere Tote zu vermeiden, wenn Izgards Armee Bay'Zell erreichte. Ravis wußte nicht, ob diese Rechnung aufgehen würde, doch er beabsichtigte nicht, Camron von seinen Überzeugungen abzubringen, zumal er selbst sich erst allmählich wieder daran erinnerte, was es hieß, eine Überzeugung zu haben.

Ein reißendes Geräusch kam von der anderen Seite des Tores, und Ravis nahm das Zündholz aus dem Mund. Dank des Tuches war das Naphtha nicht ausgetrocknet, während er die Treppe hinaufgestiegen war. Hätte er das Zündholz einfach nur in der Hand gehalten, wäre das Naphtha verdampft. Er kniete sich auf den Boden und schlug die Feuersteine gegeneinander. Kurz darauf wehte ein kalter Luftzug an seinem Gesicht vorüber.

Krach!

Gerade als die ersten Funken flogen, schlug irgend etwas gegen das Tor. Der Torbalken brach in der Mitte auseinander, und die beiden Teile wurden aus ihren Halterungen geschleudert. Torhaus und Zwinger erbebten. Das Tor gab nach, und die eisernen Scharniere rissen aus der Verankerung, als es nach innen fiel.

Ravis stützte sich mit der einen Hand an der Wand ab, während er mit der anderen nach dem Zündholz griff. Es brannte mit einer hellen, blau-weißen Flamme. Ravis wandte das Gesicht ab aus Furcht, ein Funke könne das Naphtha um seinen Mund entzünden. Dann hielt er das Zündholz über die Mauer und wartete darauf, daß die erste Kreatur im Hof erschien.

Er mußte nicht lange warten. Ein schwarzer Schatten stürmte durch die Überreste des Tores. Mit einem Stoßgebet zu allen fünf alten Göttern auf den Lippen – den Teufel eingeschlossen – warf Ravis das Zündholz auf den ölgetränkten Holzhaufen unter ihm, sprang auf und rannte über den Wehrgang zur Treppe. Noch bevor er die erste Stufe erreicht hatte, entzündete sich das Feuer. Weniger flüchtig als Naphtha, begann das Lampenöl mit einem leisen Zischen zu brennen; dann krochen gelbe Flammenschlangen auf die Mitte des Scheiterhaufens zu. Der Stoff der Wandteppiche und Polster fing als erstes Feuer, und im nächsten Moment erhob sich eine Flammenwand vor dem Tor.

Irgend etwas heulte. Als Ravis die Treppe hinunterblickte, sah er eine brennende Kreatur, die wild um sich schlug. Kurz darauf folgte eine zweite, die ebenfalls brannte, doch aus den Schatten hinter dem Tor rückten bereits weitere heran.

Ravis rieb sich mit der Faust über die Narbe. Was zum Teufel waren das für Kreaturen?

Sie waren so finster, daß sie selbst dem Licht des Feuers trotzten. Beinahe schien es, als würden sie die Nacht an Dunkelheit übertreffen und alles Licht und alle Luft in sich aufsaugen. Sie waren groß und bewegten sich mit beängstigender Geschwindigkeit, sie waren das völlige Gegenteil von allem, was unter dem Licht von Sonne und Mond wandelte. Ravis trocknete der Mund aus. Er versuchte, Einzelheiten zu erkennen, doch irgendwie entzogen sich die Züge der Kreaturen dem menschlichen Auge wie Spiegelungen auf unruhigem Wasser.

Immer mehr Kreaturen strömten durch das Tor und ins Feuer. Einige begannen zu brennen, andere nicht, doch keine von ihnen ließ sich durch die Flammen aufhalten.

Als Ravis den Hof erreichte, brüllte er einen Befehl, und die Langbogenschützen feuerten. Pfeile zischten durch die Luft: graue Flecken, die die Nacht durchteilten und mit lautem Summen auf das Tor zurasten. Ravis hörte, wie die Geschosse mit dumpfem Knall in die Leiber der Kreaturen schlugen.

Knochen knackten, ihre Haut schlug Blasen, riß und zischte. Die Kreaturen bellten und heulten.

Mehrere von ihnen waren von einem Langbogengeschoß auf nur hundert Schritt Entfernung mitten in die Brust getroffen worden, und nicht eines der Wesen fiel. Ravis leckte sich über die Narbe. Immer mehr Kreaturen brachen durch die Überreste des Tores. Sie trampelten durch die Flammen, löschten das Feuer mit ihren Körpern und bahnten den Nachrückenden den Weg. Weder Verbrennungen noch Pfeilwunden hinderten sie daran, weiter in die Festung vorzustoßen.

Ravis zog Schwert und Messer gleichzeitig und stellte sich neben Camron. Es war einundzwanzig Jahre her, seit er zum letzten Mal gegen eine solche Übermacht gekämpft hatte.

»Nein, Fräulein. Ihr müßt sie öffnen.« Emith schob die Ledermappe zu Tessa zurück. »Das ist nur recht und billig.«

Tessa nickte knapp. Ihre Kehle war so ausgetrocknet, daß sie bei jedem Atemzug schmerzte. Als sie die Hand in Richtung der braunen, alten Mappe hob, floß Blut aus einer kleinen Wunde an ihrem Unterarm. Kurz hielt sie inne, um die Hand auf die Wunde zu drücken. Sie nutzte die Zeit, um sich zu sammeln.

Alles war so schnell geschehen: die bröckelnde Säule, der Steinschlag, die Dunkelheit, die Berührung mit dem alten Leder, und dann Emith, der es irgendwie geschafft hatte, zu ihrer Rettung in die Höhle zu kommen, der Licht und Wasser gebracht und ihre Wunden mit Alkohol gereinigt hatte. Emith war so sanft mit ihr umgegangen – genauso wie früher mit seiner Mutter. Während sie ihn dabei beobachtete, wie er ihre Wunden verband, erkannte Tessa, daß er einfach jemanden brauchte, um den er sich kümmern konnte. Es war seine Natur.

Gemeinsam hatten sie die Ledermappe unter den Trümmern hervorgezogen und die Höhle verlassen. Tessa wußte nicht, wo genau die Tasche verborgen gewesen war; auf jeden Fall war sie durch die Wucht von Tessas Aufprall aus ihrem Versteck geschleudert worden. Aber das alles war auch egal. Ilfaylens Zeichen war in das Leder eingeprägt, und seit dem Augenblick, da Tessa und

Emith das stilisierte ›I‹ entdeckt hatten, war der Rest der Welt für sie ohne Bedeutung.

Hier, auf dem Boden vor ihr, in dem Raum vor der ovalen Höhle, lag eine Ledermappe, die einst Ilfaylen gehört hatte.

»Hier, Fräulein«, sagte Emith und stellte die beiden Leuchter vor Tessa auf den Boden. »Ich habe die Kerzen wieder angezündet. Das Licht sollte ausreichen, um dabei malen zu können.«

Malen? Tessa schluckte. Das war der Grund, warum der Ring sie hergebracht hatte: Sie sollte eine Illumination malen, um die Dornenkrone zu befreien. Instinktiv glitten ihre Finger zum Ring hinauf, als sie Emith in die Augen blickte. »Ich werde deine Hilfe brauchen, Emith«, sagte sie. »Ich weiß so wenig.«

Emith zögerte nicht. »Fräulein, meine Kraft, mein Geschick und mein Wissen gehören Euch. Ich behaupte nicht, ein großer Geist zu sein, aber was auch immer ich in den Diensten von Avaccus und Deveric gelernt habe, stelle ich Euch mit Freuden zur Verfügung.« Er lächelte zärtlich, und seine Augen leuchteten. »Mutter hätte es nicht anders gewollt.«

Tessa preßte die Lippen aufeinander. Sie konnte weder sprechen noch lächeln. Zuerst Ravis und nun Emith. Was hatte sie getan, um die Liebe eines Mannes und die bedingungslose Treue eines anderen zu verdienen?

Ohne diese Frage zu vergessen, wandte sie sich der Mappe zu, durchtrennte die Schnur mit Emiths scharfem Schabemesser und klappte sie auf.

Stein- und Lederstaub stoben ihr ins Gesicht. Der Geruch von fünfhundert Jahren entstieg dem Staub: alter Schweiß, altes Leder und der scharfe Geruch einer Vielzahl von Pigmenten. Tessa roch Kupfer, Arsen, Schwefel, Ammoniak und viele weitere Materialien zur Farbherstellung. Mit zitternden Händen und klopfendem Herzen warf sie einen ersten Blick auf den Inhalt der Mappe. Ein Manuskript ruhte in einer improvisierten Presse aus Birkenholz, die mit Kordel zusammengehalten wurde, und auf der Presse lag ein mit Wachs versiegelter Brief, während sich unter ihr offenbar ein Tuch befand, das ebenso sorgfältig gefaltet worden war. Ein dunkles Pulver glitzerte auf dem Stoff.

Tessa atmete tief durch. Neben ihr erstarrte Emith zu Stein. Die Flammen der Kerzen flackerten, und in den Wänden funkelte der Quarz. Das Rauschen des Meeres hallte durch die Höhle. Tessa griff nach dem Brief und brach das Siegel. Die mit Sepiatinte aufgetragene Schrift war einfach und gut lesbar.

Freund,
verachte mich nicht. Man muß das Unrecht nicht beim Namen nennen, das durch meine Hand entstanden ist; wir kennen beide seine Natur. Ich bin ein alter Mann, der in seinem Leben viele Eide gebrochen hat, doch denke nicht an den Stolz, der mich angetrieben, sondern an den Glauben, der mich wieder zurückgeführt hat.

Handle rasch in der Angelegenheit, deren Lösung in dieser Mappe verborgen ist. Ich schwöre, die Abschrift ist so genau, wie es mir der Eine Wahre Gott ermöglicht hat. Folge ihr, und sie wird Dich zu den vier Orten führen, wo Du sein mußt.

Mögen die Farben mit Leichtigkeit aus Deinem Pinsel fließen, und mögest Du Deine Arbeit mit Herz beginnen und beenden.

Das Warten auf Vergebung wird lange dauern,
Ilfaylen

Tessa schloß die Augen, während sich ein Druck in ihrer Stirn bemerkbar machte. Sie spürte, wie Emith ihr den Brief aus der Hand nahm. Alles außer dem Meer war still, während er las.

Als er ungefähr eine Minute später das Wort ergriff, klang seine Stimme schwach und unsicher. »O Fräulein. Er mußte solch eine schreckliche Last tragen.«

»Eine Last, die jetzt auf mich übergegangen ist, Emith«, erwiderte Tessa. Sie war überrascht von der Härte ihrer eigenen Stimme. »Avaccus hat sie so lange getragen, daß sich seine Knochen in Blei verwandelt haben.« Bei der Erinnerung an den alten Mönch in der Höhle lief ihr ein Schauder über den Rücken. Sie wollte nicht ebenso enden.

Tessa zog den Stoff unter der Presse hervor. Schwarzes Pulver rieselte aus den Falten, als sie sich ihn auf den Schoß legte. Es war Ilfaylens Schal. Immer mehr Pulver fiel heraus, als sie ihn entfaltete, denn das Kasein, mit dem er einst getränkt worden war, war schon längst zu Staub vertrocknet. Kurz bevor Tessa den Schal ganz entfaltete, reichte sie ihn Emith, damit er ihn beiseite legen konnte. Sie wollte ihren ersten Eindruck der Illumination nicht vom Negativ gewinnen.

Emith behandelte den Schal so vorsichtig, als bestünde er aus hauchdünnem Glas. Auch er verzichtete darauf, ihn zu entfalten. »Ihr habt recht gehabt, Fräulein«, sagte er und legte den Schal auf den Boden. »Mit allem habt Ihr recht gehabt: mit der Kopie, dem Trockenpulver und dem Schal.«

Tessa schüttelte den Kopf; sie hatte kein Lob verdient. Sie hatte nichts weiter getan, als ein paar Einzelheiten zu einem Faden zusammengesponnen. Emith hätte das gleiche tun können, wenn er dieselben Informationen gehabt hätte.

Tessa legte die Hand auf die Presse. Die Birkenholzbretter waren rauh und gesprungen, und als sie die Kordel durchtrennte, fielen sie auseinander. Vorsichtig entfernte sie die Reste der Kordel und hob die Holzstücke an, um an das darunterliegende Manuskript zu gelangen. Als erstes blickte sie auf ein gelbes Pergament, das Ilfaylen zum Schutz über die eigentliche Illumination gelegt hatte. Tessa entfernte es und sah das Muster.

Während sich der Staub setzte, hörte das Licht der Kerzen auf zu flackern. Das Meer wurde so still wie ein See. Die Luft in der Höhle verdichtete sich und wurde schwer wie kurz vor einem Sturm. Tessa spürte das alles wie einen Schatten in ihrem Rücken. Alles war unbedeutend, während sich vor ihr der Vorhang hob und das einzig wirklich Wichtige enthüllte: das Muster.

Rot, Gold, und Schwarz waren die Hauptfarben. Linien aus blutrotem Pigment durchzogen die Seite wie Adern. Sie schienen die Illumination wie eine einzige große Schlagader mit Leben zu versorgen. Im Herzen des Musters fand sich überall Gold: Es funkelte am Rand von Spiralen, übermittelte Botschaften von Knoten zu Knoten und hielt das Muster zusammen wie Knochen das Fleisch.

Schwarz bildete die Schatten. Nicht ein Ding war ohne sie: Schwarz unterstrich und umrandete alles. Mal beraubte es das Gold seines Glanzes, dann wiederum verlief es entlang purpurner Fäden und verlieh ihnen zusätzlichen Kontrast. Das Schwarz formte tiefe Löcher, in die die Spiralen hinabzustürzen schienen. Es erschien in Knoten, Schleifen, Kreisen und nahm ebensoviel, wie es gab – vielleicht mehr.

Tessas Blick huschte von einem Detail zum nächsten. Das Muster war wunderbar, erschreckend und voller Macht. Spiralen waren gespannte Sprungfedern, und Linien summten, so gespannt waren sie. Kurven drückten nach außen; Kreuze glichen gespannten Bögen, und die Rahmen wirkten weniger wie Dekoration, sondern mehr wie Ketten, die das Muster zusammenhielten.

Nichts in dieser Illumination war natürlichen Ursprungs. Es gab weder Pflanzen noch Tiere, Landschaften oder Sterne. Die gesamte Illumination hatte etwas Totes an sich, das in jedem Strich seinen Ausdruck fand. Sie besaß den Glanz eines einbalsamierten Leichnams.

Tessa schauderte. Das hier ging weit über ihr Wissen und ihre Fähigkeiten hinaus.

Das Muster war eine Monstrosität. Während sie es betrachtete, wußte sie, was Ilfaylen bei seiner Schaffung gedacht haben mußte: Das hier war etwas, das nicht sein *durfte*. Es war grotesk und widernatürlich: Es *flehte* geradezu darum, ungeschehen gemacht zu werden.

Tessa legte es vor sich auf den Boden. Sie konnte den Blick nicht davon losreißen, als sie sagte: »Mach alles bereit, Emith. Misch deine Pigmente, und bereite das Pergament vor: Wir haben ein Muster zu malen.« Die Worte klangen förmlich und gestelzt, doch sie auszusprechen kostete Tessa alle Kraft. Sie wollte nicht, daß Emith bemerkte, daß sie Angst hatte.

»Ja, Fräulein«, entgegnete Emith mit leiser ehrfürchtiger Stimme. »Soll ich die Farben genau kopieren? Ich erkenne quecksilberhaltiges Zinnoberrot, und das Schwarz scheint mit Holzkohle angemischt worden zu sein.«

»Ja«, antwortete Tessa, doch dann: »Nein. Wann immer du kannst, möchte ich, daß du pflanzliche und tierische anstatt mineralischer Pigmente verwendest. Das hier ist ein totes Ding. Ich muß etwas Lebendiges malen.«

Izgard zuckte mit der Hand, und sein Adjutant befahl mit lauter Stimme anzuhalten. Der Befehl wurde sofort weitergegeben, bis jeder Mann und jedes Tier ihn gehört hatte. Langsam, nach und nach, über eine Distanz von tausend Schritt hinweg kam die dunkle, pulsierende Masse der Armee von Garizon zum Stillstand.

Die Sonne war noch nicht aufgegangen, doch die Vögel kreisten schon am Himmel und Füchse nahmen vor den anrückenden Soldaten Reißaus, und der Tau auf der Erde löste sich langsam auf. Izgard entdeckte Blut am Hals seines Adjutanten und ähnliche Flecken auf dem Hals des Pferdes. Izgard selbst war nicht gestochen worden. In den vergangenen Tagen war er als einziger von den Insekten verschont worden. Ein weiteres Geschenk der Krone.

»Sollen wir ein Lager aufschlagen, Euer Majestät?« Das war der Adjutant. Wie alle in der Truppe, so kannte auch er seine Befehle, doch wie jedermann wartete er mit ihrer Ausführung, bis sie vom König persönlich bestätigt worden waren.

Izgard gefiel der Mann immer mehr – und das obwohl seine von Pockennarben übersäte Haut nicht gerade dazu einlud, ihn zu berühren. Er nickte. »Ich will, daß bis Sonnenaufgang alles fertig ist.«

Izgard suchte am Horizont nach der gelb-schwarzen Linie von Bay'Zell. Normalerweise war er niemand, der zum Lächeln neigte, doch daß die größte Hafenstadt des Westens sich so nahe vor ihm befand, zwang ihn geradezu, die Lippen zu verziehen. Als der Adjutant sah, wohin der Blick seines Königs gerichtet war, wagte er, ebenfalls zu lächeln.

Izgard machte dem Mann diese Vertraulichkeit nicht zum Vorwurf, doch er beendete sie rasch mit weiteren Befehlen. »Stell zwei Kompanien als Wachen auf, während das Lager aufgeschlagen wird. Unsere Söhne müssen gut bewacht werden, während sie schlafen.« Bay'Zell sollte ruhig noch einen Tag vor dem Angriff schwitzen. Diese Schwächlinge besaßen weder die Männer noch den Mut, um in die Offensive zu gehen. Während sie hinter ihrer Mauer kauerten und auf Rettung durch den Herrn warteten, würden ihre drei Hauptfestungen im

Sturm erobert werden. Eine im Westen, eine im Norden und eine im Osten: Burg Bess. Wenn die Sonne das nächste Mal über Bay'Zell unterging, würde Garizons Armee bereit zum Angriff sein.

Der Adjutant verneigte sich. »Noch irgendwelche anderen Befehle, Euer Majestät?«

Izgard drehte sich um. Er ließ seinen Blick über die Armee schweifen. Schließlich entdeckte er in der Nähe der Nachhut eine Kolonne von Kutschen. Bei ihrem Anblick wurde er plötzlich unruhig. Seine zwei wertvollsten Besitztümer befanden sich in der zweiten Kutsche: seine Krone und sein Schreiber.

Unfähig, die Unruhe wieder abzuschütteln, wandte sich Izgard erneut an seinen Adjutanten und befahl: »Sorg dafür, daß man das Zelt meines Schreibers als erstes aufschlägt. Ich will, daß er innerhalb einer Stunde bereit zur Arbeit ist.«

Kapitel achtzehn

»Pax, laß dich zur Tür zurückfallen. Halte sie frei, bis ich den Rückzug befehle«, sagte Camron mit Blut im Mund. Aufgewirbelte Kiesel trafen ihn an Bein und Hüfte. In der rauchgeschwängerten Dunkelheit konnte er Pax' Gesicht kaum erkennen, doch der Eifer in der Stimme des jungen Soldaten war unüberhörbar.

»Jawohl, Herr. Ich bin so gut wie dort. Ihr müßt niemanden abstellen, um mir den Rücken zu decken.« Mit diesen Worten war Pax auf und davon. Er schlüpfte zwischen den sich kreuzenden Klingen, Klauen und Zähnen hindurch und hielt auf den Haupteingang des Burgfrieds zu.

Camron wünschte ihm Glück. Er würde es brauchen können. Izgards Kreaturen hatten den Innenhof überrannt. Sie hatten das Feuer mit ihren Körpern gelöscht oder beiseite gedrängt und waren ungeachtet der Flammen und Pfeile durch das Tor gestürmt. Selbst die Hetzer waren nach mehreren Pfeilwunden zusammengebrochen, doch diese Wesen hier schienen sich von ihrem eigenen Blut zu nähren.

Schmerzen machten sie nur schneller. Grunzend und heulend beantworteten sie jeden Treffer mit einem Schlag ihrer Klauen oder einem Stoß ihrer eisenharten, unnatürlich spitzen Ellbogen, die so schwer und tödlich waren wie Piken. Mit schier unglaublicher Kraft und Schnelligkeit kratzten, schlugen und bissen sie sich einen Weg zum Burgfried frei.

Jeder Körperteil diente ihnen als Waffe. Ihre Schultern waren Rammböcke, ihre Fäuste Keulen, ihre Klauen Klingen, und ihre weit aufgerissenen Mäuler waren so gefährlich und alles zermalmend wie Bärenfallen. Sie trugen Messer und Kurzschwerter, doch sie benutzten sie ohne Verstand: Sie schlugen und stachen nur; nicht einmal setzten sie sie zur Verteidigung ein. Wenn eine der Kreaturen die Waffe aufgrund einer Verwundung oder Verstümmelung verlor, griff sie auf Klauen und Zähne zurück.

Camron war noch immer nicht sicher, wie es ihnen gelungen war, den äußeren Zwinger zu überwinden – vermutlich hatten sie sich irgendeine Schwäche zunutze gemacht, die Izgard in den Bauplänen der Burg entdeckt hatte. Allerdings beunruhigte ihn das weniger als die Tatsache, daß den Kreaturen die Anlage der Burg offenbar gut vertraut war, denn gegenwärtig versuchten sie, der kleinen Menschenschar jede Rückzugsmöglichkeit abzuschneiden. Sie sahen aus und kämpften wie Monstren, doch in ihren Augen funkelte Intelligenz, und ein einzig Wille einte sie.

Auf dem Boden lagen zerschmetterte Körper. Camron konnte nicht ertragen, sie anzusehen. Er wußte, daß er eigentlich die Toten hätte zählen sollen, um zu erfahren, wie viele Männer ihm noch blieben, aber ihm fehlte die Kraft dazu. Er kannte diese Männer nun schon so lange Zeit. Würde er jetzt ihre Leichen zählen, käme er sich wie ein Verräter vor.

»Laß dich zurückfallen!«

Camron drehte sich beim Klang von Ravis' Stimme um. Der Söldner stand unmittelbar hinter ihm; dennoch war er nur als schwarzer Schatten zu erkennen. Lediglich sein Schwert funkelte wild im Licht des Mondes. Camron war froh, ihn zu sehen.

»Pax hält den Haupteingang frei«, erwiderte er. Seine Stimme war heiser vom Schreien.

»Gut.« Ravis stach nach einer der Kreaturen. »Dann laß uns zum Teufel nochmal von hier verschwinden.« Er blickte über die Schulter zurück, änderte den Griff um sein Schwert und hielt es wie einen Speer über den Kopf. »Mir scheint, nur noch wir beide sind hier draußen übriggeblieben. Es wird Zeit, daß wir aufhören, *fair* zu spielen.« Bei dem Wort ›fair‹ zielte er mit dem Schwert auf die nächste Kreatur und schleuderte ihr die Waffe mitten in die Brust.

Knochen brachen mit lautem Krachen. Die Klinge drang tief ein, und dunkles, stinkendes Blut strömte aus der klaffenden Wunde. Die Kreatur heulte wütend und fiel zurück. Als sie die Pranken hochriß, um die Klinge zu entfernen, spürte Camron einen mächtigen Ruck am Arm. Das war Ravis, der ihn zum Burgfried zurückzog.

»Hätte ich gewußt, daß du hierbleiben willst, um dir die Schau anzusehen, hätte ich als nächstes Tänzerinnen bestellt.« Dabei flog sein Blick über den Hof auf der Suche nach einem Weg, wo man ihnen am wenigsten Widerstand entgegensetzen würde.

Da Camron nun der einzige war, der sich noch im Besitz seines Schwertes befand, riß er sich von Ravis los und schwang die Waffe in weitem Bogen.

Während die Kreatur, die Ravis getroffen hatte, noch immer heulend versuchte, sich die Klinge herauszureißen, nahmen andere ihren Platz ein. Stampfend und schmatzend brachen sie durch die Dunkelheit wie ein istanischer Segler durch die Wellen.

Ravis und Camron begannen zu rennen. Hoch über ihnen im Burfgried hatten zwei Langbogenschützen Stellung bezogen, die nun auf die erste Reihe der Kreaturen hinabfeuerten. Die Pfeile genügten zwar nicht, um den Ansturm aufzuhalten, aber zumindest wurden jene langsamer, die schon vorher von Schwertern und Flammen versehrt worden waren.

Camron spürte, wie sich in seiner Brust etwas entspannte. Wenn man diese Kreaturen verlangsamen konnte, dann konnte man sie auch töten.

Aus den Schatten vor der Tür drang das Klirren von Schwertern zu ihnen herüber. Ravis' Messer wechselte von der linken in die rechte Hand. Camron nahm das Schwert enger an den Körper. Im Vertrauen auf die Bogenschützen wandten die beiden Männer ihre Aufmerksamkeit den Gestalten an der Tür zu.

Das Breitschwert in der einen und einen Rundschild in der anderen Hand setzte sich Pax gegen zwei Kreaturen zugleich zur Wehr. Blut strömte aus einem breiten Schnitt auf seiner Stirn und aus einer kleineren Wunde am Arm. Der Art nach zu urteilen, wie er immer wieder den Schild sinken ließ, drohten ihn die Kräfte schon bald zu verlassen.

»Sie glauben, daß wir sie draußen halten wollen«, zischte Ravis zu Camron. »Laß sie uns statt dessen *reinholen.*«

Camron hörte kaum, was Ravis sagte. All seine Gedanken waren darauf ausgerichtet, Pax zu erreichen. Mit erhobenem Schwert stürzte er sich auf die Monster. Sein Zorn trieb die Klinge tief in das graue Fleisch der ersten Kreatur. Er war all das Töten leid, und voller Wut darüber, daß sich erneut ein Mensch, der ihm am Herzen lag, in Gefahr befand. So kämpfte er in blindem Zorn.

Er hatte nie wieder kämpfen wollen, doch hier und jetzt blieb ihm nichts anderes übrig. Er konnte nicht einfach danebenstehen und zusehen, wie diese Wesen in sein Heim eindrangen und seine Männer abschlachteten. Sein Vater hatte recht gehabt, den Krieg zu verdammen – Camron hatte die Wahrheit an den Ufern des Hakenflusses mit eigenen Augen gesehen –, doch das bedeutete nicht, daß Kämpfen an sich etwas Schlechtes war.

Das hier war richtig. Es *mußte* richtig sein.

Alle Zweifel abschüttelnd, trieb Camron die beiden Kreaturen durch die Tür. Sie hatten die Mäuler aufgerissen, und bei jedem Atemzug verspritzten sie Speichel, während sie die Luft in der Halle gleichzeitig mit ihrem Gestank verpesteten. Es war ekelerregend. Camron konnte noch nicht einmal den Gedanken daran ertragen, daß ihre fauligen Ausdünstungen in seine Lungen drangen. Zischend stieß er die Luft aus und schlug mit seinem Schwert um sich. Er wußte nicht, ob er Fleisch, Knochen oder nur Luft traf. Izgard war das wahre Monster. Was für ein Führer konnte seinen Männern nur so etwas antun?

Camron spürte eine neue Art von Wut in sich aufsteigen, und anstatt sie auf die Kreaturen zu richten, richtete er sie auf Izgard. Wie konnte dieser Mann sich König nennen? Wie konnte er seine Männer in solche Kreaturen verwandeln, bevor er sie in die Schlacht schickte? Was würde aus ihren Körpern werden, wenn alle Schlachten gewonnen waren? Beinahe unbewußt zwang Camron die Kreaturen, sich zum ersten Mal in diesem Kampf zu verteidigen. Sein Zorn brachte ihn weiter als jeder noch so kluge Plan: Der Zorn hob sein Schwert, zielte Schlag auf Schlag und ließ ihn seine Angst vergessen.

Die ganze Zeit über hatte er versucht herauszufinden, was sein Vater wirklich von ihm gewollt hatte, doch hier und jetzt erkannte Camron, daß nur zählte, was *er* wirklich wollte. Er konnte kein Land regieren, nur weil sein Vater es sich so gewünscht hatte. Er mußte es tief in seinem Herzen *wollen*. Und im Augenblick, da er einem schattenhaften Gegner gegenüberstand, der stank, als sei er gerade erst dem Grab entstiegen, wollte er nur eines: Izgard und seinen Plänen ein Ende bereiten. Dieser Mann hätte niemals die Krone an sich reißen dürfen.

Hinter ihm polterte Holz. Als er sich umdrehte, sah er, wie Ravis die Tür mit einem Balken verriegelte. Er hielt

Pax' Schwert in der Hand. Der junge Soldat war nirgends zu sehen, doch eine Blutspur, die von der Schwelle zum Kornspeicher führte, deutete darauf hin, daß er mit dem Leben davongekommen war. Camron seufzte erleichtert auf. Nun befanden sich nur noch er, Ravis und die beiden Kreaturen in der Halle. Der Balken vor der Tür würde halten – zumindest für ein paar Minuten.

Ravis stellte sich ihm an die Seite. Als er die Hitze spürte, die vom Körper des Söldners ausstrahlte, erkannte er, daß er keine Ahnung gehabt hatte, was es Ravis gekostet hatte, die Tür zu schließen. Der Schweiß lief dem Drokho-Söldner über Nacken und Schläfen. Sein Gesicht war von Blut bespritzt, doch schien es sich zumindest nicht nur um sein eigenes zu handeln.

Lächelnd begann Ravis, auf eine der Kreaturen einzuschlagen. »Die Teufel zurückzudrängen war gute Arbeit«, keuchte er Camron zwischen zwei Schwerthieben zu.

Trotz allem konnte Camron nicht umhin, ebenfalls zu lächeln. Da war etwas in Ravis' Gesicht – eine Art wahnsinnige Freude –, was ansteckend wirkte. Der Mann schien sich an den Gefahren des Kampfes zu ergötzen.

Gemeinsam trennten sie die beiden Kreaturen voneinander. Das erste Monster bewegte sich aufgrund der vielen Wunden und des Blutverlustes zunehmend schwerfälliger. In die Ecke getrieben, schlug es sinnlos um sich, brüllte, spie und warf den Kopf hin und her. Während Ravis ihm den Rücken gegen die zweite, gefährlichere Kreatur deckte, setzte Camron zum Todesstoß an. Furcht brodelte in seinem Bauch, heiß und schwarz wie kochendes Öl. Er wußte, daß er dem Wesen entweder den Kopf abschlagen oder sein Herz durchbohren mußte, also täuschte Camron seine Angriffe nur an und wartete auf den geeigneten Augenblick, um zuzuschlagen.

Dann, als hätte Ravis erahnt, was Camron benötigte, begann er durch die Halle zu toben: Er zerschlug ausgebrannte Laternen, spaltete Holztruhen und -türen und riß Zierwaffen von den Wänden herunter. Camrons Kreatur drehte sich nach dem Lärm um. Diesen Augenblick der Unachtsamkeit nutzte Camron und schlug zu. Er legte all seine Kraft in den Schlag und spaltete das Monster von der Schulter zum Bauch.

Die Kreatur schrie und sank zu Boden. Camron versuchte, sein Schwert wieder herauszureißen, doch es steckte so tief in den harten Knochen, daß es ihm nicht gelang. Unfähig, den Anblick und den Gestank der sterbenden Kreatur noch länger zu ertragen, wandte er sich ab.

Dic zweite Kreatur stürzte genau auf ihn zu.

Müde, zitternd und ohne Waffe suchte Camron nach Ravis. Der reagierte sofort. Beinahe ohne den Boden zu berühren, sprang er zu einem der Schwerter, die er soeben von der Wand gerissen hatte und warf es Camron mit dem Heft voran zu.

Mit Leichtigkeit fing Camron die Waffe auf und hielt die Kreatur auf Abstand, bis Ravis wieder in den Kampf eingreifen konnte, und Seite an Seite stellten sie sich dem Biest. Stärker und noch bei weitem nicht so erschöpft wie sein sterbender Kumpan, kämpfte das Monster mit der Kraft und der Wut eines verwundeten Tieres. Nachdem Ravis es entwaffnet hatte, griff es mit Klauen und Zähnen an.

Hinter sich hörte Camron weitere seiner Art, die gegen die Tür hämmerten, und von irgendwoher hoch über ihnen drangen Kampfgeräusche zu ihnen herab. Izgards Monster hatten auch noch einen anderen Weg herein gefunden. In der gegenüberliegenden Ecke der Halle wurden die Todesschreie der anderen Kreaturen immer leiser und zugleich menschlicher. Schließlich hörten sie ganz auf. Als er kurz über die Schulter dorthin blickte, sah Camron das Gesicht eines toten Mannes und keines Monsters.

Seltsamerweise entspannte sich Camron immer mehr, während er kämpfte. Ravis war immer da, wenn er ihn brauchte: Der Söldner deckte ihm den Rücken, beschützte seine Flanke und trat vor ihn, um einen Schlag oder einen Stich abzuwehren. Wenn Camron vor lauter Anstrengung den Schwertarm kurz senkte, bemerkte Ravis dies sofort und zog die Aufmerksamkeit der Kreatur auf sich, bis Camron wieder zu Kräften gekommen war.

Und wenn Ravis durch einen Schlag für einige Augenblicke aus dem Gleichgewicht geworfen wurde, sprang Camron in die Bresche, bis Ravis sich wieder erholt hatte.

Camron verließ sich inzwischen bedingungslos auf Ravis. Es war gut zu wissen, daß nach jedem Schlag, wenn er kurz seine Deckung öffnen mußte, der Söldner zur Stelle war, um seine Schwachstelle zu schützen.

Gemeinsam rangen sie das Biest nieder. Stück für Stück, Schlag für Schlag schwächten sie es, bis es vom Blutverlust so benommen war, daß es Fehler beging. Das war der Augenblick, daß Camron und Ravis, ohne auch nur einen Blick ausgetauscht zu haben, zum Angriff übergingen, die Kreatur auf die offene Fläche in der Mitte der Halle drängten und sie dort von zwei Seiten zugleich attackierten.

Camron hörte irgendwann auf zu zählen, wieviel Schläge es kostete, die Kreatur zu töten. Erschöpft, mit schweißverschmiertem Gesicht und mit Übelkeit im Bauch stach er auf die ekelerregende Kreatur ein, bis Ravis ihn fortzog.

»Ich glaube, der hier ist jetzt wirklich tot«, sagte der Söldner mit sanfter Stimme und legte Camron den Arm um die Schultern. »Zwei weniger, bleiben nur noch drei Dutzend.«

Camron nickte. Er war viel zu sehr außer Atem, um

etwas darauf zu erwidern. Er zitterte am ganzen Leib, als er das Schwert hob, um die Klinge abzuwischen.

»Komm«, sagte Ravis und griff nach der Waffe. »Laß mich das für dich tun.«

Camron erschien dies seltsam, und er schaute Ravis an. Eine purpurfarbene Beule zierte dessen rechte Augenbraue, und Wangen und Hals wiesen Kratzspuren auf. Eine Mischung aus Schweiß und Blut floß von der Nase zum Mund.

Ravis schien sich unter Camrons prüfendem Blick unwohl zu fühlen. Er zuckte mit den Schultern. »Früher habe ich immer das Schwert meines Bruders zwischen den Schlachten geputzt. Er sagte, es würde ihm Glück bringen.«

Camron sah etwas in Ravis' Augen, das er nicht ganz verstand, und so gab er ihm die Waffe. »Ich möchte dir danken ...«

Ravis fiel ihm ins Wort. »Danke mir nicht. Wir beide kämpfen für dieselbe Sache.« Nachdem er Camrons Blick einen Augenblick lang standgehalten hatte, begann er, das Schwert zu säubern.

Camron wollte ihn fragen, was er mit ›derselben Sache‹ gemeint hatte; doch bevor er Gelegenheit dazu bekam, erschütterte ein mächtiger Schlag gegen die Tür die gesamte Halle. Holzsplitter flogen in den Raum, und die Scharniere knirschten unter dem Druck, während die Kreaturen draußen wie Wölfe zu heulen begannen.

»Komm«, sagte Ravis und gab Camron das von Blut und Schweiß gesäuberte Schwert zurück. »Laß uns von hier verschwinden, solange wir noch können. Diese Viecher kann man nur kurz draußen halten. Ich schlage vor, wir suchen uns eine neue Tür und lassen wieder ein paar der Bastarde hindurch.«

Camron lächelte. Er war zutiefst froh darüber, daß Ravis an seiner Seite war. Der Söldner war ein Fremder, voller unbekannter Motive und verborgener Gefühle, aber in seinem ganze Leben hatte Camron noch niemanden getroffen, an dessen Seite er lieber gekämpft hätte.

Tessa malte. Sie lag bäuchlings auf dem Boden, vor sich ein Brett mit Pergament. Das Handgelenk schmerzte ihr von der Anstrengung, die Hand ruhig zu halten, während sie einen Sturm von purpurfarbenen Spiralen kopierte.

Immer wieder blickte sie von ihrem eigenen zu dem Muster Ilfaylens, das auf einem Felsen zu ihrer Linken lag. Tessa arbeitete an dem Rahmen, der es zusammenhielt. Instinktiv wußte sie, daß es der falsche Weg war, Ilfaylens Muster einfach nur Strich für Strich zu kopieren. Sie mußte mehr tun als Ilfaylen, mußte tiefer, weiter gehen. Sie mußte seinen Entwurf benutzen, um Zugang zu den Ketten der Krone zu erhalten und sie anschließend mit ihrer Illumination zu sprengen. Ilfaylens Muster war die Karte, die ihr den Weg dorthin weisen würde.

Erschöpft und am ganzen Körper von Schmerzen geplagt, konzentrierte Tessa all ihre verbliebene Kraft auf das Muster. Ihm weniger zu geben war undenkbar. Das hier war der Grund, warum sie hierhergebracht worden war.

Sie wünschte nur, sie wäre besser vorbereitet. Es gab so vieles, das sie nicht wußte, so vieles, das sie nur vermuten konnte. Ilfaylens Muster war subtil und anspruchsvoll – sie hatte noch immer nicht alle Nuancen entdeckt. Wäre nicht Emith gewesen, der ihr stillschweigend Mut zusprach, sie hätte sich schon nach dem ersten Schritt verirrt.

Emith war überall und erledigte alles zugleich. Wenn sie einen sauberen Pinsel benötigte, dann mußte sie nur die Hand ausstrecken, und ihr wurde ein neuer hineingelegt. Wenn ein neues Pigment gebraucht wurde, wußte

Emith nicht nur, wie es zusammengesetzt sein mußte, sondern er hatte es bereits in der richtigen Menge angemischt und den passenden Pinsel bereitgelegt. Wenn sie einen Fehler gemacht und etwas zuviel Farbe aufgetragen hatte, war Emith sofort mit seinem Messer zur Stelle und kratzte den Überschuß vom Pergament. Wenn sie zu schnell malte und ihre Striche zu dick, zu dünn oder ungleichmäßig wurden, räusperte sich Emith unauffällig und ermahnte sie so, sich kurz auszuruhen. Oft, während sie in der einen Ecke malte, kopierte Emith in der anderen Markierungen mit einem Bleistift. Indem er die Anlage des ursprünglichen Musters Punkt für Punkt übertrug, sparte er wertvolle Zeit, denn so verschaffte er ihr eine Rißzeichnung, auf deren Grundlage sie arbeiten konnte.

Emith zwang sie zu trinken, wenn sie durstig war, Arme und Beine auszustrecken, bevor sie verkrampften und auf kleinen Weinblättern zu kauen, um eine Überanstrengung der Augen und Kopfschmerzen zu vermeiden. Es gab nichts, was sie brauchte, woran Emith nicht schon im vorhinein gedacht hätte. Wenn eine Kerze zu sehr rauchte, dann schnitt er das störende Wachs ab und entzündete den Docht neu. Wenn es zu kalt wurde, legte er ihr einen Schal um die Schultern, und als einmal ein kühler Luftzug durch die Höhle wehte, verstopfte er den Spalt mit seinem Rucksack. Er hatte sogar an ein Fläschchen Bittermandelöl gedacht, um es ihr bei Bedarf auf die schmerzenden Handgelenke zu reiben.

Er war immer da, immer in ihrem Sichtfeld; er half, gab Ratschläge, bereitete Farben und Lasuren vor und eilte hierhin und dorthin. Er gönnte sich keine Sekunde Ruhe.

Zwar erteilte er ihr nie einen Ratschlag in Bezug auf das eigentliche Muster, doch wenn Tessa einen Teil beendet hatte und kurzzeitig ein wenig verloren wirkte, stellte er ihr stets ein Farbtöpfchen vor die Nase und sagte: »Vielleicht solltet Ihr jetzt diese Farbe einmal versuchen, Fräulein. Für den Teil hier oben scheint sie angebracht zu sein.«

Er hatte immer recht. Noch während er sprach, wußte Tessa jedesmal, was sie als nächstes zu tun hatte, und sie schalt sich selbst, warum ihr das nicht schon früher aufgefallen war. Ohne Lob zu erwarten, fuhr Emith daraufhin immer mit seiner Arbeit fort und schwieg, bis sie das nächste Mal seine Hilfe benötigte.

Tessa nahm all dies wahr, alles, was Emith für sie tat, auch das flackernde Licht in der Höhle und das Rauschen des Meeres in der Ferne; aber zugleich wanderte sie schon weiter an einen anderen Ort.

Sobald der Hintergrund fertig war, ebenso wie der Rahmen und die Ecken, hörte das Muster auf, nur ein Entwurf zu sein und wurde zu einer richtigen Illumination. Das Pergament, das Emith mitgebracht hatte, war inzwischen weich, glatt und blaß wie Haut. Weder Poren noch Härchen verunstalteten die makellose Oberfläche, und die Farbe glitt darüber hinweg wie Öl.

Als Tessa die letzten Striche am Rahmen anbrachte, huschte ihr Blick auf der Suche nach Einzelheiten erneut zu Ilfaylens Bild, und plötzlich hatte sie das Gefühl, als würde etwas in ihrem Körper brennen. Zunächst glaubte sie, es würde wieder ein Luftzug durch die Höhle wehen, und sie blickte zu Emith. Er hatte ihr den Rücken zugekehrt und mischte Pigmente, als sei alles in Ordnung. Kopfschüttelnd fuhr sie fort zu malen. Dann begann sich Schmerz in ihren Schläfen auszubreiten, und die Sicht verschwamm ihr, nur um kurz darauf klarer und schärfer zu werden denn zuvor. Mit einem Mal konnte sie die Tiefe jeder einzelnen Farbschicht erkennen und die winzigen Flecken, wo das Pergament verunreinigt gewesen war.

Ein leiser Tinnitus hämmerte in ihrem Ohr. Tessa nahm eine Vielzahl von Veränderungen wahr: Die Höhle schien kleiner und dunkler zu werden; Emiths Körper nahm das Aussehen eines Schattens an, und das Licht der Kerzen wurde zunehmend schwächer. Und während alles kleiner und irgendwie körperlos wurde, wuchs das Muster und wurde *mehr*.

Instinktiv wollte Tessa sich zurückziehen – so hatte sie ihr ganzes Leben lang auf die ersten verräterischen Anzeichen des Tinnitus reagiert, und auch jetzt noch, nachdem sie mehrere Monate in dieser Welt verbracht hatte, war die Angst vor dem Klingeln fast so groß wie früher. Doch sie wußte, daß sie weitermachen mußte. Oben kämpften Ravis und Camron, um ihr Zeit zu verschaffen, und irgendwo dort draußen bereiteten sich Izgard und seine Armee darauf vor, Bay'Zell einzunehmen, während in ihrem Lager die Dornenkrone tickte wie eine Zeitbombe. Einen Tag von heute an, genau um Mitternacht, würde sie fünfhundert Jahre auf dieser Welt sein.

Avaccus' Worte hallten in Tessas Kopf wider: *Macht liegt in der Zahl fünf. Uralte Macht, die von uralten Dingen genutzt wird.*

Am ganzen Leib zitternd, kämpfte Tessa darum, die Hand ruhig zu halten. Sie wünschte, sie wäre stärker, tapferer, selbstsicherer – mehr wie die alte Tessa McCamfrey. Sie hatte sich doch nicht wirklich so sehr verändert, oder?

Da sie es nicht zu sagen wußte, biß sie die Zähne zusammen und malte eine breite goldene Linie quer über die Seite. Der Tinnitus pochte, und all der Schmerz in ihrem Körper flammte erneut auf, als hätte ihr jemand Salz in die Wunden gerieben. Bis sie getrocknet war, hielt die goldene Farbe das Licht gefangen. Tessa stieg ein vager Duft in die Nase, der unmöglich in diese Höhle gehören konnte: der warme, feuchte Geruch von fauliger Erde.

Tessa fühlte, wie sie auseinanderbrach. Der selbstbeherrschte Teil von ihr, der den Pinsel auf dem Pergament hielt und die verschiedenen Dinge von Emith entgegennahm, blieb unverändert; aber ein anderer, weniger gefestigter Teil floß mit der Farbe auf das Pergament. Die Farben wurden heller, strahlender, und die Luft wurde wärmer, dicker, feuchter. Geräusche und Gefühle riefen ihr von der anderen Seite zu. Tessa glaubte, Ravis einen Befehl schreien und Camron einen Fluch zischen zu hören. Irgend etwas Warmes rann ihre Wange hinab, doch als sie die Hand hob, um es wegzuwischen, war ihre Haut vollkommen trocken.

Immer mehr drang immer schneller auf sie ein: das hohe Kreischen des Tinnitus, Kampfgeräusche, tierisches Heulen und Schritte auf einer Holztreppe. Es roch nach Blut, Meersalz, Farbe und Rauch. Sie spürte den Schmerz von jeder Wunde, die sie je im Leben erlitten hatte.

Tessa wollte, daß es aufhörte. Sie wurde von allen Seiten angegriffen. Unzählige Empfindungen rasten durch ihre Gedanken, und ihr Kopf dröhnte. Sie atmete tief ein, als wolle sie tauchen; dann riß sie sich zusammen und bahnte sich einen Weg durch den Lärm, die Gerüche und die Gefühle hindurch.

Durch die Farbe, durch das Pergament und durch die Flut aus Geräuschen, Gerüchen und Ansichten auf die andere Seite.

Dunkelheit. Als sie die Augen wieder öffnete, war sie von einer solch vollkommenen Dunkelheit umgeben, daß sie kaum glauben konnte, daß sie noch immer am Leben war. Alles war verschwunden.

Vage fühlte sie einen Teil von sich in weiter Ferne – einen Teil, der wie wahnsinnig an dem Muster malte. Das Bild verblaßte jedoch rasch wie ein Traum nach dem Erwachen, und schon bald sah und empfand Tessa nur noch Dunkelheit.

Hier war sie ein Nichts. Ein Nichts!

Falls ihr Körper bei ihr war, dann konnte sie ihn zumindest weder sehen noch spüren. Falls sie atmete, um zu leben, dann wußte sie es nicht.

Von allem isoliert und rasch die Orientierung verlierend, versuchte Tessa, einen Weg durch die Dunkelheit zu finden. All die traumlosen Nächte waren nichts im Vergleich zu dem hier. Hier gab es kein Gewicht, keine Richtung, keinen richtigen und keinen falschen Weg; sie selbst war ihr einziger Anhaltspunkt. Ihr blieb nichts weiter übrig, als sich in die Richtung zu bewegen, die sie selbst als vorwärts definierte. Nur daß hier eigentlich jeder Weg *vorwärts* führte, und gleichermaßen zurück.

Die Zeit verging. Die Finsternis schloß sich um sie und ließ ihr nichts, woran sie sich hätte festhalten können. Alle Entschlossenheit war dahin. Licht war eine tote Erinnerung. Wärme war etwas jenseits aller Hoffnung. Als sie den ersten Anflug von Panik fühlte, versuchte sie, sich daran zu erinnern, warum sie hier war. Sie mußte etwas tun … mußte gegen etwas kämpfen …

Tessa schüttelte sich und tastete in die Dunkelheit hinein. Das Einzige, woran sie sich erinnern konnte, war ihr Name.

Tessa McCamfrey.

Und an die Tatsache, daß sie einen Ring besaß.

Sobald das Wort ›Ring‹ in ihrem Geist Gestalt annahm, spürte sie etwas, das an ihrem Hals zog. Es war warm, scharf und für seine Größe ungewöhnlich schwer. Der Ring schlüpfte so unauffällig in die Dunkelheit wie ein Brief, den man unter einer geschlossenen Tür hindurchschiebt. Plötzlich war sich Tessa ihres Körpers wieder bewußt, als ihre Hand zum Ring hinaufflog, und zum ersten Mal seit dem Tag, an dem sie ihn gefunden hatte, schob sie sich das goldene Band wieder über den Finger.

Sofort veränderte sich die Dunkelheit. Kanten bildeten

sich heraus; sie gewann an Tiefe, und schließlich formte sich aus der Finsternis eine Art Straße. Der Schmerz, den Ring zu tragen, war wie ein Schlag ins Gesicht. Tessa erinnerte sich wieder an alles und wurde sich dessen bewußt, was hinter dem Pergament geschah.

Sie sah sich selbst, die Nase dicht über dem Muster, wie sie gerade mit der Arbeit an dem ersten großen Knoten begann. Das entsprechende Gegenstück auf Ilfaylens Illumination dominierte das gesamte Bild. Kompliziert ineinander verschlungene Bänder aus Gold, Schwarz und Scharlachrot formten eine lange geflochtene Säule. Insgesamt gab es vier solcher Säulen, die auch auf den zweiten Blick identisch erschienen. Doch wie sie sie jetzt betrachtete – durch Augen, die die ihren und doch wieder fremd waren –, erkannte Tessa, daß jeder einzelne Knoten winzige Unterschiede aufwies. Nicht das, was sie zeigten, war unterschiedlich, sondern vielmehr ihre innere *Spannung*. Alle vier Knoten waren auf verschiedene Art und Weise gespannt.

Tessa rieb über die Dornen des Rings und dachte nach. Was hatte Ilfaylen noch einmal über seine Illumination gesagt? *Folge ihr, und sie wird dich zu den vier Orten führen, wo du sein mußt.*

Vier unterschiedlich gespannte Knoten, die irgend etwas in ihrer Mitte zu halten schienen … Tessa drückte den Daumen auf einen der Dornen. Das war des Rätsels Lösung! Jeder Knoten repräsentierte eine Kette der Dornenkrone. Ihre Aufgabe war es nun, diese Kette neu zu erschaffen und anschließend zu zerstören. *Male das Problem, dann löse es,* hatte Avaccus gesagt.

Die andere, weit entfernte Tessa griff nach dem Bleistift und begann, die Umrisse des ersten Knotens zu zeichnen. Emith war in ihrer Nähe und reinigte Pinsel von Goldfarbe. Er wirkte sehr zufrieden.

Tessa wandte sich ab und überließ ihren anderen Teil

dem Malen; dann tat sie ihren ersten Schritt auf der finsteren Straße. Nun, da sie wußte, was sie zu tun hatte, war es an der Zeit, sich die Kraft dafür zu verschaffen. Das Malen war nur die Hälfte der Arbeit.

Der Ring führte sie. Er zog sie am Finger vorwärts und geleitete sie durch die Dunkelheit an einen anderen Ort. In ihren Ohren herrschte plötzlich ein Vakuum. Irgend etwas schien sie einzusaugen. Schwarze Tentakel, schwer wie Blei strichen über ihre Haut hinweg, und schwarze Fäden füllten ihr Ohren, Nase und Mund. Unendlich langsame Blitze zeichneten ihr Gesicht in die Luft. Einen schrecklichen Augenblick lang wurde Tessa von Panik ergriffen, dann rettete sie die Erinnerung.

Sie war schon einmal hier gewesen: Wenn auch nur kurz, so war sie doch bereits einmal in die Welt der Dornenkrone gereist. Sie befand sich in den Falten und Spalten zwischen Raum und Zeit, an jenem Ort, von dem aus die Ephemeren in andere Welten schlüpften, jenem Ort, von dem Avaccus gesagt hatte, daß hier die Große Spaltung ihren Ausgang genommen habe.

Wie Sand, der im Wasser zu Boden sinkt, verschwanden die schwarzen Fäden aus ihren Augen. Allem konnte sie einen Namen geben: anderen Welten, anderen Zeiten, anderen Existenzen. Unzählige Ephemeren, deren Absichten so subtil waren, daß sie niemals hoffen durfte, sie zu verstehen, glitzerten in der Dunkelheit vor ihr wie Regentropfen auf Glas. Sie warteten. Tessa erkannte eine aus ihrer eigenen Welt. *Ja,* dachte sie, *auch diese ist wieder entschlüpft.*

Schmerz, Leid, Freude, Liebe und Haß: In dem Gefüge der Spaltung gab es alles. Tessa spürte den sanften Druck der Gefühle anderer Menschen. Sie besaßen Macht – jene Art von Macht, wie sie ein Fluß besaß, der plötzlich seinen Lauf änderte. Gefühle bedeuteten Veränderungen von Geist und Herz.

Mit diesem Gedanken im Kopf verließ Tessa den Ort. Die Wahrheiten, die hier verborgen waren, waren zu groß, die Geheimnisse zu enthüllend. Es war ein Ort der Vollständigkeit, des Höchstmaßes, eine angefüllte Leere. Tessa wollte ihn weder genauer kennenlernen noch ihn verstehen. Wie eine Ephemere befand sie sich nur auf der Durchreise.

Sie wandte sich von dem Ort und all seinem Wissen ab, betrat wieder die dunkle Straße und ließ sich von dem Ring zurückführen.

Sie bewegte sich durch die Dunkelheit in verschiedenen Stufen zurück zu der Höhle, dem Muster und dem Schatten ihrer selbst, den sie zurückgelassen hatte. Gleichzeitig wurde sie sich wieder all des Lärms und der Schwierigkeiten bewußt. Sie spürte die Schmerzen in Handgelenk und Rücken. Die Farbdämpfe brannten ihr in den Augen, und hoch über ihr, durch mehrere Schichten Felsgestein von ihr getrennt, kämpften Camron und Ravis ums Überleben. Tessa hörte das angestrengte Atmen der beiden Männer und spürte, wie Schweiß und Blut über ihre Gesichter rannen. Sie empfand dasselbe, was sie empfanden, und überraschenderweise gab es zwischen all der Furcht und Panik auch Augenblicke der Freude.

Ravis kämpfte mit einem Herzen voller Erinnerungen, und Camron kämpfte mit einem Geist, aus dem zunehmend der Zweifel wich. Sie beschützten einander wie Brüder: kämpften Seite an Seite, wachten über den Rücken des anderen und achteten auf jede seiner Verletzungen oder Zeichen von Schwäche. Während Tessa sie beobachtete, hatte sie das Gefühl, als entstehe etwas zwischen den beiden, eine Nähe gegründet auf Blut, geteilter Gefahr und wachsendem Vertrauen. Beide Männer hungerten danach.

Tessas Kehle begann zu schmerzen. Irgend etwas

rollte ihre Wange hinab. Da sie glaubte, daß ihr dies nicht wirklich widerfuhr, ignorierte sie es.

Gerade als sie den Pinsel wieder fest in die Hand nahm, blickte Ravis sie an. Sein Blick drang durch all den Fels und den Raum zwischen ihnen hindurch. Er wußte, daß sie bei ihm war. Für einen Augenblick, vielleicht weniger, waren sie zusammen. Niemand sagte etwas; keine Botschaft wurde ausgetauscht, doch als Tessa sich wieder dem Muster zuwandte, hatte sie neue Kraft gewonnen.

In der Verbindung zwischen Ravis, Camron und ihr lag Macht, und während sie sich daranmachte, den ersten Knoten auszumalen, stützte sie sich auf diese Kraft und trug ihren Teil dazu bei.

Ravis fühlte, wie Tessa ihn verließ. Für den Bruchteil eines Augenblicks hatte sie seinen Geist berührt, bevor sie wieder verschwunden war. Ravis wußte nicht, ob sie ihm etwas genommen oder gegeben hatte. Er wußte nur, daß er sich gesegnet fühlte. Tessa lebte, war gesund und in Sicherheit.

»Hey! Wolltest du mir nicht hierbei helfen?« Camron stellte den Fuß auf den Granitblock, den er hatte bewegen wollen. »Wer macht jetzt eine Pause, um die Schau zu bestaunen?«

Ravis hob die Hände als Zeichen, daß er seine Schuld eingestand. Die Wahrheit war, daß er von dem Augenblick an, da Tessa ihn berührt hatte, vergessen hatte, was er eigentlich gerade tat. Zu seinen Füßen lag eine weitere der Kreaturen, tot, und sein Schwert war feucht und triefte vor Blut. Als er die Treppe zum nächsten Stockwerk hinunterblickte, sah er ein Dutzend weiterer Monster, die mit Schwertern, Klauen und Zähnen die Barrikade aus Truhen, Bücherregalen, Statuen und Türen auseinanderrissen, die er und Camron vor wenigen Minuten errichtet hatten. Die Wesen zerfetzten sie, als wäre es eine Sperrholzwand.

Ravis und Camron standen im zweiten Stock, oberhalb der Treppe auf der großen Galerie, die einen freien Blick nach unten gewährte. Bis jetzt war es ihnen nur mit Mühe gelungen, einen gewissen Vorsprung zu behalten, und sie hatten erst weniger als eine Handvoll von ihnen getötet. Ravis zitterte am ganzen Körper – ob Erschöpfung, Angst oder Wut der Grund dafür waren, wußte er nicht. Vermutlich alles zusammen. Camron stand rechts neben ihm. Er war schweißgebadet, und die Haare klebten ihm am Kopf. Ravis überflog rasch die Wunden seines Kameraden, um sich zu vergewissern, daß keiner der roten Flecken auf Unterhemd oder Hose größer geworden war. Zufrieden trat er neben Camron, und gemeinsam schoben, traten und zogen sie den Steinquader zur Treppe.

Der Granitblock wog mehr als ein durchschnittlicher Mühlstein. Die Männer hatten ihn vom Fuß eines der großen Galeriefenster gelöst, wo er als Aussichtsplattform gedient hatte. Das Blut auf dem Boden half ihnen, den Block zu schieben.

Nachdem er sich an seinem Platz, am Rand der obersten Stufe befand, warteten die beiden Männer darauf, daß die ersten Kreaturen die Barrikade durchbrachen und die Treppe hinaufstürmten. Da gelang es einem der Wesen mit einem mächtigen Schulterstoß, den letzten Stapel Stühle und Truhen umzustoßen, und es hatte freie Bahn zur Treppe. Es stieß ein triumphierendes Heulen aus und stürmte vorwärts. Andere folgten ihm. Die Luft war erfüllt von ihrem harten, brodelnden Atem.

Ravis und Camron rührten sich nicht. Sie warteten, bis die Schritte der Kreaturen auf der Treppe widerhallten und der erste Kopf über der obersten Stufe hinweg sichtbar wurde. Dann traten sie zur gleichen Zeit zu, und der Granitblock donnerte die Treppe hinab.

Er hieb die erste Kreatur von den Beinen und warf sie die Stufen hinunter. Die Nachkommenden versuchten, dem Granit auszuweichen, einigen gelang dies auch, doch die meisten wurden von dem Block oder ihren stürzenden Kameraden getroffen. Das Knacken von Schädeln und Knochen war nicht von dem Knacken des splitternden Holzes zu unterscheiden, als ein Körper nach dem anderen dem Block in die Tiefe folgte.

Camron drehte sich zu Ravis um und streckte die Hand aus. »Insgesamt acht«, sagte er. »Jetzt sind schon keine drei Dutzend mehr übrig.«

Ravis grinste. Er ergriff die ausgestreckte Hand und schüttelte sie. »Laß uns gehen und die anderen suchen.«

»Ravis.« Camron hielt ihn zurück. »Fühlst du das auch?«

»Was?«

Camron zuckte mit den Schultern. »Ich bin nicht sicher. Ich habe nur das Gefühl, als würden wir etwas sehr Wichtiges tun, etwas Bedeutsames.«

Ravis spürte die alte Hetzerwunde zwischen den Rippen. Er nickte. Camron hatte recht. Indem sie hier kämpften, gewannen sie nicht nur Zeit für Tessa. Sie gaben ihr auch Kraft. Unfähig, seine Gefühle in die richtigen Worte zu kleiden, erwiderte er schlicht: »Du und ich, wir müssen weiterkämpfen – das ist alles, was ich weiß.« Es war mehr als das, viel mehr, doch Camron schien diese Erklärung zu akzeptieren.

»Dann laß uns gehen und kämpfen.« Camron blickte die Treppe hinunter. Ein paar Kreaturen erholten sich bereits wieder, obwohl ihnen sämtliche Knochen im Leib gebrochen sein mußten. »Das da unten sind nicht die einzigen Monster im Burgfried. Auch andere sind durchgebrochen.«

Ravis nickte, und gemeinsam machten sich die beiden Männer auf den Weg durch die Haupthalle und zu der dahinterliegenden Galerie. Mit jedem Schritt wurden die Kampfgeräusche lauter. Kein Stahl schlug auf Stahl; keine Schwerter klirrten; nur das dumpfe Schlagen von Fleisch auf Fleisch hallte durch die Luft und Schreie, rasselndes Atmen und das Knarren von Bodenbrettern. Als sie die große Tür am Ende der Galerie erreichten, schwoll der Lärm zu ohrenbetäubender Lautstärke an. Blut floß unter der Tür hindurch.

Ravis zog sein Schwert. Er wußte, daß er sich davor fürchten sollte, was ihn und Camron auf der anderen Seite erwartete, doch ein Teil von ihm war begierig darauf, dem gegenüberzutreten. Es war wie damals, als er um den Besitz seines Vaters gekämpft hatte. Sie wurden von allen Seiten angegriffen; der Gegner war ihnen weit überlegen, und sie wußten nie, mit was sie es als nächstes zu tun bekamen. Ravis blickte zu Camron, und neben ihm stand ein Mann, auf den sich zu verlassen er inzwischen gelernt hatte.

Ein gurgelnder Schrei und ein Schlag ließ die Balken der Tür erzittern. Glas zerbrach. Camron setzte an, um die Tür einzutreten.

Da legte Ravis ihm die Hand auf den Arm. »Bevor wir dort hineingehen, will ich dir noch eines sagen.«

»*Was?*« bellte Camron. Er war ungeduldig, sich in den Kampf zu stürzen.

»Du bist nicht der einzige, der einen Anspruch auf den Thron von Garizon hat.« Ravis verstärkte seinen Druck auf Camrons Arm und blickte ihm in die Augen. »Ich war mit Izgards Schwester verheiratet. Sie ist gestorben, ohne ein Testament zu hinterlassen.«

Camron hielt den Atem an. Die Farbe seiner Augen verwandelte sich von Hell- zu Schiefergrau. »Und warum sagst du mir das ausgerechnet jetzt?«

Ravis biß auf seine Narbe. Er wußte die Antwort selbst nicht so genau. Es hatte etwas mit Tessa zu tun, doch da war noch mehr. »Ich will, daß du weißt, daß du dich auf mich verlassen kannst.«

Sekunden vergingen. Etwas Riesenhaftes bewegte sich auf der anderen Seite der Tür und ließ den Boden erbeben. Camron ignorierte es und blickte Ravis statt dessen tief in die Augen. Schließlich sagte er: »Dann werden wir in dieser Sache zusammenstehen – wie Brüder.«

Bei diesen Worten rutschte irgend etwas in Ravis' Brust wieder an die richtige Stelle. Seine Augen brannten, also schloß er sie. Dann öffnete er sie wieder, und Camron sah ihn noch immer an. Ravis nickte kurz. Mehr gab es nicht zu sagen.

»Also schön!« schrie Ravis und wirbelte herum. »Laß uns diese Tür auf drei eintreten. Eins, zwei, drei …«

Als sie auf den Wehrgang der Schützen stürmten, wurden sie von blutverschmierten Wänden, zerbrochenen Schwertern und abgerissenen Gliedmaßen empfangen. Eine Kreatur stürzte sich auf sie, an deren Fängen noch die Überreste ihres letzten Opfers hingen. Hinter ihr befand sich noch etwas Dunkleres, Größeres, Kälteres. Das war das Ding, das die Wände erzittern ließ.

Ravis kämpfte. Er kämpfte, bis jeder Teil seines Körpers mit Blut besudelt war. Doch bei all dem Schmerz, dem Entsetzen und dem Töten verlor er Camron keine Sekunde aus den Augen.

»Rasch, Ederius. Rasch.« Izgard beugte sich über den Schreibtisch. »Ich muß wissen, was in Burg Bess vor sich geht.«

Trotz des Hustens brachte Ederius ein Nicken zustande. Diesmal dauerte es länger als gewöhnlich, bis der Anfall vorüber war, und als er das Tuch vom Mund nahm, war es voller Blut. Rasch ließ er es in seiner Tasche verschwinden. Von draußen drang das Geräusch von Hämmern und Sägen herein. Ederius' Zelt war das einzige, das bereits stand.

»Ich werde arbeiten, so schnell ich kann, Euer Majestät«, sagte Ederius und umwickelte seine Malhand mit Seide. »Allerdings dürften die Gatheloc ihre Arbeit bereits erledigt haben.«

Izgard atmete langsam aus, und ein feiner, milchiger Nebel schlug sich auf Ederius' Wange nieder. »Geh kein Risiko ein, Schreiber! Male!«

Ederius tat, wie ihm geheißen, tauchte die Feder in die Tinte, und bald brannten sich die ersten, mit Quecksilber angereicherten Tropfen in das Pergament. Er hatte gehofft, sein König würde ihn allein arbeiten lassen, doch Izgard zog einen Stuhl heran, stützte den Ellbogen auf den Schreibtisch und beobachtete, wie das Muster entstand.

Kapitel neunzehn

»Komm sofort hierher, Schneemann!« rief Angeline. Sie war es leid, ihm hinterherzulaufen. Der nichtsnutzige Hund hatte ein paar Grashüpfer entdeckt, und nun sprang er aufgeregt hierhin und dorthin, wedelte mit dem Schwanz und bellte, so laut er konnte. Allerdings war nicht alles, was er anbellte, ein Grashüpfer. Bei manchen Dingen handelte es sich schlicht und ergreifend um trockenes Laub. Schneemann kümmerte das jedoch nicht. Alles, was sich bewegte – und was ein gutes Stück kleiner war als er –, galt ihm als Beute.

Schneemann hier. Schneemann hier.

Schwanzwedelnd und hechelnd kehrte Schneemann erschöpft, aber glücklich zu Angeline zurück. Angeline hatte mit ihm schimpfen wollen, weil er aus der Kutsche gesprungen war, bevor man ihr Zelt aufgeschlagen hatte, und weil er sie noch vor Sonnenaufgang über fast den gesamten Lagergrund gejagt hatte, doch sie brachte es noch nicht einmal fertig, die Stirn zu runzeln. Was sollte man von einem nichtsnutzigen Hund auch anderes erwarten? Außerdem war es aufregend, draußen zu sein – und noch dazu so früh – und den Soldaten beim Aufschlagen des Lagers zuzusehen.

Als sie Ederius' Zelt inmitten all dieses Chaos aus hämmernden, fluchenden und hin und her eilenden Menschen entdeckte, fragte sie sich, was wohl aus dem Bittermandeltee mit Honig geworden war, den sie ihm vergangene Nacht vors Zelt gestellt hatte. Hatte er ihn gefunden? Hatte er ihn getrunken? Hatte er ihm gegen den Husten geholfen? Angeline zurrte die Kapuze fest, damit der Wind sie ihr nicht vom Kopf wehen und den umstehenden Arbeitern ihr Haar enthüllen konnte; dann machte sie sich auf den Weg zum Zelt. Sie wußte, daß Izgard sich ärgern würde, sollte er von ihrem Besuch erfahren, aber ihr Mann bedeutete ihr von Tag zu Tag weniger, und was er dachte, kümmerte sie kaum noch.

Schneemann jagte noch ein paar Grashüpfer, nur um zu beweisen, daß er es konnte, dann folgte er seinem Frauchen.

Während sie sich dem Zelt näherte, lauschte Angeline auf irgendwelche Aktivitäten in seinem Inneren. Da hörte sie lautes Husten durch die Zeltwand. Daß Ederius ganz allein und krank dort drinnen war, gefiel Angeline ganz und gar nicht. Entschlossen warf sie die Zeltplane zur Seite … und erstarrte.

Izgard war hier. Er saß mit dem Rücken zum Eingang, unmittelbar neben Ederius, und vor ihm lag die Dornenkrone auf ihrem Podest.

»Reiß dich gefälligst zusammen«, ermahnte Izgard Ederius, der in ein Tuch hineinhustete. »Beende, was du begonnen hast.«

Schneemann knurrte.

»Schschsch«, zischte Angeline und ließ die Zeltplane leise hinter sich herunter. Falls Izgard ihr Eindringen bemerkt hatte, dann war er offenbar zu beschäftigt, um sich darum zu kümmern. Seine Finger gruben sich in die Lehne von Ederius' Stuhl. Der Teil seines Gesichts, den Angeline sehen konnte, wurde vom Licht der Krone erhellt. Sein Mund verhärtete sich, als Ederius nicht aufhören wollte zu husten.

Angeline erkannte das als erste Anzeichen aufkeimender Wut, und auch sie *wollte, wollte, wollte*, daß Ederius aufhörte. Ihm sollte kein Leid geschehen.

Der Schreiber schaukelte vor und zurück. Seine Schultern zitterten unter dem trockenen, abgehackten Husten. Angeline haßte es, dieses Husten hören zu müssen, und sie verzog das Gesicht. Zu ihren Füßen verhielt sich Schneemann so still und brav, daß Angeline sich fragte, ob er vielleicht mit offenen Augen schlief. Kurz darauf brachte Ederius sein Husten endlich unter Kontrolle. Er legte das Tuch beiseite, griff nach dem Pinsel und fuhr fort zu malen. Mit einem erleichterten Seufzen auf den Lippen beugte sich Angeline hinunter und tätschelte Schneemann den Kopf.

»Und jetzt«, wandte sich Izgard mit leiser Stimme an seinen Schreiber, »sag mir, was du in dem Muster gesehen hast, das dir solche Angst eingejagt hat.«

Ederius schüttelte den Kopf. Als er sprach, klang seine Stimme so leise und schwach, daß es Angeline die Kehle zuschnürte. »Euer Majestät, irgend etwas stimmt nicht. Das Mädchen zeichnet ein Muster. Ich spüre, wie sie ihre Farben um die Dornenkrone legt. Sie versucht, die Bindung aufzuheben.«

Izgard schlug mit der Faust gegen Ederius' Stuhl und zerbrach eine Kreuzlatte. »Verfolge sie. Vernichte sie. Brenn ihr die Haut von den Händen, den Armen und vom Gesicht.«

Angeline erschauderte. Schneemann biß in den Saum ihres Rockes und zog Richtung Ausgang.

Laß uns gehen. Laß uns gehen.

Angeline riß ihren Rock los, und Schneemann schnappte nur noch nach Luft. Der nichtsnutzige Hund hatte natürlich recht: Sie sollten wirklich besser gehen. Aber Ederius war sehr krank, und Izgard war sehr wütend, und Angeline war kein kleines Mädchen mehr. Und diesmal würde sie nicht davonlaufen.

Tessa spürte, wie sich ihr Körper veränderte. Der Vollendung des ersten Knotens nahe, atmete sie immer flacher, und ihr Herz schlug von Sekunde zu Sekunde langsamer. Der Schweiß hörte auf, ihr über Rücken und Nacken zu fließen. Ihre Augen und ihr Mund trockneten aus, und ihre Sinne zogen sich zurück, bis sie nur noch den Pinsel in ihrer Hand spürte.

Ihr Körper füllte sich wie ein Wasserschlauch. Er wurde schwerer, dichter und langsamer. Es fiel ihr zunehmend schwerer, die Farbe auf dem Pergament zu verteilen. Irgendwo hoch über ihr kämpften Camron und Ravis um ihr Leben. Umzingelt von einem Dutzend wilder Kreaturen, waren sie vom gleichen Geist erfüllt, und niemand kam an ihren Klingen vorbei. Die beiden voneinander zu trennen war schwieriger, als sie gleichzeitig zu erschlagen. Tessa spürte ihre Stärke; ihr Körper sog sie gierig auf und verwandelte sie in etwas anderes.

Als sie die letzten beiden Linien des Knotens miteinander verband, schmeckte sie etwas Seltsames im Mund. Der Ring, den sie noch immer am Finger trug, zog sich zusammen. Tessa spürte nur den Druck der Dornen, doch keinen Schmerz. Vor ihr begann der fertige Knoten vor Spannung zu summen. Die perfekte Kopie einer Kopie. Die Tinte war noch feucht.

»Emith, ich brauche dein Messer.« Die Wörter fielen ihr aus dem Mund wie Steine. Sie merkte, daß dort, wo der Ring die Haut durchstoßen hatte, Blut den Finger hinablief. »Und einen sauberen Pinsel.«

Emith erfüllte ihre Wünsche sofort und reichte ihr den feinsten Marderhaarpinsel, den er besaß. Die ganze Zeit über, während sie gemalt hatte, hatte er Farben angemischt, die denen der Vorlage so ähnlich wie möglich waren. Wie verlangt, hatte er nur tierische und pflanzliche Pigmente verwendet, und doch war es ihm gelungen,

Ilfaylens komplette Farbpalette nachzubilden. Nun jedoch wollte Tessa keine von ihnen.

Sie würde die erste Kette mit ihrem Blut sprengen.

Ilfaylens Kopie war so tot wie Stein. Seine Farben glitzerten wie Mineralien, und das Pergament besaß die blaugelbe Farbe eines Kadavers. Um die Ketten der Dornenkrone zu zerreißen, mußte Tessa ihnen Leben geben.

Sie hob eine Hand, die sich so schwer wie Blei anfühlte, und drehte die Klinge des Messers nach unten. Als sie sich über das Muster beugte, drangen die Dornen des Rings tiefer und tiefer in ihr Fleisch ein, bis sie schließlich den Knochen berührten. Blut rann über ihre Hand zum Handgelenk. Aber noch immer verspürte sie keinen Schmerz. Ein Schauder lief ihr über den Rücken. Sie hatte das Gefühl, als würde ihr der eigene Körper nicht mehr gehören.

Tessa schluckte und hob die Klinge über die geflochtene Säule. Während sie mit den Augen nach dem Hauptstrang suchte, der den Knoten zusammenhielt, kämpfte sie gegen den Wunsch an, den Arm sinken zu lassen. Sie wünschte, sie könnte dessen sicher sein, was sie tat.

Die Säule bestand aus einem einzigen, vielfach verschlungenen Knoten, und obwohl mehrere Fäden das Muster durchzogen, so wurde das Ganze doch nur von einem einzelnen schwarzen unter Spannung gehalten.

Tessa nahm das Messer und folgte damit dem schwarzen Faden. Wenn sie eine Stelle erreichte, wo er rote und goldene Fäden umschlang, durchtrennte sie ihn mit der Klinge, und wenn er sich um sich selbst schlang und seinen eigenen Knoten bildete, trennte sie ihn Windung für Windung auf. Wie ein Chirurg öffnete sie das Muster und entblößte das darunterliegende rohe Fleisch. Das Pergament hatte die Farbe noch nicht ganz angenommen, und während Tessas Klinge den Faden entlang glitt, schob sie das Schwarz immer tiefer hinein. Doch exakt in der Mitte, dort wo die Klinge am tiefsten eindrang, wurde ein winziger Tropfen Farbe sogar entfernt.

Der seltsame Geschmack in ihrem Mund wurde immer stärker. Ihr gesamter Körper schien sich zusammenzuziehen. Alles – Blut, Sinne, Muskeln, Bänder und Knochen – ballte sich wie eine Faust. Wenn sie atmete, nahm sie mehr auf als nur Luft. Farbdämpfe, Pergamentfasern und Kreidestaub drangen in ihre Lungen.

Tessa fühlte die Dornenkrone. Sie riß an ihren Ketten wie ein gefangener Gott und glitzerte vor Kälte.

Sie wußte nichts von Gut und Böse. Sie kannte nur den Krieg.

Blind, mächtig und älter als beide Welten, auf denen Tessa gewandelt war, stellte die Dornenkrone eine Macht aus sich heraus dar. Sie hatte nur ein Ziel vor Augen. Sie nährte sich nur von einem. Ein Bild allein spiegelte sich in ihrem Gold.

Tessas Herz zog sich zusammen. Eine schreckliche Übelkeit ließ sie bis tief ins Innerste erschaudern.

Die Dornenkrone mußte fort von hier. Sie mußte gehen.

Nichts, absolut *gar nichts*, was sie bisher getan hatte, kein Krieg, keine Schlacht, kein Schlachten kam dem auch nur nahe, wozu sie imstande war. Sie konnte eine ganze Welt zerstören.

Mit einer Hand, die zu schwer war, um zu zittern, griff Tessa nach dem Marderhaarpinsel und tauchte ihn in das Blut, das unter dem Ring hervorfloß. So schnell es ging, brachte sie die Spitze dann auf das Pergament und ließ das Blut in das vom Schwarz entblößte Muster fließen.

Alles, was sich in ihrem Körper angesammelt hatte, drang mit einem Schlag hinaus: all die Macht, die Liebe und die Kraft, die sie von Camron und Ravis aufgesogen hatte, und all die Trauer, die sie über den Tod von Mutter Emith empfand, und die Schuldgefühle wegen Avaccus'

Tod und selbst der Zorn auf Deveric und seine Muster. Auch jedes Stück Verzweiflung, Schmerz und Einsamkeit, das der Tinnitus ihr aufgezwungen hatte, floß aus ihr heraus.

Mit Blut voller Gefühl verlieh Tessa dem Muster Leben.

Das Pergament knisterte, und die schwarze Farbe begann zu zischen. Tessa trieb ihr Blut in die Seite und arbeitete es ins Herz des Musters. Sie arbeitete gegen jede Linie, jede Kurve und gegen jede Regel, die Ilfaylen benutzt hatte, um den Knoten zu binden. Heiße, zornige Macht durchströmte ihren Körper. Sie spritzte mit dem Blut aus ihr heraus, schlug mit dem Pinsel auf das Muster und fraß sich wie ein gefährlicher Wurm durch das Pergament.

Etwas zerriß.

Ein Geräusch wie ein Bogenschuß hallte durch die Luft. Die Höhle erbebte, und Staub rieselte von der Decke. Die Luft summte, und es hallte wie von tausend kleinen Glocken wider. Der Druck löste sich explosionsartig aus ihrem Körper. Dann hörte alles auf.

Die erste Kette war gesprengt, die Dornenkrone auf dem Weg ihrer Lösung.

»Fräulein! Fort von hier!«

Tessa war leicht benommen, und so dauerte es einen Augenblick, bis sie auf den Klang von Emiths Stimme reagierte. Sie riß den Kopf herum und sah Emith am Eingang der Höhle stehen. Irgend etwas versuchte, sich einen Weg herein zu erzwingen. Tessa sah einen dicken, muskelbepackten Arm und dann Klauen. Ein dumpfer Schlag ertönte, und Felssplitter fielen neben Emith zu Boden. Ein dünner Riß erschien unmittelbar über dem Spalt, der den Eingang der Höhle bildete. Was auch immer dort draußen war, war zu groß, um durch den Spalt zu passen, und so versuchte es, den Durchgang mit Gewalt zu vergrößern. Tessa sog zischend die Luft ein, als ihr der Geruch in die Nase stieg. Sie erkannte ihn sofort. Das war der Gestank der Kreatur aus der Abtei.

»Fräulein! Geht in die andere Höhle zurück. *SOFORT!*«

Tessa fuhr zusammen. Das war das erste Mal, daß sie Emith hatte schreien hören. Mit weichen Knien zog sie sich zurück.

Die Wand um den Spalt erbebte. Felsbrocken lösten sich. Ein lautes, unnatürliches Stöhnen ertönte, als die Kreatur eine Schulter durch die Öffnung zwängte. Als Tessa das verbrannte, blutige Fleisch sah, stieß sie einen leisen Schrei aus. Die Kreatur war riesig, mißgestaltet, nicht im geringsten menschlich. Mit einer Klaue schlug sie nach Emith und traf seine Brust.

»Emith! Komm weg da!«

Emith schüttelte den Kopf. Rote Flecken erschienen auf seiner Tunika. »Nein, Fräulein. Irgend jemand muß es doch aufhalten.«

Noch während er sprach, warf sich die Kreatur mit ihrem vollen Gewicht gegen die Wand. Diesmal erbebte die ganze Höhle. Tessas Zähne schlugen aufeinander. Ein großer Steinbrocken krachte zu Boden.

Tessa versuchte, sich aufzurappeln. Emith brauchte Hilfe.

»*Bleibt, wo Ihr seid!*« schrie Emith und wühlte in seinem Bündel. »Es wird Euch nicht weh tun. Das lasse ich nicht zu.«

Mit diesen Worten wirbelte er herum und warf etwas gegen den Körper der Kreatur. Es war dunkel und flüssig, und es dauerte ein paar Augenblicke, bis Tessa erkannte, daß es sich um Tinte handelte. Die schwarze Tinte verteilte sich auf Arm und Schulter des Wesens, und ihre Säure brannte sich in das ohnehin schon verbrannte Fleisch. Die Kreatur stieß einen hohen, kreischenden Schrei aus. Emith griff nach dem Schabemesser, das Tessa beiseitegelegt hatte, und begann damit auf Arm und Schulter des Monsters einzustechen. Tessa schaute zu, während Emith sich der Kreatur immer wieder in rasendem Zorn entgegenwarf, ohne dabei auf den Schaden zu achten, den er sich selbst zufügte, wenn er gegen die Felsen prallte. Die Tränen standen ihm in den Augen. Seine Lippen bewegten sich, und er murmelte Worte, die Tessa nicht verstand.

Wie er so vor Zorn zitternd auf die Kreatur einstach, erkannte Tessa, daß Emith nicht länger hier unten in der Höhle war. Er war wieder in der Küche seiner Mutter und kämpfte, um jemanden zu retten, der nicht mehr gerettet werden konnte.

Als die Kreatur zurückwich, setzte Emith ihr hinterher. Er bebte vor Schluchzen. Mit einem Dutzend Stichen in die Brust zwang er das Wesen zum Rückzug in den Tunnel hinter dem Eingang. Tessa glaubte, er würde es dabei bewenden lassen, doch sie irrte sich. Er nahm die Verfolgung auf.

Da sie nicht mehr sehen konnte, was geschah, lauschte sie auf die Kampfgeräusche. Schluchzen und Tierschreie wurden eins. Von Zeit zu Zeit erbebte die Wand neben dem Eingang, und der Luftzug ließ die Kerzen flackern. Nach scheinbar einer Ewigkeit herrschte plötzlich Stille. Minuten vergingen. Tessa versuchte angestrengt, etwas zu hören – *irgend etwas.* Dann erschien Emith im Eingang. Vor der Brust hielt er das Messer. Die Klinge war verbogen, weil er sie auf Stein gestoßen hatte. Dunkles Blut bedeckte sein Gesicht, seine Hände und das Messer. An seiner Tunika fehlten zahlreiche Fetzen, und sein Haar war aschgrau von Steinstaub.

»Es wird Euch jetzt nicht mehr weh tun, Fräulein«, sagte er mit sanfter, beinahe fröhlicher Stimme. »Das verspreche ich Euch.«

Tessa schlug die Hände vors Gesicht. Sie zitterte.

»Fräulein, bitte weint nicht. Alles wird wieder gut.«

Emith eilte herbei und kniete sich neben sie. »Es tut mir leid, daß ich Euch solche Angst eingejagt habe.«

Tessa konnte nicht sprechen. Wie konnte sie ihm auch sagen, daß nach allem, was soeben geschehen war, sie nichts mehr beunruhigte als sein Anblick mit einem blutigen Messer in der Hand?

»Hier, Fräulein.« Emith reichte ihr ein Tuch. Er versuchte vergeblich zu verbergen, daß ihm die Hände zitterten. »Ihr dürft Euch nicht darüber aufregen, was geschehen ist.«

Tessa hob den Kopf und sagte: »Es tut mir leid, Emith. Alles tut mir leid.«

Emith lächelte schwach und tätschelte ihr den Arm. »Es ist schon gut, Fräulein. Das ist es wirklich.«

Tessa bemerkte, daß die Klinge bereits vom Blut gesäubert war. Irgendwie hatte Emith in den wenigen Sekunden, da sie den Kopf gesenkt hatte, Zeit gefunden, sie abzuwischen. Das war typisch für ihn, daß er sofort alles wieder aufräumte. Diese Kleinigkeit hatte eine unerwartet große beruhigende Wirkung auf sie, und nach einer Weile ließ sie sich von Emith wieder zu ihren Farben und dem Muster zurückführen.

Tessa nahm Emith das verbogene Messer aus der Hand und begann von neuem, über das Pergament zu kratzen. Wieder einmal sammelte ihr Körper Kraft bei der Arbeit. Als sie bereit war, den Pinsel zu benutzen, stach der Ring sie erneut, und sie nahm das Blut auf, um es im Zentrum des Knotens zu verteilen.

Im selben Augenblick, da das Blut die Seite berührte, traf eine Hitzewelle ihre Hand. Ein Paar Wolfsaugen zwinkerten ihr durch das Pergament hindurch zu. Tessa zuckte zurück. Der Schmerz breitete sich von ihrem Arm bis ins Gesicht aus. Sie roch verbranntes Fleisch. Emith schrie ihr zu, den Pinsel wegzulegen, doch sie wollte nicht loslassen. Irgend jemand würde dafür bezahlen müssen, was heute nacht hier geschehen war. Emith hätte niemals dazu gezwungen werden dürfen, gegen jemanden zu kämpfen und ihn zu töten. Er war nicht diese Art Mann. Er war freundlich und gutmütig, und stets dachte er nur das Beste von seinen Mitmenschen. Nun jedoch war seine Mutter tot; sein Leben hatte sich verändert, und er hatte jemanden mit eigener Hand getötet. Nichts von alledem hätte je passieren dürfen. Nichts! Das war nicht Emiths Kampf. Das war ihrer. Tessa preßte die Lippen zusammen und machte sich auf die Jagd nach dem Wolf.

Ederius schrie. Seine Finger flogen auseinander, und er verlor den Pinsel aus der Hand. Ein Zittern, das schwächer war als das vor einer Stunde, ging durch das Zelt und durch den Boden. Angeline blickte zur Dornenkrone. Beim ersten Beben hatte die Krone geflackert, als würde sie sie durch ein Feuer hindurch betrachten. Diesmal hingegen verblaßte das Gold. Das Glitzern hörte auf, und kurz glaubte Angeline etwas Schreckliches in den verschlungenen Bändern zu sehen, doch es war ebenso schnell wieder verschwunden, wie es gekommen war.

»Hier!« schrie Izgard und drückte Ederius den Pinsel in die Hand. »Male! Du mußt sie aufhalten!«

Ederius hielt sich die Hand. Angeline konnte erkennen, daß sie verbrannt war. »Euer Majestät«, erwiderte Ederius zwischen zwei rasselnden Atemzügen, »ich kann nicht ...«

Izgard schlug mit der Faust gegen den Stuhl. Da die Kreuzlatte bereits zersplittert war, brach diesmal die ganze Lehne. Splitter drangen in Ederius' Rücken. »Halte sie auf! Halte sie auf! *HALTE SIE AUF!*«

Angeline trat zurück. Schneemann folgte ihr und verbarg sich in den Falten ihres Rockes.

Ederius mußte husten. Das Wasser stand ihm in den Augen; seine Haut war beinahe durchsichtig, und sein ganzer Körper begann zu zittern. Dort, wo Splitter durch seine Robe gedrungen waren, erschienen Blutflecken. Angeline zuckte unwillkürlich zusammen, als er die verbrannte Hand um den Pinsel schloß. Er wollte doch wohl nicht weitermachen, oder? Aber genau das tat er. Während er gegen die Krämpfe in seiner Brust ankämpfte, tunkte Ederius den Pinsel in einen Farbtopf und fuhr fort zu malen.

Angeline griff in ihren Rock. Wie konnte Izgard ihn arbeiten lassen, wenn er doch krank war?

Das Husten des Schreibers wurde mit jedem Pinselstrich schlimmer, und mit der freien Hand hielt er sich das Tuch vor den Mund. Die Linien, die er malte, waren dick und wirkten schwerfällig. Als ihn ein weiterer Hustenanfall heimsuchte, entstand ein Klecks auf dem Pergament.

Izgard stieß den Finger in den Fleck und schmierte Ederius die Farbe auf die Wange. »Wie nennst du das hier?« fragte er und riß Ederius das Tuch vom Mund. »Reiß dich zusammen, Mann. *MALE!*«

Ederius gab sein Bestes, doch Izgards Zorn regte ihn nur zusätzlich auf, und mit bebenden Schultern beugte er sich über den Tisch. Angeline knetete den Stoff ihres Rockes. Wenn Izgard ihm doch nur eine Minute der Erholung gönnen würde. Statt dessen wurde Izgard sogar noch wütender, als er sah, wie Ederius nach Atem rang, und er trommelte mit der Faust auf den Tisch. Speichel troff aus Ederius' Mund auf das Pergament. Nur daß es kein Speichel war, denn die Flüssigkeit war nicht klar. Sie war rot ... von Blut.

Als er erkannte, was da dem alten Mann aus dem Mund tropfte, schrie Izgard ihn an, er solle aufhören zu husten.

Angeline stieß einen leisen Schrei aus und trat einen Schritt vor.

Schneemann knurrte: *Bleib, wo du bist.*

Ederius' Gesicht lief blau an. Immer mehr Blut spritzte aus seinem Mund. Er konnte nicht aufhören zu husten.

Angeline konnte es nicht länger ertragen und eilte zum Tisch. Sie hob den Arm, ballte die Faust, und bevor sie wußte, was sie tat, schlug sie Izgard mitten ins Gesicht. »*Hör auf damit!*« kreischte sie. »Laß ihn in Ruhe!«

Izgard riß den Kopf zurück. Blut floß ihm aus dem Mundwinkel, das er mit der Faust wegwischte. Seine Augen schimmerten golden.

Als sie diese Augen sah und erkannte, was sich hinter ihnen verbarg, hörte Angeline auf zu atmen. Ihr Magen zog sich zusammen, und hinter ihr wimmerte Schneemann aus der Nähe des Ausgangs:

Laß uns gehen. Laß uns gehen.

Angeline drehte sich um. Noch bevor ihr Rock der Bewegung gefolgt war, schlug etwas gegen ihr Rückgrat. Es knackte. Die Welt wurde rot und weiß. Schmerz fuhr ihr durch die Rippen und den Rücken hinauf. Sie stolperte vorwärts und versuchte zu fliehen. Ein Schatten fiel auf ihr Gesicht; sie hörte ein Zischen, dann fand Izgards Faust ihren Mund.

Angelines Zähne schlugen aufeinander. Ihre Unterlippe platzte auf, und Blut floß ihr übers Kinn. Der Raum begann, sich zu drehen. Plötzlich wußte sie nicht mehr, was oben und was unten war. Sie taumelte zur Seite und legte im Fallen schützend die Hände auf den Bauch.

Bitte, dachte sie, als sie mit Schulter und Hüfte auf den Boden schlug, *bitte tu meinem Baby nicht weh.*

Im Hintergrund wurde Ederius' Husten immer schwächer und klang immer feuchter. Während Angeline sich auf den Bauch rollte, riskierte sie einen Blick Richtung

Schreibtisch. Obwohl sie alles nur noch verschwommen wahrnahm, sah sie, daß Ederius langsam zu Boden glitt.

Irgendwo in der Ferne heulte Schneemann.

Laß uns gehen. Laß uns gehen.

»Ich werde dich lehren, mich zu schlagen.«

Angeline blieb kaum Zeit zu verarbeiten, was Izgard gesagt hatte, da wurde ihr Schädel auch schon von einem dröhnenden Schmerz erfüllt. Aus dem Augenwinkel heraus sah sie, wie Izgard etwas zurückzog: Es war ein zerbrochenes Brett aus der Stuhllehne. *Da ist Blut auf dem Holz,* dachte sie. Sie zog es vor, das Brett zu betrachten und den Anblick von Izgards zornerfüllten Augen zu vermeiden.

Er würde ohnehin nicht aufhören, bevor sie nicht tot war.

Wieder und wieder fuhr das Brett hernieder, traf sie an Schulter, Armen und Brustkorb. Angeline schmeckte Blut. Lichtpunkte tanzten vor ihren Augen, und etwas Warmes, Feuchtes floß ihr über die Schulter und sammelte sich in der Armbeuge. Die Welt um sie herum begann zu verschwimmen. Wieder wurde das Brett in die Höhe gerissen, und es zielte auf die weiche Stelle an ihrer Seite. Angeline erstarrte. Sie versuchte zu beten, doch die Worte wollten ihr nicht einfallen. Das Brett sauste auf sie zu.

Winzige Pfoten galoppierten durch das Zelt. Ein tiefes, wildes Knurren ertönte; dann flog etwas Weißes durch die Luft, genau auf Izgards Arm zu. Angeline sah Zähne und gesträubtes Hundefell.

»Schneemann!« schrie sie mit geschwollener Zunge. »Schneemann!«

Das Fell gesträubt, den Schwanz eingeklemmt und mit vor Entschlossenheit funkelnden Augen bohrte Schneemann seine Zähne in Izgards Arm. Während er mit den Pfoten Luft trat, warf der kleine Hund den Kopf hin und her, und seine Zähne drangen immer tiefer in das Fleisch des Königs, bis das Blut zwischen seinen Lefzen hindurchfloß.

Izgard ließ das Brett mitten im Schlag fallen. Er schrie vor Wut auf, riß den Arm zurück und versuchte, Schneemann abzuschütteln. Schneemann ließ jedoch nicht los. Er hatte Schaum vor dem Maul.

Angeline schrie und schrie, Schneemann solle verschwinden. Ihr ganzer Körper schmerzte, doch das bedeutete ihr nichts. Nur Schneemann zählte.

Izgard wich zum Tisch zurück, während er vergeblich versuchte, Schneemann abzuschütteln. Die Kiefer fest geschlossen und die Zähne auf den Knochen, hob Schneemann den Schwanz.

Schneemann hier. Schneemann hier.

Izgard fluchte. Sein Gesicht war blau vor Zorn. Sein Blut floß ihm über den Arm. Dann sah er sich um, hob den Arm und schlug ihn mit voller Wucht auf Ederius' Schreibtisch.

Angeline murmelte: »*Nein.*«

Schneemanns Körper traf mit dem Rücken zuerst auf das Holz. Ein leises, kurzes Wimmern. Knochen knackten – viele winzigkleine Knochen – Schneemanns Maul öffnete sich, und sein Körper fiel zu Boden. Die rechte Seite seines Kopfes wirkte seltsam flach, und irgend etwas floß ihm aus dem Ohr.

Unmittelbar neben ihm lag der regungslose Ederius.

»Schneemann?« keuchte Angeline. »Ederius?«

Niemand antwortete ihr.

Izgard legte die Hand auf die Brust und rieb sich über das verwundete Fleisch. Sein Blick war auf die Dornenkrone gerichtet. Die Krone schien irgendwie *weniger* geworden zu sein. Sie wirkte beinahe gewichtslos. Izgard nahm sie in die Arme und rannte mit ihr aus dem Zelt, ohne Angeline auch nur einmal anzusehen.

Angeline ließ den Kopf auf den Boden fallen. Sie wollte die Augen schließen, doch immer wieder hielt sie etwas Feuchtes davon ab. Im Zelt herrschte Stille. »Schneemann?« rief sie in die Stille hinein. »Schneemann?«

Zwar wußte sie, daß sie keine Antwort erhalten würde, doch sie konnte nicht anders als hoffen, während sie beide Hände auf den Bauch legte. Sie wartete … und wartete … und wartete. Schneemann rührte sich noch immer nicht. Nach einer Weile schüttelte Angeline den Kopf. So ein dummer, ungehorsamer, tollkühner, furchtloser, nichtsnutziger Hund. Und sie liebte ihn so sehr, daß es ihr das Herz zerriß.

Als Angeline sich aufrappelte, schmerzte ihr Körper an so vielen Stellen, daß es ihr beinahe unwirklich erschien. Sie schleppte sich zum Tisch. Ihre gebrochenen Knochen behinderten sie, hielten sie aber nicht auf. Zuerst sah sie nach Ederius und legte ihm die Hand auf den Mund, um zu überprüfen, ob er noch atmete. Als kein Luftzug seinen Mund verließ, schloß sie ihm die Augen, faltete seine Hände vor der Brust und sagte ihm viele, viele Male, wie leid ihr alles tat. Sein Gesicht war wunderschön, und Angeline hatte den Eindruck, er sei jünger geworden. Keine Sorgenfalten verunstalteten seine Stirn. Sie hätte ihn gerne auf die Wange geküßt, doch ihre Lippe blutete noch immer, und sie wollte nicht seine Haut beflecken. Ederius war immer so sauber und ordentlich gewesen.

Dann wandte sich Angeline von dem toten Schreiber ab, atmete tief durch, um sich zu sammeln und blickte zu Schneemann.

Der nichtsnutzige Hund sah aus, als würde er schlafen. Angeline nahm ihn in die Arme und drückte ihn an die Brust. Er fühlte sich gar nicht mehr wie Schneemann an, mehr wie ein Kissen gefüllt mit Knochen. Sie wiegte ihn dennoch hin und her. Er war warm; seine Lefzen waren feucht, und zwischen seinen winzigen Pfoten hingen die Überreste eines Grashüpfers. Nein, korrigierte sich Angeline und entfernte das grüne Etwas. Es war kein Grashüpfer, nur Laub.

Angeline lächelte zärtlich und legte den kleinen Hund auf den Boden. Es fiel ihr schwer, sich von ihm loszureißen. Sie stand auf und legte die Hände auf den Bauch, um die Leere zu füllen, die Schneemann hinterlassen hatte. Sie ließ sich nicht füllen. Sie würde sich *niemals* füllen lassen. Sie würde sie ihr ganzes Leben begleiten.

Angeline biß sich auf die verletzte Lippe, versuchte, so stark zu sein, wie es ihr Vater sie gelehrt hatte; dann trat sie auf die andere Seite des Schreibtischs.

Kapitel zwanzig

Das Blut, das unter Ravis' Tunika trocknete, stank. Irgend etwas stach in seinem linken Auge. Aus einer Blase in seiner Schwerthand floß Eiter auf den Griff seiner Axt. Doch er griff nur um so fester zu. Ein halbes Dutzend Schritte vor ihm zog Camron eine Linie aus Blut über das Dach.

Sie standen auf dem Dach des Burgfrieds unter dem blau-grauen Himmel des anbrechenden Morgens. Eine weitere Kreatur war tot. Camron hatte ihr den Schädel mit der Axt gespalten. Daher stammte auch das Blut, das Camron mit seinem Stiefel verteilte. Ravis wußte, daß es *sein* Blut gewesen wäre, hätte Camron nicht so schnell reagiert. In die Ecke getrieben, ohne Waffe, Raum und Zeit, hatte Ravis die Klinge kommen sehen, die seine Seite aufschlitzen wollte. Dann war Camron erschienen, den er auf die Suche nach Waffen die Treppe hinuntergeschickt hatte, und hatte der Kreatur mit einem Hieb den Schädel gespalten.

Ravis blickte zu Camron. Sein Gesicht bot ein Sammelsurium aus Kratzspuren, blauen Flecken, Beulen und Schorf. Die Hälfte seiner linken Augenbraue war abgerissen, und das Auge blutete. Als er bemerkte, daß Ravis ihn beobachtete, verzog Camron das Gesicht zu einer Art Lächeln. »Stehst du wieder einmal herum und hast nichts zu tun, Burano?«

Ravis grinste. Es schmerzte ein wenig, und mindestens

zwei Wunden platzten wieder auf, aber das war es wert. Camron von Thorn war es wert.

Unter ihnen war außer dem Wind und dem Meer noch ein weiteres, drängendes Geräusch zu hören: Schritte. Die letzten der Kreaturen traten zum Angriff an.

Camron trat neben Ravis, und sie stellten sich hinter die Linie aus Blut. Die beiden Männer hoben die Äxte vor die Brust. Ravis wußte nicht, wieviel von Izgards Kreaturen überlebt hatten – nach dem ersten Dutzend hatte er den Überblick verloren. Er wußte auch nicht, welche Waffen sie jetzt führten und in welchem Zustand sie sich befanden. Er wußte nur, daß es gut war, hier zu sein, für eine Frau zu kämpfen, die sich ein paar Stockwerke unter ihm befand, und mit einem Mann an seiner Seite, der es wert war, für ihn zu sterben.

Das war alles, was er sich je gewünscht hatte.

Ravis kaute auf der Narbe und beobachtete, wie rasch die Blutspur, die Camron über das Dach gezogen hatte, in der warmen, salzhaltigen Luft trocknete. Er fragte sich, ob Malray nicht vielleicht doch recht gehabt hatte. Vielleicht würde wirklich nie etwas anderes aus ihm werden als ein Kämpfer.

Plötzlich erschien Ravis diese Aussicht gar nicht mal mehr so schlecht. Wenn das hier vorbei war, könnte er vielleicht einen Brief an Malray schreiben. Er könnte ihn um einen Waffenstillstand bitten.

In diesem Augenblick flog die Tür zu den Wehrgängen auf, und Izgards Kreaturen stürmten aufs Dach und trieben die letzten Reste der Nacht vor sich her. Sie vertrieben den Duft des Meeres durch den Gestank von Fäulnis und Tod.

Ravis und Camron tauschten einen Blick aus. Sie warteten, bis die Kreaturen Camrons Linie aus Blut erreichten, dann rückten sie vor.

Tessa malte den letzten Strich aus Blut auf den vierten Knoten. Sie schloß die Augen, spannte die Muskeln an und wartete auf die Loslösung der Krone.

Nichts. Der Felsen über ihrem Kopf knackte leise, und ein wenig Staub rieselte zu Boden. Die Erde erbebte nicht; kein Sturm fegte durch die Höhle; nichts schien sich verändert zu haben.

Tessas Kinn sank auf die Brust. Sie blickte zu Emith. »Ich verstehe das nicht«, sagte sie. »Alle vier Ketten sind zerbrochen. Ilfaylen hat in seinem Brief gesagt, daß ich mich an vier Orte begeben müsse, und ich war überall, doch die Dornenkrone ist noch immer hier. Ich spüre es deutlich.«

Emith dachte nach. »Habt Ihr alles genauso gemacht wie im Original, Fräulein? Vielleicht hat Euch ja auch die Kraft verlassen.«

Tessa schüttelte den Kopf. Überall um sie herum war Macht. Die Luft in der Höhle war voll davon. Wo auch immer Camron und Ravis sein mochten, was auch immer sie gerade taten und was auch immer sie fühlten, es war so stark, daß Tessa das Gewicht der Kraft auf ihren Schultern spüren konnte wie einen dicken Wintermantel. Und inzwischen hatte sich noch eine neue Machtquelle hinzugesellt. Eine andere Person – weiter weg zwar, aber doch nahe genug –, die sich veränderte und den Kampf aufnahm. Tessas Körper sammelte die Kraft von allen dreien.

Aber wofür? Die letzte Kette war zerbrochen. Ihr Werk hätte *beendet* sein müssen.

Müde, frustriert und nervös von den juckenden Brandwunden an ihrer Hand wollte Tessa den Ring ausziehen. Sie konnte jedoch nicht aufhören zu zittern, und als sie an dem Gold zog, drangen die Dornen wieder tiefer in ihr Fleisch hinein. Frisches Blut sammelte sich an ihrem Finger. Sie schlug mit der Hand auf den Höhlenboden. Der Ring wollte nicht nachgeben.

»Fräulein, kommt fort von dort. Ruht Euch fünf Minuten aus. »Emith zog Tessa am Arm. »Laßt mich Eure Verbrennungen verbinden.«

Tessas Kopfhaut juckte. Sie hörte Emiths letzte Worte kaum.

Fünf Minuten.

Fünf.

Avaccus' Worte hallten in ihrem Geist wider: *Macht liegt in der Zahl Fünf. Uralte Macht, die von uralten Dingen benutzt wird.*

Tessa hatte das Gefühl, als höre sie diese Worte gerade zum ersten Mal. Ihr Herz schlug schneller. Sie beugte sich vor und studierte abermals Ilfaylens Kopie. Der Schreiber glaubte, er habe die Krone vierfach angekettet. Was wäre aber, wenn die Illumination selbst eine Kette darstellte, die *fünfte*, und Ilfaylen hatte es nicht bemerkt?

Tessa warf den Kopf zurück, schloß die Augen, atmete tief durch und zählte bis fünf. Ihr blieb keine andere Wahl, als weiterzumachen. »Ich brauche ein paar neue Farben, Emith, und einen sauberen Pinsel.« Während sie sprach, merkte sie, wie zäh die Worte ihren Mund verließen. Sie war erschöpft. Sie konnte sich nicht mehr daran erinnern, wann sie zuletzt geschlafen hatte. »Ich muß noch einen weiteren Knoten malen. Genau in der Mitte.«

»Seid Ihr sicher, daß das gut ist, Fräulein?«

»Wer auch immer versucht haben mag, mich aufzuhalten, ist verschwunden.«Tessa schauderte. »Tot vermutlich.«

Emith schluckte einen leisen Schrei herunter. »Ich mache die Farben fertig.«

Tessa wartete. Sie fühlte, wie ihr Körper immer schwerer und langsamer wurde, während er Kraft sammelte. Wie ein Magnet Metall anzieht, so zog der Ring Kraft an und band sie an Tessas Körper, um sie für die Arbeit vorzubereiten, die sie zu erledigen hatte. *Ein Ephemeren-*

paar, hatte Avaccus gesagt. *Der Ring ist die Schwester der Dornenkrone, und er arbeitet durch dich an ihrer Befreiung.* Tessa spürte ein Pochen in ihrem Finger und die Dornen, die über ihren Knochen schabten. Sie wußte, daß sie richtig lag. Izgards Schreiber hatte die Wahrheit ebenfalls erkannt. Ihr eigener Zorn hatte sie vorangetrieben; der Ring hatte den Rest erledigt.

»Hier, Fräulein.« Emith hielt ihr zwei Schalen mit Schwarz und Gold entgegen. »Ich habe sie schön dünn gemacht, damit man sie besser verarbeiten kann.«

Tessa nahm ihm die Schalen ab. Wenn sie ihn jetzt so betrachtete, fiel es ihr schwer zu glauben, daß er vor zwei Stunden die Kreatur getötet hatte. Das Blut auf seinen Wangen und unter den Fingernägeln war verschwunden. Die Risse in seiner Tunika waren entweder genäht oder gestopft worden, und den Steinstaub hatte er sich aus den Haaren gekämmt. Doch obwohl er so ordentlich und gefaßt aussah, zitterten seine Hände, als Tessa die Schalen von ihm entgegennahm.

Die Haut auf ihren eigenen Händen war verbrannt und spannte. Ihr Magen fühlte sich schwer und leer an. Sie beugte sich über das Muster und tastete nach dem Bild der Dornenkrone. Es erschien sofort und blendete sie mit seinem Glanz. Der Pinsel lag seltsam in der Hand, doch trotz der Verbrennungen, der Angst und dem Schweregefühl ließ Tessa ihn nicht los.

Der erste Tropfen Farbe auf der Seite ließ den Höhlenboden erbeben. Ein kühler Luftzug wirbelte Staub auf. Die Kerzen brannten heller, und das Rauschen des Meeres wurde lauter, eindringlicher. Es klang wie das Schlagen eines Herzens.

Immer wieder huschte Tessas Blick zu Ilfaylens Kopie, während sie Kraft aus vielen Quellen sammelte und malte. Es lag *wirklich* eine uralte Macht in der Zahl Fünf; das spürte sie deutlich.

Marcel von Vailing schlief wie immer tief und fest. Als die Stadt Bay'Zell erbebte, sein Haus erzitterte und sein Bett wackeln ließ, schlief er nur um so fester. Er träumte, er läge in der Börse am Gürtel eines unermeßlich reichen Mannes, der mit stolzgeschwellter Brust durch die Straßen wanderte. Er wachte nicht auf. Ein Stockwerk über ihm fiel eine seiner glasumrahmten Lampen – die wegen der Nachlässigkeit seiner reizenden Zofe noch brannte – zu Boden und zerbarst. Noch wachte Marcel nicht auf. Auch nicht, als brennendes Öl über seinen Schreibtisch floß und seine neueste Statistik in Brand setzte – eine Liste, die seinen reichen Klienten belegen sollte, daß sie ihr Geld falsch angelegt hatten. Dann fingen die Vorhänge und Wandteppiche Feuer, und schon bald quoll der Rauch durch das gesamte obere Stockwerk. Marcel schlief weiter. In der Börse des reichen Mannes schlief es sich *äußerst* angenehm.

Erst als der Rauch unter seiner Schlafzimmertür hindurchdrang und Flammen durch die Decke schlugen, rührte sich Marcel. Doch zu diesem Zeitpunkt war es bereits zu spät.

Schwarze Wolken rollten über den Himmel und verwandelten den gerade erst angebrochenen Morgen in tiefste Nacht. Die Erde bebte und ließ teilweise errichtete Zelte und Pferche in sich zusammenfallen. Izgard hörte, wie die Arbeiter einander Warnungen und Flüche zuriefen und über die Ursache des Bebens spekulierten. Alle stimmten darin überein, daß es sich um ein böses Omen handelte.

Die Luft roch nach Schwefel. Die Dunkelheit selbst schien einen gelben Unterton zu besitzen. Izgard gefiel das alles ganz und gar nicht. Er entfernte sich immer weiter vom Lager, die Dornenkrone an die Brust gepreßt.

Gefolgsleute sprachen ihn an, doch er schickte sie alle fort. Er konnte sie nicht ansehen. Ihnen auch nur einen Moment in die Augen blicken müssen hätte bedeutet, die Krone nicht mehr anschauen zu können.

Mit jedem Schritt forderten die Dornen weniger Blut. Der Schmerz, den sie verursachten, wurde immer schwächer; dann war er ganz verschwunden.

Izgard fiel auf die Knie und klammerte sich an seine Krone. Sie fühlte sich so leicht an wie ein Schatten. Ihr Gold wurde matt, und ihre langen Dornen hörten auf, die Welt zu spiegeln, und zeigten statt dessen ein Bild aus ihrem Inneren: irgend etwas Dunkles und Unvermeidbares – wie den Tod.

Donner grollte am Himmel. Die Erde, auf der Izgard kniete, buckelte wie ein wildes Pferd. Grashüpfer und Fliegen ergriffen die Flucht. Ein Laut wie das Heulen eines wilden Tieres, das in einem Brunnen gefangen war, hallte durch die rasch dunkler werdende Luft.

Die Dornenkrone zwinkerte Izgard zu und verschwand.

»Nein!« schrie Izgard und griff in die Leere hinein, die die Krone hinterlassen hatte. »NEIN!«

Angeline zog die Haarnadeln heraus und schüttelte ihre goldenen Locken. Dann öffnete sie den Verschluß ihres Umhangs und ließ ihn während des Gehens zu Boden fallen. Soldaten starrten sie an. Arbeiter riefen ihr etwas zu. Ein Lord bot ihr an, sie zu ihrem Zelt zurückzugeleiten. Sie wies sie alle ab. Vielleicht glaubten sie, ihr Mann habe sie schwachsinnig geprügelt, oder vielleicht glaubten sie auch, sie sei plötzlich dem Wahnsinn verfallen. Ihr war das alles egal.

Zu gehen fiel ihr eigentlich nicht sonderlich schwer. Ein Arm und vielleicht ein, zwei Rippen waren gebrochen. Die Schmerzen in ihrem Kopf, im Kiefer und im

Rücken peinigten sie zwar, doch sie wußte, daß ihr Vater es als feige betrachtet hätte, hätte sie dem Schmerz nachgegeben. Also tat sie das auch nicht. Sie hatte noch nicht einmal ihr Kleid gewechselt, aber zumindest hatte sie sich das Blut abgewischt – jedenfalls an jenen Stellen, an die sie ohne fremde Hilfe gelangen konnte. Das Wasser, das sie dafür verwendet hatte, hatte sich rasch rot gefärbt, und sie hatte eine ganze Weile vermieden, es anzusehen.

Die Flasche, die sie bei sich trug, hielt ihre Hände warm. Der Verschluß war besonders dicht, um die Wärme so lange wie möglich zu bewahren. Angeline fragte sich, warum ihr so kalt war, denn die Luft um sie herum war stickig und feucht wie unmittelbar vor einem Sommersturm. Sie zuckte mit den Schultern. Vielleicht hing das mit dem Stahl in ihren Halmac-Knochen zusammen.

Sie ging durch das hohe Gras aus dem Lager hinaus und dachte an nichts, während sie über weiße Steine hinwegstieg und sich einen Weg durch Getreidefelder bahnte. Denken schwächte sie nur.

Nach einer Weile entdeckte sie ihn mit dem Gesicht am Boden vor einer großen Birke liegend. Die Dornenkrone hatte ihn verlassen – das wußte Angeline bereits, bevor sie näherkam. Seine Schultern zitterten, und seltsame Laute, keine wirklichen Worte kamen über seine Lippen. Er war mit vielerlei Blut befleckt, und Dreck klebte ihm unter den Fingernägeln.

Als Angeline sich ihm näherte, blickte er auf. »Angeline?« Seine Stimme klang sanft, wie aus weiter Ferne. Sie hatte die Sonne mitgebracht, und er mußte blinzeln, als er ihr ins Gesicht schaute. »Sie ist weg.«

Angeline nickte. »Ich weiß.«

»Ederius?«

»Er ist tot.«

Izgard schloß die Augen. »Gott, verzeih mir.«

Angeline kniete sich neben ihn. Seine Augen waren wieder klar, und es schmerzte sie, sie anzusehen.

Er legte ihr die Hand auf die Wange und sagte: »Meine wunderschöne Angeline. Mein Engel. Was habe ich getan?«

Seine Berührung war zärtlich. Angeline spürte, wie ihr Körper gegen ihren Willen darauf reagierte. Sie kämpfte dagegen an. »Ich habe Euch etwas gebracht, mein Herr«, sagte sie und deutete auf die Flasche. »Etwas von meinem speziellen Bittermandeltee mit Honig. Ich habe ihn immer für Vater gemacht, wenn er sich unwohl gefühlt hat.« Während sie sprach, öffnete sie den Verschluß und entließ das Aroma des Tees in den Raum zwischen ihr und Izgard. »Ich habe sogar an einen Becher gedacht.«

Izgard streichelte ihr über die Wange und dann über ihr Haar, während sie den Becher füllte. Tränen glitzerten in seinen Augen. »Ederius«, sagte er mit leiser Stimme. Und dann: »Hat er sehr gelitten?«

Angeline antwortete nicht. Sie versuchte, den Kloß aus ihrem Hals zu bekommen, doch es war vergebens. Sie bot Izgard den Becher an. »Mylord«, sagte sie schließlich.

Er blickte ihr in die Augen. »Willst du mir nicht Gesellschaft leisten?«

Alles in Angeline geriet ins Wanken. Ihr Atem blieb in der Kehle stecken, und Schweiß bildete sich in der Hand, die den Becher hielt. An Schneemann und Ederius konnte sie nicht denken – der Schmerz war noch zu frisch –, also dachte sie statt dessen an ihr Baby. Sie legte die freie Hand auf den Bauch, und von irgendwoher nahm sie die Kraft zu sagen: »Vielleicht werde ich später einen Schluck nehmen, Mylord. Ihr braucht den Tee mehr als ich.«

Izgard zögerte.

»Vertraut Ihr Eurer eigenen Frau nicht mehr, Mylord?« fragte Angeline und wunderte sich darüber, daß die Hand mit dem Becher nicht zitterte. »Ich habe ihn selbst zubereitet.«

Nach scheinbar einer Ewigkeit streckte Izgard die Hand aus. Ihre Finger berührten sich einen Augenblick, dann hob er den Becher an die Lippen. Während er trank, ließ er seine Frau keine Sekunde aus den Augen. Angeline hielt seinem Blick stand. Ihr Herz raste, und ihr war übel, doch nach außen hin blieb sie ruhig. Für Schneemann. Für Ederius. Für das Baby.

Als er zu Ende getrunken hatte, legte sich Izgard im Gras zurück. Er gähnte.

»Ruht Euch etwas aus«, sagte Angeline. »Ich werde über Euch wachen, während Ihr schlaft.«

Izgard nickte. Er schloß die Augen, und innerhalb kurzer Zeit war er tief und fest eingeschlafen.

Nachdem sie dem Rhythmus seines Atems eine Weile gelauscht hatte, rappelte sich Angeline auf. Es war Zeit zu gehen. Sie wußte nicht, wie lange es dauerte, bis Ederius' weißes Arsen wirken würde, und sie konnte den Gedanken nicht ertragen, Izgard vor Schmerzen schreien zu hören. Sie hob die Flasche aus dem Gras, wobei sie sorgfältig darauf achtete, daß kein Tropfen der weißen Flüssigkeit auf ihre Haut fiel, verschloß sie wieder, steckte sie in den Gürtel, drehte sich um und ging.

Durch Getreidefelder in einen Birkenwald hinein, durch den Wald und in die Salzmarschen, immer weiter in die aufgehende Sonne hinein ging Angeline, bis sie nicht mehr weitergehen konnte. Die Kanten der gebrochenen Knochen drückten sich durch ihre Haut, und ihre Lippe schwoll weiter an, bis sie schließlich nicht mehr den Mund zum Atmen zu öffnen vermochte. Selbst die Erinnerung an den toten Schneemann in ihren Armen verließ sie irgendwann. Inmitten von Geisterkrabben, Bärenspinnern und Sandwürmern brach sie zusammen. Sie rollte sich zu einem Ball zusammen und wollte sich ausruhen. Sie konnte nicht weitergehen, konnte nicht mehr denken, nicht mehr entscheiden, was richtig war und was falsch.

Sie schloß die Augen und trieb in eine einladende Dunkelheit hinein. Sie stellte sich vor, wieder in Burg Halmac bei Vater und Schneemann zu sein und in Sicherheit, und gemeinsam saßen sie vor dem großen Feuer. Gerta hatte recht. Einer Dame war noch nie etwas Gutes widerfahren, wenn sie nach *draußen* gegangen war.

Kapitel einundzwanzig

Ravis bahnte sich seinen Weg durch den Burgfried nach unten. Leichen lagen auf fast jeder Treppe und in jedem Gang, und er ging an keiner vorüber, ohne nach Zeichen von Leben zu suchen. Pax half ihm, die wenigen wegzutragen, die noch atmeten. Gemeinsam brachten sie die verwundeten Männer in die Küche, wickelten sie in Decken und sahen zu, daß jeder von ihnen Wasser oder Branntwein bekam oder beides. Ravis zeigte Pax, wie man Wunden versorgte. Dann wollte er Tessa suchen gehen und sich vergewissern, daß sie und Emith unversehrt waren, doch irgendwie gab es ständig etwas zu tun. Vor allem Wunden mußten gesäubert werden, und das konnte nicht warten: Alkohol mußte auf rohes Fleisch geträufelt, Adern mußten kauterisiert und Haut mußte genäht werden. Auch der Schmerz wollte gestillt werden. Das hier waren seine Männer, seine Truppe. Sie hatten lange und hart gegen eine erdrückende Übermacht gekämpft, und jetzt konnte er ihnen nicht einfach den Rücken zukehren und gehen.

Sein eigener Schmerz bedeutete ihm nichts. Seine Zunge und sein Gaumen waren gespalten und ein Teil seiner Wange war von irgend etwas weggerissen worden. Außerdem hatte er überall an Schultern und Armen Messer- und Klauenwunden davongetragen. Seltsam, aber das einzige, was er spürte, war die Narbe auf seiner Lippe. Sie pochte gegen seinen Kiefer, als hätte er Zahnschmerzen. Da er glaubte, vielleicht habe sich die alte

Wunde wieder geöffnet, hob Ravis die Hand an den Mund. Aber das Gewebe war genauso hart und trocken wie sonst auch.

»Ravis, geh zu Tessa. Ich werde mich jetzt um die Männer kümmern.« Das war Camron, der in der Küchentür erschienen war. Ravis hatte ihn auf dem Dach zurückgelassen, nachdem sie die letzten Kreaturen besiegt hatten. Camron hatte um ein paar Minuten allein gebeten, also war er schon einmal vorausgegangen.

»Setz dich, Camron. Laß mich mal nach dem Schnitt über deinem Auge sehen.«

Camron schüttelte den Kopf. »Das ist nichts.« Er lächelte. »Du solltest dich lieber um dich selbst kümmern. Du siehst furchtbar aus.«

Ravis erwiderte das Lächeln. »Dann bin ich ja in guter Gesellschaft.«

Ihn überkam die Erinnerung an ihren letzten Kampf. Die Klauen, die Zähne und dann das übelkeiterregende Brechen von Knochen, wenn die Axt einen Kopf vom Rumpf trennte. Er konnte kaum glauben, daß er und Camron das alles überstanden hatten.

»Ravis. Geh schon. Geh, und such Tessa.«

Ravis blickte Camron in die Augen, und ein Muskel verkrampfte sich in seiner Brust. Er wünschte, daß Camron etwas sagte, das ihn hier festhalten würde, hier an der Tür – etwas, das ihn daran hindern würde, über diesen Punkt hinauszugehen. Sie würden einander niemals wieder so nahe sein.

Nach einem langen Augenblick kapitulierte Ravis vor der Zeit, nickte knapp und ging. Camron würde sich gut um die Männer kümmern. Früher hätte er das vielleicht nicht getan, heute schon.

Es war leicht, Tessas und Emiths Spur durch den Keller und in die darunterliegenden Höhlen zu folgen. Keiner von beiden hatte sich Gedanken darüber gemacht, ihre Spuren zu verwischen. Das fand Ravis zunächst recht amüsant, war es doch typisch für beide; dann entdeckte er Blutspritzer auf den Felsen. Er beschleunigte seinen Schritt, bis er schließlich den Tunnel entlang rannte und Tessas Namen rief. Der Schweiß perlte ihm von der Stirn, als er eine der Kreaturen fand – tot. Ihre Beine und der Torso waren schwarz verkohlt vom Angriff durch das Feuer am Tor. Zerbrochene Pfeilschäfte ragten aus Rücken und Seiten, und am Hals waren tiefe Schwertwunden zu erkennen. Doch das alles hatte die Kreatur nicht getötet. Jedenfalls nicht ganz. Hunderte kleiner Messerwunden an Brust, Hals und Armen hatten ihr den Rest gegeben.

Ravis hockte sich neben den Kadaver, um ihn genauer zu untersuchen. Ein kleiner Teil des Gesichts hatte sich wieder zurückentwickelt zu dem, was es einst gewesen war, und er konnte den Mann unter dem mißgestalteten Fleisch erkennen. Die Augen des Mannes waren offen. Sie waren nicht golden. Sie waren braun.

»Ravis.«

Ravis blickte auf und sah Tessa, die durch eine Öffnung in der Wand kletterte. Ein sauberer Verband verbarg eine Wunde an ihrer rechten Hand, und die Unterseite ihres Kinns schien verbrannt zu sein. Sie zitterte ein wenig und mußte sich kurz gegen den Felsen stützen. Einen Augenblick später erschien auch Emith, und Ravis wußte sofort, daß er es gewesen war, der die Kreatur getötet hatte, nicht Tessa. Irgend etwas in seinen Augen hatte sich verändert.

Rasch riß sich Ravis die Überreste seines Ärmels herunter und legte sie der Kreatur übers Gesicht. Er wollte nicht, das Emith sah, daß er in Wirklichkeit einen Mann getötet hatte. Es war besser, wenn er glaubte, er habe ein Monster erschlagen.

»Seid ihr beide in Ordnung? Tessa? Emith?« Ravis

blickte von einem zum anderen und stand auf. Beide nickten. »Und die Dornenkrone?«

»Weg.«

Ravis schloß die Augen. Als er sie wieder öffnete, stand Tessa vor ihm und berührte seine Wange. Er schloß sie in die Arme, ließ sie über sein Haar streicheln und genoß ihre Wärme. Er hielt sie jedoch nur kurz, denn er hatte Emith nicht vergessen, und er wollte nicht, daß der alte Schreibergehilfe verlegen wurde oder sich ausgeschlossen fühlte.

»Kommt«, sagte Ravis und berührte Tessas Wange ein letztes Mal. »Laßt uns nach oben gehen.«

»Ich gehe nur schnell meine Farben holen.« Emith drehte sich um.

»Laß sie, Emith. Ich werde später wieder runtergehen und sie für dich holen.«

»Aber die Pinsel müssen …«

Tessa legte Emith die Hand auf den Arm. »Laß uns erst einmal nach oben gehen. Die Pinsel putzen können wir immer noch.«

Emith zuckte mit den Schultern. »Ja, Fräulein.«

Ravis baute sich vor der Leiche der Kreatur auf, als Emith und Tessa an ihr vorübergingen. Allmählich machte sich seine Erschöpfung bemerkbar, und während er den beiden die Treppen hinauf folgte, wurden seine Schritte immer schleppender. Nachdem sie den Keller verlassen und die eigentliche Burg betreten hatten, spürte er auch zum ersten Mal seine Schmerzen, und er vermochte nicht mehr, klar zu sehen. Die Wunde in seiner Wange brannte höllisch. Auch sein Schwertarm schmerzte, und die Narbe hörte ebenfalls nicht auf zu pochen.

Camron saß in der Küche, nahe dem Herd. Verwundete schliefen oder ruhten in engem Kreis um das Feuer. Auf der anderen Seite des Raums, neben der Tür, lagen die Toten. Pax war nirgends zu sehen. »Er wollte mal einen Blick auf Izgards Lager werfen«, erklärte Camron ungefragt. »Ich habe ihm gesagt, er solle nicht zu nahe herangehen.«

Ravis nickte. Er schob zwei Stühle für Tessa und Emith ans Feuer, während Camron einen Messingkrug Branntwein besorgte. Niemand, noch nicht einmal Emith, fragte nach Bechern. Alle tranken sie aus dem Krug. Als er sah, wie Tessa zusammenzuckte, als die Finger ihrer verbrannten Hand das Metall berührten, verspürte Ravis das Verlangen, sie in den Arm zu nehmen, doch er hielt sich zurück. Dafür war später immer noch Zeit. Im Augenblick … Ravis strich sich mit den Fingern über die Narbe. Im Augenblick brauchte er Zeit zum Nachdenken.

Er ließ Tessa und Emith in der Küche zurück und erklärte ihnen, er wolle nun hinuntergehen, um die Farben und Pinsel zu holen. In Wahrheit wußte er nicht, wohin er ging. Er wählte einen beliebigen Weg und erreichte schließlich die Große Galerie. Der Ort roch nach Tod. Dunkle Blutflecken besudelten die Wände, die Treppe und den Boden bis hin zum Großen Feuer, wo es sich um das Feuerholz zu einer Lache gesammelt hatte.

Ravis wandte sich von dem Blut ab und statt dessen den Leichen zu. Ein halbes Dutzend Kreaturen lag im Raum verstreut. Einige lagen am Fuß der Treppe, andere unmittelbar hinter der provisorischen Barrikade. Zerbrochene Knochen hatten ihre Haut durchstoßen, und Pfeile ragten aus Schultern und Brust. Manche hatten schreckliche Verbrennungen an den Händen und im Gesicht, während wieder andere große Fleischstücke im Kampf gegen Breitschwerter eingebüßt hatten. Alle hatten durchgeschnittene Kehlen.

Als er dies sah, erkannte er, daß Camron etwas getan hatte, woran er selbst noch nicht einmal im entferntesten gedacht hatte: Er hatte diesen Männern Frieden gegeben.

Während er in den Tunneln nach Tessa und Emith gesucht hatte, hatte Camron sich vergewissert, daß alle Monster tot waren. Dem frischen Blut nach zu urteilen, hatten zumindest zwei oder drei noch gelebt, als Camron sie erlöst hatte.

Ernüchtert atmete Ravis tief durch und ließ seinen schmerzenden Körper zu Boden sinken. Camron hatte daran gedacht, das Leiden der armen Kreaturen zu beenden.

Für ihn waren es seine Landsleute.

Nach einer langen, langen Zeit stand Ravis wieder auf. Wie versprochen ging er hinunter in die Tunnel, um Emiths Ausrüstung einzusammeln. Er zwängte sich durch den Spalt und fand sich in einer kleinen Höhle wieder, deren Boden über und über mit Farbe, Pinseln, Pergament und anderen Schreiberutensilien bedeckt war. Ilfaylens Illumination lag auf einem Brett inmitten einer kleinen freien Fläche. Das Pergament war an einigen Stellen zerrissen, und was einst vielleicht ein schönes Muster gewesen war, war nun von Blut und Fingerabdrücken ruiniert. Ohne es genauer zu betrachten, hob Ravis es auf, hielt es über die Kerze, die er mitgebracht hatte und zündete es an. Brennend verströmte das Pergament den Geruch von Schwefel. Binnen kurzem war es verschwunden und hinterließ nichts weiter als ein wenig gelben Rauch und eine Handvoll Asche.

Müde und unter Schmerzen steckte Ravis Emiths Besitztümer in eine große Tasche. Als er die letzten Gegenstände wegpackte, fiel ihm ein unbemaltes Pergament in die Hand. Er blickte zur Seite und entdeckte einen Federkiel zwischen den Überresten von Farbschalen, farbverschmierten Tüchern und zerbrochenen Pinseln. Er hob ihn auf und drehte ihn in der Hand. Eine Minute verging, dann biß er sich auf die Narbe und griff in Emiths Tasche auf der Suche nach Tinte.

Schließlich setzte er sich auf den freien Platz, wo Tessa gearbeitet hatte und schrieb einen Brief. An seinen Bruder. Es war nicht leicht, denn manchmal wollten ihm die geeigneten Worte nicht einfallen, dann wieder schmerzte seine Wange so sehr, daß er nicht denken konnte. Doch er schrieb weiter, und als er fertig war, waren zumindest die Schmerzen in seiner Lippe verschwunden.

Ich bitte Dich um nichts, stand auf dem Pergament zu lesen, *außer, daß Du Dich an die Vergangenheit erinnerst. An alles, an das Gute wie auch an das Schlechte und vor allem an die Liebe vor dem Haß* …

Ravis faltete das Pergament und steckte es in seine Tunika; dann ging er wieder nach oben.

Pax kam ihm an der Küchentür entgegen. »Im Lager der Garizon herrscht Chaos«, verkündete er. »Izgard ist tot.«

Ravis nickte. »Irgendwelche Reaktionen von seinen Kriegsherren?«

»Ich bin nicht sicher. Ich habe beobachtet, wie sich alle Mann auf die Pferde geschwungen haben und nach Osten geritten sind.«

»Dann hat der Kampf um die Macht also bereits begonnen«, sagte Ravis. »Es wird nicht lange dauern, dann werden auch noch andere ihren Anspruch auf den Thron anmelden. Der Herr und seine Armee sollten keine Schwierigkeiten mit jenen haben, die zurückgeblieben sind.«

»Ich reite los, und seh' mir das einmal selbst an.« Camron betrat die Küche durch die Hoftür. Seine Wunden waren verbunden, und er trug eine saubere Tunika. Ravis bemerkte, daß er sein rechtes Bein ein wenig nachzog.

»Paß auf dich auf«, ermahnte er ihn. »Wenn du nicht in ein paar Stunden wieder zurück bist, komme ich dich suchen.«

Camron akzeptierte die Ermahnung mit einem Grinsen. »Du hast wohl vergessen, mit wem du sprichst, Ravis von Burano. Ich kenne mich in der Umgebung hier ganz gut aus.« Mit diesen Worten drehte er sich um und ging in den strahlenden Morgen hinaus. Pax folgte ihm, um sein Pferd abzureiben, und einen Augenblick später griff Emith nach seinen Habseligkeiten und ging ebenfalls hinaus, wobei er etwas von frischem Wasser für die Pinsel und frischer Luft für sich selbst murmelte. Schließlich waren Tessa und Ravis allein, denn die Verwundeten schliefen allesamt tief und fest.

Ravis trat zu Tessa und drückte sie an seine Brust. Ihr weiches, farbverschmiertes Haar und ihre Wangen zu berühren war ein Geschenk, das er nicht verdient hatte. Er wollte sie nie wieder loslassen. So hielten sie einander fest, bis Camron Stunden später wieder in den Hof geritten kam, unversehrt und gutgelaunt, und jedermann dazu aufforderte, ihm draußen in der Sonne Gesellschaft zu leisten.

Epilog

An einem strahlenden Herbsttag wie diesem waren die Birken-, Eichen- und Nußbaumwälder von Runzy ideal zum Wandern. Das Laub knisterte unter Tessas Füßen und flog um ihren Umhang herum. Einige Blätter verfingen sich sogar in ihren Haaren. Auf dem Weg zurück zum Gutshaus tastete sie nach ihrem Ring: Irgend etwas an den Blättern hatte sie an die Ephemere erinnert. Vielleicht war es die Tatsache, daß sie verschwunden sein würden, wenn sie das nächste Mal herkäme.

Der Ring lag warm und schwer in ihrer Hand. Seine Dornen blitzten, als er aus der Dunkelheit ihres Mieders auftauchte. Zufrieden, daß alles so war, wie es sein sollte, steckte Tessa den Ring wieder weg und ging weiter.

Nachdem sie den Wald verlassen hatte und auf das Gutsgelände kam, sah sie Ravis und Camron schon von weitem auf den Stufen des Hauses sitzen. Ravis entdeckte sie sofort und winkte ihr zu. Tessa spürte, wie ihr Herz einen Freudensprung machte, als sie die Geste erwiderte. Es gab vieles, wofür sie dankbar sein durfte. Das Gehen erschien ihr plötzlich zu langsam, und sie hob die Röcke übers Knie und rannte so schnell sie konnte auf das Gutshaus zu.

Camron grinste, als sie näherkam, und Ravis lachte laut. Ohne Zweifel brach sie mehrere Benimmregeln zugleich, indem sie in Gegenwart zweier Männer mit gerefftem Rock rannte. Ohne sich auch nur im geringsten darum zu kümmern, setzte sie sich neben Ravis. Er drückte sie an sich und flüsterte ihr etwas ins Ohr. Errötend stieß sie ihm in die Rippen. Also wirklich! Wie konnte der Anblick von einem Paar entblößter Knie nur solch eine Wirkung auf jemanden haben?

Alle möglichen Arten von Papieren und Karten lagen auf den Stufen zwischen den beiden Männern ausgebreitet. Tessa sah Inventurlisten, Kaufverträge und Karten von Garizon und seinen Grenzen. Als er sah, worauf sie schaute, erklärte Ravis: »Bevor der erste Schnee die Pässe versperrt, werden wir nach Garizon aufbrechen.«

Tessa nickte. Sie hatte gewußt, daß dies irgendwann geschehen würde. Nachdem Izgard an dem Schock über den Verlust der Dornenkrone gestorben war, hatte sich der Krieg der Garizon nach innen gerichtet. Die Armee war auseinandergebrochen, und die Männer waren nach Hause zurückgekehrt. Der Tod ihres Königs, der Verlust der Krone und das böse Omen des Erdbebens waren nichts im Vergleich zu dem Chaos, das die Kriegsherren entfacht hatten. Um darum zu kämpfen, wer von ihnen den Platz des Königs einnehmen sollte, waren sie nach Garizon zurückgeeilt. Jeder von ihnen war bestrebt gewesen, als erster seinen Anspruch in Veizach geltend zu machen. Seitdem waren viele blutige Kämpfe ausgefochten worden. Tausende Garizon waren tot.

»Wir müssen das tun, Tessa«, sagte Camron, und seine grauen Augen wechselten die Farbe. »Wir dürfen nicht länger zusehen, wie die Garizon sich gegenseitig umbringen.«

»Izgard ist tot«, erwiderte Tessa. »Reicht euch das nicht?«

»Nein. Nicht mehr.« Camron fuhr sich mit der Hand durchs Haar. »Für mich hat das alles schon lange nichts mehr mit Rache zu tun. Jetzt geht es um die Menschen – um mein Volk.«

Tessa beugte sich vor und legte Camron die Hand auf den Arm. Sie konnte kaum glauben, daß dies derselbe

Mann war wie jener, den sie vor all diesen Monaten in einem Weinkeller in Bay'Zell kennengelernt hatte. Er hatte sich so sehr verändert – das hatten sie alle, doch er am meisten. »Heißt das, du willst deinen Thron zurückerobern?«

Camron blickte zu Ravis. In seinen Augen stand eine Frage. Die beiden Männer blickten einander lange an, und Tessa wußte, daß sie für sie im Augenblick nicht mehr da war.

Ravis' Narbe schimmerte weiß im nachlassenden Licht. Seine Augen waren unergründlich. Dann sagte er: »Ich bin ein Kämpfer, Camron. Mein Bruder hat mir das vor langer Zeit einmal gesagt, und ob es damals schon wahr gewesen ist oder erst heute, ist vollkommen gleichgültig. Ich bin kein Mann, der ein Land beherrschen kann. Alles, was ich will, ist hier« – Ravis drückte Tessas Hand – »und hier ...« Er klopfte auf die Scheide, die sein Messer enthielt. »Und ich werde für dich kämpfen, an deiner Seite, weil du wie ein Bruder für mich bist, nicht weil ich hoffe, an der Beute beteiligt zu werden.«

Camron senkte den Blick. Er atmete schwer, und es dauerte eine Weile, bis er sich wieder weit genug gefaßt hatte, um sprechen zu können. »Wenn du das alles gewollt hättest – wenn du Garizon hättest den Frieden bringen und das Land wieder aufbauen wollen –, dann hätte ich ebenfalls zu dir gehalten.«

»Ich weiß.« Ravis' Worten folgte ein kurzes Schweigen, dann fuhr er fort: »Aber du bist besser für diese Aufgabe geeignet als ich. Du betrachtest die Garizon als deine Landsleute. Das werde ich niemals tun. Mich verlangt nicht nach dem Thron.«

Die Brise frischte auf und wehte goldene Blätter über die Stufen. Camron fing eines davon auf. Er schloß die Faust darum und stand auf. »Ich habe nie gewußt, was es bedeutet, für mich selbst zu kämpfen, für etwas, woran ich glaubte, bis zu jener Nacht in Burg Bess.« Er öffnete die Hand, ließ das zerknüllte Blatt zu Boden fallen und streckte sie Ravis entgegen. »Ich schulde dir mehr, als ich jemals zurückzahlen kann.«

Ravis stand auf und nahm die Hand. »Zwischen Brüdern gibt es keine Schulden.«

Camron hielt Ravis' Blick stand. Er wollte etwas darauf erwidern, doch im letzten Augenblick hielt er sich zurück und nickte statt dessen nur. Mit einem kurzen Winken drehte er sich um und ging ins Haus zurück. Ravis blickte ihm hinterher.

Tessa atmete tief durch und richtete sich auf eine lange Wartezeit ein, bis Ravis wieder sprechen würde, doch überraschenderweise dauerte es kaum ein paar Sekunden.

»Ich habe heute eine Nachricht von Malray erhalten«, sagte er mit leiser, etwas verwirrter Stimme. »Er ist hier. In Runzy.«

»Will er sich mit dir treffen?«

»Ja. Violante hat ihn dazu überredet. Sie hat mit ihm in Mizerico gesprochen. Sie hat ihm gesagt, ich sei ein Idiot, denn während er geplant hätte, mich zu ermorden, hätte ich mich für ihn ins Zeug gelegt.«

»Ich verstehe nicht.«

Ravis zuckte mit den Schultern. »Ich verstehe es ja selbst kaum. Violante und ich haben nur selten über Malray geredet. Ich dachte ...« Er schüttelte den Kopf. »Ich dachte, ich hätte ihr meine Gefühle klargemacht.«

»Vielleicht hast du das auch.« Tessa blickte Ravis in die Augen, doch nach einer Weile wandte sie sich wieder ab. »Ist Violante auch hier in Runzy? Hat sie Malray begleitet?«

»Nein. Sie ist in Rhiga. Malray sagte, sie hätte die Aufmerksamkeit des Sohnes des dortigen Lords erregt, und nun würde sie sich eifrig umwerben lassen.«

Tessa versuchte, die Erleichterung in ihrem Gesicht zu verbergen. Allein die Erinnerung an Violante von Arazzo reichte aus, daß sie sich klein und unbedeutend vorkam. Unbewußt strich sie ihr Kleid glatt. »Und wirst du dich mit ihm treffen?«

»Ja, und zwar schon bald.« Ravis blickte in den rasch dunkler werdenden Himmel hinauf. »Noch heute abend.«

»Wie kannst du dir sicher sein, daß das Treffen keine Falle ist?«

Ravis beugte sich vor. »Er war bereit hierherzukommen, Tessa. Unbewaffnet und allein. Erinnerst du dich daran, was du auf der *Klipper* gesagt hast? Über die Tatsache, daß Deveric unser dreier Leben einundzwanzig Jahre lang manipuliert hat? Nun, das ist jetzt vorbei. Wir können noch einmal neu anfangen: Camron, du und auch ich.« Irgend etwas funkelte in Ravis' Augen, und Tessa küßte ihn auf die Wange.

»Willst du immer noch einen Teil des Burano-Landes?«

Ravis schüttelte den Kopf. »Nein. Um das Gut ist es nie gegangen. Ich hätte für alles gekämpft, nur um an Malrays Seite zu sein.« Er deutete auf den Wald. »Selbst für Herbstlaub.«

Eine steife Brise ließ die Blätter auf dem Boden rascheln. Tessa stand auf und zog Ravis ebenfalls in die Höhe. »Komm. Laß uns reingehen. Es wird langsam dunkel.«

Hand in Hand betraten sie das Haus. Die Kerzen verströmten ein freundliches Licht, und die Wärme des Feuers ließ ihre Wangen glühen. Emith eilte mit einer Wachstafel in der Hand herbei, um sie zu begrüßen.

»Ich glaube, ich habe etwas gefunden, Fräulein«, sagte er und hielt die Tafel ins Licht. »Dieses Muster hier, das mit der doppelten Reihe von Knoten, sieht so ähnlich aus wie das, an dem Ihr gearbeitet habt, bevor ihr die erste Kette gesprengt habt.«

Tessa nickte. »Wovon hast du das kopiert?«

»Von Meister Deverics letzter Illumination, Fräulein, von jener, die Euch zu dem Ring geführt hat. Das Muster wiederholt sich dort mehrmals, und zwar am Rand und um das Medaillon herum.« Während er sprach, half er ihr aus dem Mantel. »Das könnte wirklich das Richtige sein.«

Tessa nahm ihm die Tafel aus der Hand und betrachtete sie genauer. Ein Band aus S-förmigen Knoten war in das grüne Wachs gekratzt. Stirnrunzelnd wischte sie Wachskrümel von der Tafel. Seit ein paar Wochen arbeiteten sie und Emith an einem Muster, das ihr ermöglichen würde, Kontakt zu ihrer Familie zu Hause aufzunehmen. Sie wollte nicht wieder zurückkehren, aber sie wollte ihre Eltern zumindest wissen lassen, daß es ihr gut ging. Und sie wollte ihnen auf Wiedersehen sagen.

»Ich habe schon einen Entwurf angelegt, Fräulein. Ihr müßt nur noch malen.«

Tessa lächelte. Beizeiten glaubte sie, das Töten der Kreatur habe Emith irgendwie verändert, doch es fiel ihr schwer festzustellen, auf welche Art. Manchmal verbrachte er Stunden alleine in seinem Zimmer, mischte Farben und band Schweineborsten zu Pinseln. Dann wiederum verhielt er sich gar nicht wie er selbst. Vergangene Woche hatte er Pax ermahnt, nicht wieder mit einem vollkommen übermüdeten Pferd aus der Stadt zurückzukehren. Tessa lächelte bei der Erinnerung daran. Pax hatte nicht gewußt, was er darauf erwidern sollte – allerdings war er seitdem zurückhaltender mit seinem Pferd umgegangen.

»Habt ihr eure Taschen schon gepackt?« Ravis war damit beschäftigt, Holz aufs Feuer zu legen. »Pax wird morgen schon sehr früh aufbrechen wollen.«

Tessa nickte. Sie und Emith würden nach Bay'Zell

zurückkehren. Sie hatte beschlossen, dort zu warten, bis Ravis wieder aus Garizon zurückkehrte, und Emith hatte geplant, das Haus seiner Mutter in eine kleine Schule zu verwandeln und dort Kindern Lesen und Schreiben beizubringen. Er sprach es nicht aus, aber Tessa wußte, daß er darauf hoffte, eines Tages ein begabtes Kind zu entdecken, dem er alles beibringen konnte, was er von Meister Deveric und Bruder Avaccus gelernt hatte. Er hoffte, es zu einem Meisterschreiber ausbilden zu können. Auch Tessa hoffte dies. Emith hatte noch soviel mehr zu lehren als nur die Schreibkunst.

»Ich muß nur noch mal nach ein paar Dingen sehen«, erklärte Emith, schüttelte Tessas Mantel aus und hängte ihn über einen Stuhl in der Nähe des Feuers. Fräulein Gerta hat versprochen, mir zu helfen, den Proviant für die Reise einzupacken. Sie sagt, man müsse Brot immer in gewachstes Leinen einwickeln, damit es nicht austrocknet.«

Tessa und Ravis tauschten einen Blick aus. Die alte Garizon-Zofe hielt sich erst seit knapp einem Monat in Runzy auf, doch Emith hatte es sich zur Aufgabe gemacht, sich um sie zu kümmern. Sie war auf einem Auge blind, und ihr Körper zuckte und zitterte bei jedem Schritt. Wenn Tessa die beiden zusammen sah, bekam sie jedesmal einen Kloß im Hals. Wenn Emith Gerta eine Tür öffnete oder ihr etwas Warmes zu trinken brachte, sah sie ihn wieder mit seiner Mutter. Er gehörte zu jener Art Mann, die jemanden brauchte, um den sie sich kümmern konnte – daran hatte sich nichts geändert. Gerta und ihre Herrin hatten nur so lange in Runzy bleiben wollen, bis es wieder sicher genug für sie war, nach Garizon zurückzukehren; daher war heute der letzte Tag, an dem Emith sich um die alte Zofe kümmern konnte. Tessa lächelte traurig, während Emith sich überlegte, ob er lieber in seine Kammer zurückkehren oder in die Küche gehen sollte. Nach einigem ernsthaften Stirnrunzeln entschied er sich für die Küche: für Gertas Reich.

Ravis trat neben Tessa. »Paß auf dich auf in Bay'Zell«, sagte er, nahm ihr die Wachstafel aus der Hand und legte sie auf einen Stuhl. »Ich will nicht, daß meiner Frau etwas geschieht, während ich fort bin.«

Tessa antwortete nicht. Sie schob den Arm unter den seinen. Nach all diesen Monaten fiel es ihr noch immer schwer zu glauben, daß sie ihn berühren konnte, wann immer sie wollte. So sehr liebte sie ihn.

Ravis nahm ihre Hand und drückte sie an seine Brust. »Komm«, sagte er und ging zu den Doppeltüren, die in die große Halle führten. »Laß uns mal sehen, ob wir Camron finden können.«

»Wartet mal eine Minute!« Tessa und Ravis drehten sich nach Pax um, der gerade aus der Küche herausstürmte und dabei mit Emith zusammenstieß, der in die entgegengesetzte Richtung unterwegs war. Pax trug einen Krug Wein, von dem ihm nun etwas aufs Hemd geschwappt war. Er grinste von einem Ohr zum anderen, blieb stehen und zog zwei Becher aus dem Gürtel, die er bis zum Rand füllte und Tessa und Ravis reichte. Er nickte in Richtung der Doppeltüren. »Da würde ich jetzt nicht reingehen.«

»Warum nicht?« fragte Tessa.

»Weil Camron gerade dort drin ist und eine gewisse junge Dame bittet, ihn zu heiraten.«

Tessa blickte zu Ravis. »Glaubst du, sie wird ja sagen?«

»Nun, laut den Gesetzen von Bay'Zell gehört sie ihm sowieso. Alles, was am Strand und in den Salzmarschen um Burg Bess angespült wird, gehört dem Burgherrn. Camron hat sie gefunden; er ist der Burgherr; also gehört sie rechtmäßig ihm.« Lächelnd stieß Ravis die Tür auf. »Aber wir wollen einmal nachsehen, was die Dame selbst dazu zu sagen hat.«

Grinsend folgten ihm Tessa und Pax durch die Halle.

Angeline von Halmac und Camron von Thorn standen auf der anderen Seite des Raums und blickten in den Hof hinaus. Sie hielten sich an den Händen und ließen sich rasch los, als sie bemerkten, daß sie nicht länger allein waren. Während Tessa Angeline betrachtete, deren Gesicht von der untergehenden Sonne erleuchtet wurde, wunderte sie sich wieder einmal, wie sich die Frau von ihren Verletzungen so schnell hatte erholen können. Tessa erinnerte sich noch sehr gut daran, in welch schlechtem Zustand man sie auf die Burg gebracht hatte. Sie war kaum noch am Leben gewesen. Ihre Lippen waren ausgetrocknet, und auf Schultern, Nacken und Armen hatte sie schwere Wunden. Sie war schrecklich zugerichtet. Obwohl Angeline mit aller Kraft versucht hatte, das Kind in ihrem Bauch zu behalten, hatte sie es zwei Tage später verloren. Die Ärzte waren vorsichtig optimistisch, was ihre Fähigkeit betraf, weitere zu bekommen.

Alle hatten sich um sie gekümmert. Ravis, Emith, Tessa, Pax und allen voran Camron. Es fiel schwer, sie nicht zu lieben. Sie war sanft und gutmütig und seltsam zäh, wenn es darum ging, Schmerzen zu ertragen. Niemand hatte sie je danach gefragt, wie sie an jenem Tag in die Marschen gekommen war – Camron hätte es nicht zugelassen. Von Anfang an hatte er sie mit wildem Eifer beschützt. Er war wie ein kleiner Junge, der einen ausgesetzten Welpen gefunden hatte: Er ließ nur zu, daß jemand sich um sie kümmerte, wenn dieser Jemand akzeptierte, daß sie ihm gehörte.

Seit Wochen schon hatten sie sich jeden Tag gesehen. Tessa hatte beobachtet, wie sie unzertrennlich wurden. Manchmal, wenn ein Scheit im Kamin plötzlich auseinanderfiel oder wenn eine Tür zu laut ins Schloß geworfen wurde, sah Tessa etwas Dunkles, etwas Ängstliches in

Angelines Augen. Manchmal erstarrte Angeline von Kopf bis Fuß. Dann eilte Camron sofort herbei, streichelte ihre Hand, wischte ihr eine Locke aus der Stirn und vertrieb alles, was ihr Angst einflößte.

»Klopft in diesem Haus denn niemand mehr an?« fragte Camron mit einem Augenzwinkern, als er sich zu seinen Freunden umdrehte. »Komm, und schenk Angeline einen Becher Wein ein, bevor du alles auf deiner Tunika verteilt hast.«

Tessa bemerkte, wie sich Camrons Finger wieder um Angelines schlossen, während er sprach. Als Pax jedermann Wein eingeschenkt hatte, drehte sich Camron zu Angeline herum und forderte sie auf: »Sag's ihnen.«

Angeline blickte nervös zu Camron, dann räusperte sie sich. Ein langer Augenblick verging, während jeder darauf wartete, was sie zu sagen hatte. Sie senkte den Blick und räusperte sich erneut. Schließlich erklärte sie in schüchternem Tonfall: »Ich möchte euch allen danken, weil ihr euch in den letzten Monaten so lieb um mich gekümmert habt. Euch allen. Ihr habt mir eine zweite Chance gegeben.« Sie zögerte kurz und blickte wieder zu Camron, der sie mit solcher Zärtlichkeit anlächelte, daß Tessa vor Rührung die Tränen in die Augen traten.

Angeline atmete tief durch und beendete ihre kurze Rede, so schnell sie konnte. »Ich wollte eigentlich nur sagen, daß Camron und ich noch heute abend heiraten werden, bevor er weggeht.«

Anschließend fand sich irgendwie jeder auf dem Gut in der großen Halle ein. Gerta kam und teilte Essen aus. Ihr schlimmes Auge hatte sie unter einer Augenklappe verborgen. Sie konnte Entfernungen noch nicht richtig abschätzen, doch Emith war mehr als froh darüber, ihr mit den schweren Tabletts voller Schinken, Wildbret, Obst und Käse zur Hand gehen zu dürfen. Pax rief sämtliche Soldaten auf dem Gut herein, und die folgende

Stunde verbrachte er mit Ausbringen immer weiterer Toasts, einer ausgefeilter als der andere. Diener eilten hierhin und dorthin, füllten Becher nach und räumten leere Teller beiseite. Dann begann ein Mann zu singen, und irgendwer spielte auf einer Fidel. Inmitten all dieses Trubels wich Camron Angeline nicht eine Sekunde von der Seite. Er verhielt sich sehr galant und gab ihr viel Zeit, die Unterhaltung zu führen.

Tessa aß, trank und tanzte. Wie jeder andere auch, konnte sie das Grinsen einfach nicht loswerden. Erst als sie ihr drittes Glas Berriac leerte, bemerkte sie, daß Ravis nirgends zu sehen war. Sie wurde ein wenig nervös, stellte ihren Becher auf einen Tisch ab und durchquerte den Raum.

Die Eingangshalle war leer, und das Feuer heruntergebrannt, weil sich niemand darum gekümmert hatte. Nachdem sie kurz angehalten hatte, um sich ihren Umhang überzuwerfen, ging Tessa zur Außentür. Der Lärm des Festes in der großen Halle machte es schwierig, draußen etwas anderes zu hören als den Wind. Vorsichtig, um selbst keinen unnötigen Lärm zu verursachen, hob sie den Riegel und zog die Tür auf.

Inzwischen war es vollkommen dunkel geworden. Ein scharfer Wind ließ sie blinzeln. Sie stieg die Treppe hinunter und betrat den Hof. Alle Fensterläden waren geschlossen, und nur schmale Lichtstreifen drangen aus dem Haus. Irgendwo vor ihr schnaubte ein Pferd und schüttelte die Mähne. Tessa hörte das Metall an seinem Halfter klimpern. Sie konzentrierte sich auf das Geräusch und sah nach wenigen Schritten einen großen, schwarzen Hengst. Als Tessa an dem Pferd vorbei zur Stallmauer blickte, sah sie dort zwei Gestalten.

Sie erkannte Ravis sofort. Er hatte sich das dunkle Haar aus dem Gesicht gestrichen und die Handschuhe ausgezogen. Die beiden Männer schienen in eine hitzige

Diskussion verwickelt zu sein, und der Fremde vollführte blitzschnelle Gesten mit den Händen. Es war dieselbe Art Gesten, wie Tessa sie schon tausendmal bei Ravis gesehen hatte.

Tessas Herz schlug schneller.

Das war Malray. Er war hier.

Als Schutz vor dem Wind zog sie den Umhang enger um die Schultern und riskierte es, ein paar Schritte näherzutreten. Das Pferd roch sie und scharrte mit den Hufen. Keiner der beiden Männer bemerkte irgend etwas. Ravis sprach gerade. Seine rechte Hand wanderte vom Messer zur Brust, zur Narbe. Plötzlich schüttelte Malray vehement den Kopf. Tessa hörte, wie Ravis die Stimme erhob, und sie verstand die Worte ›Vater‹ und ›Bruder‹. Malray wich einen Schritt zurück. Seine Hand glitt zur Hüfte, und einen Augenblick lang fürchtete Tessa, er könne eine Waffe ziehen. Der Wind flaute ab. Dann geschah etwas. Der Raum, der die beiden Männer voneinander trennte, schien zu schrumpfen. Tessa wußte nicht, wer als erster vorgetreten war oder die Arme ausgebreitet hatte. Sie sah die beiden nur einander um den Hals fallen, sah das Beben ihrer Schultern und die Intensität ihres ersten Kontakts seit über einem Jahrzehnt.

Tessa drehte sich um. Sie war schon viel zu lange in die Privatsphäre der beiden eingedrungen.

Als sie den ersten Schritt zurück zur Tür machte, spürte sie, wie etwas an ihrem Hals zog. Die Dunkelheit um sie wurde dichter. Ein kühler Windhauch wehte ihr über die Wange. Düstere Laute hallten in ihren Ohren wider und drangen durch Fleisch und Knochen, bis sie einen Keil aus Dunkelheit in ihren Kopf getrieben hatten. Tessa verlor einige Sekunden, in denen sie nichts mehr wahrnahm, außer einer flüchtigen Bewegung an ihrem Hals wie die Berührung eines Diebes. Der Geruch von Schwefel brachte sie wieder zurück in die Gegenwart und vertrieb die Geräusche und die Dunkelheit so schnell, wie sie erschienen waren. Sofort flog ihre Hand zur Brust.

Er war verschwunden.

Der Ring war verschwunden. Das Band, das ihn gehalten hatte, fühlte sich heiß an und knisterte ein wenig. Tessa schüttelte den Kopf. Obwohl sie schon seit Monaten wußte, daß der Ring eines Tages verschwinden würde, hatte sie nicht so schnell damit gerechnet. Es erschien ihr alles so plötzlich. So endgültig. Das war wohl wirklich das Ende.

Nein, dachte Tessa und riß sich das Band vom Hals. Das war nicht das Ende. Das war nur ein neuer Anfang. Sie zerknüllte das Band in der Faust und kehrte in die Halle zurück, um dort auf Ravis zu warten.

In der riesigen Burg Harvell, in der König Lesketh auf dem Sterbebett liegt, verknüpfen sich die Schicksale dreier völlig ungleicher Charaktere: In den königlichen Gemächern rebelliert die junge Prinzessin Melliandra gegen ihre Zwangsvermählung mit dem zwielichtigen Prinz Kylock. Und in den Küchen entdeckt der Bäckerjunge Jack plötzlich seine magischen, noch unkontrollierten Fähigkeiten.

Zusammen fliehen die beiden aus der Burg, verfolgt von einem machtgierigen Zauberer. Gleichzeitig bricht ein junger Ritter auf, die legendäre Insel Larn zu suchen, um hinter ein uraltes Geheimnis zu kommen, das auch Jack und Melliandra betrifft ...

3–404–20407–7

BASTEI LÜBBE

Das Königreich befindet sich am Rand des Zusammenbruchs:
Der wahnsinnige Prinz Kylock ermordet seinen Vater und usurpiert den Thron. Melliandra und Jack, noch immer auf der Flucht, werden durch den Ausbruch des Krieges voneinander getrennt: Melliandra wird von brutalen Sklavenhändlern gefangengenommen, und Jack wird Opfer der Lügengeschichten eines Schmugglers und der Verführungskünste einer intriganten Frau. Und Tawl, der einsame Ritter, die letzte Hoffnung des Königreiches, ist verschollen …

3–404–20408–5

BASTEI LÜBBE

Die Zeit der Prophezeiung ist gekommen:
Von ihrer Festung Bren aus überziehen König Kylock und der Zauberer Baralis das Königreich mit ihrem Terror.
In der Zwischenzeit schließen sich Tawl, der verstoßene Ritter, und Jack, der magisch begabte Bäckersjunge, zusammen, um Melliandra und ihr ungeborenes Kind zu retten. In ihrem Kampf beschwören Kylock und Jack eine magische Apokalypse herauf, die dem Wort Schicksal eine neue Bedeutung verleiht und die Struktur der Welt selbst verändern wird ...

3–404–20409–3

BASTEI
LÜBBE

Meister der Intrigen, Dieb und Adliger zugleich: Seregil von Rhiminee hat seinem Schüler Alec von Kerry alle Geheimnisse seiner Kunst beigebracht. Zusammen schlagen sie sich mit kleinen Diebstählen durchs Leben, schaffen sich Freunde und öfter noch Feinde. Doch dann rüsten die Herren des Landes zu einem Krieg. Seregil folgt dem Ruf des weisen Zauberers Nysander, und Alec erfährt die schockierende Wahrheit über seine dunkle Herkunft. Bald geraten er, Seregil und eine Handvoll treuer Kameraden in einen Konflikt, in dem sich niemand mehr seiner Freunde oder Feinde sicher sein kann ...

Nach DAS LICHT IN DEN SCHATTEN (Bastei-Lübbe 20 327) ein weiteres in sich abgeschlossenes, echtes Mantel-und-Degen-Abenteuer: ›Robin Hood‹ im Land der Fantasy.

ISBN 3–404–20353–4

BASTEI LÜBBE

Das Hohe Haus, Abendsee, das seine Giebeldächer zwischen den großen Hügeln erhebt, die eine Landschaft voller Efeu, Rotdorn und Brombeersträuchern überragt, mit Früchten so süß und klein wie die Fingerspitzen eines Kindes, das Hohe Haus haben normale Sterbliche nur selten gesehen. Jene, die es besuchen, gelangen nicht durch Zufall dorthin, und jene, die in ihm leben, verweilen lange in seinen dunklen Hallen; nur selten wagen sie sich auf die gewundene Straße, die zu den Siedlungen der Menschen führt. Von allen die dort leben, war nur einer dort geboren worden und aufgewachsen — der Mann mit Namen Carter Anderson. Erst in der Zeit der Not hat das Haus ihn wieder zurückgerufen. Über sein Leben und die großen Taten, die er während des Großen Krieges des Hohen Hauses vollbracht hat, berichtet *Das Graue Buch von Abendsee*, doch diese Geschichte erzählt von einer Zeit lange vor diesen Heldentaten.

ISBN 3-404-20381-X

BASTEI
LÜBBE

›Nach dem HERRN DER RINGE war die Welt der Fantasy nicht mehr dieselbe‹, hieß es auf dem Klappentext zum Vorgängerband dieser Anthologie: DIE ERBEN DES RINGS herausgegeben von Martin H. Greenberg (Bastei Lübbe Band 13 803).

In jenem Band verbeugten sich anglo-amerikanische Autoren vor dem großen Erzähler. Doch nicht nur im englischsprachigen Raum hat Tolkien seine Spuren hinterlassen, auch eine junge Generation von deutschen Schriftstellern wird auf die ein oder andere Art von ihm beeinflusst. In dieser Anthologie sind neue Geschichten gesammelt, die Tolkien zu Ehren geschrieben wurden, oft mit einem Augenzwinkern, aber stets voller Respekt. Autoren sind u. a.: Helmut W. Pesch, Wolfgang Hohlbein und Kerstin Gier

ISBN 3–404–20421–2

BASTEI LÜBBE

Band 20 333
Helmut W. Pesch/ Horst von Allwörden
Die Ringe der Macht
Originalausgabe

Abgeschieden von der übrigen Welt, umschlossen von Meer und Bergen, liegt Elderland, die Heimat des friedfertigen Ffolks. Das Ffolk ist stolz auf seine Geschichte und hortet im großen Museum zu Aldswick viele seltsame und kuriose Dinge aus der Vergangenheit. Doch als die düsteren Schatten dieser Vergangenheit sich auf das Land legen und eine Gefahr heraufzieht, die alle schon längst gebannt geglaubt, treten Geheimnisse zutage, von denen niemand etwas ahnte. Nun muß sich das Ffolk bewähren. Das Schicksal des ganzen Imperiums lastet auf einer kleinen Gruppe treuer Freunde, die zu einer abenteuerlichen Reise aufbrechen, welche sie an die Grenzen der Welt führen wird, zum Anfang und zum Ende der Zeit ...

Die Schlacht der freien Völker gegen die Mächte der Finsternis ist geschlagen, der dunkle Feind besiegt. Also bricht Kimberon Veit als Vertreter des kleinen Ffolks zu einer großen Reise auf, um der Krönung des Königs im fernen Magna Aureolis beizuwohnen. Nebel steigt aus den Sümpfen ...

... und mit einem Mal ist nichts mehr, wie es war. In den Mittelreichen herrscht seit tausend Jahren das Dunkle Imperium. Die Elben haben sich in ihre undurchdringlichen Wälder zurückgezogen und die Zwerge in ihre unterirdischen Festungen. Und das Ffolk von Elderland ist nur noch eine Legende, welche die Mütter ihren Kindern erzählen, um sie in den Schlaf zu wiegen.

Aber Kim gibt die Hoffnung nicht auf. Mit seinen Freunden, den Hütern der drei Ringe der Macht, macht er sich auf einen gefahrvollen Weg, der ihn durch die Schatten der Zeit führen wird. Denn in dem unschein-baren Ring, den er selbst an seinem Finger trägt, liegt der Schlüssel zu Gegenwart, Vergangenheit und Zukunft ...

3–404–20401–8

BASTEI LÜBBE